# JAHRESKREIS DER HEXEN

Marah Woolf

**Sister of the Stars**

*Von Runen und Schatten*

MARAH WOOLF

# SISTER OF THE STARS

## VON RUNEN UND SCHATTEN

HexenSchwesternSaga Band 1

Deutsche Erstausgabe Juni 2020

Umschlaggestaltung: Carolin Liepins
Lektorat: Nikola Hotel
Korrektorat: Jil Aimée Bayer
Satz: Laura Newman



Impressum:
IWD Körner, Hasselbachplatz 3, 39124 Magdeburg
marah.woolf@googlemail.com
Facebook: Marah Woolf
www.marahwoolf.com
Twitter: MondSilberLicht
Vertrieb: Nova MD
Druck: GGP Media GmbH

ISBN: 978-3-96698-369-3

Dieses Buch widme ich
alle denen von euch, die
an Magie, Hexen und
Dämonen glauben.

Bleibt tapfer!

Eure Marah Woolf

Mittsommer, 2020

# PROLOG

## BROCÉLIANDE

*Hochbretagne*

»Du darfst um diese Zeit nicht allein herkommen, Vi.« Die Besorgnis und der Ärger in Ezras Stimme waren nicht zu überhören und trotzdem redete er mich mit meinem Kosenamen an, den nur er benutzte. Erleichtert schlug ich die Kapuze meines Umhanges zurück und lächelte ihm entgegen.

Laurent, ein Wächter der Loge und Ezras Freund, zog sich diskret zurück. Er hatte Ezra aus seinem Arbeitszimmer geholt. Nun waren wir in der Eingangshalle des Châteaus allein. Es war bereits später Nachmittag. Die Sonne würde bald untergehen. Dann würden graue Nebel durch das Unterholz und über das Wasser des Sees kriechen. In der Regel verbarg sich darin nichts Gutes. Niemand wusste das besser als ich. Fröstelnd rieb ich mir über die Arme. Im Schloss war es kaum wärmer als draußen. Die riesigen Teppiche an den Wänden konnten die Kälte, die durch die Mauern sickerte, nicht aufhalten. Die Stromversorgung funktionierte nur unzuverlässig, deshalb brannten Kerzen in hohen Leuchtern auf den Sockeln und erhellten die Halle mäßig. Mein Blick fiel auf das Kreuz an der Wand in der Nähe der Treppe. Das christliche Symbol im Hauptquartier von Merlins Loge entlockte mir wie immer ein Lächeln.

»Ich wäre nicht allein gekommen, wenn du auf meine Nachrichten geantwortet hättest«, sagte ich mit so fester Stimme, wie es mir bei der Anspannung in meinem Inneren möglich war. »Ich habe Laurent mehr als eine mitgegeben.« Er hatte nicht darauf reagiert, also hatte ich alles auf eine Karte gesetzt und war hergekommen. Uneingeladen und nicht gerade willkommen. Mein Herz hämmerte in meiner Brust. Würde er mich fortschicken, bevor ich ihm sagen konnte, was ich zu sagen hatte?

»Wir haben uns bereits voneinander verabschiedet.« Er kam näher. Seine Schritte knallten auf den unregelmäßigen Steinfliesen. Er war verärgert, aber damit hatte ich gerechnet. Eine Armlänge von mir entfernt blieb er stehen und vergrub die Hände in den Taschen seiner Reithose. Weshalb musste er so aussehen wie ein Adliger aus diesen altmodischen Filmen, die Mémé früher geschaut hatte? Das brachte mich immer ganz durcheinander. Dabei liebte ich ihn nur zuletzt für dieses makellose Aussehen.

»Fühlst du dich kräftig genug für die Reise?« Sein Ton wurde sanfter, was alles noch schlimmer machte. Ich wollte seine ständige Fürsorge nicht. Ich wollte viel mehr.

Ich drehte mich so, dass ich mit dem Rücken zu ihm stand. Was ich zu sagen hatte, war leichter über die Lippen zu bringen, wenn ich nicht in seine wissenden Augen blicken musste. Ich musterte die Stickerei auf dem Wandteppich. Jedes Kind, das in der Nähe des Waldes von Brocéliande aufgewachsen war, kannte die abgebildete Geschichte. Der Zauberer Merlin verliebte sich auf einer seiner Reisen durch den verwunschenen Wald in die Fee Viviane. Sie erwiderte seine Zuneigung, was ihn dazu verleitete, sie all sein Wissen und seine Magie zu lehren. Allerdings benutzte Viviane diese Magie, um Merlin an Brocéliande zu fesseln. Sie wollte ihn nicht verlieren, und fortan musste er bei ihr bleiben. Eigentlich ein Happy End für die beiden. Aber so einfach war es nicht. Merlin war todunglücklich. Viviane wollte ihm seine Freiheit wiedergeben, aber der Zauber war zu stark. Die Schuld, ihren Geliebten unglücklich gemacht zu haben, verzehrte sie.

Man durfte Menschen nicht gegen ihren Willen an sich binden, aber gerade wünschte ich mir, ich würde Merlins Zauber kennen und könnte Ezra damit zwingen, mich zu begleiten.

»Einhundert Euro für deine Gedanken, Vi.« Sein Atem kitzelte mich. Gänsehaut bildete sich auf meinen Armen und meine Wangen wurden warm. Ganz sicher wollte er die gerade nicht wissen.

»Ich bin kräftig genug, hoffe ich«, beantwortete ich lieber die vorherige Frage, ob ich stark genug für die Reise sei. »Und ich hoffe, die Hexen in Glastonbury werden mich heilen.« Das war ungefähr so wahrscheinlich wie die Geburt einer Hexe im dreizehnten Mond. Ich war bereits zu krank.

»Dort werde ich dich nicht beschützen können.« Er trat so nah an mich heran, dass ich seinen Körper an meinem Rücken spürte. »Du wirst auf dich selbst achtgeben müssen.« Er legte seine Hände auf meine Oberarme und er zog mich an seine Brust. Er war groß genug, um sein Kinn auf meinen Kopf legen zu können, und hüllte mich in seine Wärme und Geborgenheit ein. Ich spürte seine Fingerspitzen durch den Stoff des Umhanges. Vorsichtig bewegten sie sich, als würde er mich streicheln.

»Du musst mich nicht beschützen«, flüsterte ich atemlos von seiner Nähe, die die Kühle der Vorhalle aus meinen Knochen vertrieb. Ich hatte so sehr gehofft, er würde mit mir reden und mich nicht sofort wegschicken. Erleichtert lehnte ich mich an ihn. »Meine Schwestern werden auf mich achtgeben. Ich war nie deine Verantwortung.«

Du wolltest mich nicht.

Das sagte ich nicht laut, weil ein Hustenanfall meinen Körper schüttelte. Wie ich das hasste. Die Aufregung und die Kälte hatten mich angestrengt und nun wurde auch noch die Luft in meinen kranken Lungen knapp. Das Dämonenfieber hatte schließlich doch gewonnen.

Ezra hielt mich fest, wie er es immer tat, seit fast auf den Tag genau vor zwei Jahren eine Sylphe über mich hergefallen war und mich gebissen hatte. Alles nur, weil ich so dumm gewesen war, im Feensee in Brocéliande schwimmen zu gehen. Damals war ich noch voller Magie gewesen und ich hatte mich so sicher und so stark gefühlt, obwohl ich wusste, dass man die Ruhe der Feen nicht ungestraft störte. Ezra hatte mich vor der Sylphe gerettet, aber gegen das heimtückische Fieber hatte er nichts tun können. Es hatte langsam, aber sicher von mir Besitz ergriffen. Mittlerweile war die Krankheit weit fortgeschritten. Deswegen brachten meine Schwestern mich nach Glastonbury. Das Wissen der Hexen dort war meine letzte Chance, das Dämonenfieber zu heilen. Wenn ich dort starb, dann weit weg von Ezra. Es gab nichts, wovor ich mich mehr fürchtete. Er musste mitkommen. Ohne ihn hatte ich schon verloren.

»Ich lasse dich nicht gern gehen.« Seine Lippen bewegten sich an meiner Schläfe.

Ich bildete mir ein, ein Zittern in seiner Stimme zu spüren, etwas, was nicht sein konnte. Unsicherheit war ein Zustand, den Ezra Tocqueville nicht kannte.

Fest entschlossen, mein Vorhaben in die Tat umzusetzen, drehte ich mich zu ihm um. Ich hatte nichts mehr zu verlieren, nur ihn. Zu meinem Erstaunen ließ er mich nicht los. Seine Brustmuskeln zeichneten sich unter dem hellen Stoff des Hemdes ab und ich konnte der Versuchung nicht widerstehen, meine Stirn dagegen zu legen. Er war so stark und kräftig und damit das absolute Gegenteil von mir. Die Krankheit hatte mich ausgezehrt und mir alles genommen, was ich einmal gewesen war. Mutig und unerschrocken bis zur Unvernunft. Jetzt war ich nur noch ein Schatten meiner selbst. Das Bett zu verlassen und herzukommen, hatte mich übermenschliche Anstrengungen gekostet. Aber nun lag ich in Ezras verlässlicher Umarmung. Dafür hatte es sich gelohnt. Seine Hand strich über meinen Rücken, er presste mich enger an sich. Ich schlang die Arme um seine Taille. Seit dem Angriff war er mein engster Vertrauter und mein bester Freund, aber ich wünschte mir viel mehr. »Ich will nicht gehen«, sagte ich leise und sah zum ihm auf. »Ich habe Angst. Am liebsten würde ich bei dir bleiben, aber das geht nicht. Komm mit mir. In Glastonbury sind wir beide in Sicherheit. Wie soll ich gesund werden, wenn ich immer Angst um dich haben muss?«

Ezra blickte auf mich hinunter. Sorgenfalten standen auf seiner Stirn. »Du solltest nicht weggehen müssen, denn du gehörst in diesen Wald. Aber so viele andere wären froh um diese Chance. Verschenk sie nicht.« Er legte mir eine Hand auf die Wange. »Du musst vernünftig sein, Vi.«

Ich spürte seine Lippen auf meiner Stirn und mein Herzschlag beschleunigte sich. »Du musst uns begleiten.« Ich durfte jetzt nicht lockerlassen. Es musste etwas geben, mit dem ich ihn überreden konnte. »Ich brauche dich. Allein schaffe ich das nicht.«

Seine Augen, die so dunkel waren, dass man Iris und Pupille kaum auseinanderhalten konnte, wurden bei meinen Worten noch schwärzer. Die Sterne, die nur ich darin sah, verschwanden. »Ich werde dich nicht begleiten, Vi. Mein Platz ist hier. Und du darfst nicht zurückkommen. Es ist zu gefährlich. Für euch alle drei. Bleibt in Glastonbury. Dort werden die Dämonen nicht hingelangen.«

Das glaubte er doch wohl selbst nicht. Irgendwann würden sie es über das Meer schaffen. Die Dämonen würden nicht ruhen, bis sie die ganze Welt vereinnahmt hatten. Ezras Vater war nicht stark genug, sie aufzuhalten.

»Wenn ich gesund werde, komme ich wieder«, sagte ich trotzig. »Ich bin siebzehn Jahre alt. Ich bin krank und werde vermutlich sterben.« Ich legte eine Hand auf seine Brust und seine langen schwarzen Wimpern flatterten. »Aber wenn ich wider Erwarten gesund werde«, flüsterte ich, »wird sich dann etwas zwischen uns ändern? Wirst du dir eingestehen, was du für mich empfindest, wenn ich stark genug für dich bin?« Ich wusste, dass er es tat, auch wenn er es nie zugegeben hatte. Er hatte diese

Verbindung zwischen uns immer geleugnet, aber heute war ich verzweifelt genug, ihn direkt daran zu erinnern.

Seine Nasenflügel bebten. »Es wird nichts ändern«, presste er hervor und senkte die Stimme weiter, als hätten die alten Wände Ohren. »Die Abtei ist ein sicherer Ort. Ihr nehmt die letzte Fähre, die Frankeich noch verlassen darf. Danach wird das Land abgeriegelt. Selbst wenn du wolltest, würdest du nicht nach Brocéliande zurückzukehren.«

Das würden wir ja noch sehen. Ich unterdrückte die Tränen und den Groll.

»Wir versuchen, die Dämonen aufzuhalten«, fügte er behutsamer hinzu, weil er mir ansah, was ich fühlte. Ich war für ihn ein aufgeschlagenes Buch. »Aber immer mehr von ihnen durchbrechen die Barriere. Paris ist beinahe komplett evakuiert und die Mauer ist fast fertig. Hast du das nicht gelesen? In Frankreich bleiben nur die Mitglieder der Loge und alle ausgebildeten Hexen und Hexer. Und wir werden nichts für diejenigen tun können, die aus Trotz nicht gehen oder weil sie die Gefahr nicht begriffen haben. Ich will dich hier nicht haben.« Seine Augen glühten. »Ich kann nicht kämpfen, wenn ich ständig Angst um dich haben muss. Begreifst du das?«

Ich nickte und Ezra atmete auf. »Versprich mir, nicht zurückzukommen.« Seine Worte waren so leise, dass ich sie kaum verstand. »Geh fort und dreh dich nicht um, Vi. Du musst mich vergessen.«

Mein Magen krampfte sich vor Schmerz zusammen. Ich sollte mich von ihm lösen, aber als wollte er die bittere Vehemenz der Worte weiter abmildern, tat er etwas ganz und gar Ungewöhnliches. Er beugte sich zu mir hinunter, strich mit der Nase über meine Wange, sog meinen Duft ein. »Die Abtei ist kein Gefängnis. Sie ist ein sicherer Ort. Wenn du es zulässt, kannst du dort gesund werden und glücklich sein. Das ist es, was ich mir für dich wünsche.«

»Aber das ist nicht das, was ich mir für mich wünsche.« Seine Nähe stellte verrückte Dinge mit mir an, weil ich ihn packen wollte. Ich wollte ihn küssen und berühren, ich wollte ihm das verdammte Hemd ausziehen und mich an seine Brust schmiegen. Mein jüngeres Ich hätte es getan, aber der draufgängerische Teil von mir war seit dem Angriff nach und nach verschwunden. Heute hatte ich hauptsächlich Angst. Angst, bald zu sterben, Angst, Ezra zu verlieren, Angst vor einer ungewissen Zukunft. Wenn ich ihn überzeugen wollte, musste ich diesen mutigen Teil von mir wiederfinden, egal, wie zaghaft er war. Denn meine Zeit mit Ezra lief ab. Ich würde ihn nicht überreden können. Noch wollte ich es nicht glauben, aber das hier waren unsere letzten Minuten miteinander. Ich sammelte all meinen restlichen Mut zusammen und zupfte ihm das Hemd aus dem Bund der Hose. Ich musste ihn einfach berühren, musste einmal spüren, wie er sich anfühlte. Von diesem Moment würde ich zehren müssen. Wochenlang, monatelang, vielleicht sogar Jahre. Heiße Tränen schossen mir bei der Vorstellung in die Augen. Und dann berührte ich aufatmend straffe, warme Haut. Alles um mich herum verblasste. Meine Handflächen prickelten, als sie über seinen Bauch und seine Seiten glitten. Er hielt mich nicht auf, was an ein Wunder grenzte. Ein harter Atemzug strich über meinen Hals, ich spürte seine Lippen hinter meinem Ohr und erschauderte. Ezra verbarg seine Gefühle immer sehr sorgfältig, aber nicht gut genug. Er empfand mehr für mich, als er zugeben wollte, das hatte ich immer gewusst. Heute schienen diese Gefühle näher an der Oberfläche zu sein, als er es sich sonst erlaubte. Sein Atem beschleunigte sich und mutiger fuhr ich mit den Fingern über die festen Konturen seines Rückens. Er schluckte hart. »Die Dämonen machen mir weniger Angst als die Vorstellung, dich zu verlieren«, flüsterte ich in die Stille.

Nun wich er doch zurück, aber ich gab nicht auf und hielt ihn fest. Ich brauchte etwas, worauf ich hoffen konnte. »Stell dir vor, wir sehen uns nie wieder. Stell dir vor, ich sterbe. Soll das hier unser endgültiger Abschied sein?«

Ezra schüttelte den Kopf und seine Wangen röteten sich vor Ärger oder Anspannung. Ich wusste es nicht. »Du wirst gesund.«

»Das kannst du nicht wissen. Nicht mal Aimée sieht mein Schicksal in den Karten oder der Kugel. Wir wissen nicht, was passieren wird. Ich weiß nur, dass ich nicht ohne dich gehen will.« Kurz zögerte ich und sah ihm direkt ins Gesicht. »Ich liebe dich.« Zum ersten Mal sprach ich die Worte aus, denn es schien genau der richtige Zeitpunkt zu sein.

Feuer loderte in seinen Augen auf und ich las wilde und rohe Verzweiflung darin. Vor Erleichterung wurden meine Knie ganz weich. Er liebte mich auch. Ich hatte mich nicht getäuscht. Aber würde er es sagen? Ezra nahm mein Gesicht in beide Hände. Er senkte die Lider und die Sorgenfalten auf seiner Stirn vertieften sich, als ärgerte er sich über sich selbst. Ich wollte sie wegstreichen, aber ich rührte mich nicht – aus Angst, ihn sonst aus seiner Betrachtung zu reißen. Er musterte mich, als wollte er sich jeden Millimeter von mir einprägen. Die Luft zwischen uns wurde dicker. Und dann senkte er wortlos den Kopf, bedeckte meinen

Mund mit seinem und tupfte winzige Küsse auf meine Mundwinkel. Vorsichtig zuerst und dann mit wachsender Leidenschaft. Hitze stieg in mir auf und mir wurde schwindelig. Aber seine Stärke hüllte mich ein und verhinderte, dass ich fiel. Diese Küsse waren alles, wonach ich mich gesehnt hatte. Er würde mich nicht allein fortgehen lassen – in eine ungewisse Zukunft oder meinen Tod. Er würde mir gehören, bis zum Schluss, egal wie dieser aussah. Seine Zunge glitt behutsam über meine Lippen und ich öffnete den Mund, um ihn einzulassen. Unser Atem stockte gleichzeitig. Ich begann einen Schutzzauber zu weben, um uns vor jedem zu verbergen, der sich in die Halle verirrte. Die Fäden verknüpften sich miteinander, bildeten Schlinge um Schlinge. Eigentlich war ich nicht mehr stark genug für diese Art von Zauber, aber ich wollte Ezra so unbedingt. Seine Finger glitten über die Unterseite meiner Brust und ich konnte ein Wimmern nicht unterdrücken. Ich wollte mehr. Ich wollte die Arme und Beine um ihn schlingen, damit er mich irgendwohin bringen konnte, um mich zu lieben. Ich drückte mich ihm entgegen und dann wanderten meine Finger zu dem harten, ja festen Körperteil, den ich an meinem Bauch spürte. Behutsam strich ich darüber. Hitze rauschte durch mich hindurch. Ezra fluchte leise und machte sich hastig von mir los. Er wich drei Schritte zurück und starrte mich mit weit aufgerissenen Augen so vorwurfsvoll an, als hätte ich ihn verhext. Ich schwankte, streckte die Hand nach ihm aus, aber er schüttelte entschieden den Kopf. Er sollte zu mir zurückkommen.

Seine Lippen bildeten eine schmale, abweisende Linie. »Das war nur ein Abschiedskuss, Vianne«, erklärte er. »Komm ja nicht näher.«

Ich taumelte zurück. Wie ich es hasste, wenn er mich mit meinem vollen Namen ansprach, und er wusste es. Dann war es still zwischen uns – bis auf das Keuchen meiner Lungen, die mir nicht gehorchen wollten. Die zarten Fäden des Schutzzaubers lösten sich in Luft auf und wehten davon. Trotz der Kühle spürte ich einen dünnen Schweißfilm auf der Haut. Ich roch den staubigen Duft der verblichenen Teppiche und den der verblühenden Blumen auf dem großen Tisch in der Mitte der Halle. Die Glocke des Schlossturmes schlug sechsmal hintereinander, aus der Küche erklang ein Poltern und auf dem Schlosshof kreischte ein Kind. All diese Eindrücke brachten mich zurück in die Gegenwart.

»Sag es«, verlangte ich mit brüchiger Stimme. »Sag mir, dass du nachkommst, sobald es dir möglich ist.« Ich konnte diesen Kampf nicht aufgeben. Nicht nach diesem Kuss.

»Du musst gehen. Sofort.« In seiner Stimme lag nicht mehr der Hauch einer Emotion und wenn ich ihn nicht noch auf meinen Lippen spüren würde, würde ich denken, dass dieser Kuss nur einer meiner Träume gewesen war.

»Wen möchtest du schützen?«, fragte ich ungehalten und resigniert zugleich. »Mich oder dich?«

Sein strenger Blick brachte mich zum Schweigen. »Ich habe mich für dich verantwortlich gefühlt«, sagte er. »Ich war schuld, dass die Sylphe dich angegriffen hat. Ich hätte es verhindern müssen.«

»Das ist Unsinn. Dein Vater ist der Großmeister, nicht du. Und nach deinem Vater ist Aden an der Reihe, die Loge zu führen. Du bist frei. Du hast dich der Loge nie verpflichtet. Du kannst tun und lassen, was du willst. Du kannst mit mir kommen.«

Schmerz zuckte über sein Gesicht. »Denkst du, deswegen hätte ich keine Pflichten meiner Familie gegenüber? Ein Schwur bedeutet gar nichts. Ich bin trotzdem ein Magier und seit meiner Geburt Teil der Loge. Wie all meine Vorfahren vor mir. Ob ich es will oder nicht, das ist nichts, was ich einfach hinter mir lassen und vergessen kann. Ich habe mich um dich gesorgt und mich um dich gekümmert.« Er holte tief Luft, bevor er weitersprach: »Nun, wo du fortgehst, bin ich diese Bürde los und habe den Kopf frei für andere Dinge.« Seine Stimme war so eisig wie der Ausdruck in seinen Augen. Sämtliche Hitze verschwand aus meinen Knochen. »Ich kann nichts mehr für dich tun. Du hättest viel früher abreisen müssen. Aber du warst ja zu stur.«

Die Worte schnitten tief in mein Herz, aber sie waren keine Überraschung. Mitleid und Reue waren wahrscheinlichere Motive als unterdrückte Liebe. Ich hatte ihn um eine Erklärung gebeten und nun sprach er sie in aller Deutlichkeit aus.

»Ich wünsche dir, dass du gesund wirst«, setzte er fort, ohne mich anzusehen. Sein Blick war fest auf den Teppich hinter mir gerichtet und in Gedanken schien er längst woanders zu sein. »Ich wünsche dir, dass du dir all deine Träume erfüllst, einen Mann findest und Kinder bekommst, die du deine Magie lehren kannst. Das ist das Schicksal, für das du bestimmt bist.«

Er kannte all meine Kleinmädchenträume und plötzlich schämte ich mich dafür, sie ihm in einem unserer vielen Gespräche anvertraut zu haben. »Aber du wirst dieser Mann nicht sein?«

Er schüttelte ablehnend den Kopf. So würde ich ihn also in Erinnerung behalten. Dunkel, schön, stolz und starrköpfig. Er hatte für uns beide entschieden und ich hatte keine andere Wahl, als diese Entscheidung hinzunehmen.

Ich konnte ihn schlecht zwingen. Bis zu dieser Sekunde hatte ich entgegen aller Vernunft gehofft, er würde mich begleiten, würde mich nicht einfach gehen lassen. Ich hatte gehofft, dass er ebenso wenig ohne mich leben konnte wie ich ohne ihn. Aber natürlich war das Unsinn. Ich verkniff mir ein hartes Lachen. Wie hatte ich glauben können, ein Mann wie Ezra würde ein Mädchen wie mich lieben? Vermutlich hatte er wirklich nur Mitleid mit mir gehabt. Die gemeinsame Zukunft, von der ich geträumt hatte, würde es nicht geben. Er wollte sie nicht. Meine Heilung würde langwierig und schmerzhaft sein. Ohne ihn und ohne jede Hoffnung, zu ihm zurückzukehren, ein fast unmögliches Unterfangen. Dann würde ich also sterben. Ich legte die Hand an den Teppich, um nicht zu fallen. Wenigstens hatte ich um Ezra gekämpft – und ihn verloren.

»Ich werde dich immer lieben«, sagte ich ein letztes Mal. Nichts würde ihn umstimmen. Diese Chance hatte ich vermutlich nie gehabt.

Er nickte knapp, als wolle er sich bedanken. »Ich liebe dich nicht. Leb wohl, Vianne.« Damit drehte er sich um, durchquerte die Halle und stieg die breite Treppe hinauf. Kurz darauf hörte ich eine schwere Holztür mit einem dumpfen Schlag ins Schloss fallen. Er war in die Bibliothek gegangen – meinen Lieblingsraum hier im Schloss.

Ich schlang die Arme um meinen abgemagerten Körper und drängte die Tränen zurück, die mir abermals in die Augen stiegen. Ich hatte schon viel zu oft wegen ihm geweint. Es war an der Zeit, sich auf den Weg zu machen. Ich wusste nicht, was dieser Weg für mich bereithielt. Aber Ezra war kein Teil mehr davon. Mein Herz zerbrach in winzige Splitter.

# 1. KAPITEL

## GLASTONBURY

*Zwei Jahre später*

Gemeinsam mit meinen Schwestern stand ich in der Haupthalle der Abtei von Glastonbury. Seit Wochen hatte ich versucht, mich auf den Tag vorzubereiten, an dem wir unsere Rückkehr antreten sollten. Jetzt, wo es so weit war, wollte ich am liebsten zurück in das Bett kriechen, das ich fast zwei Jahre lang gehütet hatte. Ich konnte nicht dort hinausgehen und ich konnte nicht zurück nach Paimpont und Brocéliande. Nicht nach allem, was ich damals gesagt und getan hatte. Die Schamröte kroch mir ins Gesicht. Wie sollte ich Ezra wieder gegenübertreten? Nach all der Zeit? Und doch stand ich nun hier. Mein Magen fuhr Achterbahn vor Angst. Ash lächelte mir aufmunternd zu. Ihm hatte ich meine Heilung zu verdanken und in den vergangenen zwei Jahren hatten wir viel Zeit miteinander verbracht. Er wusste, was in mir vorging, und schien meine Furcht zu spüren, aber er stand bei den anderen

Mitgliedern der Kongregation, die sich versammelt hatten, um uns zu verabschieden, und konnte mir nicht helfen.

Die Kongregation war der oberste Rat der Hexen und Hexer. Sie bestand aus zehn Mitgliedern, die alle Entscheidungen trafen, um uns zu schützen. Sie verhängte Strafen, wenn unsere Gesetze übertreten wurden, und sie setzte unsere politischen Forderungen durch. Heute war ihre wichtigste Aufgabe allerdings, die Menschheit vor der schlimmsten Bedrohung zu schützen, der sie je gegenübergestanden hatte: Dämonen, die in unsere Welt zurückdrängten.

Ich straffte die Schultern und atmete tief durch. Ash sollte sich keine Sorgen um mich machen. Er war mit dreiundzwanzig Jahren das jüngste Mitglied der Kongregation und gerade erst berufen worden. Dafür hatte er hart gearbeitet, ich war wirklich stolz auf ihn. Mit halbem Ohr hörte ich den letzten Anweisungen zu, die wir für die Reise bekamen. Es war nichts, was wir in den letzten Tagen nicht schon hundertmal gehört hatten. Wir wussten nur wenig darüber, was uns hinter der Mauer, die Frankreich seit unseres Abschieds vom Rest der Welt trennte, erwartete.

Michael Galkin, der derzeitige Vorsitzende der Kongregation, trat auf uns zu. Er ließ seinen Blick über mich und meine Schwestern wandern. »Es ist so weit«, sagte er salbungsvoll. »Wir legen unser Schicksal in eure Hände.«

Meine Schwester Maëlle schnaubte leise. Sie war die Mittlere von uns dreien und machte sich gern über Michaels pathetische Art lustig. Jetzt gerade war das allerdings unangemessen.

Er zog eine seiner weißen Augenbrauen nach oben und strich über seinen langen Bart. »Wolltest du noch etwas sagen, mein Kind?« Graue Augen richteten sich streng auf sie.

Sie wich dem Blick nicht aus und schüttelte den Kopf. Als Einzige von uns dreien trug sie nicht die lederne schwarze Kampfmontur. Eigentlich war es auch lächerlich, dass ich sie angezogen hatte, wo ich nicht mal kämpfen konnte. Jedenfalls nicht mit meinen magischen Kräften. Die waren verschwunden. Sie hatten sich einfach aufgelöst. Noch etwas, woran ich gerade nicht denken wollte. Maëlle war mit ihrem langen bunten Blumenrock und den senffarbenen Doc Martens ein bunter Fleck zwischen all den anderen fast identisch gekleideten Hexen und Hexern. Seit der Krise, wie sie hinter vorgehaltener Hand genannt wurde, war es unter Hexen und Hexern Mode geworden, eine Art Uniform zu tragen, um Einheit zu demonstrieren. Dunkle Klamotten und in jedem Fall einen Umhang. In diesen Zeiten brauchte man nicht mehr zu verstecken, dass man eine Hexe oder ein Hexer war. Das war endgültig vorbei, denn die Menschen brauchten uns, um zu überleben.

Maëlle hatte sich dieser Mode nie unterworfen und ich liebte sie heiß und innig für ihren Mut. Einen Mut, den ich auch in mir wiederfinden musste. Manchmal fragte ich mich, ob das nicht noch schwieriger werden würde, als gegen das heimtückische Dämonenfieber zu kämpfen. Fest entschlossen ballte ich die Hände zu Fäusten. Das Bett war keine Option mehr.

Als Michael Galkin vor drei Wochen mit der Bitte an uns herangetreten war, nach Paimpont zurückzukehren, um Ezra zur Vernunft zu bringen, hatte ich ihn, einem ersten Impuls folgend, ausgelacht. Schnell war allerdings klar geworden, dass er es ernst meinte – und egal, wie oft ich auf die Unsinnigkeit dieses Vorhabens hinwies, er ließ sich nicht von diesem Plan abbringen. Und nun stand ich hier, zerrissen zwischen Freude und Panik. Vernünftigerweise sollte diese Panik möglichen Zusammenstößen mit Dämonen gelten. Leider hatte ich hauptsächlich panische Angst davor, Ezra wiederzusehen. Aber ich war weder das fünfzehnjährige Mädchen, das so dumm gewesen war, sich von einer Sylphe angreifen zu lassen, noch die Siebzehnjährige, die sich einem Mann an den Hals geworfen hatte, der sie nicht wollte. Hitze kroch mir bei der Erinnerung an meine letzte Begegnung mit Ezra den Hals hinauf. Vielleicht hatte er diese vergessen. Ganz bestimmt hatte er das. So, wie er mich vergessen hatte.

»Wir sind uns der Wichtigkeit unserer Aufgabe sehr bewusst«, erklärte Aimée, unsere älteste Schwester, und schob sich mit einem winzigen Schritt zwischen Maëlle, mich und Michael. Sie war vier Jahre älter als ich und zwei als Maëlle und führte sich auf wie eine Löwenmutter. Immer darauf bedacht, uns vor unseren eigenen Dummheiten zu beschützen. »Wir sind der Kongregation zu großem Dank verpflichtet, dafür, dass ihr Vianne geheilt habt, und wir werden die Erwartungen, die ihr in uns setzt, erfüllen. Wenn es in unserer Macht steht, werden wir Ezra Tocqueville davon überzeugen, euch direkt mit dem Hochkönig Regulus von Morada verhandeln zu lassen. Ich habe die Karten dazu befragt und die Kugel. Beide bescheinigen unserer Mission Erfolg.«

Michael neigte dankend den Kopf. Er war ein Zeitenhexer wie unser Vater und vermutlich hielt er nicht sonderlich viel von Orakelhexen, weil Zukünfte sich ändern konnten, wenn die Umstände sich änderten. Die meisten Hexer und Hexen bildeten sich auf ihre spezielle Gabe recht viel ein, denn nicht bei jeder Hexe entwickelte sich eine besondere Fähigkeit heraus.

Aimée war die pessimistischste Schwester unter uns dreien und vertraute oft nicht mal selbst ihren eigenen Voraussagungen, obwohl diese bisher immer eingetroffen waren. Ihre Treffsicherheit war erstaunlich. Die Kongregation hatte ihr angeboten, in der Abtei zu bleiben, um in der Praedictores-Abteilung zu arbeiten. Dort könnte sie mit ihrer Fähigkeit Karriere machen. Aber Aimée hätte Maëlle und mich niemals allein gehen lassen. Trotzdem war es ihr nicht leichtgefallen, dieses Angebot abzulehnen. Sie mochte Glastonbury, die Abtei und die ruhige Verlässlichkeit unseres Tagesablaufes hier.

Was uns erwartete, war ganz und gar nicht verlässlich, und ich würde jede Wette eingehen, dass ihre Karten ihr das auch verraten hatten. Ezra würde sich niemals von uns umstimmen lassen. Wir konnten froh sein, wenn er uns empfing. Nicht mal daran glaubte ich. Weshalb sollte er? Er war uns zu nichts mehr verpflichtet. Er brauchte kein schlechtes Gewissen wegen des Angriffs auf mich zu haben. Und nur, weil wir in unserer Kindheit und Jugend miteinander befreundet gewesen waren, änderte ein Ezra Tocqueville ganz sicher nicht seine Meinung. Lächerliche Vorstellung. Wenn er einmal einen Entschluss gefasst hatte, blieb er dabei, egal, wie grausam dieser war. Ich schluckte meine Enttäuschung hinunter. Vor mir lag eine neue Zukunft. Denn trotz meiner Angst trieb mich etwas zurück nach Hause. Das Dämonenfieber hatte meine Magie vernichtet. Ich war zwar geheilt, aber meine magischen Fähigkeiten waren vollständig verschwunden. Das Fieber hatte sie verbrannt. Der Schutzzauber, den ich in der Vorhalle des Schlosses gewoben hatte, um Ezra und mich zu verbergen, war gleichzeitig mein letzter Zauber gewesen. Und ich wollte meine Magie zurück. Eine Hexe ohne Kräfte war wie ein Baum ohne Blätter oder eine Blume ohne Blüten. Ash und meine Schwestern meinten zwar, ich würde mich an diesen Zustand gewöhnen, aber ich wusste es besser. Sie könnten genauso gut verlangen, mir das Herz aus der Brust zu reißen und ohne zu leben. Möglicherweise war das etwas melodramatisch, denn sie wurden auch nicht müde, wieder und wieder zu erwähnen, wie froh ich sein konnte, überlebt zu haben. Das war ich, und trotzdem würde ich nichts unversucht lassen, meine Magie zurückzubekommen. Und zu Hause in Brocéliande war die Chance darauf viel höher als in Glastonbury. Das spürte ich einfach. Es war der Strohhalm, an den ich mich klammerte. Ohne meine Magie war ich nichts. Aimée und Maëlle konnten das nicht verstehen. Sie liebten mich und waren froh, mich nicht verloren zu haben.

»Zur Sommersonnenwende läuft der Pakt ab«, sagte Michael gerade. »Wenn es bis dahin nicht gelungen ist, ihn zu verlängern, werden die Dämonen uns alle vernichten. Wir haben also noch genau fünf Wochen.«

Das musste er nicht immer wieder betonen. Wir wussten, was auf dem Spiel stand. Heutzutage drehte sich schließlich alles nur noch um den Pakt, den Merlin, höchster Druide des Reiches und Artus' Ratgeber, vor eintausendfünfhundert Jahren mit den Dämonen geschlossen hatte, damit sie unsere Welt verließen.

Damals war nach langen Kriegen und Auseinandersetzungen klar geworden, dass ein Zusammenleben von Menschen und Dämonen nicht mehr möglich war. Artus hatte die Dämonen aus Britannien vertrieben und sie zogen sich in die Bretagne zurück, aber auch dorthin folgte er ihnen mit seinen Rittern. Die zwölf Ritter waren allesamt in Avalon ausgebildete Magier gewesen. Im Gegensatz zu Hexen setzten Magier echte physische Magie ein und dezimierten die Zahl der Dämonen damit beträchtlich. Und dann überzeugte Merlin den damaligen Hochkönig der Dämonen, einen Pakt zu unterzeichnen. Mit diesem Vertrag überließen die Dämonen den Menschen diese Welt und gingen durch die *Weiße Quelle* nach Kerys, dem siebten, verborgenen Kontinent. Diese Quelle lag tief versteckt mitten in Brocéliande. Damit endete das dunkle Zeitalter und Merlin gründete die Loge. Seitdem wachte die Loge mit ihren zwölf Magiern über die *Weiße Quelle*, die den Zugang nach Kerys bildete, und die Einhaltung des Paktes.

Sophia Chadwick trat neben Michael. Sie war die zweite Vorsitzende der Kongregation und musterte uns auf ihre unnachahmliche Weise, dass man sofort einen Schritt zurücktreten wollte. Sophia war eine Anima. Eine Hexe, die die Gedanken anderer verändern oder sogar wirklich werden lassen konnte. Es gab nur eine Handvoll Anima und ihnen wurde größter Respekt gezollt. Hauptsächlich gründete sich dieser Respekt auf die Angst anderer vor dieser Fähigkeit. Dabei sah Sophia in ihrer Latzhose, mit den buschigen roten Haaren und den derben Schuhen eher wie eine walisische Schafzüchterin aus und nicht wie eine Hexe mit so großer Macht. Auch sie verweigerte sich der Kleiderordnung, aber nicht aus Protest gegen die Gleichförmigkeit, sondern weil sie sich für etwas Besonderes hielt.

»Der Wagen ist vorgefahren. Seid ihr bereit?«, fragte sie in dem für sie typisch süßlichen Tonfall. Glücklicherweise unterlag ihre Gabe strengen Vorgaben. Sie durfte nicht einfach von jedem, dessen Nase ihr nicht passte, die Gedanken visualisieren. Ansonsten würde die Vorhalle der Abtei jetzt wohl von Schafen bevölkert sein. Ich verkniff mir ein Grinsen.

Maëlle neben mir nickte heftig mit dem Kopf. Sie konnte nicht schnell genug von hier wegkommen. Die zwei Jahre in der Fremde hatten uns viel abverlangt und nun rückte unser altes Leben in greifbare Nähe. Aber es würde nicht wie früher sein. Die Rückkehr brachte uns alle, aber vor allem mich, in Lebensgefahr. Ich war davon abhängig, dass meine Schwestern und Ash mich beschützen.

Ein Zischen und Knallen setzte ein. Unter der Kuppel der Abtei entzündeten sich Hunderte kleiner Feuerwerksraketen und malten weiße Sterne an die Decke. Auf den Treppen und Emporen des jahrtausendealten Gebäudes hatten sich die Hexen und Hexer versammelt, die sonst in den unzähligen Büros ihrer Arbeit nachgingen. Nun verabschiedeten sie uns feierlich. Ein paar Hexen warfen Küsse, die sich in winzige Schmetterlinge verwandelten und als bunter Farbregen auf uns herabrieselten. Maëlle grinste von einem Ohr zum anderen.

»*Arcus*«, murmelte sie, beschrieb mit dem rechten Arm einen Bogen und sandte damit einen Regenbogen zurück, auf dem die Schmetterlinge sich niederließen. Meine Schwester hatte viele Freunde in der Abtei gefunden. Jeder, der Maëlle kennenlernte, mochte sie auf Anhieb. Trotzdem schloss sie nie allzu enge

Freundschaften und wahrscheinlich fiel es ihr deswegen nicht schwer, zurückzugehen. Sie war die Einzige von uns gewesen, die sofort zugestimmt hatte. Ich hatte anfangs jede nur denkbare Ausrede bemüht, bis mir klar geworden war, welche Chance sich mir mit der Rückkehr bot.

Ich winkte zu den Hexern und Hexen hinauf, von denen vermutlich viele Angehörige in Frankreich hatten. Nun legten alle gleichzeitig die linke Hand auf das Herz und öffneten sie dann. Ein Abschiedsgruß für meine Schwestern, Ash und mich und zugleich eine Bitte an unsere vier Göttinnen, uns zu beschützen. Die letzten Sterne des Feuerwerks und der Farbregen tröpfelten auf uns hinunter. Wir neigten zum Dank die Köpfe. Ich spürte Ashs Berührung an meinem Rücken, und dann gingen wir durch das geöffnete Portal hinaus, ohne uns noch einmal umzudrehen.

Der Wagen der Kongregation brachte uns von Glastonbury bis zum Hafen von Portsmouth. Eines der wenigen Schiffe, die von dort noch ablegten, würde uns nach Caen auf das französische Festland bringen. Erst wenn wir das Schiff verließen, waren wir auf uns allein gestellt. Während der Fahrt nach Portsmouth beobachtete ich die Menschen auf den Straßen und fragte mich, ob sie je einen Gedanken an die Zustände in Frankreich verschwendeten. Für sie hatte sich ihr Leben bisher kaum verändert. Das Problem lag hinter einer hohen Mauer und sie hofften, dass es dort auch bleiben würde. Noch verheimlichten die Regierungen ihren Völkern das Ausmaß und die Nähe der Bedrohung, aber wenn wir mit unserer Mission keinen Erfolg hatten, war eine Invasion durch die Dämonen nicht mehr zu verhindern. Gänsehaut rieselte über meinen Rücken.

»Wir schaffen das.« Ash lächelte mir aufmunternd zu. »Es gibt keinen Grund, weshalb Ezra Tocqueville euch nicht anhören sollte.«

Er hatte eben keine Ahnung von Ezra. Möglicherweise würde Ezra uns anhören, aber er hatte schon immer seinen eigenen Kopf gehabt. Und er ließ sich nicht umstimmen, niemand hatte das schmerzlicher erfahren müssen als ich. Zwei Jahre lang hatte ich nichts von ihm gehört. Kein einziges Wort, keine Nachricht, nicht mal ein schlichter Gruß. Zwei Jahre, das waren siebenhundertdreißig Tage, siebzehntausendfünfhundertzwanzig Stunden und über eine Million Minuten. Ich hatte mir geschworen, nie wieder jemandem zu erlauben, mich so zu behandeln. Tatsächlich hatte ich irgendwann die bloße Vorstellung gehasst, ihn wiederzusehen. Aber als die Kongregation uns gebeten hatte, zwischen ihm und ihren Mitgliedern zu vermitteln, hatten wir schlecht ablehnen können. Schließlich verdankte ich ihr mein Leben. Ich nickte einfach nur wegen Ashs Bemerkung und widmete mich wieder meinen eigenen Überlegungen. Ich hatte keine Ahnung, wie ich mein Vorhaben in die Tat umsetzen sollte. Magie ließ sich nichts befehlen.

* * *

Ein kleiner Zweimaster dümpelte in dem fast verlassenen Hafen von Portsmouth an einem morschen Steg vor sich hin. Er machte keinen besonders verlässlichen Eindruck, aber der Seeweg war die einzige Chance, schnell nach Frankreich zu kommen. Die riesige Mauer, die sich an der französischen

Grenze entlangwand, besaß nur einen einzigen offiziellen Zugang ins Landesinnere. Dieses Tor lag in der Nähe von Straßburg und es hätte mehrere Tage gedauert, dorthin zu gelangen. Mit dem Schiff konnten wir am Abend drüben sein. Obwohl es verboten war, gab es in der Mauer winzige versteckte Durchlässe, über die Schmuggler immer wieder Menschen aus Frankreich herausbrachten. Niemand war jedoch so verrückt, zurückzugehen. Trotzdem vertrauten wir einem dieser Schmuggler unser Leben an. Die Kongregation bezahlte ihn dafür fürstlich.

Der Kapitän nahm das Geld entgegen und zwei seiner Männer brachten unser Gepäck an Bord. Viel war es nicht. Im Grunde befanden sich in den Koffern hauptsächlich Maëlles Kräuter und andere Zutaten für diverse Heiltränke und Medizin. Der Fahrer des Wagens wartete, bis das Schiff ablegte, bevor er davonfuhr. Wir drei standen mit Ash an der Reling des Schiffes, als das Land verschwand. Nur noch ein paar Möwen begleiteten uns. Schätzungsweise sechs Stunden sollte die Überfahrt dauern. Wir würden Frankreich mitten in der Nacht betreten, wenn uns keine Patrouille erwischte. Die Kreuzer der britischen Küstenwache kontrollierten den Ärmelkanal Tag und Nacht und sie schickten gnadenlos jeden Hexer oder jede Hexe, die Frankreich verlassen wollte, zurück.

Nach einer Weile gingen Aimée und Maëlle unter Deck, um etwas zu schlafen. An Land würden sie ihre ganze Kraft brauchen, um uns heil nach Hause zu bringen. Ash unterhielt sich mit dem Kapitän und kam anschließend zu mir. »Fühlst du dich gut? Bist du nervös?«

»Beides«, erwiderte ich und sog die frische Meeresluft tief in meine Lungen. »Angesichts dessen, was uns erwartet, müsste ich mich fürchten. Aber das tue ich nicht.«

Der Seewind zerzauste Ashs kurz geschnittenes dunkelbraunes Haar. Wie immer ließ er sich Zeit mit seiner Antwort. »Das kommt vielleicht noch«, sagte er diplomatisch. »Bis jetzt überwiegt deine Vorfreude. Aber du solltest dir nicht zu viel Hoffnungen machen. Möglicherweise gelangen wir gar nicht bis nach Paimpont. Und wenn doch, dann könnte euer Haus zerstört sein. Diese Reise ist ein Wagnis, darüber solltest du dir keine Illusionen machen.«

»Das tue ich nicht.« Ich wusste, dass wir vielleicht unverrichteter Dinge zurückkehren mussten. Aber in einem täuschte er sich. Unser Haus wartete auf uns. Es war nicht zerstört. Meine Familie und unser Zuhause waren seit vielen Generationen miteinander verbunden. In diesem Haus lebte nicht nur unsere Magie, sondern auch die Geister unserer Vorfahren. Wenn es das Haus nicht mehr gäbe, hätte eine von uns das gespürt.

Schweigend beobachteten wir den Sonnenuntergang, während das Schiff durch das glatte Meer pflügte. »Die Kongregation hätte uns nicht in dieser Nacht-und-Nebel-Aktion zurückschicken sollen. Das ist gerade das, was mir am meisten Sorgen macht«, bemerkte ich leise. Und es war auch etwas, was ich mir in der Abtei nicht erlaubt hatte, laut zu sagen. Dort hatten die Wände Ohren und Kritik an einer Entscheidung der Kongregation zu üben, kam in diesen Tagen nicht gut an, schließlich hatte diese nur unser Bestes im Sinn. Ich verstand allerdings nicht, weshalb dieses Beste mit Lügen und Geheimnissen durchgesetzt werden musste.

Die Menschen waren schließlich nicht dumm und es war besser, einer Bedrohung ins Auge zu sehen und sich darauf vorzubereiten. »Weshalb durften die Menschen nicht von unserer Abreise wissen?« Es traf sowieso keine Regierung der Welt heutzutage noch eine Entscheidung, ohne die Kongregation hinzuzuziehen.

»Sie wollte keine Hoffnungen wecken, die sich dann nicht erfüllen«, antwortete Ash. »Und so ist der Erwartungsdruck, der auf euch lastet, nicht so hoch.«

Ich nickte verstehend. Wenn wir scheiterten, würde niemand davon erfahren. Es kam mir immer noch falsch vor, obwohl ich diese Erklärung nachvollziehen konnte. Hoffnung war eigentlich etwas Gutes. Ohne meine Hoffnung hätte ich nie überlebt. Aber Hoffnungen wurden eben auch nicht immer Realität.

»Wir werden alles in unserer Macht Stehende tun und wir werden Erfolg haben.« Ash verschränkte die Hände ineinander und beugte sich vor. Das Schiff glitt in Anbetracht seines Zustandes und seines Alters erstaunlich schnell durch das Wasser. Ein Schwarm Fische begleitete uns. Ihre silbernen Leiber glänzten mit dem Wasser um die Wette.

»Wie kannst du dir da so sicher sein?«

Ash lächelte verhalten. »Ich hoffe einfach, dass er dir die wirklichen Beweggründe darlegen wird, weshalb er unsere Unterstützung ablehnt. Die Beziehungen zwischen den Magiern der Loge und der Kongregation waren immer schwierig. Aber wir stehen am Rande des Abgrundes. Nur ein Wahnsinniger würde versuchen, die Welt im Alleingang zu retten.«

Und wahnsinnig war Ezra nie gewesen. Nur wenige Wochen nach unserem Weggang hatte uns die Nachricht erreicht, dass

Ezra Großmeister der Loge geworden war. Zu dem Zeitpunkt hatte das Dämonenfieber so in mir gewütet, dass ich mich nicht mal gefragt hatte, weshalb nicht sein älterer Bruder Aden das Amt übernommen hatte. Schließlich war er darauf vorbereitet worden. Bis vor ein paar Wochen hatte es mich auch nicht interessiert. Ich wollte weder an Brocéliande, an unser Zuhause noch an Ezra denken. Doch nun hatte die Kongregation mir einen Strich durch die Rechnung gemacht, mir jedoch gleichzeitig einen Weg eröffnet, mir meinen sehnlichsten Wunsch zu erfüllen. Genau deswegen hatte ich trotz meiner Angst nicht gekniffen.

Ich malte mit der Fingerspitze einen Strich auf die von der Gischt nasse Reling. Das Wasser wurde dunkler, je tiefer die Sonne am Horizont versank. Wir würden die Küste gegen Mitternacht erreichen und mussten dann hoffen, dass die Schmuggler am vereinbarten Ort auf uns warteten, um uns ein Auto zur Verfügung zu stellen. Je mehr wir uns Frankreich näherten und England hinter uns ließen, desto stärker wurde das ungute Gefühl in meinem Magen. Es ließ sich nicht länger ignorieren. Wenn uns stattdessen ein Dutzend Dämonen auflauerte, wäre ich verloren. Dämonen hatten keine magischen Fähigkeiten. Dafür waren sie unfassbar schnell und viel stärker als ein normaler Mensch. Ich musste mich ganz auf Ash und meine Schwestern verlassen, aber meine Hilflosigkeit brachte die drei in zusätzliche Gefahr. Als man uns vor zwei Jahren in der Abtei Asyl gewährt hatte, während die meisten Menschen in Flüchtlingslager mussten, hatte ich mich oft gefragt, weshalb die Kongregation das getan hatte. Heute kannte ich die Antwort. Sie glaubte, wir könnten Einfluss auf Ezra nehmen. Wir waren ein letzter Versuch, ihn zum Einlenken zu bewegen. Woher sie damals schon gewusst hatte, dass sie uns eines Tages brauchen würde, war mir allerdings schleierhaft.

Ash legte einen Arm um meine Schultern. »Wir schaffen das schon«, murmelte er. »Die Kongregation zählt auf uns.«

»Findest du das nicht beängstigend?«

»Nein«, sagte er. »Es ist eher eine Herausforderung.«

Eine Welle fuhr unter das Schiff, hob es hoch und ließ es aufs Wasser zurückknallen. Salzige Gischt spritzte uns ins Gesicht. Ich lachte, aber Ash zog mich von der Brüstung zurück an die Holzwand des Führerhauses. Durch das Bullauge konnten wir den Kapitän am Steuerrad stehen sehen. Seine Miene wirkte grimmig und hoch konzentriert. Vermutlich war er diese Strecke schon Hunderte Male gefahren. Das bedeutete nur nicht, dass es ungefährlicher wurde. Trotz Nachrichtensperre und Einschränkung der Pressefreiheit war es der britischen Regierung nicht gelungen, die Gerüchte einzudämmen, die das Land überfluteten. Da war von Seeungeheuern die Rede, von Schlachten der Magiebegabten und Dämonen, von schrecklichen Vorzeichen und blutigen Flüssen. Das meiste war an den Haaren herbeigezogen, aber einmal in Umlauf gebracht, konnte ein Gerücht kaum zurückgenommen werden. Furcht und Faszination waren heutzutage keine Gegensätze mehr.

»Es ist unheimlich, findest du nicht?«, fragte ich leise. Die Sonne war untergegangen. Nur das Licht des Vollmondes und das der Sterne erhellten das Tintenschwarz der glatten See. Der schwache Schein der Schiffsbeleuchtung drang kaum über den Bug hinaus. Ich fühlte mich winzig und so unbedeutend wie ein einzelner Stern in der Unendlichkeit des Universums.

»Möchtest du nicht lieber runtergehen?« Ash musterte mich aufmerksam.

Ich schüttelte den Kopf. Vorhin war ich für ein paar Minuten in einer der kleinen Kajüten gewesen und zu einer Klaustrophobie hatte sich sofort Übelkeit gesellt – und da hatten wir noch im Hafen gelegen. Bei nur minimal stärkerem Seegang würde ich mich dort unten auf der Stelle übergeben. Ich suchte den Horizont nach Land ab. Ein unmögliches Unterfangen bei der Dunkelheit. Trotzdem hoffte ich auf einen Funken oder Lichtblitz. Gab es überhaupt noch Leuchttürme, die den Seeleuten den Weg wiesen? Vermutlich nicht.

»Es dauert noch eine ganze Weile«, sagte Ash. »Wir sind mindestens noch drei Stunden unterwegs, wenn der Wind weiter so gut steht.«

Das war das Risiko bei dieser Überfahrt. Der Kapitän wollte nicht riskieren, den Motor anzuwerfen, und hatte deshalb die Segel setzen lassen. Nun fuhren wir zwar leise, waren aber abhängig von Wind und Strömung. Ich trat wieder an die Reling, hielt mich an ihr fest und schloss die Augen. Der Fahrtwind kühlte meine Wangen. Es ging nach Hause. Ich würde unser Haus, unsere Freunde und Ezra wiedersehen. Ob er sich verändert hatte? So lange war er Teil meines Lebens gewesen, und ihn zu verlieren, hatte mich beinahe umgebracht. Hauptsächlich, weil er mich so gründlich aus seinem Leben gestrichen hatte. Diese Grausamkeit hätte ich ihm nie zugetraut.

Ich war zwölf und er war sechzehn gewesen, als er mit seinen Eltern und seinem älteren Bruder Aden aus Oxford nach Frankreich in das Château, dem Sitz von Merlins Loge, gezogen war.

Damals war sein Vater zum Großmeister berufen worden. Seine Mutter, eine wunderschöne und elegante Frau, hatte die Kinder des Ortes ständig mit Keksen und Milch bewirtet. Ihren beiden Söhnen war das peinlich gewesen, aber sie hatten sie, genau wie ihr Vater, vergöttert. Die vier zusammen zu sehen, hatte mich immer etwas eifersüchtig gemacht. So eine Familie hätte ich mir für meine Schwestern und mich auch gewünscht. Ein Jahr nach ihrer Ankunft in Paimpont verschwand Ezras Mutter plötzlich. Wenn man den Gerüchten Glauben schenken durfte, war sie mit einem anderen Mann durchgebrannt. Ezras Vater war über diesen Verlust nicht hinweggekommen und hatte seine Söhne von da an sich selbst überlassen. Ein Grund für die wilden Partys, die sie im Wald von Brocéliande heimlich gefeiert hatten. Ezras Verhältnis zu seinem Vater war danach immer angespannter geworden, denn er geriet sehr nach seiner Mutter. Von ihr hatte er die dunklen Augen und das schwarze Haar geerbt. Von seinem Vater die gerade schmale Nase und die hohen Wangenknochen. Sein Bild manifestierte sich vor meinem inneren Auge. Ich sah ihn genau vor mir, und zwar so, wie er bei unserem letzten Gespräch ausgesehen hatte. Ob seine Züge immer noch so verwegen anmuteten? Wer ihn nicht gut kannte, hielt ihn für hart und kaltherzig und vermutlich hatte derjenige recht. Ezra war äußerst kompromisslos. Ich erinnerte mich an seine dichten, geschwungenen Augenbrauen, seinen Mund mit dem grüblerischen Zug und das energische Kinn. Eigentlich war es ein Wunder, dass unsere Freundschaft, oder was immer es gewesen war, so lange gehalten hatte. Zum Zeitpunkt des Angriffs studierte er bereits in Paris an der Sorbonne. Aber er kam jedes Wochenende nach

Hause. Er besuchte mich, brachte mir das Reiten bei, als ich noch kräftig genug gewesen war, schickte mir lustige Nachrichten oder Postkarten mit absonderlichen Sprüchen. Wir picknickten an den magischen Orten des Waldes und er erzählte mit seiner tiefen, rauen Stimme von Merlin, Viviane, Lancelot und Artus. Ich kannte all diese Geschichten, aber ich lauschte ihm zu gern. Ich liebte ihn, obwohl ich wusste, dass er an der Uni Freundinnen hatte, doch diese Frauen brachte er nie mit nach Paimpont. Dort hatte er nur mir gehört. Jedenfalls hatte ich mir das eingebildet.

Eine Wolke schob sich vor den Mond und es wurde finster. Von der Brücke erklang ein Fluch und dann ließ ein Stoß das Schiff erbeben. Der Ruck, der durch den Rumpf ging, unterschied sich deutlich von dem vorherigen. Das hier war keine Welle. Die Planken des Bootes knarrten besorgniserregend. Zwei mit Harpunen bewaffnete Männer stürzten zum Heck des Schiffes. Ein weiterer Ruck, und das Schiff senkte sich bedenklich zur rechten Seite. Ich hielt mich mit beiden Händen an der Reling fest. Maëlle und Aimée kamen an Deck geklettert.

»Was ist das?«, fragte Aimée. »Sind wir auf eine Sandbank gelaufen?«

»Nicht so weit hier draußen«, antwortete Ash.

»Macht euch nützlich!«, brüllte der Kapitän. »Das ist der verdammte Krake. Er zerschlägt das Schiff.« Ein erneutes Donnern begleitete seine Worte und der Rumpf erbebte.

»Du bleibst hier.« Ash drängte mich zum Kapitän ins Steuerhaus und dann rannte er mit meinen Schwestern ans Heck.

»Setz dich dahin«, kommandierte der Kapitän. »Verdammter Mist. Diese Nacht sollte völlig wolkenlos sein. Das Vieh kommt nicht raus, wenn es ihm zu hell ist.« Er warf mir einen misstrauischen Blick zu, als wäre ich für die Wolke verantwortlich.

»Wie groß ist dieser Krake?«, fragte ich mit zittriger Stimme, als ein weiteres Beben durch den Rumpf zog. Ich wollte aufspringen und zu meinen Schwestern und Ash laufen, aber dort draußen war ich nur im Weg. Die Hilflosigkeit machte mich wütend, also klammerte ich mich einfach nur an der Bank fest, während das Schiff hin und her geschleudert wurde.

»Riesig«, kam die prompte Antwort. »Ich habe mal gesehen, wie er einen Frachter kurz und klein geschlagen hat, der dreimal so groß war wie mein Boot. Die Männer damals sind alle ertrunken.«

Die nächste Erschütterung war so stark, dass ich von der Bank rutschte und auf den nassen Boden knallte. Dieses Mal neigte das Schiff sich nach links, hektisch steuerte der Kapitän dagegen an. »Können sie gut hexen, deine Schwestern? Hab den Auftrag nur angenommen, weil ihr Magiebegabte seid.« Wie fast alle normalen Menschen machte er vermutlich keinen Unterschied zwischen Hexen, Hexern und Magiern. Sie warfen uns alle in einen Topf. Dabei waren die Unterschiede beträchtlich. »Menschen bringe ich nicht mehr rüber«, setzte er fort. »Ist zu gefährlich. Aber es gibt immer einige Verrückte, die sich auf die Suche nach Angehörigen machen wollen.«

»Wenn der Krake durch Magie zu vertreiben ist, werden sie es schaffen«, beantwortete ich seine Frage und rappelte mich auf. Zum Glück war die Lederhose wasserdicht, aber mein Umhang hing nun schwer auf meinen Schultern. Ich legte ihn ab und hangelte mich zur Tür.

»Will's hoffen«, kam es verkniffen vom Kapitän. Ich klang wohl nicht ganz so überzeugend. »Wo willste hin?«

»Ich möchte nur rausschauen.« Ich stemmte die Füße in den Boden und hielt mich an einer Stange fest. Mit einer Hand wischte ich die Scheibe frei. Es war mir schleierhaft, wie der Mann sehen konnte, wohin er fuhr. Aber vielleicht war das gerade unerheblich. Der Bug des Schiffes kämpfte sich durch die nun aufgewühlte See. Ich taumelte zurück, als sich ein riesiger, glitschiger Arm, der mit hunderten Saugnäpfen besetzt war, direkt vor uns in die Luft erhob. Er verharrte eine Sekunde, bevor er wieder ins Meer klatschte und das Boot dabei nur um wenige Millimeter verfehlte. Der Zweimaster war nur noch eine Walnussschale und den Elementen einfach ausgeliefert. Ich knallte gegen eine Wand. Der Schmerz lähmte mich für einen Moment. Ich ruderte mit den Armen in der Luft, in dem Versuch, mich wieder irgendwo festzuhalten, landete aber abermals auf meinem Hintern und rutschte über das nasse Holz. Mein Hinterkopf knallte an die Bank, auf der ich vorhin gesessen hatte. Der Kapitän fluchte lautstark und drehte wie wild an dem Steuerrad. Wir würden alle ertrinken. Dieses Vieh machte Kleinholz aus dem Schiff. Ich würde Ezra nicht wiedersehen. Ich brauchte mehrere Versuche, um aufzustehen, kam irgendwie mühsam auf die Knie und stand endlich wieder aufrecht. Alles tat mir weh und ich brauchte einen Moment, um wieder scharf zu sehen. Irgendwas musste ich unternehmen. Etwas anderes, als mich hier zu verstecken und herumschleudern zu lassen. Meine Schwestern und Ash kämpften da draußen um unser Leben und ich ... war nutzlos. Aufgebracht sah ich mich nach einer Waffe um und entdeckte eine Harpune. In diesen Zeiten wurden die wildesten Geschichten erzählt. Geschichten von Seeschlangen, monströsen Oktopussen, Killerhaien aus den Tiefen der See und eben von diesem Riesenkraken. Ich hatte angenommen, die Geschichten dienten der Abschreckung, damit sich niemand mehr auf das Meer hinauswagte. Leider waren sie nur zu wahr. Ich versuchte, meine Angst zu unterdrücken, und wankte auf die Harpune zu. Ich war gerade erst gesund geworden und würde jetzt nicht sterben. Da konnte dieser verfluchte Krake sich auf den Kopf stellen. Mit der Harpune in der Hand hangelte ich mich zur Tür des Fahrerhauses, als der Kapitän leise aufstöhnte. Ich folgte seinem Blick. Eine Nebelwolke ballte sich vor dem Schiffsrumpf zusammen und quoll über die Planken. Das Schlingern hörte auf und dann lagen wir so still, als befänden wir uns im Auge eines Hurrikans. Der Nebel kroch auf uns zu. Rauchgraue Schwaden tasteten sich wie Finger voran. Es war gespenstisch. Jedenfalls musste er das für einen Menschen ohne Magie sein.

»*Ascenda nebularis*«, flüsterte ich die Beschwörung, die Nebel hervorrufen konnte. Vor meiner Krankheit hatte ich unzählige Beschwörungen gelernt, die mir nun alle nichts nützten. Auch dieses Mal zeigte der Spruch keine Wirkung. Der Nebel verdichtete sich nicht und ließ sich von mir auch nicht lenken. Ich legte die Hand auf die Glasscheibe.

Ein erneuter Ruck ging durch das Schiff und dann trieb es vorwärts. Ich konnte nichts sehen. Nicht mal mehr die Planken des Bugs, weil der Nebel sie vollständig eingehüllt hatte. Es war ganz still, nur ab und zu schlug ein Segel gegen den Mast.

»Es funktioniert.« Stolz auf meine Schwestern und Ash durchflutete mich. Sie hatten den Kraken vertrieben.

»Hexennebel«, sagte der Kapitän und es klang erleichtert und ängstlich zugleich. Nichtmagiebegabte schreckten oft vor der Demonstration unserer Macht zurück. Sie fürchteten uns genauso, wie sie uns bewunderten. Na ja, mich nicht mehr. »Hab davon gehört, ihn aber noch nie gesehen. Ist nicht das erste Mal, dass er Schiffe vor den Ungeheuern versteckt. Sollte wohl immer einen Hexer mitnehmen. Aber die lassen sich ihre Dienste ganz schön was kosten.«

Ich wandte ihm den Kopf zu. »Und du kannst dir das normalerweise nicht leisten?«

Er schüttelte den Kopf und kratzte sich dann den Nacken. »Hab immer gedacht, sei Seemannsgarn. Die Männer erzählen viel Unsinn in den Hafenkneipen, musst du wissen.« Er nahm einen langen Schluck aus einem Flachmann.

»Das ist es nicht.« Meine Hände zitterten immer noch. Schritte erklangen und dann wurde die Tür des Führerhauses aufgerissen.

Ash packte mich an den Schultern. »Alles in Ordnung? Bist du verletzt? Der Nebel brauchte eine Weile, bis er dicht genug war.«

Ich nickte und sah zu meinen Schwestern, die hinter ihm auftauchten. Maëlles Augen glitzerten vor Aufregung und Aimée hatte die Lippen zu einer schmalen Linie zusammengepresst.

»Ist er weg?«, fragte ich.

»Natürlich«, sagte Ash.

»Er hat sich dorthin verzogen, wo er hingehört«, erklärte Aimée. »Ohne den Nebel wären wir in echte Schwierigkeiten geraten. Das war eine sehr gute Idee, Ash.«

Er nickte. »Wir mussten ihn in die Irre führen.«

»Vorher habe ich ihm noch ein paar Wunden verpasst. Mein Gift wird er nicht so schnell vergessen«, erklärte Maëlle triumphierend.

Sie verschloss eine kleine Phiole und versteckte sie in den Taschen ihres dunkelgrünen Samtumhanges.

Mein Blick huschte wieder nach draußen. Der Nebel war verschwunden, als hätte es ihn nie gegeben. Das Wasser lag dunkel, aber spiegelglatt vor uns und der Mond prangte am Himmel. Erleichtert atmete ich auf.

»Wo ist dein Umhang?«, fragte Aimée.

Mit einer Kopfbewegung wies ich auf die Bank. »Er ist nass.«

Sie nickte und griff danach.

»Lass uns rausgehen«, sagte Maëlle. »Hier drin ist es für fünf Personen eindeutig zu eng.«

In Wirklichkeit sollte ich nicht sehen, wie Aimée meinen Umhang trocken zauberte. Aus irgendeinem Grund nahmen meine Schwestern an, meine Kräfte würden mir weniger fehlen, wenn auch sie in meiner Gegenwart nicht hexten. Es war Unsinn, aber sie ließen sich nicht davon abbringen. Noch ein Grund, weshalb ich versuchen musste, meine magischen Kräfte zurückzubekommen. Ansonsten würden meine Schwestern sich ihr Leben lang für mich verantwortlich fühlen und für mich kämpfen. Ich konnte diesen Zustand nicht einfach hinnehmen und lernen, ohne Magie zu leben. Jedenfalls nicht, bevor ich nicht alles versucht hatte. Manche Dinge vermisste man für immer.

Kurz nach Mitternacht kam endlich Land in Sicht. Der Vollmond erhellte damit allerdings auch eine gruselige Realität. Vor dem Schiff ragte eine riesige Mauer gen Himmel. Es wurde ein Boot zu Wasser gelassen und wir kletterten über eine Strickleiter hinein. Dann ruderte einer der Seeleute uns an Land. Wir waren kaum ausgestiegen, als der Mann auch schon wieder umkehrte.

»Wie kommen wir da durch?«, fragte ich Ash flüsternd. Diese Mauer sah absolut undurchdringlich aus. Sie war bestimmt fünfmal so hoch wie ich und nirgendwo war ein Durchgang zu entdecken.

»Wir müssen ein Stück laufen«, erklärte Ash. »Es gibt durchlässige Stellen. Sie sind markiert.«

Ich schulterte meinen Rucksack und wir folgten ihm schweigend. Ab und zu ließen Ash oder eine meiner Schwestern ein Licht aufblitzen. Sie beleuchteten die Mauer auf der Suche nach magischen Zeichen. Wir brauchten ungefähr zwanzig Minuten, um einen dieser Durchgänge zu finden.

»Wer kennt alles die Beschwörung, um hineinzugelangen?«, fragte ich Ash flüsternd.

»Nur die Kongregation. Diese Durchgänge wurden zur Sicherheit angelegt.«

Ich nickte verstehend. Die Kongregation hatte also Schlupflöcher geschaffen. Für sich und für wen auch immer.

Ash legte eine Hand auf einen Kreis, durch den ein Strich verlief. »*Apudiamente*«, sagte er leise, aber eindringlich und klopfte mit den Fingerspitzen einen seltsamen Rhythmus auf das kalte Metall, das die Mauer verstärkte. Fasziniert betrachtete ich, wie das Metall durchlässig wurde.

»Los, komm«, forderte Maëlle mich auf und drängte an Ash vorbei. Aimée ging ihr hinterher. Offenbar hatten die beiden keine Angst davor, was uns auf der anderen Seite erwartete. Ash nickte mir aufmunternd zu und ich folgte meinen Schwestern. Es fühlte sich an, als ginge ich durch eine glibberige Masse. Maëlle grinste mir zu. Ash stand kurz darauf hinter mir und die Mauer verschloss sich.

Wir brauchten noch einmal zwanzig Minuten, bis wir den Treffpunkt mit dem Mann erreichten, der uns zu unserem Wagen brachte. Die Kongregation hatte unsere Reise bisher perfekt vorbereitet, nur dieses Gefährt wirkte nicht sonderlich zuverlässig. Nicht mal das wenige Mondlicht konnte über den miserablen Zustand hinwegtäuschen. »Er schafft das schon«, versicherte der Mann, der sich ständig nach rechts und links umsah.

»Du bist doch kein Hexer«, sagte ich. »Weshalb hast du dich nicht evakuieren lassen?«

»Ich wollte in kein Flüchtlingslager und hier mache ich immer noch gute Geschäfte.« Er hielt die Hand auf und Ash gab ihm ein Bündel Banknoten. »Nehmt nicht die Strecke über die alte Autobahn. Fahrt lieber über Land. Das ist sicherer. Dauert nur etwas länger.« Damit verschwand er zwischen den alten Hafengebäuden wie eine Ratte, die ein sinkendes Schiff verließ. Von irgendwoher kam ein Kreischen und ich zuckte zusammen.

»Wir machen uns besser sofort auf den Weg«, sagte Ash und lud unser Gepäck in den Kofferraum. »Wie fühlst du dich?«, fragte er, als ich ihm meinen Rucksack reichte.

»Gut, alles in Ordnung. Mach dir um mich keine Sorgen.«

Er lächelte. »Tue ich nicht. Auf der Fahrt kannst du ein bisschen schlafen.«

»Mal sehen.« Ich war viel zu aufgedreht und glaubte nicht, auch nur eine Sekunde die Augen schließen zu können.

»Beeilt euch!«, rief Maëlle aus dem Auto. »Mir ist das hier nicht geheuer. Bestimmt lungert in diesen Häusern jede Menge Gesindel herum.«

Erstaunlicherweise ließ der Wagen sich auf Anhieb starten und der Motor summte leise und zuverlässig vor sich hin. Irgendwann schlief ich bei dem gleichmäßigen Geräusch doch ein und erwachte erst, als der Motor erstarb.

»Sind wir da?« Sofort war ich hellwach und rieb mir die Augen.

»Leider nicht«, antwortete Aimée. »Wir brauchen Benzin. Der Tank scheint ein Leck zu haben. Aber wenigstens haben wir eine Tankstelle gefunden. Es dauert nicht lange.«

»Hoffen wir, dass hier noch was zu holen ist. Ich möchte ungern den restlichen Weg zu Fuß gehen«, brummte Maëlle. »Ist schon etwas unheimlich. Es funktioniert keine einzige Straßenlaterne mehr und nirgendwo sieht man auch nur eine Menschenseele. Ich fühle mich wie auf einem ausgestorbenen Planeten.«

Ash öffnete die Fahrertür.

»Hat ein bisschen was von einer Zombieapokalypse«, murmelte ich und betrachtete die zerbrochenen Fensterscheiben.

»Was weißt du denn über Zombies?«, fragte Aimée angespannt.

»So einiges, würde ich sagen«, kam es von Maëlle. »Vianne ist vermutlich unsere Zombiespezialistin. Sie hat alles geguckt, was sie finden konnte. Jetzt können wir es dir ja verraten, du hattest ihr schließlich kein Netflixverbot erteilt.«

»Du hast ihr erlaubt, heimlich Zombiefilme zu schauen?«, fragte Aimée aufgebracht.

»Na, hör mal, dein dämlicher Mr. Darcy war auf Dauer echt langweilig. Vianne brauchte ein bisschen Spaß und außerdem war sie keine zehn mehr.«

Mein Blick folgte Ash, der eine Tanksäule prüfte, den Hahn aber wieder zurücksteckte.

»Und da ist dir nichts Besseres eingefallen, als ihr Filme mit lebenden Toten vorzuschlagen, die rumrennen und sich mit menschlichen Gedärmen einschmieren?«

»Du kennst dich ja ziemlich gut aus«, kam es trocken von Maëlle. »Da gibt es wohl mehr heimliche Gucker in der Familie.«

»Hmpft«, erwiderte Aimée nur noch.

Ash ging weiter. Die Zapfsäulen waren nicht mehr zu benutzen. Ohne Strom kam da nicht mal mehr Benzin heraus, selbst wenn sie bis oben hin voll wären.

»Sollten wir Ash nicht helfen?«, fragte ich meine Schwestern.

»Sollten wir nicht gucken, ob es in dem Laden noch was Süßes gibt?«, kam eine Gegenfrage von Maëlle. »Was würde ich jetzt für ein Schokocroissant geben.«

»Wenn du nicht aufpasst, wirst du zum Schokocroissant für irgendwelche Monster«, erwiderte Aimée, öffnete aber die Tür und stieg aus. »Du wartest hier«, wies sie mich an.

»Warum ist sie so schlecht gelaunt?«, fragte Maëlle eher rhetorisch. Sie wartete meine Antwort nicht ab, sondern stieg auch aus.

Ganz sicher würde ich nicht im Auto sitzen bleiben. Maëlle und Aimée waren kaum zwischen den Tanksäulen verschwunden, als ich ausstieg. Aufmerksam sah ich mich um und folgte dann dem Licht, welches Aimée wie eine kleine leuchtende Kugel auf ihrer Fingerspitze schweben ließ.

»Ash!«, hörte ich sie rufen. »Wo bist du?« In einem nahe gelegenen Schuppen rumorte es und ich zuckte zusammen.

»Ich habe ein paar Kanister gefunden«, antwortete er zu meiner Erleichterung und kurz darauf flogen zwei Metallkanister aus der offenen Tür in Richtung Auto. Ash folgte ihnen. »Wir sollten so schnell wie möglich weiter«, sagte er. »Da sind frische Kratzspuren an der Tür.«

»Dann lass uns das Benzin einfüllen«, hörte ich Aimée sagen. »Maëlle kommt sicher gleich zurück.«

Mein Blick huschte zu dem Verkaufsraum, in dem Maëlle verschwunden war. Ich sollte ihr Bescheid sagen. Die Tür stand offen. »Maëlle«, raunte ich. »Los, komm endlich. Ash hat Benzin gefunden.«

»Und hier liegen noch ein paar Lollis von Barnier. Die kann ich nicht verkommen lassen.«

»Bist du irre? Das Zeug ist vermutlich zwei Jahre alt.«

»Na und? Dadurch schmeckt es nur noch besser. Ist wie bei Wein.«

Ich schüttelte den Kopf und ging tiefer in den Raum hinein. Die Tür zu einem Hinterzimmer stand offen. Die Kasse lag zerschlagen auf dem Boden und die Glastüren der Kühlschränke waren herausgerissen. Ich trat auf die Reste der Scherben, die unter meinen Füßen leise knackten. Die meisten Regalreihen waren leer geräumt und es kam einem Wunder gleich, dass Maëlle überhaupt etwas gefunden hatte. Ich griff nach einer letzten Dose, die verloren auf einem Brett stand, und hatte plötzlich klebrige Fäden an den Händen. Es fühlte sich an wie Spinnenfäden, nur fester und dicker. Ekelhaft. Ich hasste Spinnen. Ich wich zurück und stieß gegen ein anderes Regal, das ins Wanken geriet. Wieder hatte ich das Zeug an den Fingern. Angewidert wischte ich es an meiner Hose ab. Hinter mir polterte es und ich wirbelte herum. Ein Zischen erklang, aber ich konnte nicht erkennen, wer oder was dieses Geräusch verursachte. Meine Nackenhaare stellten sich auf. Vorsichtig wich ich zurück.

»Beweg dich nicht«, flüsterte Maëlle mit unnatürlich ruhiger Stimme und ich stoppte. »Wenn ich *jetzt* sage, hockst du dich hin«, wies sie mich an.

Ich presste mich an das Regal hinter mir. Mein Herz schlug so wild, dass jeder in diesem Raum es hören musste. Warum war ich nicht einfach im Auto geblieben? Mein neues Leben hatte sich damit möglicherweise auf ein paar Stunden verkürzt.

»Jetzt!«, brüllte Maëlle und ich ließ mich auf den Boden fallen. »*Fulgato.*« Ein Blitz zischte über mich hinweg. Gleich darauf jagte noch einer durch den Raum. In dem zuckenden Licht erblickte ich zwei Frauen mit langen pechschwarzen Haaren und leeren Augenhöhlen. Aus den Rücken ragten Spinnenbeine. Wie auf Stelzen kam eins der Monster auf mich zu. Ich robbte aus dem Gang heraus und ließ es nicht aus den Augen. Das andere Vieh schien von Maëlles Blitzen getroffen worden zu sein, denn es brannte. Dabei quiekte es so laut, dass ich mir am liebsten die Ohren zugehalten hätte. Stattdessen sprang ich auf und rannte los. Ein Spinnenfaden schlang sich um meinen Knöchel, riss mich auf die Knie und zog mich unerbittlich zurück.

»Mist!«, fluchte ich und versuchte, mich an einem der Regale festzuhalten. Noch mehr Feuerbälle rasten herum. Kreischend stelzte das Vieh auf mich zu und zog mich mit seinem Faden gleichzeitig zu sich heran. Ich keuchte und strampelte, um ihn loszuwerden. »*Solvi vinculum!*«, brüllte ich, als die Dämonin mir so nah war, dass ich den Geifer erkennen konnte, der ihr aus dem Mundwinkel lief. Die Beschwörung verpuffte im Nichts und ihre Lippen verzogen sich zu einem gruseligen Lächeln.

»Vianne!«, brüllte Ash. »Wo bist du?«

»Hier!«, rief ich zurück, als das Monster sich über mich beugte. Ein Tropfen ihres Geifers tropfte in mein Gesicht. Es brannte wie Feuer. Ich rammte ihr den Handballen gegen die Nase und ein Knacken ertönte. Und dann wurde sie voller Wucht zurückgeschleudert, der Spinnenfaden an meinem Fuß riss.

Ash war im selben Moment neben mir und zog mich hoch. Er ließ die Dämonin nicht aus den Augen, die in sich zusammengefallen vor den Kühlschränken lag. Ihre langen Spinnenbeine zuckten. Ash schleuderte noch einen Blitz auf sie und sie begann zu brennen. Ein spitzes Kreischen ertönte und die Beine zuckten im Todeskampf noch mehr. Angeekelt verzog ich das Gesicht.

»Lass uns von hier verschwinden«, sagte Ash und legte einen Arm um mich. Der Raum füllte sich mit Rauch. Hastig eilten wir auf die Tür zu. Die Kühle der Nacht umfing mich und ich schnappte nach Luft. Ash ließ mich los. »Alles in Ordnung? Haben sie dir etwas getan?«

»Nein. Alles okay.« Ich wischte über mein Gesicht. Die Stelle, wo der Geifer mich getroffen hatte, glühte, aber das war jetzt egal.

Der Laden brannte bereits lichterloh, aber Aimée und Maëlle feuerten noch ein paar glühende Bälle darauf ab.

»Das reicht«, sagte Ash. »Spart euch eure Magie besser auf. Wer weiß schon, wem oder was wir noch begegnen.«

»Was war das?«, fragte Aimée. Sie war blass und musterte mich aufmerksam. »Du hättest im Auto bleiben sollen.«

Natürlich hätte ich das.

»Das waren Furcas«, erklärte Ash, »und wir sollten verschwinden, bevor noch mehr von ihnen auftauchen oder hier alles in die Luft fliegt. Sie jagen im Rudel.«

»Blöde Viecher«, murmelte Maëlle. »Geht es dir gut?«

»Ja«, erwiderte ich verärgert über mich selbst und gleichzeitig erleichtert. Wir rannten zu unserem Auto. Die Tankstelle war gerade aus unserem Sichtfeld verschwunden, als sie in die Luft flog. Eine riesige Feuersäule stieg hinter uns auf und ich hoffte, sie vernichtete gleich noch ein paar von den Dämonen. Die hatten kein Recht, hier zu sein und uns unsere Heimat streitig zu machen.

»Hier.« Maëlle hielt mir einen Lolli hin und lachte zufrieden. »Er ist hart erkämpft.«

Trotz meines immer noch donnernden Herzschlages musste ich lächeln. »Danke schön.«

»Das ist alles deine Schuld«, bemerkte Aimée, die sich vorn neben Ash gesetzt hatte. »Wärst du nicht in den Laden gegangen, hätten sie euch nicht angegriffen.«

»Pardon«, brummte Maëlle. »Ich konnte doch nicht wissen, dass sie sich dort drin versteckt hatten.«

»Jetzt wisst ihr es«, kam es von Ash. »Sie können überall sein. Ihr müsst einfach wachsam sein. Erst in Paimpont sind wir einigermaßen sicher.«

»Wo genau sind wir jetzt?«, fragte ich und wickelte die Süßigkeit aus.

»In der Nähe von Saint-Aubin-d'Aubigné«, antwortete Ash. »Nach meinen Berechnungen sind es noch gut siebzig Kilometer bis Paimpont.«

Früher eine überschaubare Strecke, heute völlig unberechenbar. Kurz darauf ging endlich die Sonne auf und tauchte unsere Heimat in ein warmes frühsommerliches Licht. Wir wagten es nicht, noch mal anzuhalten, und verzehrten unseren Proviant im Auto. Ash fuhr noch vorsichtiger als zuvor und nur noch über Nebenstraßen. In der Nähe von Le Val-Saint-Père wichen wir trotzdem erst im letzten Augenblick einer Herde Kelpies aus. Mit flammenden Hufen und brennenden Mähnen ritten die riesigen Wasserpferde an uns vorbei. Ich zählte fünfzehn Stück. Danach blieb alles friedlich und je näher wir Paimpont kamen, umso unwahrscheinlicher wurde eine erneute Begegnung. Dämonen mieden für gewöhnlich Orte, an denen sich zu viele Magiebegabte aufhielten.

# 2. KAPITEL

Am besten bleibst du im Auto, bis wir sicher sein können, dass keine Dämonen in der Nähe sind«, sagte Aimée. Maëlle warf mir einen bedauernden Blick zu und stieg mit Ash ebenfalls aus. Nach dem, was vorhin an der Tankstelle passiert war, konnte ich schlecht etwas gegen diese Vorsichtsmaßnahme sagen, auch wenn sie mich frustrierte. Hinter jedem Baum oder Strauch konnte ein Dämon lauern. Ich biss die Zähne aufeinander und nickte. Dann begnügte ich mich damit, unser Haus durch die Autoscheibe zu betrachten, während die drei die Umgebung inspizierten. Wenigstens fielen so niemandem die Tränen auf, die sich in meinen Augenwinkeln sammelten. Wir hatten es bis nach Hause geschafft und das Haus sah noch fast genau so aus, wie wir es verlassen hatten. An dem vertrauten graubraunen, verwitterten Granit kletterte dunkelgrüner Efeu empor. Der schmiedeeiserne Zaun stand zwar schief, schützte aber immer noch den nun verwahrlosten Garten. Die Stängel des schwarzen Bilsenkrautes, das sich wie Unkraut vermehrt hatte und in wenigen Wochen blühen würde, hinderten ihn am

Umfallen. Ein paar Schieferplatten auf dem Dach waren verrutscht und bestimmt hatte es in die oberen Zimmer hineingeregnet. Nichts, was ein schneller Zauber nicht beheben konnte. Wenn man es recht bedachte, wurde das alte Haus sowieso hauptsächlich von der jahrhundertealten Magie zusammengehalten, die darin wohnte. Die Kräuter in den Töpfen auf den Stufen zur Haustür waren vertrocknet und durch eins der Fenster im Erdgeschoss zog sich ein Riss. In jedem anderen verlassenen Gebäude hätte sich längst irgendwelches Getier eingenistet. Nicht in einem Hexenhaus. Aimée und Maëlle hatten vor unserer Abreise jede Menge Bannsprüche über unser Heim gelegt. Nicht mal eine Ameise hatte es betreten können. Lachend kamen Maëlle und Ash aus dem Garten zurück.

»Es ist alles in Ordnung!«, brüllte Maëlle so laut, dass jeder Dämon es im Umkreis von mehreren Kilometern hören konnte. Aimée zuckte zusammen. In den letzten zwei Jahren war der Wald näher an unseren Garten herangerückt. Sie stand auf der anderen Seite der Straße und betrachtete die riesigen dunklen Bäume misstrauisch. Ich konnte ihr das nicht verdenken. Wer wusste schon, was zwischen den Stämmen lauerte. Ich lächelte glücklich und traurig zugleich. Es hatte sich so viel und gleichzeitig auch fast nichts verändert. Der Wald würde immer hier sein, mit oder ohne uns. Ich atmete tief ein, öffnete die Autotür und stieg aus.

Ein schwarzer Kater strich am Zaun entlang und beäugte meine beiden Schwestern und mich mit schräg gelegtem Kopf. Er fauchte leise zur Begrüßung. Aimée kam zurückgelaufen und hockte sich vor ihn hin. Vermutlich war das eine der Katzen, die sie ständig irgendwo aufgelesen und gepflegt hatte. Über das linke Auge des Tieres zog sich eine breite Narbe. Ich wollte lieber nicht wissen, woher die Verletzung stammte.

»Milo, hast du das Haus gut bewacht?« Aimée hielt ihm die Hand hin und schnurrend legte er seinen Kopf hinein. Es gab kein vierbeiniges Wesen aus Fleisch und Blut, das unsere älteste Schwester nicht um den Finger wickelte. In Windeseile würden sich Katzenhaare auf ihrem schrecklichen beigefarbenen Pullover wiederfinden, den sie unter dem Umhang trug. Es war eins von den Exemplaren, die sie in den langen Monaten gestrickt hatte, während sie an meinem Bett gesessen und mich bewacht hatte. Sie trug sie wie eine Trophäe. Als hätten jede Masche und jede Schlinge ein Stück meiner Krankheit von mir genommen, was nicht mal unwahrscheinlich war.

Maëlle legte einen Arm um mich und ich lehnte mich an sie. »Zu Hause«, sagte sie leise. »Ich habe nicht daran geglaubt.«

»Du wärst doch auch zurückgegangen, wenn du hättest schwimmen müssen«, erwiderte ich.

Sie verzog das Gesicht. »Überlegt habe ich es bestimmt hundertmal, aber nun, wo ich weiß, was da für Viecher im Wasser herumschwimmen, bin ich froh, es nicht getan zu haben.« Sie wischte sich mit dem Unterarm übers Gesicht und schniefte leise.

Eine warme Brise strich zwischen uns hindurch und streichelte meine Haut. Die Luft roch nach Rosmarin, Thymian und Lavendel. Ich hatte das alles unendlich vermisst, jeden Windhauch, jeden Grashalm und jeden warmen Sonnenstrahl.

»Wenn du weinst, verwischt deine Schminke«, sagte ich zu Maëlle, »dann kannst du niemanden mehr schockieren, weil du wie ein Waschbär aussiehst.«

Sie lachte auf und löste sich von mir. »Da hast du recht. Das ist kein Tag zum Traurigsein.« Ausgelassen drehte sie sich zweimal um sich selbst. Ihr bunter Rock wirbelte um ihre schlanken Beine. Für die Reise hatte sie die Augen schwarz umrandet und auf ihre Stirn mit feinen Hennastrichen einen liegenden Halbmond gezeichnet. »Wir sind wieder zu Hause«, jubelte sie jetzt laut und tat so, als dirigierte sie einen unsichtbaren Chor. Ein Dutzend Krähen tauchte auf und setzte sich auf den Dachfirst. Maëlle winkte ihnen zu und sie antworteten mit lautem Krächzen. In dem Haus auf der anderen Seite der Lichtung bewegte sich nichts. Alles wirkte wie ausgestorben.

Laut Aussage der Kongregation sollten sich in Paimpont immer noch jede Menge Hexen und Hexer aufhalten. Ich war gespannt, ob das stimmte. Früher hätte sich die Neuigkeit, dass wir zurück waren, rasend schnell herumgesprochen. Früher hätte ich Ezra sofort angerufen. Das vertraute Gefühl des Verlustes breitete sich in mir aus, aber ich drängte es entschlossen zurück. Trotzdem fragte ich mich, ob er kommen und uns begrüßen würde. Ich sollte nicht darauf hoffen. Ezra Tocqueville hatte mich aus seinem Leben radiert. Wie einen störenden Bleistiftstrich. Dieser Kuss – der einzige Kuss, den er mir je gegeben hatte – war tatsächlich ein Abschiedskuss gewesen. Er hatte nicht gelogen. Aber das hatte er nie. Ich hätte es besser wissen müssen, als monatelang darauf zu hoffen, er würde uns folgen, anrufen oder einen meiner Briefe beantworten. Eine Weile hatte das Briefsystem immerhin noch funktioniert und die Kongregation hatte regelmäßig Boten nach Paimpont geschickt. Für Ezra wäre es ein Leichtes gewesen, eine Nachricht für mich beizulegen. Er hatte es nicht getan.

Maëlle schloss mich in die Arme. »Jetzt wird alles gut«, murmelte sie, was blanker Hohn war, wenn man die Umstände bedachte. Ich jedenfalls konnte schon froh sein, wenn mich nicht hinter der nächsten Kurve ein Dämon abmurkste. Sie rannte den mit Unkraut überwucherten Weg entlang und die moosbewachsenen Steinstufen hinauf. Als sie mit den Fingern schnippte, lösten sich alle magischen Barrieren, die das Haus beschützt hatten. Die Tür sprang auf und ein Aufatmen ging durch das Gebäude. Es pustete uns Spinnweben und Staub entgegen. Aimée hustete, während ich niesen musste. Maëlle schien diese raue Begrüßung nicht zu stören, denn sie klopfte besänftigend gegen die Steine und trat über die Schwelle. Ein Seufzen erklang. Es hatte uns vermisst und auch wenn es jetzt erleichtert war, würde es uns seinen Unmut noch ein paar Tage spüren lassen. Wir waren einfach zu lange fortgeblieben. Zwei unendlich scheinende Jahre. Seit unsere erste Urahnin es im 17. Jahrhundert bezogen hatte, war es nicht unbewohnt gewesen. Immer hatte mindestens eine Hexe hier gelebt. Kein Wunder, dass es ungehalten war.

Ich holte tief Luft und drehte mich zu Ash um. »Kommst du? Das Haus wird sich freuen, den Mann kennenzulernen, der mich geheilt hat.« Ich hielt ihm die Hand hin. Ich war neunzehn Jahre alt und wieder gesund. Das hatte ich hauptsächlich ihm zu verdanken. Einen Moment lang betrachtete ich seine ebenmäßigen, schmalen Züge und seine klugen, etwas schräg gestellten Augen. Er sah nicht so makellos aus wie Ezra, aber wer tat das schon? Er war bei mir gewesen, als ich fast gestorben wäre.

»Vianne«, unterbrach er den Gedanken. »Es wird alles gut. Du wirst sehen. Gemeinsam schaffen wir das.«

Warum konnte ich mich nicht in ihn verlieben? Ich ahnte, dass er darauf hoffte. Ich ahnte, dass er mehr für mich empfand, als er bisher zugegeben hatte. Weshalb fiel es mir so schwer, Ezra loszulassen? »Du musst müde sein. Du bist die ganze Strecke gefahren.«

»Kein bisschen«, protestierte er, obwohl er seit unserem Aufbruch keine Sekunde geschlafen hatte. Er warf einen letzten Blick in Richtung des Waldes. »Ich bin neugierig auf den Ort, an dem du aufgewachsen bist.«

Die Haustür gab einen knurrenden Ton von sich, als wir hineingingen, und ihre Angeln quietschten, als überlegte sie, sich vor unserer Nase zuzuschlagen. Die Bohlen unter meinen Füßen knarrten ebenfalls protestierend.

»Hey«, erinnerte ich das Haus. »Ich bin's, Vianne. Hör auf damit.« Irritiert runzelte ich die Stirn. »Es hat mich nicht zurückerwartet, oder?«

Ash legte eine Hand auf den Türrahmen. »*Intaricus scripti*«, raunte er und besänftigte damit das Haus. Ein Windhauch streifte mich und das Haus beruhigte sich auf der Stelle. »Ich denke, es ist verwirrt und glücklich.« Er spürte den Schwingungen des Hauses noch einen Moment nach. »Und es hat Angst, dass ich dich ihm wieder fortnehme.«

Nein, beschloss ich, ich würde nie wieder fortgehen. Wir betraten die schmale Diele. Auch drinnen hatte sich nichts verändert, wenn man von der dicken Staubschicht auf den Möbeln einmal absah. Der bunte Flickenteppich auf den hellbraunen Holzdielen war etwas ausgeblichener und die Glasscheiben der Bilder an den Wänden waren trübe geworden.

Wir folgten Maëlle und Aimée in die Küche, wo Aimée sich bereits eine Schürze umband und den Wasserhahn aufdrehte. Braune Brühe schoss daraus hervor. Angeekelt verzog ich das Gesicht. Auch hier lag eine dicke Staubschicht auf allem. Maëlle öffnete die Fenster und die Terrassentür, die in den Garten führte, und ließ vier Stühle mit einem Wink hinausrutschen. Dafür erntete sie einen tadelnden Blick von Aimée. Ganz offensichtlich hatte Maëlle das Vorhaben, bei alltäglichen Aufgaben in meiner Gegenwart keine Hexenkräfte mehr einzusetzen, bereits wieder vergessen. Ich vermutete insgeheim, dass Aimée das Putzen wirklich Spaß machte. Eine Leidenschaft, die Maëlle und ich definitiv nicht teilten.

»Ash und ich kümmern uns um das Wohnzimmer«, schlug ich vor. »Sieh du doch oben nach«, wandte ich mich an Maëlle. In den Schlafzimmern konnte sie sich austoben, ohne von Aimée gerügt zu werden. »Du wirst in einem Raum mit Blümchentapete schlafen müssen«, warnte ich Ash vor. »Es gibt kein Gästezimmer für Herren.«

Maëlle lächelte verschmitzt, als sie an uns vorbeiging. »Du bist eine Premiere, Ash«, zog sie ihn auf. »Im Haus der Familie Grandier schlafen nur sehr selten Männer. Unsere Urahninnen werden dich heute Nacht heimsuchen.«

Ashs nachdenklicher Blick ruhte auf mir. »Es wird mir eine Freude sein, sie kennenzulernen.«

Maëlle schüttelte seufzend den Kopf und klopfte ihm auf den Arm. »Hör auf, immer das Richtige zu sagen. Das raubt mir den letzten Nerv.«

Er zuckte gleichmütig mit den Schultern.

»Lass uns aufräumen«, forderte er mich auf. »Und dann brauche ich eine Tasse Tee und eine Portion Schlaf.«

»Tee?« Maëlle hatte die Treppe erreicht und stand auf der knarrenden untersten Stufe, die mit einem ausgetretenen hellbraunen Sisalteppich bespannt war. »Wir werden heute keinen verdammten Tee trinken. Wir trinken Kir breton bei Rosa. Wenn ich noch einmal in meinem Leben Tee trinken muss, werde ich irgendwen umbringen – und das wird kein Dämon sein.« Sie legte dramatisch den Kopf in den Nacken und stöhnte. »Wir lassen es richtig krachen und wenn es das letzte Mal ist.« Mit wehenden Haaren rannte sie die Treppe nach oben und murmelte etwas von Kaltblütern. Das war ihre nicht sehr schmeichelhafte Bezeichnung für die Briten gewesen. Ihr ungestümes Temperament und ihre Sehnsucht nach unserem Zuhause hatten es ihr im Schatten der Kongregation nicht immer leicht gemacht. Lächelnd blickte ich ihr hinterher. An meiner Stelle würde sie direkt zu Ezra marschieren und ihm eine saftige Standpauke halten, für all die Hoffnungen, die er mir gemacht hatte. Denn genau das hatte er getan. Welcher junge Mann, der an jedem Finger zehn Frauen haben konnte, kümmerte sich an den Wochenenden schon um einen kranken Teenager? Ich hatte in diese Aufmerksamkeit viel zu viel hineininterpretiert. Heute war mir das klar. Damals hatte mein hinfälliger Körper jede Menge Zuckerwatte und Marzipanherzen in meinem Kopf produziert, dabei hatte er nur Mitleid mit mir gehabt.

»Kir breton?« Ash sah mich fragend an. »Was ist das?«

»Ihr Lieblingsgetränk«, erklärte ich und schüttelte die Gedanken an Ezra ab. »Maëlle hat eine Spezialmischung.«

»Hätte ich mir denken müssen.« Er fuhr sich mit einer Hand in den Nacken. Er war müde, auch wenn er es abstritt. »Hast du das schon mal getrunken?«

Ich zuckte mit den Schultern. »Natürlich.« Ezra hatte an meinem siebzehnten Geburtstag Kir breton mit mir getrunken und nach nur einem Glas war ich so beschwipst gewesen, dass ich auf seinen Schoß geklettert war. Ich hatte an seinem Hals geschnuppert und mir gewünscht, er würde mich nur ein einziges Mal küssen. Den Wunsch hatte er mir nicht erfüllt. Stattdessen hatte er mich nach Hause gebracht und von Aimée eine Standpauke über sich ergehen lassen, dass Alkohol und Dämonenfieber absolut unvereinbar waren. Danach bekam ich keinen Tropfen mehr von ihm, aber es war der bis dahin spektakulärste Abend meines Lebens gewesen, wenn man von dem Kater am nächsten Tag absah. Ich hatte mich so erwachsen gefühlt. Vier Wochen später waren wir abgereist und er hatte mich vergessen. Ich stöhnte leise bei der neuerlichen Erinnerung. Das musste sofort aufhören.

Ash musterte mich immer noch. »Was ist drin?«

»Es ist mit Crème de Cassis gemischter Cidre. Maëlle mag es lieber mit Grenadine und Orangenscheiben. Aber ich schätze, wir können von Glück sagen, wenn es noch Cidre gibt.«

»Vergorener Apfelsaft.« Ash verzog das Gesicht. »Da bleibe ich besser bei einem guten Schluck Whisky.«

»Vielleicht probierst du dann Calvados oder Pernod«, schlug ich vor. »Keine Ahnung, was es davon noch gibt. Ich wette, die Loge hat im Château ausreichend Bestände. Der Weinkeller des Schlosses war weit über die Grenzen der Bretagne berühmt. Aber vermutlich rückt Ezra nichts heraus.«

Mit entschlossenen Schritten ging ich ins Wohnzimmer. Ash kannte mich mittlerweile zu gut und las mir meine Gefühle vom Gesicht ab. Als es mir besonders schlecht gegangen war und ich dachte, ich hätte nur noch wenige Tage zu leben, hatte ich ihm von Ezra erzählt. Wie er mich vor der Sylphe gerettet hatte, wie sehr ich mich nach ihm sehnte und wie er mich zurückgewiesen hatte. Ash hatte sich die Geschichte schweigend angehört und war danach zwei Tage verschwunden. Als er zurückkam, brachte er eine neue Medizin mit und drei Wochen später befand ich mich auf dem Weg der Besserung. Mir war es wie ein Wunder vorgekommen. Ash hatte mich nie wieder auf Ezra angesprochen, aber er hatte diese Unterhaltung bestimmt nicht vergessen. Nun folgte er mir durch die Diele ins Wohnzimmer und flüsterte ein paar Worte. Die Fenster sprangen auf und ein Windstoß fegte durch den Raum, der den Staub hinauswirbelte. Ich griff nach den Kissen, die auf dem verblichenen dunkelgrünen Samtsofa lagen, und zog sie ab. Ash kümmerte sich um die passenden grün karierten Vorhänge. Sekunden später lagen sie auf einem Haufen am Boden. Eine Leiter hatte er nicht gebraucht. Entschuldigend hob er die Schultern an.

»Ich stecke alles in eine Waschmaschine und bringe einen Besen mit. Und ich gucke, ob noch etwas von Mémés Orangenöl da ist. Du kannst dir aussuchen, ob du fegst oder die Schränke polierst.«

»Ich poliere«, sagte er. »Wir wollen Aimée nicht noch mehr verärgern.«

»Nein, das sollten wir besser nicht«, stimmte ich ihm zu.

Als ich in die Küche kam, tippte meine prinzipientreue Schwester allerdings gerade mit ihrem Finger gegen den Wasserhahn und flüsterte etwas, das verdächtig nach einer Beschwörung klang. Schuldbewusst sah sie mich an. »Wir wollen nachher ja nicht in dieser Brühe duschen oder baden.« Sie stupste den Hahn noch einmal an. Er knurrte und rumpelte. Dann knallte es und eine helle Wasserfontäne spritzte heraus. Ich begann schallend zu lachen, weil Aimée dabei klitschnass wurde. »Du musst nicht mehr duschen.«

Verärgert drehte sie den Hahn ab und wischte sich das Gesicht trocken. »Das hat er mit Absicht gemacht.«

»Ganz bestimmt.« Ich stopfte die erste Ladung Wäsche in die Waschmaschine, jedoch nur, um festzustellen, dass sie nicht ansprang. »Haben wir noch Strom?«

Aimée kratzte sich am Handgelenk. Das tat sie immer, wenn sie nervös war. »Ich schaue im Keller nach, ob noch Öl für den Generator im Tank ist. Ich habe ihn vor unserer Reise auffüllen lassen. Wenn also niemand das Öl gestohlen hat …« So vorausschauend konnte auch nur sie sein. Wir hatten nicht mal gewusst, ob wir überhaupt zurückkommen würden. Bei Aimée galt jedoch immer: sicher ist sicher.

»Wenn nicht, wasche ich das Zeug mit der Hand. Kerzen haben wir übrigens genug«, sagte ich. »Mach dir nicht so viele Gedanken. Wir kriegen das schon hin.« Ich schnappte mir den Besen und stöberte im Küchenschrank herum. Tatsächlich fand ich noch eine angeschlagene Glasflasche mit einem Rest Orangenöl.

Ash und ich putzten das Wohnzimmer, bis alles glänzte und funkelte. Die Tapeten und Möbel waren uralt und zusammengewürfelt, aber hier hatte Mémé uns Märchen vorgelesen und uns

Geschichten von unserer Mutter erzählt, die kurz nach meinem fünften Geburtstag gestorben war. Aimée und Maëlle erinnerten sich noch an sie. Bei mir waren da nur wenige Bruchstücke übrig.

Ash säuberte mithilfe eines Zauberspruches die Fenster und reparierte den Riss im Glas. Als wir fertig waren, ließen wir uns nebeneinander auf das Sofa fallen. Er streckte seine langen Beine aus, während ich meine unter mich zog. Ich war staubig, verschwitzt und trotz der Müdigkeit, die mich langsam übermannte, ganz aufgekratzt. Damit hatte ich nicht gerechnet und es fühlte sich gut an.

»Ein schöner Raum«, sagte er und legte den Arm hinter mich auf die Lehne. »Das Haus passt zu euch. So ungefähr habe ich es mir vorgestellt.« Eine Schranktür sprang auf und klappte wieder zu. Ich kicherte.

»Das Kompliment ist angekommen. Es mag dich.«

Ash lächelte, als hätte er genau das erwartet.

»Ich habe nicht mehr geglaubt, irgendwann wieder hier zu sitzen.« Der Schaukelstuhl in der Ecke fing von allein an zu wippen. »Das ist Mémé«, erklärte ich ihm. »Es war ihr Lieblingsplatz.«

»Habt ihr noch mehr Geister im Haus?«

»Es gibt einige, die dauerhaft hier wohnen, und andere, die nur sporadisch vorbeikommen. Unsere Familie lebte schon hier, bevor der Ort das erste Mal urkundlich erwähnt wurde.« Nachdenklich strich ich über den samtigen Stoff der Couch.

Ash nahm meine andere Hand und verschränkte unsere Finger ineinander. »Wenn wir es schaffen, Ezra Tocqueville davon zu überzeugen, die Kongregation mit dem Hochkönig der Dämonen verhandeln zu lassen, wird der Pakt verlängert werden und ihr könnt bleiben. Für immer. Alles wird so sein, wie es sein soll.«

»Denkst du, meine Magie kehrt dann zurück?«

»Ich denke, sie braucht Zeit und die richtige Umgebung«, versuchte er, mich aufzumuntern. »Ein bisschen Vertrauen in die Göttinnen und vielleicht einen winzigen Schluck Cidre mit Crème de Cassis.« Er verzog leicht angewidert das Gesicht.

Ich lachte auf und boxte ihm in die Seite. »Das ist gut möglich. Ich kann nicht fassen, dass ich neunzehn bin und erst einmal in meinem Leben halbwegs betrunken war.«

Ash stand auf und zog mich hoch. »Dann müssen wir das schleunigst ändern.«

»Aber es wäre besser, Aimée nichts von unseren Plänen zu erzählen, sie kann eine echte Spielverderberin sein«, flüsterte ich.

»Wir behalten es für uns. Zeigst du mir mein Blümchenzimmer?« Ein Lächeln zupfte an seinen Mundwinkeln. »Ich brauche vorher ein paar Stunden Schlaf.«

Ich lief vor ihm unsere knarrende Treppe hinauf. Das Holz des Handlaufes hatte im Laufe der Jahre einen glänzenden honigfarbenen Ton angenommen. An der grob verputzten Wand im Treppenaufgang hingen Bilder meiner Vorfahrinnen. Viele waren uralt und vergilbt, einige zeigten mich und meine Schwestern im Garten und beim Spielen. Manche Gesichter waren kaum noch zu erkennen, trotzdem betrachtete Ash sie aufmerksam.

In dem winzigen oberen Flur erwarteten uns unterschiedlichste Kräuterdüfte. Maëlle war offenbar ganz in ihrem Element. Die fünf Türen zu den Schlafzimmern und dem Bad standen sperrangelweit offen. Meine Schwester summte vor sich hin und streute gerade Lavendel auf die Fensterbretter in ihrem Zimmer. Ich roch Weinraute, Amber, Akazie in ihrem, Aimées und Ashs Schlafzimmer. Alles Düfte mit magischen Schutzeigenschaften. In meinem Zimmer hatte Maëlle Rosenöl benutzt. Der Duft sollte mich aufmuntern. Meine Schwestern befürchteten zu Recht, unsere Rückkehr würde mich melancholisch stimmen. Und dabei hatte ich mir fest vorgenommen, mir nicht anmerken zu lassen, was ich fühlte. Offenbar gelang es mir nicht so ganz. Maëlle zuckte lächelnd mit den Schultern, als ich ihr einen bösen Blick zuwarf. »Nur eine kleine Hilfestellung«, murmelte sie und wirbelte an mir vorbei in Aimées Reich.

»Das hier ist dein Zimmer«, erklärte ich Ash. »Früher hat Mémé hier gewohnt. Ich schätze, sie hat nichts dagegen, wenn du es beziehst.« Ich musterte kritisch die großen Blüten der Pfingstrosen an den Wänden. Immerhin hatte Maëlle schlichte weiße Bettwäsche dazu ausgewählt. Es war das größte Schlafzimmer und Ash nickte zufrieden. »Ich bin Manns genug, hier zu schlafen.«

»Da bin ich ganz sicher. Und dort ist das Bad. Wir haben nur eins und müssen uns abwechseln.«

»Ich brauche nicht lange«, sagte er. »Lass mich schnell duschen, dann kannst du dir Zeit lassen. Ich schätze, Maëlle ist noch eine Weile beschäftigt.«

»Natürlich. Sie wird nicht aufhören, bevor sie nicht jede Nische des Hauses mit irgendwelchen Kräutern versorgt hat«, prophezeite ich, ging in mein Zimmer und lehnte mich tief durchatmend von innen gegen die Tür.

Maëlle hatte auch mein kleines Fenster weit geöffnet und alles war so sauber, wie nur Zauberei es in so kurzer Zeit zustande brachte. Ich schlenderte zu meinem Bett, ließ mich auf die Matratze fallen und schloss die Augen. Von draußen drangen das Rauschen der Bäume und das Plätschern des schmalen Baches vom hinteren Rand des Grundstückes herein. Ansonsten war es still. Keine Autos und keine Flugzeuge waren zu hören und keine menschlichen Stimmen.

Ich kuschelte mich unter die Decke und schlief ein. Als ich aufwachte, musste es später Nachmittag sein. Die Sonne stand viel tiefer. Am liebsten wäre ich einfach liegen geblieben und hätte abgewartet, wie der Tag in die Nacht überging. Aber mein Magen hatte andere Pläne und knurrte auffordernd. Außerdem wollte ich unbedingt herausfinden, wer noch alles in Paimpont war. Ich raffte mich auf, packte meinen Rucksack aus und ging ins Bad. Der vertraute Geruch von Ashs Aftershave hing noch in der Luft. Ich schmunzelte. Maëlle hatte vorhin nicht unrecht gehabt, was Männer in diesem Haus anging. Unser Vater hatte nie hier mit uns zusammengewohnt. Er war ein Zeitenhexer gewesen und hatte es dementsprechend vorgezogen, durch die Zeit zu wandern. Als er irgendwann gar nicht mehr zurückkam, war unsere Mutter vor Kummer gestorben. Danach hatten sich Mémé und die Handvoll anderer Hexenfamilien der Gegend um uns gekümmert. Ich war gerade sechzehn geworden, als auch Mémé uns verlassen hatte. Sie vermisste ich immer noch. Ich blinzelte dem Gesicht zu, das mir aus dem Spiegel entgegensah. Ich war blass, aber nicht mehr so dünn wie vor unserer Abreise. Ich hatte die großen braunen Augen unserer Mutter geerbt und mein dunkelblondes Haar wellte sich dicht bis über meine Schultern. Am auffälligsten war mein breiter Mund, der mich früher immer gestört hatte, weil er meine schmalen Wangen noch stärker betont hatte. Mittlerweile mochte ich ihn genauso wie meine dichten dunklen Augenbrauen. Ich war vielleicht nicht so schön wie Maëlle und nicht so klug wie Aimée, aber all das spielte auch keine Rolle. Ich war dankbar für das, was ich hatte und was ich war. Ich hatte schon zu viel verloren, um den Rest nicht zu schätzen zu wissen. Da waren immer noch meine Schwestern, Ash und nun auch wieder unser Zuhause und der Wald. Bestimmt kam eines Tages auch meine Magie zurück. Ich musste darauf vertrauen.

Nach einer ausgiebigen Dusche rubbelte ich mein Haar trocken und kämmte es, bis es mir glänzend über den Rücken fiel. Anschließend trug ich Maëlles selbst hergestelltes Lipgloss auf und lief zurück in mein Zimmer. Dort zog ich eine dunkle Jeans, einen hellblauen Pulli und meine zerschrammten Doc Martens an. Kurz darauf gesellte ich mich zu Maëlle und Aimée in die Küche und dann kam auch schon Ash die Treppe hinunter.

»Lasst uns zu Rosa fahren, bevor ich verhungere«, sagte Maëlle.

»Das können wir natürlich nicht zulassen«, erwiderte Ash. »Jeder weiß ja, wie ungenießbar du dann wirst.«

Maëlle streckte ihm die Zunge heraus.

»Denkt ihr, Rosa und Adrien sind noch hier?«, fragte ich.

»Das werden wir gleich herausfinden. Aber ich schätze schon. Sie durfte nicht gehen und Adrien hat sich geweigert, sie allein zu lassen. Nehmt eure Umhänge mit«, befahl Aimée. »Später wird es kalt.«

»Ja, Maman«, knurrte Maëlle. »Hört sie irgendwann damit auf?«, flüsterte sie mir zu, wartete aber die Antwort nicht ab, sondern stürmte hinaus.

Ash reichte mir meinen Umhang und schüttelte über unsere liebevollen Zankereien den Kopf. Aber auch er griff nach seinem Umhang, der im Flur am Kleiderständer hing. Mir entgingen seine wachsamen Blicke nicht, als er vor die Tür trat, seine Hand an meinen Rücken legte und mich durch den Vorgarten führte. Ich wusste selbst nicht genau, was ich erwartet hatte, jedenfalls nicht diese trügerische Ruhe.

# 3. KAPITEL

Unser Haus lag direkt an der Rue de la Fée Morgane und damit nur ein paar hundert Meter außerhalb des Ortes, aber es war sicherer, mit dem Wagen zu fahren. Die Abenddämmerung senkte sich über die Straßen, die längst nicht mehr so gepflegt waren wie früher. Aimée lenkte das Auto, Maëlle lehnte sich aus dem Beifahrerfenster und streckte den Kopf und die Arme hinaus. So glücklich hatte ich sie lange nicht erlebt. Es war, als würde sie in der frühsommerlichen bretonischen Abendluft wieder sie selbst werden.

Glastonbury war ebenfalls ein magischer Ort. Normale Menschen sahen, wenn sie auf die Abtei blickten, nur eine Ruine. Aber für Magiebegabte war es der Ort, wo sich die Energien der alten Zeit vereinten. Er war nicht zerstört, sondern nur vor den Menschen verborgen. Für uns erstrahlte die Abtei immer noch in ihrem alten Glanz. Sie war riesig und majestätisch und stand für alles, was die Menschen verloren hatten. Den Glauben an das Unsichtbare. Schon Artus war in Glastonbury gewesen, denn nur von dort aus gelangte man auf die *Insel der Feen* – nach Avalon.

Trotz dieser mythischen Vergangenheit kam Glastonburys Magie nicht an Brocéliande heran. Der Wunsch, durch den Wald zu streifen, wurde übermächtig und verursachte mir ein kribbeliges Gefühl am ganzen Körper. Ich wusste, was das bedeutete. Der Wald rief mich. Als Kind hatte ich jeden Tag dort verbracht. Ich war durch das *Tal ohne Wiederkehr* gestreift und hatte an Merlins Grab Blumenkränze geflochten. Mémé hatte mir auf dem Hexenfelsen meinen ersten Unterricht erteilt. Ich konnte es kaum erwarten, all diese Orte wiederzusehen, aber ich wusste nicht, ob ich es wagen sollte, den Wald zu betreten.

Nach dem Angriff der Sylphe hatte Ezra nicht mehr erlaubt, dass ich allein durch Brocéliande stromerte. Immer hatte er mich begleitet. Einmal sogar bei Nacht. Wir hatten am Ufer des *Feenspiegels* ein Picknick gemacht. In der Nacht von Beltane hatte das Wasser des Sees im Licht des Mondes silbern geglänzt. Meine Familie hatte das Fest auf traditionelle Weise mit anderen Hexen gefeiert. Mich hatten sie zu Hause gelassen, weil ich zu schwach gewesen war. Obwohl ich mich nicht bei Ezra beschwert hatte, hatte er mich abgeholt und zum See gebracht. Ich hatte so gehofft, er würde mich küssen. Aber natürlich hatte er es nicht getan. Heute verstand ich, dass er mich nie so gesehen hatte wie ich ihn. Wenn er überhaupt Gefühle für mich gehabt hatte, dann eher welche in der Art, die man für eine kleine Schwester hegte.

Ash drückte schweigend meine Hand. »Das ist ein sehr schöner Ort und es ist viel friedlicher, als ich gedacht habe.«

»Wir sind auf dem Hinweg doch genug Dämonen begegnet, hat dir das nicht gereicht?«, zog ich ihn halbherzig auf. »Ich beklage mich jedenfalls nicht.«

»Es kommt mir nur seltsam vor. Ich bin nicht sicher, ob es nur daran liegt, dass sich in der Gegend so viele Magiebegabte aufhalten. Selbst in Rennes kommt es immer wieder zu Überfällen.«

»Keine Sorge.« Ich tätschelte seinen Arm. »Du wirst dir noch wünschen, uns nicht begleitet zu haben.«

»Das glaube ich nicht.«

Paimpont bestand aus ein paar Häusern, die sich mitten in *Brocéliande* auf einigen größeren Lichtungen verteilten. Der Ortskern war schon im Mittelalter ein bekannter Marktflecken gewesen. Damals hatte der Wald das komplette Landesinnere der Bretagne bedeckt. Im Laufe der Zeit war er Stück für Stück abgeholzt worden. Selbst seinen Namen hatten die Menschen lange vergessen gehabt. *Brocéliande* – der Zauberwald. Diesen Namen hatte er von den Kelten bekommen. Heute war das Reich der Druiden, der Feen und der Göttinnen zu einem Ort geworden, aus dem das Böse kam.

Obwohl ich es am eigenen Leib erlebt hatte, fiel es mir immer noch schwer, dies zu akzeptieren. Meine Kindheit war einfach wunderbar gewesen, auch wenn ich ohne Eltern aufgewachsen war. Das Haus hatte immer nach frisch gebackenem Brot, selbst gemachter Johannisbeermarmelade und getrockneten Kräutern gerochen. Wir hatten viel zusammen gespielt und uns abends vor dem Kamin aus unseren Büchern vorgelesen. Im Winter waren wir auf den zugefrorenen Seen im Wald Schlittschuh gelaufen und ich hatte immer gehofft, durch das Eis das gläserne Schloss zu entdecken, in dem Viviane angeblich Lancelot großgezogen hatte. Den besten Freund von König Artus, der ihn später mit dessen Frau betrogen hatte.

Ich wünschte mir nichts sehnlicher, als dass es wieder so wurde, denn eines Tages sollten meine Kinder eine genauso wundervolle Kindheit haben. Das ließ ich mir nicht kaputtmachen. Aber dafür würden wir die Dämonen bekämpfen und besiegen müssen. Sie gehörten nicht hierher. Es war unsere Welt. Doch nun sah es so aus, als würde zwischen diesem Wunsch und seiner Erfüllung ausgerechnet Ezra Tocqueville stehen.

Aimée brachte den Wagen zum Stehen. Die Reifen knirschten auf dem Kies. »Das Restaurant ist jedenfalls noch offen.« Jeder von uns hörte die Erleichterung in ihrer Stimme.

Das unpassende Gefühl von Frieden umfing mich, als ich die Fachwerkbalken, die den sandfarbenen Granit umschlossen, betrachtete. Sie waren weiter verwittert, aber sonst hatte sich kaum etwas geändert. Das Metallschild über der Tür, auf dem der Name des Restaurants stand, klackerte leise und hing schief. Aus den Fenstern flatterten rot karierte Gardinen und Fetzen der Chansons, die Rosa offenbar immer noch auf ihrem geliebten Grammofon abspielte, wehten hinaus. An einem kleinen Bistrotisch saßen zwei alte Männer. Sie rauchten und spielten Tric Trac, eine französische Variante von Backgammon. Das *Le Coq* war das beliebteste Gasthaus des Dorfes gewesen und offenbar hatte sich daran nichts geändert. Wir stiegen aus und neugierige Blicke richteten sich auf uns, als wir auf den Eingang zugingen.

Einer der beiden Männer – Henri, der frühere Jagdaufseher von *Brocéliande* – stand auf, um uns zu begrüßen. Ungläubig tätschelte er mit seiner schwieligen Hand meine Wange und ich entdeckte Tränen in seinen immer noch strahlend blauen Augen, die zwischen den vielen Falten in seinem Gesicht fast verschwanden. »Siehst gut aus, Mädchen«, brummte er gerührt. »Rosalinde wird Augen machen.« Er hatte mich als Kind oft mit in den Wald genommen und mir gezeigt, wie man sich den Tieren behutsam näherte, um sie zu beobachten.

»Es ist gut, wieder zu Hause zu sein.«

Henri nickte bedächtig. »Ist nicht mehr so wie früher«, warnte er mich. »Ich gehe nicht mehr in den Wald.«

»Das tut mir leid.« Er liebte *Brocéliande* und es musste ihm unendlich schwerfallen, sich fernzuhalten.

»Es ist, wie es ist.« Seufzend setzte sich der alte Hexer wieder, jedoch nicht, ohne Ash einen prüfenden Blick zuzuwerfen.

Aimée öffnete die quietschende Holztür und sofort schlugen uns vertraute Gerüche entgegen. Es roch nach Moules frites, gebratenem Fisch, Galettes bretonnes und Rosas legendärem Salzlamm. Längst nicht alle Tische im Gastraum waren besetzt und die Mehrzahl der Gäste waren Hexer oder Hexen, aber es gab auch ein paar normale Menschen. Gerade viele Alte hatten sich geweigert, fortzugehen und in fremden Ländern als Flüchtlinge zu leben.

Rosa schob sich, beladen mit drei Tellern, durch die schmalen Gänge zwischen den Tischen. Als sie zur Tür sah und uns erkannte, ließ sie sie beinahe fallen. Hastig stellte sie die Teller auf einen Tisch und legte sich ungläubig beide Hände auf ihre dicken Wangen. Die Gespräche schienen leiser zu werden, als sie den Kopf schüttelte. Dann kam sie so schnell zu uns, wie ihre Körperfülle und die engen Wege es gestatteten.

»Meine Mädchen«, murmelte sie zur Begrüßung. »Seid ihr es wirklich?« Sie zog erst Aimée und dann Maëlle an die ausladende Brust, über der sie ihre unvermeidliche weiße Schürze voller

Rüschen trug. Ihr krauses Haar war in den letzten zwei Jahren noch ein bisschen weißer geworden, aber sonst hatte sie sich kaum verändert. Sie seufzte, und dieses Seufzen klang gleichzeitig erleichtert und resigniert. »Ihr seid zurück. Wieso? Das ist so unvernünftig.« Sie zog ein riesiges Taschentuch aus ihrer Schürze und wischte sich damit über ihre dunklen Augen. »Ihr seid wieder da«, wiederholte sie.

Aimée räusperte sich und Maëlle strahlte sie an und küsste sie auf ihre runden Wangen.

»Wir mussten zurückkommen.«

Rosa zog die dichten Augenbrauen nach oben. Nachher, wenn wir allein waren, mussten wir ihr eine bessere Erklärung liefern. Sie schniefte vernehmlich und wandte sich mir zu. »Vianne«, sagte sie andächtig meinen Namen. »Bist du etwa gesund?« Als ich nickte, drückte sie auch mich an sich. Vorsichtig zuerst, als wäre ich aus Glas, und dann fester, als sie spürte, dass ich nicht mehr so zerbrechlich war. »Bei allen Feen. Ich fasse es nicht.« Sie strich mir mit ihrer schwieligen Hand übers Haar und ihr Blick schwankte zwischen Freude und Sorge. »Ich wünschte, deine Mémé könnte dich jetzt so sehen. Wie hübsch du bist.« Wieder liefen dicke Tränen aus ihren Augen. Rosa war nicht nur Grand-mères beste Freundin gewesen und Inhaberin dieses Restaurants, sondern sie war ebenfalls eine Hexe. Nach Mémés Tod hatte sie uns quasi adoptiert. Ihr Enkelsohn Adrien war mit Ezra und Aimée in eine Klasse auf das Lycée gegangen, aber im Gegensatz zu Ezra hatte er Paimpont nach der Schule nicht verlassen, sondern bei seiner Großmutter das Kochen erlernt. Eines Tages wollte er das Restaurant übernehmen.

»Du bist doch auch noch hier«, sagte Maëlle.

Rosa winkte ab. »Ich bin eine alte Frau und gehe nicht mehr weg. Wenn ich sterbe, dann nur in *Brocéliande.*«

»Was ist mit Adrien?«, fragte ich.

Sie presste die Lippen fest zusammen. »Er wollte nicht auf mich hören. Adrien«, brüllte sie dann quer durch den Raum, »schau nur, wer hier ist!«

Vermutlich hatte er seine störrische Großmutter nicht alleine lassen wollen. Allerdings war das gefährlich, denn Adrien hatte nicht ihre magischen Fähigkeiten geerbt. Manchmal übersprang Magie einfach eine Generation und männliche Nachkommen erbten Magie sowieso seltener.

Rosa zog mich in eine weitere feste Umarmung und ich musste unter Tränen lachen, als sie sagte: »Wenigstens hast du jetzt etwas Speck auf den Rippen.« Erst nach dieser Feststellung ließ sie mich endgültig los und stemmte die Arme in die Seiten. »Kommt, meine Süßen. Kommt. Das muss eine beschwerliche Reise gewesen sein. Bestimmt habt ihr lange nichts Ordentliches gegessen. Ich werde euch mit unseren Spezialitäten füttern und ihr müsst mir genau erzählen, was alles passiert ist. Vor allem, wer der hübsche junge Mann ist, den ihr mitgebracht habt. Hast du wieder Unsinn angestellt, Maëlle? Du wirst ihn doch nicht verhext haben?« Sie richtete ihren Blick aus ihren schokoladenbraunen Augen auf meine blonde Schwester.

Maëlle lachte hell auf. »Das geht ausnahmsweise mal nicht auf mein Konto, Rosa. Ash ist nicht wegen mir hier.«

Rosas Augen weiteten sich und sie musterte erst Aimée und dann mich eindringlich, sofern das in dem dämmrigen Licht möglich war. »Schön, schön«, murmelte sie und klang erleichtert. Ich fragte mich, zu welchem Schluss sie gekommen war. Natürlich kannte auch sie die Geschichte meiner unerwiderten Liebe. Mit fünfzehn war das nicht halb so peinlich gewesen wie heute. Ich hatte ihr in ihrer Küche tausendmal mein Herz ausgeschüttet. Vielleicht konnte ich sie später nach Ezra fragen? Sie brachte uns zu einem Tisch.

»Ash hat mich geheilt«, erklärte ich etwas verspätet. »Ohne ihn wäre ich nicht gesund geworden.«

»Dann muss er ein sehr guter Hexer sein«, sagte Rosa. »Das habe ich gleich gespürt.« Sie wandte sich ihm zu und hielt ihm die Hand hin. »Viannes Grand-mère hat es nicht geschafft, ihr zu helfen. Das hat sie sehr unglücklich gemacht. Es waren schlimme Zeiten für uns alle. Wir stehen in deiner Schuld, mein Junge.«

»Vielen Dank. Die meiste Arbeit hat Vianne aber selbst erledigt«, erklärte Ash in seiner üblichen Bescheidenheit und schüttelte ihre Hand. »Ich hoffe, Viannes Freunde werden auch meine.«

Rosa lachte ihr tiefes, brummendes Lachen, das immer geradewegs aus ihrem Bauch zu kommen schien. »Wir sind Freunde, solange du meine Mädchen gut behandelst. Die Kongregation hat euch geschickt, oder?« Sie wackelte mit einem ihrer dicken Finger. »Wir leben zwar hinter einer Mauer, aber nicht auf dem Mond.«

»Er ist Mitglied der Kongregation«, verriet ich ihr und Rosa zuckte leicht zusammen. Glücklicherweise tauchte Adrien hinter seiner Großmutter auf und verhinderte eine Erwiderung. Die Kongregation genoss hier keinen besonders guten Ruf. Die Leute waren der Loge treu ergeben. Adrien stellte eine Schüssel mit gesalzener Butter und einen Korb mit frischem Weißbrot auf den Tisch. Dann folgte ein Teller mit gekochten Artischocken und passender Vinaigrette aus scharfem Senf.

»Euch fehlt es offenbar an nichts«, stellte Maëlle trocken fest. »Das ist ein Festmahl.«

»Die Loge versorgt uns mit allem, was wir brauchen.« Adrien nahm meine Hand und zog mich hoch. Er war ein schlaksiger Kerl, der sein eigenes Essen offenbar verschmähte, so dünn war er. Sein krauses schwarzes Haar trug er zu einem Zopf gebunden. »Du siehst wunderschön aus«, flüsterte er mir ins Ohr und umarmte mich fest. »Ezra wird Augen machen. Weiß er schon, dass du zurück bist? Es wird ihm nicht gefallen.«

Ich musste schlucken und löste mich aus seinen Armen. Verlegen strich ich mir eine Haarsträhne hinters Ohr und schüttelte den Kopf. »Wir haben keinen Kontakt mehr.« Ich ließ mich auf den Holzstuhl zurückfallen, ignorierte sein Stirnrunzeln, nahm mir ein Stück Brot und strich Butter darauf. »Das sieht himmlisch aus und es riecht köstlich«, verkündete ich mit aufgesetzter Fröhlichkeit. »Ich habe dein Essen vermisst«, ergänzte ich und meinte es auch so. Während meiner Krankheit hatte ich gegessen wie ein Spatz, egal was Rosa oder Adrien mir früher vorgesetzt hatten.

Er musterte mich noch einen Moment, wie er es immer getan hatte, damit ich wenigstens zwei Bissen aß, und verschwand wieder in seiner Küche. Er sollte besser wissen als ich, dass Ezra mich aus seinem Leben gestrichen hatte. Die beiden waren dicke Freunde gewesen. Aber vielleicht hatten sie auch nicht mehr so viel Kontakt wie früher. Ezra musste viel um die Ohren haben. Uns würde er trotzdem anhören müssen.

Nach dem knusprigen Brot und den Artischocken stürzten wir uns auf einen Teller mit Jakobsmuscheln – alle bis auf Ash, der sich weigerte, sie auch nur zu probieren.

»Du hast uns gezwungen, Black Pudding zu essen«, erinnerte Maëlle ihn und stach mit der Gabel in das feste weiße Muschelfleisch. »Das war wirklich eklig.«

»Kein bisschen«, widersprach er und zum Glück servierte Adrien im Anschluss Zwiebelsuppe und Tarte. Danach gab es geschmortes Kaninchen mit Rosmarinkartoffeln. Wir stießen mit Rotwein auf unsere Heimkehr an, und als ich schon glaubte, platzen zu müssen, brachte Rosa ihren Butterkuchen und dazu vier Tassen Petit noir.

»Ihr solltet nicht alle Vorräte für uns aufbrauchen«, sagte Aimée vorsichtig.

»Heute feiern wir«, erklärte Rosa. »Dazu haben wir nicht oft Gelegenheit. Also genießt es.«

Während zwei weiteren Gängen hatten wir die Tische zusammengeschoben und saßen nun mit all den anderen Gästen an einer langen Tafel. Einige kannte ich seit meiner Kindheit, andere mussten zugezogen sein. Henri saß mit seinem Spielpartner am anderen Ende des Tisches und flirtete schamlos mit Rosa. Wir zündeten Kerzenleuchter an, als es draußen immer dunkler wurde. Niemand ging nach Hause und ich würde meine Hand dafür ins Feuer legen, dass diese Menschen ewig keinen so unbeschwerten Abend erlebt hatten. Ash lauschte aufmerksam nach draußen. Jedenfalls so lange, bis Adrien die Fenster schloss und sie von innen und außen mit Fensterläden verriegelte. Vor die Tür schob er einen Balken und fixierte ihn mit einem eisernen Stab. Ich war nicht sicher, ob das einen Dämon aufhielt. Die meisten ignorierten die Vorsichtsmaßnahmen, aber sie entgingen niemandem. Früher hatten Paimponts Bewohner bis spät in die Nacht draußen auf der Straße getanzt. Ash nahm meine Hand, als ich in Schweigen versank, und drückte sie sanft. »Es ist Zeit für einen Cidre mit Crème de Cassis, meinst du nicht?«, flüsterte er in mein Ohr. »Oder möchtest du heim?«

»Will ich nicht. Ich würde gern tanzen.«

Maëlles Augen leuchteten in dem Kerzenlicht auf und mein Vorschlag stieß auch bei den Älteren auf große Begeisterung. Ein Mann stand auf und ging zu dem Klavier in der Ecke, ein anderer nahm eine Ukulele von der Wand. Gemeinsam begannen sie ein altes bretonisches Volkslied zu spielen.

»*Omnia de finaris.*« Rosa ließ sich das Geschirr stapeln und wir trugen es in die Küche. Wenn ich ihr sagte, dass meine Kräfte endgültig verschwunden waren, würde sie das traurig machen.

»Lass mich das machen«, sagte Adrien, als ich den nächsten Stapel holen wollte.

»Vianne ist kräftig genug«, mischte sich Ash ein. »Mach dir keine Sorgen. Sie kann alles tun, worauf sie Lust hat. Selbst Geschirr schleppen.«

»Genau, das kann Vianne.« Ich schüttelte amüsiert den Kopf. »Wenn ich wollte, könnte ich die nächsten Monate durchtanzen.«

Der Blick aus Adriens dunklen Augen wurde noch skeptischer. Es würde ein harter Weg werden, Rosa, ihn und auch meine

Schwestern endgültig davon zu überzeugen, dass ich kein zartes Pflänzchen mehr war.

»Na gut«, sagte Adrien und verzog die Lippen zu einem Lächeln. »Dann schieben wir mal die Tische beiseite.«

Kurz darauf stellte Rosa ein großes Tablett mit Bolennoù auf dem Tresen ab. Das waren bretonische Tassen, aus denen der Cidre getrunken wurde, den es tatsächlich noch gab, wenn auch ohne Crème de Cassis. Wir stießen alle miteinander an. Dann nippte ich und schüttelte mich unauffällig. Ich hatte schon leckerere Sachen getrunken. Ash lächelte verschmitzt, stellte ebenfalls seine Tasse ab und zog mich auf die Tanzfläche. Die Musik wurde von Stück zu Stück ausgelassener und ich tanzte abwechselnd mit ihm, Maëlle, Adrien, Aimée oder einem der anderen Gäste. Erst als ich erschöpft und verschwitzt war, ging ich zurück zum Tresen und nahm einen großen Schluck Cidre. Es wurde nicht schmackhafter, aber löschte meinen Durst. Mittlerweile war ich hundemüde, aber ich wollte nicht gehen. Noch nie hatte ich mich so lebendig gefühlt. Ash half mir auf einen Hocker. »Magst du lieber ein Wasser?« Er musterte mich aufmerksam. »Oder noch etwas von diesem sauren Apfelzeug?«

»Ein Wasser wäre schön. Das Apfelzeug ist nicht unbedingt mein Ding.«

»Hab ich doch gesagt. Bin gleich zurück.« Er ging zu einem Tisch, auf den Adrien Wein, Wasser und Gläser gestellt hatte, damit wir uns bedienen konnten. Unauffällig rieb ich mir mit beiden Händen über das Gesicht, um die Müdigkeit zu vertreiben. Während meiner Krankheit hatte ich mit Ezra kleine Zettel geschrieben, was ich alles tun würde, wenn ich je gesund werden würde. Eine ganze Nacht durchtanzen, das hatte auf einem davon gestanden und genau diesen Wunsch erfüllte ich mir heute. Ansonsten waren es ein paar verrückte Dinge gewesen, zum Beispiel zum Mond fliegen, einen Schneemann in der Antarktis bauen oder in der Südsee nach Perlen tauchen. Auf den heimlichen Zetteln, die Ezra nie zu Gesicht bekommen hatte, stand: Ezra so lange küssen, bis unsere Lippen wund sind, Ezra unter dem Sternenhimmel lieben, Ezra heiraten, mit Ezra Kinder bekommen. Ich lächelte bei der Erinnerung. Es waren die Wünsche und Träume eines kranken Teenagers gewesen, der geglaubt hatte, sterben zu müssen. Dieses Mädchen war ich nicht mehr, aber ich wollte mich auch nicht für diese Träume schämen. Sie hatten genauso zu mir gehört wie meine Magie. Dass diese Träume sich nie erfüllen würden, bedeutete nicht, dass ich auch meine Magie aufgeben musste.

»Einhundert Euro für deine Gedanken?«

Ich erstarrte bei diesen Worten. Schweiß bildete sich auf meiner Stirn und ich schwankte leicht auf dem Hocker. Das musste entweder der Alkohol sein, oder ich hatte zu viel getanzt. Mit einer Hand tastete ich nach dem Tresen, um mich daran festzuhalten. Erst dann wandte ich mich der Stimme zu. Dunkle Augen musterten mich eindringlich. Diese Frage hatten wir uns einander mehr als einmal gestellt. Es war ein Spiel gewesen, die Gedanken des anderen zu erraten. Für ihn war es kein Kunststück gewesen. Wie kam er darauf, mir diese Frage jetzt stellen zu dürfen? Für einen Moment sah ich ihn nur an und das Lächeln verschwand von seinen Lippen. Zwei Jahre hatte ich ihn nicht gesehen und nun musste ich mich mit dem, was das schummrige Licht preisgab, zufriedengeben. Donnernd schlug mein Herz gegen meine Brust. Ich hatte gehofft, mich besser im Griff zu haben, wenn ich ihn zum ersten Mal wiedersah. Aber er hatte mich überrumpelt. Sein Blick wanderte ebenfalls über mein Gesicht und meinen Körper und mein Atem beschleunigte sich unmerklich. Ich straffte die Schultern und ballte die Hand in meinem Schoß zu einer Faust.

»Ezra«, begrüßte ich ihn in der gleichmütigsten Tonlage, zu der ich fähig war.

In seinen Augen flackerte etwas auf. Früher hätte ich es als unterdrückte Leidenschaft interpretiert. In meinen Mädchenträumen hatte ich jede noch so winzige Geste zu etwas Riesengroßem aufgebauscht. Bis ich in der Realität ankam. Mein Aufprall war hart gewesen. Als er meine Briefe nicht beantwortet hatte, hatte ich ihn angerufen. Mein Stolz war mir völlig egal gewesen, ich musste seine Stimme hören. Das Dämonenfieber war kurz nach unserer Ankunft in Glastonbury endgültig und mit aller Macht ausgebrochen. Aber viel mehr als das Fieber mit all seinen hässlichen Begleiterscheinungen hatte meine Sehnsucht nach Ezra mich in die Knie gezwungen. Er hatte meine Anrufe nie angenommen und sich immer verleugnen lassen. Zurückgerufen hatte er gleich gar nicht. Es war gewesen, als wäre er gestorben. Und so hatte ich auch um ihn getrauert. Nun stand er hier vor mir und war praktisch ein Unbekannter für mich. Unsere Verbundenheit war nur Einbildung gewesen, denn der Mann, der in meiner Fantasiewelt existiert hatte, wäre nie so grausam gewesen. Meine Haut prickelte, als er noch einen Schritt näher kam. Er hätte der Sache viel früher Einhalt gebieten müssen, aber vermutlich war sein Mitleid mit mir zu groß gewesen. Mir wurde schlecht vor Scham, aber ich schluckte den sauren Geschmack in meinem Mund hinunter. Damals war ich mir meiner Gefühle so sicher gewesen. Niemals wäre mir der Gedanke gekommen, ich müsste mich dafür schämen.

»Du siehst gut aus«, brach er zuerst das Schweigen. »Gesund.« Seine Stimme vibrierte bis in meinen Magen.

»Vielen Dank.« Mehr brachte ich nicht über die Lippen. Was sollte ich auch sagen? Durch diese unerwiderte Liebe hatte ich viel mehr verloren als einen Traum. Seit er mich im Stich gelassen hatte, traute ich meinen Gefühlen nicht mehr, weil ich damals so sicher gewesen war, er würde mich zurücklieben. Zwei lange Jahre ohne ein einziges Wort hatten mich eines Besseren belehrt.

»Wann seid ihr zurückgekommen?«

»Heute Vormittag.« Ich konnte ihn nicht noch mal ansehen. Stattdessen suchte ich nach meinen Schwestern. Aimée stand mit Adrien auf der anderen Seite des Raumes. Sie setzte sich in Bewegung, als sie sah, wer bei mir war, aber Adrien hielt sie zurück. Maëlle tanzte selbstvergessen und Ash hielt zwar das Wasser für mich in Händen, unterhielt sich aber noch mit Rosa. Ich musste mit dieser Situation allein zurechtkommen. Diese Begegnung hatte ich hunderte, nein tausende Male in meinem Kopf durchgespielt. Ich konnte das.

»Weshalb bist du dann hier und ruhst dich nicht aus?«, kam Ezras nächste Frage. Sie stieß auf mich herab wie ein Adler im Sturzflug. »Wie lange seid ihr unterwegs gewesen? Zehn oder elf Stunden? Du musst erschöpft sein.« Das aufgebrachte Grollen jagte mir einen Schauder über den Rücken.

»Ich glaube nicht, dass es dich etwas angeht, wie ich meine Nächte verbringe.« Bei den ersten Worten zitterte meine Stimme noch, aber dann wurde sie fester. »Es war nett, dich wiederzusehen, Ezra. Ich hoffe, es ist dir gut ergangen in den letzten zwei Jahren. Entschuldige mich bitte.« Ich musste weg von ihm, bevor ich etwas sagte, was ich später bereute. Noch peinlicher als meine Mädchenschwärmerei wäre jetzt bloß, ihn merken zu lassen, wie sehr er mich verletzt hatte. Ich rutschte vom Barhocker, geriet vor Nervosität ins Straucheln und beging einen entscheidenden Fehler. Auf der Suche nach Halt legte ich eine Hand an seine Brust. Seine Wärme übertrug sich auf mich und meine Beine gaben unter mir nach. Er schlang einen Arm um meine Taille und zog mich an sich.

»Ich hab dich«, raunte er. Heißer Atem strich über mein Ohr. Die Worte klangen seltsamerweise erleichtert und seine Arme schlossen sich fester um mich. Meine ganze Wahrnehmung schärfte sich. Wir atmeten im gleichen Takt, seine Finger öffneten und schlossen sich auf meinem Rücken und Hitze floss durch mich hindurch. Er roch immer noch wie der Mann, den ich mit jeder Faser meines Herzens geliebt hatte. Es kam mir wie Betrug vor. Ich stieß ihn so heftig von mir weg, dass mein Plan, ihm nicht zu zeigen, was ich fühlte, in diesem Moment scheiterte.

Für eine Sekunde genoss ich den schockierten Ausdruck in seinem Gesicht. »Vi, wir müssen miteinander reden.«

»Das müssen wir nicht«, entgegnete ich mit fester Stimme. »Und nenn mich nicht so. Mein Name ist Vianne.« Auf wackligen Beinen ging ich Ash entgegen. Natürlich mussten wir reden, aber nicht hier und nicht jetzt und schon gar nicht über etwas Persönliches. Es ging nur um unseren Auftrag.

Ash genügte ein Blick in mein Gesicht, um festzustellen, dass etwas vorgefallen war, dann sah er hinter mich. Das Lächeln auf seinen Lippen verschwand.

»Komm.« Er führte mich auf die andere Seite des Raumes. Ich setzte mich auf einen Tisch und trank das Glas Wasser in einem Zug aus. Danach fühlte ich mich etwas besser. Aimée stieß zu uns und brachte drei Tassen mit Cidre mit.

»Trink das hier.«

Ich wollte nicht, aber Aimée sah nicht so aus, als würde sie mir eine Wahl lassen. Es brauchte viel, um sie wütend zu machen, und im Moment war sie sehr wütend. Selbst ihre schulterlangen roten Haare glühten, als wollten sie gleich Feuer fangen. Sie nahm neben mir Platz. »Adrien hat Ezra angerufen und ihm gesagt, dass wir hier sind. Ich hätte ihm sagen müssen, dass er das nicht tun soll.«

»Schon gut. Es ist okay«, unterbrach ich sie, bevor es noch unangenehmer wurde. »Jetzt habe ich das Wiedersehen wenigstens hinter mir.« Ich setzte ein verkrampftes Lächeln auf und trank einen großen Schluck des Apfelweins. Tatsächlich schmeckte er dieses Mal deutlich besser. Vermutlich hatten Aimée und Maëlle vor dieser ersten Begegnung auch solche Angst gehabt wie ich. Ich war nie gut darin gewesen, meine Gefühle zu verstecken, und sie hatten das ganze Drama hautnah miterlebt. »Dann funktionieren die Telefone noch?«, stellte ich die unwichtigste Frage.

»Funktelefone nicht. Aber die, die noch durch die alten Leitungen verbunden sind.« Aimée starrte immer noch in Ezras Richtung. Er lehnte am Tresen und plauderte mit Adrien.

»Es hat mich überrumpelt, ihn plötzlich zu sehen«, sagte ich entschuldigend. »Das nächste Mal reiße ich mich zusammen.«

»Natürlich.« Aimée klang nicht überzeugt und sie wechselte einen Blick mit Ash.

Wir wussten alle drei, was auf dem Spiel stand. Ezra musste uns anhören und dafür war es wichtig, ihn an unsere Freundschaft zu erinnern. Da war kein Platz für meine Wut und meine Sehnsucht.

»Lass uns noch ein bisschen tanzen«, bat ich Ash. Unser Aufbruch sollte nicht wie eine Flucht aussehen.

Aimée nickte. »Ich sage Maëlle Bescheid, dass wir bald fahren.«

Ash nahm meine Hand und wir gingen auf die Tanzfläche. Gerade spielte der Mann am Klavier ein langsames Lied. Ash zog mich an sich und ich legte den Kopf an seine Brust. Mit geschlossenen Augen versuchte ich, mich zu entspannen. Es war nichts passiert. Ezra und ich hatten uns wiedergesehen und ein paar unverbindliche Worte miteinander gewechselt. Wenn ich ihm das nächste Mal begegnete, würde es leichter sein. Ashs Hände strichen beruhigend über meinen Rücken. Ich wünschte, ich könnte mich mit dieser verlässlichen Zuneigung zufriedengeben. Ich wünschte, ich könnte sie erwidern. Die Tatsache, dass Ash schmal gebaut war, täuschte oft darüber hinweg, wie gut trainiert er war. Aber er war eben eher ein Gelehrter und Ezra ein Jäger. Und ich sollte gar nicht erst damit anfangen, die beiden miteinander zu vergleichen. Ich drehte den Kopf ein winziges Stück. Nur so, dass ich einen besseren Blick auf den Tresen hatte. Aimée stand bei Ezra und redete auf ihn ein. Neben den beiden stand ein zweiter Mann, der ihrem Gespräch interessiert lauschte. Er lehnte mit dem Rücken am Tresen und drehte in der Hand ein

Glas mit einer bräunlichen Flüssigkeit. Seine Ellbogen hatte er aufgestützt und er ließ Aimée nicht eine Sekunde aus den Augen. Nun lächelte der blonde Unbekannte, als würde er sich köstlich amüsieren. Ich hatte ihn nie zuvor hier gesehen. An Aimée würde er sich die Zähne ausbeißen. Sie ließ sich von einem hübschen Gesicht nicht beeindrucken. Ob er ein Magier der Loge war? Früher hatten sie auf der ganzen Welt verstreut gelebt und sich nur an Beltane und Samhain in *Brocéliande* getroffen. Aber ich vermutete, dass mittlerweile alle zwölf hier lebten.

»Lass uns fahren«, bat ich Ash, der den mir unbekannten Mann ebenfalls beobachtete.

»Das wird vorerst das Beste sein.« Er nahm meine Hand und gemeinsam gingen wir zur Bar.

Ich biss die Zähne zusammen. Auf eine zweite Konfrontation mit Ezra durfte ich es nicht ankommen lassen. »Aimée«, sagte ich, als wir bei den dreien ankamen. »Können wir gehen? Ich bin müde.«

»Ich fahre euch nach Hause«, kam es wie aus der Pistole geschossen von Ezra.

»Das ist nicht nötig«, erklärte Ash in einem so kühlen Tonfall, wie ich ihn noch nie bei ihm gehört hatte. Er war immer höflich und zuvorkommend, aber jetzt konnte man mit seinen Worten eine Kokosnuss in zwei Hälften teilen. »Ich bringe Vianne und ihre Schwestern nach Hause. Bei mir sind sie sicher.« Bisher hatte er sich nie sonderlich besitzergreifend verhalten.

»Du hast recht. Es ist Zeit«, stimmte Aimée zu. »Je später es wird, umso weniger gefallen mir die Gäste.« Sie setzte ihren strengsten Gesichtsausdruck auf.

Nachdem unsere Mutter viel zu früh verstorben war, hatte Aimée bei Maëlle und mir die Mutterrolle übernommen. Sie war vier Jahre älter als ich und manchmal hatte sie es mit ihren Versuchen, uns zu erziehen, etwas übertrieben. Maëlle und ich hatten dann meist das Gegenteil von dem getan, was sie von uns verlangte. Es war wie ein Spiel gewesen, aber spätestens, wenn sie diesen bestimmten Blick aufgesetzt hatte, wussten wir, dass es an der Zeit war, nachzugeben und zu gehorchen. Weshalb sie den Schönling jetzt mit diesem Gouvernantenblick bedachte, erschloss sich mir nicht, und er zeigte auch gar keine Wirkung bei ihm.

Sein blondes Haar hing ihm ins Gesicht und seine Lippen verzogen sich bei der Feindseligkeit, die Aimée ausstrahlte, zu einem trägen Grinsen. Zu meiner Überraschung verwandelte sich ihr strenger Blick in ein Lächeln. Ich blinzelte verwirrt, sah kurz zu Ezra, der verärgert die Stirn runzelte.

»Möchtest du mich deinen Freunden nicht vorstellen?«, fragte der Mann in einem schleppenden Tonfall. Ich nahm ihn genauer in Augenschein. Seine Kleidung war recht ungewöhnlich. Er trug Reitstiefel, eine Lederhose und eine enge Lederjacke, die ihm wie auf den schlanken, muskulösen Leib geschneidert war. Allerdings war es kein glattes Leder, sondern es wirkte eher schuppig. Eine andere Beschreibung fiel mir dazu nicht ein. Die Knöpfe seiner Jacke glänzten silbern und trugen ein Wappen, das ich in dem schummrigen Licht nicht erkennen konnte.

»Vianne – das ist Caleb von Coralis«, kam es zögerlich von Ezra, doch dabei schaute er nur Ash an. »Er ist ein Gast der Loge.«

Dann war er wohl kein Magier. Coralis? Ich hatte noch nie von einem Ort mit diesem Namen gehört.

Von Ash kam ein Geräusch, das wie ein Knurren klang. Seine Hand lag auf seinem Athame, dem Ritualdolch der Hexen und Hexer. Ezras Körper versteifte sich, was kein Wunder war. Ash bedrohte seinen Gast. Das war sehr unhöflich und unklug, wenn man unseren Auftrag bedachte. Beruhigend legte ich eine Hand auf Ashs Arm.

»Hallo«, begrüßte ich den Mann und hielt ihm die Hand hin. »Ich bin Vianne.«

Er schüttelte sie. Nein, er war definitiv kein Magier. Ich spürte kein Fitzelchen Magie. Weshalb war er hier und hatte sich nicht hinter der Mauer in Sicherheit gebracht? Wie dumm von ihm.

Jetzt grinste dieser Caleb und wackelte mit den Augenbrauen. Die Geste hatte etwas ganz und gar Jungenhaftes und ich verkniff mir ein Lächeln. »Ezra wollte mich ein wenig ausführen, damit ich die Schönheit seiner Heimat kennenlerne, und ich muss sagen, er hat nicht zu viel versprochen.« Sein Blick klebte nun wieder auf Aimée.

Er ließ meine Hand los und ein Schauer kroch über meinen Rücken. Ich war wohl müder, als ich bisher gedacht hatte, denn kalt war es in dem Raum nicht gerade. Ganz im Gegenteil.

»Du frierst. Zieh dir deinen Umhang über«, kam es prompt von Ezra.

Ich ignorierte den Befehl, weil ich kein Kind war und er kein Recht hatte, mich herumzukommandieren. Stattdessen konzentrierte ich mich auf Caleb. Mit dem Mann stimmte etwas nicht.

»Und wie heißt du, meine Schöne?«, fragte er Aimée.

Sie schnaubte, aber mir entging nicht die zarte Röte an ihrem Hals. Ich musste dem ein Ende machen. Sofort. Meine große

Schwester hatte sich noch nie besonders für Männer interessiert und sie würde nicht mit so einem Aufreißer anfangen.

»Hey, Jungs«, erklang Maëlles Stimme hinter uns, bevor ich etwas sagen konnte. »Ezra, wie schön, dich zu sehen.« Sie umarmte ihn, als seien sie immer noch die dicksten Freunde, und reichte dann Blondie die Hand. »Ich bin Maëlle. Hast du dich verlaufen?« Trotz der ungezwungenen Anrede entging mir die Anspannung nicht, die auch sie ausstrahlte. Wie beiläufig lag auch ihre Hand auf ihrem Athame.

»Ich wurde eingeladen.« Caleb wies auf Ezra. Maëlle war unbestreitbar die Schönste von uns dreien, aber er musterte sie nur flüchtig. Dann kehrte sein Blick zu Aimée zurück. »Es hat mich sehr gefreut, eure Bekanntschaft zu machen«, sagte er so sanft, als versuchte er, ein Kaninchen davon abzuhalten, zu fliehen. »Ich hoffe, wir sehen uns wieder.«

»Das ist eher unwahrscheinlich«, antwortete Maëlle für alle, griff nach Aimées Hand und zog sie von der Theke fort. Als diese sich wegdrehte, schüttelte sie sich kurz. »Es ist alles okay«, sagte Maëlle ernst. »Das wäre jedem von uns passiert. Ich fasse es nicht, dass Ezra einen von ihnen mit hergebracht hat. Ist er völlig übergeschnappt?«

»Der Mann sieht verboten gut aus«, bestätigte ich. »Aber das spielt eigentlich ja keine Rolle.«

»Sagt das Mädchen, dem jedes Mal der Zahn tropft, wenn es Ezra sieht«, kam es spitz von Maëlle. »Aimée ist nicht so oberflächlich wie du. Bei ihr zählen innere Werte.«

»Hört auf, euch zu zanken«, verlangte Aimée. »Natürlich lasse ich mich nicht von einem hübschen Gesicht blenden.«

Ash räusperte sich und reichte uns unsere Umhänge. »Das ist hier wohl kaum das Problem.«

»Ihr braucht nicht zu gehen.« Rosa trat zu uns. »Caleb von Coralis wird euch nichts tun. Er ist ein netter Junge.«

Alle Alarmglocken in meinem Kopf begannen zu schrillen.

»Er hat Ezra vor ein paar Tagen geholfen, drei Coranians zur Strecke zu bringen, die letzte Woche sechs Flüchtlinge überfallen und getötet haben.«

Coranians waren riesige Dämonen, deren Körper Menschen glichen. Allerdings hatten sie Ziegenköpfe mit einem spitzen Horn und ihre Haut ähnelte der von Schlangen.

»Das beruhigt mich jetzt nicht gerade«, sagte Maëlle. »Du hättest uns warnen müssen.«

Rosa guckte zerknirscht. »Ihr wart lange weg. Viele Dinge haben sich geändert.«

Ash und meine Schwestern nahmen mich in ihre Mitte. Er hatte nichts zu Rosas Worten gesagt, aber als ich ihn ansah, erkannte ich die Sorge in seinem Gesicht. Irgendwas entging mir und es gefiel mir nicht. Zu Hause würde ich Antworten verlangen. Wie konnte dieser Caleb Ezra gegen drei Coranians helfen, wenn er keine magischen Kräfte besaß? Das war unlogisch, außer … Ich schnappte nach Luft und drehte mich ein letztes Mal um. Caleb von Coralis und Ezra sprachen miteinander und ihre Mienen waren angespannt. Das war unmöglich. So etwas würde Ezra nie tun. Er würde doch nicht … Aber es bestand kein Zweifel – Caleb war ein Dämon. Ich wusste, dass Dämonen Gestaltwandler waren. Sie konnten wie wir Menschen aussehen und waren dann von uns kaum zu unterscheiden. Aber es gab eben auch noch ihre andere, ihre dämonische Seite. Wenn sie ihre Gestalt wandelten, wurden sie zu Wesen, die nur Mord und Tod im Sinn hatten. Dämonen töteten wahllos jeden Menschen, der sich ihnen in den Weg stellte. Wie konnte Ezra so jemandem vertrauen?

Adrien öffnete uns die Tür und wir traten auf die Straße. Es war stockfinster, wenn man von dem Licht der Sterne und dem des Mondes absah. Unsere Umhänge blähten sich im Wind und Ashs Gesicht wirkte unnatürlich bleich. Die Nachtluft war dicht und warm. In meinen Fingerspitzen kribbelte es, als wir zum Auto liefen.

»*Miridiem.*« Leuchtender Staub drang aus Ashs Handfläche, wurde vom Wind auf der Straße verteilt und puderte den Weg mit einem sanften Glimmen. Der Hexenstaub wies uns den Weg und hielt Dämonen fern, sollten sie sich zu nah an den Ort heranwagen. Einer war allerdings schon hier.

Zu Hause angekommen, versiegelten Ash und meine Schwestern Fenster und Türen mit Bannsprüchen, während ich Tee kochte. Dann versammelten wir uns im Wohnzimmer. Aimée vergaß ihre guten Vorsätze und zauberte ein knisterndes Feuer in den Kamin. Ich stellte die Teetassen ab und erntete einen bösen Blick von Maëlle. Trotzdem nahm sie einen vorsichtigen Schluck.

Ich kauerte auf dem Sofa und versuchte, das sich stetig verstärkende Kribbeln in meinen Fingerspitzen zu ignorieren. Wut und Angst ballten sich in meinem Magen zusammen. »Hast du es gewusst?«, fragte ich Ash ganz direkt. »Dass die Loge …, dass Ezra sich mit Dämonen verbündet hat? Ich fasse es nicht, dass du uns nichts davon gesagt hast. Was sollen wir dann hier? Das bringt uns alle in Gefahr. Er hätte uns töten können. Wir waren mit einem Dämon in einem Raum eingesperrt. Aimée hat mit ihm geredet.« Meine Finger begannen zu brennen. Ich schaute auf sie herunter. Bildete ich mir das nur ein, oder leuchteten meine Fingerspitzen? Ich ballte die Hände zu Fäusten und öffnete sie wieder. Das Leuchten war verschwunden.

»Es ist ja nichts passiert«, sagte Maëlle in dem Versuch, mich zu beruhigen.

»Ich habe es nicht gewusst«, kam es von Ash. »Die Männer der Loge sind Ezra treu ergeben. Es dringt nur sehr wenig von seinen Plänen nach draußen.«

»Wieso tut er das?«, fragte ich. »Was bezweckt er damit? Ist dieser Caleb der einzige Dämon gewesen oder waren da noch mehr?«

Ash schüttelte den Kopf. »Er war allein.«

»Ihr habt es gleich gewusst, oder?« Ich musterte meine Schwestern.

»War ja nicht sonderlich schwer«, murmelte Maëlle. »Er roch zehn Kilometer gegen den Wind, allerdings ausgesprochen gut.«

»Sehr lustig. Wie kann ein Dämon gut riechen?« Ich warf ihr einen giftigen Blick zu.

»Jeder andere würde vermutlich stinken«, erklärte Maëlle. »Der hier roch so gut, weil er ein Verführer ist. Sein Duft ist reines Aphrodisiakum. Und dass er dir so schöne Augen gemacht hat«, sagte sie und wandte sich an Aimée, »ist gar nicht gut. Ich dachte, er würde sich an Ort und Stelle auf dich stürzen.«

Aimée schnaubte verächtlich. »Das hätte er in einem Raum voller Hexen und Hexer wohl kaum gewagt.«

»Ich hatte nicht den Eindruck, Ezra würde ihn davon abhalten, und auch die anderen haben ihn gekannt. Sogar Rosa.« Maëlle fuhr sich mit einer Hand durchs Haar. »Es ist mir unbegreiflich. Ich meine, Ezra ist der Großmeister. Er trägt die Verantwortung. Wie können die anderen Magier der Loge das zulassen?«

»Weshalb ist Ezra Großmeister geworden? Was ist mit Aden passiert?«, stellte ich eine Frage, die ich schon längst hätte stellen müssen. »Er wäre an der Reihe gewesen. Wieso haben sie Ezra gewählt?«

Maëlle und Aimée wechselten einen Blick und dann kratzte Aimée sich am Arm. Die beiden hatten mir während meiner Krankheit viel verheimlicht. Angeblich, um mich nicht zu beunruhigen. Aber ich war beunruhigt, und zwar sehr. »Raus mit der Sprache.«

»Aden Tocqueville verschwand vor zwei Jahren spurlos«, mischte Ash sich ein. »Ungefähr zu der Zeit, als ihr nach Glastonbury gekommen seid.«

»Und zwei Jahre lang habt ihr es nicht für nötig befunden, mir das zu sagen?« Enttäuschung machte sich in mir breit.

Aimée presste für einen Moment die Lippen fest zusammen. »In den vergangenen zwei Jahren mussten wir viele Entscheidungen treffen, die uns nicht leichtgefallen sind«, sagte sie. »Und Ezra ging es vermutlich genauso. Wir sollten nicht vorschnell ein Urteil fällen.«

»Äh … hat der Dämon dir dein Gehirn vernebelt?«, fragte Maëlle aufgebracht. »Das rechtfertigt wohl kaum seine Freundschaft mit einem Monster.«

Maëlle und Aimée waren oft wie Hund und Katze.

»Ich werde Ezra morgen früh anrufen und ihn fragen, was mit seinem Bruder passiert ist«, bot ich an, wobei mir allein bei der Vorstellung, seine Stimme zu hören, der Schweiß ausbrach. »Aden würde niemals einfach so verschwinden. Und ich frage Ezra auch, was er sich dabei gedacht hat, sich mit einem Dämon anzufreunden.«

»Nein«, kam es von meinen Schwestern wie aus der Pistole geschossen. Manchmal waren sie sich auch erstaunlich einig. Meistens dann, wenn es darum ging, mich zu bevormunden.

»Wir sind nur hier, um mit Ezra zu reden. Warum es auf die lange Bank schieben?«, entgegnete ich. Er hatte sich mit einem Dämon verbündet. Das hatte ich als Allerletztes erwartet. Meine Handflächen wurden feucht, wie immer, wenn ich an den grauenhaften Angriff der Sylphe zurückdachte. Ihre Haut war schuppig gewesen. Sie hatte eine Art Dornenkranz auf dem Kopf gehabt. Ihre spitzen Zähne hatten sich tief in meine Haut gebohrt. An meine eigentliche Rettung konnte ich mich nicht erinnern. Ich hatte noch im Wasser das Bewusstsein verloren und war erst zu mir gekommen, als Ezra mich am Ufer des Sees ins Gras gelegt und mir das Haar aus dem Gesicht gestrichen hatte. Ich war schon vorher in ihn verliebt gewesen, aber in diesem Moment war es endgültig um mich geschehen.

»Bevor ihr dazugekommen seid, hat Ezra gesagt, dieser Caleb sei in diplomatischer Mission in Paimpont«, sagte Aimée. »Bestimmt ist er morgen wieder verschwunden.«

»Dann ist er ein Abgesandter des Hochkönigs?«, fragte Ash. »Wir dachten, er würde nicht mehr mit Regulus verhandeln. Angeblich hat er doch alle Gespräche abgebrochen.«

»War das Ezras Erklärung?«, kam es gleichzeitig von Maëlle. Zorn schwang in ihren Worten mit. »Der Typ sah nicht gerade wie ein Diplomat aus.«

Ich versuchte, die Trockenheit in meinem Mund zu ignorieren. Wenn man genau hinsah, konnte man immer noch die Bisswunden an meinem Hals sehen, wo die Sylphe ihre spitzen Reißzähne in meine Haut geschlagen hatte. Sie hatte sich nicht die Mühe gemacht, ihre Gestalt zu verbergen. Sie war plötzlich aufgetaucht und hatte mich ohne Vorwarnung in die dunkle Tiefe des Sees gezogen. Der Dämon heute hätte einem Modemagazin entsprungen sein können und er hatte rein gar nichts Dämonisches an sich gehabt, wenn man von diesem einstudierten Lächeln mal absah. Aber genau das war das Perfide an einem Verführer. Diese Dämonen zeigten ihr wahres Ich erst, wenn es bereits zu spät war, um ihnen zu entkommen. Ich hätte es erkennen müssen. Der Mann war zu schön gewesen, um wahr zu sein.

»Natürlich war er kein Diplomat«, sagte Aimée. »Diese Erklärung ist lächerlich. Er dürfte nicht hier sein und Ezra dürfte nicht auf so vertrautem Fuß mit ihm stehen. Aber wenn er doch einer ist, weshalb behauptet die Kongregation dann, Ezra hätte alle Gespräche mit Regulus eingestellt? Das ergibt doch keinen Sinn.«

»Es ergibt nur einen Sinn, wenn Caleb gar nicht in Regulus' Auftrag hier ist«, sagte Maëlle. »Ich habe da was aufgeschnappt.«

»Aufgeschnappt?« Aimée stellte klirrend ihre Teetasse ab.

Maëlle zuckte mit den Achseln. »Ich wollte nicht lauschen. Aber wenn ich mich gelangweilt habe und du gestrickt hast …« Ihr Blick glitt über den zitronengelben Strickpulli, den Aimée zu dem geblümten Rock trug. »Als Michael Galkin und Sophia Chadwick das erste Mal an uns herangetreten sind, wollte ich herausfinden, was sie im Schilde führen. Ich meine, Sophia ist eine Anima. Keine vernünftige Hexe vertraut ihr.« Sie schwieg und wartete auf unsere Zustimmung.

Mein Blick huschte zu Ash. Er war sehr loyal und bestimmt gefielen ihm Maëlles Worte nicht. Andererseits hatten Michael und Sophia auch vor ihm Geheimnisse.

Er biss sich auf die Unterlippe. »Sie ist mit Vorsicht zu genießen.«

»Was hast du gehört?«, fragte Aimée und sah dabei aus, als würde sie gleich ohnmächtig werden. Niemand legte sich ungestraft mit unserem höchsten Gremium an. Es waren schon Hexen und Hexer verschwunden, die das gewagt hatten, und je größer die Gefahr durch die Dämonen wurde, umso mehr wuchs die Macht der Kongregation. Nur Maëlle wagte es, einem Mitglied der Kongregation hinterherzuspionieren. »Du hättest uns in enorme Schwierigkeiten bringen können«, sagte Aimée tonlos. »Wenn sie dich erwischt hätten.«

»Haben sie aber nicht.« Maëlle lächelte mit einer Spur schlechten Gewissens. »Ich bin nicht blöd, Aimée. Ich habe aufgepasst.«

»Am besten erzählst du uns alles«, forderte Ash. »Es wird uns helfen, wenn wir mit Ezra Tocqueville sprechen.«

»Viel war es nicht«, gab Maëlle zu. »Tatsächlich hat Ezra die Verhandlungen eingestellt, weil Regulus von Morada unerfüllbare Forderungen gestellt hat.« Sie senkte die Stimme, obwohl wir allein waren. »Ich habe nicht herausgefunden, welche, aber Ezra behauptet, sie seien indiskutabel. Michael und Sophia sind allerdings der Meinung, keine andere Wahl mehr zu haben, und versuchen daher, die anderen Mitglieder auf ihre Seite zu ziehen, damit die Kongregation Regulus' Forderung erfüllt. Genau deswegen wollen sie ja direkt mit ihm verhandeln.«

»Was sollen das für Forderungen sein?«, fragte ich. »Warum geht Ezra nicht darauf ein? Es wird unter diesen Umständen doch wohl ein Kompromiss möglich sein. Und welche Rolle spielt dann dieser Caleb?« Ich blickte Ash an.

»Wir glauben, Regulus fordert die Reichtümer der Loge zurück. Merlin hat sich damals mit riesigen Schätzen und Edelsteinen bezahlen lassen, bevor er die Quelle verschloss«, sagte dieser.

»Wenn es nur das wäre, würde Ezra alles zurückgeben, um die Menschen zu retten«, sagte ich ungläubig.

Maëlle blickte mich mitleidig an. »Das würde er nicht tun. Du hast es immer noch nicht kapiert, oder? Es geht hier nicht darum, irgendwen zu retten. Der Loge und der Kongregation geht es nur um Macht und Einfluss.«

»Danke für die Aufklärung!«, blaffte ich sie an. Ezra würde dafür nicht so viele Menschen opfern. Jedenfalls nicht der Ezra, den ich gekannt hatte. Wenn der Pakt nicht verlängert wurde, würde die Hölle losbrechen und die Welt in Flammen auf- und in Blut untergehen. Die Dämonen würden uns vernichten. Was also tat Ezra da? Er sollte uns schützen. Das war seine Pflicht. Bisher hatten die Menschen das Problem hinter eine Mauer verbannt. Eine Mauer, die niemals halten würde. Sobald der Pakt auslief, brachen die letzten magischen Barrieren und Regulus' Armee würde in unsere Welt einrücken. Er würde sich einfach nehmen, was er wollte.

»Ich dachte immer, Dämonen würden jeden Menschen töten, der ihnen über den Weg läuft«, sagte Aimée nachdenklich.

»Was nicht bedeutet, dass dieser Caleb es nicht tut, wenn er dich allein trifft. Wir müssen auf der Hut sein.« Maëlles Blick wanderte zwischen uns hin und her. »Es ist ein gutes Zeichen, dass Ezra noch mit einem Dämon spricht, oder? Offenbar ist diese Tür doch noch nicht zugeschlagen.«

»Es waren zwei lange Tage«, erwiderte Ash nachdenklich. »Wir sollten schlafen und morgen fahre ich nach Rennes. Lawrence Mackenzie hält sich dort auf. Er ist der letzte Vertreter der Kongregation, mit dem Ezra gesprochen hat. Ich werde ihn davon in Kenntnis setzen, dass die Loge nicht alle Verhandlungen mit den Dämonen ausgesetzt hat.«

»Du solltest nicht allein fahren«, sagte Aimée. »Es ist zu gefährlich.«

»Ich werde vorsichtig sein und ihr müsst auf Vianne aufpassen.«

Ich stand auf, weil ich dringend allein sein wollte. Ash begleitete mich nach oben, während Maëlle und Aimée unten leise noch eine Weile diskutierten.

»Du musst keine Angst haben«, sagte Ash. Er lehnte an der Wand neben meiner Tür und ich versuchte, in dem dämmrigen Licht seine Augen zu erkennen.

»Ich habe keine Angst. Jedenfalls nicht mehr als zuvor. Ich frage mich bloß, ob Ezra uns überhaupt anhören wird.«

»Wir haben noch ein paar Wochen«, beruhigte Ash mich. »Noch ist nicht alles verloren.« Er gab mir einen Kuss auf die Stirn. »Schlaf gut.«

»Du auch. Willst du wirklich nach Rennes?«

Er nickte. »Lawrence ist meiner Meinung nach der vernünftigste Vertreter der Kongregation.« Er verzog das Gesicht, vermutlich war er selbst schockiert von seiner Aussage. »Ich soll in engem Kontakt mit ihm bleiben und ihn über alles informieren.«

»Dann fahr vorsichtig und komm so schnell wie möglich zurück.« Ich umarmte ihn zum Abschied.

Trotz meiner Müdigkeit fand ich lange keinen Schlaf und das lag nicht nur an den Geräuschen, die aus dem Wald bis in unser Haus drangen und immer näher zu kommen schienen. Später geisterten Ezras Augen durch meinen Schlaf.

# 4. KAPITEL

Schweißgebadet wachte ich auf. Sonnenlicht flutete mein Zimmer und jemand hatte das Fenster geöffnet. Draußen zwitscherten die Vögel um die Wette. Der Duft von gebackenen Crêpes kroch unter dem Schlitz meiner Tür hindurch. Dazu roch es nach Zucker und Zimt, geriebenen Äpfeln und frisch geschlagener Sahne. Für einen Moment schloss ich die Augen noch mal und ließ den Abend Revue passieren. Wir hatten wunderbar gegessen, ich hatte getanzt und mich amüsiert und ich hatte Ezra wiedergesehen. War ich über ihn hinweg? Wohl kaum. Aber von jetzt an würde es besser werden. Der erste Schritt war getan. Ich musste mich auf meine Aufgabe konzentrieren. Das war alles, was zählte.

Als ich herunterkam, saß Maëlle am Esstisch. »Ist Ash schon los?«

»Er ist gleich nach Sonnenaufgang aufgebrochen, du Schlafmütze«, sagte sie mit vollem Mund. »Er will heute Abend zurück sein.«

Aimée stand an unserem uralten Gasherd und wendete geschickt einen Crêpe. Die Küchentür stand weit offen und durch das Fliegengitter wehte warme frische Luft herein. Ich trat auf die Terrasse an der Rückseite des Hauses und blickte in den verwilderten Garten. Lohnte es sich, ihn wieder auf Vordermann zu bringen? Was, wenn wir Ezra nicht umstimmten?

»Es wird ein ganzes Stück Arbeit werden«, kam es von Maëlle. »Aber ich freue mich darauf. Rosa braucht Hilfe bei der Betreuung der Kranken und Alten. Ich habe ihr versprochen, Öle anzusetzen und Salben zu rühren.«

Maëlles Kräuterzucht hatte sich während unserer Abwesenheit selbstständig gemacht und jede Ecke des Gartens vereinnahmt. Die Pflanzen wuchsen wild durcheinander. Ich entdeckte die lilafarbenen Alfalfablüten, gelben Fingerhut, Bilsenkraut, weiße Dolden von wildem Knoblauch, zarte Dillblüten und jede Menge Minze. Die Wege waren von Brombeerranken überwuchert und der Holunderstrauch in der hinteren Ecke des Gartens war in den zwei vergangenen Jahren ein Baum geworden.

»Wir wollen nachher im Laden nach dem Rechten sehen«, sagte Aimée und trat neben mich. Sie reichte mir einen Teller mit einem Crêpe darauf, den sie bereits mit Zucker und Zimt bestreut hatte. Schon bei dem Anblick lief mir das Wasser im Mund zusammen.

»Warum? Wir können ihn doch sowieso nicht wieder öffnen. Es ist niemand da, der etwas von uns braucht.« Ich ging mit dem Teller zum Tisch und setzte mich. »Am liebsten würde ich sofort zu Ezra fahren und ihn wegen des Dämons zur Rede stellen.«

»Das lässt du schön bleiben«, sagte Aimée. »Ash hat genau das befürchtet und wir sollen dich davon abhalten. Wir warten, bis er mit Anweisungen zurückkommt.«

»Und solange drehen wir hier Däumchen?«

»Nein, wir werden den Laden aufräumen. Adrien und Rosa haben regelmäßig nach dem Rechten gesehen. Wir müssen nur ein bisschen Staub wischen«, sagte Aimée. »In den letzten Wochen sind viele Neuankömmlinge in Paimpont gestrandet. Sie müssen mit Medizin versorgt werden.«

Ich sollte Staub wischen, während sich Ezra nur ein paar Kilometer weiter für einen Krieg rüstete, den er nicht gewinnen konnte? »Wenn ihr meint«, sagte ich nicht sonderlich überzeugt. Ich würde schon eine Gelegenheit bekommen, Ezra zur Rede zu stellen. Vor unserer Abreise hatten wir einen großen Kundenstamm gehabt. Die Leute waren aus der ganzen Bretagne gekommen, um sich von Aimée die Zukunft voraussagen zu lassen oder bei Maëlle Medizin zu kaufen. Aimées Séancen waren legendär gewesen und immer auf Wochen im Voraus ausgebucht. Ich war vor meiner Krankheit zu jung gewesen, um etwas beizutragen, und nun konnte ich mich nur mit Handlangerdiensten nützlich machen.

Aimée strich mir über die Schulter. »Du kannst uns bei vielen Dingen unterstützen.« Manchmal war es unheimlich, wie gut sie mir meine Gefühle vom Gesicht ablesen konnte.

Ich aß noch ein Stück des köstlichen Crêpes. Es sollte mich nicht so deprimieren, schließlich war ich hauptsächlich hier, um Ash bei den Verhandlungen mit Ezra zu helfen.

Maëlle spießte das letzte Stück ihres Crêpes auf und fuhr damit durch den restlichen Zucker auf ihrem Teller. Aimée klatschte in die Hände – und Pfanne und Teller wanderten in das Spülbecken, wo der Schwamm sich darüber hermachte. Ein deutlicheres Zeichen, wie durcheinander sie trotz der aufgesetzt munteren Art war, konnte es kaum geben. Keiner von uns erwähnte den Dämon von gestern Abend. Sie zupfte die rot karierten Geschirrtücher gerade, die an einer Stange hingen. »Lass uns das Putzzeug zusammensuchen und in den Laden gehen. Ich kann es kaum erwarten.« Sie verließ die Küche und Maëlle und ich wechselten einen leidenden Blick miteinander.

»Halleluja!«, sagte sie. »Wieder putzen. Ich kann es kaum erwarten.«

Ich kicherte und räumte das saubere und trockene Geschirr in den Schrank. Ich würde herausfinden, welches Spiel Ezra trieb – mit oder ohne Erlaubnis meiner Schwestern.

Der Laden war ein größerer Anbau unseres Hauses und wir betraten ihn durch eine Tür, die vom Wirtschaftsraum abging. Maëlle hatte ihre Haare zu einem unordentlichen Dutt hochgesteckt und kombinierte grüne Leggings mit einem riesigen gelben T-Shirt, auf dem *Real Witches* stand. Auf die Arme hatte sie sich mit Henna kunstvolle Runen gemalt. Aimée sah in ihrem Rock, dem eng anliegenden Strickpulli und mit ihren in kunstvolle Wellen gelegten roten Haaren aus, als wäre sie einem Zwanzigerjahre-Film des letzten Jahrhunderts entsprungen. Ich trug einfach nur eine abgeschnittene Jeans und ein schlichtes schwarzes T-Shirt, das mir eine Nummer zu klein war, wie fast alle meine alten Klamotten, die ich anprobiert hatte. Ich war eben nicht mehr so dünn wie zu Zeiten meiner Krankheit, sondern mittlerweile ziemlich kurvig. Das Haar hatte ich zu einem Zopf geflochten. Wer uns so sah, würde nie vermuten, dass wir blutsverwandt waren.

Aimée tastete nach dem Lichtschalter. Eine Lampe brannte mit einem zischenden Geräusch direkt durch, aber die beiden über der Ladentheke leuchteten tapfer auf. Ich ging über die knarrenden Dielen zu den Fenstern und zog die Gardinen auf. Es wurde nur unwesentlich heller, weil die Scheiben völlig verdreckt waren.

Schweigend sahen wir uns um. Fast dreihundert Jahre lang hatte meine Familie in diesen vier Wänden Kerzen, Räucherwerk, Badesalze, Badeöle, Tees und Kräuter gegen jedes mögliche Leiden verkauft, dazu noch Glücksarmbänder, Liebestalismane und Schutzamulette. Alles, was wir anboten, stellten wir selbst her, und die Dinge besaßen wirkliche magische Eigenschaften, mit denen Aimée und Maëlle sie aufluden. Wer zu uns gekommen war, wusste um unsere Fähigkeiten. Maëlle war für ihre Heilkunst bekannt gewesen. Dabei war sie gerade erst neunzehn gewesen, als wir fortgegangen waren. Aber sie hatte schließlich von der besten Hexe gelernt. Unserer Großmutter, die ich an Tagen wie diesen besonders schmerzlich vermisste.

Aimée öffnete die Tür zu dem Raum, in dem sie ihre Sitzungen abgehalten hatte. Er war wie ein viktorianischer Salon eingerichtet, in dem die Damen ihren Nachmittagstee tranken. Es war Großmutters Lieblingsraum gewesen. Nach ihrem Tod vor drei Jahren hatten wir alles so belassen. Dort hatte Aimée ihren Besuchern aus der Hand gelesen, Hexenrunen geworfen, das Schicksalsrad aus Tarotkarten gelegt, aus einer Kristallkugel die

Zukunft vorausgesagt, die Geister der Verstorbenen beschworen und das Pendel befragt. Diese Gabe hatte sie von unserer Mutter geerbt und es war die gleiche Gabe, die unsere Vorfahrinnen ziemlich oft in Schwierigkeiten gebracht hatte. Diese Zeiten hatten sich mittlerweile geändert. Nun waren Magiebegabte die letzte Hoffnung der Menschheit. Eine Ironie der Geschichte.

Ich war fünfzehn gewesen, als das Dämonenfieber angefangen hatte, mich zu schwächen. Es war nicht sofort ausgebrochen, sondern hatte sich langsam angeschlichen. Bis dahin hatte sich bei mir noch keine spezielle Gabe oder Fähigkeit gezeigt. Ich war weder besonders begabt darin, andere zu heilen, noch war ich ein Medium, das die Zukunft voraussagen konnte. Ich hatte ein bisschen auf die Gabe unseres Vaters gehofft, aber Zeitreisefähigkeiten zeigten sich schon sehr früh in der Kindheit einer Hexe, doch das war bei mir nicht geschehen. Spätestens mit achtzehn hätte sich meine Magie entscheiden müssen, stattdessen war sie erloschen.

»Dann legen wir mal los.« Maëlle rieb sich die Hände und verschwand hinter einem dicken Vorhang, der ihren Arbeitsbereich von dem Ladengeschäft abtrennte. Dort hinten stellten wir die Kerzen und Krautermischungen zusammen.

Ich nahm den Verkaufsraum in Augenschein. Die meisten Dinge, die hier noch herumstanden, mussten entsorgt werden, denn sie hatten ihre magischen Fähigkeiten verloren. Nichts hielt ewig und selbst Magie war vergänglich, wie Merlins Barrieren bewiesen.

Ich hatte diesen Raum immer geliebt. Wieder hier zu sein, glich fast dem Wunder meiner Heilung, wenn man bedachte, dass siebzig bis achtzig Prozent der am Dämonenfieber Erkrankten starben. Die tiefen Decken und dunklen Wände verliehen dem Raum eine düstere Atmosphäre, aber die meisten Kunden hatten gerade das gemocht, wenn sie in den alten Regalen aus Eichenholz nach Kerzen oder Kristallen stöberten, die ihnen bei ihrem jeweiligen Anliegen helfen sollten. Gerade waren diese Regale allerdings leer. Aber wenn ich etwas im Überfluss besaß, dann war es Zeit, schließlich würde es weder Reitausflüge noch Picknicks mit Ezra geben. Das Leben war zu kurz, um Verlorenem hinterherzutrauern. Wenn der Pakt neu geschlossen wurde, würden wir unser altes Leben zurückbekommen. Da konnte es nicht schaden, vorbereitet zu sein.

Ash kam am frühen Nachmittag zurück. Er lehnte sich gegen ein Regal, das nun ausgeräumt und geputzt war, und stellte eine Tasse mit frisch aufgebrühtem Tee darauf ab. »Mit extra viel Zucker«, sagte er. »Die Hexen aus Rennes haben darauf bestanden, mir eine Kräutermischung mitzugeben. Maëlle sagt, du würdest schon den ganzen Tag wie eine Verrückte putzen.«

Ich wischte mir den Schweiß von der Stirn und stieg von der Leiter. Gerade hatte ich die oberen Regalreihen sauber gewischt und jede Menge Mäusedreck entfernt. »Sind viele Magiebegabte in Rennes?«

Er nickte. »Ja. Sie warten die Entwicklung ab. In den letzten Wochen sind die Angriffe deutlich zurückgegangen, aber wir wissen alle, dass das nur die Ruhe vor dem Sturm ist.«

»Wäre es nicht sinnvoll, die Kräfte von Magiern und Hexen zu bündeln?«

»Das hat Lawrence Mackenzie Ezra auch vorgeschlagen, woraufhin dieser das Kommando einer gemeinsamen Armee verlangt hat.«

»Und natürlich hat die Kongregation das abgelehnt.«

»Ein Magier kann nicht über eine Armee von Hexen und Hexern bestimmen. Das können wir nicht zulassen.«

»Was sagt dieser Lawrence dazu, dass Caleb von Coralis hier herumschleicht?«

»Es hat ihn nicht so sehr schockiert, wie ich erwartet habe.« Ash verrenkte sich den Nacken, um nach Aimée Ausschau zu halten. »Soll ich dir hier etwas behilflich sein?«

Ich winkte ab und griff nach dem Tee. »Nicht nötig. Putzen ist nicht so anstrengend und dann habe ich wenigstens etwas zu tun.« Ich nahm einen Schluck und genoss den süßen Geschmack. »Was unternehmen wir als Nächstes?«

Ash war ein ernster Mann, aber nun wirkte er beinahe finster. »Zuerst müssen wir herausfinden, was er mit diesem Caleb von Coralis ausheckt.«

Sonnenlicht sickerte durch die Fenster. Ich hatte noch nicht alle geputzt, aber die wenigen Strahlen tanzten über den Dielenboden und winzige Staubpartikel schwebten darin. Im Grunde ein friedlicher Anblick. Aber das war genauso trügerisch wie alles in diesen Tagen. »Was vermutest du denn?«

»Möglicherweise ist dieser Caleb eher in inoffizieller Mission hier. Warum allerdings die Kongregation nicht wissen soll, dass Ezra doch noch mit den Dämonen verhandelt, ist mir schleierhaft. Weshalb behauptet er das? Weshalb sollen wir annehmen, alle Gespräche seien gescheitert? Die einzige Begründung, die mir einfällt, ist, dass Ezra geheime Absprachen trifft, um die Loge und seine Anhänger zu retten.«

Ich lachte ungläubig auf. Diese Vorstellung war absurd. »Du glaubst, er opfert Millionen Menschen, um ein paar Magier und die Reichtümer der Loge zu schützen? Das ist der größte Unsinn, den ich je gehört habe.« Ich hatte nicht mehr viele Gründe, Ezra zu vertrauen, aber bei dieser Sache war ich mir völlig sicher.

»Wir werden Gewissheit brauchen. So gern ich auf dein Gefühl vertrauen würde, wir müssen so schnell wie möglich mit ihm reden. Und mit dir wird er sprechen, so schnell, wie er gestern in dem Restaurant aufgetaucht ist.«

»Das hatte nichts zu bedeuten. Bestimmt hatte Adrien ihm von dir erzählt. Ich mache nur das Regal noch sauber und dann rufe ich ihn an. Das Telefon funktioniert wieder. Rosa hat jemanden vorbeigeschickt, der es repariert hat, und irgendwo habe ich bestimmt die Nummer des Châteaus.« In meinem Kopf. Früher hatte ich ständig dort angerufen, um mit Ezra zu reden oder mich mit ihm zu verabreden, und ich hatte sie nicht vergessen.

»Gut, dann rufe ich Lawrence an, dass ich wieder gut angekommen bin, und warte anschließend in der Küche auf dich.«

Ich spülte den Lappen in der Schüssel mit Wasser aus, das mittlerweile kalt geworden war. Ash musste meinen Gesichtsausdruck bemerkt haben, denn er hielt die Fingerspitze hinein. »*Calor.*« Dampf stieg aus der Schüssel empor. »Bist du sicher, dass ich dir sonst nicht helfen soll? Dann bist du schneller fertig.«

Ich schüttelte den Kopf. »Nein, aber danke für das warme Wasser.« Ich wollte Zeit schinden, das war uns beiden klar, aber Ash würde mich nie drängen.

* * *

Das Glöckchen über der Ladentür klingelte, als ich gerade ein weiteres Regal in Angriff nahm. Ich stand auf, weil ich Maëlle erwartete, die die Arbeit im Garten der Putzerei vorzog. Aber es waren Ezras Augen, die mich aufmerksam musterten. Mein Lächeln erstarb. Halt suchend legte ich beide Hände auf die Glastheke, in der Edelsteine und Kristalle lagen, die wir aus Glastonbury mitgebracht hatten. Vermutlich war es viel zu optimistisch von mir, sie jetzt schon auszulegen.

»Guten Tag, Ezra«, begrüßte ich ihn förmlich. Warum war Aimée ausgerechnet jetzt mit einer Junghexe, die gestern auch bei Rosa gewesen war, in ihren Raum gegangen? Jetzt war ich mit ihm allein. »Was kann ich für dich tun?« Bestimmt wollte er nichts kaufen. Als Magier hielt er nicht viel von den Hilfsmitteln der Hexen und er verstand nicht, weshalb manche Menschen etwas Unterstützung benötigten, um durchs Leben zu gehen. »Aimée hat Besuch und Maëlle ist im Garten.«

»Zu ihnen wollte ich nicht. Ich möchte mit dir sprechen. Ich dachte, dass du bestimmt ein paar Fragen hast.« Er trat näher an den Tresen heran und legte nun seinerseits die Hände auf das Glas. »Ich bin hier, um sie zu beantworten.«

Ich schluckte. Unsere Fingerspitzen waren einander zu nah. »Ich habe dir all meine Fragen vor zwei Jahren geschrieben.«

Sehr diplomatisch, beglückwünschte ich mich selbst.

Einen überlangen Moment schwieg er. Dann ballte er eine Hand zur Faust. »Diese Fragen meine ich nicht. Die hatten wir vor deiner Abreise geklärt und dem gab es nichts hinzuzufügen. Ich habe deine Briefe nie geöffnet. Du kannst sie zurückhaben.«

Ich presste die Lippen fester aufeinander. »Verbrenn sie. Darin steht nichts, woran ich mich erinnern möchte.«

Er nickte kaum merklich. »Gut. Ich nehme an, du weißt mittlerweile, dass Caleb ein Dämon ist. Du brauchst keine Angst vor ihm zu haben. Er steht auf unserer Seite.«

»Ein Dämon auf unserer Seite? Willst du mich für dumm verkaufen? Eine bessere Erklärung ist dir nicht eingefallen?«

»Ich bin nicht mal verpflichtet, dir eine zu liefern«, sagte er. »Aber ich tue es, um unserer Freundschaft willen. Ich habe gehofft, du wärst erwachsen geworden und wir könnten immer noch Freunde sein.«

Und ich hätte nicht gedacht, dass er mich noch mehr verletzen könnte, aber es gelang ihm mühelos. Wenn ich noch eine Bestätigung gebraucht hatte, für ihn nie mehr als ein hilfsbedürftiges Kind gewesen zu sein, dann hatte ich sie jetzt. Hitze kroch mir ins Gesicht bei der Erinnerung daran, wie oft ich mich ihm an den Hals geworfen hatte. Er hatte meine Zuneigungsbekundungen stoisch ertragen. Ich war immer ein offenes Buch für ihn gewesen, und genau deshalb musste er wissen, wie sehr seine Worte mich verletzten.

»Weshalb ist der Dämon hier?«, fragte ich tonlos. »Hast du doch ein Bündnis mit Regulus geschlossen und hältst es nur geheim? Die Kongregation glaubt, du seist bereit, die Menschen zu opfern, um die Loge und deren Reichtümer zu schützen.«

»Und du? Glaubst du das auch?« Er ließ mich keine Sekunde aus den Augen.

Ich überlegte kurz. »Wenn Regulus so gierig ist, wie behauptet wird, lässt er sich ja bestimmt mit dem Gold und Silber der Loge besänftigen. Diese Schätze sind die Menschenleben nicht wert, die ein Krieg fordern würde.«

»Denkst du nicht, ich hätte sie ihm nicht längst angeboten?«, fragte er fassungslos. »Bei der Göttin, ich hätte sie ihm hinterhergeworfen. Aber er will sie nicht.«

»Und was will er dann?«, fuhr ich ihn an. »Warum behauptet die Kongregation das?«

»Sie streut diese Gerüchte seit Jahren, um die Loge und mich unglaubwürdig erscheinen zu lassen und unsere Beweggründe infrage zu stellen. Streng deinen eigenen Kopf an, Vi. Die Schätze der Loge sind mir scheißegal. Regulus kann sie haben. Bis zum letzten Edelstein. Aber wie gesagt, er will sie nicht. Reichtümer hat er selbst genug.«

»Ich weiß nicht, ob ich dir das glauben kann«, sagte ich wahrheitsgemäß. »Ich kenne dich nicht mehr.«

»Ich weiß, und das ist meine Schuld.« Wir sahen uns in die Augen und ich versuchte, in seinen zu lesen, weshalb er hergekommen war.

»Können wir uns setzen?« Er wies auf das bequeme Sofa zwischen den Regalen. Dort hatten früher unsere Kundinnen gewartet, bis Aimée oder Maëlle Zeit für sie hatten. Einen Moment zögerte ich, bevor ich nachgab. Er war hergekommen, um zu reden, da konnte ich ihn schlecht fortschicken.

»Natürlich. Magst du etwas trinken?« Ich brauchte unbedingt ein paar Minuten hinter dem dicken, schweren Vorhang, um mir eine Strategie zu überlegen. Ich hatte nicht erwartet, dieses Gespräch mit ihm allein führen zu müssen, aber Ash zu Hilfe zu rufen, kam mir kindisch vor.

»Ein Kaffee wäre schön. Schwarz.«

Als wenn ich das nicht wüsste. Ich verschwand hinter dem Vorhang und lehnte mich in der Küche gegen die Wand. Ich war in der Lage, ein zivilisiertes Gespräch mit ihm zu führen. Meine Schwestern konnten zu Recht erwarten, dass ich mein Bestes gab, um die Katastrophe abzuwenden. Trotzdem ließ ich mir für die Zubereitung des Kaffees Zeit und hoffte bis zur letzten Sekunde, Maëlle würde hereinkommen oder Ash würde es leid sein, auf mich zu warten, oder ein Hurrikan würde unerwarteterweise über Paimpont hereinbrechen. Nichts dergleichen geschah. Ich presste mir die Finger an die Schläfen. Bei Cerridwen, blieb mir denn nichts erspart? Hätte er nicht warten können, bis ich für dieses Gespräch bereit war und ihn anrief? Aber wann hatte Ezra sich mal so verhalten, wie ich es wollte? Nie!

»Brauchst du Hilfe?«, fragte er von der anderen Seite.

»Nein.« Ich umfasste den Bernstein, der an einem Lederband um meinen Hals hing. Bernsteine waren die Tränen der untergehenden Sonne und sie besaßen mächtige Schutzeigenschaften. Jetzt musste er mich vor Ezra und vor meinen Gefühlen schützen. Wärme strömte durch mich hindurch und beruhigte mein Herz. Ich nahm die beiden Kaffeebecher in die Hände und dann gab es keine Entschuldigung mehr, mich ihm nicht zu stellen.

Ezra saß auf der Couch, hatte die Arme auf seinen Oberschenkeln verschränkt und starrte auf den Boden. Hinter ihm an der Wand hing ein alter Wandteppich, der Eva zeigte, wie sie Adam den Apfel vom Baum der Erkenntnis überreichte. Mémé hatte einen etwas absonderlichen Humor gehabt. Ezra sah vor diesem Hintergrund aus wie der Teufel persönlich, der Eva aufgehetzt hatte. Er lehnte sich zurück und seine Finger spielten unruhig mit der Gobelinstickerei, die über der Lehne des Sofas ausgebreitet war, um ein paar Löcher zu verbergen. Dass die Unbeschwertheit von früher zwischen uns verschwunden war, machte mich traurig. Ich stellte seinen Kaffeebecher vor ihm auf dem kleinen Holztisch ab.

»Danke schön.« Er griff danach und nippte an dem Getränk. »Ich mochte Maëlles Kaffee immer schon gern. Ich habe ihn vermisst.«

Den Kaffee. Natürlich! »Das liegt an ihrem Spezialrezept. Sie legt Gewürze zwischen die Bohnen.« Ich rutschte auf den äußersten Rand des Sofas. Ezras Blick verfolgte meine Bewegungen.

»Der Mann, der euch begleitet, ist er Mitglied der Kongregation?«

»Ja«, erwiderte ich wahrheitsgemäß. »Ich dachte immer, die Loge wüsste über alles und jeden Bescheid.«

Ezras Augenbrauen gingen in die Höhe. »Touché.«

Ich verzog keine Miene. »Ash ist das jüngste Mitglied. Er wurde erst vor ein paar Monaten hineingewählt.«

»Dann hat er hoffentlich genug Fähigkeiten, euch zu beschützen.«

»Er muss uns nicht beschützen.« Ich runzelte die Stirn. »Aber er hätte es, wenn nötig. Und sein Name ist Ash McMillan. Er hat uns begleitet, weil ich meine Kräfte endgültig verloren habe.«

»Deine Kräfte sind fort?« Der Schock war seinem Gesicht deutlich anzusehen. Als Magier konnte er sehr gut ermessen, was das bedeutete. »Vollständig?«

Ich guckte ihn so gleichmütig, als sei es mir egal. »Das Fieber hat sie verbrannt, aber immerhin lebe ich noch.« Ich hatte mir unsere Wiederbegegnung in den vergangenen Monaten, Wochen und Tagen immer und immer wieder ausgemalt. In meinen Tagträumen war er entweder auf die Knie gesunken und hatte mich um Verzeihung gebeten oder er hatte mich ignoriert. Niemals hatten wir so ein distanziertes Gespräch geführt. Aber das hier war eben die Wirklichkeit.

Er musterte mich so aufmerksam, als wollte er jeder noch so kleinen Veränderung auf den Grund gehen. Obwohl es Unsinn war, fühlte sein Blick sich an, als würde er mich streicheln. »Der Hexer hätte mir offiziell seine Aufwartung machen müssen.«

»Sei nicht so ein Snob.« Wut und Entrüstung stiegen in mir auf. In erster Linie wegen des abfälligen Tonfalls. »Ash ist ein Freund«, erwiderte ich. »Ein sehr guter Freund.«

»Wie gut?«

Ich verdrehte die Augen. Er würde nicht nachgeben, bis er eine Antwort hatte.

»Während meiner Krankheit war er für mich da. Er ist nicht von meiner Seite gewichen. Er hat mich geheilt, ohne ihn wäre ich gestorben.«

Ezra nickte. Wenn ich auf einen Funken Eifersucht gehofft hatte, wurde ich enttäuscht. »Was erwartet er als Dank dafür?« Nie hatte er gleichgültiger geklungen.

»Nichts«, fuhr ich ihn an. »Glaubst du etwa, du hättest das Recht, herzukommen und mich auszufragen?«

»Ja«, sagte er knapp. »Das glaube ich. Hier hat die Loge das Sagen und es gibt mir sehr zu denken, dass die Kongregation euch drei ausgerechnet jetzt zurückschickt. Lasst ihr euch seit Neuestem benutzen? Deiner Großmutter hätte das nicht gefallen.«

Ich konnte mich nur schwer davon abhalten, ihm eine Gemeinheit ins Gesicht zu schleudern. Wenn ich hexen könnte, würde ich ihm eine Warze an sein perfektes Kinn zaubern, obwohl das eine sehr kindische Reaktion wäre. Er provozierte mich mit Absicht.

»Lass Mémé aus dem Spiel.«

»Ich finde, du siehst immer noch etwas blass aus.« Er hob die Hand, ließ sie aber sofort wieder sinken.

»Ich bin vollkommen gesund. Aber ich sollte vielleicht öfter spazieren gehen.«

»Nicht im Wald und nicht allein«, kam es wie aus der Pistole geschossen.

Ich verschränkte die Arme vor der Brust. »Es geht dich nichts an, wo ich herumlaufe, und ich bin nicht blöd, Ezra. Ich weiß, wie gefährlich es ohne Hexenkräfte in *Brocéliande* ist.«

»In Paimpont ist es sicher«, lenkte er zu meiner Überraschung ein. »Ich lasse euch trotzdem einen Wächter hier. Er wird das Haus beschützen. Nimm ihn mit, wenn du irgendwo hingehst.«

Das war unnötig, aber egal, was ich dazu sagte, er würde seine Meinung nicht mehr ändern. »Wenn du meinst, dass du ihn entbehren kannst, dann meinetwegen.«

»Ich habe immer gewusst, dass du überlebst.«

Seine Worte überraschten mich und ich lachte hart auf. »Das konntest du nicht wissen.«

»Glaub es oder glaub es nicht, ich wusste, dass du stark genug bist, aber ich habe auch gehofft, dass du nicht zurückkommst.«

Natürlich nicht. Er hatte sich nicht nach mir verzehrt, das war mir klar. Ich hatte ihm unzählige Briefe geschrieben und ihn angefleht, zu mir zu kommen. Röte stieg mir in die Wangen bei der Erinnerung daran. Er hatte es nicht für nötig gehalten, mir zu antworten. Er hatte sie nicht mal gelesen. Ich hatte mich ganz und gar vor ihm entblößt. Eigentlich war es gut, dass er sie nie gelesen hatte. Ich musste mich darauf konzentrieren, weswegen ich hier war. All diese Gefühle gehörten der Vergangenheit an. Erst jetzt fiel mir auf, dass seine Haltung unnatürlich steif war. Er war immer noch groß und kräftig, trotzdem wirkte er bei genauerem Hinsehen schlanker als früher. Beinahe hager, als würde er nicht genug essen. Sein Haar war länger und seine Hände ballten und öffneten sich wieder. Er sah müde aus, abgekämpft. Das war mir gestern in der Dunkelheit der Bar nicht aufgefallen. Mein Herz zog sich vor Mitleid zusammen. Er hatte sich diese Aufgabe nicht ausgesucht. Das Amt des Großmeisters war eine Last, die er nie hatte tragen wollen.

»Weshalb ist dieser Dämon hier?«, kam ich auf das ursprüngliche Thema zurück. »Und wieso ist er so … so zivilisiert? Bist du auf ein geheimes Bündnis mit den Dämonen aus?«

»Im Grunde schon, aber nicht so, wie die Kongregation es vermutet. Caleb ist der Bruder des Fürsten Aarvand von Coralis und wir besprechen die Möglichkeiten, die wir gemeinsam haben, um gegen den Hochkönig zu kämpfen.«

»Es gibt nur eine, würde ich sagen. Der Vertrag muss verlängert werden.«

»Ganz so einfach ist das eben nicht.« Ezra starrte auf den Fußboden. »Früher habe ich das auch gedacht. Aber es gibt vieles, was ich nicht wusste, bevor ich das Amt antrat. Vater hat die meisten Dinge mit Aden besprochen.«

»Was ist daran schwierig? Wenn die Dämonen nicht in Kerys bleiben, werden sie uns vernichten.«

»Hat die Kongregation euch tatsächlich nicht gesagt, was Regulus fordert, bevor sie euch losgeschickt hat?«

Ich schüttelte den Kopf.

»Caleb ist jedenfalls keine Gefahr für euch. Er ist einer von den Guten«, sagte Ezra.

Die Wörter *Gut* und *Dämon* passten wohl kaum zusammen. »Ist er der einzige Dämon, mit dem du verhandelst?«

»Nein«, sagte er zögernd. »Aber er ist der einzige Dämon, dem ich vollständig vertraue.«

Ich runzelte die Stirn. »Er kommt mir recht jung und unerfahren vor. Was verlangt Regulus denn?«

»Das ist unerheblich. Wir werden diese Forderungen auf keinen Fall erfüllen. Das kannst du der Kongregation ausrichten, und da Regulus den Pakt nicht verlängert, sollten sie sich auf einen Kampf einstellen. Und für diesen Kampf brauchen wir Verbündete.«

»Das ist Caleb für dich? Du hoffst, dass Dämonen gegen Dämonen kämpfen, um uns Menschen zu retten?«

Ezra seufzte. »Aarvand von Coralis will keinen Krieg. Er möchte eine Einigung erzielen, mit der beide Seiten leben können. Die Menschen und die Dämonen. Das Fürstentum ist sehr einflussreich, aber Aarvand kann sich unter den derzeitigen Umständen nicht offen gegen Regulus stellen. Der Hochkönig ist zu mächtig. Deshalb hat Aarvand Caleb geschickt. Wir verhandeln über einen Zusammenschluss, und es wäre hilfreich, wenn die Kongregation nicht versuchen würde, meine Bemühungen zu unterwandern.« Er fuhr sich mit beiden Händen durch sein Haar. Die Geste wirkte verzweifelt. »Regulus darf unter keinen Umständen von diesen Verhandlungen erfahren.«

»Darf ich dann diese Informationen nicht mit Ash und meinen Schwestern teilen?« Wenn er mir seine Pläne anvertraute, so unvernünftig sie mir auch erschienen, würde ich sein Vertrauen nicht missbrauchen.

»Dein Ash kann sie gern mit der Kongregation diskutieren.« Er stellte vorsichtig den Kaffeebecher ab. »Michael Galkin kennt meine Pläne, den Fürsten von Coralis auf unsere Seite zu ziehen. Er befürwortet sie nicht, aber die Verhandlungen mit Aarvand stehen kurz vor dem Abschluss.« Er stand auf und ging zur Eingangstür.

»Ich habe noch ein paar Fragen«, hielt ich ihn zurück.

»Du weißt schon mehr, als mir lieb ist.«

Ich verschränkte die Arme vor der Brust. »Du kannst diesen Kampf nicht allein gewinnen, das muss dir doch klar sein.«

Er nickte. »Ich hoffe, dass sich uns noch mehr anschließen, wenn es so weit ist, und ich hoffe auch auf die Kongregation.«

»Warum unterstellst du deine Magier nicht ihrem Kommando?«

Seine Hand lag auf der Türklinke und er blickte mir fest in die Augen. »Ich traue ihnen nicht und du solltest das auch nicht.«

»Und doch hast du mich vor zwei Jahren zu ihnen geschickt. Irgendjemandem muss ich vertrauen«, entgegnete ich.

»Vermutlich musst du das«, sagte er leise. »Ich bin froh, dass du gesund bist. Es war die richtige Entscheidung, damals zu gehen. Sonst wärst du gestorben. Mir wäre es nur lieber gewesen, du wärst auch fortgeblieben.«

»Hast du tatsächlich geglaubt, ich würde in Glastonbury bleiben, mir einen Mann suchen und dort Kinder bekommen?«

»Das habe ich mir für dich gewünscht.« Nun drehte er sich doch zu mir herum. »Was ist so falsch daran? Es war dein Traum, nicht meiner.«

Fast musste ich lächeln, weil er so aufgebracht klang. »Wir kriegen nicht immer das, wovon wir träumen.«

Seine Lippen bewegten sich etwas nach oben. Die Andeutung eines Lächelns. »Nein, das bekommen wir nicht. Eigentlich sogar nur in den seltensten Fällen. Bestell Maëlle und Aimée Grüße von mir.«

Die Tür klappte und dann war er verschwunden. Ich ging ihm nach und sah ihm durch das mit Blumenornamenten verzierte Glas der Ladentür hinterher. Mit langen Schritten eilte er zu seinem Auto, das auf der gegenüberliegenden Seite parkte. Er sprach mit einem Mann, der dem Emblem auf seiner Jacke, einem kleinen silbernen Kelch, nach zur Loge gehörte. Dann stieg er ein und fuhr davon, während der Wächter zurückblieb. Es gab viele Männer, die sich nach Ausbruch der Krise bei der Loge verdingt hatten. Manche von ihnen waren Hexer, andere aber auch normale Menschen. Wichtig war nur, dass sie kämpfen konnten und bereit waren, sich den Anordnungen der Kongregation zu widersetzen.

# 5. KAPITEL

Mit langsamen Schritten ging ich in die Küche. Ash stand am Fenster und sah hinaus. »Da hat er uns wohl einen Weg erspart.«

Maëlle kam die Treppe aus dem Garten hochgelaufen. »Weshalb steht ein Wächter vor unserem Haus?«, fragte sie und stellte einen Korb mit Kräutern auf den Tisch.

»Ezra war hier«, erklärte ich. »Und der Wächter dient unserem Schutz.«

»Schutz oder Überwachung?«, fragte Ash misstrauisch. »Vielleicht sollten wir besser abreisen, oder ich bringe euch nach Rennes. Mir gefällt das alles nicht.«

»Erst will ich hören, was Ezra gesagt hat.« Aimée kam herein. »Wir haben einen Auftrag und da können wir nicht gleich bei der ersten Schwierigkeit weglaufen. Also, was wollte er?«

»Er hat Maëlles Kaffee vermisst und er hat bestätigt, dass Caleb tatsächlich in diplomatischer Mission hier ist. Allerdings schmiedet er keine geheimen Pläne mit Regulus. Calebs Bruder ist der Fürst von Coralis. Dieser Fürst kann sich nicht offen gegen den Hochkönig stellen. Aber wenn es zum Äußersten kommt, würde er an Ezras Seite gegen Regulus kämpfen. Wenn ich es richtig verstanden habe, dann möchte Ezra, dass Magier, Hexer, Hexen und die Dämonen von Coralis ihre Kräfte bündeln. Nur so haben wir eine Chance gegen Regulus' Armee.«

Ash schnaubte verächtlich. »Wollte er wissen, wie viel Hexer und Hexen sich in Rennes aufhalten?«

»Das hat er nicht gefragt«, sagte ich und war verwirrt darüber, dass dies seine erste Bemerkung zu dieser neuen Information war. »Michael Galkin weiß übrigens von Ezras Verhandlungen mit dem Fürsten von Coralis.«

Ash nickte langsam. »Er hat es mir nicht erzählt, weil er sicherlich keiner gemeinsamen Streitmacht mit den Dämonen zustimmen wird.« Er ließ sich nicht oft seine Gefühle anmerken, aber ich kannte ihn mittlerweile recht gut. Sorge stand überdeutlich in seinen grauen Augen.

»Warum nicht? Wenn es uns gegen Regulus hilft?«

»Es liegt in der Natur der Dämonen, jeden zu hintergehen, der ihnen auch nur ein Stück weit entgegenkommt. Ezra wird mit diesem Plan scheitern. Er holt sich einen Wolf in seinen Schafstall.«

»Hübsches Gleichnis«, bemerkte Maëlle spitz. »Mäh.«

Ash verzog bei dem Scherz keine Miene. »Ihr wisst, was ich meine. Ich möchte keinen Dämon im Rücken haben, wenn ich in eine Schlacht ziehe. Ihr etwa?«

Aimée hob die Achseln. »Eher nicht.«

»Seht ihr. Die Kongregation hält an ihrer Politik fest. Es gibt keine Zusammenarbeit mit den Dämonen. Mit dieser Strategie hätten wir sie schon vor tausendfünfhundert Jahren besiegen können. Damals lagen sie am Boden, aber Merlin musste sie ja nach Kerys gehen lassen. Aus purer Sentimentalität heraus hat er ihnen nicht schon damals den Todesstoß versetzt und heute sind sie stärker denn je.«

»Du denkst, Merlin wollte mit dem Pakt die Dämonen schützen?«, fragte ich verwundert. »Wie kommst du darauf?«

»Er war der Sohn einer Hexe und eines Inkubus. Eines Dämons. Nur deshalb hat der damalige Hochkönig mit ihm verhandelt. Es stand die letzte entscheidende Schlacht bevor und da bot Merlin ihnen an, die Quelle zu öffnen und ihnen Zuflucht in Kerys zu gewähren. Im Gegenzug dazu mussten sie den Pakt unterzeichnen. Dabei hatte die Kongregation Anspruch auf den verborgenen Kontinent erhoben. Er sollte die Heimat aller Magiebegabten werden. Der Traum zerplatzte und danach war es unser Schicksal, von den Menschen verfolgt und getötet zu werden.«

»Das wusste ich nicht. Wieso hat uns das noch nie jemand erzählt?«

»Weil die Kongregation keinen Streit zwischen Hexern und Magiern wollte. Was würde es nützen, wenn wir diese alten Zwistigkeiten wieder aufwärmen?«

Während Ash erzählte, untersuchte Maëlle die Pflanzen und Kräuter aus dem Garten sorgfältig. Jedes Blatt musste ihren Ansprüchen genügen und durfte weder schimmlig noch zu feucht sein. Sie war schon vor unserer Abreise eine gute Heilerin gewesen, aber erst die Hexen in Glastonbury hatten sie und Aimée zu Ende ausgebildet. Ich hatte sie glühend um den Unterricht beneidet, denn ich hatte nie teilnehmen dürfen, weil ich im ersten Jahr zu schwach dafür gewesen war. Ab dem Tag, an dem sich herausstellte, dass ich gar keine Kräfte mehr besaß, war es damit sowieso vorbei gewesen. Obwohl Ash versucht hatte, mir den Verlust schonend beizubringen, hatte es sich angefühlt, als würde ich doch noch sterben. Eine Hexe ohne magische Fähigkeiten war keine Hexe mehr.

Bisher war mir nie klar gewesen, wie viel Hexen und Magier trennte. Unsere Familie hatte sich immer aus politischen Angelegenheiten herausgehalten. Während der Hexenverfolgungen im 16. und 17. Jahrhundert hatte die Kongregation sich nicht gerade mit Ruhm bekleckert. Sie hatte ihre eigenen Ziele verfolgt und zugelassen, dass unschuldige Frauen und Männer starben. Böse Zungen behaupteten sogar, die Hexer seien froh gewesen, dass die Anzahl der Hexen beträchtlich dezimiert wurde, weil ihr Einfluss ständig zunahm. Schließlich hatte es immer mehr Hexen als Hexer gegeben. Auch das war zwar lange her, trotzdem war ein Rest Misstrauen an der Arbeit der Kongregation geblieben. Aber wenn die Hexen den Magiern nicht trauten und die Magiebegabten nicht den Dämonen, wie sollten wir dann die drohende Gefahr abwenden? Ging es Ezra wirklich nur um den Schutz der Loge? Ich weigerte mich, das zu glauben. Er war im Gegensatz zu Merlin kein Halbling. Weshalb sollte er die Dämonen schützen?

Aimée stand auf und stellte einen Kessel mit Wasser auf den Herd.

»Schon wieder Tee?« Maëlle musterte kritisch einen Stängel Zitronenmelisse. »Ist das euer Ernst? Wir brauchen etwas

Stärkeres in diesem Haus. Ich sollte einen Kräuterschnaps ansetzen. Wacholder, Fenchel und Anis wächst im Garten in rauen Mengen.«

Es klopfte an der Eingangstür und kurz darauf stand Adrien in der Küche. »Mémé hat mir befohlen, euch Essen zu bringen. Und wir wissen alle, wie unklug es ist, ihr zu widersprechen.«

»Die Loge beschenkt sie ebenfalls reichlich«, brummte jemand hinter ihm. »Ezra hat die Lieferung persönlich zusammengestellt. Ich dachte schon, ihr hättet euch verdoppelt. Und dass ihr nicht mehr nur drei nervige Hexen seid.« Ein weiteres bekanntes Gesicht tauchte hinter Adrien auf.

»Laurent.« Maëlle strahlte und stemmte die Arme in die Seiten, als ihr früherer bester Freund durch die Tür kam. Er trug die Kette eines Ritters der Loge. »Sieh an, sieh an. Bist du aufgestiegen? Wer hätte das gedacht? Ezra muss ernste Nachwuchsprobleme haben, wenn er den faulsten Jungen des Ortes zum Ritter macht«, sagte sie schnippisch und kicherte dabei.

»Immer noch so frech und vorlaut wie früher.« Laurent ging zu ihr und schloss sie in die Arme. Er war ein Riese und Maëlle verschwand fast in dieser Umarmung. Bevor er sie losließ, zerzauste er ihr ordentlich das Haar, als wären sie beide noch immer zehn Jahre alt, was ihm einen Boxhieb einbrachte.

Der Anblick trieb mir die Tränen in die Augen. Sie gingen so unbeschwert miteinander um, als wären sie nicht zwei Jahre getrennt gewesen. Das wünschte ich mir mit Ezra auch. Immerhin waren wir auch Freunde gewesen.

»Wie geht es Constance? Hat sie dich endlich abserviert?«, rächte sie sich. Maëlle und Laurent waren seit dem Sandkasten unzertrennlich gewesen. Seine Großeltern hatten im Haus gegenüber gewohnt und Constance war seine Jugendliebe.

»Nein.« Laurent gab auch mir und Aimée einen Begrüßungskuss auf die Wange. »Wir haben geheiratet und erwarten unser erstes Kind.«

Maëlle ließ den Kopf in den Nacken fallen. »Dann hat das dumme Ding nicht auf mich gehört und doch nicht rechtzeitig das Weite gesucht.«

Aimée schüttelte über die Neckereien lächelnd den Kopf.

»Sie ist verrückt nach mir«, sagte Laurent äußerst unbescheiden.

»Leider ist es genau umgekehrt«, erklärte Adrien. »Den ganzen Tag höre ich nur: Constance hat das gesagt, Constance braucht jenes. Constance geht es heute nicht so gut, ich kann dich leider nicht vor den Dämonen beschützen, Adrien. Das musst du verstehen.«

Wir lachten laut los, weil Adrien äußerst gekonnt Laurents verzückten Gesichtsausdruck nachstellte, den er immer aufsetzte, wenn er über die Liebe seines Lebens sprach.

»Macht ihr euch nur lustig«, sagte der Riese gutmütig. »Ihr werdet schon sehen, was passiert, wenn ihr selbst in die Falle tappt.«

Adrien packte das Essen aus dem Korb auf den Tisch. Ich beobachtete ihn dabei. Das Mädchen, das er geliebt hatte, war mit ihren Eltern ins Exil gegangen. Ich traute mich nicht, ihn zu fragen, wann er das letzte Mal etwas von ihr gehört hatte.

»Du bist also ein Vertreter der Kongregation, oder?«, fragte Laurent an Ash gewandt und ließ sich auf einen Stuhl fallen, der protestierend knarzte.

Ash nickte und reichte ihm die Hand. »Ash McMillan«, stellte er sich vor. »Freut mich.« Interessiert musterte er den Anhänger an Laurents Kette. Es war ein schlichter silberner Gral. Alle zwölf Magier trugen solch einen Anhänger, nur der des Großmeisters war mit kleinen Edelsteinen besetzt.

»Wollt ihr mit uns essen?«, fragte Aimée. »Das scheint für eine Woche zu reichen. Was hast du da alles mitgebracht?«

Adrien zuckte mit den Achseln. »Ihr kennt ja Mémé. Sie wollte nicht, dass es euch an etwas fehlt.«

»Die Loge sorgt sehr gut für die Menschen hier«, bemerkte Ash. »Ich war in Rennes, dort ist die Versorgung nicht so gut.«

Laurent nickte. »Wir könnten noch mehr Magiebegabte im Ort aufnehmen, aber da gibt es leider die Order deiner Kongregation an alle Hexen und Hexer, sich von Paimpont fernzuhalten. Hast du vor, das zu ändern?«

»Deswegen sind wir hier«, sagte Ash diplomatisch. »Wir wollen die Missverständnisse beseitigen.«

»Das wäre für alle Beteiligten gut. Ihr solltet auch zum Schloss kommen und an den Ausbildungskämpfen teilnehmen.« Laurent brach sich ein Stück Baguette ab.

Die Teller, die Aimée gerade vom Schrank zum Tisch hatte wandern lassen, knallten auf den Boden und gingen zu Bruch.

»Ausbildungskämpfe?«, fragte sie stockend. »Wofür sollen die gut sein?«

Verlegen kratzte sich Laurent am Nacken, während Ash die Scherben anhob, die sich auf seinen Befehl hin umgehend wieder zusammensetzten. Eine Minute später standen die Teller auf dem Tisch.

Adrien seufzte leise. Vermutlich beneidete er Ash ebenso wie ich. Früher war so etwas für mich ein Kinderspiel gewesen. Heute hätte ich nur Kehrblech und Besen benutzen können.

»Jetzt spuck es schon aus«, forderte Maëlle und holte Gläser aus dem Schrank. »Was veranstaltet ihr im Schloss.«

»Ich dachte, Ezra hätte es schon erzählt. Wir bilden jeden, der es will, im Bogenschießen, Fechten und Nahkampf aus. Schließlich sollen sich alle verteidigen können. Nicht jeder kann so gut hexen wie der da.« Er zeigte auf Ash. »Gibt einige normale Menschen hier und viele Junghexen und Junghexer. Die meisten beherrschen keine Angriffszauber.«

»Schadenzauber und Flüche sind ja auch verboten«, erklärte Ash. »Sie haben den Hexern und Hexen in der Vergangenheit mehr als genug Ärger eingebracht.«

»Nun, jetzt werden sie es brauchen. Angriff ist die beste Verteidigung, wenn du mich fragst.« Laurent kniff die Augen zusammen. Er war früher nicht leicht in Rage zu versetzen gewesen. Nur deswegen hatte seine Freundschaft mit Maëlle so lange gehalten.

Ash legte den Kopf etwas schief. »Noch besser wäre es, Ezra würde die Kongregation endlich mit Regulus verhandeln lassen. Dann müsste er gar nicht zum Krieg rüsten.«

»Da sind wir anderer Meinung.«

»Lasst uns essen«, unterbrach Aimée die beiden, die sich erbost anfunkelten. »Adrien hat sich so viel Mühe gegeben und hier am Tisch wird nicht gestritten.«

Mir knurrte bereits der Magen. Ich holte Besteck aus dem Schrank und kurz darauf saßen wir sechs um den Tisch herum und aßen die Teigtaschen und den Salat.

»Wann habt ihr geheiratet?«, fragte ich Laurent um ein angenehmeres Thema bemüht.

Er kaute gemächlich auf, bevor er antwortete. »Ein paar Monate, nachdem ihr weg wart. Wir wollten schon früher, aber im Schloss herrschte ein ganz schönes Durcheinander. Ezra brauchte mich. Der alte Tocqueville hat sich nach Adens Verschwinden in seinem Schlafzimmer verschanzt und kam nicht mehr raus.« Er blickte mich an. »Wir durften dir übrigens nicht sagen, dass Aden abgehauen ist. Ezra hat befürchtet, du würdest dann nicht fahren.«

Und damit hatte er verdammt recht gehabt. Ich runzelte die Stirn. Aimée teilte mit großer Sorgfalt eine Teigtasche und Maëlle stand auf, um eine Flasche Rotwein zu holen. Ezra hatte mich nicht so geliebt wie ich ihn, aber wir waren Freunde gewesen. Dachte ich jedenfalls. Immer noch sagten Maëlle und Aimée nichts.

»Wenn ihr mich fragt, ist der alte Großmeister schon durchgedreht, nachdem seine Frau ihn verlassen hat«, erzählte Laurent weiter, dem das merkwürdige Verhalten meiner Schwestern nicht aufzufallen schien. »Adens Verlust hat er dann nicht mehr verkraftet.«

»Ezras Mutter ist doch schon weggegangen, als er siebzehn war. Haben sie Mémé nie ins Schloss geholt? Sie hätte ihm etwas gegen Trübsinn geben können«, fragte ich Maëlle direkt. Wenn jemand etwas darüber wusste, dann sie.

»Ezras Vater hielt nicht viel von unserem Kräuterkram, wie er es nannte.«

»Stimmt«, murmelte Laurent. »Grand-mère war auch einmal bei ihm und er hat sie fortgeschickt. Sie hat sich Sorgen um die

Jungs gemacht. Aber der Großmeister hat sie angebrüllt, sie solle verschwinden.« Laurents Großmutter war eine Hexe gewesen und sein Großvater ein Magier. Früher hatte ich mir um diese eher seltene Verbindung Magiebegabter nie Gedanken gemacht.

»Jungs? Aden war damals schon einundzwanzig, wenn ich mich nicht täusche«, sagte Maëlle. »Um ihn musste sich niemand Sorgen machen. Und er war genauso hochnäsig wie sein Vater.«

»Hätte nie gedacht, dass er kneift.« Laurent kaute geräuschvoll. »Er war eher der zurückhaltende Typ, aber er kam mir immer so verantwortungsbewusst vor. War eine schlimme Zeit für Ezra.«

»Er war ein arroganter Mistkerl, der auf uns alle herabgeblickt hat«, sagte Maëlle. »Er hielt sich immer für etwas Besseres. Und Hexen konnte er nicht ausstehen, falls du dich erinnerst.«

»Wann genau ist er verschwunden?«, fragte ich Laurent und lenkte von Maëlles Bemerkung ab, die leider richtig war. Aden Tocqueville hatte uns nicht gemocht und uns bei jeder Gelegenheit spüren lassen, dass seiner Meinung nach Magier besser seien als Hexen.

»Genau zwei Wochen vor eurer Abreise. Ich erinnere mich noch so genau, weil es für eine Aprilnacht arschkalt war. Wir haben im Schlosshof ein riesiges Feuer gemacht, um den Vollmond zu feiern. Erinnerst du dich, Maëlle?«

Sie nickte langsam und schien in Gedanken versunken. »Du wolltest mich mit deinem idiotischen Cousin verkuppeln.«

Laurent schob sich die letzte Teigtasche in den Mund. Seine dichten blonden Locken hingen ihm ins Gesicht. »Wäre nett für den armen Kerl gewesen. Ein Furca hat ihn letzten Sommer erwischt. Wir haben nur noch Einzelteile von ihm gefunden.«

Maëlle riss ihre blauen Augen weit auf. »Scheiße. Das tut mir leid, Laurent.« Sie legte eine Hand auf seinen mächtigen Unterarm. »Das hat er nicht verdient.«

»Nein, das hat er nicht. In den letzten Jahren sind viele gute Männer gestorben. Wird Zeit, dass das ein Ende hat.«

»Hat Aden eine Nachricht hinterlassen?«, brachte ich das Thema wieder auf Ezras Bruder zurück.

»Er hat einen Brief geschrieben, in dem stand, dass er die Aufgabe des Großmeisters nicht übernehmen würde, und in dem er Ezra gebeten hat, ihn nicht zu suchen«, erzählte Adrien. »Er hat es natürlich trotzdem gemacht. Vier Männer sind in den Wald geritten und nicht mehr zurückgekommen. Ihre Pferde haben wir im *Tal ohne Wiederkehr* gefunden.«

Verwirrt lauschte ich der Erzählung, wie sie weiterhin versucht hatten, Aden zu finden. Aden war vier Jahre älter als Ezra gewesen. Wegen seiner Aufgaben in der Loge hatten die beiden nicht mehr viel Zeit miteinander verbracht. Aber als Kinder waren sie unzertrennlich gewesen. Ganz sicher hatte Ezra seinem Bruder so ein Verhalten nicht zugetraut. Es musste ein Schock für ihn gewesen sein. Erst ging seine Mutter und dann ließ sein Bruder ihn allein. Hatte Aden Angst vor der Aufgabe gehabt, die vor ihm gelegen hatte? Wundern würde es mich nicht. Aber diese Aufgabe einfach seinem jüngeren Bruder zu überlassen, der nicht mal dafür ausgebildet war … Es passte kein bisschen zu dem Aden, an den ich mich erinnerte.

»Ezra wollte nie Großmeister werden«, sagte ich leise und meine Wut auf ihn zerbröselte wie trockenes Laub.

Laurent nickte und fuhr sich mit einer Hand übers Kinn, auf dem ein paar blonde Bartstoppeln standen. Sein Blick war sorgenvoll. »Er konnte sich nicht auch noch vor der Verantwortung drücken.«

Nein, das hatte er nicht gekonnt. Es hätte seinem ganzen Wesen widersprochen.

»Wann ist er auf die Idee gekommen, mit Aarvand von Coralis gemeinsame Sache zu machen?«, fragte Ash plötzlich. »Gab es dafür auch einen Auslöser?«

Laurent rutschte etwas vom Tisch weg und rieb sich mit seinen Pranken über die Oberschenkel. »Es wird langsam dunkel. Mein Wachdienst im Schloss fängt gleich an. Wir müssen los.«

Adrien stand auf. »Die Schüsseln hole ich morgen ab, oder ihr bringt sie einfach vorbei.«

»Ja klar.« Maëlle schob ihren Stuhl zurück. »Ich bringe euch noch raus. War nett, dass ihr hergekommen seid, Jungs.«

»Da wollte wohl jemand meine Fragen nicht beantworten«, sagte Ash, als die Eingangstür hinter den dreien ins Schloss fiel.

»Ein bisschen diplomatischer hättest du ruhig sein können«, rügte Aimée ihn. »Das sind unsere Freunde. Sie haben die ganzen Jahre hier leben müssen. Das war sicherlich nicht leicht.«

»Vermutlich nicht. Entschuldige.« Ash sah sie zerknirscht an. »Manchmal schieße ich etwas übers Ziel hinaus.«

»Schon gut. Erzähl uns noch mal ganz genau, was Ezra dir vorhin erzählt hat«, wandte Aimée sich dann an mich. »Typisch für ihn, dass er versucht hat, dich allein zu erwischen.«

»Was meinst du damit?« Ich trug die Schüsseln zur Spüle und ließ Wasser einlaufen.

Aimée zündete ein paar Kerzen an.

»Was wohl. Er versucht, dich auf seine Seite zu ziehen. Dich um den Finger zu wickeln. Das hat er schon immer besonders gut gekonnt.«

»Er hat mich nicht um den Finger gewickelt«, sagte ich aufgebracht. »Wir haben nur geredet.« Ich wollte das Wasser ausdrehen, als der Strahl sich in meine Richtung bog. Behutsam kletterte er meinen Arm hoch. Ich blinzelte. Das musste eine Sinnestäuschung sein. Dann veränderte sich plötzlich die Farbe des Wassers. Es schimmerte hellgrün. Erschrocken zog ich die Hand weg und drehte mit der anderen den Hahn zu.

Aimée hinter mir sagte irgendwas.

»Wie bitte?« Ich musste für einen Augenblick weggetreten sein.

»Hast du ihm gesagt, dass sein Vorgehen nicht hinnehmbar ist? Er kann keine eigenen Bündnisse schließen«, sagte Aimée. »Hast du ihn gefragt, was dieser Fürst als Gegenleistung verlangt? Hast du ihn gefragt, ob er noch mit anderen Dämonen gesprochen hat?«

»Nein, das habe ich nicht.« Natürlich war ich in diesem Gespräch mehr mit mir und meinen Gefühlen beschäftigt gewesen. Und vermutlich hatte Ezra das auch gewusst.

»Es gibt viele Dinge, die ungeklärt sind«, kam es ungewohnt sanft von Maëlle, die in der Tür lehnte. Ich hatte nicht mal bemerkt, dass sie zurückgekommen war. »Die Übertritte der Dämonen begannen vor Ablauf des Paktes. Das hätte gar nicht passieren dürfen.«

»Was hat das jetzt damit zu tun? Merlins Barrieren haben ihre Kraft verloren. Es ist ein Wunder, dass sie so lange gehalten haben«, sagte ich. »Tausendfünfhundert Jahre sind eine sehr lange Zeit.«

»Die Kongregation geht davon aus«, wandte Ash ein, »dass die Loge die Kraft der Barrieren absichtlich verminderte.«

»Und in Kauf nahm, dass die Dämonen zurück in unsere Welt kommen?«

»Es gibt keine andere Erklärung«, sagte Ash. »Wie wir gerade festgestellt haben, war Ezra Tocquevilles Vater nicht ganz bei Verstand. Vielleicht war es gar nicht seine Absicht gewesen, vielleicht wollte er aber auch nur die Wichtigkeit der Loge hervorheben. Schließlich wusste er, dass die Kongregation die Loge dieses Mal nicht allein verhandeln lassen würde. Möglicherweise verschwand Aden Tocqueville auch, weil er ein schlechtes Gewissen hatte. Um die Barrieren zu manipulieren, brauchte es große Kraft. Das konnte ein Magier allein nicht schaffen. Vermutlich haben seine Söhne ihm geholfen und dann ist der Plan außer Kontrolle geraten.«

»Weshalb hätten sie das tun sollen?«, fragte ich tonlos. »Es widerspricht allem, wofür sie stehen. Sie haben geschworen, die Menschen vor den Dämonen zu schützen. Ich war damals das erste Opfer, das würde ja bedeuten …« Ich unterbrach den Satz, weil das nicht sein konnte.

»Über die Gründe haben wir lange spekuliert«, sagte Ash. »Vielleicht ist ihnen ihre Macht zu Kopf gestiegen, vielleicht dachten sie, sie könnten den Dämonen noch mehr Reichtümer abpressen, vielleicht ist der alte Großmeister nur verrückt geworden und vielleicht war es auch ein Versehen. Die Gründe sind egal, denn das Resultat ist dasselbe.«

»Das bedeutet nicht, dass Ezra gewusst hat, dass eine Sylphe dich angreifen würde.« Aimées Stimme klang unsicher.

»Aber auffällig ist es schon, dass ausgerechnet er damals an Ort und Stelle war, um dich zu retten«, kam es wiederum von Ash. »Wenn sie mit der Schwächung der Barrieren ihre Macht demonstrieren wollten, dann brauchten sie ein Opfer. Wusste er von deinem Vorhaben, im See schwimmen zu gehen?«

Ich schüttelte den Kopf. »Kann ich mir nicht vorstellen. Vor dem Angriff kannten wir uns nur flüchtig.« Im Grunde hatte er mich kaum beachtet, während ich ihn schon länger angehimmelt hatte.

»Du darfst die Augen nicht weiter vor der Tatsache verschließen, dass die Loge schon länger Pläne geschmiedet hat, wie es für sie weitergeht«, sagte Ash behutsam. »Niemand nimmt gern einen Machtverlust in Kauf.«

Aimée trat an mich heran und strich mir über die Arme. »Wir wollen alle keinen Streit mit Ezra. Es ist gut, dass er hier war und mit dir geredet hat. Das ist ein Anfang. Aber du darfst ihm nicht alles glauben, was er sagt.«

Ganz aus alter Gewohnheit heraus wollte ich Ezra verteidigen. Es war fast ein Reflex, aber meine Schwester hatte recht. Hier ging es um viel mehr als um meine verletzten Gefühle. »Was machen wir als Nächstes?«, fragte ich. »Wie ist dein Plan?«

»Wir müssen mehr über das Bündnis mit Aarvand von Coralis herausfinden. Regulus wird Coralis einfach überrennen, wenn er davon erfährt. Ein einzelner Fürst kann sich dem Hochkönig nicht entgegenstellen«, sagte Ash.

»Dann trifft es sich ja gut, dass Ezra möchte, dass du ihm offiziell deine Aufwartung machst.«

»Das hat er verlangt?«, fragte Maëlle und lachte verwundert auf. »Da bildet sich wohl jemand mächtig etwas auf seine Position ein.«

»Wahrscheinlich. Aber damit haben wir den perfekten Vorwand, zu ihm zu gehen«, entgegnete ich. Vermutlich hatte die Kongregation Ash hauptsächlich wegen unserer Beziehungen zur Familie Tocqueville erlaubt, mich zu heilen. Aber egal, aus welchen Gründen er sich um mich gekümmert hatte, ich war ihm das hier schuldig. Ich würde ihm helfen, seine Stellung in der Kongregation zu festigen.

Ein dankbares Lächeln erschien auf seinem Gesicht. Es ließ ihn viel weicher erscheinen. Seine grauen Augen bekamen einen warmen Schimmer. Bei unserem ersten Treffen hatte ich mich fast ein wenig vor ihm gefürchtet. Mit seiner kühlen Eleganz, dem blassen Gesicht und dem Hang, immer einen gut geschnittenen Anzug zu tragen, hatte er mich eingeschüchtert. Aber dann hatte er mich untersucht und mir gut zugeredet, als ich mich weigerte, meine Medizin zu nehmen. Nächtelang hatte er an meinem Bett gesessen und meine Albträume vertrieben. Er hatte mich mehr als einmal von der Schwelle zum Totenreich zurückgeholt und irgendwann hatte ich begriffen, dass er ganz und gar nicht kalt war. Er war nur fokussiert. Wenn er eine Aufgabe vor Augen hatte, stürzte er sich mit seiner ganzen Leidenschaft darauf. Genau das Gleiche tat er jetzt auch. Obwohl sie sich äußerlich so sehr voneinander unterschieden, waren Ezra und Ash sich doch in einem sehr ähnlich: Sie gaben nicht auf, wenn sie etwas unbedingt wollten. Ash hatte nicht zulassen können, dass ich starb. Und Ezra? Nun auch für ihn hatte es etwas Wichtiges gegeben, für das er gekämpft hatte.

»Versprich dir nicht zu viel von dem Gespräch. Er wird uns nur verraten, was er für richtig hält.« Ezra hat mich nie nach meiner Meinung zu irgendwas gefragt oder wichtige Entscheidungen mit mir besprochen. Im Grunde wusste er alles über mich und ich nichts über ihn. Ich hatte ihn nie gedrängt, weil ich immer das Gefühl gehabt hatte, er bräuchte Abstand von all den Dingen, die die Loge und seine Familie betrafen, und er wäre deswegen so gern mit mir zusammen. Und sein Besuch heute? Wahrscheinlich hatte Aimée recht, und es war nur ein Schachzug in seinem Spiel gewesen.

# 6. KAPITEL

Am nächsten Nachmittag stand ich pünktlich in unserer Diele und wartete auf Ash. Maëlle kam aus der Küche und runzelte die Stirn. »Willst du eine Spur in den Boden laufen? Komm rein und setz dich. Ich gebe dir etwas zur Beruhigung.«

Seufzend folgte ich ihr.

»Du siehst hübsch aus.« Sie musterte meine Jeans, den hellblauen Pulli und die lange dünne Strickjacke. »Man sieht dir kein bisschen an, dass du eine Hexe bist.«

»Ich bin ja auch keine Hexe mehr.« Misstrauisch schnupperte ich an dem kleinen Glas mit der grünlichen Flüssigkeit, das sie mir hinhielt.

»Kipp es einfach runter. Es wird dich beruhigen. Mit einem Nervenbündel kann Ash nicht bei Ezra auftauchen.«

Da hatte sie recht. Ich dachte nicht lange nach und trank das Gebräu.

»Ich könnte dir auch noch eine Rune in den Nacken zeichnen.«

Ich winkte ab. »Wie schon gesagt, ich bin keine Hexe mehr.«

Die seltsame Reaktion des Wassers von gestern Abend fiel mir wieder ein, aber ich verbot es mir, auch nur zu hoffen, es hätte etwas mit meiner eigenen und nicht mit der Magie des Hauses zu tun gehabt.

»Natürlich bist du eine«, sagte Maëlle. »Ob du es leugnest oder nicht. Und du wirst immer eine sein.«

Das Getränk tat seine Wirkung. In meinem Magen breitete sich ein zufriedenes Gefühl aus und auch meine vor Aufregung eiskalten Hände und Füße wurden warm. »Wenn du darauf bestehst«, sagte ich zu meiner eigenen Überraschung. Ich setzte mich auf einen Stuhl, beugte den Kopf nach vorn und strich die Haare zur Seite. »Dann leg mal los.«

Sie zog einen Stuhl hinter mich und dann hörte ich sie in verschiedenen Fächern herumhantieren. Es war ein Risiko, ihr das zu erlauben, weil sie in ihrer Begeisterung manchmal etwas übertrieb und man dann nicht wusste, was man bekam. Aber ich konnte jede Unterstützung gebrauchen und Hexenrunen waren ein starker magischer Beistand.

»Du musst keine Angst haben«, erklärte sie, als sie hinter mir Platz nahm und ich die zarten Pinselstriche spürte. »Der Mond wird dir Kraft schenken. Die Welle steht für uns, deine Familie und Ash. Wir sind bei dir, wir vertrauen dir und du vertraust uns. Dir wird nichts geschehen.« Maëlle zeichnete die Linien noch einmal nach und sprach dabei die rituellen Worte, die die Kraft der Runen verstärkten. Als sie fertig war, pustete sie sanft darauf und strich mein Haar wieder darüber.

Ich stand auf und atmete tief durch, als ich Ashs Schritte auf der Treppe hörte. »Danke.«

»Nichts zu danken.« Maëlle nahm meine Hände in ihre. »Du schaffst das. Ash ist bei dir. Er wird nicht zulassen, dass Ezra dich verletzt.«

»Das würde Ezra nie tun«, sagte ich automatisch.

»Körperlich nicht, nein«, bestätigte Maëlle und tippte an die Stelle, an der mein Herz schlug. Mehr musste sie nicht sagen.

Ash betrat die Küche und betrachtete mich aufmerksam. »Bist du bereit?« Er trug eine schwarze Anzughose und ein weißes Hemd. Sein Umhang hing offen über seine Schultern. Er war durch und durch ein Hexer.

»So bereit, wie ich sein kann. Lass es uns hinter uns bringen.«

Auf dem Weg zum Château, der erst durch Paimpont und dann durch den Wald führte, blickte ich aus dem Fenster. In den letzten zwei Jahren war *Brocéliande* viel dichter geworden und hatte sich weiter ausgebreitet. Vor langer Zeit hatte der Wald sich über die gesamte Hochbretagne erstreckt und nun holte er sich den Lebensraum zurück, der ihm gehörte. Er war noch schöner, als ich ihn in Erinnerung hatte. Das Sonnenlicht strömte durch die dichten Kronen und ließ die Blätter in tausenden Grüntönen schimmern. Im Unterholz blühten gelbe und blaue Blumen. Am liebsten wäre ich ausgestiegen und zwischen den dicken Stämmen hindurchgestreift. Aber das durfte ich nicht. Es war selbst bei Tageslicht zu gefährlich.

Ich sollte Ash irgendetwas fragen, aber mein Kopf war wie leer gefegt. Nach einer Weile griff er nach meiner Hand, die in meinem Schoß ruhte, und drückte sie kurz. Er wirkte hoch konzentriert und ging vermutlich bereits das ganze Gespräch mit Ezra durch.

Das Château lag mitten im Wald am Ufer des Feensees. Ich verdrängte die Erinnerung an den Angriff der Sylphe und sah mich um. Viel hatte sich nicht verändert. Das Schloss aus unbehauenem Stein, der je nach Tageslicht unterschiedlich leuchtete, und dessen Dach, das mit schwarzen Schieferplatten gedeckt war, erinnerten mich genau wie früher an die zahlreichen Märchen meiner Kindheit. Hohe Mauern verbanden die vier Ecktürme und beschützten die Bewohner. Rings um das Schloss standen die Reste der Häuser, in denen vor langer Zeit die Bediensteten der Loge gelebt hatten. Heute spielte sich das ganze Leben der Bewohner hinter der Zugbrücke ab. Die eingestürzten Hauswände waren von Efeu überwachsen und verliehen dem Platz zwischen Schloss und Wald ein verwunschenes Aussehen. Überall blühten gelbe, rote und blaue Blumen. Ich entdeckte Schafgarbe, Leberblümchen und Fingerhut. Später würde ich Maëlle Bescheid sagen, was sie hier finden konnte. Selbst ohne diesen märchenhaften Anblick musste jeder halbwegs sensible Mensch die Magie spüren, die über dem Ort lag.

Das Schloss, das zum Großteil von Wasser umgeben war, besaß eine Art Vorburg, auf die wir nun zugingen. Vor unserer Abreise war die Zugbrücke immer geöffnet gewesen. Ich schaute nach oben und entdeckte patrouillierende Wachen, die uns und den Wald dahinter im Auge behielten. Auf mich hatte das Château schon immer eindrucksvoll gewirkt, doch heute war es regelrecht einschüchternd.

»Ich bin froh, dass du mich begleitest«, sagte Ash. Wir standen vor dem Eingang des Torhauses, das von zwei kleinen, schmalen Flankierungstürmen geschützt wurde, und warteten, dass man uns öffnete. »Wenn du es dir aber anders überlegt hast …« Er stoppte, als von drinnen Schritte erklangen. »Du kannst im Torhaus warten. Ich kann auch mit Ezra allein reden. Ich würde verstehen, wenn du ihm aus dem Weg gehen willst.« Er legte eine Hand an meine Wange. »Was er dir angetan hat«, sagte er leise. »Das hattest du nicht verdient.«

Ich würde mich nicht verstecken. Ich war Ezra nun schon zweimal begegnet. Die Vergangenheit spielte keine Rolle mehr. Er hatte mir nichts angetan. Ich hatte nur zu hohe Erwartungen gehabt. »Ist schon gut. Ich schaffe das, außerdem möchte ich dir gern helfen.«

»Er mag dich«, sagte Ash zu meiner Überraschung. »Das habe ich ihm im *Le Coq* angesehen. Er wollte dich nicht mit Absicht verletzen, aber er war sich seiner Verantwortung nicht bewusst. Du warst ein junges Mädchen und er hat dir das Leben gerettet. Danach hätte er auf Abstand gehen müssen.«

»Ich hätte in sein Verhalten nicht zu viel hineininterpretieren dürfen«, unterbrach ich ihn. »Es ist alles in Ordnung. Wirklich. Ich bin darüber hinweg.«

»Gut«, war das Einzige, was er noch sagte, bevor wir von drinnen einen Schlüssel hörten, der in das Schloss geschoben wurde. Kurz darauf öffnete sich die Tür und wir standen Laurent gegenüber.

»Ihr werdet schon erwartet«, sagte er. »Ich soll euch direkt reinbringen.« Heute trug er eine Uniform aus Leder und war mit einem Schwert bewaffnet. Über seinem Rücken hing ein Köcher mit Pfeilen. Dämonen konnten nicht mit Schusswaffen getötet werden, sondern leider nur auf eine sehr altmodische Art und Weise oder eben durch Magie. Laurent legte den Köcher auf einen Tisch, wo schon sein Bogen lag.

Ich fischte einen der Pfeile heraus. Er war aus Buchenholz und mit einer Spitze aus Kupfer versehen. In das Holz waren magische Runen eingeritzt. Interessiert betrachtete ich diese Spitze. Dämonenblut war viel heißer als unseres. Sobald das Kupfer in einen Dämonenkörper eintrat, vermischten sich dessen chemische Bestandteile mit dem Blut des Dämons und töteten ihn schnell und zuverlässig. Niemand wusste so recht, weshalb Dämonen ausgerechnet auf Kupfer reagierten. »Vielleicht sollte ich tatsächlich Bogenschießen lernen.«

»Schaden kann es nicht«, sagte Laurent mit einem Seitenblick zu Ash. »Ich könnte mit dir üben.«

»Deine Magie wird zurückkommen«, sagte Ash hinter mir. Wie fast alle Hexer, stand er dem Töten mithilfe von menschlichen Waffen ablehnend gegenüber. Im Grunde ergab das keinen Sinn, denn es war schließlich egal, wie ein Dämon starb.

»Überleg es dir.« Laurent warf Ash einen ungehaltenen Blick zu. »Ich bin da, wenn du mich brauchst. Wir Magier kämpfen auch mit unserer Magie und mit Waffen. Das eine schließt das andere ja nicht aus. Wir sollten Ezra nicht länger warten lassen. Er hat viel zu tun.«

Wir betraten den Burghof und ich wurde von Schritt zu Schritt nervöser. Maëlles Beruhigungsmittel verlor seine Wirkung viel zu schnell. »Wohin sind deine Großeltern gegangen?«, fragte ich auf dem Weg zum Wohnturm, um die Spannung zu lindern. »Zu deinen Eltern nach Irland?«

Interessiert betrachtete ich das Geschehen um mich herum. An einer Schmiede wurde ein Pferd beschlagen und ein paar Kinder übten Bogenschießen an zwei großen Heuballen. Würden sie nicht Jeans und Sneakers tragen, hätte das hier auch eine Kulisse für einen Mittelalterfilm sein können.

»Nein«, antwortete Laurent. »Sie wollten nicht fort. Grand-mère lebt hier im Schloss wie viele von unseren Angehörigen und Papy wurde von zwei Dämonen getötet. Er wollte noch ein paar Dinge aus dem Haus holen und ging, ohne mir Bescheid zu geben. Du weißt ja, wie stur er sein konnte. Wenn er auf mich gewartet hätte …« Er brach ab und ich legte ihm tröstend eine Hand auf die Schulter.

Ich hatte Laurents Großvater sehr gemocht. Als Kind hatte er mir das Schnitzen beigebracht. »Es war seine Entscheidung.«

»Die Kongregation hätte allen Magiebegabten über sechzig Jahren erlauben müssen, Frankreich zu verlassen. Egal ob Hexen oder Magier«, sagte er vorwurfsvoll in Ashs Richtung. »Dann würde er jetzt noch leben.«

»Dafür kann Ash nun wirklich nichts. Niemand wusste, wie die Situation sich entwickelt, und dein Großvater war ein sehr guter Magier. Er hätte den Großmeister nicht verlassen, selbst wenn er gedurft hätte.«

»Möglich. Aber dann wäre es seine Entscheidung gewesen«, sagte Laurent unversöhnlich. »Wir stehen alle hinter den Entscheidungen der Loge.« Es klang beinahe drohend.

»Ich hoffe, wir können zu einer Einigung kommen, die für alle Beteiligten vertretbar ist. Wenn es nach uns ginge, sollte kein einziger Magiebegabter mehr durch einen Dämon sterben.« Ash blieb ganz gelassen.

Die große Eingangstür, die in die Vorhalle führte, wurde von zwei Wächtern geöffnet, die ich nicht kannte, aber ansonsten hatte sich nichts verändert. Immer noch hingen die riesigen Teppiche an den Wänden. In der Mitte stand der große runde Tisch, allerdings ohne die früher obligatorischen frischen Blumen. Es war relativ dunkel, weil keine Kerzen angezündet worden waren und durch die schmalen Fenster kaum Licht hereinfiel.

»Mademoiselle Vianne«, begrüßte mich der Majordomus, der schon unter Ezras Vater auf dem Schloss gedient hatte. Er strahlte über sein faltiges karamellfarbenes Gesicht. »Wie schön, dich zu sehen, und wie gesund du aussiehst.«

Ich lächelte bei der freundlichen Begrüßung. »Bonjour, Jacques. Du bist noch hier.« Ich begrüßte den alten Mann mit zwei Wangenküssen. »Wie geht es Adelaise? Backt sie immer noch ihre leckeren Beignets?«

Sein von der Sonne gebräuntes Gesicht erhellte sich. »Natürlich. Ezra hat sie angewiesen, einen riesigen Berg davon heute für dich zu machen, weil du sie so sehr magst, und er hat den kleinen Salon reinigen lassen«, informierte Jacques uns, während er unsere Umhänge entgegennahm. »Er meinte, dort sei es weniger formell. Du mochtest diesen Raum früher immer gern.«

Ich nickte unbehaglich. Es wäre mir lieber, wir alle könnten *das Früher* vergessen.

»Jacques!«, ertönte Ezras Stimme. »Solltest du unsere Gäste nicht zu mir bringen, sobald sie eintreffen? Weshalb stehst du hier mit ihnen herum und schwatzt?«

Jeder andere Bedienstete hätte sich bei den strengen Worten entschuldigt. Jacques lächelte. »Er ist etwas angespannt in diesen Tagen«, flüsterte er mir vertraulich zu. »Sieh es ihm nach. Das ist keine leichte Zeit.« Dann neigte er fast unmerklich den Kopf und ging mit den Umhängen davon, während Ezra zu uns kam. Er trug eine Reithose, Stiefel und ein enges T-Shirt. Ich zwang mich, ihn nicht anzustarren, obwohl es mir schwerfiel.

»Vianne«, begrüßte er mich zuerst. Wie ich es von früher gewohnt war, betrachtete er mich, um herauszufinden, ob es mir gut ging. »Mister McMillan«, sagte er, als er damit fertig war.

»Ash, bitte.« Er lächelte Ezra höflich an. »Vianne hat mir viel von dir erzählt. Es kommt mir so vor, als würden wir uns bereits kennen«, ergänzte er.

Ezra zog die Augenbrauen in die Höhe. Dann wies er mit der Hand in Richtung des kleinen Salons. Die Tür stand offen, und als wir eintraten, wehte uns der Duft von frischem Kaffee und Gebäck entgegen. Mir lief das Wasser im Mund zusammen. Jacques hatte nicht gelogen. Seine Frau Adelaise hatte tatsächlich einen riesigen Berg Beignets gebacken. Die zwei stammten ursprünglich aus Paris, wo Adelaises marokkanische Familie eine Boulangerie geführt hatte. Die beiden waren für Ezra mehr Eltern gewesen als seine richtige Mutter und sein Vater.

»Setzen wir uns doch.« Ezra zog einen kleinen Sessel für mich zurück und Ash nahm neben mir Platz. Ezra setzte sich uns gegenüber. Es gefiel mir nicht, dass so der Eindruck entstand, wir säßen auf unterschiedlichen Seiten. Aber möglicherweise taten wir das.

»Bedien dich«, forderte Ezra mich auf. »Adelaise bringt mich um, wenn davon welche zurück in die Küche gehen.«

Ich goss mir Kaffee ein und legte fünf Beignets auf meinen Teller. Ash und Ezra nahmen sich ebenfalls welche. Ich biss in das weiche Gebäck, und als es wie Butter auf meiner Zunge schmolz, schloss ich genüsslich die Augen. Nirgendwo auf der Welt schmeckten die Beignets besser, da war ich sicher. Als ich die Augen wieder öffnete, starrte Ezra mich gebannt an. Für eine winzige Sekunde erinnerte er mich an den Mann, der immer darauf geachtet hatte, dass ich genug aß. Das war definitiv nicht mehr notwendig. Ich lächelte verlegen, und in diesem Moment wandte er sich Ash zu.

»Ich muss mich bei dir bedanken«, sagte er. »Dafür, dass du Vianne geheilt hast. Die Loge hat dabei versagt, sie zu beschützen. Ich habe versagt und es hat sie beinahe das Leben gekostet. Dafür stehen wir in deiner Schuld.«

Wir. Er formulierte den Dank vermutlich mit Absicht so unpersönlich, um mich daran zu erinnern, dass er sich vor allem um mich gesorgt hatte, weil die Magier nicht achtsam genug gewesen waren.

»Vianne hat sehr gekämpft«, sagte Ash. »Ich habe bereits viele Hexen an das Fieber verloren. Dass sie überlebt hat, hat sie hauptsächlich ihrem eigenen Willen zu verdanken. Sie wollte nicht sterben und sie hatte jede Unterstützung verdient.«

Ezra nippte an seinem Kaffee. »Ich wusste, dass sie es schaffen würde«, sagte er, den Blick fest auf Ash gerichtet.

»Wir sind nicht hier, um über mich zu reden«, unterbrach ich die beiden. »Ich bin gesund und meine Krankheit ist Vergangenheit.«

»Gut. Kommen wir direkt zur Sache.« Ezra stellte seine Tasse ab und lehnte sich zurück.

»Du warst gestern bei Vianne und hast ihr erzählt, der Fürst von Coralis sei mit der aktuellen Politik des Hochkönigs nicht einverstanden. Deswegen hätte er seinen Bruder in inoffizieller Mission zu dir gesandt.«

»Das ist richtig. Michael Galkin weiß von diesen Gesprächen«, bestätigte Ezra. »Ihr hättet Vianne und ihre Schwestern nicht herbringen müssen.« Sein Blick wurde eisig. »Damit habt ihr sie unnötig in Gefahr gebracht. Ich habe der Kongregation unmissverständlich mitgeteilt, dass ich ihre Einmischung nicht wünsche. Die Verhandlungen um die Verlängerung des Paktes sind allein Aufgabe der Loge. Die Anwesenheit der Schwestern ändert daran nichts.«

»Aber Regulus ist eine Bedrohung für uns alle. Als Merlin vor tausendfünfhundert Jahren den Pakt schloss, hatte er es mit einem deutlich vernünftigeren Verhandlungspartner zu tun.«

Ezras Wangenmuskeln spannten sich an. »Du sagst es. Hast du Vianne erzählt, Regulus sei hinter den Reichtümern der Loge her?«

Ash wich seinem Blick nicht aus. »Das ist die Forderung, die mir bekannt ist. Du kannst mich gern berichtigen.«

»Du solltest Michael und Sophia nach seinen Bedingungen fragen«, schlug Ezra vor. »Als Mitglied der Kongregation hast du ein Recht darauf. Wir werden sie nicht erfüllen, denn sie sind indiskutabel. Deswegen verhandeln wir mit Aarvand, dem Fürsten von Coralis. Er ist wie wir der Meinung, dass die Welten getrennt bleiben müssen.«

»Die Loge sollte sich besser mit der Kongregation verbünden als mit einem Dämon!« Ash klang ungewöhnlich aufgebracht.

»Wir können unser Schicksal nicht in die Hand eines solchen Wesens legen. Das ist unvernünftig und gefährlich. Weshalb traust du ausgerechnet diesem Fürsten? Was hat er dir versprochen und weshalb wendet er sich gegen den gewählten Hochkönig?«

Ezras Gesicht verschloss sich. Wenn Ash weiter so mit ihm sprach, würde er nicht einlenken. Er konnte froh sein, wenn er ihn nicht aus dem Schloss warf.

Ich beugte mich vor und stellte den leeren Teller auf den Tisch. Dann legte ich eine Hand auf Ashs Arm. Ezra kniff die Augen zusammen. Ich musste versuchen, die Wogen zu glätten. »Regulus will den Pakt gar nicht verlängern, habe ich recht? Stellt er nicht deshalb diese Forderungen? In Wirklichkeit will er seine Armee in unsere Welt schicken und uns alle vernichten, oder? Möglicherweise gibt es ja doch etwas, was die Kongregation ihm anbieten kann. Lass sie wenigstens mit ihm reden. Damit vergibst du dir doch nichts.«

»Du hättest dich nicht von der Kongregation instrumentalisieren lassen sollen.«

Weshalb sagte er das schon wieder? Mein erster Impuls war, ihn anzufahren, aber ich hielt mich zurück. »Sie instrumentalisiert mich nicht«, erklärte ich. »Ich finde es vernünftig, wenn wir alle an einem Strang ziehen. Keiner von uns möchte einen neuerlichen Krieg mit den Dämonen.«

»Merlin hat die Loge gegründet, damit diese die Quelle schützt und mit den Dämonen verhandelt. Er hat aus gutem Grund nicht die Kongregation beauftragt. Er wollte eine dritte Instanz. Wir sind seinem Vermächtnis verpflichtet.«

Wir drehten uns im Kreis. Er gab nicht ein Stückchen nach. Weshalb war er so unglaublich stur? »Wir müssen aber versuchen, zu einer Einigung zu kommen, mit der alle Parteien leben können. Die Zeiten haben sich geändert.« Ezras Blick wurde beinahe mitleidig und ich ballte die Hände zu Fäusten. »Die Kriege der Vergangenheit sind doch nur so ausgeufert, weil bestimmte Interessengruppen meinten, ihre Position sei richtiger als die der anderen. Das dürfen wir dieses Mal nicht zulassen.«

Ash nickte, während Ezras Augen sich verengten. »Es kam erst zu einer Einigung, als es fast zu spät war. Bis dahin starben sehr viele Menschen, Hexen und Magier. Das würde die Kongregation dieses Mal gern vermeiden.«

»Und Dämonen«, erinnerte Ezra ihn. »Es starben auch sehr viele Dämonen. Wir haben sie fast ausgerottet.«

»Ohne die Dämonen hätte es die Kriege nicht gegeben«, sagte Ash. »Ihnen zu vertrauen, ist reiner Selbstmord.«

Ezra stand auf und ging zum Fenster. Er stellte sich mit dem Rücken zu uns und starrte in den Hof. »Stattdessen sollen wir der Kongregation vertrauen, richtig?« Sein Sarkasmus war nicht zu überhören. »Seit der Gründung der Loge versucht die Kongregation, uns zu erpressen, auszuspionieren und unsere Stellung zu untergraben. Keine guten Voraussetzungen.«

Von der Tür her erklangen Schritte. Ashs Körper spannte sich merklich an und auch ich spürte die Veränderung der Schwingungen sofort. Der Dämon von gestern Abend betrat den Raum. Er stoppte kurz, als er uns bemerkte.

»Besuch«, erklärte er in einem freundlichen Tonfall. »Wie nett.«

»Caleb«, wandte Ezra sich um. »Vianne und Ash kennst du ja bereits. Ash ist Vertreter der Kongregation und so freundlich, uns ihren Beistand anzutragen.«

Caleb trug heute eine dunkle Anzughose und ein weißes Hemd, das etwas zerknittert aussah. Sein blondes Haar hing ihm unordentlich in die Stirn. Er sah aus, als käme er geradewegs von einer Party, was in Anbetracht der Uhrzeit kaum möglich war. In der Hand hielt er ein Glas mit einer dunklen Flüssigkeit. Eiswürfel klirrten, als er es leicht bewegte. Er betrachtete Ash gelangweilt aus strahlend blauen Augen. »Das ist sehr aufmerksam von der Kongregation, aber ich denke nicht, dass wir weitere Hilfe benötigen.«

»Dann war unser Besuch umsonst«, sagte Ash, stand auf und hielt mir die Hand hin. »Wir sollten gehen.«

»Nicht wegen mir«, sagte Caleb und kam näher zu uns geschlendert. »Ich beiße nicht.« Er lächelte und entblößte dabei blendend weiße Zähne. »Oder jedenfalls nur in diese köstlichen Beignets.« Er zwinkerte mir zu. »Bist du satt oder möchtest du das restliche Gebäck deiner entzückenden, aber strengen Schwester mitnehmen? Ich habe gehört, Adelaise hat sie extra für dich gebacken.« Der Schalk saß in jeder der winzigen Fältchen, die sich um seine Augen bildeten. »Das war sehr aufmerksam von ihr, sie ist ein echter Schatz. Wenn Ezra sie gehen lassen würde, würde ich sie mit an unseren Hof nehmen.«

»Das reicht, Caleb«, kam es von Ezra. »Du musst Vianne nicht in Verlegenheit bringen und Aimée mag keine Süßigkeiten.«

Der Dämon schüttelte den Kopf und verschränkte die Arme vor seiner breiten Brust. »Eine Frau, die nichts Süßes mag, ist mir noch nie begegnet. Sie wird immer interessanter.«

»Du hältst dich besser von den Grandier-Schwestern fern«, kam es kalt von Ash. »Sie stehen unter meinem Schutz.«

Zuerst dachte ich, es wäre eine Sinnestäuschung, aber kleine Flammen leuchteten in Calebs Augen auf, als er Ash direkt ins Gesicht sah.

»Drohst du mir etwa, Hexer? Damit seid ihr schon mal nicht sehr weit gekommen.«

Ash straffte den Rücken und wich keinen Millimeter zurück. »Das ist keine Drohung, sondern eine Warnung.« Nun griff er nach meiner Hand.

»Ezra«, wandte ich mich noch einmal ihm zu. »Lass uns vernünftig miteinander reden. Es muss doch möglich sein, zusammenzuarbeiten. Du musst diesen Kampf nicht allein bestreiten.«

Ezra starrte gedankenverloren auf meine mit Ashs verschränkte Hand. Er sagte nichts. Aber das hatte ich auch nicht erwartet, und trotzdem versuchte ich, ihn mit einem Blick zu zwingen, uns vom Gehen abzuhalten. Desinteressiert schob er seine Hände in die Hosentaschen.

»Tja dann. Danke für die Beignets und den Kaffee. Richte Adelaise meine Grüße aus.«

»Natürlich«, antwortete er steif. »Sie wird sich freuen, dass es dir geschmeckt hat.«

Ich nickte Caleb kurz zu, der mich ernst betrachtete. Das Feuer und die Lachfalten waren verschwunden.

»Eine Frage habe ich noch«, sagte ich in dem Bemühen, irgendwas zu ändern. Dieses Gespräch war nicht sehr gut gelaufen.

»Die wäre?«, fragte Ezra gelangweilt.

»Du hast gestern gesagt, du würdest noch mit anderen Dämonen verhandeln. Welche sind das und was verlangen sie für ihr Entgegenkommen? Es muss ein stolzer Preis sein, wenn sie sich gegen ihren König stellen.«

Von Caleb kam ein leises Schnauben, Ash drückte meine Hand fester und Ezras Gesicht wurde ausdruckslos. Eine Antwort bekam ich nicht.

»Komm«, sagte Ash, als das Schweigen drückend wurde. »Das bringt so nichts.«

Ich nickte und dann verließen wir den Salon.

»Du hast der Kleinen eine ganze Menge erzählt«, hörte ich Caleb noch sagen. »Interessant. Du bist sonst gar nicht so geschwätzig.«

»Halt den Mund!«, fuhr Ezra ihn grimmig an.

Caleb lachte nur leise.

Ash ging dicht hinter mir, als würde er mich abschirmen. Unzweifelhaft glaubte er, mich vor Ezra beschützen zu müssen. Sollte ich Angst vor dem Ezra von heute haben? Ich wusste es nicht. Jedenfalls war die Distanz zwischen uns nur schwer zu ertragen. Manchmal hatte ich geglaubt, mir den Kuss bei unserem Abschied nur eingebildet zu haben. Gerade jetzt war so ein *Manchmal*. Ich brachte diesen Mann nicht mit dem von früher zusammen, obwohl mir so vieles an ihm noch vertraut war.

Jacques erwartete uns bereits mit unseren Umhängen. »Au revoir, Vianne«, sagte er. »Ich hoffe, wir sehen uns bald wieder.«

Wohl kaum. »Das wäre schön«, sagte ich trotzdem. Ich war früher so oft hier gewesen, dass es sich wie ein zweites Zuhause angefühlt hatte. Ezra hatte in dem kleinen Salon Schach mit mir gespielt, oder ich hatte ihm etwas vorgelesen. Die Bibliothek des Schlosses war der wahr gewordene Traum eines jeden Bücherliebhabers. Ich schüttelte auch diese Erinnerungen ab.

»Tut mir leid, dass ich dir keine Hilfe war«, sagte ich, als Ash und ich über den Schlosshof gingen.

Ash legte einen Arm um mich, zog mich an sich und küsste meine Schläfe. »Du warst mir eine Hilfe. Sogar eine sehr große.«

»Alles, was ich gesagt habe, hat ihn nur noch wütender gemacht. Ihm wäre es am liebsten gewesen, ich hätte nur stumm neben euch gesessen und Beignets verspeist.«

Ash lacht leise. »Den Eindruck hatte ich allerdings auch.«

»Du hättest ihn nicht provozieren dürfen. Er ist der Großmeister der Loge. Er erwartet Respekt – von jedem.«

Ash sah weniger zerknirscht aus, als er vielleicht sollte. »Das werde ich mir für das nächste Mal merken.«

»Ich glaube nicht, dass du noch mal die Gelegenheit für ein Gespräch bekommst.« Ich wusste nicht, über wen ich mich mehr ärgerte, über Ezra oder Ash.

»Ich bin mir sehr sicher, dass ich sie bekomme, und wir werden nicht lange darauf warten müssen. Glaub mir.«

»Machs gut, Vianne«, sagte Laurent am Tor. »Passt auf euch auf. Ich werde Ezra fragen, ob er mich auch mal als Wächter bei euch einteilen kann. Meist muss ich Adrien bewachen und er füttert mich so, dass Constance sich schon über meinen Bauch beschwert.«

Ich lachte und betrachtete die winzige Wölbung über seinem Hosenbund. »Dann sage ich Maëlle, sie soll dir nur Wasser und Brot geben.«

»Das würde der kleinen Sadistin gefallen.« Laurent schmunzelte, konnte aber die Sorge in seinem Blick nicht ganz verstecken. »Fahrt vorsichtig«, ermahnte er uns.

»Natürlich.«

Ich warf einen letzten Blick auf das Schloss. Hinter einem der Fenster, das zur Bibliothek gehörte, bewegte sich etwas, aber es war zu weit weg, als dass ich erkennen konnte, ob dort jemand stand. Es fiel mir schwer, meinen Blick loszureißen.

»Vianne«, sagte Ash sanft. »Lass uns heimfahren.«

Maëlle und Aimée erwarteten uns bereits und wir gaben ihnen einen ausführlichen Bericht.

»In Paimpont sind die Hexen und Hexer und die Loge immer gut miteinander ausgekommen«, sagte Maëlle nachdenklich. »Viele von uns haben früher für die Loge gearbeitet.«

»An uns soll es nicht liegen, wenn sich das ändert.« Ashs Miene war nachdenklich. »Dieser Dämon hat dich erwähnt«, wandte er sich dann an Aimée. »Du solltest dich vor ihm in Acht nehmen.«

Aimée ließ sich nur äußerst ungern sagen, was sie zu tun oder zu lassen hatte, noch weniger als Maëlle und ich. Dass Ash nicht daran gedacht hatte, zeigte, wie aufgewühlt er war.

»Was machen wir jetzt?«, fragte ich. »Welche Möglichkeiten gibt es sonst noch, ihn umzustimmen?«

»Ich werde die Kongregation über die Ergebnisse des Gesprächs informieren und dann müssen wir abwarten. Ich habe nicht damit gerechnet, dass Ezra Tocqueville so uneinsichtig ist, und auch nicht, dass dieser Dämon praktisch bei ihm wohnt.«

»Ich habe dich gewarnt«, sagte ich. »Aber du wolltest mir ja nicht glauben. Ezra lässt sich von niemandem etwas sagen. Er tut immer nur das, was er für richtig hält.«

Aimée sah bei diesem verbitterten Tonfall zu mir. »War er unhöflich zu dir?«

Ich schüttelte den Kopf. »Nein, gar nicht. Es ist alles in Ordnung, wirklich. Er hat Adelaise Beignets backen lassen.«

»Wollte er dich damit bestechen oder dir den Mund stopfen, damit du dich nicht einmischst?«, fragte Maëlle. Trotz des scherzhaften Tones entging niemandem die Wut in diesen Worten.

»Wir wollen uns die Loge nicht zum Feind machen«, sagte Aimée mit fester Stimme. »Ich kenne Ezra seit meiner Kindheit. Er hat Vianne gerettet. Er ist ein guter und verantwortungsbewusster Mann.«

»Für Macht und Reichtum sind schon ganz andere Menschen schwach geworden«, sagte Ash. »Es ist leicht, einer Versuchung zu widerstehen, wenn sie sich einem gar nicht bietet. Ihr kanntet Ezra vor zwei Jahren. Heute sind seine Lebensumstände völlig anders. Sein Vater ist tot, sein Bruder verschwunden und er ist Großmeister. Das solltet ihr nicht vergessen.« Und damit hatte er recht.

# 7. KAPITEL

Es war zwar noch früh, aber ich lief bereits die Rue de la Fée Morgane hinunter. Der Wächter, den Ezra zu unserem Schutz abgestellt hatte, saß schlafend in seinem Wagen, deswegen war ich allein unterwegs. Ich hatte es nicht übers Herz gebracht, den armen Kerl zu wecken. Schließlich war das hier Paimpont und ich hatte nicht vor, in den Wald zu laufen. Von Ezra selbst hatten wir seit vier Tagen nichts gesehen und nichts gehört. Eigentlich war ich erleichtert, aber so konnten wir unsere Aufgabe nicht erfüllen. Ich brauchte einen Grund, um ihn aufzusuchen. Leider fiel mir keiner ein. Maëlle ging ganz in der Pflege der Kranken auf und Aimée unterrichtete mehrere Junghexen in Runenkunde und Weissagung. Fast alle Ankömmlinge waren nur auf der Durchreise und zogen schnell weiter. Ich fühlte mich – vorsichtig ausgedrückt – nutzlos. In den letzten Tagen hatte ich unzählige Kerzen hergestellt. Die roten Kerzen hatte Aimée mit einem Liebes- und die grünen mit einem Wohlstandszauber aufgeladen. Es gab nur niemanden, der sie kaufte, aber so war ich wenigstens beschäftigt. Vielleicht sollte ich heute gelbe Kerzen herstellen. Ihre Magie stand für Erfolg, Glück und inneren Frieden. Alles davon konnte ich derzeit gut gebrauchen. Ich konnte natürlich auch zu Laurent ins Schloss fahren und mir von ihm das Bogenschießen beibringen lassen. Wenn ich dann zufällig Ezra begegnete, konnte ich vielleicht doch noch mal vernünftig mit ihm reden.

Der Himmel färbte sich orange und ich sog die frische Luft tief in meine Lungen. Ich mochte diese Morgenstunden sehr. Die Straßen waren wie erwartet menschenleer. Schon in Glastonbury war ich jeden Tag um diese Zeit gelaufen, seit ich kräftig genug gewesen war. Zuerst hatte ich nur ein paar Meter geschafft, mittlerweile rannte ich ohne Probleme mehrere Kilometer. Nur bei dieser gleichmäßigen körperlichen Betätigung konnte ich abschalten. Nur dann kamen meine Gedanken zur Ruhe. Eine Hexe bediente sich dafür normalerweise verschiedener Meditationstechniken, aber wenn ich es damit versuchte, wurde mir übel und alles begann sich zu drehen. Noch etwas, was bei mir nicht mehr funktionierte, auch wenn Maëlle behauptete, ich müsse nur meine Energieflüsse ins Gleichgewicht bringen. Wie auch immer ich das machen sollte. Ich beschleunigte das Tempo noch mal. Mein Körper war jahrelang so schwach gewesen, dass ich die Kraft meiner Muskeln jetzt genoss. Schweiß lief mir über das Gesicht. Die Wärme des Tages kündigte sich an. Ich beschloss, bei Adrien vorbeizulaufen und herauszufinden, ob er frisches Baguette oder sogar Croissants gebacken hatte. Dann konnte ich Frühstück für uns vorbereiten, bevor Ash und meine Schwestern aufstanden. Früher hatte es mehrere Cafés und Bäckereien im Dorf gegeben, aber die meisten Geschäfte waren inzwischen geschlossen und Bretter waren vor die Türen und Fenster genagelt. Glücklicherweise betraf das nicht Rosas Restaurant, und kurz darauf roch ich den Duft frisch gebackenen Brotes. Als ich am *Le Coq* anlangte, atmete ich ein paarmal tief durch, um meinen Puls zu beruhigen. Die Vordertür war noch verschlossen, also ging ich zum Hintereingang. Auf mein vorsichtiges Klopfen wurde mir geöffnet.

»Thérèse«, begrüßte ich das erstaunte Mädchen, das in der Tür erschien. Sie war die Junghexe, die Aimée im Laden besucht hatte. »Ich wusste nicht, dass du hier wohnst. Ist Adrien da?«

»Er schläft noch«, antwortete sie. »Willst du reinkommen? Ich muss nach den Baguettes sehen.«

»Gern. Ich dachte, ich könnte eins davon abstauben.«

Thérèse lachte. »Dafür backe ich sie ja. Gegen acht Uhr kommen die Wächter vom Schloss und holen das Brot ab. Sie bringen es den meisten Leuten direkt nach Hause, damit sie nicht extra herkommen müssen.«

Darum kümmerte Ezra sich also auch. »Wie viele Leute wohnen zurzeit in Paimpont?«, fragte ich und nahm dankbar ein Glas Wasser an.

»Das ändert sich ständig. Mal kommen welche dazu, mal gehen welche fort. Aber ich schätze, gerade sind es um die fünfhundert.« Sie öffnete den Ofen und holte mit einem Schieber geschickt fünf Baguettes heraus und legte sie zum Abkühlen in Körbe.

»Woher kommst du?« Mir lief bei dem Anblick das Wasser im Mund zusammen.

»Ursprünglich bin ich aus Marseille. Ich bin die einzige Magiebegabte meiner Familie. Wir wissen nicht, wo diese Gabe plötzlich herkam. Meine Eltern hätten sich evakuieren lassen können, aber sie wollten mich nicht alleinlassen. Sie hörten von der Loge und dass diese uns beschützen würde, also machten wir uns auf den Weg nach *Brocéliande.*«

»Und ihr habt es geschafft. Von Marseille bis hierher ist es ein langer Weg.«

»Ich schon.« Sie wich meinem Blick aus. »Meine Eltern starben unterwegs. Meine Mutter bekam Fieber und mein Vater wurde von Dämonen geholt.« Sie schob neue Teiglinge in den Ofen.

»Das tut mir leid«, sagte ich leise.

Unauffällig wischte sie sich über die Augen. »Laurent fand mich nicht weit von hier entfernt. Ich hatte keine Ahnung, wo ich war, und hatte mich einfach in einen Straßengraben gelegt. Ich konnte nicht mehr. Er brachte mich zu Rosa und sie pflegte mich gesund. Seitdem bin ich hier.«

Jemand polterte im Gastraum die Treppe hinunter und die Tür wurde aufgestoßen. »Vianne«, begrüßte Adrien mich. »Weshalb bist du um diese Zeit schon draußen unterwegs? Hast du kein Bett?«

Ich lachte. »Doch, ein sehr gemütliches sogar.«

»Warum bleibst du dann nicht darin liegen? Wenn ich nicht aufstehen müsste, würde ich es auch nicht tun.«

»Der Duft eures frischen Baguettes hat mich angelockt.«

Adrien ging zu den fertigen Broten und drückte leicht in die Kruste. »Sie sind perfekt«, wandte er sich an Thérèse, die hellrosa anlief.

»Danke schön. Ich bin fast fertig.«

»Du solltest mich wecken«, sagte er sanft. »Du musst das nicht allein tun.«

»Du hast gestern Abend noch ewig in der Küche gestanden. Dass Brot zu backen, ist das Mindeste, was ich tun kann.«

»Was hast du nachts hier so lange gemacht?«, fragte ich neugierig. »Wieder ein Begrüßungsfest?«

»Nein. Die Wächter haben einen Hirsch gebracht, den ich ausnehmen musste. Jetzt haben wir für eine Weile frisches Fleisch. Magst du ein oder zwei Baguettes?«

»Eins reicht. Was bekommst du dafür?«

»Nichts. Wir sind hier alle füreinander da. Falls Maëlle noch diese Salbe gegen Verbrennungen herstellt, wäre ich ein dankbarer Abnehmer.« Er griff so schnell nach Thérèses Hand, dass diese sie ihm nicht entziehen konnte. »Sie verbrennt sich fast jeden Tag.«

Thérèse ballte die Hand zu einer Faust, aber ich sah die Wunden trotzdem. »Es tut nicht weh«, behauptete sie.

»Das tut es wohl.« Er betrachtete sie liebevoll. »Wir haben jede Menge Hexen hier, aber keine bekommt anständige Medizin zustande. Ich bin froh, dass ihr zurück seid. Einige von den Leuten hier sind sehr krank. Grand-mère schafft es nicht, sich um alle zu kümmern.«

»Warum habt ihr nicht gleich am ersten Abend etwas gesagt? Maëlle hat es eher nebenbei mitbekommen, dass Rosa Hilfe braucht.«

»Wir wussten nicht, weshalb ihr zurückgekommen seid, und es hätte sein können, dass ihr gleich wieder verschwindet.«

Ich stemmte die Hände in die Seiten. »Du kennst meine Schwestern und mich schon seit einer Ewigkeit. Hast du gedacht, wir kommen nur kurz her und hauen gleich wieder ab?«

Zu seinem Glück breitete sich Verlegenheit auf seinem Gesicht aus. »Wir wussten nicht … zwei Jahre sind eine lange Zeit. Menschen verändern sich.«

»Den Eindruck habe ich allerdings auch.« Verärgert wollte ich ihm das Brot abnehmen.

Er hielt es weiter fest. »Es tut mir leid, Vianne. War nicht so gemeint. Die Zeiten sind schwierig.«

»Ich weiß«, gab ich versöhnlich zurück. »Wir gehen nicht wieder weg. Nicht, wenn es nicht notwendig ist.«

»Hast du dich mit Ezra ausgesprochen?«

Konnte man unser Gespräch als Aussprache bezeichnen? Ich wusste es nicht genau. »Ja«, behauptete ich trotzdem.

Er betrachtete mich aufmerksam und wartete vermutlich auf weitere Ausführungen. Aber ich war nicht mehr so mitteilungsbedürftig wie früher. Meine Gefühle gingen nur mich etwas an. Im Gegensatz zu damals war ich heute verschlossen wie eine Auster.

»Bist du sicher?« Sein Blick wurde skeptisch.

»Natürlich.« Ich musste raus, bevor er mich ins Verhör nahm. »Habt einen schönen Tag«, wünschte ich den beiden.

»Du auch.« Thérèse hob zum Abschied die Hand und ich ging.

Draußen verfiel ich in einen leichten Trab. Mein Magen knurrte bei dem Duft des Brotes. Hatten wir dieses Misstrauen verdient? Wahrscheinlich. Die Magiebegabten hatten im Land bleiben müssen, um gegen die Dämonen zu kämpfen. Dass meine Schwestern und ich hatten ausreisen können, war ein Privileg gewesen, und es hatte vermutlich noch viel mehr Leute gegen uns aufgebracht als nur Adrien, der ein Freund war. Darüber hatte ich bisher nie nachgedacht. Die Menschen wussten nicht, weshalb wir heimgekommen waren. Sie wussten nur, dass wir mit der Kongregation gemeinsame Sache machten, und auf diese waren sie aus den verschiedensten Gründen nicht gut zu sprechen. Solche Grabenkämpfe konnten heute tödlich sein. Hinter mir erklang ein Geräusch. Die Sonne stand noch nicht sonderlich hoch. Erst später würde sie die Schatten zwischen den Häusern vertreiben. Offenbar war ich nicht die einzige Frühaufsteherin. Jetzt ertönte ein Schaben. Ich wandte den Kopf um, aber es waren nur trockene Blätter vom Vorjahr, die vom Wind über das Kopfsteinpflaster getrieben wurden. Dennoch fasste ich das Baguette fester und rannte schneller. Morgen würde ich den Wächter wecken und bitten, mich zu begleiten. Ich durfte nicht unvorsichtig sein. Ich umrundete eine Wasserlache und wunderte mich kurz darüber, weil es letzte Nacht nicht geregnet hatte. Nur noch ein Stück, und ich war ich aus dem Dorfkern raus und dann waren es nur noch ein paar hundert Meter bis zum Haus. Es wurde dunkler, als sich eine Wolke vor die gerade aufgehende Sonne schob. Unwillkürlich musste ich an den Kraken denken und was der Kapitän gesagt hatte. Er käme nicht heraus, wenn es zu hell war. Das traf auf viele Dämonen zu, auch wenn sie Licht nicht unbedingt scheuten. Es verbrannte sie nicht, wie es angeblich bei Vampiren der Fall war. Auch diese Legenden waren im dunklen Zeitalter begründet worden. Es gab durchaus Dämonen, die Menschen in ihresgleichen verwandeln konnten. Ich schluckte bei der Vorstellung und wischte mir den Schweiß von der Stirn, der mir in die Augen zu laufen drohte. Aufmerksam musterte ich jede Nische, während ich daran vorbeilief. Ein

Zischen ertönte und dann schoss ein Schatten auf mich zu. Er war so schnell, dass ich keine Zeit hatte, noch auszuweichen. Er rammte mich. Ich schrie vor Schreck auf, verlor das Brot, schlidderte über das Kopfsteinpflaster und schlug mit dem Hinterkopf auf. Ein kreischender Laut ertönte, ansonsten war es gespenstig still. Mühsam stützte ich mich auf die Unterarme und versuchte, den Blick zu fokussieren. Jede Stelle meines Körpers schmerzte und meine Handflächen brannten. Gestank wehte mir in die Nase, als ich in vier rot glühende Augen blickte. Ich robbte zurück, um Abstand zwischen mich und den Dämon zu bringen. Er musste sich sehr sicher sein, dass ich nicht entkommen würde, denn er ließ sich mit einem weiteren Angriff Zeit. Er hatte den Körper einer riesigen Katze, aber trotz der vier Augen und zotteligen Haare, die um seinen Kopf herumhingen, ein fast menschliches Gesicht. Der Rest des Körpers wirkte grau und ledrig. Spitze Krallen klackerten über das Pflaster, als er auf mich zukam. Angst und Panik lähmten mich bei der Erinnerung an den Angriff der Sylphe für einen Augenblick. Ihre Augen hatten nicht geglüht, sondern waren eher wässrig gewesen. Das Vieh vor mir fletschte seine Zähne. Zwei spitze bräunliche Zahnreihen blitzen mich an und ein ekelhafter Gestank von verwesendem Fleisch traf mich. Und dann brandete Wut durch mich hindurch. Ich hatte es einem Dämon zu verdanken, dass ich keine Hexe mehr war und ich würde keinem zweiten erlauben, mich endgültig zu töten. Ein heftiger, kalter Windstoß fuhr durch die Straße. Der Dämon stemmte sich dagegen. Ich hatte keine Ahnung, wo der Wind herkam. Bis gerade hatte nur eine eher laue Brise geweht. Der Schweiß auf meiner Haut vereiste.

Er würde mich nicht kriegen. Ich war keine fünfzehn mehr und gut trainiert. Jedenfalls im Weglaufen. Ruckartig hob ich ein Bein und trat dem Untier fest gegen seinen Schädel. Es jaulte auf. Ich sprang auf und wirbelte herum. Das Vieh kreischte auf, überrascht von meinem Fluchtversuch, und dann erklang der gleichmäßige Aufprall seiner Pfoten hinter mir. Dämonen waren ausdauernde Jäger, aber ich würde es ihm nicht leicht machen. Ich rannte durch zwei weitere Straßen. Aus den Augenwinkeln sah ich, wie sich in den Häusern Gardinen bewegten. Fenster wurden zugeschlagen und ein Mann rannte aus dem Vorgarten in sein Haus zurück. Warum half mir niemand? In irgendeinem der Häuser mussten Magiebegabte leben. Bekamen die alle nicht mit, was hier draußen vor sich ging? Ich erreichte keuchend die Hauptstraße. Nach Hause waren es nur ein paar hundert Meter, aber was, wenn meine Schwestern und Ash noch schliefen? Bis zum Schloss hingegen waren es mehrere Kilometer. Das würde ich niemals schaffen. Mist, Mist, Mist. Ezra hatte behauptet, Paimpont sei sicher. Für diese Aussage sollte ich ihm den Kopf abreißen, falls ich ihn noch mal sah. Was nicht der Fall sein würde. Der Lärm der Pfoten klang jetzt viel näher. Das Vieh kreischte triumphierend. Es freute sich offenbar schon auf seine nächste Mahlzeit. Ich rannte schneller. Ein sirrendes Geräusch – gefolgt von einem dumpfen Aufprall und einem Röcheln – brachte mich aus dem Takt. Ich stolperte und fing mich nur im letzten Augenblick, bevor ich wieder auf das Pflaster knallte. Das Röcheln erstarb und es klang so gruselig, dass ich einen Blick zurück über die Schulter warf. Was ich sah, ließ mich mitten im Lauf stoppen. Ein Kopf rollte über die Straße. Verfilztes graues

Haar wickelte sich um das gruselige Gesicht. Der Rest des Körpers lag zu Calebs Füßen, der in aller Seelenruhe sein Schwert mit einem blütenweißen Taschentuch abwischte und es dann in die Halterung schob, die an seinem Rücken versteckt war.

»Schöner Morgen zum Joggen«, sagte er gleichmütig und musterte mich. Ich rang nach Atem. Meine Hose war zerrissen, meine Knie und Handflächen aufgeschürft. Nichts, was Maëlle nicht reparieren konnte.

»Finde ich auch«, schnaufte ich und stützte die Hände auf den Knien ab. »Vor allem begegnet man um diese Uhrzeit so netten Zeitgenossen.«

Caleb lachte leise. »Ist das ein Kompliment?«

»Ich meinte nicht dich.« Ich richtete mich auf und sah ihn unschlüssig an. Immerhin war auch er ein Dämon. Sein ansehnliches Äußeres durfte darüber nicht hinwegtäuschen, aber es fiel mir schwer, ihn derselben Spezies zuzuordnen wie das tote Untier auf dem Pflaster.

»Ich höre da leichtes Misstrauen aus deinen Worten heraus. Das gefällt mir nicht. Ich bin wirklich sehr nett.«

Jetzt musste ich schmunzeln, weil er das letzte Wort sehr überzeugend hervorgebracht hatte. Er lächelte frech und auch ein bisschen erleichtert. Vermutlich hatte er mit einem hysterischen Anfall gerechnet. Dass dieser ausblieb, verwunderte mich selbst.

»Darf ich dich nach Hause begleiten?« Mit dem Fuß berührte er den leblosen Körper und schob ihn zur Seite. Hinter ihm tauchte ein Mann auf, den ich aufgrund seiner Kleidung als Wächter der Loge identifizierte. »Schaff das weg. Bevor jemand darüber stolpert«, befahl Caleb ihm.

Der Wächter nickte mir zu und reichte Caleb das Baguette, das ich bei meiner Flucht verloren hatte. Bis auf ein bisschen Staub war es unversehrt.

»Ist das euer Frühstück?« Caleb kam zu mir, als ich nickte, und hielt mir seinen Arm hin, als wolle er einen Nachmittagsspaziergang unternehmen. »Lass uns gehen, wir wollen ja nicht, dass deine entzückenden Schwestern verhungern.«

Ich sollte Angst vor ihm haben. Aber er hatte mir gerade das Leben gerettet und Ezra vertraute ihm. Das war nur leider kein besonders guter Grund, es auch zu tun.

»Lieber nicht«, murmelte ich mit schwankender Stimme. »Ich bin ganz verschwitzt.«

»Der Schweiß einer hübschen Frau macht mir nichts aus.« Er lächelte mich an und gegen meinen Willen – und obwohl ich gerade das zweite Mal in meinem Leben direkt von einem Dämon angegriffen worden war – lächelte ich zurück. Vorsichtig schob ich meinen Arm unter seinen. Es war bitter nötig, denn jetzt fing ich an zu zittern.

Nebeneinander liefen wir durch die Straßen zu unserem Haus. »Das war etwas knapp«, sagte er nach einer Weile. »Du scheinst eine seltsame Anziehungskraft auf meine Artgenossen auszuüben.«

»Etwas, worauf ich verzichten könnte. Ezra hat behauptet, der Ort sei sicher.«

»Grundsätzlich ist das auch der Fall. Was nicht bedeutet, dass du nicht vorsichtig sein musst. Ab und zu schlüpft doch einer durch. Sieh nur mich an.« Er grinste. »Wo ist der Wächter, den Ezra euch zugeteilt hat?«

»Vor unserem Haus«, gab ich zu. »Er war eingeschlafen und ich wollte ihn nicht wecken, schließlich hat er die ganze Nacht aufgepasst.«

»Na, in seiner Haut will ich nicht stecken. Vermutlich lässt Ezra ihn den Rest der Woche die Toiletten im Château putzen. Er kann furchtbar streng sein. Manchmal ist er schlimmer als mein Bruder und der ist wirklich …« Er setzte eine Leidensmiene auf. »Ich hatte echt eine schreckliche Kindheit. Aarvand konnte immer alles besser, war klüger und stärker und er war und ist leider völlig humorlos.«

»Ich glaube dir kein Wort. Nimmst du eigentlich irgendwas ernst?«

Er legte den Kopf schief. »Nicht, wenn es sich vermeiden lässt.«

»Dachte ich mir fast. Ich kann übrigens wieder allein laufen. Ich weiß nicht, was Aimée und Maelle davon halten, wenn ich mit einem Dämon im Schlepptau zu Hause aufkreuze.« Doch als ich mich von ihm lösen wollte, hielt er mich sanft fest.

»Vor mir müsst ihr euch nicht fürchten, Vianne. Ich würde dir kein Haar krümmen und wenn doch, dann würde Ezra mich aufschlitzen. Darauf will ich es lieber nicht ankommen lassen.«

»Das würde er nicht tun. Du bist sein Verbündeter, wofür auch immer. Ich bin nur …«

»Er würde es tun«, unterbrach Caleb mich und tätschelte meine Hand. »Und er würde keine Sekunde zögern.«

Wenn er meinte. Ich stritt mich ganz sicher nicht mit einem Dämon. Nicht mal mit einem, der mir das Leben gerettet hatte. Ezra würde wegen mir sein Bündnis nicht aufs Spiel setzen. Immerhin war er jetzt der Großmeister der Loge und da musste man Prioritäten setzen. »Was für ein Wesen war das?«, fragte ich Caleb. »Und wo kamst du so plötzlich her?«

»Das war eine Vanth«, erklärte er ruhig. »Und keine besonders gut ausgebildete Spionin, wenn du mich fragst. Eine bessere Kämpferin hätte dich mit dem ersten Sprung erwischt.«

»Gut zu wissen«, entgegnete ich trocken. »Also, was hast du hier gemacht? Wolltest du auch Brot von Adrien abholen?«

Er lachte ein melodisches und leicht heiseres Lachen. Ich sah zu ihm auf. Er sah einfach unverschämt gut aus – auf diese richtig schöne Art. Alles an ihm war ebenmäßig. Wie hatte ich nur eine Sekunde glauben können, dass er ein Mensch war?

»Ich bin zufällig hier spazieren gegangen. Ich schlafe an Land nicht besonders gut.«

»Wie meinst du das?«

»Coralis liegt zum Teil unter Wasser. Viele Bewohner unseres Fürstentums sind Wasserdämonen«, erklärte er.

»Bist du in deiner Dämonengestalt ein Kelpie oder so was?« Ich erinnerte mich an das Feuer in seinen Augen und die flammenden Mähnen der Wasserpferde, denen wir auf unserer Herreise ausgewichen waren.

»Etwas Ähnliches«, erwiderte er ausweichend, bevor er sich leicht zu mir beugte. Seine Augen glitzerten. »Ich bin noch etwas cooler, aber verrate es niemandem.« Seine Worte brachten mich zum Lachen und er schmunzelte zufrieden.

»Und weil du nicht schlafen kannst, trägst du in aller Herrgottsfrühe dein Schwert spazieren?«

»Ab und zu tue ich das, ja. Es ist sehr erfrischend. Für mich und mein Schwert.«

Offenbar funktionierte mein Überlebensinstinkt nicht richtig. Im Gegenteil. An Calebs Seite fühlte ich mich sicher, was unvernünftig war. Gemächlich schlenderten wir weiter. Ash würde über meine Begleitung auch nicht begeistert sein. Ein Mann mit einem Pferdefuhrwerk kam uns entgegen. Er grüßte Caleb und nickte mir zu.

»Pierre.« Caleb hob die Hand. »Dein Sohn hat sich gestern beim Training sehr gut gemacht.«

»Ich weiß«, brummte der Mann. »Er will jetzt nicht mehr auf dem Feld arbeiten, sondern lieber kämpfen.«

»Ich bitte Ezra, dir ein paar Jungs zu schicken. Sie können alle ein bisschen mit zupacken«, bot Caleb an.

»Könnte helfen. Wir werden eine gute Ernte haben.«

Ich fragte mich, ob der Mann wusste, was Caleb war. Vermutlich schon.

»Was genau sind Vanths?«, fragte ich, als das Fuhrwerk seinen Weg fortsetzte. Ich hatte ungefähr eine Million Fragen und Caleb war gesprächiger als Ezra.

»Keine besonders liebenswürdigen Zeitgenossen. Du solltest ihnen besser aus dem Weg gehen.«

»Ist ja nicht so, als hätte ich mich ihr vor die Füße geworfen«, erwiderte ich genervt. »Wie hat sie es durch die Quelle geschafft?«

»Schwer zu sagen. Die Quelle auf Kerys' Seite liegt auf dem Territorium von Coralis. Mein Bruder lässt sie streng bewachen, aber jeden Dämon können wir nicht aufhalten und wir wollen es auch nicht. Regulus schickt seine Spione her und er soll keinen Verdacht schöpfen, dass Coralis mit der Loge verhandelt. Und das würde er, wenn keiner seiner Spione zurückkehrt. Leider weiß ich nicht, wie lange wir das noch geheim halten können. Du hättest fortbleiben sollen. Jetzt hat Ezra noch eine Sorge mehr.«

»Er braucht sich nicht um mich zu sorgen.« Eine lächerliche Behauptung, wenn man bedachte, was gerade geschehen war.

»Er tut es trotzdem. Es ist nicht leicht für ihn.« Es klang vorwurfsvoll.

»Ich wollte nicht zurückkommen«, sagte ich. »Aber die Kongregation hat darauf bestanden. Jetzt bin ich froh darüber. Das hier ist unser Zuhause.«

»Das verstehe ich sogar, ich vermisse Coralis auch.«

»Wie ist es dort?«, fragte ich. In meinen wildesten Träumen hätte ich nicht gedacht, ein Dämon könnte so menschlich sein wie Caleb. Das hatte man uns nie gesagt. Wusste die Kongregation das? Waren Michael Galkin oder Sophia Chadwick je einem Dämon in menschlicher Gestalt begegnet?

»Es ist wunderschön«, beantwortete Caleb meine Frage. »Versteh mich nicht falsch, dieser Wald hier ist ja ganz nett, aber das Meer ... Nichts kann es damit aufnehmen und der Ozean, der Kerys umgibt, ist längst nicht so schmutzig wie eurer. Unser Wasser ist azurblau. Du kannst jedes Haus am Meeresgrund ohne Schwierigkeiten erkennen.«

»Aber all der eklige Tang und die spitzen Muscheln«, zog ich ihn auf. Seine Begeisterung war wirklich süß. »Ich bevorzuge weiches Moos unter meinen Füßen und den Duft von Erde. Wasser riecht doch nach nichts.«

Ein aufgebrachtes Schnauben erklang. »Du hast ja keine Ahnung. Vielleicht nehme ich dich irgendwann einmal mit ...« Er stoppte und schüttelte den Kopf. »Das wird wohl nicht gehen.«

»Nein, vermutlich nicht. Stimmt es, dass in Kerys' Flüssen und Bächen flüssiges Silber fließt und die Gebirge aus Edelsteinen bestehen? Es wird erzählt, dass auf den Kuppen der Berge Feuer aus purem Gold brennen und die Bäume aus Samarium sind. Waffen aus Samarium sollen unzerbrechlich sein und deren Träger unbesiegbar.«

Caleb zog amüsiert die Augenbrauen hoch. »Klar, und aus unseren Brunnen sprudeln Milch und Honig und jedem Mann steht ein Dutzend Jungfrauen zu Diensten.«

Röte kroch mir den Hals hinauf. »Ist das alles Quatsch?«

»Vielleicht nicht alles, aber ein bisschen übertrieben ist es schon. Bäche aus Silber? Wie sollte man darin schwimmen können?«

»Keine Ahnung. Wenn du das nicht kannst, bist du wohl doch nicht so toll und unvergleichlich, wie ich dachte.«

Caleb schüttelte den Kopf. »Und du bist frech und kein bisschen so sanft, wie Ezra dich beschrieben hat.«

»Er hat dir gesagt, ich sei sanft?«, fragte ich entrüstet. »Sanft?« Calebs Haut unter meinen Fingern verflüssigte sich und wurde zu Wasser. Ihn schien das nicht im Mindesten zu schockieren, jedenfalls nicht so sehr wie mich.

»Guck mal einer an«, sagte er nur. »Das ist ja wohl das Gegenteil von sanft. Du hast Krallen, Kätzchen.«

Ich riss meinen Arm weg. »Sanft!«, stieß ich noch mal hervor. »Und was noch? Fügsam vielleicht? Leicht zu beeinflussen? Naiv?«

»Nö.« Calebs Grinsen wurde immer breiter. »Nur sanft. Ich glaube, er hat es nett gemeint.«

Ich stampfte auf unsere Gartenpforte zu und sie schwang ohne einen Befehl von mir auf.

»Da erwartet dich wohl jemand«, meinte Caleb weiterhin amüsiert. »Bittest du mich noch mit hinein? Ich würde dich gern sicher bei deinen Schwestern abliefern.«

»Sie werden nicht erfreut sein und wir sollten diese Begegnung lieber nicht an die große Glocke hängen.«

Sanft?! Ich glaubte es nicht.

»Vianne!«, erscholl da schon von der Haustür aus Aimées Stimme. »Was schleppst du da an?«

»Über sie hat er behauptet, sie sei liebenswürdig. Der Großmeister muss dringend an seiner Menschenkenntnis arbeiten«, flüsterte Caleb, ließ sich aber von Aimées unfreundlichem Tonfall nicht vertreiben. Im Gegenteil. Wie von einem Seil gezogen, lief er mit drei Schritten die Treppe nach oben und deutete eine kleine Verbeugung an. »Guten Morgen«, begrüßte er sie. »Ich freue mich, dich wiederzusehen.«

»Das beruht nicht auf Gegenseitigkeit«, kam es frostig von Aimée. »Ist das Blut auf deinem T-Shirt?«, fragte sie mich erschrocken. »Hat er dich verletzt? Und was ist mit deiner Hose passiert?« Sie hob Zeige- und Mittelfinger ihrer rechten Hand. »*Protecto Portus.*«

Damit versperrte sie unsere Tür und Caleb blieb wie angewurzelt stehen.

Blut? Ich blickte an mir herunter. Die paar Flecken hatte ich gar nicht bemerkt.

»Hat er nicht. Im Gegenteil. Caleb hat mir geholfen. Ich war in ziemlichen Schwierigkeiten.«

Aimée wandte sich ihm wieder zu. »Natürlich. Ich schätze, wo du auftauchst, gerät immer jemand in Schwierigkeiten.«

Mordlust stand in ihren Augen, aber Caleb zuckte nicht einen Millimeter zurück. Er war äußerst unerschrocken. Stattdessen schob er ihre Finger vorsichtig zur Seite.

»Sie wurde von einer Vanth angegriffen«, klärte er sie auf. »Weshalb kann sie sich nicht verteidigen?« Zum ersten Mal klang er nicht amüsiert, sondern vorwurfsvoll. Damit war er bei Aimée an der falschen Adresse.

»Es geht dich zwar nichts an, aber das Dämonenfieber hat ihre Magie vernichtet«, giftete sie. »Sie kann sich nicht mehr verteidigen.«

Er ließ sich nicht aus der Ruhe bringen. »Das weiß ich. Dann sollte sie andere Techniken beherrschen. Eine Waffe wäre nicht schlecht. Ich kann schließlich auch nicht zaubern und trotzdem habe ich die Vanth zur Strecke gebracht. Vianne muss trainieren und lernen, wie man kämpft. Dein Hexer ist doch sicher in der Lage, dir ein paar Grundlagen beizubringen«, wandte er sich jetzt an mich. »Oder schleppt er das Athame nur zur Zierde mit sich herum?«

»Er ist nicht mein Hexer und Ash hasst jede Art von Gewalt.«

Calebs Augenbrauen schossen in die Höhe. »Ein pazifistischer Hexer. Dass ich das noch erlebe. Dir wird diese Einstellung gegen Regulus nicht viel nützen.«

»Hat dir schon mal jemand gesagt, dass du ein unerträglicher Besserwisser bist?«

»Aber natürlich. Das höre ich ständig. Das nächste Mal kann ich die Vanth aber gern zu einem Kaffeekränzchen einladen.« Er deutete auf das Brot in meiner Hand. »Verpflegung hattest du ja dabei.«

Ich stampfte kopfschüttelnd ins Haus. »Blödmann.«

Sein Lachen folgte mir bis in die Küche. Er hatte ja recht. Ich konnte mich nicht immer nur auf meine Schwestern verlassen. Ein paar Übungsstunden würden nicht schaden. Bogenschießen, Fechten, Messerwerfen. Sobald ich meine Magie zurückhatte, konnte ich ja mit dem Quatsch wieder aufhören, aber bis dahin wäre ich nicht mehr ganz so schutzlos. Nachdenklich lehnte ich mich an unseren Esstisch. Nicht mal bedankt hatte ich mich bei Caleb. Aimée würde ihn nie reinlassen.

»Darf ich mir die Hände waschen?«, hörte ich ihn sie fragen.

Aus den Tiefen des Hauses erklang ein leises Pfeifen. Auf unsere Vorfahrinnen war echt Verlass. Kaum traute sich ein attraktives männliches Wesen in unsere Nähe, kamen sie aus ihren Löchern.

»Sie sind voller Blut und der Kampf hat mich durstig gemacht.« Seine Stimme glich dem sanften Schnurren eines Tigers.

»Ich kann dir ein Glas Zitronenlimonade anbieten«, hörte ich Aimées Antwort. »Aber sie ist sehr sauer.«

»Natürlich.« Caleb war nun eindeutig belustigt über ihre Feindseligkeit. »Etwas Süßes habe ich in diesem Haus auch nicht erwartet.«

Ich schüttelte ungläubig den Kopf und lief die Treppe hoch, bevor ich Aimées Erwiderung hörte. Ich brauchte dringend eine Dusche und frische Sachen. Nachher musste Maëlle meine Handflächen verarzten. Aimée kam mit Caleb allein zurecht, aber ich würde mich trotzdem beeilen. Sicher war sicher.

Rasch schrubbte ich mir den Schweiß und die Blutspritzer vom Körper, schlüpfte in eine Yogahose und ein zu großes T-Shirt und ging wieder hinunter. Ich rechnete nicht ernsthaft damit, dass Caleb noch da war, aber als ich in die Küche kam, saß er seelenruhig an unserem Tisch und nippte an einem Glas Zitronenlimonade. Dabei verzog er keine Miene, obwohl ich wetten würde, dass Aimée nicht mal ein Fitzelchen Zucker hineingetan hatte.

»Möchtest du etwas Baguette?«, fragte ich ihn. Mein Magen knurrte mittlerweile überlaut und irgendwer musste in diesem Haus ja die Fahne der Gastfreundschaft hochhalten.

»Er wollte gerade gehen«, kam es von Aimée, die an der Anrichte stand und Minzblätter zerhackte.

»Er hat mir das Leben gerettet, da ist ein Frühstück noch drin, finde ich.«

»Ich esse sehr gern mit euch«, sagte Caleb, »vielleicht kann ich etwas von der Marmelade bekommen, die da im Regal steht. Ich mag es gern süß und fruchtig.«

Von der Anrichte kam ein verächtliches Schnauben. Es war lächerlich, wie Aimée sich aufführte. Sie hatte ihm offensichtlich nicht verziehen, dass er bei ihrer ersten Begegnung versucht hatte, sie zu umgarnen, und noch viel weniger, dass sie auf ihn hereingefallen war.

»Such dir eine Sorte aus. Ich mache sie selbst«, erklärte sie zu meinem Entsetzen. Das würde sie nicht tun. »Früher waren meine Kreationen in der ganzen Umgebung berühmt. Jetzt habe ich nur ein paar Erdbeeren und Johannisbeeren gefunden.«

Die Marmeladen waren nicht nur berühmt, sondern auch berüchtigt gewesen. Und zwar, wegen ihrer speziellen Wirkung. Sie legte es wirklich darauf an, diesem Dämon eine Lektion zu erteilen.

»Wer hätte das gedacht. Sie macht auch noch Marmeladen«, murmelte Caleb. »Dann koste ich sie noch mal so gern. In Coralis bekommen wir nur sehr selten Früchte.«

Ich stellte fünf Teller auf den Tisch, weil ich Maëlle oben bereits herumlaufen hörte. Ash würde nicht begeistert von unserem Besuch sein. Kurz darauf kam Maëlle hereingetänzelt und bedachte Caleb mit einem kritischen Blick. Ich fragte mich, wie Ezra sie beschrieben hatte. Schlimmer als sanft und liebenswürdig konnte es wohl nicht sein. »Was tut er hier?«

»Er hat mir das Leben gerettet und frühstückt nun mit uns.«

»Nett.« Sie verschränkte die Arme vor der Brust. »Was frühstückt ein Dämon denn so? Blut oder frisches Fleisch?«

Caleb stand auf und schlenderte zu dem Regal. »Also ich bevorzuge Marmelade.«

Maëlle lachte und entspannte sich. »Da haben wir ja noch mal Glück gehabt.«

Ich legte Messer neben die Teller und Maëlle schnitt mehrere Scheiben des Baguettes ab und schichtete sie in einen Korb.

Caleb betrachtete unschlüssig die Auswahl. Aimée stampfte zu ihm, wählte zwei Gläser aus und drückte sie ihm in die Hand. »Sie sind alle ganz frisch. Ich habe sie gestern erst gemacht, damit die Früchte im Garten nicht verkommen.«

»Wie umsichtig von dir.« Seine Mundwinkel zuckten. »Wenn du mal Kinder hast, laufen die bestimmt immer mit gebügelten Hemden und gekämmten Haaren herum.«

Ich verkniff mir ein Auflachen. Damit lag er nicht ganz falsch. »Magst du Kaffee?«

»Sehr gern. Mit Milch und viel Zucker.« Er ging mit den Gläsern zurück zum Tisch und setzte sich wieder hin. »Ist euer Gast gar nicht da?«

»Ash ist vor einer halben Stunde für ein paar Tage nach Rennes gefahren«, sagte Maëlle. »Lawrence Mackenzie hat angerufen und ihn zu sich beordert.«

»Er hat euch schutzlos zurückgelassen?«, fragte Caleb verwundert.

Und er hatte sich weder von mir verabschiedet noch seine Reise mit mir besprochen. Merkwürdig. Es passte gar nicht zu Ash. Vielleicht hatte er mir eine Nachricht hinterlassen, die Aimée mir vor Caleb nicht geben wollte.

»Wir können uns sehr gut selbst verteidigen«, erklärte Aimée. Sie setzte sich ihm gegenüber.

»Das habe ich heute früh gesehen. War eine beeindruckende Vorstellung.« Er stützte die Arme auf den Tisch und beugte sich ihr entgegen. »Wie sieht eure Verteidigung denn normalerweise aus? Kannst du mir das erklären?«

»Als würde ich dir das verraten«, sagte sie. »Dann ist es doch gar keine Überraschung mehr, wenn du mich angreifst.«

»Darauf legst du es also an? Soll ich mich von hinten an dich heranschleichen?« Er grinste anzüglich, aber Aimée verdrehte nur die Augen.

»Iss deine Marmelade und dann verschwinde.«

Er verzichtete auf eine weitere Provokation, schraubte ein Glas auf und strich sich eine großzügige Menge der Erdbeermarmelade davon auf eine Brotscheibe. Ich hielt mich lieber an die Sorte mit den Johannisbeeren ohne spezielle Zusätze.

»Ich wäre vorsichtig damit«, bemerkte Maëlle in seine Richtung. »Da sind rote Pfefferkörner drin. Weißt du, wozu die gut sind?«

»Ich vermute, um mich scharfzumachen.«

Maëlle prustete so heftig los, dass sie ihren Kaffee über den Tisch spritzte.

»Dafür brauche ich keinen Pfeffer. Ich bin immer scharf«, erklärte er großspurig.

»Etwas anderes habe ich auch nicht erwartet«, kam es verkniffen von Aimée. »Hält Ezra die Mädchen im Château hinter Schloss und Riegel?«

»Das muss er gar nicht, weil ich mich für diese Mädchen nicht interessiere.«

»Erzähl uns lieber noch etwas von Coralis«, sagte ich in dem stillen Versuch, die Spannung zu vertreiben und die beiden irgendwie voneinander abzulenken.

»Ja genau«, mischte sich Aimée wieder ein. »Wie ist es da so und wem gehst du dort auf die Nerven?«

Sie benahm sich äußerst ungewöhnlich.

»Meinem Bruder natürlich. Er ist genauso leicht reizbar wie du. Ihr würdet gut zusammenpassen.«

Aimée schnaubte und Maëlle und ich wechselten einen Blick, bevor wir uns wieder unserem Frühstück widmeten. Die beiden konnte man nicht voneinander ablenken.

»Unser Palast besteht aus Glas, er steht am Ufer des Meeres und er ist wunderschön«, erzählte Caleb. »Wie ich schon zu

Vianne sagte, eines Tages würde ich euch gern einladen.« Er sah dabei nicht mich, sondern Aimées gesenkten Kopf an. »Es würde euch gefallen.«

»Unserer Erfahrung nach treibt sich im Wasser noch mehr Gesindel herum als an Land«, kam ihre nicht sehr feinfühlige Antwort.

»Gesindel gibt es überall«, murmelte er, während er interessiert das Etikett eines der Gläser betrachtete. »Das solltest du eigentlich wissen.«

»Das weiß ich sogar recht gut.«

Jemand hämmerte lautstark gegen unsere Eingangstür.

Caleb verdrehte die Augen. »Er traut mir wirklich gar nichts zu.«

Ein ungutes Gefühl bemächtigte sich meiner. »Wer ist das?«, fragte ich, obwohl ich es längst wusste.

»Wer wohl? Mister Pass-auf-sie-auf-sonst-bringe-ich-dich-um.« Caleb biss von seinem Brot ab und schloss genüsslich kauend die Augen. »Ich lasse mir diesen perfekten Morgen nicht von ihm verderben.«

»Du hast gerade ein Monster abgeschlachtet. Meine Vorstellung eines perfekten Morgens sieht anders aus«, kam es schneidend von Aimée.

»Und wie, wenn ich fragen darf? Wenn diese Vorstellung etwas mit einem Bett und Pfefferkörnern zu tun hat, bin ich gern dabei.«

Aimées Gesicht lief knallrot an. Maëlle lachte schallend, aber leider übertönte es das Klopfen nicht.

»Ezra hat dich damit beauftragt, auf mich aufzupassen? Zusätzlich zu dem Wächter?« Ich stand so heftig auf, dass mein

Stuhl umkippte. »Ihr bleibt hier«, befahl ich meinen Schwestern. »Das kläre ich allein mit ihm. Ich werde ihm zeigen, wie sanft ich bin, wenn er glaubt, mich immer noch bevormunden zu können.«

»Äh … Vianne«, hielt Maëlle mich zurück.

»Was?«, herrschte ich sie an. Sie würde mich nicht davon abhalten, ihm gehörig die Meinung zu sagen.

»Du hast da Marmelade im Mundwinkel. Wenn du nicht willst, dass er sie dir ableckt, würde ich vorher etwas dagegen unternehmen.«

»Sehr witzig.« Ich schoss einen ärgerlichen Blick auf sie ab. Caleb lachte brummend. Plötzlich bildeten die drei am Tisch eine merkwürdige Einheit. Mit dem Handrücken wischte ich über meinen Mund und stapfte zur Tür.

Das Hämmern hörte nicht auf. Ich riss die Tür auf und da stand Ezra vor mir. Ein äußerst derangierter Ezra. Mit dem strubbeligen Haar und dem zerknitterten Hemd sah er aus wie jemand, der gerade aus einem Bett gekrochen war. Normalerweise war er immer sehr beherrscht und darum bemüht, keine Gefühle zu zeigen, aber diese Eigenschaften schienen ihm heute früh abhandengekommen zu sein. »Willst du unsere Tür einschlagen?«

Er packte mich an den Oberarmen und drängte mich ins Haus. Sein Blick glitt so aufmerksam über meinen Körper, dass meine Haut sofort anfing zu prickeln. »Meine Männer haben mir den Rumpf und den Kopf einer Vanth ins Haus geschleppt. Sie haben behauptet, sie hätte dich angegriffen.«

Ich versuchte, so gleichmütig wie möglich mit den Schultern zu zucken. »Hat sie auch.«

»Und du bist nicht verletzt?« Er sah aus, als wäre kurz davor, mich einmal im Kreis zu drehen, um auch meine Rückseite zu inspizieren.

»Nein, nur mein Stolz. Aber das ist ja nichts Neues.«

Ezra runzelte über die Bemerkung die Stirn und fuhr sich mit einer Hand durchs Haar. Jetzt war es noch mehr in Unordnung geraten.

»Ich bin vor ihr weggelaufen, auf dem Hintern gelandet, hab mir die Hände aufgeschrammt und dann hat Caleb ihr den Kopf abgeschlagen. War keine große Sache für ihn«, setzte ich erklärend hinzu.

Endlich beruhigte er sich. Seine Mundwinkel zuckten sogar ein kleines bisschen, aber er erlaubte sich natürlich nicht, richtig zu lächeln. Stattdessen nahm er meine Hände in seine und drehte sie um.

»Sind nur ein paar Kratzer.« Ich entzog sie ihm wieder. Mich anzufassen, war eine sehr schlechte Idee. »Warum hast du ausgerechnet ihn beauftragt, auch noch auf mich aufzupassen?«

»Weil er der geeignetste Mann für diesen Job ist.«

»Du hättest mich vorher um Erlaubnis fragen müssen, ob mir das recht ist.«

»Du hättest Nein gesagt.«

»Natürlich hätte ich Nein gesagt. Hör damit auf, dich um mein Wohl zu sorgen. Es geht dich nichts an.«

»Doch, das tut es. Ich bin der Großmeister der Loge und damit ist es meine Aufgabe, die Menschen vor den Dämonen zu schützen.« Er verschränkte die Arme vor der Brust. »Also auch dich.«

»Hat etwa jeder hier im Ort seinen privaten Wächter?«

»Natürlich nicht.«

»Ich werde die Kongregation bitten, mir Wächter zuzuteilen. Danach kannst du deinen Mann vor dem Haus wieder abziehen.«

Ezra schnaubte verächtlich. »Wo ist dein Hexer denn heute gewesen?«

»Das geht dich auch nichts an, aber Ash ist nach Rennes zu Lawrence Mackenzie gefahren.«

»Du wirst im Morgengrauen nicht mehr allein joggen.«

Das hatte nun nichts mit der vorherigen Frage zu tun. Ich verdrehte die Augen. »Glaubst du, du bist in der Position, mir das zu verbieten? Ist dir dein Amt zu Kopf gestiegen?«

»Ja.« Er kam noch etwas näher. In der Küche war es verdächtig still geworden. Belauschten die drei unseren Streit etwa? »Du kannst es dir aussuchen, Vi. Entweder hörst du auf mit dem Unsinn oder ein Dutzend Wächter begleitet dich zukünftig.«

Ich schnaufte empört. »Kümmere dich doch einfach um deinen eigenen Mist. Ich bin keine siebzehn mehr. Du bist die Bürde los«, sagte ich und benutzte dabei die Worte, mit denen er mich vor zwei Jahren abserviert hatte.

Sein Blick veränderte sich schlagartig und fast könnte man meinen, er wurde blasser. »Ich hatte es nicht so gemeint«, stieß er hervor.

Nun verschränkte ich die Arme vor der Brust und reckte das Kinn.

»Das hat er zu ihr gesagt?«, drang Calebs leise Stimme zu uns. »Ernsthaft? Menschen«, setzte er nach einem Augenblick verächtlich hinzu.

»Du warst keine Bürde«, flüsterte Ezra, dem nun auch aufging, dass wir nicht allein waren. »Das habe ich nur behauptet, damit du gehst. Du warst hier nicht sicher und du warst sterbenskrank. Ich musste irgendwas sagen, damit du zur Vernunft kommst.«

Ich schnaubte. So verdammt lange hatte ich mir gewünscht, er würde die Worte zurücknehmen. Nun tat er es. Allerdings änderte es gar nichts mehr. »Wir waren Freunde«, sagte ich. »Du hättest mir auch sagen können, dass Aden verschwunden ist. Dann hätte ich verstanden, dass du bleiben musstest.«

Mit zusammengekniffenen Lippen drehte er sich kurz weg, bevor er mich wieder ansah. »Wenn du von Adens Verschwinden gewusst hättest, wärst du wahrscheinlich geblieben oder hättest irgendwie anders versucht, mir zu helfen.«

Das konnte ich nicht bestreiten.

»Sei einfach vorsichtiger«, fügte er hinzu, als ich nichts sagte. »Bitte.«

»Ich bin so vorsichtig, wie ich kann, aber ich lasse mich nicht einsperren. Ich war zu lange an ein Bett gefesselt.«

Ezra gab endlich auf. »Wie du meinst. Kommst du mit nach Hause, Caleb?«, rief er in Richtung Küche. Ich wusste genau, dass er es nicht dabei belassen würde. Das lag nicht in seiner Natur. Irgendwas würde er sich einfallen lassen.

»Ich habe noch nicht alle von Aimées Marmeladen probiert. Ich komme später nach«, kam die Antwort sofort.

»Er isst Aimées verhexte Marmeladen?«, flüsterte Ezra schockiert.

Ich konnte mir ein Grinsen nicht verkneifen und nickte.

Bei Ezras verschwörerischem Lächeln breitete sich ein warmes Gefühl in meiner Brust aus. Für einen Moment war es zwischen uns fast wie früher. »Der arme Tropf«, sagte er leise. »Er hat keine Ahnung, oder?«

»Er weiß, dass Aimée sie gemacht hat und dass Pfeffer drin ist. Das sollte als Warnung reichen. Denkst du, sie wirken auch bei einem Dämon?«

»Da bin ich sogar sehr sicher.« Ezra beugte sich zu mir hinunter und dann spürte ich für einen überlangen Moment seine Lippen auf meiner Wange. Ich schloss die Augen. »Ich lasse euch den Wagen des Wächters hier. Kieran nehme ich mit. Mit ihm habe ich noch ein Hühnchen zu rupfen. Ich schicke jemand anderen.«

»Sei nicht so streng mit ihm.« Ich strich über die Stelle, an der seine Lippen gelegen hatten.

»Ich habe außerdem Patrouillen ins Dorf und in den Wald geschickt. Sie haben bis jetzt keine weiteren Dämonen aufgespürt. Es tut mir leid, was passiert ist.«

Meinte er damit sein damaliges Verhalten oder den Angriff von eben? Am liebsten würde ich ihn fragen, ob er auch einen Kaffee wollte. Er könnte sich zu uns setzen. Aber stattdessen nickte ich nur, als würde ich die Entschuldigung annehmen. Er lief zum Auto und ich ging in die Küche zurück.

Caleb und Maëlle kicherten über irgendwas. Milo, unser schwarzer Kater, hockte auf seinem Schoß und ließ sich von dem Dämon streicheln. Mich hatte er gestern zu beißen versucht, als ich ihn gefüttert hatte. Jetzt wickelte Caleb schon unsere Haustiere um seine schönen Finger. Die Welt war einfach ungerecht.

Aimée beobachtete Caleb mit zusammengezogenen Augenbrauen, aber um ihre Lippen zuckte ein zufriedenes Lächeln. »Du hast diese Sorte noch nicht probiert«, unterbrach sie die zwei und schob ihm ein weiteres Glas vor die Nase. Ich zählte drei andere offene Gläser.

Mit zwei Schritten war ich am Tisch. »Jetzt übertreibst du es aber«, rügte ich meine große Schwester und nahm das Glas fort.

»Das Zeug ist köstlich.« Caleb blickte mit glasigen Augen zu mir auf. »Wer hätte gedacht, dass sie so etwas Leckeres zustande bringt.« Die letzten Worte lallte er nur noch.

»Geh nach Hause und schlaf dich aus«, empfahl ich ihm, als er nach dem neuen Glas greifen wollte. »Davon isst du besser nichts mehr. Jedenfalls nicht, wenn du nicht wegen unsittlichem Verhalten auffallen willst.«

Sein Blick richtete sich verwirrt auf Aimée, die wenigstens so viel Anstand besaß, ertappt zusammenzuzucken.

»Chili, Pfeffer, Zimt und Honig in Kombination sind eine explosive Mischung«, gab sie zähneknirschend zu. »Aber warum bist du auch so gierig? Als bräuchtest du irgendeine Unterstützung, um Frauen zu verführen.« Abfällig musterte sie sein schönes Gesicht. »Die ist eigentlich für Menschen, die in Liebesdingen Hilfe benötigen.«

Seine Augen huschten dabei unruhig hin und her. Der Ärmste war völlig zugedröhnt. »Warum kocht eine so verklemmte Frau wie du Sexmarmeladen? Langweilst du dich oder ist dir nichts Besseres eingefallen?«

»Ich bin kein bisschen verklemmt, du arroganter Mistkerl, und ich koche eben gern Marmeladen. Verklag mich doch.« Sie stand auf und brachte ihren Teller zum Spülbecken.

»Dir ist doch klar, dass ich mich dafür an dir rächen werde, Rotschopf. Eines Tages, wenn du nicht mehr damit rechnest, werde ich mich tatsächlich von hinten anschleichen und dann wirst du schon sehen, was es bedeutet, sich mit einem Dämon anzulegen.« Seine Stimme klang kein bisschen drohend, sondern wie pure Verführung. Aimée kroch brennende Röte den Hals hinauf.

»Ich fahr dich zum Schloss«, mischte ich mich ein, bevor die Situation eskalierte und er sich direkt in unserer Küche auf sie stürzte. Etwas sagte mir, dass Aimées Widerstand nicht allzu groß sein würde. Ich packte Calebs Arm und zog ihn vom Stuhl hoch. »Komm, Großer. Du kannst bei Ezra deinen Marmeladenrausch ausschlafen.«

Maëlle lachte und half mir dann, den zugedröhnten Dämon in das Auto des Wächters zu bugsieren. Die Situation entbehrte nicht einer gewissen Komik. »Hier.« Sie reichte mir einen Beutel mit Kräutern. »Sag Adelaise, sie soll ihm einen Tee daraus kochen, dann hat er morgen keine Kopfschmerzen. Er ist ein merkwürdiger Dämon, findest du nicht?«

Merkwürdig traf es nicht so ganz. »Mit so einem Exemplar hat niemand von uns gerechnet«, gab ich zurück. »Ich dachte, sie seien alle blutrünstig, verschlagen und ein bisschen beschränkt.«

Caleb grinste leicht debil, was Maëlle und mir ein Kichern entlockte.

»Der hier wird sich in jedem Fall ärgern, dass er Aimée auf den Leim gegangen ist, obwohl er vermutlich nicht beschränkt, sondern nur ziemlich von sich überzeugt ist. Schaff ihn weg, bevor er nüchtern wird.«

»Deine Schwester ist ein echtes Biest«, lallte er, nachdem wir eine Weile gefahren waren. »Süß und verführerisch. Aber ein Biest.« Dann fiel sein Kopf zur Seite und er schlief ein.

# 8. KAPITEL

Ich fuhr an mehreren Wachposten vorbei, die am Dorfrand und im Wald patrouillierten. Ezra hatte keine Zeit vergeudet. Die Männer grüßten freundlich und ließen uns passieren. Wehmütig dachte ich daran zurück, wie Ezra mir auf diesen Waldwegen das Fahren beigebracht hatte. Allerdings hatte ich nie einen offiziellen Führerschein gemacht, nur interessierte das niemanden mehr. Am Schloss angekommen, musste ich Laurent, der Wachdienst am Tor hatte, bitten, ein paar Männer zu holen, die Caleb aus dem Auto zerren und ins Haus tragen konnten. Ich wollte nicht in Aimées Haut stecken, wenn er aufwachte und ihm erst richtig klar wurde, dass sie ihn mit voller Absicht verhexte Marmeladen hatte essen lassen. Die Wirkung der Magie und der Kräuter hatte sich mit jedem Bissen verstärkt. Bei einem Menschen hätte Aimée sich das nie gewagt. Obwohl es keinen Grund gab, folgte ich den Männern über den Schlosshof und ins Innere des Schlosses. Kaum jemand nahm Notiz von mir. Sie trugen den murrenden Caleb die Treppe hinauf und Jacques, der mich in der Eingangshalle begrüßt hatte, verschwand in der

Küche, um Adelaise die Kräutermischung zu bringen, die ich ihm gegeben hatte.

Unschlüssig blieb ich in der Halle stehen. War Ezra direkt zum Schloss zurückgefahren? In der oberen Etage lagen die Bibliothek und verschiedene Büros. Das Arbeitszimmer des Großmeisters befand sich hier unten. Ich könnte ihm sagen, dass ich Caleb nach Hause gebracht hatte. Es wäre die perfekte Gelegenheit, noch mal zu versuchen, ihn umzustimmen. Möglicherweise erreichte ich allein bei ihm mehr als mit Ash. Vorsichtig machte ich einen Schritt, dann lief ich an dem kleinen Salon vorbei und bog in einen schmalen Flur ab. Die Tür zum Arbeitszimmer des Großmeisters war nur angelehnt. Ich war dort nie drin gewesen, weil zum Zeitpunkt meines Wegganges noch Ezras Vater das Amt innegehabt hatte. Würde Ezra mich aufdringlich finden, oder waren wir schon wieder so weit, dass ich ihn einfach besuchen konnte?

Es war still. Kein Laut drang aus dem Zimmer. Kein Blättern oder das Kratzen eines Stiftes. War er überhaupt hier? Hatte er sich wieder ins Bett gelegt? Ich lugte um die Ecke und wie erwartet war der Raum leer. Ich trat an den Schreibtisch, auf dem sich ordentlich aufgeschichtet Unterlagen stapelten. Eine Tasse stand daneben und ich berührte das Porzellan. Der Tee war noch warm. Weit konnte Ezra also nicht sein. Ich sollte lieber gehen, aber ich konnte mich nicht losreißen. Der Raum roch nach ihm und er passte auch zu ihm. Der schwere Schreibtisch stand in der Mitte und an zwei Wänden gab es mit Büchern vollgestopfte Regale im gleichen Farbton. Auf der Seite, die zum Küchengarten führte, befand sich zwischen zwei Fenstern ein Kamin. An der vierten Wand hingen eine Menge gerahmte Bilder. Bestimmt war jedes für sich ein Vermögen wert. Ich leckte mir über die trockenen Lippen, als ich eine weitere Tür entdeckte. Wo immer sie hinführte, ich würde wetten, dass ich Ezra dort fand. Ich warf einen letzten Blick in den Flur und ging dann darauf zu. Muffiger Geruch schlug mir entgegen, als ich sie öffnete. Offenbar führte von hier aus eine Treppe in ein Kellergeschoss, denn die Fackeln an der Wand beleuchteten feuchte, ausgetretene Stufen. Was trieb er da unten? Ich sollte in seinem Büro auf ihn warten oder nach Hause fahren. Das wäre vernünftig. Leider gewann meine unvernünftige Seite und ich begann die Stufen hinunterzugehen. Nur ein Blick, mehr nicht, sagte ich mir. Je tiefer ich kam, umso kühler wurde es. Am Fuß der Treppe öffnete sich vor mir ein großer Raum, der ebenfalls von Fackeln erhellt wurde. Der Boden war mit großen dunklen Quadern gefliest und die Wände bestanden aus roh behauenem Stein, der sich feucht anfühlte. Ansonsten war der Raum leer, aber es gingen mehrere Gänge davon ab. Ich entschied mich für den hellsten Weg und verbot es mir, darüber nachzudenken, ob Ezra sauer sein würde, dass ich ihm gefolgt war. Ich hatte nicht mal gewusst, dass es unter dem Schloss diese Kellergewölbe gab. Bestimmt hatte die Loge hier auch einen Kerker, in den sie neugierige Hexen einsperrte.

»Ezra?«, rief ich, erhielt aber keine Antwort. Vor Nervosität lachte ich leise, wagte es aber nicht, eine der Türen zu öffnen, die links und rechts zu sehen waren. Stattdessen blieb ich immer wieder stehen und lauschte auf Geräusche oder Stimmen, aber es blieb still. Der Gang gabelte sich erneut, aber bevor ich entscheiden konnte, welchen Weg ich einschlug, öffnete sich neben mir von ganz allein eine der Türen. Meine Nackenhaare stellten sich auf. Es war niemand zu sehen, der sie geöffnet haben könnte. Sehr seltsam.

Der Raum war nicht sonderlich groß und es standen Tische darin, auf denen sich hauptsächlich alte Folianten stapelten. Ich blickte noch mal nach rechts und links den Gang entlang und trat dann ein. Bei den Büchern handelte es sich ganz offenbar um alte Grimoires. Geheime und sehr private Bücher von Hexen und Hexern, die in den Familien über Generationen wie Schätze gehütet wurden. Wie kam die Loge in ihren Besitz? Ich schlängelte mich zwischen den Tischen hindurch und strich mit den Fingern vorsichtig über die Ledereinbände. Die Bücher mussten uralt sein. Ich war so fasziniert, dass mir zu spät auffiel, dass die Tische in einem exakt ausgerichteten Kreis standen. In ihrer Mitte befand sich ein großer Stein. Er war dunkelblau und mit silbernen sowie goldfarbenen Einschlüssen versehen, die in dem flackernden Licht aufleuchteten und wieder verschwanden. Ich wagte es nicht, ihn zu berühren. Er war direkt aus dem Erdboden herausgeschlagen worden und es war eindeutig ein Azurit. Einer der Steine mit den mächtigsten magischen Eigenschaften. Ein Azurit konnte Gedanken und Gefühle beeinflussen, so ein riesiges Exemplar wie hier hatte ich noch nie gesehen. Was mich allerdings noch mehr schockierte, war die Tatsache, dass auf dem Stein ein Kelch stand. Ein dunkler Kelch. Ich schluckte bei dem Anblick. Ein Azurit war mächtig und giftig zugleich und ein dunkler Kelch war ein furchterregender schwarzmagischer Gegenstand. Was machte dieses Ding hier im Keller der Loge? Ich blinzelte und versuchte, den Blick von dem Kelch loszureißen. Aber ich konnte nicht. Das dunkle Metall, aus dem er bestand, begann zu glühen. Winzige blaue Flammen flackerten über den Azurit und dann hörte ich die Stimmen. Flüsternde Stimmen. Sie schienen gleichzeitig aus dem Stein und dem Kelch zu kommen. Sie krochen auf mich zu und kamen näher und näher. Wie Nebel waberten sie über den Boden und berührten meine Beine, als hätten sie Finger. Das Flüstern wurde lauter und dann kletterten die Worte in einer Sprache, die ich nicht kannte, an mir hinauf.

*Iadanah malipri qasari odo merdog.* Sie klangen rau und gepresst, als hätte der, der sie ausstieß, sehr lange geschwiegen, und obwohl ich die Worte nicht verstand, wusste ich doch, was sie von mir wollten. Der dunkle Kelch versuchte, Macht über mich und meine Gedanken zu erlangen. Er wollte seine Dunkelheit in mich einpflanzen. Bei einer Hexe würde ihm das nie gelingen. Aber ich war keine Hexe mehr. Kälte breitete sich in mir aus. Eine unnormale, ja alles verschlingende Kälte. Eiskristalle flossen durch meine Blutbahnen. Ich konzentrierte mich auf mein Innerstes. Dieses Duell konnte ich nur gewinnen, wenn ich es schaffte, Wärme in mir zu finden. Nie hatte meine Magie mir mehr gefehlt als jetzt. Verzweiflung brandete durch mich hindurch. Ich dachte an die Sommersonne in der Bretagne, an das Feuer in unserem Kamin, an die Hitze von Ezras Kuss. Ich bildete mir ein, in meinem Magen kleine Flammen zu spüren. Reste der Hitze, die mich damals erfasst hatte. Aber dann erinnerte ich mich an seine Worte.

*Ich liebe dich nicht*, und die Wärme verpuffte und mir wurde noch kälter. Ezra hatte mich vergessen. Er hatte mich niemals so geliebt wie ich ihn. Er war nur … freundlich. Rohe, abgrundtiefe Verzweiflung erfasste mich und ich fiel auf die Knie. Die Worte des Kelches verstärkten sich. Der Azurit glühte jetzt.

*Malachi moentesa puros nei.* Ich presste mir die Hände auf die Ohren. Ich wollte das nicht hören. Finger krallten sich um mein Herz und drückten zu. Die Kälte vertiefte sich von Atemzug zu Atemzug. Weiße Wölkchen tanzten zwischen meinen Lippen hervor. Ich schloss die Augen. Möglicherweise war ich keine Hexe mehr, aber deswegen würde ich nicht in diesem Raum erfrieren! Der Kelch spielte mit mir. Für ihn war das hier nur eine Demonstration seiner Macht. Die Gefühle, die er in mir erzeugte, hatten rein gar nichts mit der Wirklichkeit zu tun. Es waren meine eigenen Ängste, die er nur verstärkte. Gut, Ezra liebte mich nicht, aber ich war ihm wichtig. Das würde der Kelch mir nicht wegnehmen können und ich hatte es längst akzeptiert. Ich versuchte, meine Atmung zu beruhigen und die Stimmen auszublenden. Tausende Male hatte ich als Kind Übungen machen müssen, um zu lernen, wie ich meinen Geist beruhigte. Der Kelch konnte mich nur angreifen, weil ich innerlich zerrissen war. Ich konzentrierte mich auf den nächstbesten Gegenstand, der mir ins Auge fiel. Es war ein Spiegel. Er lag zwischen all den Büchern und kurz fragte ich mich, wie er hierhergekommen war und weshalb ich ihn nicht schon früher bemerkt hatte. Aber im Grunde war das egal. Ich versuchte, die Stimmen und die Kälte zu ignorieren. Ich betrachtete die Edelsteine, mit denen er besetzt war. Die Stimmen schwollen wieder an. Aber ich ließ mich nicht ablenken. Ich hatte nicht viel Zeit. Beim Meditieren wurde mir immer erst schwindelig und dann übel. Ich musste also genau den Moment abpassen, in dem mein Körper reagierte. Wenn ich mich übergab, war mir gar nicht geholfen. Bitte, flehte ich in Gedanken, ohne zu wissen, wen ich worum bat. Mein Oberkörper begann zu schwanken. Bittere Galle kletterte meine Speiseröhre hinauf. Ich würde es nicht schaffen. Mir war immer noch eiskalt und nun wurde mir schlecht. Ich würde in diesem Raum sterben und der Kelch würde gewinnen. Mit letzter Kraft ballte ich die Hände zu Fäusten und zuckte zusammen. Ich senkte den Blick. Meine Fingerspitzen glühten und kribbelten. Das war Wärme und Hitze. Schlagartig verschwand die Kälte. Misstrauisch beäugte ich den Spiegel. War er das gewesen? Hatte er mir geholfen? In dem Raum schien es gleichzeitig dunkler geworden zu sein. Der Kelch heckte ohne Zweifel etwas Neues aus. Eine von Mémés Lektionen fiel mir ein. Genau wie zwei gleiche Magnetpole sich abstießen, so konnten Gegenstände mit gleichen magischen Eigenschaften sich blockieren. Das bedeutete, wenn der Spiegel ähnlich dunkle Energie besaß wie der Kelch, konnte ich ihn benutzen, um dessen Macht zu unterbrechen. Aber dafür musste ich ihn überzeugen, mir zu helfen. Gerade vorhin hatte Caleb mich vor dieser Vanth gerettet, ich ließ mich jetzt nicht von einem Kelch umbringen. Auffordernd starrte ich den Spiegel an, aber er rührte sich nicht. »*Volanta.* Beweg dich«, knurrte ich den Bringzauber. »Ich weiß, dass du mich verstehst. Du willst mich nur betteln hören. Ich soll dir etwas versprechen, oder? Ist es das, was du willst? Sag mir deinen Preis.« Das war nach dem Schwimmen im Feensee und meinem Liebesgeständnis an Ezra das Dümmste, was ich je getan hatte. Tatsächlich kam es noch davor. Man schloss keinen Handel mit schwarzmagischen Gegenständen. Das konnte einen alles kosten. Aber wenn ich hier mein Leben aushauchte, war das genauso schlimm.

Der Spiegel reagierte nicht. Er ruckte nicht mal. Vermutlich gab es nichts, was ich ihm bieten konnte. Tränen stiegen mir in die Augen. Nicht aus Angst, sondern vor Empörung. An meiner Krankheit hatte ich am meisten diese Hilflosigkeit gehasst. Ohne meine Magie würde das immer so bleiben. Ich würde hilflos und auf die Unterstützung anderer angewiesen sein. Die Erbitterung darüber schwoll in mir an wie eine dunkle Welle. Das war schlecht, denn es bedeutete, dass die schwarze Magie gewinnen würde, wenn ich ihr nichts entgegensetzte. Weshalb war ich nur in diesen Raum gegangen? Weshalb waren meine Fähigkeiten abgestorben? Weshalb konnte ich mich nicht damit abfinden? Weshalb fühlte es sich an, als hätte man mir meine wichtigsten Gliedmaßen amputiert? Es war wie ein Phantomschmerz. Ein Stich jagte durch meinen Körper und ich krümmte mich zusammen.

*Momar cicele nanael zomdo,* wisperte der Kelch triumphierend.

»Du wirst nicht gewinnen«, knurrte ich. »Das lasse ich nicht zu.« Voller Wucht schlug ich mit einer Hand auf den Steinboden. »*Volanta*!«, schrie ich und warf dem Spiegel all meinen Zorn entgegen. Es sah aus, als würde er aufatmen, als sie ihn traf. Die Spiegelfläche wölbte sich für einen Moment nach außen. Dann sauste er vom Tisch und flog mit so einer Geschwindigkeit auf mich zu, dass ich ihn beinahe nicht zu fassen bekam. Als ich den kühlen Griff zwischen meinen Fingern spürte, drehte ich ihn so, dass die Spiegelseite auf den dunklen Kelch zeigte.

Schwarzmagische Gegenstände gönnten sich einander keinen Triumph. Sie arbeiteten nie zusammen. Jeder Gegenstand wollte immer alles nur für sich, und genau das war jetzt mein Glück.

Das Licht des Spiegels blockierte die Magie des Kelches und die Stimmen zogen sich kreischend zurück. Plötzlich war es still, warm und hell. Die Tür hinter mir öffnete sich wieder.

Ich hatte es geschafft und den dunklen Kelch besiegt. Heiße Tränen stiegen mir in die Augen, aber ich drängte sie zurück. Der Griff des Spiegels brannte in meinen Handflächen. Er hatte mir geholfen, aber ich durfte ihm nicht trauen. Für einen Moment betrachtete ich die feinen Ranken auf der Rückseite. Der Silberschmied hatte winzige Blumen geformt, die so echt aussahen, dass ich glaubte, ihren Duft zu riechen. Aber auch das war nur eine Manipulation. Ich musste ihn loslassen. Mein Griff wurde fester. Er hatte nichts von mir verlangt, er hatte mir gehorcht und damit gehörte er mir. Hastig sprang ich auf, warf den Spiegel zurück auf den am nächsten stehenden Tisch und rannte aus dem Raum. Natürlich, er wollte hier raus. Aber ohne mich. Ich würde einen schwarzmagischen Gegenstand nicht mit in mein Leben nehmen. Ich hastete den Gang entlang, bog irgendwo ab, landete in einer Sackgasse und lief zurück. Wo war der Ausgang? Ich war von dem großen Raum aus nur in einen Flur gegangen. Jetzt stellte ich fest, dass von diesem Flur unzählige Gänge abgingen. Das hier war ein Labyrinth und es ließ zwar jeden hinein, aber nur Eingeweihte wieder hinaus. Das hätte ich mir denken müssen. Ich lehnte mich gegen eine Wand und versuchte, zu Atem zu kommen. Es musste einen Ausweg geben, den gab es immer. Dieses Labyrinth sollte niemanden einsperren, sondern nur die

Geheimnisse der Loge schützen. Die Gänge verschwammen zu einem einzigen Wirrwarr. Sie verengten und verbreiterten sich, machten seltsame Knicke und zweimal lief ich sogar bergauf. Ich verfluchte mich für meine Unvernunft, hier hinuntergestiegen zu sein. Plötzlich verbreiterte sich der Gang wieder und dann sah ich die Treppe, die nach oben führte. Erleichtert schluchzte ich, als ich sie erreichte. Ich erklomm die Stufen, stieß die Tür auf und taumelte hindurch.

Ezra stand an seinem Schreibtisch. Sein Blick verdunkelte sich, als er erkannte, wie durcheinander ich war. Mit drei Schritten war er bei mir und seine Arme schlossen sich um mich. Ich legte den Kopf an seine Brust.

»Hey, alles ist gut. Was hast du dort drin gemacht?«, murmelte er. Vor lauter Erleichterung schmiegte ich mich an ihn. Ich war wieder draußen. Dieses verflixte Labyrinth hatte mich gehen lassen. Es brauchte eine Weile, bis mein Atem und mein Herzschlag sich beruhigten. Ezra hielt mich die ganze Zeit fest und strich mir beruhigend über den Rücken. »Du solltest dich nicht unerlaubt irgendwo herumtreiben.« Die Worte sandten mir Schauer über den Körper, so dunkel und tief klangen sie. Nur noch für einen kleinen Moment genoss ich seine Wärme und seine Stärke. Als ich mich losmachte, verdrängte ich den Eindruck, dass er mich nur widerwillig aus seiner Umarmung entließ. Ich wollte nicht wieder anfangen, mir etwas einzureden. Sofort ging er auf Abstand. »Möchtest du etwas trinken?«, fragte er freundlich, als wäre es normal, dass ich völlig aufgelöst in seine Arme fiel. In seinem eigenen Haus, wohlgemerkt.

»Ja«, keuchte ich. Ich war immer noch atemlos und hatte eine trockene Kehle.

Er ging zu einem Beistelltisch. Im Gegensatz zu mir hatte er sich Zeit genommen, sich umzuziehen. Ich hatte ihn also umsonst dort unten gesucht. Jetzt trug er eine schwarze Anzughose und einen dunklen Pulli. Seine Haare waren ordentlich gekämmt, was in mir den Drang weckte, hindurchzufahren. Er schenkte mir Wasser ein und kam dann zurück.

»Danke.« Ich trank das Glas in einem Zug aus und hielt es danach verlegen in der Hand.

Ezra lehnte sich an seinen Schreibtisch und beobachtete mich. »Und jetzt raus mit der Sprache! Was zum Teufel tust du hier?« Er fixierte mich mit einem durchdringenden Blick.

Ich strich eine Haarsträhne hinter mein Ohr. »Ich habe Caleb zurückgebracht. Er war nicht ganz er selbst.«

Ezra lachte leise, aber die Anspannung blieb. »Das kann ich mir vorstellen.«

»Ich wollte dir nur Bescheid sagen. Aber du warst nicht hier und die Tür stand offen. Ich habe dich gesucht.« Ich drehte mich um und wollte auf den Zugang seines Gruselkellers weisen, aber dort war nur eine weiße Wand, an der teure Bilder hingen. Ich runzelte die Stirn. »Da war eine Tür«, murmelte ich und machte einen Schritt auf die Wand zu.

»Sie ist fort«, stoppte mich Ezras Stimme. »Sie erscheint nie an derselben Stelle.«

»Hätte ich mir ja denken können«, grummelte ich.

Seine Lippen bildeten eine schmale, strenge Linie.

»Bist du mir böse? Es tut mir leid.«

»Weil du mich gesucht hast? Nein.« Er ging zum Fenster und schaute hinaus. »Offenbar bist du wirklich ganz gesund, sonst hättest du diesen Besuch in *Glamorgan* nicht überlebt.« Er atmete tief durch, stützte die Hände auf das Fensterbrett und ließ den Kopf hängen.

»Ich soll in *Glamorgan* gewesen sein? Willst du mich auf den Arm nehmen? Morrigans Reich? Das ist doch gar nicht möglich. Sie lässt niemanden ohne Erlaubnis hinein und schon gar nicht hinaus.«

»Eigentlich ist das so.« Er lachte hart auf. »Aber ganz offensichtlich hat ein Mädchen ohne magische Kräfte und ohne besondere Fähigkeiten das Interesse der dunklen Göttin geweckt.«

»Sie interessiert sich nicht für uns Menschen. Nicht mehr«, sagte ich eher automatisch als überzeugt.

»Tja, das dachte ich bis jetzt auch. Aber da haben wir uns wohl beide geirrt. Ich hatte immer Angst, dass sie auf dich aufmerksam wird. Deshalb habe ich dich im Schloss nie gern alleine gelassen. Bei Morrigan weiß man nie, welches Schicksal sie für jemanden wählt.«

Damit hatte er recht. Der Ruf der Muttergöttin, die gleichzeitig die Todesgöttin war, war nicht besonders gut. Morrigan war die Hüterin aller Zaubersprüche und Flüche und trotzdem war es besser, man hielt sich von ihr fern. Seit der dunklen Zeit hatte keine Hexe und kein Magier sie mehr zu Gesicht bekommen. Sie hatte sich aus unserer Welt zurückgezogen, ebenso wie ihre Schwestern Cerridwen, Brigid und Arianrhod. Die alten Göttinnen waren genauso verschwunden wie die Dämonen, denn unter einem christlichen Gott hatte es für Magie keinen Platz gegeben.

»Es hätte mir klar sein müssen, dass in diesem Haus nicht alles mit rechten Dingen zugeht.« Er hatte mich damals also nicht aus den Augen gelassen, weil er gern Zeit mit mir verbrachte, sondern weil er Angst gehabt hatte, ich könnte ihre Geheimnisse aufdecken.

»Hast du etwas entdeckt, was für die Kongregation wichtig sein könnte?«, fragte Ezra mit trügerisch gelangweilter Stimme.

»Ich weiß es nicht. Soll ich ihnen von *Glamorgan* erzählen?«, provozierte ich ihn absichtlich, aber meine Stimme klang belegt vor lauter Nervosität. »Es würde sie brennend interessieren. Sie würden das Schloss besetzen und die Loge daraus vertreiben. Sie würden verrückt nach diesem Geheimnis sein. Nur würdet ihr das nie zulassen. Habe ich recht?« Ich legte den Kopf etwas schief. »Ich werde es nicht verraten.«

»Deine Loyalität sollte der Kongregation gelten. Nicht mir.« Endlich drehte er sich wieder um. »Du könntest den Hexern den Zugang öffnen. Stell dir vor, was das für deine eigene Stellung bedeuten würde. Auch ohne Magie würde jede Hexe und jeder Hexer deinen Namen kennen.«

»Daran habe ich kein Interesse.« Langsam ging ich auf ihn zu. »Ich will mich auch nicht zwischen der Kongregation und unserer Freundschaft entscheiden müssen. Wir sind doch wenigstens noch Freunde, oder?« Erst kurz vor ihm blieb ich stehen. »Ich bin ihnen dankbar. Erklär mir, weshalb du ein Bündnis mit den Dämonen vorziehst? Für mich ergibt das keinen Sinn.«

Er schüttelte den Kopf. »Ich werde dich nicht noch mehr in diese Sache hineinziehen. Danke, dass du Caleb hergebracht hast. Fahr wieder nach Hause.«

Damit war für ihn das Gespräch offenbar zu Ende. Aber er rührte sich nicht von der Stelle und ich mich auch nicht. Stattdessen sah er mich so durchdringend an, dass mir schwindelig wurde. Ich würde jetzt nicht gehen und ich konnte genauso stur sein wie er.

»Aimée sollte solche Tricks künftig unterlassen.« Seufzend brach das er das Schweigen. »Caleb ist so eine Behandlung nicht gewöhnt.«

»Das glaube ich gern, aber irgendwie denke ich auch, er wusste ganz genau, was sie da abzieht. So naiv kann er nicht sein. Er ist mit Absicht in diese Falle getappt.«

Ezra versuchte, ein Lächeln zu verbergen. »Gut möglich. Ich weiß es nicht. In jedem Fall wird er das zukünftig ausnutzen. Böse Zungen könnten es als Schadenzauber bezeichnen.«

»Aimée würde nie jemandem absichtlich wehtun«, verteidigte ich meine Schwester. »Es war nur ein Spaß, weil er sie provoziert hat.«

»Er hat dir das Leben gerettet. Sie hätte ruhig dankbarer sein können.«

»Das werde ich ihr ausrichten. Vielleicht backt sie ihm beim nächsten Besuch einen Kuchen.«

Endlich lächelte er. »Schlag ihr das bloß nicht vor, wer weiß, was sie da reinmischt.«

»Er ist wirklich nett. Nervig, aber nett. Ich hätte niemals gedacht, so etwas mal über einen Dämon zu sagen.«

Ezra nickte. »Als ich ihn das erste Mal traf, wollte ich ihn natürlich umbringen, aber der Idiot weigerte sich, mit mir zu kämpfen, und dann kam er immer wieder. Er ist wie eine Klette.

Sag das Aimée. Sie muss der Sache jetzt einen Riegel vorschieben, bevor Caleb sich in etwas verrennt.«

»Du sorgst dich um die Gefühle eines Dämons?« Ich schüttelte ungläubig den Kopf. »Glaubst du etwa, Aimée würde ihm das Herz brechen? Du magst ihn sehr, oder?«

Ezra nickte ernst. »Wie einen Bruder. Nicht nur du verdankst ihm dein Leben, er hat auch meines mehrfach gerettet.«

Bei der Vorstellung, Ezra hatte in den letzten zwei Jahren in Todesgefahr geschwebt, wich mir das Blut aus dem Gesicht.

»Vi?« Seine Stimme klang aus weiter Ferne zu mir. »Ist alles in Ordnung?«

Ich schüttelte das beklemmende Gefühl ab. »Ja«, sagte ich leise. »Es geht schon wieder.«

»Was ist in *Glamorgan* genau passiert?« Besorgnis lag in seinen Augen und Neugierde.

Ich würde es ihm nicht verraten. Er hatte seine Geheimnisse und ich meine. Vermutlich würde er ausflippen, wenn ich ihm von dem Kelch und dem Spiegel erzählte. »Du musst Aden sehr vermissen, wenn sogar ein Dämon seinen Platz einnehmen kann«, sagte ich stattdessen. »Hat er sich nie wieder bei dir gemeldet?«

Ezra verschränkte die Arme vor der Brust und sein Gesicht wurde abweisend. »Darüber möchte ich nicht mit dir reden.«

Natürlich nicht. »Wir haben nie über Dinge gesprochen, die dich beschäftigt haben. Du hast dir immer nur meinen Mädchenkram angehört.« Die Verbitterung in meiner Stimme konnte ihm nicht entgehen.

»Das war kein unnützer Mädchenkram und ich habe dir gern zugehört. Es hat mich abgelenkt und dafür war ich dir dankbar.«

Schmerz kroch durch meinen Körper. Er tat es schon wieder. Er behandelte mich wie ein Kind, das man mit ein paar belanglosen Worten trösten konnte.

»Wie schön, dass ich dir behilflich sein konnte.« Jetzt wandte ich mich doch ab. Ich musste hier raus, bevor ich ihm das Glas an den Kopf warf. Vorsichtig stellte ich es ab.

»Vi«, sagte er sanft.

Ich stoppte und hasste mich dafür, tatsächlich zu hoffen, er würde noch etwas Echtes sagen oder seine Worte zurücknehmen.

»Fahr vorsichtig und komm nicht wieder her.«

Ich nickte, straffte den Rücken und ging hinaus. Die Tür schloss ich hinter mir ganz leise, obwohl ich sie viel lieber zugeknallt hätte.

* * *

Aimée kramte in der Küche herum, als ich zurückkam, und Maëlle fand sich nur Minuten später aus dem Garten ein. Sie wusch ihre dreckigen Hände in der Spüle.

»Wie geht es Caleb?«, fragte Aimée. »Du warst lange weg.«

»Er hat von deiner Überdosis keinen Schock bekommen und sich unterwegs auch nicht auf hilflose Frauen gestürzt, falls du das wissen willst. Er ist einfach eingeschlafen.«

Sie schnaubte verächtlich. »Hält nicht den kleinsten Zauber aus, dieser aufgeblasene Dämon.«

»Eigentlich ist er sehr nett«, kam Maëlle mir bei der Verteidigung von Caleb zuvor.

»Ezra vertraut ihm«, sagte ich. »Wie einem Bruder.«

»Hat er das so gesagt?«, fragte Maëlle und trocknete sich übergründlich die Hände ab.

»Genau so. Seit wann wusstet ihr beide eigentlich, dass Aden verschwunden ist?«, fragte ich. »Schon vor unserer Abreise oder erst danach?«

Maëlle und Aimée wechselten einen Blick und wie fast immer, so beschloss Aimée auch jetzt, mir die Antwort auf eine unangenehme Frage zu geben. »Als wir fortgegangen sind, wussten wir es auch noch nicht. Wir haben es auch erst später erfahren.«

»Und ihr habt es mir verschwiegen. Warum? Wie habt ihr es herausgefunden?«

Das schlechte Gewissen stand meinen Schwestern ins Gesicht geschrieben. »Ich habe mit Ezra telefoniert«, sagte Aimée langsam. Damals funktionierten die Verbindungen zum Festland noch. »Es ging dir von Woche zu Woche schlechter und er hat nicht auf deine Briefe reagiert. Ich wollte ihn bitten, nach Glastonbury zu kommen.«

»Mit dir hat er also gesprochen?« In meinem Magen bildete sich ein Knoten. Das hatten sie mir nie gesagt.

Sie nickte. »Er erzählte mir von Adens Verschwinden und von seinen eigenen Verpflichtungen und er meinte, du müsstest es ohne ihn schaffen. Er hat gesagt, seine Aufgabe in der Loge sei wichtiger.«

Das musste an einem dieser Tage gewesen sein, an denen ich dem Tod näher als dem Leben gewesen war. Ich erinnerte mich noch allzu gut daran. Das Fieber hatte in meinem Körper gewütet, als wollte es mich bei lebendigem Leib verbrennen. Bis dahin hatte ich nicht gewusst, dass ich imstande war, solche Schmerzen zu ertragen. Schreckliche Halluzinationen hatten mich geplagt und ich hatte nach Ezra gerufen. Er war nicht gekommen. Bis heute hatte ich geglaubt, er hätte nicht gewusst, wie schlecht es mir damals ging. Aber das hatte er.

Maëlle nahm meine Hand und drückte sie. »Du hast es auch ohne ihn geschafft. Darauf kannst du stolz sein.«

War ich das? Ich hatte überlebt, aber so viel verloren. Meine Gabe und Ezra. Es musste Aimée große Überwindung gekostet haben, ihn anzurufen. Es war völlig gegen ihre Natur. Sie war der eigenständigste und unabhängigste Mensch, den ich kannte. Sie verließ sich nur auf sich selbst, nur selten auf andere. Ihre Angst um mich hatte sie so weit getrieben, ihn um Hilfe zu bitten. Ihre Angst, mich zu verlieren. Und Ezra … hatte abgelehnt. Es hatte für ihn wichtigere Dinge gegeben, als mich ein letztes Mal zu sehen oder für mich da zu sein. Aber hatte er sich nicht mal dazu aufraffen können, wenigstens mit mir zu sprechen? Ich hatte mich so nach seiner Stimme gesehnt. Damals befand ich mich entweder im Höllenfeuer oder am kältesten Punkt der Antarktis. Millionen Spinnen waren über meinen Körper gekrabbelt oder eine riesige Würgeschlange zerquetschte meine Lunge und mein Herz. Ich bekam keine Luft und hatte panische Angst gehabt, einfach zu ersticken. Dämonen bevölkerten meinen Kopf und die Sylphe, die mich in ein nasses, stinkendes Grab hatte ziehen wollen, hockte jede Nacht in einer Ecke meines Zimmers und wartete darauf, ihre kleinen spitzen Zähne noch mal in meinen Leib zu schlagen. Ich hatte nicht sterben wollen, ohne noch einmal Ezras Stimme gehört zu haben. Ich hatte auf eine Bestätigung gehofft, dass ich mich nicht in ihm getäuscht hatte.

Dass er meine Gefühle doch erwiderte. Also erfand ich ständig neue Entschuldigungen für ihn. Ich hätte es schon damals besser wissen müssen, doch nun hatte ich eine Antwort. Andere Dinge waren wichtiger gewesen. Er hatte mich alleingelassen, vergessen und aus seinem Leben gestrichen, weil seine Prioritäten nach Adens Verschwinden woanders gelegen hatten. Hier ging es um mehr als um mich. Trotzdem brach diese Erkenntnis mir das Herz noch mal. Maëlle und Aimée sahen mich abwartend und ängstlich zugleich an. Kein Wunder, dass Aimée mir nie von diesem Telefonat erzählt hatte. Ob ich dann aufgehört hätte, um mich selbst zu kämpfen? Das konnte ich heute nicht mehr mit Bestimmtheit sagen. Die Schmerzen waren unerträglich gewesen, aber zu überleben sogar ein schier aussichtsloser Kampf.

Ich holte tief Luft. »Es ist gut, dass ihr es mir jetzt erzählt habt.« In der Küche roch es durchdringend nach Nelken. Vermutlich hatte Maëlle ein Öl damit angesetzt. Ich mochte den Duft normalerweise, jetzt verursachte er mir allerdings Brechreiz. Wie viele Geheimnisse umgaben mich wohl noch?

# 9. KAPITEL

Am nächsten Morgen brach ich wieder zu meiner Joggingrunde auf. Allerdings wartete ich so lange, bis die Sonne endgültig aufgegangen war, und machte mich erst dann auf den Weg. Die halbe Nacht hatte ich den Bringzauber in meinem Zimmer ausprobiert, aber vergeblich. Offenbar hatte der Spiegel sich nur bewegt, um dem Kelch eins auszuwischen. Es hatte mit meiner Magie nicht das Geringste zu tun gehabt. Ich versuchte, nicht allzu enttäuscht zu sein. Ein bisschen hoffte ich nun, Caleb würde wieder auftauchen. Ich wollte mich bei ihm für Aimées Verhalten entschuldigen. Das war nicht in Ordnung gewesen. Aber es war nicht Caleb, der an der Kreuzung zur Hauptstraße auf mich wartete, sondern der Großmeister der Loge persönlich. Ich stöhnte lautlos. Nach unserer gestrigen Begegnung wollte ich ihn nicht so schnell wiedersehen. Er lächelte, als ich mein finsterstes Gesicht zog.

»Du kannst am Haus bleiben«, instruierte er den Wächter, der an meinen Füßen klebte. »Ich begleite Vianne.«

Das konnte er gern mal versuchen. Ich beschleunigte das Tempo, aber er holte mich mühelos ein und passte sich schweigend meinem Rhythmus an.

»Das ist doch gar nicht deine Zeit«, sagte ich nach einer Weile. Ezra hatte nicht besonders viele Schwächen, aber er hatte immer gern und lange geschlafen.

»Seit ich Großmeister bin, kann ich nicht mehr bis zum Mittag im Bett bleiben. Zu viele Aufgaben«, erklärte er und es klang nicht sonderlich euphorisch.

»Ich bin keine davon«, sagte ich. »Du musst dich nicht verpflichtet fühlen, mich persönlich zu bewachen.«

»Das würde ich auch nicht, wenn Caleb noch hier wäre.«

»Läufst du deshalb heute mit mir? Weil er nicht mehr zur Verfügung steht? Tu mir einen Gefallen und streich mich von deiner To-do-Liste.«

»Das geht nicht«, erwiderte er trocken.

»Warum nicht?« Ich könnte diesem Mann den Hals umdrehen.

»Du stehst da nicht drauf. Ich laufe mit dir, weil ich die frische Morgenluft mag und sich auf meinem Schreibtisch die Arbeit stapelt, die mich den Rest des Tages in Anspruch nehmen wird.«

Das war natürlich auch ein Grund. Unsere Schritte donnerten im Gleichklang über die Pflastersteine. Ich konnte nicht anders, als seine kräftigen, muskulösen Beine zu bewundern. Während mir der Schweiß den Rücken hinunterlief, sah Ezra aus, als machten wir nur einen Spaziergang.

Wir erreichten die Straße, die ins Dorf hineinführte. »Wie geht es Caleb eigentlich und wo ist er hin?«

Ezra lachte leise in sich hinein. »Er hat Rache geschworen, wie du dir wohl denken kannst. An Aimées Stelle wäre ich in den nächsten Tagen sehr vorsichtig. An so eine Behandlung ist er nicht gewöhnt. Normalerweise sinken die Frauen vor ihm schmachtend zu Boden. Sie hat ihn in seinem Selbstverständnis erschüttert. Er ist heute früh nach Coralis zurück. Zweifellos nur deswegen, um seine Wunden zu lecken und Pläne zu schmieden, wie er ihr das heimzahlen kann.«

»Sie schärft auch schon ihre Waffen, also wird es wohl ein ausgeglichener Kampf werden.« Ich verlangsamte das Tempo, weil wir uns dem *Le Coq* näherten, und Ezra passte sich mir an, bis wir beide nur noch nebeneinanderher gingen. Ich hatte Seitenstechen und meine Beine brannten, weil ich schneller gelaufen war als sonst.

»Wir können gerade keine Ablenkung gebrauchen«, erwiderte er. »Aarvand wird Caleb schon zur Vernunft bringen und ihn auf unsere Prioritäten hinweisen.«

»Ja klar. Im Leben sollte man immer die richtigen Prioritäten setzen.«

»Findest du nicht?«, fragte er arglos.

Mit Sicherheit hatte er das Gespräch mit Aimée vergessen und es war albern, ihn jetzt daran zu erinnern. Das war alles Schnee von gestern und meine Aufgabe war es, Ash zu unterstützen. »Warst du schon mal in Coralis?«

»Ja, und es ist unglaublich schön. Es würde dir dort gefallen.«

»Caleb hat gesagt, er würde es uns gern zeigen. Ist sein Bruder auch so nett wie er?« Nicht dass ich je in ein Fürstentum der Dämonen gehen würde.

»Nein. Aarvand ist das genaue Gegenteil von Caleb. Reserviert und fast schon unhöflich, aber das ändert nichts daran, dass er die Ungerechtigkeit in Kerys sieht. Regulus wurde einfach zur falschen Zeit gewählt. Aarvand wäre ein vernünftigerer Verhandlungspartner gewesen.«

»Die Dämonen wählen ihre Hochkönige? Das wusste ich nicht.«

»So war es schon immer«, bestätigte Ezra. »Kerys besteht aus sieben Fürstentümern. Sie sind verschieden groß und unterschiedlich mächtig. Die sieben Fürsten wählen aus ihren Reihen ein Hochkönig. Er behält dieses Amt auf Lebenszeit, aber es ist nicht vererbbar. Der Gedanke dahinter ist, die Einheit untereinander zu stärken. Wie du dir vielleicht denken kannst, bekriegten die Dämonen sich früher auch untereinander. Mit der Wahl des ersten Hochkönigs endeten diese Auseinandersetzungen. Im Streitfall greift nun der Hochkönig ein und vermittelt zwischen den Parteien. In den letzten Jahrhunderten hat dieses System auch gut funktioniert. Die früheren Hochkönige fühlten sich tatsächlich als Vertreter aller Dämonen. Bis Regulus vor ein paar Jahren zur Wahl antrat. Er hetzte die Fürsten mit seinen Hassreden auf und zermürbte sie. Er hat ihnen Hoffnung auf mehr Land in unserer Welt gemacht und damit ihre Stimmen bekommen.«

Ich blieb stehen. »Das ist es, was sie fordern? Sie wollen mehr Land? Auf unserer Seite der Quelle?« Das war absurd.

Ezra nickte. »Als sie nach Kerys gingen, waren nur noch wenige von ihnen übrig. Artus und seine Ritter hatten fast alle getötet. Im Laufe der Jahrhunderte haben sie sich vermehrt und nun brauchen sie mehr Lebensraum.«

»Und Regulus lässt sich nicht von dieser Forderung abbringen?«

Ezra fuhr sich mit einer Hand durchs Haar. »Er kann nicht. Das hat er den anderen Fürsten versprochen. Es gibt nur eins, was er noch mehr will.«

»Und das wäre?«

»Das kann ich dir nicht sagen.« Er stand ganz dicht vor mir. Schweiß perlte an seiner Schläfe herab. Mit diesen wenigen Sätzen hatte er mir mehr anvertraut als in all den Jahren davor und nun machte er doch wieder einen Rückzieher.

»Warum nicht? Jetzt hast du mir schon so viel erzählt.«

»Ausnahmsweise bin ich mir mit der Kongregation darüber einig, diese spezielle Forderung geheim zu halten. Wir wollen nicht, dass sie bekannt wird.«

»Ist sie so schlimm?« Ich beschloss, ihn nicht weiter zu bedrängen.

»Schlimmer.« Seine Augen glühten und ich sah Hass und Abscheu darin. »Regulus ist unberechenbar. Das wusste ich immer, aber dass ...« Er brach ab und legte den Kopf in den Nacken. »Holen wir dein Frühstück«, sagte er dann unvermittelt und lächelte.

»Kommst du mit rein?«

»Na klar.«

Wir klopften an und wieder öffnete uns Thérèse. Sie bekam runde Augen und lief dann rot an. »Ezra«, sagte sie stockend. »Hallo, Vianne. Möchtest du wieder ein Baguette?«

Ich nickte. »Das gestern war köstlich. In Glastonbury habe ich französische Baguettes wirklich vermisst.«

»Ihr müsst noch ein bisschen warten. Die Männer vom Schloss haben gerade einen großen Schwung abgeholt. Ich kann euch solange Kaffee anbieten. Er ist ganz frisch.«

Ezra nickte. »Wo ist Adrien?«

»Er ist mit deinen Männern mitgegangen, die Baguettes verteilen, und er wollte nach ein paar Leuten sehen und fragen, was sie brauchen. Gestern ist eine neue Gruppe angekommen.«

»Habt ihr alles, um sie ausreichend zu versorgen?«

»Ich denke schon. Wir haben sie auf leer stehende Häuser verteilt. Es waren alles Magiebegabte. Sie kamen aus dem Loiretal. Die meisten sind gesund, bis auf ein paar kleinere Wunden vielleicht. Wir werden sie aufpäppeln. Der Weg war anstrengend.«

»Ich schicke jemanden, der ihren Bericht aufnimmt. Wir müssen wissen, welchen Dämonen sie unterwegs begegnet sind. Regulus schickt immer mehr Spione. Aarvand lässt immer wieder welche durch, alles andere würde zu großen Verdacht erregen«, erklärte er mir. »Die Leute müssen zu Kräften kommen, damit sie kämpfen oder weiterziehen können. Sagt Bescheid, wenn ihr mehr Lebensmittel benötigt.«

»Das machen wir.« Thérèse goss Kaffee in zwei Becher.

»Wird ganz Frankreich so gut mit Lebensmitteln versorgt?«, fragte ich und nippte an dem starken Gebräu.

»Im Grunde schon«, erklärte Ezra. »So viele Menschen sind ja nicht zurückgeblieben. Wir holen regelmäßig die Lieferungen von der Mauer ab und bestellen auch noch die Felder und gehen auf die Jagd. Damit kommen wir gut zurecht. Zudem kommen wegen der Order der Kongregation immer weniger Menschen nach Paimpont. Die meisten ziehen weiter, wie du wohl schon bemerkt hast. Es werden so viele Magiebegabte wie nur möglich hinausgeschmuggelt, obwohl es gegen die

Vereinbarung mit den anderen Ländern verstößt. Wir sollen gemeinsam gegen die Dämonen kämpfen und die Mauer schützen. Aber wem kann ich es vorwerfen, wenn er die Flucht ergreift?«

»Was passiert, wenn die anderen Regierungen erfahren, dass die Kongregation gegen diese Abmachung verstößt? Werden sie ihre Lebensmittellieferungen einstellen?«

»Das werden sie in jedem Fall, wenn der Pakt nicht verlängert wird.«

Thérèse wickelte eins der heißen Stangenbrote in ein Tuch. »So kannst du es besser halten«, erklärte sie und sah verlegen zu Ezra. Ihre Wangen röteten sich. »Deine Männer stehen hinter dir und alle sind dir dankbar für das, was du tust.«

»Das sollten sie besser nicht. Wenn kein Wunder geschieht, gibt es nur noch einen Ausweg, und ich weiß nicht, ob unsere Rechnung aufgeht.«

»Welches Wunder soll das sein?«

»Dass Regulus tot umfällt und Aarvand der neue Hochkönig wird.« Ein schiefes Lächeln erschien auf seinem Gesicht.

Mal wieder sagte er mir nicht die Wahrheit. Ich trank den Kaffee aus. »Wie wahrscheinlich ist das?«

»Genauso wahrscheinlich wie die irre Vorstellung, dass der Mond und alle Sterne gleichzeitig vom Himmel fallen. Wir müssen mit dem Schlimmsten rechnen.«

Thérèse hatte in diesem Kampf schon ihre Eltern und ihr Zuhause verloren. Sie musste schreckliche Angst haben.

»Wenn du könntest, würdest du dann gehen?«, fragte ich sie vorsichtig. Als Hexe war sie der Loge nicht verpflichtet.

Verständnislos sah sie mich an. »Niemand von uns würde das tun. Schließlich können wir Ezra damit nicht alleinlassen. Dieses Problem geht uns alle an.«

Ezras Lächeln vertiefte sich. »Es ist dumm von ihnen«, sagte er an mich gewandt. »Ich habe ihnen so oft gesagt, sie sollen verschwinden, wenn sich ihnen die Gelegenheit bietet, aber niemand hört hier auf mich. Regulus wird keine Sekunde zögern. *Brocéliande* und Paimpont werden zuerst fallen. Danach werden die Dämonen ganz Frankreich überrennen.«

»Du könntest dich ihm allerdings auch kaum allein entgegenstellen. Das wäre genauso dumm.«. Ich legte ihm eine Hand auf den Unterarm. Seine Haut war warm und die dunklen Härchen kitzelten an meiner Handfläche. Erstaunlicherweise ließ er die Berührung zu. »Du solltest ihre Loyalität zu schätzen wissen. Deine Männer lieben dich.«

»Das macht es nur noch schwieriger. Ich will nicht, dass sie wegen meiner Fehler sterben.«

»Sie kennen das Risiko und sie bleiben trotzdem.« Ich stand auf, winkte Thérèse zum Abschied zu und wir traten nach draußen.

Ezra nahm vom Treppenabsatz aus die Umgebung sorgfältig in Augenschein. Alles wirkte friedlich. Aber dieser Frieden war trügerisch. »Ich habe die Wachen an der Quelle verstärkt. Mehr kann ich gerade nicht tun. Wir brauchen viel mehr Männer und Frauen, die kämpfen können.«

»Und wenn du doch der Kongregation das Kommando über die Kämpfer überlässt? Das ist doch das Hauptproblem, oder? Das hat jedenfalls Ash gesagt.«

Ezra runzelte die Stirn. »Ich lasse mich nicht gern erpressen und ein oder zwei andere Optionen habe ich schon noch. Derzeit setze ich auf das Bündnis mit Aarvand von Coralis. Aber wir brauchen noch mehr Bündnispartner. Eine Armee der Kongregation wäre hilfreich, aber nicht um jeden Preis. Sie wollen nicht nur das Kommando.«

»Ich verstehe nicht, weshalb es so schwierig ist, sich zu einigen. Was verlangen sie denn noch?«

Ezra runzelte die Stirn. »An manchen Tagen bin ich diesen Kampf so leid. Ich habe nicht damit gerechnet, je diese Verantwortung tragen zu müssen. Und dass ich dich jetzt mit meinen Problemen belästige, ist ein absoluter Tiefpunkt.« Die Falten auf seiner Stirn vertieften sich. »Ich sollte nicht jammern.«

»Du jammerst nicht.« Es machte mich krank, ihn so verzweifelt zu sehen. Etwas sagte mir, dass er diese Seite seinen Männern nicht oft zeigte. Wahrscheinlich zeigte er sie niemandem. Trotzdem entging mir nicht, dass er meine Frage nicht beantwortet hatte.

»Wenn ich könnte, würde ich einlenken. Wenn es Regulus um unsere Reichtümer gegangen wäre, hätte er sie haben können. Aber er ist ein Tyrann, weißt du. Er unterdrückt sein eigenes Volk. Ganz Kerys stöhnt unter der Last seiner Abgaben. Er ist bereits tausendmal reicher als wir.«

»Und wenn wir ihm doch etwas Land überlassen? Die Bretagne oder Frankreich?«, schlug ich vorsichtig etwas bisher Undenkbares vor.

»Was denkst du«, fragte Ezra, »wie lange würde es dauern, bis er an der Mauer steht und auch das Land dahinter für sich beansprucht? Würden wir nicht all diejenigen verraten, die schon gestorben sind, wenn wir jetzt nachgeben?«

Hilflos zuckte ich mit den Schultern.

Für einen Moment hielt Ezra das Gesicht in die Sonne und atmete tief durch. »Ich bringe dich noch heim«, sagte er und beendete damit das Thema. »Aber ich werde nicht mit euch frühstücken.«

»Du würdest dich nicht so leicht übers Ohr hauen lassen wie Caleb.« Ich wollte ihn irgendwie von all den Sorgen ablenken, für die es offenbar keine Lösung gab.

Er stupste mir mit der Fingerspitze auf die Nase, ging die Treppe hinunter und begann zu laufen. »Aber nur, weil ich eure Tricks kenne. Ich erinnere mich da an einen Vorfall vor unseren Abschlussprüfungen. Maëlle gab mir ein Kraut gegen meine Prüfungsangst. Ich sollte es verbrennen und den Duft einatmen. Dazu musste ich so einen lächerlichen Spruch aufsagen.«

Ich fing an zu kichern, denn die Geschichte kannte ich selbstverständlich.

Er warf mir von der Seite einen gespielt aufgebrachten Blick zu. »Das war nicht lustig. Wenn Aden nicht in mein Zimmer geschaut und mich geweckt hätte, hätte ich die Prüfung verpasst.«

»Du hast geschlafen wie ein Baby.« Aus irgendeinem Grund war das Gerücht entstanden, Ezra hätte einen Teddybären im Arm gehalten, als sein Bruder ihn fand, und angeblich war er mit besagtem Teddy und völlig verschlafen in der Schule zu seiner Prüfung erschienen. »Du hast das Lycée als Jahrgangsbester abgeschlossen, also beschwer dich nicht.«

»Mein Ruf als Bad Boy war danach dahin.« Er lächelte verhalten.

»Du bist nie ein Bad Boy gewesen. Da muss ich dich leider enttäuschen.«

»Dabei habe ich so hart daran gearbeitet.«

»Dafür hättest du dich wenigstens einmal richtig betrinken müssen oder dich mit, wie hieß diese blonde Abschlussballkönigin doch gleich …?«, fragte ich mit hochgezogenen Augenbrauen.

»Léonie Gilbert«, kam es trocken von ihm. »Sie hat mir ihre Höschen in den Spind gelegt.«

»Das hat sie nicht.« Ich musste so heftig lachen, dass ich beinahe in den Straßengraben fiel. »Das glaube ich nicht. Das hast du nie erzählt.«

Er griff nach meinem Arm und hielt mich fest. »Glaub es ruhig. Und ich schwöre, deine durchtriebene Schwester hat ihr erzählt, sie solle sie vorher mit Petersilie einreiben. Angeblich wäre das ein Fruchtbarkeitszauber.«

Jetzt schüttelte ich mich vor Lachen. »Maëlle war damals etwas wild«, gab ich zu. »Aber die Sache mit deiner Prüfung war keine Absicht. Sie hat dir aus Versehen anstatt Thymian Oregano gegeben. Du kannst froh sein, dass du keine wilden Träume gehabt hast.«

Ezras Lippen kräuselten sich. »Ich habe nie behauptet, dass ich die nicht gehabt hätte.«

Wir waren an unserem Haus angelangt und ich ärgerte mich, dass ich keinen Umweg genommen hatte. »Handelten sie etwa von Léonie?«

Jetzt lachte er auf, beugte sich zu mir hinunter und gab mir einen Kuss auf die Wange. »Das verrate ich dir ein anderes Mal.«

Für eine Sekunde betrachtete er mich liebevoll, dann drehte er sich um und ging zu einem Wagen, an dem Laurent lehnte.

Als ich mich dem Haus zuwandte, stand Aimée in der Tür. »Wo ist denn dein Dämon abgeblieben?«, rief sie ihm hinterher.

»Den hast du erfolgreich vertrieben.«

Sie biss sich auf die Lippe und es sah fast so aus, als hätte sie ein schlechtes Gewissen.

Ich stieg die Treppe nach oben und reichte ihr das Brot. »Ich muss dich warnen. Caleb hat Rache geschworen. Du sollst dich vor ihm in Acht nehmen, hat Ezra gesagt.«

Das schlechte Gewissen verschwand und etwas Kämpferisches trat an seine Stelle. »Er will Krieg? Den kann er haben.«

»Ich schätze, Krieg hat der Dämon nicht im Sinn. Ich geh mich duschen.«

»Und ich decke den Tisch.« Aimées Stimme klang seltsam zufrieden. »Du hast dich also mit Ezra vertragen?«

»Ja, das habe ich.« Nachher würde sie mich ausquetschen und mich warnen. Während ich mir unter der Dusche das Haar einseifte, dachte ich über mein Gespräch mit Ezra nach. Es war unbeschwert gewesen. Wir hatten zusammen gelacht. Er hatte mir seine Sorgen anvertraut. Wenn ich nicht mehr von ihm haben konnte, würde ich mich damit zufriedengeben. Alles war besser, als dass er völlig aus meinem Leben verschwand.

Auch am nächsten Tag tauchte Ezra auf und am übernächsten und dem danach. Jedes Mal, wenn ich losjoggte, wartete er bereits an der Einbiegung zur Hauptstraße auf mich und schloss sich mir an. Mit jedem Morgen wurde ich nervöser, trug mehr Lipgloss auf oder frisierte meine Haare länger. Maëlle und Aimée machten keine Bemerkungen darüber, aber es entging ihnen mit Sicherheit nicht. Mein Herz schlug mit jedem Tag heftiger, wenn ich mich der Stelle näherte, an der er an einem Baum lehnte. Wenn er zu mir kam und mich zur Begrüßung auf beide Wangen küsste, wollte ich am liebsten die Arme um ihn schlingen und ihn festhalten. Natürlich tat ich es nicht, aber bei seinem Lächeln fragte ich mich, ob er es nicht wusste oder wenigstens ahnte.

Wir liefen gemeinsam bis zum Restaurant, wo Thérèse bereits mit dem Brot wartete. Am ersten Tag war er regelrecht gesprächig. Am zweiten war er deutlich wortkarger und hörte mir zu, während ich von Glastonbury erzählte. Ich beschrieb ihm die Abtei und die Obstgärten und vermied es, dabei über Ash zu reden, der immer noch nicht aus Rennes zurück war, und ich wusste nicht, welche Anweisungen er mitbringen würde. Obwohl ich ein schlechtes Gewissen ihm gegenüber hatte, war ich auch ein bisschen froh über seine Abwesenheit. Es würde ihm nicht gefallen, dass ich so viel Zeit mit Ezra verbrachte, ohne unser Problem zu lösen. Aber jedes Mal, wenn ich versuchte, mit Ezra über die Kongregation zu sprechen, lenkte er mich ab.

»Ich werde ab heute Nachmittag Maëlle begleiten«, erzählte ich ihm am dritten Tag. Er hatte noch kein einziges Wort herausgebracht und wirkte äußerst angespannt, während er neben mir herlief. Etwas bedrückte ihn, aber er weigerte sich standhaft, mit mir darüber zu reden. Leider konnte ich ihn nicht zwingen.

Gestern hatte ich ihn noch mal nach Aden gefragt, aber auch dieses Thema hatte er geschickt abgeblockt. Mir war erst Stunden später aufgefallen, dass er meine Frage nicht beantwortet hatte. Meine Spekulationen, was er alles für sich behielt, machten mich wahnsinnig, aber es war leichter, einen Schimpansen zum Sprechen zu bringen als Ezra. Ich konnte auch mit einem seiner Wächter laufen, wenn er nur stumm neben mir trabte. Ich hoffte, auf die Idee käme er nicht selbst.

»Hm«, bekam ich etwas verspätet seine Antwort. »Sie ist eine große Hilfe.«

»Sag mal, was ist aus der Stute geworden, auf der du mir das Reiten beigebracht hast?«, wechselte ich das Thema. »Habt ihr sie geschlachtet und aufgegessen?«

Endlich hatte ich seine Aufmerksamkeit. »Natürlich nicht!«, fuhr er mich an. »Sie ist zwar nicht mehr die Jüngste, aber der Stallmeister kümmert sich sehr gut um sie.« Eine dunkle Strähne fiel ihm in die Stirn.

Mein Ärger löste sich in Luft auf. »Sie heißt Nimue. Wir haben ihr gemeinsam diesen Namen gegeben, falls du dich erinnerst«, erklärte ich behutsam. Wir blieben stehen und ich strich die Strähne zurück. Meine Finger glitten über seine Wange.

Er lächelte. »Entschuldige. Ich war mit meinen Gedanken woanders. Letzten Winter lahmte sie, aber jetzt ist sie wieder ganz gesund. Die Kinder lernen auf ihr reiten. Es lenkt sie von ihrer Angst ab.«

»Dürfte ich mal vorbeikommen und sie reiten?«, fragte ich vorsichtig. »Ich würde dich auch nicht belästigen.«

Er holte tief Luft. »Solange du nicht vorhast, durch *Brocéliande* zu reiten. Denkst du, du kannst es noch?«

»Reiten? Das ist wie Radfahren, oder? Das verlernt man nicht.«

»Nein, das tut man nicht«, gab er nach. »Lass dich von Laurent zum Schloss bringen. Ich gebe dem Stallmeister Bescheid, dass du kommst.« Er würde sich keine Zeit nehmen und mich begleiten. Vermutlich wäre das auch zu viel verlangt. Ich hatte schon diese Stunde mit ihm.

»Mal sehen, wann ich es schaffe. Du musst nicht jeden Tag mit mir zusammen joggen, wenn du so viel um die Ohren hast.«

Er nickte langsam »Ich laufe gern mit dir«, gestand er schließlich. »Aber ab morgen werde ich für eine Weile keine Zeit mehr haben. Ich stelle dann zwei Wächter zu eurem Schutz ab. Einer von ihnen wird dich begleiten.« Er zögerte, bevor er die nächste Frage stellte. »Wann kommt Ash zurück?«

»Morgen, hoffe ich zumindest«, sagte ich, obwohl ich nicht sicher war. »Wenn ich ihm von der Vanth erzähle, wird er mich begleiten. Wir brauchen nicht mehr Wächter.« Ich wollte mit keinem anderen laufen. Nur mit ihm, aber ich konnte bereits fühlen, wie sich die Vertrautheit der letzten Tage in Luft auflöste.

»Weiß er es etwa noch nicht?«

»Nein.« Und ich hatte deswegen ein schlechtes Gewissen.

Ezra nickte, als hätte er sich so etwas bereits gedacht. »Und von deinem Ausflug ins Schloss und nach *Glamorgan* … Ich schätze, davon hast du ihm auch nichts erzählt?«

»Ich wollte es nicht am Telefon tun. Wir haben nur zweimal miteinander gesprochen und beide Male ist die Verbindung abgebrochen.«

»Aber du wirst es ihm sagen?«, hakte er nach. »Du musst.«

»Wenn ich ihm davon erzähle, muss ich ihm auch sagen, dass die Loge im Besitz eines dunklen Kelches ist«, erklärte ich vorsichtig. »Möchtest du das?« Bisher hatte ich nicht mal meinen Schwestern davon erzählt, was mir schon fast wie Verrat vorkam. Meine Loyalität sollte ihnen, Ash und der Kongregation gelten. Stattdessen nahm ich Rücksicht auf Ezras Gefühle und Befindlichkeiten.

Abrupt blieb er stehen. »Du hast den dunklen Kelch gesehen?«, fragte er tonlos.

Ich nickte und ärgerte mich gleichzeitig über mich selbst. Warum hatte ich das ausgerechnet jetzt erwähnt, wo er schon nicht sonderlich gut gelaunt war?

»Der Mysterienraum hat sich für dich geöffnet?« Sein Blick wurde gleichermaßen fassungslos wie schockiert. Er schluckte.

»Ist das ungewöhnlich?«, fragte ich so unschuldig, wie es mir bei der Panik, die in seinem Blick aufflackerte, möglich war.

»Ich dachte, du hättest dich nur in *Glamorgan* verirrt.« Er trat dicht an mich heran, legte seine Hände auf meine Oberarme und strich an ihnen hoch, als müsste er sich vergewissern, dass ich wirklich vor ihm stand. Sie kamen erst auf meinen Schultern zu liegen. Seine Daumen fuhren über die nackte Haut an meinem Hals und verursachten mir eine Gänsehaut. »Du hast nichts von dem Kelch gesagt. Hat er dich angegriffen? Bedroht?«

»Mit mir ist alles in Ordnung«, versuchte ich, ihn zu beruhigen. »Es ist nichts passiert.«

Seine Augen verengten sich zu Schlitzen. »Das glaube ich dir nicht. Der Mysterienraum ist voller schwarzmagischer Gegenstände. Ich kann mir nicht vorstellen, dass du da einfach rein- und wieder rausspaziert bist. Also, was hat sich abgespielt?«

»Dann warst du auch schon mal dort drin?« Ich machte mich von ihm los. Sosehr ich es genoss, wenn er mich berührte, brachte es mich doch durcheinander und ich brauchte einen klaren Kopf.

Er nickte und sein Gesicht verschloss sich. »Die Initiation der Großmeister findet darin statt.«

»Und wie geht das vor sich? Kommen ein Haufen Monster zu Besuch?«

»Darüber macht man keine Witze. Natürlich haben Dämonen bei der Weihe des Großmeisters nichts zu suchen. Und nenn sie nicht Monster. Jacques würdest du doch auch nicht als Neger bezeichnen. Das ist eine Beleidigung.«

»Lenk nicht vom Thema ab«, sagte ich gereizt. »Jacques verwandelt sich schließlich auch nicht in ein Ungeheuer, das versucht, mich zu töten.«

»Da wäre ich mir nicht so sicher«, murmelte Ezra. »Mich guckt er immer so strafend an, wenn ich den Teller nicht leer esse.« Er versuchte sich an einem Lächeln, aber es misslang gründlich.

»Jacques und Adelaise sind keine Dämonen«, sagte ich sanft. »Sie sorgen sich nur um dich und deine Gesundheit. Ist das so schlimm?«

»Ich musste aus dem dunklen Kelch trinken«, erwiderte er tonlos, ohne auf meine Frage einzugehen. »Ich konnte es nicht verweigern. Man nennt ihn auch den *Kelch der Anrufung*. Wusstest du das?«

Ich schüttelte den Kopf.

»Es war …« Er fuhr sich mit der Hand durch das Haar. »Und dann musste ich in den *Spiegel der Erinnerung* schauen. Was ich dort sah … Ich dachte, ich würde verrückt werden. Das Ritual prüft, ob du stark genug für das Amt bist.«

Tröstend schob ich meine Hand in seine. Er drückte sie und langsam gingen wir weiter. »In dem Spiegel sah ich, was damals passiert ist«, erzählte er. »In dem ersten Krieg zwischen den Menschen und den Dämonen. Ich werde diese Bilder nie vergessen. Manchmal träume ich davon. Es war grauenvoll.« Ezra schwankte ein bisschen und sein Gesicht war aschfahl. Ihn so verletzlich zu sehen, war nur schwer auszuhalten. Ihn musste das alles völlig überrumpelt haben. Ich schlang einen Arm um seine Taille. Er blieb wieder stehen, zog mich in eine Umarmung und vergrub sein Gesicht an meinem Hals. Heißer Atem strömte über meine Haut. »Sag mir, dass du nicht aus dem Kelch getrunken hast.«

»Das habe ich nicht.« Ich schob die Hände in sein Haar und begann damit, ihm vorsichtig die Kopfhaut zu massieren. Er war einsam und das Wissen darum ließ mich meinen eigenen Kummer vergessen. Er brauchte den Trost einer Freundin, und die wollte ich für ihn sein. Ich küsste ihn vorsichtig auf seine Schläfe. »Hast du mal darüber nachgedacht, dass die Bilder, die dir der Spiegel gezeigt hat, nicht echt waren? Schwarzmagische Gegenstände sind nicht gerade für ihre Wahrheitsliebe bekannt.«

Ezra lachte leise an meinem Hals, entspannte sich aber fühlbar. Ich spürte die Bewegung seiner Lippen, als er sprach. »Diese Bilder waren echt. Das kannst du mir glauben. Ich werde alles tun, um zu verhindern, dass so etwas noch einmal passiert. Ganze Landstriche wurden ausgerottet. Frauen und Kinder wurden von den Dämonen bestialisch ermordet. Und die Menschen …

sie waren nicht besser. Sie machten keine Unterschiede zwischen den Dämonen, die Krieg wollten, und jenen, die eine Versöhnung anstrebten. Alle waren wie in einem Blutrausch.« Er atmete noch zweimal tief durch, seine Hände strichen fahrig über meinen Rücken, bevor er sich widerwillig von mir löste. Verlegen wischte er sich mit einer Hand über sein Gesicht. »Entschuldige.« Jede Verletzlichkeit verschwand, als würde man eine bunte Leinwand mit weißer Farbe übermalen. »Manchmal wird mir das alles einfach zu viel.« Er runzelte die Stirn. »Ich versuche, nicht mehr an die Einweihung zu denken. Es gibt Tage, an denen ich Aden beneide. Ich stelle mir vor, dass er irgendwo hinter der Mauer lebt. Vielleicht hat er eine Familie. Ich stelle mir vor, ich wäre mit dir weggegangen.« Er versteifte sich, als würden ihn seine eigenen Worte erschrecken. Immer noch standen wir dicht beieinander. Wenn er wollte, könnte er mich wieder in eine Umarmung ziehen, aber er tat es nicht. Es war so typisch für ihn, dass er seinen Bruder nicht hasste. Obwohl er nun dessen Aufgabe erfüllen musste. Mit wem konnte er reden, wenn er verzweifelt war? Mit Laurent und den anderen Magiern oder mit Caleb? Einem Dämon.

»Bestimmt ist Aden glücklich, wo auch immer er ist«, sagte ich vorsichtig.

Ezra nickte langsam. »Ich bringe dich jetzt nach Hause«, sagte er dann und zog sich von mir zurück. »Du kannst Ash von dem Mysterienraum erzählen. Die Kongregation weiß genau, welche magischen Gegenstände die Loge besitzt. Das ist kein Geheimnis. Noch etwas, auf das sie neidisch sind. Angeblich sind es Geschenke von Morrigan persönlich an Merlin. Was sie nicht wissen, ist, dass der Raum der Mysterien sich in *Glamorgan* versteckt.«

»Ist es nicht gefährlich, diese Dinge einfach so offen herumstehen zu lassen? Jeder deiner Wächter könnte in den Raum stolpern.«

»Nein, könnten sie nicht. Der Raum öffnet sich nur für den Großmeister.«

»Wie bitte? Du hast gesagt, du hättest früher schon Angst gehabt, ich würde mich in *Glamorgan* verlaufen.«

»Früher hatte ich auch noch keine Ahnung von diesem ganzen Mist. Du hättest den Raum weder finden noch betreten dürfen«, setzte Ezra aufgewühlt hinzu. »Dass er dich eingelassen hat, kann nur bedeuten, dass der Kelch etwas von dir will. Versprich ihm bloß nichts.«

»Er hat nach meinem Geist getastet«, gab ich widerwillig zu.

Vor Anspannung traten die Sehnen an seinem Hals hervor und er kniff die Augen zusammen. Trotzdem blieb seine Stimme trügerisch ruhig. »Aber du konntest dich aus seinem Bann befreien?«

Ich zuckte mit den Schultern, als wäre es das Einfachste der Welt gewesen. Er sollte sich nicht noch mehr Sorgen machen, als er es jetzt schon tat, und genau das würde passieren, wenn er die Wahrheit erfuhr.

»Die Dinge in diesem Raum sind in der Lage, dir all deine Wünsche zu erfüllen. Es gibt nichts, was sie nicht können. Du musst nur bereit sein, ihren Preis zu bezahlen.«

»Hattest du einen Wunsch an sie?«

Er zögerte einen Moment. »Ich hatte einen Wunsch, aber ich wäre nie so dumm gewesen, den Kelch darum zu bitten.« Wie nebenbei nahm er meine Hand in seine.

Den Rest des Weges schwiegen wir, jeder war in seine Gedanken versunken. Ich wollte mich nicht von ihm trennen und ich wollte schon gar nicht, dass er in den nächsten Tagen keine Zeit mit mir verbrachte. Er ließ mich erst los, als unser Haus in Sichtweite kam.

Laurent alberte im Vorgarten mit Maëlle herum. Er zeigte ihr einen winzigen Strampler, den Rosa gehäkelt hatte.

»Hey«, begrüßte er uns. »Alles gut gegangen?«

»Ja«, sagte Ezra. »Die Vanth hatte sich vermutlich nur verirrt. Ich habe Vianne schon gesagt, dass ich sie zukünftig nicht mehr begleiten kann.«

»Klar, weil du andere wichtige Dinge zu tun hast«, sagte Laurent und erntete von Maëlle einen Stups in die Seite.

»Sei nicht so respektlos, er ist dein Großmeister.«

Laurent vergrub die Hände in den Taschen seiner Hose. »Das ist er. Deshalb muss ich noch längst nicht alles gut finden, was er macht.«

»Ezra muss nicht jeden Tag mit mir laufen«, mischte ich mich ein. »Ich bin ja kein Baby mehr.«

»Sei trotzdem vorsichtig, wenn du das Haus verlässt und ich nicht dabei bin. Versprich mir das«, sagte er.

Ich verdrehte die Augen. »Natürlich bin ich vorsichtig. Vorsicht ist mein zweiter Vorname.«

Lächelnd ging er zum Auto.

»Du aber auch!«, rief ich ihm hinterher. »Versprich mir das.«

Er hob bloß die Hand. Laurent und Maëlle kicherten und ich ging zufrieden ins Haus.

Ich machte mir in der Küche etwas zu trinken, als Maëlle und Laurent ebenfalls hereinkamen.

»Er hat wirklich viel zu tun«, sagte Laurent. »Meine Bemerkung war blöd. Ich finde, die Stunde Zeit am Tag kann er sich ruhig für dich nehmen. Du tust ihm gut.«

»Es ist seine Entscheidung.« Ein Kirschkernkissen tat auch gut. Blöder Vergleich.

»Ich versuche gleich, Ash zu erreichen«, wandte ich mich dann an Maëlle. »Ich muss ihm erzählen, was es Neues gibt.«

»Klar, mach das«, sagte Maëlle und zog einen widerstrebenden Laurent mit in den Garten. »Wir pflücken ein paar Kamillenblüten«, hörte ich sie sagen. »Daraus kannst du Constance einen Tee kochen, wenn sie sich nicht wohlfühlt.«

»Sie fühlt sich nicht wohl, weil sie Appetit auf Schokolade hat. Aber damit können wir nicht dienen.«

»Ich mache morgen Karamellbonbons, die mochte sie früher immer gern.«

»Wo ist Aimée?«, rief ich den beiden hinterher. »Im Salon. Gleich kommen ein paar Junghexen vorbei. Sie gibt ihnen Unterricht in Runenmagie.«

»Okay. Dann rufe ich Ash jetzt an.«

»Du wiederholst dich, bring es einfach hinter dich«, sagte Maëlle, während Laurent die Stirn runzelte.

Ich musste es mehrfach versuchen, bis ein Freizeichen erklang, dann meldete sich eine Männerstimme. »Lawrence Mackenzie.«

»Hier ist Vianne Grandier«, stellte ich mich vor. »Ich wollte gern Ash sprechen. Ist er in der Nähe?«

»Das ist er, mein Kind. Geht es euch gut?« Sorge klang in den Worten mit. Lawrence Mackenzie war der einzige Vertreter der Kongregation, der seit der Abschottung Frankreichs im Land geblieben war. Merkwürdig eigentlich, wenn man bedachte, dass er Schotte war. Der Stimme nach zu urteilen war er nicht mehr der Jüngste, aber er klang sehr nett.

»Ja, bei uns ist alles in Ordnung«, sagte ich. »Ich wollte Ash Bericht erstatten.« Heute war die Verbindung viel besser als in den letzten beiden Tagen. Es gab keine Entschuldigung, Ash nicht alles zu erzählen, was passiert war. Noch während ich die Worte aussprach, hörte es sich nach Verrat an Ezra an, was nun völliger Unsinn war. Es war unser Auftrag, zwischen der Loge und der Kongregation zu vermitteln, und genau das tat ich.

»Dann gebe ich mal an unseren jungen Freund weiter«, sagte Lawrence. »Grüß deine Schwestern von mir.«

»Das mache ich. Danke schön.«

»Hey«, erklang als Nächstes Ashs Stimme. »Geht es euch gut?«

»Ja, alles in Ordnung. Ich habe mit Ezra gesprochen«, kam ich gleich zum Grund des Anrufes.

»War er bei euch?« Seine Stimme klang alarmiert. »Hat er extra gewartet, bis ich weggefahren bin?«

»Nein, so war es nicht.« Ich beschloss, Ash am Telefon nichts von *Glamorgan*, dem Mysterienraum und den schwarzmagischen Gegenständen zu erzählen. Ich wusste nicht, wie lange die Verbindung hielt, und ich musste mich auf das Wesentliche beschränken. »Er hat mir von Regulus' Forderung nach mehr Land erzählt.«

»Hm.« Das klang nicht so, als wäre Ash diese Forderung neu. »Hat er sonst noch etwas gesagt?«

»Er befürchtet, wenn er nachgibt und Regulus Frankreich bekommt, wird es nicht lange dauern, bis dieser auch Land hinter der Mauer fordert.«

»Damit hat er vermutlich recht und trotzdem ist es eine Option. Es könnte auch sein, dass Regulus sich an einen neuen Pakt hält.«

»Ezra wäre eine gemeinsame Streitmacht lieber. Eine, die aus der Loge, der Kongregation und den Männern von Coralis besteht.«

»Hast du ihm gesagt, dass wir weiterhin fordern, selbst mit Regulus verhandeln zu dürfen?«

Das *Wir* klingelte in meinen Ohren. Theoretisch wusste ich, dass Ash in der Kongregation saß, aber offenbar war es noch nicht richtig bei mir angekommen. Was jedoch bei mir ankam, war, dass das *Wir* mich nicht mehr mit einschloss.

»Ist er bereit, dieses Gespräch zu organisieren?«

»So weit ist er noch nicht«, sagte ich ausweichend. »Aber er hat noch mal bestätigt, dass er Regulus seine Schätze angeboten hat. Aber die will der Hochkönig nicht.«

»Das behauptet Ezra. Aber wir sind bereit, mit Regulus einen Handel abzuschließen, der die Welt retten wird. Das ist das Einzige, was zählt.«

»Was wollt ihr ihm anbieten?«, fragte ich misstrauisch. Was hatte die Kongregation, was Ezra nicht hatte?

»Wir werden ihn nicht aufhalten können. Nicht mit den Mitteln, die uns derzeit zur Verfügung stehen«, sagte Ash eindringlicher. »Regulus ist in seiner dämonischen Gestalt ein Wendigo. Weißt du, was das ist?«

»Wahrscheinlich etwas, von dem ich Albträume bekommen werde.«

Ash lachte auf. »Das ist sogar mehr als wahrscheinlich.«

»Erzähl schon«, forderte ich ihn auf. Ich vertraute Ash. Er war der verantwortungsbewussteste Mann, den ich kannte, und wir standen auf derselben Seite.

»Die Haut des Wendigos sieht aus wie verwesendes Fleisch«, begann er. »Sein Mund hat keine Lippen, ist aber voller spitzer Zähne und seine Augen stehen hervor und sind blutunterlaufen. Er ähnelt den Wesen in den Zombiefilmen, die du geschaut hast, wenn du nicht schlafen konntest.«

»Erinnere mich nicht daran.« Es kam mir vor, als wäre es ewig her, dabei war es erst vor einem halben Jahr gewesen.

»Wenn er erst einmal ein Opfer ausgemacht hat, ist er nicht mehr zu stoppen. Glücklicherweise gibt es nur sehr wenige Dämonen, die zu Wendigos werden. Er kann sein Gift außerdem dazu benutzen, sich seine Opfer zu Willen zu machen. Wenn er sie nicht tötet, sondern nur beißt, werden sie abhängig von ihm und erfüllen jeden seiner Wünsche.«

»Tolle Aussichten.«

»Niemand, auch kein Aarvand von Coralis, wird ihn aufhalten können. Wendigos sind Jäger und sie lassen ihr Ziel nicht aus den Augen. Und Regulus weiß genau, was er will.«

»Wenn ihr so fest davon überzeugt seid, ihn noch aufhalten zu können, weshalb lasst ihr die Hexen und Hexer dann heimlich außer Landes bringen?«

»Das tun wir nicht. Das sind Gerüchte der Loge. Du darfst Ezra nicht alles glauben. Er versucht, dich zu manipulieren. Wir bringen die Menschen nur zur Küste.«

Ich runzelte die Stirn. Ash kannte Ezra doch gar nicht. Wie kam er dazu, so etwas zu behaupten?

»Woher bekommt die Kongregation eigentlich ihre Informationen über die Loge?«, fragte ich. Ich wollte nicht so naiv erscheinen und mich gleich für Ezra in die Bresche werfen. Auch er hatte Geheimnisse vor mir.

»Es gibt Hexen und Hexer, die sich der Loge angeschlossen haben, aber der Kongregation gegenüber trotzdem loyal sind.«

Das hieß dann wohl im Klartext, Ezra beherbergte Spione im Schloss.

»Die Kongregation wird sich nicht mit faulen Kompromissen zufriedengeben. Wir brauchen einen neuen Pakt. Die Dämonen müssen in Kerys bleiben. Wenn wir das schaffen, machen wir gnadenlos Jagd auf jeden Dämon, der sich hier versteckt und nicht freiwillig zurückgeht. Und dann reißen wir die Mauer wieder ein und alles wird so wie früher.« Ash machte eine Pause. »Nur werden die Menschen uns dann noch dankbarer sein und uns nie mehr verfolgen. Sie werden unsere Kräfte endlich zu schätzen wissen.«

»Daran glaube ich erst, wenn es so weit ist«, erwiderte ich. »Menschen vergessen sehr schnell.«

»Was hat Ezra diesem Aarvand von Coralis angeboten? Wisst ihr das auch? Weshalb sollte dieser Fürst sich mit der Loge verbünden und sich gegen seinen Hochkönig stellen?«

»Aarvand hatte sich ebenfalls zur Wahl gestellt und gegen Regulus verloren. Jetzt intrigiert er gegen ihn und hofft vermutlich, selbst Hochkönig zu werden, wenn Regulus besiegt wird. Aber das wird nicht passieren. Aarvand kann gegen Regulus nicht gewinnen«, antwortete Ash.

»Wenn dieser Aarvand Hochkönig geworden wäre, hätte er den Pakt verlängert?«, fragte ich.

»Das kann sein. Leider wissen wir über Aarvand von Coralis nur sehr wenig. Aber wenn dieser ganze Plan schiefgeht, wird er sich darauf besinnen, was er ist – nämlich ein Dämon. Und er wird dann wieder Regulus die Treue halten und bestimmt nicht der Loge. Einem Dämon zu vertrauen, ist das Dümmste, was man derzeit tun kann.« Ash klang nun regelrecht empört und ich war fast geneigt, ihm recht zu geben.

Warum klangen beide Männer so überzeugend, wenn sie mir ihre Sichtweise der Dinge darlegten? Wie sollte ich da wissen, was richtig und was falsch war? Gab es das überhaupt? Richtig oder falsch?

»Ich hatte mir vorgestellt, wir kommen nach Hause, bringen Ezra zur Vernunft und alles wird gut«, gestand ich Ash. Und ich hatte gedacht, ich hätte dann Zeit, meine Magie wiederzufinden. Beide Ziele rückten in unerreichbare Ferne.

»Es wird auch alles gut werden, wenn unser Plan aufgeht. Wir brauchen nur ein Gespräch mit Regulus. Versuch bitte, Ezra zu überzeugen. Ich verlasse mich auf dich, Vianne.«

Ich musste mich noch mehr bemühen. Die Dämonen waren nicht berechenbar, wir konnten sie nicht in unsere Welt lassen. Nicht mal eine Handvoll von ihnen. Caleb mochte nett sein, aber er war mit Sicherheit eine Ausnahme.

»Wann kommst du zurück?«

»In ein paar Tagen. Ist das in Ordnung? Lawrence und ich haben hier viele Dinge zu klären. Ihr kommt doch zurecht, oder?«

»Natürlich. Pass auf dich auf.«

»Du auch. Und Vianne?« Er machte eine Pause. »Ich vermisse dich.«

Ich biss mir auf die Unterlippe. Vermisste ich ihn auch? »Ich bin froh, wenn du wieder hier bist«, wich ich aus. »Machs gut, Ash.«

# 10. KAPITEL

Die nächsten Tage verzichtete ich auf meine Laufrunden. Ohne Ezra war mir die Lust vergangen. Nun brachte Laurent unser Baguette mit, wenn er am Morgen die Wächter ablöste, die nachts um das Haus Patrouille liefen. Ich begleitete stattdessen Maëlle bei ihren Krankenbesuchen. Es waren mehr normale Menschen hiergeblieben, als ich zuerst vermutet hatte. Die meisten verbarrikadierten sich in ihren Häusern und ließen nur Männer der Loge herein. Laurent begleitete uns fast immer. Ihm vertrauten sie.

»Du musst versuchen, Constance davon zu überzeugen, mit der nächsten Gruppe mitzufahren«, sagte Maëlle gerade zu ihm, als wir zum nächsten Krankenbesuch gingen. »Wenn es stimmt, dass die Kongregation Leute außer Landes bringt, sollte sie gehen. Für sie und das Baby wäre es besser.«

»Ich weiß das alles«, brummte Laurent. »Aber sie will nicht fort. Nicht ohne mich, doch ich muss bei Ezra bleiben.«

»Ezra wird es verstehen«, sagte Maëlle aufgelöster, als ich seit Langem erlebt hatte. »Verdammt noch mal. Deine Frau und dein Kind sind ja wohl wichtiger.«

»Das sagt sich so leicht!«, fuhr er sie an. Normalerweise war Laurent gutmütig wie ein Bär. Diese Entscheidung treffen zu müssen, brachte ihn an seine Grenzen. »Aden hat ihn schon im Stich gelassen. Ich kann ihm das nicht antun. Eine Frau versteht das nicht.«

Maëlle stöhnte. »Was hat das mit Frauen zu tun? Aden hat das Konzept der Loyalität ja offenbar auch nicht begriffen. Bestimmt liegt er an irgendeinem Strand unter Palmen und betrinkt sich, während vollbusige Frauen um ihn herumtanzen.«

»Das hast du dir ja ziemlich genau überlegt«, kam es von Laurent und ich musste kichern.

»So ungern ich es sage«, mischte ich mich ein. »Maëlle hat recht. Das ist kein Ort für ein Baby. Du kannst es in drei Tagen bis zur Küste schaffen und auch wieder zurück. Lass Constance nach Irland gehen. Sie muss nicht mal in ein Flüchtlingslager und bestimmt gibt Ezra ihr genug Geld für unterwegs mit. Mit mehreren Hexen und Hexern zusammen sollte die Überfahrt relativ ungefährlich sein. Vorausgesetzt, sie findet ein Schiff, das sie mitnimmt. Ash hat gesagt, die Leute gelangen nur bis zur Küste.«

Laurent betrachtete mich skeptisch. »Wenn du mir etwas mischst, was sie betäubt und erst in Irland wieder aufwachen lässt, dann mache ich das«, knurrte Laurent dann Maëlle an. »Sie wird sich dann zwar umgehend scheiden lassen, aber solange sie und das Baby gesund sind, ist mir alles andere egal.« Er kratzte sich im Nacken. »Ich habe eine Scheißangst«, gab er zu.

»Die haben wir alle«, sagte ich.

»Wir haben nicht mal mehr drei Wochen bis zum Ende des Paktes und ich sehe nicht, dass irgendwas passiert. Heute früh sind wieder ein paar der Neuankömmlinge ans Meer weitergefahren. Sie lassen sich verarzten, nehmen Proviant mit und ziehen weiter«, erzählte Laurent besorgt. »Haben sie kein Verantwortungsgefühl oder zu viel Angst vor der Loge? Weshalb bleiben sie nicht und kämpfen? Was wollen sie an der Küste?«

»Sie haben einfach Angst und wollen nur noch weg.«

»Wenigstens die Männer könnten bleiben. Wir bringen ihnen das Kämpfen bei. Dann hätten wir deutlich mehr Chancen.«

»Wie viele Männer hat die Loge denn?«, fragte ich.

»Zu wenig«, sagte er, ohne mir eine konkrete Antwort zu geben.

Maëlle strich ihm über den Arm. »Lass uns noch die nächsten drei Häuser besuchen und dann bringst du uns nach Hause. Ich kann mit Constance reden, wenn du magst.«

»Das wird nichts bringen. Du kennst sie doch. Wir müssen sie schon zwingen.«

Maëlle und ich wechselten einen Blick. »Dann werden wir das tun«, erklärte sie kämpferisch.

Laurent sah aus, als hätte sie ihm gerade das Herz mit bloßen Händen herausgerissen.

Ich verstand seinen Ärger und seine Frustration. In den letzten Tagen waren mehrere Gruppen Magiebegabter in Paimpont eingetroffen. Nur wenige wollten bleiben, dabei brauchte die Loge jeden Hexer und jede Hexe, die zu kämpfen bereit waren. Die meisten zog es so schnell wie möglich weiter. Maëlle vollbrachte wahre Wunder, die Leute, die oft von den langen Märschen erschöpft waren, zu verarzten und zu stärken. Ich konnte ihr nur zur Hand gehen und die Männer bitten, bei uns zu bleiben und zu kämpfen. Aber kaum einer wollte seine Familie alleine weiterziehen lassen. Wer konnte ihnen das verdenken?

* * *

Weitere drei Tage vergingen, ohne dass ich etwas von Ezra hörte. Unsere Zeit wurde immer knapper. Früher hätten wir längst damit begonnen, das Fest zur Sommersonnenwende vorzubereiten. Heute war niemand dazu aufgelegt. Uns blieb immer weniger Zeit und ausgerechnet jetzt machte Ezra sich unsichtbar. Jedenfalls für mich. Laurent sah ihn logischerweise jeden Tag im Schloss, und obwohl Laurent auch noch eine schwangere Frau zu Hause hatte, fand er immer Zeit, bei uns vorbeizuschauen. Ash rief mich jeden Tag an, um zu fragen, wie weit ich mit meinen Bemühungen gekommen war. Leider musste ich ihn immer vertrösten. Ezra hatte mich gebeten, nicht mehr zum Schloss zu kommen, und so gern ich ihn sehen wollte, konnte ich mich bisher nicht dazu überwinden, mich über seinen Wunsch hinwegzusetzen. Nur irgendetwas musste ich tun. Zweimal hatte ich versucht, ihn telefonisch zu erreichen, aber vergeblich. Jacques und sein Sekretär hatten ihn mit fadenscheinigen Begründungen entschuldigt. Langsam reichte es mir. Tagsüber lenkte mich die Arbeit ab, nachts jedoch gingen mir unzählige Gedanken im Kopf herum, die ich mit niemandem teilen konnte. Immer wieder versuchte ich, irgendwelche Dinge in meinem Zimmer zu teleportieren, wie es mir mit dem Spiegel gelungen war. Aber es bewegte sich nicht mal die leichteste Haarklammer. Ich ging nach oben, um mich zu duschen.

Ash erwartete, dass ich mit Ezra sprach. Ob er sich mit diesem Aarvand einig geworden war? Was, wenn auch dieser Plan im letzten Augenblick schiefging? Wenn ich es richtig verstanden hatte, dann waren auch diese Verträge noch nicht unterzeichnet. Ich konnte nicht hier im Haus sitzen und warten. Das hatte ich die letzten Tage getan, damit war jetzt Schluss.

Das Telefon in der Küche klingelte, als ich aus dem Bad zurück in mein Zimmer ging. Ich rubbelte mein Haar trocken, hastete gleichzeitig die Treppe hinunter und riss den Hörer vom Gerät.

»Vianne?« Enttäuschung durchflutete mich, als ich Ashs Stimme erkannte. Gleichzeitig durchfuhr mich ein schlechtes Gewissen. Wann hatte Ezra mich das letzte Mal angerufen? Das war Jahre her. Weshalb hätte er es jetzt tun sollen? Meine Gefühle für Ezra waren Ash gegenüber nicht fair.

»Hey«, meldete ich mich. »Wie geht es dir? Gibt es was Neues? Wann kommst du zurück?«

Er lachte, als die Fragen auf ihn einprasselten. »Es geht mir gut. In Rennes ist alles ruhig. Die Stadtgrenzen sind gut gesichert. Aber ich muss noch etwas bleiben.«

»Aber unsere Zeit läuft ab. Was machen wir denn, wenn Ezra gar nicht mehr mit uns spricht? Was treibst du die ganze Zeit in Rennes?« Meine Stimme klang leicht panisch.

»Du konntest nicht noch mal mit ihm reden, oder?«, fragte Ash, ohne auf meine Vorwürfe einzugehen.

»Nein, konnte ich nicht. Ich habe ihn gar nicht mehr zu Gesicht bekommen und am Telefon weigert er sich, mit mir zu sprechen.«

»Das ist gut.« Er stoppte. »Ich meinte, das ist nicht gut.« Er holte tief Luft und setzte dann wieder an: »Ich habe kein gutes Gefühl, wenn du in seiner Nähe bist. Trotzdem muss ich dich darum bitten. Fahr zum Schloss und bring ihn zur Vernunft. Ich habe das Gefühl, dass du die Einzige bist, die das kann.« Seine Stimme klang unsicher und das verwirrte mich.

»Ash, was ist los?«

»Nichts. Ich wäre nur viel lieber bei euch.«

»Warum kommst du dann nicht her?«

»Lawrence will, dass ich bleibe. Ich glaube, er will mich in Paimpont aus dem Weg haben.« Er lachte leise. »Damit du und Ezra … ihr solltet eure Freundschaft auffrischen können.«

Ich schnaubte. »Die Idee ist wohl nach hinten losgegangen. Mein Freund«, zog ich das Wort absichtlich in die Länge, »hat sich unsichtbar gemacht.«

»Michael Galkin und Sophia Chadwick sind auf dem Weg«, sagte Ash plötzlich hastig und mit gesenkter Stimme, als wollte er mir das eigentlich nicht verraten. »Sie treffen spätestens übermorgen ein. Dann reisen wir direkt nach Paimpont. Überzeuge Ezra bis dahin. Sie sind fest entschlossen, mit Regulus zu reden.« Er klang äußerst angespannt.

»Ash, du verschweigst mir doch irgendwas. Jetzt sag schon.«

In der Leitung hörte man ein Rauschen. »Fahr zu Ezra«, hörte ich nur noch wie aus weiter Ferne, dann brach die Verbindung ab.

Michael und Sophia wollten also persönlich herkommen. Wenn das geschah und Ezra nicht nachgab, würden sie verlangen, dass alle Hexen und Hexer, die noch hier waren, abreisten.

Sie würden Ezra mit seinen Magiern alleinlassen. Sie würden ihn erpressen – und was konnte er dann noch tun? Dann musste er vernünftig sein und sich ihnen doch beugen. Ohne die Hilfe und Unterstützung der Kongregation konnte er nicht gegen Regulus kämpfen.

* * *

»Was hat Ash gesagt?«, fragte Aimée beim Abendessen. Lustlos stocherte sie in ihrem Reis herum. Die Ungewissheit zerrte auch an ihren Nerven.

»Er hat mich gebeten, noch mal mit Ezra zu reden. Michael Galkin und Sophia kommen nach Frankreich und sind übermorgen hier«, murmelte ich und tauchte den Löffel in das Curry. Es schmeckte himmlisch wie alles, was Adrien kochte. Laurent hatte es vorbeigebracht, aber ich konnte es nicht genießen. Mir gingen zu viele Gedanken durch den Kopf.

»Vielleicht bringen sie ihn zur Vernunft«, sagte Aimée. »Du hast getan, was du konntest.«

»Ich muss es noch mal versuchen.« Wenn ich jetzt ins Auto stieg, würde ich noch im Hellen beim Schloss ankommen. Wenn ich den Wächter draußen bat, mich zu begleiten, war es ungefährlich. Ich könnte Ezra auch anrufen, aber bestimmt würde er sich verleugnen lassen.

»Das gefällt mir alles nicht«, sagte Maëlle. »Was sollen wir tun, wenn sie von uns verlangen, Paimpont zu verlassen?«, griff sie meinen Gedanken auf. »Werden wir dann gehen oder bleiben?«

»Bleiben«, sagten Aimée und ich gleichzeitig.

Auf Maëlles Gesicht breitete sich ein Grinsen aus. »Der Meinung bin ich auch. Wir lassen uns nicht von ein paar Dämonen vertreiben.«

»Nein, lassen wir nicht«, sagte Aimée kämpferisch. »Du fährst zu Ezra und sagst ihm, dass die Vertreter kommen«, befahl sie mir. »Er muss die Hexer und Hexen, die auf seiner Seite stehen, auf sich einschwören. Sie müssen bleiben und dürfen nicht vor Sophia kuschen.«

Maëlle zog eine Augenbraue hoch. »Hört, hört! Da lehnt sich jemand auf. Wo kommt das denn auf einmal her? Wir werden doch nicht etwa aufmüpfig werden?«

»Halt den Mund!«, fuhr Aimée sie an. »Ich will immer noch, dass die Loge und die Kongregation zusammenarbeiten.«

»Gut. Dann bin ich mal weg.« Sollten die beiden Streithähne das unter sich austragen. Ich wollte so schnell wie möglich zu Ezra.

»Warte«, hielt Aimée mich zurück. »Ich schaue erst in die Karten.«

»Das musst du nicht. Wird schon alles gut gehen.«

»*Volanta.*« Eine Schublade sprang auf und ein Kartendeck flog durch die Luft und direkt in ihre Hände.

Maëlle trat an den Tisch zurück und beide beobachteten wir, wie Aimée die Karten sorgfältig mischte.

»Ich habe versucht, etwas in der Zukunft zu sehen«, sagte sie dabei. »Aber weder die Kugel noch die Karten zeichnen ein Bild. Alles ist unscharf. Nicht mal die Geister konnten mir helfen. Ich habe überlegt, die Göttinnen um eine Vision zu bitten.«

»Lieber nicht«, sagte Maëlle ernst. »Du bist danach immer tagelang geschwächt. Das können wir gerade nicht gebrauchen.«

Aimée nickte und legte dann drei Karten ab.

»Mist«, murmelten Maëlle und ich gleichzeitig. Aimée war von uns zwar das Medium, aber wir kannten die Karten gut genug, um sie einigermaßen interpretieren zu können, und das, was da lag, verhieß nichts Gutes.

Aimée holte tief Luft. »Ich habe gefragt, wie du Ezra unterstützen kannst«, sagte sie leise. »Du siehst ja selbst, was sie geantwortet haben.« Sie zeigte auf die erste Karte. »Die acht Schwerter. Du hast Angst und fühlst dich gehemmt, du willst ihm nicht hinterherlaufen, stattdessen unterdrückst du deine Gefühle, obwohl du ihm gern helfen würdest.«

Ich nickte und starrte auf die gefesselte Frau auf der Tarotkarte. Um sie herum stachen Schwerter in den Boden und sie hatte die Augen verbunden. Das war ganz und gar ich.

»Das Problem ist«, fuhr sie fort und wies auf die zweite Karte, »dass wir die Situation nicht vollständig durchschauen. Es gibt zu vieles, das wir nicht wissen und das uns verheimlicht wird. Die Karte der sieben Schwerter steht für Betrug und Intrigen.«

»Aber wer betrügt und intrigiert?«, fragte Maëlle. »Die Loge oder die Kongregation. Wir bräuchten viel mehr Informationen. Du musst Ezra bitten, dir alles zu erzählen. Auch er hat seine Geheimnisse. Ich will wissen, was das für eine unerfüllbare Forderung ist, die Regulus stellt.«

»Die Karte sagt auch, dass du dich nicht aus deiner Verantwortung stehlen kannst.« Aimée sah mich an. »Wir müssen alles versuchen.«

Ich nickte und starrte auf die dritte Karte. Darauf war ein leuchtend rotes Herz zu sehen, das von drei Schwertern durchbohrt war.

Aimée seufzte, bevor sie diese Karte interpretierte. »Ich wünschte, es wäre nicht so deutlich, aber das ist es. Ezra wird dir wieder wehtun. Er wird dich verletzen. Ich weiß nicht, wie oder auf welche Art, aber es wird geschehen. Du musst entscheiden, ob du das zulassen kannst.«

Ich starrte auf das Herz. »Das ist kein Grund, nicht alles zu versuchen, oder? Es geht hier nicht um mich.«

»Nein, das tut es nicht. Laurent glaubt, du hättest immer noch Einfluss auf Ezra.« Sie schob die Karten zusammen, stand auf und trug ihren Teller zur Spüle.

»Ihr habt über mich und Ezra geredet?«, fragte ich ihren Rücken.

»Laurent hat auch Angst, Vianne«, sagte Maëlle ungewöhnlich scharf. »Er hat viel zu verlieren. Also schwing deinen Arsch ins Schloss und bring Ezra zur Vernunft. Ein Gespräch wird ihn schon nicht umbringen. Soll er Michael und Sophia doch mit Regulus reden lassen. Vielleicht nützt es etwas. Niemand sagt uns, was der Hochkönig tatsächlich fordert. Es wird Zeit, dass wir das herausfinden.«

»Er fordert mehr Land«, gestand ich den beiden.

»Wie mehr Land?« Aimée sah mich verwundert an.

»Kerys ist zu klein. Ezra hat mir erzählt, dass die Dämonen mehr Lebensraum brauchen. Er will ihnen diesen aber nicht geben, weil er glaubt, Regulus würde dann immer mehr fordern.«

Maëlle nickte. »Und da hat er recht. Die *Weiße Quelle* konnte mit magischen Barrieren verschlossen werden. Es war ein kleiner

Übergang und selbst der ist durchlässig geworden. Wir könnten die Mauer so niemals dauerhaft schützen.«

»Nein, das könnten wir nicht.« Aimée drehte sich zu uns um. Ihre Augen wirkten plötzlich glasig und ihre Stimme klang verwaschen.

Ich wollte zu ihr gehen, aber Maëlle hielt mich zurück.

»Warte«, hauchte sie. »Sie sieht etwas.«

Ich schluckte. Es war immer etwas unheimlich, wenn die Göttinnen Aimée eine Eingebung schenkten. Im Raum schien es dunkler und kälter zu werden. In meinem Nacken prickelte es.

Aimée hielt sich an dem Schrank hinter sich fest. »Regulus greift nach der Dunkelheit«, flüsterte sie und Entsetzen trat in ihre Augen, die irgendwo in eine andere Welt zu schauen schienen. »Magie. Er greift danach, aber die Göttinnen verwehren ihm diese Macht. Er darf sie nicht bekommen.«

Milo sprang von dem Schaukelstuhl, auf dem er gelegen hatte, und miaute. Tiere vertrugen die Vermischung der Energien nicht, die entstand, wenn eine Hexe eine Vision hatte. Deshalb sperrte man sie lieber aus. Gebannt starrte ich weiter auf Aimée und hoffte, dass der Kater ihre Konzentration nicht unterbrochen hatte. Aber sie schüttelte sich und ich sah förmlich, wie die Vision verschwand. Sie runzelte die Stirn. »Was habe ich gesagt?«

Maëlle biss sich auf die Lippen. »Du hast behauptet, Regulus würde Magie wollen. Er greift nach der Dunkelheit.«

»Was denkt ihr, was damit gemeint ist?« Aimée kratzte sich an ihrer Hand. Es kam häufig vor, dass Visionen nicht gedeutet werden konnten. Nicht sofort. Aber diese hier war sehr eindeutig. Jedenfalls für mich. Konnte das sein? Für eine Sekunde blieb mein Herz stehen. Die schwarzmagischen Gegenstände. Natürlich! Weshalb war ich nicht längst draufgekommen? Diese Dinge mussten für einen Dämon von unschätzbarem Wert sein, weil er keine eigene Magie besaß. Bestimmt nahm Regulus an, er könne diese schwarzmagische Magie für sich nutzen. Das musste es sein. Das war die Forderung, auf die Ezra auf keinen Fall eingehen wollte. Ich sprang auf. »Ich muss los. Ihr habt recht, ich werde noch mal mit Ezra reden.« Immer zwei Stufen auf einmal nehmend, rannte ich hoch in mein Zimmer, zog mir ein frisches T-Shirt an und kämmte meine Haare.

Maëlle saß am Küchentisch, als ich wieder heruntergestürmt kam, und musterte mich kritisch. Eins von Mémés Kräuterbüchern lag aufgeschlagen vor ihr, aber sie las nicht darin. Mein Herz donnerte in meiner Brust. Was ich vorhatte, war dumm. Ich sollte mir von Maëlle einen Tee aus Eisenkraut mit einer Prise Zimt kochen lassen und diesen verrückten Plan aufgeben. »Ich bin dann mal weg«, sagte ich und hoffte, sie überhörte das Zittern in meiner Stimme. »Wünsch mir Glück.«

Maëlle betrachtete mich. »Beeil dich. Es wird bald dunkel. Am Ende musst du noch die Nacht im Schloss verbringen.« Ein Grinsen stahl sich auf ihre Lippen. »Diese Versuchung wollen wir Ezra doch nicht zumuten.«

»Ich komme zurück«, sagte ich. »Wo ist Aimée?«

»Im Salon. Sie starrt in ihre Kristallkugel, in der Hoffnung, noch etwas darin zu sehen. Du weißt, was diese Vision bedeutet hat, oder?«

»Ich habe eine Vermutung.«

»Willst du sie mir nicht verraten?«

»Nachher. Erst will ich mit Ezra darüber reden.«

»Dann hoffe ich, er hört dir zu.«

Ich lehnte mich an die Küchentür. »Du glaubst nicht daran, dass alles gut wird, oder?«

Sie strich sich ein paar Haarsträhnen aus der Stirn und tippte auf die aufgeschlagene Seite des Kräuterbuches. »Es gibt hier tatsächlich ein Öl, mit dem man schwangere Frauen gefahrlos betäuben kann. Ich werde es mal ansetzen und hoffen, dass Laurent es Constance verabreichen kann.« Sonderlich groß waren ihre Erwartungen in meine Fähigkeiten tatsächlich nicht. In ihren strahlend blauen Augen stand Besorgnis. Maëlle war zwei Jahre älter als ich, aber oft wirkte sie mit ihrer ungestümen Art jünger, dieses Mal spürte ich ihre Erfahrung und leider auch ihre Angst überdeutlich. »Die Autoschlüssel liegen im Flur auf der Kommode. Tu, was immer du tun musst.«

Ein Teil von mir hatte gehofft, sie würde mich zurückhalten. Früher hätte sie es getan. Heute nicht mehr.

»Du schaffst das, Vianne. Wir verlassen uns auf dich. Wenn jemand Ezra umstimmen kann, dann du.« Etwas flackerte in ihrem Blick auf, als wollte sie noch etwas hinzufügen.

»Ich geb mein Bestes.«

»Das wissen wir. Wir werden warten, bis du zurückkommst. Wenn du doch im Schloss bleiben musst, dann ruf uns an.«

»Das mache ich.«

Dann allerdings mischte das Haus sich ein. Es schien die Dringlichkeit der Situation nicht verstanden zu haben. Ein Stuhl schob sich vor meine Füße, als ich die Küche verlassen wollte, und der Autoschlüssel lag nicht mehr dort, wo Maëlle ihn hingelegt hatte.

»Rück ihn schon raus!«, schimpfte ich und klopfte dreimal gegen die Wand. »Ich muss das tun. Stell dich nicht so an. Du musst mich nicht beschützen. Ich komme zurück.«

Es brummte zur Antwort und dann klapperte etwas. Der Schlüssel schoss unter der Kommode hervor und prallte gegen die gegenüberliegende Seite.

»Geht doch«, knurrte ich. »Ich schaff das schon. Ein bisschen Vertrauen wäre angebracht.« Ein geisterhaftes Lachen erklang. Ich ignorierte es und trat hinaus in die Abendsonne. Der Vorgarten erstrahlte mittlerweile in seiner alten Pracht. Der Zaun stand wieder gerade und die Tür hing nicht mehr schief in den Angeln. Unmengen von Blumen blühten zwischen dunkelroten Berberitzen und in den Töpfen auf den Stufen wuchsen frische Kräuter. Ein Brüllen zerriss die Abendluft. Es klang weit weg, gehörte aber keinem Tier und keinem Menschen. Entschlossen ging ich zu dem Wagen, der der Loge gehörte. Ezra hatte ihn uns überlassen, solange Ash in Rennes war.

»Ich muss ins Schloss«, sagte ich zu Laurent, der zwischen den Bäumen hervortrat. Er war bis an die Zähne bewaffnet.

»Bist du sicher?«

»Ich will noch mal mit Ezra reden.«

Er fragte nicht weiter, sondern stieg auf der Beifahrerseite ein. Der zweite Wächter hob zum Abschied kurz die Hand.

Wir kamen unbeschadet durch den Wald und ich parkte direkt vor dem Zugang zur Zugbrücke. Bevor ich es mir anders überlegen konnte, stieg ich aus und ging auf das Schlosstor zu. Laurent folgte mir. Völlig untypisch für ihn, aber er hatte die ganze Fahrt über geschwiegen. Nun waren meine Hände feucht und obwohl es ein kühler Abend war, schwitzte ich. Meine Schritte wurden langsamer und mein Blick glitt über die dicken Mauern. Ich hoffte, Laurent merkte mir meine Nervosität nicht an. Als er mit der Faust gegen das Tor schlug, nickte er mir aufmunternd zu. Die Luke der dicken Tür wurde geöffnet und dann ließ ein Wächter uns ein. Die Tür schlug zu und das Brüllen erklang ein drittes Mal. Ich zuckte zusammen.

»Das ist nichts«, beruhigte Laurent mich. »Jedenfalls nichts, wovor du dich fürchten musst.« Wir liefen über den Hof, der von jeder Menge Menschen bevölkert war. Die größte Geschäftigkeit herrschte in der Schmiede, vor der ein riesiges Feuer brannte. Mindestens vier Männer schmiedeten dort Waffen. Ein paar größere Jungs steckten Kupferspitzen auf vorbereitete Buchenstäbe. Alle rüsteten für den Kampf. Ich sollte nicht hier herumstehen, sondern meine Aufgabe erfüllen.

»Ich bringe dich zu ihm«, sagte Laurent.

Jacques öffnete uns die Tür zur Vorhalle. Er lächelte mich an, aber in diesem Lächeln lag etwas Gezwungenes. Dann warf er Laurent einen vernichtenden Blick zu, den dieser störrisch erwiderte.

»Hallo, Jacques«, begrüßte ich ihn. »Ist Ezra da?«

»Es ist spät, Vianne«, erwiderte er. »Du solltest um diese Zeit zu Hause bei deinen Schwestern sein.«

»Ich weiß. Ich werde ihn auch nicht lange stören.«

»Lass sie rein, alter Mann«, forderte Laurent.

Widerwillig öffnete Jacques die Tür ein Stück weiter. »Er hat sich bereits zurückgezogen«, sagte er seufzend. »Ich weiß nicht, ob er noch gestört werden will. Er …«

Ganz offensichtlich hatte Ezra Jacques die Anweisung gegeben, mich nicht mehr zu ihm zu lassen. Natürlich. Mein Mut und mein Selbstvertrauen zerbröselten. Ezra brauchte mich nicht. Nicht mal als Freundin. Jacques bot mir die perfekte Vorlage, wieder zu gehen, ohne das Gesicht zu verlieren. Er war wohl noch loyaler als Laurent, der mit Sicherheit auch wusste, dass Ezra mich nicht mehr sehen wollte. »Dann komme ich offenbar ungelegen. Vielleicht ist es besser, wenn du ihm nicht sagst, dass ich hier war.« Ich würde ihn anrufen und mit ihm über die schwarzmagischen Gegenstände reden. Er sollte mir erklären, weshalb er diese Regulus nicht geben wollte. Darauf musste ich bestehen, aber persönliche Treffen würde es wohl nicht mehr geben.

Jacques nickte und schenkte mir einen mitfühlenden Blick. Ich drehte mich um, aber da war Laurents Brust vor meiner Nase.

»Jetzt willst du doch kneifen?«, fragte er. »An deiner Stelle würde ich mir das noch mal überlegen.«

Schritte näherten sich von hinten und ein verräterisches Kribbeln lief mir über den Nacken.

»Vianne?« Ezras Stimme stoppte meine Flucht so zuverlässig wie eine Bahnschranke.

Ich setzte ein gezwungenes Lächeln auf und drehte mich langsam wieder um. Er trug eine dunkelgraue Anzughose und ein weißes Hemd, und dieser Anblick raubte mir wie so oft, wenn ich ihn sah, den Atem. Acht Tage. Ich hatte ihn acht Tage nicht gesehen. Das war eindeutig zu lange. Der oberste Knopf des Hemdes stand offen und gab den Blick auf den Ansatz seines Halses frei. Ein winziges Stück Haut sollte nicht so eine Wirkung auf mich haben. Weshalb hatte ich mich für den Besuch nicht wenigstens etwas zurechtgemacht? Sein Haar war zerzaust, als wäre er sich hindurchgefahren, kurz bevor er aufgesprungen war, um mir hinterherzulaufen. Aber da ging wohl meine Fantasie mit mir durch. Seine Brust hob und senkte sich, als er zur Tür kam und dann stehen blieb. Sekundenlang sagte keiner von uns beiden etwas.

Jacques räusperte sich leise und brach damit den Bann.

»Ich muss etwas mit dir besprechen«, sagte ich lahm.

»Hast du sie hergebracht?«, fragte Ezra Laurent und seine Stimme klang missmutig.

Laurent nickte, sagte aber nichts. War er am Ende gar nicht mein Wächter, um mich zu beschützen, sondern sollte dafür sorgen, dass ich mich Ezra nicht näherte? Das ergab keinen Sinn.

Ezra focht mit seinem Freund ein Blickduell aus. »Dann komm schon rein.« Sonderlich begeistert war er nicht und am liebsten wäre ich nun tatsächlich weggelaufen.

»Soll ich euch etwas zu trinken und eine Kleinigkeit zu essen bringen?« Jacques blickte ihn abwartend an.

»Nein. Vianne bleibt nicht lange«, kam es wie aus der Pistole geschossen. »Und in der Bibliothek haben wir alles. Du und Adelaise könnt für heute Schluss machen. Sind die Sachen für die Reise gepackt?«, fragte er noch und klang ungeduldig.

»Es ist alles bereit«, erklärte Jacques und zog sich dann zurück.

»Du wartest am Tor und bringst Vianne dann wieder nach Hause!«, fuhr er Laurent an.

»Natürlich«, erwiderte dieser steif.

Ezra fuhr sich wieder mit einer Hand durchs Haar, drehte sich dann um und ging voraus. Eine überschwängliche Begrüßung war das nicht gewesen, aber das hatte ich auch nicht erwartet. Wir liefen die Treppe nach oben und betraten die Bibliothek. Meterlange hohe Bücherregale voller alter in Leder gebundener Folianten füllten den Raum aus. Dicke Vorhänge hingen vor den Fenstern und sperrten im Herbst und Winter die graue Welt aus. Holz knackte im Kamin, in dem selbst heute ein kleines Feuer brannte. Davor standen auf einem dicken Perserteppich eine schmale Couch und ein Tisch. Es roch nach altem Papier, den Zigarren, die Ezras Vater immer geraucht hatte, nach Whisky und – wie es unvermeidlich war, wenn man in einem Wald wohnte – nach Laub und feuchter Erde.

»Setz dich«, forderte Ezra mich auf. »Adelaise hat gerade Tee gekocht, magst du eine Tasse?«

»Sehr gern.«

Er machte sich an dem kleinen Tisch zu schaffen, der am Fenster stand. »Ist dir kalt? Soll ich dir einen Pullover holen?«

»Mir ist warm genug. Aber danke.«

Er kam zu mir zurück und reichte mir die Tasse mit Tee und lehnte sich gegen die Kaminumrandung. Er selbst trank Whisky oder Brandy. Am liebsten hätte ich meine Schuhe abgestreift und mich tiefer in die Polster gekuschelt. Ich wollte hier mit ihm sitzen, ins Feuer starren und bei ihm sein. Leider wirkte er viel distanzierter als bei unseren Joggingrunden. Ich hatte ihn bei etwas Wichtigem gestört. Er wollte mich eindeutig nicht bei sich haben. Kerzengerade hockte ich auf der Kante des Sofas und überlegte, wie ich beginnen sollte.

»Also?« Die Eiswürfel in seinem Glas klirrten, als er sich seufzend neben mich setzte. »Weshalb hast du dich um diese Zeit auf den Weg gemacht?«

»Ich habe mit Ash telefoniert.«

Ezra versteifte sich beinahe unmerklich.

»Er ist noch für ein paar Tage in Rennes bei Lawrence. Sie warten auf Sophia Chadwick und Michael Galkin.«

Ezra betrachtete mich stumm und abwartend.

Ich versuchte, nicht zu blinzeln. »Sie wollen mit ihm hierher nach Paimpont kommen. Ich dachte, dass solltest du wissen. Sie werden dich unter Druck setzen.«

Sein Gesichtsausdruck wurde weicher. »Du hättest anrufen können, um mir das zu sagen.«

Ich trank einen Schluck Tee. Er war perfekt temperiert und gesüßt. »Du weißt es schon, oder? Du hast genauso deine Spione, wie sie ihre bei dir haben.«

Weder bestätigte er diese Vermutung, noch wies er sie zurück. »Als du mit Ash hier aufgetaucht bist, habe ich vermutet, dass er nur die Vorhut ist. Sie dachten, du könntest mich umstimmen? Michael Galkin und Sophia Chadwick waren bisher zu feige, selbst herzukommen. Sie ziehen ihre Fäden lieber von Weitem.«

»Jetzt haben sie keine Wahl mehr, weil ich meine Mission nicht erfüllt habe.«

Er stand auf und wanderte durch den Raum. »Ich darf bei dieser Sache weder an mich denken noch an die Menschen, die mir nahestehen. Es steht zu viel auf dem Spiel. Das weißt du doch.«

»Natürlich.«

Er zögerte einen Moment. »Ich lasse mich nicht instrumentalisieren. Von niemandem. Und das solltest du auch nicht.«

»Das hat auch niemand bei mir versucht.«

Er sah mich ernst an. »Bist du dir da so sicher?«

Was hatte ich erwartet? Dass er mir dankbar wäre, wenn ich mich so offensichtlich auf seine Seite stellte? »Ich weiß, was Regulus will.«

Ezras gebräunte Haut wurde blass. »Wer hat es dir gesagt? Ash?«

»Nein, er hat mir gar nichts gesagt. Darauf bin ich allein gekommen. Regulus will die schwarzmagischen Gegenstände, oder?«

Für einen Moment starrte Ezra mich an, als hätte es ihm die Sprache verschlagen.

»Dämonen haben keine Magie«, erklärte ich weiter. »Aber Regulus möchte vermutlich sehr gern welche. Will er den Kelch darum bitten? Würde dieser ihm diesen Wunsch erfüllen? Oder will er ihn benutzen, um anderen seinen Willen aufzuzwingen? All denen, bei denen er es mit seinem Gift nicht schafft?«

»Ich weiß es nicht«, sagte Ezra zögernd. »Aber wir können ihm diese Gegenstände nicht überlassen. Vianne, das ist … viel zu gefährlich.«

Ich hatte also recht gehabt. Ich verkniff mir ein triumphierendes Lächeln und unterdrückte gleichzeitig meine Verärgerung. Weshalb hatte er daraus so ein Geheimnis gemacht? »Warum nicht?«, unterbrach ich ihn. »Ja, diese Dinge sind gefährlich. Aber wenn er sie mit nach Kerys nimmt, wäre es doch nur gut für uns. Dann sind sie fort.«

»Er könnte damit schreckliche Dinge anrichten.«

»Aber das ginge uns nichts mehr an. Selbst schwarzmagische Gegenstände erkennen die Gültigkeit von Verträgen an. Den Pakt könnte er damit nicht brechen.«

»Es geht nicht.« Ezra schüttelte den Kopf. »Das ist verantwortungslos.«

»Das finde ich nicht. Wir sind den Menschen verpflichtet und nicht den Dämonen. Oder willst du sie unbedingt behalten? Muss der Großmeister bei der Initiation unbedingt aus dem dunklen Kelch trinken?«

»So wurde es immer gemacht. Was ich meine ...« Wieder machte er eine Pause. »Ich kann sie ihm nicht geben. Der Raum hat sich nie wieder für mich geöffnet.«

»Aber du bist der Großmeister.«

»Das spielt für den Mysterienraum keine Rolle. Er hat seinen eigenen Willen.«

»Wir könnten versuchen, ihn gemeinsam zu finden.«

»Du glaubst, ich lasse dich noch mal in diesen Raum? Bist du verrückt geworden?« Beide Fragen klangen gleichermaßen fassungslos.

»Nein, das bin ich nicht. Deswegen sage ich ja, wir suchen den Raum zusammen.« Vorsichtig sprach ich weiter. »Da ist noch etwas anderes. Ich will nicht nur in den Raum, um die Sachen für Regulus zu holen.«

Er ließ mich keine Sekunde aus den Augen. »Noch ein Auftrag der Kongregation, Vi?« Seine Stimme klang trügerisch sanft.

»Nein«, entgegnete ich ein bisschen verletzt von seinem Misstrauen und straffte den Rücken etwas mehr. »Da ist noch etwas.« Ich holte tief Luft. »In dem Raum konnte ich den *Spiegel der Erinnerung* bewegen. Er hat den Zauber unterbrochen, den der dunkle Kelch gewebt hat.«

Er hielt das Glas so fest, dass seine Finger ganz weiß wurden. Sein Blick bohrte sich in meinen »Du hast mir nichts von dem Spiegel erzählt.«

Ich biss mir auf die Unterlippe. Das hatte ich nicht. »Ich möchte auch noch mal dorthin, weil ich wissen will, ob ich den Spiegel aus eigener Kraft bewegt habe, oder ob er mich nur benutzt hat«, sagte ich störrisch. »Und wenn ich in dem Raum meine Magie gebrauchen kann, werde ich den Spiegel und den Kelch da rausholen. Lass Michael und Sophia Regulus die Dinge geben. Du bist mir noch etwas schuldig.«

»Und das wäre?«, fragte er interessiert. Sein Blick klebte auf meinem Mund und meine Lippen kribbelten.

Er durfte mich nicht aus dem Konzept bringen. Das hier war zu wichtig. Ich zuckte so gleichmütig wie möglich mit den Schultern, trank noch einen Schluck Tee, was dumm war, weil Ezra so unweigerlich bemerkte, wie meine Hände zitterten. »Wenn die Wächter damals besser aufgepasst hätten, wäre die Sylphe nicht durch die Quelle gekommen. Sie hätte mich nicht gebissen und ich hätte das Dämonenfieber nicht bekommen und in der Endkonsequenz meine Kräfte nicht verloren.«

»Du schlägst mich mit meinen eigenen Argumenten? Das hast du dir ja schön zurechtgelegt.« Seine Mundwinkel zuckten belustigt. »Habe ich mir sonst noch etwas zuschulden kommen lassen?«

Noch so einiges, aber damit wollte ich jetzt nicht anfangen und es tat auch nichts mehr zur Sache. Ich schüttelte den Kopf.

»Ich kann dich nicht zwingen. Ich biete dir nur meine Hilfe an. Wenn wir die Gegenstände holen, hast du etwas in der Hand, mit dem du Regulus zum Einlenken zwingen kannst. Wenn nur die geringste Chance besteht, dass ich noch Magie in mir habe, dann werde ich nichts unversucht lassen, sie wiederzufinden. Egal, wo sie sich verkrochen hat.«

Er schwieg. »Dass du diesen Raum lebend und unverletzt verlassen konntest, ist ein Wunder. Ich war drei Tage darin eingeschlossen.«

»Drei Tage?« Das schockierte mich nun doch.

»Es gab plötzlich keine Tür mehr«, sagte er stockend. »Ich konnte erst hinaus, nachdem der Spiegel mir alles gezeigt hatte, was ich seiner Meinung nach sehen sollte, und der Kelch hat in jeder verdammten Sekunde versucht, mir seinen Willen aufzuzwingen.«

Ich sackte bei den Worten in mich zusammen. »Es lag also nicht an mir, dass ich den Spiegel teleportieren konnte?« Der Funken Hoffnung zerstob.

Ezra legte den Arm hinter mir auf der Rückenlehne der schmalen Couch ab. Irgendwie war er näher an mich herangerückt. Seine Wärme und sein Duft umfingen mich. »Weder der Spiegel noch der Kelch tun etwas, was sie nicht wollen. Sie sind sehr berechnend und sie kennen deine innigsten Wünsche. Sie gaukeln dir nur etwas vor.«

»Eigentlich wusste ich das.« Meine Stimme klang dünn. In den letzten Tagen hatte ich in meinem Zimmer immer wieder versucht, Gegenstände zu teleportieren. Es war mir nicht gelungen und das machte mich wahnsinnig. Ich brauchte Gewissheit, wie auch immer diese aussah.

Ich spürte Ezras Finger zuerst in meinem Haar, dann glitten sie sanft über meinen Nacken. »Es tut mir leid. Ein zweites Mal geht es vielleicht nicht so glimpflich aus. Diese Gegenstände kennen dich jetzt und sie kennen deine Schwächen. Sie würden nicht zulassen, dass ich dir helfe.«

»Ich habe mich auch beim ersten Mal allein zur Wehr gesetzt«, sagte ich verwirrt von seiner zärtlichen Berührung. »Ich brauchte dich nicht. Ich brauchte niemanden.«

Er lächelte traurig. »Findest du das erstrebenswert? Niemanden zu brauchen?«

»Immer noch besser, als ständig auf Hilfe angewiesen zu sein und behandelt zu werden wie ein rohes Ei.« Ich wandte mich ihm ganz zu. »Gut«, gab ich nach. »Lassen wir meine Wünsche mal beiseite. Wenn Regulus dieses Teufelszeug will, sollten wir es ihm geben. Unsere Zeit läuft ab. Hast du den Vertrag mit Aarvand geschlossen?«

»Wir unterzeichnen ihn morgen.«

»Und hast du sonst noch ein Ass im Ärmel? Wie groß ist Coralis' Armee? Könnt ihr zusammen Regulus aufhalten?«

»Für eine Weile«, kam es langsam von Ezra.

»Wie soll das funktionieren? Wenn dieser Aarvand fällt, kommt Regulus durch die *Weiße Quelle* und du wartest hier mit ein paar Magiern und Wächtern auf unserer Seite? Ist das dein grandioser Plan, um die Welt zu retten?«, fuhr ich ihn an. »Wenn du der Kongregation nicht entgegenkommst, werden sie alle Hexen und Hexer abziehen. Dann seid ihr ganz allein und auf euch gestellt.«

Ezra nickte, als wüsste er das längst. »Würdest du auch gehen? Würdest du gehorchen, wenn Ash das von dir verlangt?«

Ich kniff die Augen zusammen. Weshalb fing er jetzt mit Ash an. »Natürlich nicht«, sagte ich wahrheitsgemäß. »Ich gehe nicht wieder fort. Jedenfalls nicht, wenn ich nicht unbedingt muss. Aber ich bin im Kampf gar keine Hilfe und ich will nicht sterben. Ich bin nicht lebensmüde, Ezra. Ich weiß, was es heißt, Angst vor dem Tod zu haben. Ich habe eine zweite Chance bekommen und ich gebe sie nicht her, weil sich ein paar Männer dämliche Machtkämpfe liefern. Ich will leben.«

Ich wusste nicht genau, was den Ausschlag dafür gab, dass er seine Meinung änderte. Meine Worte oder dass unsere Gesichter sich plötzlich so nah waren, dass ich seinen Atem auf meinen Lippen spürte. Sein Blick verdunkelte sich, aber keiner von uns rührte sich. Wir saßen nur da.

»Gut«, flüsterte er dann. »Wenn du darauf bestehst, suchen wir den Raum der Mysterien. Regulus fürchtet und begehrt Magie gleichermaßen. Merlins Magier haben in der dunklen Zeit die Dämonen fast ausgerottet. Er will dieses Risiko nicht noch mal eingehen. Deshalb hat er die Barriere nicht einfach überrannt. Er unterjocht sein eigenes Volk, aber wie jeden Tyrannen, verlangt es auch ihn nach immer noch mehr Macht und er würde alles dafür geben, selbst magische Fähigkeiten zu besitzen.«

»Dann lass uns den Kelch und den Spiegel holen. Er wird schon sehen, was passiert, wenn man sich etwas zu sehr wünscht.«

Ezra lächelte und stand auf, als ich meine Teetasse auf den Tisch stellte. Meine Beine zitterten und am liebsten hätte ich meine Hand in seine geschoben. Nur durfte ich nicht die winzigste Schwäche zeigen. Ich hatte diesen Wahnsinn vorgeschlagen, aber ich hatte fürchterliche Angst, in diesen Raum zurückzugehen.

Ezra presste mit dem Daumen und dem Zeigefinger seine Nasenwurzel zusammen, legte den Kopf in den Nacken und schloss für einen Moment die Augen. »Es ist ein Fehler«, flüsterte er. »Aber den Versuch ist es wert.« Sein glühender Blick bohrte sich in meinen. »Und du hast recht, ich bin dir etwas schuldig. Weit mehr, als du denkst.«

# 11. KAPITEL

Ein Geräusch hinter mir lenkte mich von seinen Worten ab. Ich drehte mich um und starrte auf die Bücherwand, die sich wie von Zauberhand auseinanderbewegte. Dahinter kam die unscheinbare Tür zum Vorschein, die ich schon kannte. Ezra trat so dicht neben mich, dass ich mich hätte an ihn lehnen können. Aber das würde ich nicht tun. Wenn ich nur die winzigste Schwäche zeigte, würde er die Tür verschließen, mich in mein Auto zerren und nach Haus verfrachten lassen.

»Du bleibst hinter mir«, befahl er, ohne mich auch nur anzuschauen. Seine Schultern wirkten verkrampft, als er sich an mir vorbeischob und auf die offene Tür zuging.

Ich folgte ihm. Die Treppe führte uns wieder in den runden Raum.

»Welchen Gang hast du beim letzten Mal genommen?«

Wenn mich nicht alles täuschte, waren es jetzt deutlich mehr Wege als bei meinem ersten Besuch, manche waren so schmal, dass sich maximal eine Maus hindurchquetschen konnte. Seltsame Ranken schimmerten an dem Stein der Wände. Sie pulsierten, als wären es Adern, durch die Blut floss. »Ich bin nicht sicher.«

Er nickte, als hätte er damit gerechnet. »*Glamorgan* verändert sich. Aber wenn der Raum es will, dann wird er dich finden.« Seine Stimme war so düster wie die ganze Atmosphäre hier unten. Erst jetzt fiel mir auf, dass nicht sonderlich viele Fackeln brannten.

»Lass uns diesen nehmen.« Ich nahm Ezras Hand und zog ihn zu dem breitesten Gang. Fest schlossen sich seine Finger um meine.

Die meisten Türen, an denen wir vorbeiliefen, waren verschlossen. Ab und zu drückten Ezra oder ich eine Klinke hinunter, aber nie ging eine der Türen auf. Stattdessen wurde der Gang schmaler und dunkler. Die Wände rückten auf uns zu.

»Wir könnten zurückgehen und einen anderen Weg nehmen«, schlug ich vor.

»Das ist unnötig.« Ezras Stimme klang belegt. »Wie schon gesagt, der Raum muss dich finden.«

»Gut. Dann gehen wir weiter«, erwiderte ich mutiger, als ich mich fühlte, und schob mich enger an ihn heran, als hinter einer der verschlossenen Türen ein Fauchen erklang.

»Was war das?«

»Keine Ahnung. Wenn ich hier runterkomme, öffne ich die Türen nur, wenn ich es unbedingt muss. Es ist sicherer so. *Glamorgan* ist in der Lage, dich vollkommen in die Irre zu führen und dich zu verwirren. Selbst wenn der Mysterienraum der gefährlichste Raum ist, solltest du auch die anderen Zimmer nicht unterschätzen. Es gab Großmeister, die sind hier unten verschwunden und wurden nie wiedergesehen.«

»Ich hätte nie gedacht, dass es diesen Ort gibt. Ich dachte, er wäre nur eine Legende.«

»Wie die Dämonen?« Ezra lächelte und ich warf ihm einen gespielt bösen Blick zu.

»Es gibt für diesen Ort keinen festen Platz«, erklärte er. »Cerridwen und Morrigan – die Göttin der Wiedergeburt und die Göttin des Todes – haben *Glamorgan* erschaffen. Sie vernichten es, wie es ihnen beliebt, und lassen es an anderer Stelle wiedererstehen. Sie schützen diese Heimstatt, wie sie auch all ihre Kinder schützen, die sie erschaffen haben. Uns gewähren sie nur kurze Audienzen, weil sie dies Merlin einst versprochen haben. Deswegen ließ er das Schloss in Brocéliande errichten.«

»Mit ihren Kindern meinst du die Dämonen und uns gleichermaßen?« Ezra hatte einen anderen Blick auf diese Spezies als der Rest von uns. Vermutlich lag es an seiner Freundschaft mit Caleb.

Er nickte. »Du kennst doch die Geschichte, wie Cerridwens Gehilfe Gwion zum ersten Dämon wurde?«

»Natürlich. Mémé hat sie uns oft genug erzählt. Cerridwen hatte einen sterblichen Sohn namens Afangdu. Aber er war furchtbar hässlich«, begann ich. »Sie wollte einen Trank brauen, der ihm Weisheit und Schönheit schenken sollte. Alle Zutaten, die sie dafür benötigte, rührte sie in den großen Kessel. Zum richtigen Zeitpunkt gab sie Kräuter, Wurzeln und den Schaum der Meereswellen hinzu.«

Ezra verlangsamte seine Schritte und nahm meine Hand in seine. Nun liefen wir Hand in Hand nebeneinanderher, als gingen wir spazieren. Die Wände fingen an zu flimmern. Dann verschwanden sie und an ihrer statt wuchsen rechts und links hohe Berberitzenhecken in die Höhe. Die roten Beeren funkelten an den dornigen Zweigen wie Edelsteine. Es war wunderschön und gleichzeitig furchteinflößend.

»Erzähl weiter«, verlangte Ezra leise. »Versuch bitte, dich nicht allzu sehr zu wundern. Das ist alles nicht echt. Nichts hiervon ist wirklich.«

»Cerridwen braute den Trank ein Jahr und einen Tag lang. Er musste unablässig gerührt werden.« Meine Stimme zitterte, als ein Windhauch mich traf. Er bestand aus purer Magie. »Doch eines Tages musste sie neue Kräuter sammeln und bat ihren Gehilfen Gwion, den Tank umzurühren. Aber sie verbot ihm ausdrücklich, davon zu kosten.« Auf der anderen Seite des Gebüsches raschelte es und ich zuckte zusammen.

»Beachte es nicht«, forderte Ezra. »Darauf wartet es nur.« Sanft strich sein Daumen über meinen Handrücken. »*Glamorgan* mag diese alten Geschichten.«

»Du redest über das Labyrinth, als wäre es tatsächlich lebendig.«

»Das ist es auch«, behauptete er. »Lebendiger, als wir beide es je sein werden.«

Er schlang einen Arm um meine Taille und riss mich zurück, als die Hecken plötzlich verschwanden und sich zu unseren Füßen ein Riss bildete, der den Blick in eine unendliche Finsternis freigab. Nun standen wir auf einer flachen Ebene und aus der Tiefe drang ein schauerliches Stöhnen zu uns herauf.

»Was ist das?«, fragte ich um eine feste Stimme bemüht. Gleichzeitig klammerte ich mich an ihm fest.

»Das ist Cear Arianrhod«, antwortete er beklommen. »Das Schloss der Ariane. Der Hexenmeisterin.«

»Nenn sie nicht so«, sagte ich. »Sie ist genauso eine Göttin wie Brigid, Cerridwen und Morrigan. Sie wurde verbannt, weil ihr eigener Bruder sie der schwarzen Magie bezichtigte. Alles nur, weil er nicht ertragen konnte, dass ihre Macht größer war als seine. Er nahm ihr ihren Sohn fort. Ihr Schloss liegt also unter der Erde?«

»Dorthin hat sie sich zurückgezogen«, sagte Ezra. »Siehst du die silbrigen Fäden, die die Wände emporklettern?«

Ich nickte und betrachtete die spinnenwebfeinen Bänder, die die Finsternis erhellten.

»Sie spinnt dort seit Jahrhunderten ihre Fäden. Damit lädt sie dich ein, sie zu besuchen.«

»Muss ich diese Einladung annehmen?« Niemals würde ich in diesen Abgrund steigen, aber schon kroch einer der Fäden auf mich zu.

»Nicht heute. Ariane ist geduldig. Sie hat zu warten gelernt. Aber sie wird diesen Besuch einfordern. Schließlich ist sie eine Göttin.«

»Warst du schon mal bei ihr?«

»Nein. Sie würde niemals einen Mann in ihr Schloss lassen. Männer haben sie immer nur verraten und für ihre Zwecke missbraucht. Lass uns weitergehen. Du musst die Geschichte zu Ende erzählen.« Er führte mich am Rand des Spaltes entlang, der sich langsam wieder zusammenschob.

»Gwion verbrannte sich beim Rühren an ein paar Spritzern des Trankes. Ohne darüber nachzudenken, steckte er die Finger in den Mund, um den Schmerz zu lindern«, setzte ich fort. »Damit übertrug sich alle Kraft des Trankes auf ihn und nichts war mehr übrig für den Sohn der Göttin. Gwion hörte plötzlich alles, was in der Welt geschah, und verstand alle Geheimnisse der Gegenwart und der Zukunft.«

Ich sah zu Ezra auf, der meinen Worten lauschte und gleichzeitig die Umgebung betrachtete. Die Hecken waren zurückgekommen und der Riss hatte sich geschlossen. Nun bestanden die Hecken aus grünem Liguster, an dem die ersten frischen Blätter sprossen, als sei es gerade erst Frühling geworden.

Immer wieder bogen wir in einen anderen Gang ein. Gerade hörten wir ein leises Lachen und dann ein Geräusch, das wie das Sprudeln einer Quelle klang. »Werden wir jemals wieder hinausfinden?«, fragte ich.

»Das liegt nicht mehr in unserer Hand. Cerridwen entscheidet über unser Schicksal. Wir haben sie herausgefordert. Wie endet die Geschichte?«, fragte er drängend, obwohl er das Ende kannte.

»Gwion wusste, wie zornig die Göttin sein würde, denn all ihre Arbeit war umsonst gewesen. Er weinte und wusste weder ein noch aus. Aber er hatte mit den wenigen Tropfen auch die Kunst des Gestaltwandelns erworben und so verwandelte er sich in einen Hasen. Die Göttin selbst setzte ihm als Windhund nach. Gwion verwandelte sich in eine Forelle, aber die Göttin wurde zum Otter. Er wurde zum Sperling und sie zum Falken. Ganz egal, welche Gestalt er annahm, die Göttin wurde zu einem Tier, das schneller oder kräftiger war. Zuletzt verwandelte er sich in ein Korn und hoffte, die Göttin würde ihn nicht finden.

Aber natürlich wurde sie zum Huhn und pickte ihn auf. Kurz darauf wurde sie schwanger und neun Monate später gebar sie einen Sohn.«

»Sie setzte ihn aus und ließ ihn allein«, ergänzte Ezra leise. »Er erbte von seiner Mutter und seinem Vater die Gabe des Gestaltwandelns und wurde so zum ersten Dämon.«

Wieder veränderte sich das Labyrinth. Ich presste mich an Ezra, als die Ligusterhecken verschwanden und durch unendlich hohe Glaswände ersetzt wurden. Durch das schimmernde Glas konnte man in die Zimmer dahinter blicken. Es gab Räume voller Bücher. Dann Räume voller Schätze. Gold und Edelsteine stapelten sich in riesigen Haufen. Ich blickte nach oben und folgte dem Lauf der Wendeltreppen. Auch dort waren Flure mit unendlich vielen Türen. »Was ist das alles?«, fragte ich atemlos, als wir an einem Raum vorbeigingen, der voller Kelche war. Prächtige Trinkgefäße lagen neben unscheinbaren Bechern.

»All die nutzlosen Gefäße, die Artus seine Ritter sammeln ließ, weil er hoffte, sie würden den Gral finden.«

»Wie kommen sie hierher?«

»Ich weiß es nicht. Darüber kann ich nur Vermutungen anstellen.«

»Und, wie lautet deine Vermutung?«

»Ich glaube …« Er stoppte. »Ich denke, Artus hoffte, sein Erbe loswerden zu können, wenn er aus dem Gral trank.«

»Sein Erbe. Er war der Sohn von Igraine und Uther Pendragon. Wieso sollte er dies loswerden wollen?«

»Uther Pendragon war zur Hälfte ein Dämon und dieses Erbe trug auch Artus in sich. Etwas, was er zutiefst verabscheute.«

Ich holte tief Luft. »Das wusste ich nicht.«

»Natürlich nicht. Das ist nichts, was er an die große Glocke hängen wollte. Seine Frau Guinevere wusste es und natürlich Lancelot, sein engster Freund.«

Und der Mann, der Artus' Frau geliebt hatte. Lancelot und Guinevere hatten ebenso wenig ihr Happy End bekommen wie Merlin und Viviane. »Artus hat den richtigen Gral nie gefunden, oder?«

Ezra schüttelte den Kopf. »Nein, das hat er nicht. Stattdessen hat er mit seinen Rittern die Dämonen bekämpft. Ich glaube, er wollte jeden einzelnen von ihnen umbringen, weil er den Teil, der in ihm lebte, nicht töten konnte.«

»Wenn er den Gral gefunden hätte, hätte er dann das Dämonische in sich vernichten können?«, fragte ich skeptisch.

Ezra überlegte und führte mich dabei zielstrebig weiter. »Artus' Vater Uther Pendragon wurde in seiner dämonischen Gestalt zu einem fünfköpfigen Drachen. Ich glaube nicht, dass man dieses Erbe einfach so loswird. Nicht mal durch einen magischen Kelch.«

»Und Artus? Welche Gestalt nahm er an?«

»Dazu ist nichts überliefert. Er ließ alles, was auf seinen Makel hinwies, vernichten. Er wollte so nicht in Erinnerung behalten werden. Deswegen wandte er sich dem christlichen Glauben zu und deshalb bekam Guinevere kein Kind von ihm. Er wollte, dass seine Linie ausstarb.«

»Er bestrafte seine Frau für etwas, das er an sich nicht akzeptierte. Kein Wunder, dass sie sich in Lancelot verliebt hat.«

Ezra betrachtete mich mit gerunzelter Stirn.

»Bist du etwa anderer Meinung?«, fragte ich aufgebracht. »In der damaligen Zeit war es schlimm, als Frau als unfruchtbar zu gelten und einem König keinen Erben schenken zu können. Muss ein Spießrutenlauf für sie gewesen sein.«

»Schon möglich. Aber er liebte sie. Sehr sogar.«

Er war der letzte Mann, mit dem ich über die Liebe diskutieren wollte und welche Belastungen sie aushielt. »Warum hat er Merlin eigentlich zu seinem Ratgeber gemacht, wenn er Dämonen so sehr hasste?«

»Weil er sich vor ihm nicht zu verstecken brauchte.«

Ich nickte. »Blöd nur, dass Artus mit seiner eigenen Halbschwester einen Sohn gezeugt hat«, bemerkte ich gehässig. »Seine Linie starb gar nicht aus. Geschah ihm recht.«

Ezra lachte leise. »Wir sind heute wohl ein bisschen boshaft.«

»Und das wundert dich, oder? Dein Dämonenfreund hat mich schon darüber informiert, dass du mich in die Schublade der sanften Frauen gesteckt hast«, entgegnete ich.

»Ich habe dich in gar keine Schublade gesteckt.« Nun seufzte er. »Darüber hast du dich geärgert? Du warst für mich auch mutig und du hast dich so gegen die Krankheit gewehrt. Normalerweise bricht das Fieber viel früher aus, das weißt du doch.«

Ich nickte.

»Aber trotz deines Mutes und deiner Sturheit bist du eben auch sanft. Ich finde, das ist nicht gerade eine Beleidigung. Du bist warmherzig und mitfühlend …«

»Jaja. Ist ja schon gut.« Ich musste lachen, was Ezra zum Lächeln brachte. »Ich habe es begriffen. Sanft ist eine supercoole Eigenschaft.«

»Das ist sie«, sagte er leise und küsste mich auf die Schläfe. Die Gefühle, die seine Lippen auf meiner Haut in mir weckten, waren allerdings alles andere als sanft.

An den Glaswänden begannen Wassertropfen hinunterzulaufen, die wie Tränen aussahen, und nicht weit vor uns öffnete sich geräuschlos eine Tür und ein heller Lichtschein fiel in den Gang.

Ezras Arm schloss sich enger um meine Schultern. »Der Raum der Mysterien. Er möchte, dass du ihn ein zweites Mal betrittst.« Erstaunen und Furcht lagen in seiner Stimme.

Vor Aufregung begann es in meinem Magen zu rebellieren, als ich daran dachte, was beim letzten Mal dort drin geschehen war. Aber ich befreite mich aus seiner schützenden Umarmung, beschleunigte die Schritte und versuchte gleichzeitig, die aufsteigende Furcht zurückzudrängen. Ich fokussierte mich ausschließlich auf das Rechteck der Tür.

»Vi!« Ezras Ruf hielt mich zurück, als ich es erreichte. »Warte!«

Ich drehte mich zu ihm um. »Lass es mich allein versuchen.« Viel Hoffnung hatte ich nicht, dass er meiner Bitte nachkommen würde. »Wie du schon selbst festgestellt hast – der Raum hat sich für mich geöffnet und er erlaubt mir, dass ich ihn betrete. Nicht dir. Wir sollten ihn nicht verärgern.«

Ezra stand nur einen Meter hinter mir. »Bist du ganz sicher? Wir brauchen diese Gegenstände nicht. Wir können gegen Regulus kämpfen.«

»Aber dann werden viele von uns sterben.«

Ezra nickte, weil er das nicht abstreiten konnte.

»Wenn Regulus den Spiegel und den Kelch bekommt und ich damit auch nur ein Leben rette, dann ist es das wert.«

Wir sahen uns einfach nur in die Augen. Ich sah Angst in seinen und Sorge. »Wenn du das tun willst, werde ich hier draußen auf dich warten. Ich gehe ohne dich nicht zurück. Ohne dich gehe ich nirgendwohin.«

»Versprochen?« Ich fragte mich, ob die Doppeldeutigkeit in seinen Worten Absicht war.

»Versprochen.«

Ich lächelte, holte tief Luft und betrat den Raum. Als Erstes fiel mir auf, dass alles ganz anders aussah. Die Wände waren blutrot und schimmerten, als wären sie mit einem goldenen Lack überzogen. Die Tische standen jetzt direkt an den Wänden. Dafür war auf dem Boden in der Mitte des Raumes mit einer dicken roten Kordel ein Kreis gelegt. Sein Durchmesser musste schätzungsweise drei Meter betragen. In diesem Kreis waren ein großes und drei kleinere Pentagramme eingezeichnet. Eins für jede Himmelsrichtung, wobei das große Richtung Osten zeigte. Ich schluckte nervös. Ein magischer Kreis war für Nichteingeweihte ein gefährlicher Zauber. Mein Blick glitt weiter durch den Raum. Weder der dunkle Kelch noch der Spiegel waren irgendwo zu sehen. Der große Azurit war verschwunden. Damit hatte ich nicht gerechnet. Mein schöner Plan, Regulus zu bestechen, zerfiel. Immerhin lagen auf den Tischen wieder die Grimoires und dann entdeckte ich auf einem der Bücher ein Athame. Der Ritualdolch war wunderschön verziert. Wenn die Edelsteine auf dem Griff echt waren, dann musste er ein Vermögen wert sein. Ob man Regulus damit besänftigen konnte? Wenn der Dolch sich in diesem Raum befand, musste er besondere Kräfte haben. Ich schaute zu Ezra, der in der Tür stand. »Soll ich ihn holen?«

»Versuch es«, sagte er. »Aber betritt nicht den Kreis.«

»Soll ich auch eins der Grimoires mitnehmen? Wir sollten ihm mehr anbieten als nur einen Dolch.«

Ezra schüttelte den Kopf. »Das sind keine gewöhnlichen Grimoires. Sie gehörten Hexen oder Hexern, die sich der schwarzen Magie zugewandt haben. Sie sind voller Flüche und Schadenzauber. Es ist besser, sie bleiben hier.«

Wenn er meinte. Ich konzentrierte mich auf den Kreis, der zwischen mir und den Tischen lag. Die Kordel war nicht ganz geschlossen, sondern es blieb ein schmaler Durchgang – eine Aufforderung, den Kreis zu betreten. Eine Aufforderung, der ich auf keinen Fall nachkommen würde. Ich musste ihn umrunden, um an mein Ziel zu gelangen. Ich machte einen Schritt und noch einen, dann schwankte der Boden unter meinen Füßen. Es fühlte sich an, als wolle er mich festhalten und gleichzeitig direkt in den Kreis stoßen. Ich fiel auf die Knie und krallte die Finger in den harten Steinboden. Eine unsichtbare Kraft schob mich vorwärts. Meine Fingernägel splitterten, als ich versuchte, mich dagegen zu wehren. Ich biss die Zähne so fest aufeinander, dass sie wehtaten.

»Vi!«, hörte ich Ezra brüllen. »Komm sofort zurück!« Seine Stimme klang nicht nur zwei Meter, sondern mindestens zwei Kilometer entfernt.

Ich versuchte, wieder aufzustehen, aber es gelang mir nicht. Die Kordel öffnete sich weiter. Der Kreis wollte mich aufnehmen. Die Kordel begann sich zu bewegen, als wäre sie eine Schlange. Paralysiert starrte ich auf die Pentagramme, die zu glühen begannen. Kleine Flammen züngelten aus den Strichen hervor, mit denen sie gezeichnet waren. Mit einem Ruck rutschte ich vorwärts. Ich schrie vor Überraschung auf und stemmte die Handballen fester auf den Stein. Meine Fingerkuppen fanden Halt in den Fugen dazwischen. Hinter mir brüllte Ezra, aber ich wagte es nicht, mich umzudrehen, weil ich den Kreis nicht aus den Augen lassen durfte. Der Mysterienraum hatte gewusst, dass ich ihm etwas fortnehmen wollte, und er hatte mich in eine Falle gelockt. Ein erneuter Ruck ging durch meinen Körper. Ich versuchte, mich an die Beschwörung zu erinnern, mit der man die Kraft eines magischen Kreises unterbrechen konnte. Mémé hatte sie uns beigebracht, weil es gelegentlich vorkam, dass der Wille einer Hexe mit derlei schwarzer Magie beeinflusst werden sollte. Die Gegenzauber lernten Hexen bereits in der Kindheit. Aber in meinem Kopf war nur ein Loch, gähnende Leere. Nebel waberte vor meinen Augen und der Raum verschwamm.

Plötzlich war Ezras Stimme in meinem Kopf. »Vi«, sagte er. »Du musst dich konzentrieren. Widersetze dich. Ich bin bei dir.«

Wie machte er das? Wieder wurde ich ein Stück nach vorn geschoben. Der Stoff meiner Hose riss. Und dann berührten meine Fingerspitzen die Kordel. Der Schmerz, der durch mich brandete, war unbeschreiblich. Er war hundertfach stärker als das Dämonenfieber. Er schüttelte mich und ich krümmte mich auf dem Boden zusammen. Meine Gliedmaßen zuckten völlig unkontrolliert, als wäre ich besessen.

»Vi.« Ezra klang ganz ruhig. »Konzentrier dich auf dein Inneres. Der Schmerz ist nur Einbildung. Er ist nicht real.«

»Er fühlt sich sehr real an«, presste ich hervor. Die Kordel begann sich um mein Handgelenk zu wickeln, kroch meinen Arm hinauf und zog mich immer weiter. Nur noch wenige Zentimeter, dann würden meine Knie an das erste Pentagramm stoßen. Die Kordel erreichte meinen Hals, wickelte sich darum und nahm mir den Atem. Winzige Kristalle bohrten sich in meine Haut. Schweiß brach mir am ganzen Körper aus. Nun bestrafte der Raum mich für mein Vorhaben. Etwas Nasses lief mir über das Gesicht.

»Du musst seine Macht brechen. Wenn noch ein Rest Magie in dir ist, musst du sie jetzt benutzen. Sonst stirbst du. Der Raum testet dich. Er will wissen, wie stark du bist.«

Ich rammte die Zähne in meine Unterlippe und schmeckte Blut, aber dann flüsterte ich plötzlich die Worte, die Mémé mir auf dem Hexenfelsen beigebracht hatte. »*Thelema, Thelema Agape.*«

Ezra atmete auf. »Gut so. Wehr dich. Kämpfe!«

»*Thelema*«, wiederholte ich erst leise und dann lauter: »*Thelema Agape.*« Mein Blick bohrte sich in die Pentagramme. »*Thelema Agape!*«, brüllte ich so laut ich konnte, und ein Beben durchfuhr den Raum. Erde prasselte auf mich herab.

»Vi!«, rief Ezra. »Stopp. Hör auf.«

Aber ich konnte nicht. Wieder und wieder brüllte ich die Beschwörung heraus, obwohl die Kordel versuchte, mir die Stimme abzuschnüren. Die Flammen, die die Striche der Pentagramme nachzeichneten, wechselten ihre Farbe. Glühendes Rot, dann Grün, Blau und Gelb. Die Farben aller vier Elemente. Feuer, Erde, Wasser, Luft. Erst am Schluss wurden sie schwarz. Funken sprangen auf die Kordel und setzten sie in Brand. Ich schlug vergeblich auf die Flammen ein. Das Feuer loderte weiter, aber es griff nicht auf meine Sachen über. Und dann lockerte sich das Band um meinen Hals. Ich bekam wieder Luft. Die Kordel fiel mit einem ekelhaft gurgelnden Geräusch zu Boden und wurde zu Asche. Die Flammen erloschen. Ich kam mit zitternden Beinen zum Stehen und wankte zur Tür. Ezra stand mit weit aufgerissenen Augen auf der anderen Seite. Erst jetzt erkannte ich, weshalb er nicht zu mir hatte kommen können. Der Durchgang war verschlossen. Da war keine Tür mehr, sondern nur eine glatte Wand aus Glas. Panisch suchte ich nach einem Griff oder einer anderen Möglichkeit, diese zu durchbrechen. Hinter mir erklang ein Schaben. Ich wirbelte herum. Die Wände des Raumes schoben sich zusammen und der Boden begann zu verschwinden. Dort, wo er gerade noch gewesen war, gähnte nun ein Schlund voller tiefer Dunkelheit.

»Der Raum zieht sich zurück«, hörte ich Ezras Stimme in meinem Kopf.

Ein trockenes Schluchzen stieg meine Kehle hinauf. Sie brannte und kratzte.

»Sieh mich an, Vianne«, befahl Ezra ruhig. »Du wirst dort drin nicht sterben.«

Erschöpft lehnte ich die Stirn gegen das Glas und presste meine Handflächen dagegen. Doch, dachte ich, das würde ich, denn ich konnte nicht mehr. Ich wollte mich nur noch zusammenrollen und schlafen. Ewig zu schlafen, kam mir wie eine Erlösung vor.

»Vi.« Ezras Stimme wurde sanfter. Zärtlich. Er lehnte die Stirn auf der anderen Seite gegen meine und legte die Hände gegen meine Handflächen. Nur das dünne Glas trennte uns voneinander. »Hör mir zu. Du brauchst das Athame, um dieses Glas zu durchbrechen. Entweder du gehst zurück und holst es dir, oder du teleportierst es. Aber entscheide dich jetzt. Wenn der Boden verschwunden ist, findest du den Dolch nicht wieder. Reiß dich zusammen. Du hast es gleich geschafft. Tu es für mich.«

Mit letzter Kraft lächelte ich ihn an und er lächelte zurück. Das war der schlechteste Grund, weshalb ich um mein Leben kämpfen sollte. Wenn ich überleben wollte, dann musste *ich* für mich kämpfen. Das konnte mir niemand abnehmen. Mühsam hob ich den Kopf, aber selbst diese kleine Bewegung tat weh. Wo war der Dolch?

Mittlerweile war der Boden fast komplett verschwunden. Gerade noch hatte er aus uralten Steinen bestanden und nun war alles fort. Die Wände schoben sich weiter auf mich zu. Es gab nur noch zwei Stellen, an denen der Fußboden noch existierte. Hier, wo ich stand, und unter dem Tisch, auf dem einige Grimoires und das Athame lagen. Aber auch unter diesem Tisch löste sich der Boden auf, genau wie unter mir. Wenn er endgültig verschwand, würde ich in diese bodenlose Tiefe stürzen, und wenn ich nicht starb, auf ewig Teil des Labyrinthes bleiben. War das den Großmeistern passiert, von denen Ezra vorhin gesprochen hatte?

Ezra hinter mir flüsterte beschwörend: »Du kannst das. Du bist so viel stärker, als du denkst. Nimm es in Besitz. Erhebe Anspruch darauf.«

Ich ballte die Hände zu Fäusten und holte tief Luft. Der Abgrund zwischen mir und der Stelle, an der der Dolch lag, war zu groß, um ihn zu überspringen. Ich schloss die Augen und konzentrierte mich.

»*Volanta*«, murmelte ich den Bringzauber und öffnete meine Handfläche. Jetzt würde sich zeigen, ob tatsächlich noch etwas von meiner Magie übrig war. Die Energie, aus der alles bestand, war immer dieselbe. Der Dolch und ich unterschieden uns nur in der Form, die die Göttinnen uns gegeben hatten. Früher hatte ich diese Energie gesehen und war davon umgeben gewesen. Ein wirres Geflecht bunter Pfade hatten zu den Gegenständen geführt, die ich bewegen wollte. Aber all diese Farben waren während meiner Krankheit verschwunden.

»*Volanta.*« Ein dünner magentafarbener Faden flackerte auf und verschwand. »*Volanta*«, flüsterte ich wieder und der Energiefaden manifestierte sich erneut. Dicker jetzt und er führte von meiner Hand direkt zu dem Dolch. Ich wurde ganz ruhig, ignorierte das Chaos um mich herum und sah nur auf das Athame. »*Volanta*«, sagte ich ein letztes Mal und fühlte mich mächtig.

In diesem Moment geschahen mehrere Dinge gleichzeitig: Der Dolch erhob sich und schwebte in der Luft, während der Boden unter dem Tisch vollends verschwand. Der Tisch stürzte in die Tiefe. Der Dolch raste in meine Hand, ich umschloss den Griff, drehte mich um und rammte die Spitze in die Glaswand. Ein Riss zog sich von dort nach oben und unten, verzweigte sich, bildete weitere Risse wie ein Geäst, und dann zerbrach die Scheibe in tausend Teile. Der Boden unter meinen Füßen löste sich auf. Einen Wimpernschlag lang schwebte ich in der Luft, versuchte, irgendwo Halt zu finden, und dann fiel ich. Ezras Finger legten sich um mein Handgelenk. Er hielt mich fest und zog mich über die Schwelle in den Gang.

Eine Tür schlug donnernd ins Schloss und der Boden unter uns vibrierte. Die Glaswände verschwanden. Wir lagen auf weichem

Moos, und ich versuchte, langsam zu Atem zu kommen. Um uns herum ragten die Berberitzenhecken auf. Vögel zwitscherten und die Sonne wärmte mich. Ezra hielt mich so fest umklammert, als würde er mich nie wieder loslassen wollen. Auch sein Atem ging keuchend.

Ich war nicht in das Nichts gefallen. Ich war hier bei ihm. Seine Hände strichen über mein Haar und meinen Rücken, schoben sich fahrig unter dem Saum meines Shirts, als müsse er unbedingt meine Haut berühren. Ich vergrub das Gesicht an seiner Halsbeuge und strich zaghaft über seine Brust, um ihn und mich gleichermaßen zu beruhigen. Wir sollten aufstehen und zurückgehen, aber keiner von uns rührte sich. Sein Atem strich über mein Gesicht, als er die Lippen auf meine Stirn legte. In meinem Inneren verkrampfte sich alles. Je ruhiger wir äußerlich wurden, umso stärker wurde die Spannung, die sich um uns herum aufbaute.

»Vi«, sagte er mit belegter Stimme. »Du darfst dich nie wieder in solche Gefahr begeben.«

Ich bewegte den Kopf. »Mache ich nicht.« Ich musste mich beherrschen, um ihn nicht auf der Stelle zu küssen. Stattdessen sog ich Ezras Duft ein und spürte, wie er erschauderte. Wir sollten über das reden, was gerade passiert war, aber ich brachte kein einziges Wort heraus. Seine Hände glitten weiter unter mein Shirt und ich schmiegte mich unwillkürlich an ihn. Ich hob den Kopf noch ein Stückchen und legte ihm eine Hand auf die Wange.

»Ezra«, flüsterte ich. Ich wollte, dass er mich berührte, dass er mich küsste. Aber ich wollte es nur, wenn es dieses Mal etwas bedeutete.

Sein dunkler Blick hielt sich für einen Moment an meinem fest, dann stand er mit einer fließenden Bewegung auf und zog mich hoch. »Hast du Schmerzen?«

Die Vertrautheit und die Spannung verflüchtigten sich. Ich schüttelte den Kopf.

»Nicht mehr. Nein.«

»Komm mit.« Sanft nahm er meine zerschundene Hand in seine. »Ich bringe dich hier raus.«

Es war vernünftig so. Er wollte mich nicht küssen und ich sollte das auch nicht wollen. Ich sah mich um und entdeckte das Athame im Moos. Vorsichtig nahm ich es hoch und es schmiegte sich in meine Hand, als gehörte es dort hinein. »Hast du schon mal von einem schwarzmagischen Ritualdolch gehört?«, fragte ich Ezra.

Er schüttelte den Kopf. »Vermutlich hat es einem der Hexer oder Hexen gehört, die wegen schwarzer Magie verurteilt wurden. Ihr Besitz wird in diesem Raum verwahrt.«

»Warum findet dann die Initiation der Großmeister ausgerechnet dort statt?«

»Weil es uns gemahnen und daran erinnern soll, dass es zwei Seiten gibt – die dunkle und die helle. Weil wir getestet werden sollen, ob wir stark genug sind, der Dunkelheit zu widerstehen. Möchtest du das Athame mitnehmen oder hierlassen?«

»Ich nehme es selbstverständlich mit. Schließlich habe ich es mir hart erkämpft.«

»Das hast du.« Er strich mir über die Wange und nahm wieder meine Hand.

Vorhin waren wir auf der Suche nach dem Raum der Mysterien ewig durch das Labyrinth geirrt. Jetzt gab es nur einen einzigen Pfad, der uns geradewegs zu der Treppe zurück in die Bibliothek des Schlosses führte. Im Kamin brannte immer noch das Feuer, als wären wir nur wenige Minuten fort gewesen. Ezra ließ meine Hand nicht los, sondern führte mich hinaus. Sicher brachte er mich zu Laurent, um ihn zu bitten, mich nach Hause zu bringen. Aber ich wollte nicht gehen. Mondlicht sickerte durch die schmalen Fenster über der wuchtigen Eingangstür herein und hüllte die Vorhalle in sanftes Licht. Auf dem großen Tisch in der Mitte standen Kerzen, aber es war niemand zu sehen und alles war still. Zu meinem Erstaunen führte Ezra mich keineswegs hinaus, sondern brachte mich in die Küche, die im Erdgeschoss des Hauses lag. Ich hatte diesen Raum immer gemocht. Das hier war Adelaises Reich. Der Duft von Kuchen und Kaffee, Kräutern und Gewürzen lag in der Luft. In der Mitte stand der lange Tisch, an dem ich so oft gesessen und Adelaise von meiner unerwiderten Liebe zu Ezra erzählt hatte. Seine Köchin hatte mir zugehört, über mein Haar gestrichen und versucht, mich mit ihren Köstlichkeiten zu trösten. Jetzt drückte Ezra mich auf eine der Bänke, die rechts und links des Tisches standen, und holte aus einem Schrank ein Geschirrtuch. Er hielt es an der Spüle unter den Wasserstrahl und kam dann zu mir zurück. Ich legte das Athame auf den Tisch.

»Halt still«, befahl er, als er sich mit gespreizten Beinen mir gegenübersetzte.

Ich hatte gedacht, er würde sich um meine Hände kümmern, aber er strich mit dem feuchten Tuch vorsichtig über meine Wangen.

»Was tust du da?«

Ezra hatte nur zwei Wandlampen angemacht, aber als er das Tuch von meinem Gesicht nahm, sah ich deutlich die roten Spuren auf dem Stoff.

Ich keuchte auf. »Was ist das?« Wann hatte ich mich im Gesicht verletzt? Ich konnte mich nicht daran erinnern.

»Du hast Blut geweint«, erklärte Ezra mit belegter Stimme, stand auf, um das Tuch auszuwaschen, und kam sofort zurück. »An deinem Hals sieht man die Abdrücke der Kordel. Deine Schwestern werden mich umbringen.« Er nahm mein Kinn und drehte meinen Kopf so, dass er besser sehen konnte. Wieder strich er vorsichtig über meine Wangen und meine Augen. »Ich hatte noch nie in meinem Leben so viel Angst«, sagte er leise. »Auf der anderen Seite zu stehen und nichts tun zu können …«

»Es tut mir leid.«

Er lachte schroff auf. »Dir muss gar nichts leidtun. Alles, was heute Abend passiert ist, ist meine Schuld. Ich hätte das nicht erlauben dürfen, aber ich konnte dir nie etwas abschlagen.«

»Du hast mir immer nur Dinge erlaubt, von denen du dachtest, sie seien gut für mich.«

»Weil ich dich beschützen wollte.«

Ja, das hatte er gewollt und ich hatte es gleichermaßen geliebt und gehasst. »Das musst du jetzt nicht mehr.«

»Ich weiß nicht, ob ich damit aufhören kann.«

»Dann bemüh dich. Ich bin erwachsen, Ezra.«

Ich rutschte an ihn heran, als er meine Hände in seine nahm.

»Du hast den Dolch bekommen«, wechselte er abrupt das Thema. »Du hast ihn dort rausgeholt.«

Ehrfürchtig betrachtete ich das Athame.

»Und deine Magie ist nicht fort. Ich denke, das hast du ebenfalls bewiesen.«

»Dieses Mal war ich es wirklich, oder? Der Dolch hat mir gehorcht.«

Ezra nickte, strich über meine Fingerknöchel und ich zischte leise. Ezra nahm meine Hände höher und betrachtete sie. »Tut es sehr weh?«

»Es geht schon. Denkst du, wir können Regulus mit dem Dolch versöhnlich stimmen? Es ist nicht der Kelch oder der Spiegel, aber vielleicht nimmt er ihn trotzdem. Ich muss dir leider recht geben, der Raum … Also, ich glaube nicht, dass ich mich da noch einmal hineintraue. Ich hatte solche Angst.«

»Wir werden ihm den Dolch anbieten.« Ezra hob meine Hände an seine Lippen und küsste meine wunden Fingerspitzen. Ich entzog sie ihm nicht. Der dumpfe Schmerz aus meinem Körper verschwand. Er ließ meine Hände erst sinken, als er jeden einzelnen Finger geküsst hatte, und der Anflug eines schlechten Gewissens huschte über sein Gesicht. »Ich dachte, ich würde dich verlieren. Allein die Vorstellung war schrecklich.« Sein Blick war starr auf mich gerichtet und bevor ich etwas erwidern konnte, beugte er sich mir entgegen. Warmer Atem strich über mein Gesicht. Sanft legten sich seine Lippen auf meine. Zuerst spürte ich die Berührung fast nicht. Nur meine Lippen prickelten. Ezra kusste mich. Ich hielt ganz still, bis der erste Schock einer Hitze wich, die mich schmelzen ließ. Ich legte eine Hand an seinen Hals. Er stöhnte und küsste mich drängender. Er schmeckte nach dem Whisky, nach etwas Süßem und nach dem Kuss, den er mir vor so langer Zeit gegeben hatte. Sein Mund glitt an meiner

Wange entlang, zu meinem Hals und dann zu meiner Kehle. Mein ganzer Körper reagierte auf diese behutsame Berührung. Sie war so sanft, als wäre da nur sein Atem auf meiner Haut. Für einen Moment zog er sich zurück und sah mir in die Augen, als wolle er fragen, ob es in Ordnung war, was er da tat. Er ließ mich alles sehen. Seine Verzweiflung, sein Bedauern, seine Angst und vor allem sein Begehren. Seine Wangenmuskeln zuckten, als würde er um Beherrschung ringen, als würde er sich am liebsten auf mich stürzen. Ich wünschte, er würde es tun und damit all meine Zweifel wegwischen. Dieses Mal würde der Kuss mehr bedeuten. Viel mehr. Also nickte ich vorsichtig.

Er nahm mein Gesicht in seine Hände und dieses Mal war der Kuss nicht mehr sanft, sondern so leidenschaftlich, dass er mühelos die Erinnerungen an die letzte Stunde auslöschte. Auf diesen Kuss hatte ich so lange gewartet, hatte davon geträumt. Immer und immer wieder. Also erwiderte ich ihn mit all meiner Liebe, die ich seit meiner Rückkehr zurückgehalten hatte. Ich stürzte mich auf ihn und küsste jede Stelle, die ich erreichen konnte. Seinen Mund, seine Wangen, seine Lider und seinen Hals. Ich nestelte an den Knöpfen des Hemdes, während seine Finger über die nackte Haut an meinem Rücken fuhren. Unsere Münder und Hände gerieten außer Kontrolle. Die Wandlampen flackerten und erloschen schließlich ganz. Ich wollte ihn. Ich liebte ihn. Daran würde sich nie etwas ändern. Seine Lippen verzogen sich zu einem Lächeln, als hätte ich die Worte laut ausgesprochen. Seine Hände legten sich auf meine Taille und zogen mich auf seinen Schoß. Er küsste meine Kinnlinie und ich seufzte leise. Er gab einen tiefen, kehligen Laut von sich, als ich mich hinunterbeugte, die Kuhle an seinem Hals küsste und dann mit den Lippen weiter nach unten wanderte. Das Geräusch pflanzte sich in jede Zelle meines Körpers fort. Ich hob den Kopf und leckte mit der Zunge über seine Unterlippe. Nicht vorsichtig oder behutsam, sondern fordernd. Der Griff an meiner Taille wurde fester. Ich vergrub die Hände in seinem Haar und öffnete den Mund, um ihn einzulassen. Er begehrte mich, aber in seinen Küssen spürte ich noch mehr. Ich spürte *dieses Mehr* auf meiner Haut und auf meinen Lippen. Unsere Zungen verflochten sich miteinander. Seine Finger glitten über meinen Bauch und endlich zu meinen Brüsten. Ich wimmerte leise und presste mich enger an ihn.

»Ezra.« Eine warme, ja weiche Stimme unterbrach uns und Ezra zuckte zurück, als hätte ihn jemand geschlagen. Er hob mich von seinem Schoß, rutschte von mir weg, schloss sein Hemd und stand auf. Alles ging so schnell, dass ich kaum zur Besinnung kam. Als die Lichter angingen, war sein Gesicht eine emotionslose Maske. Völlig egal, was er eben noch empfunden hatte, es war ganz und gar verschwunden.

Benommen sah ich auf und leckte mir über die Lippen. In der Tür stand eine Frau. Aber es war nicht irgendeine Frau, sondern die wunderschönste Frau, die ich je gesehen hatte. Glattes pechschwarzes Haar fiel über ihre Brust und reichte bis über ihre Hüften. Sie war groß, mit einer schmalen Taille und passenden Rundungen. Ihre Haut war milchkaffeebraun und ihre grünen Augen erinnerten an eine ägyptische Katze. Ein Lächeln lag auf ihren Lippen, als sie zu uns geschwebt kam.

»Guten Abend«, sagte sie freundlich zu mir und legte eine Hand auf Ezras Arm. »Du warst lange fort. Ich wusste nicht, dass du noch Besuch erwartest. Möchtest du uns nicht vorstellen?«

Ich hatte schon oft Angst gehabt. Kein Wunder, bei all den Dingen, die mir schon zugestoßen waren. Bei allem, was ich schon verloren hatte. Aber jetzt packte mich eine so elementare Furcht, dass ich am liebsten den Kopf geschüttelt hätte. *Stell mich ihr nicht vor*, wollte ich sagen. *Ich will nicht wissen, wer sie ist.* Aber ich schwieg. Ich stand mit zitternden Beinen auf und musste mich dabei am Tisch festhalten. Jeder, der sie zusammen sah, konnte sich denken, welche Rolle diese Frau in Ezras Leben spielte. Spielen musste. Jetzt machte auch sein derangiertes Äußeres und sein zerzaustes Haar von vorhin Sinn. Und Jacques Unentschlossenheit, mich zu ihm zu lassen. Übelkeit stieg in mir auf und noch immer hoffte ich entgegen aller Vernunft, dass ich mich irrte … Ich wich einen Schritt von den beiden zurück und dann noch einen. Wenn es je ein perfektes Paar gegeben hatte, dann sah ich es gerade vor mir.

»Wega«, sagte Ezra und seine Haltung war verdächtig steif, »das ist Vianne Grandier. Ich bin mit ihrer Familie bekannt. Sie und ihre Schwestern haben einige Jahre in Glastonbury verbracht und sind erst seit Kurzem zurück. Vianne …« Er machte eine kurze Pause und schluckte. »… darf ich vorstellen. Wega de Maskun.« Die nächste Pause war noch ein bisschen länger. Wieder ein Schlucken. Die Frau lächelte abwartend und freundlich. »Meine Verlobte. Wir werden zwei Tage vor Mittsommer heiraten.«

Es war nicht bloß ein Schlag ins Gesicht. Es war viel mehr als das. Die Worte hingen wie eine giftige Wolke in der Luft und rissen mir das Herz aus dem Brustkorb, gründlicher, als ein Dämon es vermochte. Seine Verlobte. Diese perfekte Frau war seine Verlobte. Ezra war verlobt und trotzdem hatte er mich gerade so geküsst, als würde sein Leben davon abhängen. Aber das tat es nicht. Er würde heiraten. Eine andere Frau. Erstaunlicherweise taumelte ich nicht zurück, schrie ihn nicht an, lief nicht weg und schlug nicht auf ihn ein. Der Moment fror einfach ein. Wie von außen sah ich mich hier stehen, in zerrissenen Jeans, ausgetretenen Sneakern, schmutzigem T-Shirt und mit zerzaustem Haar. Und mir gegenüber standen diese beiden, wunderschön und makellos, als wären sie einem Modemagazin entsprungen. Mein Verstand sagte mir, dass das keine Rolle spielte, aber meine Gefühle ließen sich davon nicht beeindrucken. Diese wunderschöne Frau war seine Verlobte. Sie würde er heiraten und mit ihr würde er Kinder bekommen. Sie war eine echte Frau und kein Mädchen, das ihn seit seiner Jugend anhimmelte. In meinen Fingerspitzen begann es zu kribbeln. »Es freut mich«, brachte ich mit erstickter Stimme heraus.

Sie nickte hoheitsvoll und legte den Kopf an Ezras Schulter. »Ich kenne noch nicht viele von Ezras Freunden.«

Ich musste hier raus, bevor ich die Beherrschung verlor. Gerade noch hatten seine Lippen auf meinen gelegen. Er hatte mich gehalten, wie man keine Bekannte der Familie festhielt. Ein eisiger Schauder fuhr durch mich hindurch. Was hatte er sich dabei gedacht? Er war verlobt.

»Ich muss gehen.« So gefasst, wie es mir unter den Umständen möglich war, drehte ich mich um und ging zu der Tür, die in den Küchengarten führte. Durch einen Spalt in der Mauer würde ich in den Schlosshof gelangen. Ich betete, dass Adelaise die Tür nicht verschlossen hatte. Ein Klicken ertönte, als ich den Griff berührte und sie aufging. Ich sog die warme Luft ein. Meine Kehle brannte von meinem Schreien vorhin im Labyrinth und von den Tränen, die versuchten, sich einen Weg hindurch zu bahnen. Mittlerweile war es draußen dunkel. In dieser Dunkelheit zurückzufahren, war gefährlich, aber ich musste weg. Sofort. Das Kribbeln in meinen Fingerspitzen wurde stärker, als ich auf den gemulchten Weg hinaustrat, zu dessen Seiten Rosmarin und Thymian wuchsen. Ein Wassertropfen klatschte vor mir auf die dunkle Erde der Beete.

»Vianne!«, hörte ich Ezras Stimme aus weiter Ferne.

Ich machte einen Schritt. Noch ein Tropfen. Dieser war groß, schwer und dick. Noch einer und noch einer.

»Vi. Du kannst da nicht raus!« In meinen Ohren rauschte es, als braute sich ein Sturm in meinem Kopf zusammen. Heftiger Wind fuhr durch mein Haar, zerrte an meiner Kleidung und drückte die Pflanzen zu Boden. Ich musste nach Hause. Zu meinen Schwestern. Wie unter Zwang drehte ich mich noch einmal um. Ezra stand mit seiner Verlobten in der Tür. Er hatte einen Arm um sie gelegt. Auch mich hatte er immer beschützt und es hatte rein gar nichts bedeutet.

»Herzlichen Glückwunsch«, sagte ich mit einer Stimme, die nicht mir gehörte. Sie klang hohl und viel tiefer als meine eigene. »Ich gratuliere euch.« Die Worte schmeckten wie Glassplitter auf meiner Zunge. Immer mehr Wassertropfen fielen herab. Ezra starrte mich an. Da war doch ein Gefühl in seinen Augen. Reue. Er bereute es, mich geküsst zu haben. Diese Erkenntnis konnte den Schmerz kaum noch vertiefen. Ein Donner ertönte. Ich nickte der Frau zum Abschied zu. Sie kannte mich nicht und wusste nichts von mir. Es sei denn, er hätte ihr von der kleinen, dummen Hexe erzählt, die ihm hinterhergelaufen war. Ein Blitz zuckte über den Himmel und erhellte die Szenerie mit seinem gespenstischen Licht. Hinter Ezra und Wega erschienen Jacques und Adelaise. Adelaise schüttelte den Kopf und legte dann eine Hand auf ihren Mund. Das Entsetzen stand ihr ins Gesicht geschrieben. Sie hatte immer gewusst, was Ezra mir bedeutete. Sie musste auch von dieser Verlobung gewusst haben. Alle wussten sie das, doch niemand hatte mir etwas davon gesagt. Kalte Wut brandete durch mich hindurch. Stieg an und schäumte auf wie das Meer bei einem Hurrikan. Was ich gerade fühlte, hatte ich noch nie gefühlt. Als wäre ich nicht mehr Herrin meiner Sinne. Da waren nur noch Scham, Verzweiflung und Trauer. Abgrundtiefe Trauer. Ich hatte ihn gerade wieder verloren. Endgültig. Ich betrachtete meine Finger, die er gerade noch gehalten und geküsst hatte. Winzige Flammen tanzten auf meinen Handrücken, die der Regen nicht zu löschen vermochte. Eine Träne löste sich aus meinem Augenwinkel. Sie war so heiß, dass sie die Haut auf meiner Wange verbrannte. Ob ich immer noch aus den Augen blutete? Ein zweiter Donner grollte durch die Nacht und ließ das Schloss in seinen Grundfesten erbeben. »Mögen die Göttinnen euch und eurer Verbindung ihren Schutz gewähren«, presste ich unsere Glückwunschfloskel hervor. Ich drehte mich um und der Himmel öffnete endgültig seine Schleusen. Eine Sturzflut prasselte auf mich herab.

»Vianne!«, hörte ich Ezras Rufe. »Bleib stehen! Komm zurück ins Schloss!«

Niemals. Nichts würde mich zurück unter sein Dach bringen. Er hatte gesagt, ich solle nicht wiederkommen, und ich hatte es trotzdem getan. Im Grunde war das hier meine Schuld. Ich beschleunigte meine Schritte. Brennende, salzige Tränen liefen weiter über meine Wangen und vermischten sich mit dem Regen. Ich konnte kaum mehr die Hand vor Augen sehen, aber ich kannte das Château wie meine Westentasche. Ein Schluchzen bahnte sich seinen Weg durch meine Luftröhre, aber ich unterdrückte es mit aller Kraft. Es würde alles nur noch schlimmer machen, wenn ich ihm erlaubte, sich aus meiner Lunge zu befreien. Ich zwängte mich durch den schmalen Spalt der Umfriedung und trat auf den inzwischen menschenleeren Hof. Hoffentlich wartete Laurent im Torhaus auf mich.

»Vianne!«, brüllte Ezra wieder. »Sei doch vernünftig! Bleib stehen!«

Wutentbrannt stoppte ich und drehte mich zu ihm um. Er war mir tatsächlich nachgelaufen. Aber das war nichts mehr, worauf ich mir etwas einbildete. Erleichterung malte sich auf seine Züge, als ich ihm gehorchte. Für eine Sekunde blickten wir uns nur an. Der Wind peitschte mir das Haar ins Gesicht und ich hoffte, Ezra sah meine Tränen nicht. Ich drückte eine Hand gegen meine Brust, weil sie so sehr schmerzte.

»Bleib weg von mir«, warnte ich ihn, als er sich mir vorsichtig näherte. Vor meinen Augen braute sich eine grünlich schimmernde Wand zusammen. Dunkle Energieströme stiegen in mir auf. Sie schienen direkt aus der Erde zu kommen. Ich wollte nicht fühlen, was ich fühlte. Wut, Zorn und abgrundtiefer Hass. Auf ihn, diese Frau und die ganze Welt. Die Flammen auf meiner Haut flackerten stärker. Mein Körper begann zu zittern. »Bleib stehen!«

Er machte einen weiteren Schritt. »Es tut mir leid, Vianne.« Trotz des Sturms verstand ich seine Worte überdeutlich. »Ich wünschte, du hättest es auf eine andere Art erfahren.« Wieder ein Schritt, so vorsichtig, als pirschte er sich an ein Tier heran. Ein Tier, das er glauben machen wollte, es könne ihm vertrauen, und das er dann in einen Käfig sperrte. »Ich hätte es dir sagen müssen. Ich wollte …«

Ich nahm die Hand von der Brust. »Nicht«, warnte ich ihn ein letztes Mal.

Ein Fauchen erklang und ich drehte den Kopf in die Richtung, aus der das Geräusch gekommen war. Drei oder vier Meter hinter Ezra stand ein pechschwarzer Leopard. Allerdings war er deutlich größer, als ein normaler Leopard es je sein würde. Ein dunkelroter Schimmer lag auf dem nassen Fell. Lange Reißzähne wurden sichtbar, als er das Maul aufriss und knurrte. Wenn ich noch Zweifel gehabt hätte, was mich dort bedrohte, dann verschwanden sie, als ich das Feuer in den goldenen Augen auflodern sah.

»Vi. Bitte. Sei doch vernünftig. Bleib hier. Das mit uns …«

»*Nocere*«, flüsterte ich und streckte beide Hände aus. Ein Schwall dunkler Luft traf den Leoparden, der zurückgeschleudert wurde und über den schlammigen Boden schlidderte, der nächste Luftball traf Ezra. Er war nicht so stark, aber er genügte, um Ezra zurücktaumeln zu lassen. Sein Gesicht verzerrte sich vor Schmerz und er stöhnte. »Es gab nie ein *uns*. Du hast es mir oft genug klargemacht, ich hatte es nur nicht wahrhaben wollen.«

# 12. KAPITEL

Abrupt drehte ich mich um und lief zum Torhaus. Laurent stand in der Tür und starrte mich an. »Ich will nach Hause.«

»Ich bringe dich.«

Ich nickte, weil alles andere unvernünftig war. Selbst das von ihm zu verlangen, war leichtfertig. Ich sollte im Schloss bleiben und das Unwetter abwarten. Aber ich konnte nicht.

»Ihr bleibt hier!«, brüllte Ezra uns hinterher, aber Laurent öffnete bereits die Tür und ich lief an ihm vorbei. Die Zugbrücke war immer noch heruntergelassen. Wir rannten zum Auto und ich riss die Beifahrertür auf. Laurent schlüpfte auf den Fahrersitz. Mit zitternden Fingern drehte ich die Heizung auf, als er den Wagen startete. Hinter uns flammten die Lichter eines zweiten Wagens auf. »Eine Eskorte«, erklärte Laurent.

Die war auch nötig. Der Regen fiel weiter so dicht wie ein Schleier. Wenn sich ein Dämon oder hunderte zwischen den Bäumen versteckten, würden wir sie nicht sehen können. Ich wischte mir die Tränen und das Regenwasser aus dem Gesicht und legte die Stirn auf die Knie. Mein Magen und meine Brust schmerzten entsetzlich.

»Ich wollte es dir sagen«, hörte ich Laurent. »Ich wusste nur nicht, wann und wie.«

Ich hob die Hand und bedeutete ihm, dass er schweigen sollte. Das konnte ich mir jetzt nicht anhören und ich wollte kein Mitleid. Eine Weile verharrte ich in dieser Stellung. Erst als ich sicher war, nicht auseinanderzubrechen, richtete ich mich auf.

»Wie lange schon?«, fragte ich tonlos, als wir den Wald hinter uns gelassen hatten.

»Kurz bevor ihr zurückgekommen seid, hat er die Verlobung seinen Rittern verkündet. Es ist nicht öffentlich bekannt.« Der Wagen fuhr durch ein Schlagloch und Laurent umfasste das Lenkrad fester, um nicht die Kontrolle zu verlieren. Das viele Wasser auf der Straße ließ die Reifen durchdrehen.

»Woher kommt sie?« Ich musste es einfach fragen, obwohl ich mich damit nur selbst quälte.

»Aus Maskun. Ihr Vater ist der mächtigste Dämonenfürst nach Regulus. Sein Name ist Altair de Maskun.«

Ich schnappte nach Luft. »Er heiratet eine Dämonin? Wie kann er das tun?« Ich hatte nicht gedacht, dass mich etwas noch mehr schockieren konnte als die Nachricht, dass er sich verlobt hatte.

»Vielleicht liebt er sie?« Laurents Stimme klang ernst und fest. Er hätte mir auch direkt einen seiner Kupferpfeile ins Herz schießen können, so weh taten mir diese Worte.

Vielleicht liebte er sie. Natürlich. Die Dämonin war wunderschön und Ezra hatte praktisch zugegeben, dass das Schicksal der Dämonen ihn nicht kaltließ. Ich hatte einfach nicht richtig hingehört. Was sollte dann dieser Kuss? Weshalb war er mit mir in das Labyrinth gegangen? Weshalb hatte er nicht darauf bestanden, dass ich wieder verschwand? Ganz offensichtlich hatte ich ihn und seine Verlobte gestört.

»Altair hat ihm zugesagt, ihm im Kampf gegen Regulus beizustehen. Als zweiter Verbündeter. Seine Bedingung war, dass Ezra seine Tochter Wega heiratet«, sagte Laurent so leise, dass ich ihn über das Motorgeräusch hinweg kaum verstand. »Mit dieser Verbindung hat Ezra die zwei größten Fürstentümer von Kerys auf seiner Seite. Maskun und Coralis. Es ist unsere einzige Chance gegen Regulus. Du weißt selbst, dass nicht ausreichend Magiebegabte hier sind, die wir in den Kampf schicken können.«

»Dann wird er sie heiraten müssen«, sagte ich. Die Worte brachen mir das Herz.

»Sie ist freundlich«, presste Laurent hervor. »Und für sie ist das vermutlich auch nicht leicht.«

»Ich will nichts mehr über sie hören, Laurent.« Wir hatten unser Haus erreicht. Der zweite Wagen hielt hinter uns und ohne Laurents Antwort abzuwarten, sprang ich hinaus. Der Regen donnerte unvermindert auf uns herab. Blitze und Donner jagten durch die Nacht. Der Mond und die Sterne wurden von Wolken verborgen. Von mir aus sollte der Regen alles hinwegschwemmen. Das Schloss, Brocéliande, Cerridwens Quelle, Ezra und seine Verlobte.

Aimée stürmte mir entgegen. Ein Blick auf mich genügte und ihr wurde klar, dass etwas Schreckliches passiert sein musste.

Beschützend legte sie einen Arm um mich und brachte mich in die Küche. Maëlle saß am Tisch. Aber sie war nicht allein.

»Constance«, sagte Laurent erstaunt. »Was tust du hier? Warum bist du nicht zu Hause? Ist etwas mit dem Baby?«

Die zierliche Frau, deren Bauch sich riesengroß wölbte, stand auf. Ihr kurzes weißblondes Haar ragte in alle Himmelsrichtungen. »Mit dem Baby ist nichts, du Idiot.« Sie stemmte die Arme in die Seiten. »Ich bin hier, um deiner besten Freundin zu erzählen, dass Ezra sich verlobt hat, weil du ja zu feige dafür bist.« Sie kam auf mich zugewatschelt. »Aber ich sehe schon, da bin ich wohl zu spät.« Ich hatte Constance in der letzten Woche ein paarmal gesehen, wenn Maëlle bei ihr vorbeigeschaut hatte. Es hätte viele Gelegenheiten gegeben, mir das zu sagen. Warum erst jetzt?

»Sie hat Wega gerade kennengelernt«, sagte Laurent mit hochrotem Kopf und Aimée schnappte nach Luft.

Maëlle holte eine Decke und wickelte sie um mich.

»Danke, dass du sie hergebracht hast«, sagte Aimée zu Laurent. »Wir müssen sie erden, damit der Regen aufhört.«

Ich spürte all die besorgten Blicke auf mir ruhen. »Es geht schon«, stammelte ich, aber keiner glaubte mir.

»Du brauchst ein heißes Bad«, bestimmte Aimée. »Fahr zum Schloss«, wandte sie sich dann noch mal an Laurent, »richte Ezra aus, dass er sich zukünftig von Vianne fernhalten soll.«

»Das mache ich. Komm.« Er hielt seiner Frau die Hand hin. »Lass uns heimfahren.«

»Schafft ihr das allein?«, fragte Constance. »Ich könnte auch bleiben?«

Maëlle schüttelte den Kopf und ich war ihr dankbar dafür. Wir warteten, bis die Tür hinter den beiden ins Schloss fiel. Aimée ließ mich keine Sekunde aus den Augen. Ich würde gern behaupten, dass ich die Zuwendungen meiner Schwestern nicht brauchte. Aber es wäre eine Lüge. Maëlle und Aimée waren meine Familie und in diesem Moment, in dem meine letzte Hoffnung starb, war ich froh, sie zu haben. Also ließ ich zu, dass Maëlle mich ins Badezimmer brachte. Sie zündete eine Räuchermischung an. Der krautig-warme Geruch von Kopal, Thymian und Salbei reinigte den Raum und vertrieb die dunkle Energie, die sich auf mich gelegt hatte. Dann streute sie Badesalz ins Wasser. Der Duft von Lavendel und Zitronenmelisse breitete sich aus und als ich hineinstieg, übertrug sich die beruhigende und entspannende Wirkung der Kräuter auf mich. Langsam flaute der Sturm in meinem Inneren ab. Als Maëlle die Veränderung der Energie spürte, murmelte sie ein Dankgebet an Cerridwen. Dann setzte sie sich auf den Rand der Wanne und legte Zweige von Rosmarin auf die Wasseroberfläche. Rosmarin wirkte normalerweise gegen Kummer und Traurigkeit, aber ich glaubte nicht, dass es mir heute helfen würde. Gerade war meine Welt endgültig eingestürzt. Traurig lächelte ich sie an.

»Du musst schon an einen Neuanfang glauben«, rügte meine Schwester mich ungewöhnlich behutsam. »Lass ihn los, Vianne. Er hat sich entschieden. Und nicht für dich.«

Das Behutsame hatte sie gerade mal zwei Sekunden durchgehalten. Manche Dinge änderten sich zum Glück nie. Ich konnte ihr nicht antworten. Stattdessen tauchte ich unter Wasser und hielt die Luft an. Mein dunkelblondes Haar breitete sich über meinem Gesicht aus wie eine Decke. Er hatte sich entschieden, und zwar nicht für mich. So viele Jahre hatte ich diesen Mann geliebt. So lange hatte er mein Denken und Fühlen beherrscht. Selbst dann, als ich mich gezwungen hatte, nicht an ihn zu denken. Das war nun vorbei und anstatt wütend zu sein, fühlte ich mich nur leer. Als ich wieder auftauchte, atmete ich den Duft des Baumharzes ein. Er strömte durch meinen Körper.

»*Consiliacus*«, murmelte Maëlle und öffnete das Fenster, damit die dunkle Energie das Haus verlassen konnte, und reichte mir anschließend ein flauschiges Handtuch. »Ich hole deinen Pyjama und dann schläfst du. Morgen sieht die Welt schon wieder anders aus.« Das war die typische Weisheit einer Kräuterhexe. Für sie wuchs und gedieh alles. Oder es verblühte und starb. Das war der Lauf der Zeit und der Welt und traf tatsächlich auf alles zu, selbst auf Gefühle.

Von unten drang das Klingeln unseres altmodischen Telefons herauf. Ich wusste, wer anrief, noch bevor Aimée den Hörer abnahm. »Sie ist gut nach Hause gekommen«, sagte sie. »Es ist alles in Ordnung.«

Er durfte nicht mehr hier anrufen. Weshalb tat er das und weshalb wusste ich überhaupt, dass er am anderen Ende der Leitung war?

Die folgenden Worte waren nur noch ein Murmeln. Aimée legte auf und ich hörte ihre Schritte auf der Treppe. Schnell wickelte ich mich in das Handtuch.

»Das war Ezra«, sagte sie überflüssigerweise, als sie eintrat. Sie machte eine kurze Pause. »Er wollte wissen, ob du gut nach Hause gekommen bist. Er war wütend.«

Natürlich war er das. »Ich werde nicht noch mal ins Schloss fahren. Nicht ohne Einladung.« Auch nicht mit einer Einladung. Was hatte ich mir nur dabei gedacht?

»Das wäre das Klügste.« Aimée betrachtete mich skeptisch.

Maëlle kam zurück und reichte mir meinen Pyjama. Ich zog ihn an, wickelte ein Handtuch um mein nasses Haar und ging in mein Zimmer.

»Ich mache mal Tee«, murmelte Maëlle. »Und dann kümmern wir uns um deine Wunden.«

Aimée folgte mir. »Ich wusste doch, dass so etwas passiert. Dass er dir wieder das Herz bricht. Ich hätte dir verbieten sollen, zu ihm zu fahren.«

Am liebsten wäre ich jetzt allein, aber weder Aimée noch Maëlle würden mich in Ruhe lassen, bis sie nicht genau wussten, was im Château geschehen war.

»Jedenfalls ist damit jetzt endgültig Schluss. Er ist verlobt.« Aimées Stimme wurde hart. Uns trennten nur vier Jahre, aber manchmal kam es mir vor, als wären es vierzig. Ihre Seele musste viel älter sein als meine, denn sie war viel abgeklärter. Ahnte sie, was in mir vorging? Vermutlich nicht. Sie war beherrscht, ausgeglichen und besonnen. Ohne sie wäre unser Leben ein einziges Chaos. Maëlle war genau das Gegenteil von ihr – wild und ungestüm. Aber von einer Hexe, die im Sternzeichen des Wassermanns geboren war, erwartete auch niemand etwas anderes. Mein Sternzeichen war der Skorpion. Ich war leidenschaftlich, anspruchsvoll und – wie man heute gesehen hatte – viel zu eifersüchtig.

»So etwas darf nicht noch mal passieren, hörst du?« Sie klang aufgebracht und zugleich ängstlich.

Würde es auch nicht. Ich setzte mich auf den Hocker vor dem Schminkspiegel. Sie trat hinter mich und löste das Handtuch von meinen Haaren. Dann nahm sie eine Bürste und begann mich zu kämmen. Das hatte sie schon tausende Male gemacht und trotzdem fühlte es sich heute anders an.

»Willst du darüber reden?« Unsere Blicke trafen sich im Spiegel. Eigentlich wollte ich das nicht, aber ich war meinen Schwestern die Wahrheit schuldig. Besser, ich brachte es hinter mich.

»Als ich Caleb neulich zurückgebracht habe«, begann ich, »bin ich durch Ezras Arbeitszimmer nach *Glamorgan* gelangt. Dort hat sich der Raum der Mysterien für mich geöffnet und der dunkle Kelch hat versucht, in meinen Geist einzudringen. Ich konnte den Zauber brechen. Aber als du vorhin diese Vision von Regulus und seinem Verlangen nach Magie hattest, kam mir der Gedanke, dass es möglicherweise diese schwarzmagischen Gegenstände sind, die er will.«

Aimée starrte mich mit großen Augen an. Maëlle stand mit einer Tasse Tee im Türrahmen und guckte ähnlich fassungslos. »Wie sollst du das geschafft haben?«, fragte sie leise und kam ins Zimmer. »Du kannst den dunklen Kelch nicht besiegen.«

»Das weiß ich selbst. Dort lag ein Spiegel, Ezra nannte ihn den *Spiegel der Erinnerung*, er hat mir geholfen. Die Zauber hoben sich gegenseitig auf und ich bin weggelaufen.«

»Und du hast uns das vorhin nicht erzählt, weil wir dir dann niemals erlaubt hätten, dass du noch mal zum Schloss fährst, richtig? Wir wollten, dass du mit ihm redest«, sagte Aimée aufgebracht. »Was genau war denn dein Plan?«

»Ich wollte Ezra davon überzeugen, Regulus die Sachen zu überlassen, damit er den Pakt unterzeichnet.«

»Und ich vermute, Ezra will sie ihm nicht geben, weil Regulus damit viel zu mächtig würde?«, fragte Aimée schon ein bisschen weniger wütend. »Könnte ein Dämon sie beherrschen?«

»Ich weiß nicht. Wenn sie ihn vernichten, wäre das ja noch besser«, sagte ich leise. »Dann wären wir ihn los. Leider ist unser Plan nicht aufgegangen.«

»Was genau ist passiert?« Maëlle stellte den Tee vor mir ab und setzte sich dann auf mein Bett. Kamillenduft stieg mir in die Nase. »Wir wollen jetzt alles ganz genau wissen.«

»Erst war Ezra natürlich stur, aber dann konnte ich ihn doch überzeugen, den Raum mit mir zu suchen. Für ihn hat er sich nur ein einziges Mal zu seiner Initiation geöffnet. Danach nie wieder. Selbst wenn er gewollt hätte, hätte er Regulus den Kelch und den Spiegel nicht geben können.«

Maëlle stieß einen leisen Fluch aus, der sich allerdings nicht gegen mich richtete.

»Er wollte nicht«, sagte ich zu seiner Verteidigung. »Aber ich habe nicht lockergelassen.«

Maëlles Augen schienen Funken zu sprühen. »Wir säßen jetzt nicht so in der Tinte, wenn er dich nach Hause geschickt hätte. Wie konnte er da auch noch mitmachen?«

»Ich habe ihm gesagt, er wäre mir etwas schuldig. Ihr wisst schon, weil er sich nie bei mir gemeldet hat. Und außerdem habe ich bei meinem ersten Besuch in dem Raum etwas von meiner Magie gespürt. Ich musste wissen, ob das nur Einbildung war oder echt.«

»Und der Idiot konnte dir noch nie einen Wunsch abschlagen.« Ezra sollte sich zukünftig besser vor Maëlle in Acht nehmen.

»Ihr beide habt keine Ahnung, wie es sich anfühlt, eine Hexe ohne Kräfte zu sein. Ich darf theoretisch nicht mal allein in den Garten gehen, weil ich ohne meine Magie ein allzu leichtes Opfer für jeden Dämon wäre.«

Maëlle guckte zerknirscht und Aimée strich mir über den Arm.

»Ich dachte, es wäre eine Chance.«

»Natürlich«, sagte Aimée. »Was ist dann heute passiert?«

Ich holte tief Luft und erzählte ihnen, wie Ezra und ich durch *Glamorgan* gestreift waren und den Raum wiedergefunden hatten, ich erzählte von dem magischen Kreis und wie ich fast gestorben wäre, wenn das Athame mir nicht geholfen hätte. Ich erzählte ihnen, wie Ezra mich verarztet hatte und plötzlich Wega aufgetaucht war. Das Einzige, was ich nicht verriet, war, wie wir uns berührt hatten, wie Ezra mich gehalten hatte, wie er erst meine Fingerspitzen und dann mich geküsst hatte. Bei der Erinnerung daran wurde mir schwindelig. All die Jahre hatte ich darauf gewartet und gehofft und nun hatte ich es bekommen und sofort wieder verloren. Erschöpfung und Müdigkeit übermannten mich. Er war verlobt und trotzdem hatte er mich so berührt. Ich begriff es immer noch nicht richtig. So viele hatten es gewusst und mir nichts gesagt. »Ich würde jetzt gern schlafen.« Wenn ich gleich wieder anfing zu weinen, wollte ich allein sein.

»Gleich«, sagte Maëlle und ignorierte Aimées Kopfschütteln. »Wir müssen noch über das Unwetter reden. Wie hast du das angestellt?«

Ich runzelte die Stirn. »Was meinst du? Es fing an zu regnen. Das ist doch nichts Ungewöhnliches um diese Jahreszeit.«

»Dieses Unwetter war ungewöhnlich. Es war pure Magie«, sagte Aimée.

Ich schüttelte heftig den Kopf, als mir klar wurde, was sie da behauptete. »Das war nicht ich.« Ein Schweißtropfen rann mir die Schläfe entlang und ich öffnete und schloss meine Hände. Ich konnte kein Unwetter heraufbeschwören. Unmöglich. Meine Hexenkräfte waren fort. Sie hatten sich verflüchtigt. Waren in dem Fieber verbrannt. Ich konnte gar nichts. Die Luft in meiner Lunge wurde knapp. Mein Herz schlug plötzlich doppelt so schnell und draußen zuckte ein grellweißer Blitz am Fenster vorbei. Die Energie. Ich hatte im Raum der Mysterien die Energiefäden gesehen. Ich hatte das Athame mit meiner Magie zu mir befohlen. Ich hatte einen Ball aus Luft auf diesen Leoparden und Ezra geschleudert. Ich hatte ... ich hatte ... dieses schreckliche Unwetter erzeugt, und zwar mit meiner eigentlich nicht mehr existenten Magie. Sie war zurück! Das war alles, was ich mir gewünscht hatte. Aber nicht so. Ich hatte sie nicht auf diese dunkle, schreckliche Weise zurückbekommen wollen. Das war falsch!

»Reg dich nicht auf«, sagte Aimée. »Du musst dich beruhigen. Wir kriegen das alles wieder hin.«

Maëlle stieß einen weiteren Fluch aus und stand dann neben mir. Sie packte meinen Arm und brachte mich zu meinem Bett. Vor meinen Augen flimmerte es. Ein Donner erklang. Er erschütterte mit seiner Wucht das ganze Haus. Gläser klirrten und irgendwo zersprang sogar eines.

Maëlle nötigte mich, mich hinzulegen, und deckte mich zu. Aimée hielt meine Hand und ich klammerte mich daran fest. Dann spürte ich Maëlles Finger an meinen Schläfen. »Hol mir die silberne Dose, die auf meinem Nachtschrank steht«, bat sie Aimée. »Du weißt schon, welche ich meine. Beeil dich.«

Meine Sicht wurde immer verschwommener, trotzdem sah ich die schemenhaften Gestalten, die sich um mein Bett scharten. Die Geister meiner Vorfahrinnen krochen aus ihren Verstecken. Einige lächelten mitfühlend, andere schüttelten den Kopf und rümpften die Nase. Sie flüsterten sich etwas zu.

*Zu viele Gefühle,* verstand ich nur. Mémés Geist setzte sich zu mir und strich über meine Hand. *Das wird schon wieder, Kleines.*

Aimée kam mit der Dose zurück und reichte sie Maëlle. »Verschwindet«, befahl sie den Geistern. »Seid nicht immer so verdammt neugierig. Lasst ihr doch Luft zum Atmen.«

Ich schloss die Augen, als Maëlle damit begann, mir die Salbe auf die Schläfen zu reiben. Es war so demütigend. Ich lag wieder in einem Bett und wurde von meinen Schwestern versorgt. Das war etwas, was ich nie wieder hatte erleben wollen. Eine Träne lief mir aus dem Augenwinkel. Meine Magie war zurück. Ich sollte mich darüber freuen.

»Hey«, sagte Maëlle leise und nahm meine linke Hand. Sorgfältig strich sie Salbe auf die Wunden und widmete sich dann den Verletzungen an meinem Hals. »Du wirst lernen, damit zu leben. Wir können niemanden zwingen, uns zu lieben. Es wird nicht leicht, aber du schaffst das. Du hast schon so viel geschafft.« Ihre Worte brachten mich nur noch mehr zum Weinen. Weshalb konnte ich nicht mehr wie meine Schwestern sein? Sie waren noch nie verliebt gewesen. Maëlle flirtete mit jedem Mann, der sich ihr anbot, aber es bedeutete gar nichts, und Aimée ignorierte Männer einfach. Sie konnten unmöglich nachvollziehen, wie verloren ich mich fühlte.

»Ich werde ihn überleben«, sagte ich leise und Maëlle seufzte.

Aimée setzte sich neben mein Bett und begann zu stricken. Es hatte sich nichts verändert. Es fühlte sich an, als würde ich bei Monopoly zurück ins Gefängnis müssen. Ich war wieder die arme, kranke Vianne, auf die man besonders aufpassen musste.

»Ich möchte allein sein«, sagte ich. »Bitte geht. Ihr müsst nicht bleiben.«

»Bist du sicher?«, fragte Maëlle.

»Geht«, knurrte ich.

Die beiden wechselten einen Blick, verließen dann aber den Raum. Die Tür ließen sie einen Spalt offen. Ich wusste nicht, weshalb mich das besonders wütend machte. Aber der Zorn kochte einfach in mir hoch. Mit einem Rumms schlug die Tür zu. Meine Magie war zurück. Daran gab es keinen Zweifel mehr.

# 13. KAPITEL

Als ich aufwachte, stürzten sich die Erinnerungen an den vergangenen Abend wie Geier auf mich. Ich konnte in diesem Bett liegen, so lange ich wollte, sie würden nicht verschwinden. Ezra war verlobt und würde eine Dämonin heiraten. Damit wollte er unsere Welt retten und egal, was ich tat, er würde sich davon nicht abbringen lassen. Was hatte Laurent über Wega gesagt? Sie sei sehr freundlich. Ich gab ein gequältes Stöhnen von mir. Und außerdem war sie wunderschön.

Ich durfte nicht mehr an ihn denken und nicht an sie. Ash würde in den nächsten Tagen zurückkommen. Wir hatten andere, viel dringendere Probleme und ich hatte bisher nichts erreicht. Er würde enttäuscht sein, aber das konnte ich nun nicht mehr ändern. Ich stand auf, kramte in meinem Schrank nach Sachen und zog mich an. Als ich in eine Hose schlüpfte, erstarrte ich. Um mein Fußgelenk schlängelte sich ein schmales silbernes Band. Es sah aus wie ein harmloses Fußkettchen. Gestern Abend in der Wanne war es garantiert noch nicht dort gewesen.

Mémés Geist löste sich aus der Wand. Bedächtig nickte sie mit dem Kopf. *Arianes Faden*, hörte ich ihre Geisterstimme. Es klang angestrengt. Geister sprachen nicht. Sie lachten, kicherten oder verschoben Gegenstände, aber sie redeten nur äußerst selten mit den Lebenden. *Sie hat dich eingeladen.*

»Ich weiß.« Ich plumpste zurück auf mein Bett. Das geheime Schloss der Schicksalsgöttin Arianrhod hatte ich völlig vergessen. Ich griff nach dem Faden und zog daran, aber es war aussichtslos. Er war fest wie ein Stahlseil. Nur Ariane selbst konnte ihn lösen. Aber ich würde niemals in ihr Schloss gehen. Es gab Legenden über Männer und Frauen, die versucht hatten, zu ihr zu gelangen. Sie hatten mit Ariane um ihr Schicksal feilschen wollen, aber die Göttin ließ nicht mit sich handeln. »Warum hat sie ausgerechnet mir den Faden gegeben?«, fragte ich Mémé.

Diese neigte vorsichtig ihren schemenhaften Kopf hin und her. *Ich denke, sie wollte dir damit ihre Hilfe anbieten. In der Stunde der größten Not kannst du dich an sie wenden.* Dann löste sich ihr Geist auf.

In der Stunde der größten Not? Die würde nicht lange auf sich warten lassen. Ich beschloss, den Faden vorerst zu ignorieren, zog mich an und schlich aus dem Zimmer. Wenn mir eine meiner Schwestern über den Weg lief, würde sie reden wollen. Darauf hatte ich keine Lust. Die Treppe hatte Mitleid mit mir und knarrte ausnahmsweise nicht. Ich wollte in den Garten, um dort in Ruhe nachzudenken. Vielleicht grübelte ich auch einfach nicht nach, sondern grub den Garten um. Eine Männerstimme stoppte mich, als ich gerade die unterste Stufe betrat. War Ash etwa schon zurück? Berichteten Aimée und Maëlle ihm etwa gerade alles? Scham stieg in mir hoch. Er sollte nicht wissen, dass ich aus Wut und Verzweiflung über Ezras Verlobung ein Unwetter heraufbeschworen hatte. Dass ich nicht mal ahnte, wie ich das zustande gebracht hatte, machte es nur noch schlimmer. Es bedeute nämlich, dass ich meine Gefühle kein bisschen beherrschte. Und offenbar auch nicht meine Magie. War es normal, dass sie so unkontrolliert zurückkam? Ich hätte jemanden verletzen können. Ich hatte gedacht, ich würde mich freuen, wenn ich meine Magie wieder spürte, aber das Einzige, was ich fühlte, war Angst.

Der Mann in der Küche sagte etwas, aber es war nicht Ashs Stimme. Obwohl es falsch war, sie zu belauschen, schlich ich näher an die Küchentür heran. Ich hörte Töpfe und Geschirr klappern und mein Magen knurrte leise.

»Soll ich dir behilflich sein? Ich komme da besser ran.«

Was suchte ausgerechnet Caleb von Coralis hier? Verdammt, er war ein Dämon wie diese Wega. Ich wollte ihn nicht in unserem Haus.

»Ich schaffe das schon«, antwortete Aimée. »Ich muss irgendwas tun. Marmelade einkochen, beruhigt meine Nerven.«

»Klappt heute wohl eher nicht so gut«, kam es trocken von Caleb. »Du wirkst ziemlich angespannt.«

»Die vergangenen Ereignisse sind durchaus dazu angetan, mich nervös zu machen, und außerdem hockt seit Stunden ein Dämon in meiner Küche und hat, ganz egal, was ich tue oder sage, nicht vor, bald zu verschwinden. Das kann meine Nerven ja wohl strapazieren. Bist du immer so früh auf den Beinen? Ich hätte dich für einen Langschläfer gehalten.«

»Damit liegst du falsch. Ich war mir sicher, dass du schon im Morgengrauen Staub wischst, Geschirr spülst und Marmeladen einkochst. Darum bin ich hergekommen. Um dir Gesellschaft zu leisten. Ich dachte, du bräuchtest jemanden zum Reden.«

»Bestimmt nicht ausgerechnet einen Dämon!«, fuhr sie ihn an. »Ihr seid doch an allem schuld.«

»Autsch.« Trotz der Beleidigung klang seine Stimme immer noch vergnügt. Er hatte echt ein dickes Fell.

»Und wieso kennt ein Dämon sich so gut mit Hausarbeit aus?«, schimpfte Aimée weiter. »Zwingt dein Bruder dich, euer Schloss zu putzen?«

Caleb lachte leise. »Er würde das sehr gern tun, glaub mir. Aber ich entwische ihm immer, wenn er mit seinem Besen im Anmarsch ist.«

»Wie lange willst du noch hier herumhocken?«, fragte Aimée. »Hast du nichts Wichtigeres zu tun?«

»Nein. Ich habe Ezra versprochen, bei euch vorbeizuschauen, während er den Vertrag mit meinem Bruder unterschreibt. Ich soll Vianne das Athame bringen.«

Ich lugte um die Ecke, als Caleb es Aimée reichte.

»So ein verziertes Athame habe ich noch nie gesehen«, sagte sie und betrachtete ihn aufmerksam. »Wem er wohl gehört hat?«

»So unglaublich es auch ist, dass Vianne ihn aus dem Raum der Mysterien geholt hat.«, sagte Caleb. »So wahrscheinlich gehört er nun ihr.«

»Ezra hat dir erzählt, dass er mit Vianne dort war?«

»Er hat mir alles erzählt.«

Mir wurde heiß und kalt zugleich. Auch von den Küssen?

»Ich verstehe nicht, weshalb er ausgerechnet dir vertraut«, sagte Aimée.

»Weil er im Gegensatz zu dir weiß, dass wir nicht alle debile Idioten sind, die sich ständig im Blutrausch befinden und sich nur fürs Töten interessieren, Schätzchen.« Nun klang er doch etwas verärgert.

Aimée zog die Augenbrauen zusammen. »Entschuldige, aber zwei von euch wollten meine kleine Schwester töten, da darf ich ja wohl etwas skeptisch sein.«

»Das eine war Sylphe und das andere eine Vanth. So gruselig bin ich nun wirklich nicht.«

»Darüber könnte man streiten.« Sie schwieg einen Moment. »Man hat es uns immer so erzählt.« Sie klang deutlich kleinlauter. »Und jetzt sitzt du da an meinem Tisch, bist schöner, als es einem Mann erlaubt sein sollte, und …« Sie brach verlegen ab. Vermutlich merkte sie selbst, dass sie sich mit der letzten Bemerkung in Teufels Küche gebracht hatte.

»Danke für die Blumen.« Caleb schnurrte wie ein zufriedener Kater. »Du solltest nicht alles glauben, was man dir sagt, Süße.«

Aimée legte den Dolch zur Seite, ging zum Herd und rührte verbissen in einem Topf herum. Einmal unterbrach sie die Arbeit und gab Zucker hinein. Glücklicherweise war sie so aufgebracht über Calebs letzte Bemerkung, dass sie mich nicht bemerkte. Weshalb warf sie ihn nicht raus? Der Dämon saß weiter seelenruhig am Tisch und Milo hockte schnurrend auf seinem Schoß. Treuloser Kater. Die Küche war penibel aufgeräumt und Aimées dunkle Ringe unter den Augen zeugten von einer durchwachten Nacht. Jetzt griff meine große Schwester nach zwei Lappen, um den Topf auf den Tisch zu hieven. Caleb sprang auf und kam ihr zuvor. Milo maunzte protestierend, als er auf dem Boden landete.

»Ich brauche deine Hilfe nicht«, informierte sie ihn.

»Das weiß ich, Liebling. Aber du bekommst sie trotzdem.« Er nahm eins der leeren Gläser, die Aimée vorbereitet hatte und begann mit einer kleinen Kelle die Marmelade einzufüllen. »Was hast du dieses Mal für Teufelszeug reingemischt?«

»Nichts. Da sind nur Zucker, ein bisschen Zitrone und etwas Rosmarin drin«, sagte sie. »Meine besondere Marmelade mache ich sehr selten und nur für bestimmte Personen. Ich sollte mich bei dir entschuldigen. Es war nicht richtig, sie dir ohne Vorwarnung zu geben.«

»Schon gut«, murmelte er. »Ich habs überlebt.«

Schweigend arbeiteten sie eine Weile. Ich atmete tief durch. Ich hätte niemals gedacht, Aimée so entspannt mit einem Dämon zu sehen. Und schon gar nicht mit Caleb. Die beiden passten so gut zusammen wie ein Schwan und ein Tiger. Ich lehnte mich wieder gegen die Wand im Flur, unschlüssig, was ich tun sollte, weil ich mir fast wie ein Störenfried vorkam.

»Wir haben versucht, Viannes Energie zu kanalisieren«, sagte Aimée plötzlich. »Aber ich weiß nicht, ob es was gebracht hat.«

»Es wird nichts nützen«, erwiderte Caleb. »Egal, welche Kräuter oder Öle Maëlle ihr gibt, ich rieche das Nelkenöl übrigens bis hierhin, wenn sie Pech hat, erhöht es nur ihr Verlangen.«

»Bildest du dir etwa ein, auch etwas von der Heilkunst der Hexen zu verstehen!«, blaffte Aimée ihn an. »Dann liegst du leider falsch. Nelkenöl fördert die innere Heilung.«

»Ich bin der festen Meinung, von allen Dingen etwas zu verstehen. Das liegt in meiner Natur. Ich bin unheimlich von mir überzeugt.« Bestimmt lächelte er bei den Worten und ließ sein unverschämtes Ich hervorblitzen. Ich musste grinsen und hörte, wie Deckel auf die Gläser geschraubt wurden.

»Diese Verletzung wird nicht heilen«, sagte Caleb dann behutsam. »Das weißt du so gut wie ich. Ezra hat sie aufgegeben. Er hat das Band, das sie einst verbunden hat, gekappt und zerstört. Wie sollte ein Öl das in Ordnung bringen? Deine Schwester liebt zu sehr, das ist hier das Problem.«

Röte kroch mir bei diesen Worten ins Gesicht. Was er sagte, war brutal. Aber es war die schlichte, einfache Wahrheit.

»Irgendetwas muss ich doch tun können.« Schniefend zog Aimée die Nase hoch. »Wären wir bloß nie zurückgekommen. Wenn wir in Glastonbury geblieben wären, hätte sie ihn vergessen.«

»Das hätte sie nicht«, sagte Caleb in diesem unerträglich besserwisserischen Tonfall. »Vianne wäre auch ohne euch heimgekehrt. Dieser Ort hier ist ihre Bestimmung. Und berichtige mich, wenn ich falschliege – die Kongregation hat euch gezwungen, zurückzugehen, oder?«

»Das haben sie. Irgendwie, ja. Aber wir wollten alle auch heim. Sie mussten nicht viel Druck ausüben.« Sie schnaubte und schnäuzte sich geräuschvoll die Nase. »Schöne Bestimmung«, sagte sie dann. »Vianne war die ganze Nacht völlig weggetreten und wenn sie auf uns reagiert hat, dann hat sie gebrüllt. Spürst du diese Magie? Sie kommt aus ihrem Zimmer und vereinnahmt das ganze Haus. Das ist keine helle Magie und auch keine dunkle. Sie ist nicht mal richtig greifbar, und das macht mir Angst.«

Wovon redete sie? Ich hatte doch nur geschlafen. Ich hatte nicht mal geträumt. Ja, vielleicht hatte ich sie aus meinem Zimmer gejagt, aber ich hatte einfach nur allein sein wollen.

»Und du hast sonst nie vor etwas Angst«, stellte Caleb fest.

»Nein. Das darf ich mir nicht erlauben.« Ihre Stimme klang verwackelt. »Es gibt nur noch uns drei. Ich bin für meine Schwestern verantwortlich. Ich habe unserer Mutter und unserer Großmutter versprochen, auf sie aufzupassen.« Wieder schniefte sie.

Schritte erklangen und ich lugte wieder um die Ecke. Caleb ging um den Tisch herum und nahm Aimée in die Arme. Erst wehrte sie sich und schlug gegen seine Brust, aber er ließ sich nicht wegschubsen. Dann gab sie nach und lehnte sich schluchzend an ihn. Ich wusste nicht, wann ich Aimée das letzte Mal hatte weinen sehen. Sosehr ich mich anstrengte, ich konnte mich nicht erinnern.

»Weshalb muss er ausgerechnet eine Dämonin zur Frau nehmen?«, fragte Aimée nach einer Weile. Die beiden wirkten viel zu vertraut miteinander.

»Weil er keine andere Wahl hat.« Caleb ließ sie vorsichtig los, vergewisserte sich, dass sie nicht mehr weinte, und strich ihr übers Haar. »Ist es nicht außerdem egal, wen er heiratet?« Er ging zum Fenster, als müsste er Abstand zwischen sich und meine Schwester bringen.

»Er braucht Wegas Vater nicht. Er kann mit der Kongregation zusammenarbeiten«, sagte Aimée. Sie kramte in einer Schublade nach einem neuen Taschentuch.

Caleb schnaubte, als wäre diese Vorstellung völlig abwegig. »Er *hat* keine Wahl.« Sein Tonfall ließ keinen Zweifel daran, dass er nicht mehr dazu sagen würde.

»Ash und ein paar Vertreter der Kongregation kommen demnächst zurück. Vermutlich morgen. Du solltest dann lieber nicht hier auftauchen«, sagte sie mit eisiger Stimme und verschränkte die Arme vor der Brust.

»Wegen der Kongregation, oder weil du mich nicht mehr bei dir haben willst? Ich bin nicht Ezra«, sagte er mit fester Stimme und drehte sich wieder zu ihr um. »Ich gebe nicht auf, was ich will.«

Aimée schnappte nach Luft. War der Dämon verrückt geworden? Sie konnte er nicht haben. Das musste ihm doch klar sein. Er sollte sie besser nicht herausfordern.

»Sag mir, dass ich mich von dir fernhalten soll. Sag mir, dass *du* mich nicht hierhaben möchtest. Benutze nicht irgendjemanden als Ausrede und schon gar nicht die Idioten aus der Kongregation.« Fast konnte man meinen, er würde knurren.

Lieber Himmel. Glaubte er wirklich, Aimée würde auch nur in Erwägung ziehen, mit …?

»Ich will dich nicht hierhaben«, sagte sie und reckte ihr Kinn. »Ich will, dass du verschwindest.«

In Calebs Gesicht rührte sich kein Muskel, aber ich bildete mir ein, die Flammen in seinen Augen sehen zu können. Von meiner Position aus konnte ich das nicht so gut erkennen. Er wartete noch einen Moment ab, dann nickte er, lief zu der Fliegengittertür und ging ohne ein weiteres Wort.

Ich betrat die Küche, nur für den Fall, dass er zurückkam und sich auf sie stürzte. Einen Dämon machte man lieber nicht wütend. Ich stellte mich neben Aimée, die aussah, als hätte sie in eine Zitrone gebissen. Sie schien mich nicht mal zu bemerken. Wir sahen Caleb nach, wie er durch den Garten lief. Er erreichte den kleinen Bach, der im hinteren Teil floss, und verschmolz einfach mit dem sanft plätschernden Wasser. Ich hatte gewusst, dass er ein Wasserdämon war und trotzdem war es erstaunlich, das mit anzusehen.

»Ich habe zu Cerridwen gebetet, dass ich mich nie verliebe«, sagte Aimée leise. Sie hatte mich also doch bemerkt. »Nach Mamans Tod. Du erinnerst dich nicht, aber sie hat unseren Vater viel zu sehr vermisst. Er hat sie einfach sitzen lassen. Ich wollte nie, dass jemand so eine Macht über mich hat. Also habe ich Mauern um mein Herz gebaut und gehofft, Cerridwen würde mich erhören«, verkündete sie entschlossen. »Ehrlich, so wie du und Maman will ich nie leiden.«

»Das wünsche ich auch meinem ärgsten Feind nicht. Lass uns nicht mehr davon reden. Calebs Leidenschaft braucht wohl auch eine kleine Abkühlung. Du hast ihm den Kopf verdreht.«

»Unsinn«, schnaubte sie. »Es stachelt ihn nur an, dass ich mich sträube. Er ist ein Verführer und Jäger.«

»Glücklicherweise bist du keine leichte Beute. Bestimmt gibt er irgendwann auf.«

Sie biss sich auf die Unterlippe und nickte zögernd. »Bestimmt.«

Wir gingen zum Tisch und räumten die fertigen Gläser ins Regal und deckten dann den Tisch mit allem, was unsere Schränke gerade hergaben. Maëlle kam kurz darauf in die Küche und beäugte Aimée skeptisch. »Was trägst du da?«

Erst jetzt fiel mir ihr merkwürdiger Aufzug auf. Sie war sonst immer viel ordentlicher gekleidet als wir anderen. Jetzt steckte sie in einer übergroßen Strickjacke, die ihr bis zu den nackten Knien reichte. Ich hatte sie noch nie an ihr gesehen.

»Hast du die etwa heute Nacht gestrickt?«, fragte Maëlle.

»Wir hatten noch jede Menge Wollreste im Haus und ich konnte nicht schlafen.«

»Du siehst lächerlich darin aus«, verkündete Maëlle. »Mich wundert es, dass Caleb dir das hässliche Ding nicht vom Leib gerissen hat. Was trägst du drunter?«

»Unterwäsche, was sonst?« Einen Moment guckte sie verdutzt. »Du hast mitbekommen, dass er hier war, und mich mit ihm alleine gelassen?«

Maëlle blickte unschuldig von ihr zu mir. »Vianne hat doch schon im Flur gestanden und euch belauscht, es wäre ein bisschen blöd gewesen, wenn ich das auch getan hätte. In dem Haus wimmelt es schon von neugierigen Geistern, und Caleb würde nie etwas tun, was du nicht willst.«

»Das ist genau das, was mich beunruhigt«, verkündete ich.

Wir drei sahen uns an und fingen gleichzeitig an zu lachen. Diese ganze Situation war völlig verdreht. Wir stürzten uns auf das Essen und besprachen unsere Aufgaben für den heutigen Tag. Keine von uns brachte Ezra, das Unwetter, die Kongregation oder die Hochzeit zur Sprache. Für eine Stunde gönnten wir uns eine Verschnaufpause. Mémés Stuhl in der Ecke wippte gemächlich vor sich hin.

* * *

Nach dem Frühstück ging ich in den Garten. Ich hatte beschlossen, zu Hause zu bleiben und mich um unsere Beete zu kümmern. Maëlle besuchte die Kranken und Aimée erteilte ein paar Junghexen Unterricht in Runenkunde. Ich grub die Hände in die dunkle Erde, setzte behutsam die kleinen Pflanzen ein, die Maëlle aufgetrieben hatte, drückte die Erde fest und wässerte dann alles. Die eintönige und anstrengende Arbeit beruhigte meine Gedanken. Ich grub und pflanzte, grub und pflanzte. Die dunkle Erde setzte sich in jeder Rille meiner Haut ab, mein Rücken tat mir weh und Schweiß brannte in meinen Augen. Aber das war egal. Der Schmerz sollte einfach nur dieses Gefühl des Verlustes übertönen. Wenn es nach mir ginge, würde ich mir jede noch so winzige Erinnerung an Ezra mit dem Athame aus meinem Herzen und meinem Kopf schneiden. Warum hatte mir vorher niemand etwas von Wega gesagt? Warum hatte er mir nicht sofort reinen Wein eingeschenkt, als wir uns wiedergesehen hatten? Warum hatte er mich geküsst und weshalb hatte er diese Macht über mich? Ich wollte das nicht mehr, aber ich wusste nicht, wie ich diese Gefühle von mir abtrennen sollte.

»Ezra hat schon wieder angerufen.« Aimée kam aus der Küche, trat neben mich und begutachtete die geraden Zwiebel- und Tomatenpflanzenreihen. »Das fünfte Mal schon. Jedes Mal muss ich den Unterricht unterbrechen.«

Mein Haar hing mir strähnig und feucht ins Gesicht und ich war über und über mit Schmutz bedeckt.

»Die Arbeit hätte Maëlle dir auch leichter machen können.« Glücklicherweise sagte sie nicht, dass die Arbeit für die Katz war, weil hier bald Dämonen wüten würden. Mit einem Ächzen stand ich auf. Jeder einzelne Muskel schmerzte von der ungewohnten Anstrengung. Ich drückte den Rücken durch. »Was will er?«

»Dass du ihn zurückrufst.«

Die Verschnaufpause war vorbei. »Ganz bestimmt nicht. Ich will ihn weder sehen noch je wieder seine Stimme hören.«

»Was ist da gestern noch zwischen euch beiden vorgefallen?« Aimée konnte man nur schlecht etwas vormachen. »Jetzt sag schon. Ihr habt euch doch wieder ganz gut verstanden. Ich verstehe ja, dass die Verlobung dir wehtut. Du hast dir immer Hoffnungen auf mehr gemacht. Aber hat er etwas getan, was diese Hoffnung rechtfertigt? Seit dem Abschiedskuss damals, meine ich.«

*Er hat mich berührt und geküsst.*

»Nein, hat er nicht.« Ein Kuss sollte mir schon lange keine Hoffnungen mehr auf *mehr* machen. »Bestimmt will er mich wegen des Unwetters sprechen. Er wird wissen, dass es Magie war.« Er hatte es bestimmt sofort begriffen, deswegen wollte er mich gestern aufhalten.

Aimée musterte mich aufmerksam. »Er klang besorgt.«

»Ich werde seiner Verlobten schon nichts antun, wenn ihn das umtreibt.«

»Ich glaube, er macht sich Sorgen um dich. Es ist nicht normal, dass eine Hexe so sehr die Fassung verliert und damit ein Element ins Ungleichgewicht bringt.«

»Es sei denn«, setzte ich an, »es handelt sich bei dieser Hexe um eine unausgebildete Elementhexe. Das ist es, was er befürchtet, oder? Und du auch.«

Aimée sah mich nur an, sagte aber nichts. Die Idee war mir bereits in der Nacht gekommen, aber seit Stunden hatte ich mir jeden Gedanken, der weiter in diese Richtung wanderte, verboten. Nun hatte ich es laut ausgesprochen. Ich musste akzeptieren, dass das Unwetter mein Werk gewesen war, auch wenn ich keinen blassen Schimmer hatte, woher diese Kräfte plötzlich gekommen waren. Bis vorgestern hatte ich nicht mal den winzigsten Gegenstand bewegen können. Es ergab keinen Sinn, aber alles Leugnen war zwecklos. Mit der schmutzigen Hand fuhr ich mir über den Nacken. »Es hat mich völlig überrumpelt. Ich bin wütend geworden oder traurig oder beides. Ich weiß nicht genau.« Ich sah ihr fest in die Augen. »Ich wollte meine Magie zurück. Aber nicht so. Erst begann es in Strömen zu regnen und plötzlich war da dieser Leopard und ich habe Ball aus dunkler Luft auf ihn geschleudert und einen auf Ezra. Ich …«

»Du hast was?« Aimée riss die Augen weit auf. »Du hast einen Menschen angegriffen? Mit einem Fluch? Und dann auch noch den Großmeister der Loge! Ohne Grund? Bist du wahnsinnig? Und das sagst du jetzt erst?«

Einen Grund hatte ich schon gehabt, aber keinen, den die Kongregation akzeptieren würde. Eifersucht gab einem laut Regelbuch für Hexerei keine Befugnis, einem Menschen Schaden zu zufügen. Wir durften uns maximal verteidigen. »Ich habe ihn nicht direkt angegriffen. Es war eher ein Reflex. Nichts, was ich beabsichtigt habe.«

»Jeder direkte Angriff auf einen Menschen ist strengstens verboten. Wenn die Kongregation davon erfährt …« Echte Angst malte sich in ihre Züge. »Und dann weißt du nicht mal, wie du das angestellt hast. Welcher Fluch war es?«

»Der Nocerefluch. Er fiel mir einfach so ein und dann hat er tatsächlich funktioniert.« Selbst direkte Verteidigungszauber waren nichts, was eine Hexe intuitiv beherrschte. Sie wurde darin geschult. Einen Fluch oder Angriffszauber beherrschte so eine unausgebildete Hexe wie ich normalerweise schon gar nicht. »Bestimmt war es eine einmalige Sache, weil ich mich so aufgeregt habe.«

»Vielleicht …« Auf Aimées Wangen bildeten sich hektische rote Flecken. »Die Kongregation darf nicht davon erfahren«, sagte sie eindringlich.

»Denkst du, dass Ezra mich anzeigt?«

»Ich weiß es nicht«, sagte Aimée ernst. »Ich glaube nicht. Aber ich hätte auch nie gedacht, dass er sich verloben würde. Nicht mit einer …« Sie brach ab. »Von dem Unwetter wird die Kongregation in jedem Fall erfahren. Es war viel zu viel Magie.«

So ein Mist. Ich kniff die Augen zusammen. Aimée nahm mich in den Arm und drückte mich trotz des ganzen Schmutzes an sich. Behutsam strich sie mir über das Haar.

»Du hast deine Magie zurück. Das ist das Wichtigste. Für alles andere lassen wir uns etwas einfallen. Du musst nicht mit ihm reden, wenn du nicht willst.«

Das wäre der leichteste Weg und ich war kurz davor, einfach zu nicken. Aber ich konnte mich nicht für immer im Haus oder Garten verkriechen. Wir würden uns so oder so begegnen.

»Ich rufe ihn an.« Wenn es sein musste, wurde ich zu Kreuze kriechen. Meine Schwestern sollten nicht darunter leiden müssen, dass ich mich nicht hatte zusammenreißen können. Die Kongregation war nicht zimperlich mit ihren Bestrafungen. Wenn sie auch nur vermuteten, dass eine Hexe oder ein Hexer seine Kräfte missbrauchte, zogen sie nicht selten die ganze

Familie zur Rechenschaft. Aimée und Maëlle hatten meinetwegen schon zu viel durchgemacht und nun hatten wir nicht mal die Aufgabe erfüllt, die die Kongregation uns gestellt hatte. Es gab für Sophia und Michael keinen Grund, mich zu verschonen. Ich sollte verschwinden, wie Aden es getan hatte. Plötzlich kam mir diese Option sehr erstrebenswert vor. Ich könnte einfach alles hinter mir lassen. Irgendwohin gehen, wo mich niemand kannte. Aber das konnte ich meinen Schwestern nicht antun. »Ich mache es gleich.«

Aimée ließ mich los und lächelte stolz, obwohl ich die Sorge in ihren Augen sah. »Was wirst du ihm sagen?«

»Keine Ahnung. Vielleicht versuche ich es zuerst mit einer Entschuldigung. Er wird wütend sein.« Ich betrachtete mein Werk. In ein paar Wochen könnten wir eigenes frisches Gemüse ernten. Aber nur, wenn Ezras Plan aufging, der Pakt verlängert wurde und er mit einer Dämonin verheiratet war. Ob er mit mir gestern nach *Glamorgan* gegangen war, weil er die Hoffnung hegte, ich würde den Kelch und den Spiegel dort rausholen? Wenn ich es geschafft hätte, würde er Wega dann nicht heiraten? Das waren alles blödsinnige und überflüssige Überlegungen. Ich hatte die beiden doch zusammen gesehen. Sie passten perfekt zueinander. Womöglich war sie so lustig und gutmütig wie Caleb. Man hatte uns viel Unsinn über die Dämonen erzählt und wir hatten alles geglaubt. »Ich gehe vorher duschen.« Vielleicht fiel mir unter einem heißen Wasserstrahl etwas Eloquentes ein.

»Ich bin unendlich stolz auf dich.« Aimée rieb mir tröstend über den Arm. »Als Constance es uns gestern gesagt hat, hatte ich Angst, du würdest zusammenbrechen, stattdessen buddelst du in der Erde herum. Es hätte mich nicht gewundert, wenn du eine Woche lang im Bett geblieben wärst. Oder für immer.«

Mich auch nicht. Wenn ich es recht bedachte, stand ich vermutlich einfach noch unter Schock. Er konnte diese wunderschöne Frau nicht heiraten, weil er zu mir gehörte. Ich durfte ihn nicht an sie verlieren. Er liebte mich, er war nur zu stur und zu pflichtbewusst, um das zuzugeben. Aber diese Gedanken bewiesen nur, dass mein Herz noch nicht begriffen hatte, Ezra für immer verloren zu haben. Würde er mich verachten oder – schlimmer noch! – bedauern, weil ich so auf diese Eröffnung reagiert hatte? Vor Scham ballte sich mein Magen zusammen. Ich duschte besonders lange und zog mir dann eine dunkelblaue Pluderhose und ein hellblaues Top an. Blau stärkte das Selbstbewusstsein und davon konnte ich jetzt jedes Fitzelchen gebrauchen. Als ich es nicht länger hinauszögern konnte, ging ich in die Küche. Meine Schwestern ließen sich nicht blicken und dafür war ich dankbar. Mémés Stuhl schaukelte leise auf und ab und Maëlle musste zurückgekommen sein, denn es stieg Rauch aus einer Schale auf der Anrichte auf. Es roch nach Lavendel und Vanille. Leider beruhigten die Düfte mich kein bisschen. Aber netter Versuch. Bevor ich länger darüber nachdenken konnte, wählte ich Ezras Nummer. Bereits nach dem ersten Läuten nahm er ab.

»Vi?«

Seine Stimme klang warm und kein bisschen wütend, was mich durcheinanderbrachte und für einen Moment den Text vergessen ließ, den ich mir unter der Dusche überlegt hatte.

»Jag mir nie wieder so einen Schreck ein.«

»Es tut mir leid«, presste ich hervor. »Ich wollte dich nicht verletzen und ich entschuldige mich in aller Form. Wenn du den Vorfall der Kongregation melden möchtest, kann ich dir das nicht verdenken. Mein Verhalten war unangemessen und dafür gibt es keine Entschuldigung.«

»Wovon zum Teufel redest du?«, blaffte er mich an und senkte dann die Stimme. »Wenn du noch einmal vor mir wegläufst, dich in Gefahr bringst und mitten in der Nacht mit dem Auto durch so ein Unwetter fährst, dann … dann …«

Ich blinzelte, was er natürlich nicht sehen konnte. Ich hatte mit einer vollkommen anderen Reaktion gerechnet. »Ich bin gut zu Hause angekommen«, sagte ich steif.

Ezra schwieg jetzt am anderen Ende der Leitung, aber ich hörte seinen Atem. »Ich weiß.«

»Na dann. Noch mal herzlichen Glückwunsch zu deiner Verlobung.« Die Worte blieben mir fast im Hals stecken. »Deine Verlobte ist sehr schön. Ich hoffe, ich habe sie nicht erschreckt.«

»Es geht ihr gut.«

Klar, eine Dämonin ließ sich nicht so leicht schockieren. Wie blöd von mir. Ob dieser Leopard ihr Leibwächter gewesen war? Wenn sie die Tochter eines Fürsten war, gab es vermutlich jemanden, der auf sie aufpasste.

»Ich hätte es dir gern anders gesagt, glaub mir. Es muss dich überrumpelt haben. Der Kuss … das war ein Fehler.«

Für einen Moment schloss ich die Augen. Ein stechender Schmerz zog durch meinen Körper. Ein Fehler? Das war es für ihn gewesen? Wie konnte er so etwas sagen? »So hat es sich für mich nicht angefühlt«, sagte ich mit fester Stimme.

Er räusperte sich, bevor er weitersprach. »Ich hätte mich von dir fernhalten müssen. Ich hätte nicht mit dir laufen gehen sollen. Ich muss an die Aufgabe denken, die vor mir liegt. Das verstehst du doch, oder?«

Ich verstand alles. Selbst, dass er mich küsste, wo er vermutlich gerade kurz vorher mit seiner Verlobten herumgemacht hatte. Ich hätte mir gestern Abend den Mund mit Seife auswaschen sollen. Erwartete er etwa noch Beifall, weil er sich so aufopferte? Möglicherweise hatte er mich auch nur geküsst, weil er …

»Weißt du was, Ezra?«, unterbrach ich die unnützen Gedanken und rettete mich in Sarkasmus. »Natürlich verstehe ich dich. Du musst schließlich die Dämonen besiegen. Im Alleingang. Beachte mich am besten gar nicht mehr. Vergiss mich. Das ist dir ja schon einmal gelungen. Es wäre nur schön, wenn du dich dazu herablassen würdest, mit Sophia und Michael zu reden. Aber vermutlich wirst du das nicht tun, weil ja nur du weißt, was das Richtige ist, und weil ja nur du uns retten kannst. In dem unwahrscheinlichen Fall, dass es dir gelingt, werden wir dir danach einen Orden verleihen und dir auf die Schulter klopfen.« Mein Körper begann zu kribbeln, dieses Mal vor Wut. Unsere Wasserleitung machte ein merkwürdiges Geräusch. Bei Cerridwen, nicht schon wieder! Bevor er etwas erwidern konnte oder meine Gefühle außer Kontrolle gerieten, legte ich auf. Ich war fertig mit ihm, und zwar endgültig. Nur Sekunden später klingelte das Telefon wieder, doch ich ging nicht noch einmal ran. Es gab nichts mehr zu sagen. Ich hatte mich entschuldigt und nun musste ich mich um meine eigenen Belange kümmern. Ich musste mich auf die Ankunft der Kongregation vorbereiten.

Außerdem war ich nach Paimpont zurückgekommen, um herauszufinden, ob noch Magie in mir war, und ganz offensichtlich war da jede Menge. Würde mein Herz nicht so wehtun, würde ich vor Freude jubeln.

# 14. KAPITEL

Aimée kam herein. »Was hat er gesagt? Wird er den Angriff melden?«

»Ich glaube nicht.« Das hatte ich ihn gar nicht gefragt, aber das war mir nun vollkommen egal. Er würde sowieso nur das tun, was er für richtig hielt.

Aimée ging zum Waschbecken und hantierte an dem hektisch tropfenden Hahn herum. »Hast du ihn angedreht?«

Ich schüttelte den Kopf.

»Wir müssen die Kongregation davon in Kenntnis setzen, dass du erste Fähigkeiten einer Elementhexe gezeigt hast.« Sie runzelte die Stirn. »Vielleicht können wir die Umstände verschweigen, unter denen wir es herausgefunden haben. Schließlich wurde niemand verletzt. Es hat nur ein paar Dächer abgedeckt, und um die hat Rosa sich gekümmert. Aber im Ort kursieren jede Menge Gerüchte. Die meisten glauben, die Kongregation würde endlich Verteidigungstruppen schicken.«

»Lassen wir ihnen vorerst die Hoffnung.« Maëlle gesellte sich zu uns. »Und derweil schaffen sie weiter heimlich Hexen und Hexer hinter die Mauer. Caleb hat es noch einmal bestätigt.«

»Woher hat dieser Dämon seine Weisheiten?«, schnappte Aimée, aber ich sah die Besorgnis in ihrem Gesicht.

»Ash behauptet, das sei nur ein Gerücht«, mischte ich mich ein.

»Das kannst du Caleb gern selbst fragen«, beantwortete Maëlle Aimées Frage. »Dauert bestimmt nicht lange, bis er wieder hier aufschlägt. Ich habe ihn vorhin bei Constance getroffen. Sie hat für ihn gebacken.«

»Schön für ihn. Ich habe ihm gesagt, dass er nicht mehr herkommen soll. Wir dürfen uns nicht mit einem Dämon einlassen, auch wenn er erstaunlicherweise nur wenig Dämonisches an sich hat.«

»Stimmt, er ist viel zu nett und höflich für ein Monster«, sagte Maëlle.

»Ich finde eigentlich, dass er zu frech und unverschämt ist«, erwiderte Aimée.

»Zu mir nicht. Aber ich habe ja auch nicht versucht, ihn mit einer Liebesdroge zu vergiften.«

Aimée lief knallrot an. »Das war aus Versehen.«

»Ja klar, und ich kann die Sonne verdunkeln.« Maëlle lachte Aimée einfach aus. »Gib es doch zu, dass er dir Angst macht. Du fürchtest dich davor, seinem Charme nicht widerstehen zu können. Ich habe eine frohe Botschaft für dich – das wirst du auch nicht, wenn er es darauf ankommen lässt.«

Aimée schluckte hektisch. Zeit für mich, dazwischenzugehen. »Wir haben wichtigere Dinge zu besprechen. Die Option mit den schwarzmagischen Gegenständen ist vom Tisch. Wir haben nur das Athame. Wo ist der Dolch überhaupt?«, fragte ich Aimée. Ich hatte ihn über all den Mist vergessen.

»Ich habe ihn in den Schrank gelegt. Du musst überlegen, was du damit tun willst. Es ist sehr wertvoll.«

»Wir wollten ihn Regulus anbieten. Mehr Land soll er schließlich nicht bekommen. Die Reichtümer der Loge will er nicht und Ezra wird Sophia und Michael nicht allein mit ihm verhandeln lassen. Wir wissen auch gar nicht, was sie ihm jetzt noch anbieten wollen. Vielleicht gibt er sich mit dem Dolch zufrieden.«

»Ich spüre an dem Dolch keine schwarze Magie. Was sollte er damit wollen? Wenn ich du wäre, würde ich ihn behalten.«

Ich schüttelte den Kopf. Er würde mich immer an Ezra, *Glamorgan* und den Kuss erinnern.

»Vielleicht wollen Sophia und Michael mit eigenen Verhandlungen nur Zeit schinden, um alle Hexen und Hexer aus Frankreich fortzuschaffen«, sinnierte Maëlle jetzt. »Das würde bedeuten, sie gäben Frankreich endgültig auf, weil sie mit einem Durchbruch rechnen. Möglicherweise wollen sie mit den Hexen und Hexern, die sie rausschmuggeln, die Verteidigung auf der anderen Seite der Mauer verstärken.«

Aimée nickte. »Das Vernünftigste wäre tatsächlich, wir würden uns auch auf den Weg machen. Wir könnten Rosa und Constance mitnehmen. Dann würden auch Adrien und Thérèse mitkommen. Wir sind mit unserem Auftrag gescheitert.«

Das waren wir wohl, und wieso? Weil ich mir Hoffnungen auf etwas gemacht hatte, das ich schon vor zwei Jahren verloren hatte. Ich hätte Ezra nicht küssen, sondern ihm ins Gewissen reden sollen. Aber ich hatte nur an mich und meine Gefühle gedacht und nicht daran, was auf die Menschen zukam, die von Ezras Entscheidungen abhängig waren – und irgendwie waren wir das alle.

»Und die anderen lassen wir schutzlos zurück?«, fragte ich »Im Schloss sind viele Frauen und Kinder. Ezra kann mit seinen Magiern allein nicht viel gegen Regulus ausrichten. Wer weiß schon, wie viele Hexen und Hexer bleiben, wenn sie die Möglichkeit bekommen, Frankreich zu verlassen.« Das schlechte Gewissen schnürte mir fast die Kehle zu.

»Nach der Hochzeit hat er Aarvand von Coralis und Altair de Maskun an seiner Seite«, erinnerte Maëlle mich. »Bestimmt schaffen sie es zusammen, Regulus zu besiegen. Dann können wir immer noch zurückkommen.«

»Es fühlt sich nicht richtig an, einfach zu gehen«, sagte ich. »Wir haben gesagt, dass wir bleiben. Und wenn es Verletzte gibt, muss es jemanden geben, der sich ihrer annimmt.«

Maëlle nickte in Gedanken versunken. »Wir haben noch ein paar Tage Zeit und sollten nichts überstürzen. Mal sehen, was Ash dazu sagt. Wir können mit der Entscheidung noch warten, bis er mit Sophia und Michael hier ankommt.«

»Und bis dahin sollten wir herausfinden, welches Element du beherrschst. Wasser oder Luft«, bestimmte Aimée geschäftig. »Es war zwar unglaublich unvorsichtig von dir, das Gewitter zu entfesseln, aber ich freue mich für dich. Deine Magie ist zurück.« Sie strahlte übers ganze Gesicht. »Du hast es dir so gewünscht.«

»Wenn es Luft ist, kannst du dich damit wunderbar verteidigen«, ergänzte Maëlle. »Wer hätte das gedacht. Meine kleine

Schwester beherrscht ein Element. Du hättest schon früher mit Ezra herumknutschen sollen und streite es nicht ab. Diese Wega hat euch erwischt. Deswegen warst du so aufgelöst. Wir sollten die Rückkehr deiner Magie feiern.«

»Woher weißt du, dass Ezra und ich uns geküsst haben?«

Etwas mitleidig betrachtete Maëlle mich. »Was denkst du wohl? Adelaise hat es Laurent erzählt und er wiederum Constance. Und sie mir und Caleb vorhin.«

Ich stöhnte. »Wir könnten auch im *Le Coq* einen Aushang machen«, schlug ich vor. »Damit niemandem diese Neuigkeit entgeht.«

Maëlle grinste. »Das brauchen wir nicht. Adelaise hat es natürlich auch Rosa erzählt, und als Adrien heute früh das Brot gebracht hat, hat er gesagt, ich solle dir ausrichten, für ihn sei Ezra gestorben.«

Ich verbarg das Gesicht in den Händen. »Weshalb habe ich noch mal in dieses verfluchte Nest zurückgewollt?«, fragte ich zwischen den Fingern hindurch.

»Weil du deine Magie wiederfinden wolltest.« Aimée strich mir tröstend über den Rücken. »Und das hast du. Das ist alles, was zählt. Lass sie reden.«

Ich nahm die Hände vom Gesicht, das mit Sicherheit noch glühend rot war. »Also Luft oder Wasser?«, fragte ich Aimée zur Ablenkung. »Was denkst du?«

»Für Wasser spricht der Regen und für Luft der Sturm.« Anfangs waren die Fähigkeiten einer Elementhexe oft unklar.

»Um ein Element richtig zu beherrschen, braucht es jahrelange Ausbildung. Das ist doch Mist. Warum habe ich nicht die Gabe unseres Vaters geerbt? Dann könnte ich jetzt in eine andere Zeit verschwinden und versuchen, von dort aus etwas zu ändern.«

»Und genau das wäre verboten. Wir sollten dich das Regelbuch noch mal auswendig lernen lassen. Zeiten dürfen nicht verändert werden.«

Blöde Besserwisserin. Ich verdrehte die Augen. »Hatten wir schon einmal eine Elementhexe in unserer Familie?«

»Ich weiß es nicht, aber höchstwahrscheinlich schon. Unsere Familie ist so alt, da wird es diese Fähigkeit schon mal gegeben haben.«

Mit Bestimmtheit ließ sich das tatsächlich nicht sagen. Wir wussten zum Beispiel nicht viel mehr über unseren Vater, als dass er ein Zeitenhexer gewesen war. Über welche Fähigkeiten der Zweig seiner Familie sonst verfügte, war unklar.

»Ist ja auch egal. Wie finde ich das heraus? Irgendwelche Vorschläge? Soll ich versuchen, einen Sturm im Wasserglas zu entfachen?«

Maëlle grinste. »Dann aber bitte draußen, ich will nicht, dass du das Haus unter Wasser setzt.«

»Dass du gestern die Luft in diesem Maße beherrscht hast, lag vermutlich tatsächlich zum Großteil an deinen aufgewühlten Gefühlen. Damit hat deine Gabe sich gezeigt«, überlegte Aimée laut.

Am Schluss musste ich Ezra noch dankbar sein, weil er solch starke Gefühle erst in mir entfacht hatte. Das wurde ja immer besser. »Was muss ich also tun?«

»Zuerst musst du die Gabe annehmen.« Aimée zog einen Stuhl zurück und setzte sich. »Elementhexen hatten es nie leicht.

Ihre Kräfte sind groß und wurden oft missbraucht. Sie werden gleichzeitig bewundert und gefürchtet, weil diese Kräfte oft unberechenbar sind.«

»Das weiß ich alles, aber trotzdem will ich sie. Denkst du etwa, ich würde sie ausgerechnet jetzt zurückweisen? Das wäre Wahnsinn.«

»Da hat sie recht«, mischte Maëlle sich ein. »Vianne kann eine große Hilfe sein.«

»Aber wir haben nur noch wenige Tage«, sagte Aimée. »Diese Gabe wird unkontrolliert mehr Schaden anrichten als nützen.«

»Dann muss ich so schnell wie möglich anfangen, sie zu trainieren. Ich verstehe deine Bedenken, aber ich werde die Gabe nicht zurückweisen, auch wenn du dich auf den Kopf stellst.«

»Stur und starrsinnig, unser kleiner Skorpion«, lachte Maëlle. »Fahr ruhig deinen Stachel aus, er wird dir helfen.«

»Ist ja schon gut«, gab Aimée nach. »Aber sag später nicht, ich hätte dich nicht gewarnt. Fühlst du dich stark genug dafür? Du musst die Magie beherrschen und darfst dich nicht von ihr beherrschen lassen. Wenn du das zulässt, kann sie dich umbringen.«

»Jaja.« Jede Magie konnte zügellos sein, wenn man sie nicht kontrollieren konnte, und ich hatte meiner freien Lauf gelassen. Das würde mir nicht noch mal passieren.

»Gut. Ich habe Rosa angerufen. Sie muss gleich hier sein. Sie ist zwar keine Elementhexe, aber sie hat trotzdem ausreichend Erfahrung mit dem Annahmeritual. Dabei wird sie dir helfen.«

Maëlle und ich starrten sie an, aber sie grinste nur selbstzufrieden und war noch immer in diese lächerliche Strickjacke gewickelt. Wenigstens trug sie mittlerweile eine Hose und ein

T-Shirt dazu. »Ich wusste, dass ich dich nicht umstimmen würde, also habe ich vorgesorgt.«

Maëlle lachte vergnügt und gab Aimée einen Kuss auf die Wange. »Ohne dich wären wir nichts.«

In diesem Moment klopfte es auch schon an der Tür und kurz darauf stand Rosa in der Küche. Sie trug einen Korb am Arm.

»Mädchen«, begrüßte und umarmte sie uns. »Wir haben nicht viel Zeit. Lasst uns gleich loslegen. Vielleicht war es auch nur blinder Alarm wegen du weißt schon wem«, warnte sie mich.

»Vielleicht aber auch nicht.« Ich sprang auf. Ganz sicher nicht. Ich spürte diese Magie in mir. Sie war da und würde nicht wieder fortgehen.

»Willst du das Athame mitnehmen?«, fragte Aimée und ging schon zum Schrank.

Sie reichte es mir und Rosa betrachtete es interessiert. »Wo ist das her?«

Ich zögerte nur kurz. »Ich habe es aus *Glamorgan* mitgebracht.«

Sie zischte leise und wiegte den Kopf hin und her. »Bei den Göttinnen«, flüsterte sie dann. »Dieses Geschenk wird einen Preis fordern.«

»Weißt du, wem er gehört hat? Er sieht wertvoll aus.«

»Das weiß ich sogar ziemlich genau«, sagte sie. »Er gehört eurer Familie bereits seit Generationen.«

Jetzt starrten wir sie alle drei an. »Ich habe ihn noch nie zuvor gesehen«, fing Aimée sich als Erste. »Wie kommt er nach *Glamorgan*?«

Rosa rang sichtlich mit sich. »Eure Großmutter hat es euch nicht erzählt und ihr wart noch zu klein damals, aber als euer

Vater verschwand, nahm er nicht nur das Herz eurer Mutter mit. Er raubte auch das Athame und das Grimoire eurer Großmutter. Beides befand sich seit über dreihundert Jahren im Besitz eurer Familie. Es war eine Schande. Wir haben versucht, ihn zu finden. Ich habe ihn sogar über die Träume eurer Mutter gesucht. Aber es war hoffnungslos. Er hat sich zu gut in der Zeit versteckt.« Rosa war eine Somnia. Sie konnte die Träume anderer Menschen betreten, diese beeinflussen und steuern. Eine Gabe, die sie nicht oft einsetzte.

»Er hat beides gestohlen?«, fragte Maëlle ungläubig. »Wie konnte er das tun?«

»Vielleicht wollte er es ursprünglich nur leihen.« Rosa klang nicht sehr überzeugend. »Es geschah in der Nacht deiner Geburt.« Jetzt sah sie mich an. »In jedem Fall bist du nun die rechtmäßige Besitzerin des Athame. Es hat dich erkannt.«

»Wir alle drei«, sagte ich gedankenverloren. »Es gehört uns dreien.« Am liebsten hätte ich es fallen lassen. Es schien in meinen Fingern zu glühen.

Maëlle schnallte den Gürtel ab, in dem sie ihr Athame trug. Normalerweise erhielt eine Hexe diesen Dolch erst nach ihrem Einweihungsritual. Sie nahm ihr Athame raus und reichte mir den Gürtel. »Hier. Bind ihn um und nimm den Dolch mit. Ich habe das Gefühl, du wirst ihn heute brauchen.«

Rosa nickte aufmunternd. »Sie hat recht. Du solltest ihn zukünftig bei dir tragen.«

Mit zitternden Händen band ich mir den Gürtel um und steckte den Dolch in die Schlaufe. Dann war ich bereit. Aimée und Maëlle drückten mich an sich.

»Wir warten hier.« Aimée küsste mich auf die Wange. »Du musst dich nicht fürchten.«

»Du rockst das schon, Schwesterchen.« Maëlle strich mir über das Haar. Ich sah den feuchten Schimmer in ihren Augen. »Wir sind so stolz auf dich.«

Für einen Moment wollte ich gar nicht dort hinausgehen. Ich wollte in der Küche bleiben, umgeben von der Fürsorge und der Wärme meiner Schwestern. Aber das hier war ich mir und ihnen schuldig. Also nickte ich und ging zu Rosa, die lächelnd an der Küchentür auf mich wartete.

»Ich wünschte, deine Mémé hätte das heute für dich tun können. Aber es ist mir eine Ehre, sie zu vertreten.«

* * *

»Weshalb zeigt sich die Gabe erst jetzt?«, fragte ich Rosa, als wir zum hinteren Ende des Gartens gingen. »Hätte ich davon nicht schon etwas als Kind spüren müssen?« Bei Aimée und Maëlle hatten wir sehr früh gewusst, welche Fähigkeit sie jeweils ausbilden würden. Bei mir war es in meinen ersten fünfzehn Lebensjahren eher unklar gewesen. Das hatte mich immer verunsichert.

»Die Kräfte von Elementhexen machen sich erst so spät bemerkbar, weil es viel Selbstbeherrschung braucht, um diese Macht auszuüben. Offenbar bist du jetzt stark genug dafür.«

»Das hoffe ich. Ich würde es vor Aimée und Maëlle nie zugeben, aber ein bisschen beängstigend ist es schon.«

Rosa lächelte. »Beim nächsten Mal hast du es besser im Griff. Es scheint mir gestern ein recht aufregender Abend gewesen zu sein.«

Röte stieg mir ins Gesicht. »Dein Wort in Cerridwens Ohr«, murmelte ich und blieb stehen, als sie anhielt. Sie sah sich um und nickte dann zufrieden. Ganz hier hinten wuchsen nur unsere Obstbäume. Dieser Teil des Gartens war von der Straße nicht einsehbar. Vor uns floss der Bach, in dem Caleb heute früh verschwunden war.

»Gut«, sagte Rosa, als sie alles in Augenschein genommen hatte. »Dann schauen wir mal. Was weißt du über die Energie der Elemente?« Sie zog drei lange Bänder aus dem Korb und ich wich zurück, weil sie mich an die Kordel im Raum der Mysterien erinnerten.

»Es gibt vier: Luft, Wasser, Feuer und Erde. Eigentlich gibt es noch ein fünftes – den Äther. Im Elementekreis liegen Wasser und Luft zusammen und bilden einen Gegenpol zu Feuer und Erde. Äther ist die Vereinigung der beiden Pole und steht über den vier anderen Elementen. Das ist das einzige Element, was nicht beherrscht werden kann.«

Rosa nickte zufrieden. »Als Aimée anrief, wusste ich schon, dass dieses Unwetter keine natürliche Ursache hatte. Das Wasserelement passt zu dir und es ist klar, dass es gerade jetzt entfesselt wurde. Es hilft Skorpiongeborenen dabei, endlich loszulassen, was sie zu sehr festhalten.« Aufmerksam hörte ich ihr zu. »Aber Wassermagie kann großen Schaden anrichten, solltest du es je darauf anlegen.«

»Schadenzauber sind verboten«, sagte ich automatisch, weil das jede Hexe praktisch ab ihrer Geburt eingebläut bekam.

»Und daran solltest du dich auch immer erinnern, junge Dame.« Natürlich wusste sie auch von dem Nocerefluch, den ich gestern Abend ausgestoßen hatte. »Gefühle und Magie sind eine sehr schlechte Mischung. Du musst jedem Element Respekt zollen. Zieh die Schuhe aus. Du brauchst eine direkte Verbindung zu den Göttinnen.« Sie wartete geduldig, während ich Schuhe und Strümpfe auszog. Das Band der Ariane blitzte hervor, aber ich wusste nicht, ob Rosa es sah. Später würde ich sie fragen, was ich von der Einladung der Göttin halten sollte.

»Jetzt lege eine Wasserrune.« Rosa reichte mir die bunten Bänder.

Ich griff danach und legte drei Schlangenlinien ins Gras. Die Erde unter meinen Fußsohlen war warm und feucht zugleich.

Rosa nickte zufrieden und zog vier Blätter aus dem Korb. Jedes Blatt hatte eine andere Farbe. Es gab ein rotes für das Element Feuer, ein blaues für Wasser, ein grünes für Erde und ein gelbes für die Luft. »Lege sie in einem Kreis um die Runen herum.«

»Luft im Osten«, murmelte ich. »Feuer im Süden, Erde im Westen und Wasser im Norden.« Für ein magisches Ritual musste man einen genauen Ablauf befolgen. Mémé hatte mir alles darüber beigebracht. Ein einziger Fehler reichte und alles konnte schiefgehen. Das wollte ich nicht riskieren.

»Dein Element wird dich annehmen und deinen Einfluss akzeptieren. Du darfst es nur nie missbrauchen«, sagte Rosa.

Ich stellte mich neben sie. Der Bach plätscherte leise vor sich hin. Wind bewegte sich in den Blüten der Obstbäume. Das Gras kitzelte an meinen nackten Knöcheln und ich spürte die pulsierenden Energieströme tief aus dem Erdreich aufsteigen. Brocéliande mit all seinen mystischen Orten lag nicht umsonst in der Hochbretagne.

Zwei mächtige Leylinien kreuzten sich hier und verliehen dem Ort die Energie, die jetzt in mir aufstieg.

»Knie dich hin und schließe die Augen. Du musst schweigen. Verbinde deinen Geist mit der Erde, der Luft, dem Wasser und dem Feuer in dir. Die Göttinnen werden dir einen Weg weisen. Ihnen verdankst du diese Macht – und vergiss nie, sie können sie dir wieder nehmen.« Sie stellte eine Schale auf, schüttete Kräuter hinein und zündete dann ein Kohlestück an. Sofort stieg Rauch in den Himmel und bildete seltsame kleine Kreise, etwas, was normaler Rauch niemals tun würde. Ich legte die Hände flach auf den Boden. Rosa trat hinter mich und öffnete mein Haar. Sofort begann der Wind damit zu spielen. »Das hier musst du allein tun. Ich wünsche dir Glück, mein Kind.«

Wie sie fortging, hörte ich schon gar nicht mehr, denn Energie fuhr durch meinen Körper. Ich wurde hochgehoben, wobei ich genau wusste, dass ich immer noch auf der warmen, feuchten Erde kniete. Hitze kribbelte in meinem Nacken und breitete sich in mir aus. Hinter den geschlossenen Lidern züngelten Flammen, während gleichzeitig kalter Schweiß meinen überhitzten Körper abkühlte. Und dann löste sich jede Empfindung auf. Hitze, Kälte und Feuchtigkeit verschwanden. Es fühlte sich an, als fielen unsichtbare Ketten von meinem Körper und meinem Geist. Kalter Wind peitschte über mich und gleichzeitig traf Funkenregen auf meinen Rücken. Ich biss die Zähne zusammen und hielt die Augen geschlossen. Rosa hatte nichts davon gesagt und trotzdem überlegte ich, ob ich nicht eine Beschwörung kannte, die mich unterstützen konnte. Ich hatte unzählige Zaubersprüche gelernt, sie nur seit Jahren nicht mehr benutzen können. Jetzt wäre ein geeigneter Moment, um den Schmerz zu lindern. Dunkelheit senkte sich über meinen Geist, ein Feuer flackerte vor meinem inneren Auge auf und ich hielt die Hand hinein. Regen fiel und löschte die Flamme. Das Wasser bildete eine Pfütze, in der sich mein Gesicht spiegelte. Eine Pflanze streckte winzige grüne Blätter aus der Erde in die Luft und entfaltete sich. Wind kam auf und riss die Blätter von dem zarten Stängel. Das Bild verblasste, aber dann spiegelte sich ein kalter Vollmond in dem Wasser, über den eine Sekunde später Blut tropfte. Nebelschwaden verhinderten, dass ich sah, was als Nächstes passierte, aber ich hörte das Klirren von Schwertern. Ich riss den Kopf zurück, öffnete die Augen und fluchte gleichzeitig. Ich hatte das Ritual unterbrochen. Die Kampfgeräusche hatten meine Konzentration prüfen sollen und ich hatte versagt.

Verwundert blickte ich mich um. War das eine Halluzination? Ich kniete nicht mehr im Gras, sondern im kühlen dunklen Moos und ich war nicht mehr in unserem Garten, sondern in einem Eichenhain. Sonnenstrahlen bahnten sich ihren Weg durch junge hellgrüne Blätter. In der Mitte des Hains stand ein riesiger Kessel, aus dem heller Rauch aufstieg. In solchen Hainen hatten die Priesterinnen der alten Zeit ihre Rituale abgehalten. Viele davon waren heute vergessen. Im Grunde beherrschten wir Hexen nur noch einen Bruchteil der Magie, die für die Priesterinnen und Druiden damals selbstverständlich gewesen war. Aber wir beteten immer noch zu denselben Göttinnen. Das war etwas, was uns über alle Zeit verband. Weshalb aber war ich hier? Und vor allem, war das echt oder nur eine Illusion?

Vier Frauen traten zwischen den Bäumen hervor – die erste trug ein dunkelrotes Gewand, auf dem Sterne funkelten. Ihr Haar war lang und kupferrot. Die zweite war ganz in Weiß gekleidet, selbst ihrem Haar, ihrer Haut und ihren Augenbrauen fehlte jegliche Farbe. Die dritte Frau hatte blondes Haar und trug ein hellblaues Kleid mit tiefblauen Halbmonden darauf. Es war ärmellos und silberne Fäden umschlangen ihre Arme bis zum Hals. Sie bildeten ein wunderschönes Geflecht magischer Beschwörungsformeln, überdeckten aber verbrannte Haut. Sie erkannte ich sofort und wich einen Schritt zurück. Das war Ariane, die Hexenmeisterin. Sie lächelte, als spürte sie meine Angst. Die vierte Frau war ganz in Schwarz gekleidet und ihr Haar hatte die Farbe der finstersten Nacht. Das musste Morrigan sein, die Hüterin der Zauberformeln und Flüche. Sie blieben neben dem Kessel stehen und nahmen mich schweigend in Augenschein. Ich blinzelte, aber die Halluzination verschwand nicht. Vor mir standen die vier großen Göttinnen. Brigid, die Göttin des Lichtes. Cerridwen, die Muttergöttin sowie Ariane, die Hexenmeisterin, und Morrigan, die große Königin und Göttin über Schatten und Nacht. Alle vier zusammen bestimmten die Geschicke der Welt und entschieden über Leben und Tod, Kommen und Vergehen, Licht und Dunkelheit. Sie sahen nicht unfreundlich aus, trotzdem begann ich bei ihrem Anblick zu zittern.

»Was begehrst du, mein Kind?«, fragte Brigid freundlich. »Wie bist du durch den Schleier gelangt?«

Das wusste ich nicht. Aber das war keine Antwort, die man einer Göttin geben konnte.

»Ich habe sie eingeladen«, sagte Ariane zu meiner Überraschung. »Sie ist ein Kind der Kinder, eine Schwester der Schwestern.« Arianes Stimme war hell und klar. »Sie trägt die Zeichen Morrigans und sie war in *Glamorgan*.«

Morrigan kniff die Augen zusammen. »Möchtest du bei uns bleiben? Wir werden dich alles lehren, was wir wissen. Du wärst unsere erste Novizin seit Viviane.«

»Wie lange würde ich bleiben müssen?«, fragte ich tonlos.

»Jahrzehnte oder Jahrhunderte bedeuten nichts. Zeit wird geboren und stirbt«, erklärte Cerridwen in einem singenden Tonfall. »Unser Wissen ist unendlich. Wir könnten dir bis zum Ende der Zeit etwas beibringen und es wäre nur ein Bruchteil dessen, was wir wissen.«

»Dann kann ich nicht bleiben«, erklärte ich mit fester Stimme. »Ich muss zurück. Meine Schwestern brauchen mich.«

Eine von Morrigans Augenbrauen ging in die Höhe. »Du lehnst ein Angebot der Göttinnen ab?«

»Ich kann die Menschen, die ich liebe, nicht im Stich lassen. Sie brauchen mich mehr, als ich euer Wissen brauche.«

Brigid nickte zufrieden. »Eine weise Antwort, Mädchen«, sagte sie mit tiefer, gar wohltönender Stimme. »Du kannst jederzeit durch den Schleier zu uns zurückkommen, wenn deine Aufgabe beendet ist. Sie wird dir viel abverlangen. Ich sehe Schmerz, Angst und Wut in dir. Du musst diese Gefühle loslassen und unserer Weisheit vertrauen. Den Menschen stehen schlimme Zeiten bevor.«

»Dann müsst ihr etwas für sie tun!«, platzte es aus mir heraus.

Morrigan presste die Lippen bei meiner unverschämten

Forderung aufeinander, aber Ariane lächelte freundlich. »Unsere Geschöpfe müssen ihren eigenen Weg finden«, erklärte sie. »Wir können sie nur leiten.«

Das war eine äußerst unbefriedigende Antwort. Brigid trat hervor und kam auf mich zu. Mit jedem Schritt erschien sie mir Ehrfurcht gebietender. Ich wollte zurückweichen, aber meine Füße waren fest mit dem Erdreich verbunden. Wind wirbelte um sie herum. Als die Göttin mich erreichte, nahm sie meine Hand in ihre und zog mehrere Linien auf meine Handfläche. »Vertraue deinen Gefühlen und deinem Glauben.« Brigid legte eine Hand auf meine Wange und dann schob sich ein durchsichtiger Schleier vor mein Gesichtsfeld.

Als ich die Augen aufschlug, lag ich im Gras. Die Sonne ging gerade hinter den Bäumen unter. Ein Kreischen erklang und ihm folgte ohrenbetäubendes Gebrüll. Ich richtete mich auf. Jeder Knochen in meinem Körper tat weh, als hätte ich Stunden hier gekniet. Die drei Bänder lagen unberührt im Gras, aber die Blätter hatten sich verändert. Vorsichtig stand ich auf, stöhnte und trat zum Blatt der Luft. Eine Rune hatte sich in den Zettel eingebrannt. Ebenso wie auf dem Blatt für das Element Wasser. Zwei Elemente. Ich sollte in der Lage sein, zwei Elemente zu beherrschen? Mit spitzen Fingern nahm ich die Bänder hoch und ging zu den beiden anderen Zettel. Ungläubig betrachtete ich diese. Auch darauf standen Runen für die rituelle Beschwörung. Aber das konnte nicht sein. Es gab keine Hexe, die alle vier Elemente beherrschte. Das musste ein Irrtum oder ein schlechter Scherz der Göttinnen sein. Ich riss alle vier Blätter mit einem Ruck hindurch. Rosa musste das Ritual mit mir noch mal vollziehen. Vermutlich war ich eingedöst und hatte geträumt. Viel Schlaf hatte ich letzte Nacht nicht bekommen und dann die Arbeit im Garten und die Einsicht, Ezra endgültig verloren zu haben … Ein glühender Schmerz schoss durch meine Unterarme und Hände. Ich ließ Bänder und Blätter fallen und schob die Ärmel meines Pullovers hoch. Die Runen aller vier Elemente brannten sich in unterschiedlichen Farben in meine Unterarme ein. Jede Rune war in einer anderen Schrift geschrieben. Nur sahen sie auf meiner hellen Haut wie Wunden aus. Nein, das wollte ich nicht. Ich rieb darüber, aber davon brannten die Wunden nur noch mehr. Der letzte Kringel wurde gerade von einer unsichtbaren Hand beendet. Es kam mir vor wie blanker Hohn. Bestraften die Göttinnen mich etwa, weil ich nicht bei ihnen geblieben war? Das würde ihnen ähnlichsehen. Oder dachten sie, ich würde mich über dieses Geschenk freuen? Sie konnten nicht weiter danebenliegen. So ein Geschenk wollte ich nicht. Diese Gabe verlieh mir unendliche Macht und Macht konnte Schreckliches mit einem Menschen anrichten. Vor allem, wenn er zu viel davon besaß. Warum hatten die Göttinnen mir das angetan? Ich hatte nur meine Magie zurückhaben wollen. Nicht mehr und nicht weniger. Was sollte ich jetzt bloß tun? Rosa, Aimée und Maëlle erwarteten mich in der Küche. Was sollte ich ihnen sagen? Die Wahrheit würde sie genauso erschrecken wie mich. Aber wenn ich jetzt log, würde ich immer wieder lügen müssen. Ich wollte meine Schwestern nicht hintergehen. Doch diese Gabe brachte uns alle in Gefahr. Wenn die Kongregation davon erfuhr … Aimée hatte mich gewarnt, aber nun war es zu spät, die Gabe abzulehnen. Ich musste zurück, bevor die

Sonne endgültig unterging und sie sich Sorgen machten. Hinaus würden sie nicht kommen. Ein magisches Ritual zu stören, konnte für einen Beobachter tödlich enden. Wieder erklang das Fauchen. Aber dieses Mal war es ganz nah. Ich wandte mich dem Geräusch zu und taumelte zurück. Auf der anderen Seite des Baches standen drei Dämonen. Ihre Körper waren schuppig und ihre kurzen dicken Beine endeten in Hufen. Einer kratzte sich mit seinen Krallen über die spärlich behaarte Brust und neigte seinen krokodilartigen Kopf. Er schnüffelte, um Witterung aufzunehmen. Ich stolperte rückwärts, aber der Dämon sprang für seine Statur viel zu behände über das Wasser. Die anderen folgten ihm. In wenigen Augenblicken würden sie mich eingekreist haben. Schweiß trat mir auf die Stirn. Geschlossen rückten die drei weiter vor. Einer fauchte in einem so hohen Ton, dass meine Nervenenden vibrierten. Wieder einer riss seine Krallenhände hoch und sie blitzen auf, als seien sie aus Metall. Im nächsten Moment sprang der dritte Dämon auf mich zu. Ich wich zur Seite aus, aber nicht schnell genug. Seine Krallen bohrten sich in meine Beine und rissen eine tiefe Wunde hinein. Ich stöhnte laut auf, hielt mich aber auf den Beinen und wich zurück.

»*Aeris vertigo!*«, stieß ich hervor, nicht sicher, ob das eine richtige Beschwörung war. Die Luft wirbelte wie ein kleiner Trichter auf und drängte den Dämon zurück. Er ruderte mit den Armen und fiel in den Bach. Der Luftwirbel zerstob. Ein zweiter Dämon zog sich ebenfalls zum Bach zurück, während der dritte auf mich zukam. Mein Bein brannte, aber ich biss die Zähne zusammen.

»*Educia*!« Ich grub die Hände in die Erde und warf sie nach ihm. Der Boden bäumte sich auf und der Dämon stolperte. Ich nutzte die Verschnaufpause und riss das Athame aus dem Gürtel. Kaum hatte ich es in der Hand, fauchte es hinter mir. Irgendwie hatte es eins der Monster in meinen Rücken geschafft. Ich wirbelte herum und stieß ihm das Messer in den Bauch. Warmes Blut lief mir über die Hand. So etwas wie Erstaunen bildete sich in den Augen des Dämons und er sackte zusammen. Aber da waren immer noch zwei. Mit dem Messer in der Hand wandte ich mich ihnen zu. Sie standen wieder auf der anderen Seite des Baches und starrten auf das Wasser, das sich zu kräuseln begann und immer schneller wirbelte. Ich schluckte. Was erwartete mich da noch? Einer der Dämonen hob den Kopf und fixierte mich fauchend. Ich überlegte angestrengt, welche Beschwörungen ich noch kannte, mit denen ich die zwei vertreiben konnte. Wo waren Ezras Wächter, wenn man sie brauchte? Hörten die das Kreischen nicht? Ein Dämon sprang mit einem Satz über den Bach und gleichzeitig hörte ich die Fliegengittertür knallen.

»Vianne?«, schrie Aimée und Erleichterung durchflutete mich.

Ihr zweiter Ruf wurde von einem Brüllen verschluckt und ein Drachenkopf erhob sich aus dem Wasserstrudel. Schlecht. Das war ganz schlecht. Ich begann zu zittern. Gegen diesen Dämon konnte ich unmöglich kämpfen. Maëlle und Aimée durften nicht herkommen. »Bleibt, wo ihr seid!«, brüllte ich. Meine Kraft und die Magie verließen mich und ich ging in die Knie. Ich hatte mit zwei Zaubersprüchen jegliche Energie verbraucht. Ich war einfach zu ungeübt. Der Drache hob den Kopf und schnaubte. Der dritte Dämon stand direkt vor ihm im Wasser. Nun blickte der

Drache verächtlich auf ihn hinab, als wolle er ihm so bedeuten, dass ich seine Beute war und er verschwinden sollte. Mit einem Sprung war der zweite noch lebende Dämon auf der anderen Seite des Ufers und galoppierte in Richtung Wald. Er überließ mich und seinen Kumpel dem geschuppten Ungeheuer.

»Vianne.« Hinter mir erklang Aimées Keuchen.

»Bei Morrigan.« Das war Maëlle. Mit ihren Verteidigungsgiften würde sie gegen die schuppige blau glänzende Haut des Drachen nichts ausrichten können. Er warf den Kopf zurück und ich schlug in einem hilflosen Versuch, mich zu schützen, die Arme über dem Kopf zusammen. Hitze schoss an mir vorbei. Keine Klauen oder Zähne wurden in meine Haut geschlagen. Ich lugte zwischen den Armen hervor. Der dritte Dämon stand in Flammen und verkohlte im Wasser. Es stank ekelerregend. Vor dem gewaltigen Maul des Drachen züngelten Flammen. Und für einen irrwitzigen Moment hatte ich das Gefühl, seine Augen schon mal gesehen zu haben.

Maëlle legte mir eine Hand auf die Schulter.

»Steh auf, Vianne«, befahl Aimée. »Ganz langsam.«

»Caleb?«, flüsterte ich. »Ist das Caleb?« Von meinen Schwestern bekam ich keine Antwort, aber Maëlle half mir, wieder aufzustehen. Mein Bein brannte wie Feuer.

Der Drache beugte den Kopf vor. Mandelförmige bernsteinfarbene Augen musterten mich. Nein, ich hatte mich getäuscht. Calebs Augen waren blau. Eine gespaltene Zunge glitt zwischen spitzen Zähnen hervor und abwehrend hob ich die Hand, in der ich noch das Athame hielt. Der Drache schnaubte, als würde er sich amüsieren, und feiner Wasserdampf rieselte auf mich herab. Überraschend friedlich senkte er nun den Kopf. Seine rosafarbene Zunge schnellte abermals hervor und bildete einen merkwürdigen Kontrast zu seinem blauschwarzen Panzer. Dann leckte er über die Wunde an meinem Bein. Ich zuckte panisch zurück, aber es fühlte sich kein bisschen schmerzhaft an, im Gegenteil. Der Blutstrom versiegte und die zerfetzte Haut schloss sich. Innerhalb einer halben Minute waren Fleisch und Blut verschwunden. Maëlle zog mich zurück und brachte einen größeren Abstand zwischen uns und den Dämon. Mein Bein fühlte sich nur etwas betäubt an, aber ich konnte es ohne Probleme bewegen. Der Drache zog sich zurück, senkte den Kopf, als wollte er eine Verbeugung andeuten, und zerfloss dann mit dem Wasser. Wie hypnotisiert starrte ich auf die sich nur noch leicht kräuselnde Oberfläche. Ich wandte mich Aimée zu. Nebel umwaberte ihre Beine. Er hätte uns vor dem Drachen verborgen, wenn es nötig gewesen wäre.

»Wir sollten ins Haus gehen«, sagte sie mit zittriger Stimme. »Du brauchst eine Dusche.«

»Herrgott!«, schimpfte Maëlle auf dem Rückweg. »Nicht mal so ein winziges Annahmeritual bringst du hinter dich, ohne uns in Angst und Schrecken zu versetzen.« Sie hielt mich fest umklammert, obwohl ich allein gehen konnte.

Rosa wartete an der Küchentür auf uns.

»Wie viele?«, fragte sie nur und ich wusste sofort, dass sie nicht die Anzahl der Dämonen meinte.

»Alle vier«, wisperte ich.

Sie legte sich eine Hand auf den Mund, aber den Schrecken in ihren Augen konnte sie nicht verbergen. Maëlle schob mich an ihr vorbei. »Dusche erst mal und wasch dir den Dämonenschleim vom Körper. Ein Drache hat dich angeleckt. Das ist eklig.«

»Er hat die Wunde geheilt«, sagte Aimée verwundert. »Wie hat er das gemacht und wieso?«

»Wenn dein Caleb das nächste Mal hier ankommt, habe ich jede Menge Fragen«, sagte Maëlle und folgte mir in den Flur.

»Er ist nicht mein Caleb«, sagte Aimée halbherzig. »Alle vier?«, hörten wir sie dann noch flüstern. Das Entsetzen in ihrer Stimme war überdeutlich. »Was sollen wir jetzt bloß tun?«

# 15. KAPITEL

Die fremde Magie umfing mich sofort, als ich aus dem Badezimmer kam. Ich hatte mir Zeit gelassen und versucht, mich in Maëlles Ölbad zu entspannen. Nun roch meine Haut zwar nach Lavendel und Melisse, aber ich war immer noch unruhig und begriff nun auch, weshalb. Die fremde Magie ließ mich förmlich zurückprallen. Meine Familie konnte auf eine lange magische Tradition zurückblicken. Die Kräfte meiner Schwestern waren stark, aber längst nicht so stark wie die unserer Gäste. Normalerweise verbargen Hexen und Hexer ihre Energie und holten sie nur hervor, wenn sie gebraucht wurde. Dass diese hier es nicht taten, konnte nur eins bedeuten: Sie präsentierten uns ihre Macht. Uns und vermutlich allen Bewohnern von Paimpont. Damit war klar, wer früher als erwartet angekommen war. Ich blickte an mir herab. Maëlle hatte mir eine Jeans und eine langärmelige Bluse ins Badezimmer gebracht. Ich sah also vorzeigbar aus und die Ärmel verbargen die Zeichen der Göttinnen.

Sophia Chadwick und Michael Galkin standen noch im Flur, als ich die Treppe hinunterging. Ash lächelte mir beruhigend entgegen und dann drängten noch zwei Personen, die ich nicht kannte, von draußen herein. Ich wollte etwas sagen, als das Telefon klingelte.

Aimée stand in der Tür zur Küche und angelte nach dem Hörer. »Sie sind gerade angekommen.« Dann schwieg sie einen Moment und Erstaunen zeichnete sich auf ihrem Gesicht ab. »Ich richte es aus ... Es geht ihr gut ...ja ... Ich muss jetzt Schluss machen.«

Erstaunt blickte ich zu ihr.

»Das war Ezra Tocqueville«, erläuterte sie und wandte sich direkt an Michael und Sophia. »Er empfängt euch morgen Vormittag im Château.«

Ashs rechte Augenbraue hob sich und ein anerkennendes Lächeln breitete sich auf seinem Gesicht aus. Ich wusste nicht, was ich von dieser Einladung halten sollte. Seit Monaten hatte er jedes Gespräch abgelehnt und nun lud er die vier zu sich ein, kaum dass sie auftauchten. Wollte er ihnen seine Verlobte vorstellen? Ein unangebrachtes Kichern bahnte sich seinen Weg nach oben. In meinem Körper spielte für einen Moment alles verrückt. Auf meinen Unterarmen kribbelten die Runen, Arianes Band schnitt in meinen Fußknöchel, mein Herz vibrierte vor Sehnsucht nach Ezra, mein Bein prickelte in Erinnerung an die Zunge des Drachens und die Wunde, die der Dämon gerissen hatte. Ich schwankte und hielt mich am Handlauf der Treppe fest. Vor diesen Besuchern wollte ich keine Schwäche zeigen. Caleb hatte Aimée gefragt, ob die Kongregation uns gezwungen hätte, nach Paimpont zurückzugehen, und sie hatte ihm das bestätigt. Was hätten Sophia und Michael gemacht, wenn wir uns geweigert hätten?

»Wir nehmen die Einladung gerne an«, erklärte Michael gerade. Er trug unter seinem Umhang einen maßgeschneiderten grauen Anzug, ein schwarzes Hemd und auf Hochglanz polierte Schuhe. Sein weißes Haar hatte er zu einem Zopf geflochten. Er setze sich in Bewegung und wir folgten ihm in die Küche. Sophia schaute sich um und rümpfte kaum merklich die Nase. Ihr buschiges rotes Haar stand ihr so wirr vom Kopf ab, als hätten Vögel darin genistet. Die grellbunte Bluse, die sie zu ihrer Latzhose trug, blendete die Augen und passte kein bisschen zu dem grünen Poncho. Sie wirkte von den vier Ratsmitgliedern am harmlosesten, aber wir alle wussten es besser. Die andere Hexe war das genaue Gegenteil von ihr. Sie konnte nur ein paar Jahre älter sein als Aimée, jedenfalls noch keine dreißig. Ihr schmal geschnittenes beigefarbenes Kleid passte wie angegossen und mit den High Heels, auf denen sie selbstbewusst durch unsere Küche stöckelte, käme ich keine drei Meter weit. Sie würde eher in das Büro einer Börsenmaklerin passen als in das Haus einer Hexe, aber vielleicht war sie das in ihrem normalen Leben ja auch. Ihr weißblondes Haar hatte sie zu einem Knoten aufgesteckt. Hätte an ihrer dünnen Halskette kein Anhänger mit einer Hexenrune gehangen, käme ich nicht im Traum darauf, dass sie eine Hexe war. Der Letzte im Bunde stand dicht neben Ash, der ihn stützte. Sein Rücken war gekrümmt und seine Augen lagen tief in den Höhlen, die Gesichtsfarbe darum wirkte unnatürlich gelblich. Er sollte sich besser setzen, bevor er umfiel. Wenigstens guckten seine grünbraunen Augen nicht ganz so herablassend wie Sophias.

»Ihr scheint immer noch auf sehr vertrautem Fuß mit Ezra Tocqueville zu stehen«, sagte er. »Wie hat er so schnell erfahren, dass wir hier sind?«

»Paimpont ist ein Dorf«, antwortete Maëlle. »Hier erfährt jeder alles schnell. Möchtet ihr Platz nehmen?«

Erst jetzt fiel mir auf, dass Rosa nicht mehr da war.

Der kleine Mann nickte. »Sehr gern.« Er humpelte zu einem Stuhl und setzte sich mit einiger Mühe.

»Das ist Lawrence Mackenzie«, übernahm Ash es, ihn vorzustellen. »Bei ihm habe ich in Rennes gewohnt.«

»Wir haben schon miteinander telefoniert, mein Kind.« Er lächelte mich aufmunternd an. »Und Ash hat viel von dir erzählt. Haben wir es dir zu verdanken, dass Ezra Tocqueville uns wieder empfängt?«

Ich runzelte verärgert die Stirn. »Ich habe keinen Einfluss auf ihn. Er ist wohl noch mal in sich gegangen.« Ich bildete mir nicht ein, dass es an unserem Telefonat von heute Morgen lag, dass er seine Meinung geändert hatte.

»Das ist auch mehr als vernünftig. Ich bin Yasmine Charron.« Die so professionell wirkende Hexe streckte Aimée die Hand hin. »Ich arbeite für die französische Exilregierung in Berlin und bin seit zwei Jahren Mitglied der Kongregation.«

»Es freut uns, dich in unserem Haus begrüßen zu dürfen«, sagte Aimée steif. »Auch wenn wir in der Sache vermutlich nicht weiter hilfreich sein können. Wir haben getan, was in unserer Macht stand.«

Michael ging zum Tisch und ließ sich ebenfalls nieder. »Das bezweifelt keiner von uns.«

»Könnte ich vielleicht einen Petit noir bekommen?«, fragte Yasmine mit einem sehr deutlichen Pariser Akzent. »Es war eine anstrengende Fahrt.«

»Natürlich«, sagte Maëlle. »Ich mache welchen. Möchte noch jemand?«

»Für mich bitte auch«, sagte Sophia. Sie setzte sich nicht, sondern ging zum Fenster und starrte in den Garten hinaus.

»Ein Wasser für mich und einen Tee für Lawrence«, bestellte Michael, als wären wir ein Restaurant.

»Ich hole frische Minze von der Terrasse«, sagte ich, froh, die Küche einen Moment verlassen zu können. Maëlle nickte und machte sich an den Küchenschränken zu schaffen.

Ash folgte mir, als ich durch die Tür nach draußen ging. »Warte. Ich helfe dir.«

Ich drehte mich zu ihm um. »Beim Minzepflücken? Ist ja auch eine schwierige Aufgabe.«

Er hatte wenigstens den Anstand, zerknirscht auszusehen.

»Musstest du sie mit zu uns nach Hause bringen? Warum hast du sie nicht zu Rosa oder direkt ins Schloss gebracht? Wir haben euch erst morgen erwartet. Konntest du uns nicht warnen?«

»Das wollte ich, aber sie sind früher eingetroffen und haben darauf bestanden, sofort aufzubrechen. Es tut mir leid.«

Ich ging zu den Kräutertöpfen und begann, ein paar Minzzweige zu pflücken. Ash war Vertreter der Kongregation, aber er war auch unser Freund. Ich sollte ihm von meiner Magie erzählen. Er würde sich für mich freuen. Es fühlte sich falsch an, so viele Geheimnisse vor ihm zu haben. Schweigend gingen wir zurück in die Küche.

»Wir möchten gern, dass ihr uns zu dem Treffen mit Ezra Tocqueville begleitet«, sagte Michael gerade und nippte an seinem Wasser.

Maëlle stellte den Espresso vor Yasmine Charron ab.

»Vielen Dank«, sagte diese und rührte Zucker in das heiße dunkle Gebräu.

»Ich kann euch nicht begleiten«, sagte ich. »Ich habe anderweitige Verpflichtungen.«

Aimée starrte mich entsetzt an.

»Die wirst du absagen müssen, mein Kind«, erklärte Lawrence sanft. »Diese Sache hat oberste Priorität und wie wir gehört haben, standen du und Ezra Tocqueville euch einmal sehr nah. Wir vertrauen weiter auf deine Bemühungen, Einfluss auf ihn zu nehmen.«

Hitze stieg in mir auf. Ich ballte die Hände zu Fäusten. »Wir waren früher mal Freunde.«

»Bis er sich verlobt hat, schätze ich«, kam es von Sophia. Sie lächelte wie eine Spinne, der eine fette Fliege ins Netz gegangen war. »Das muss ein Schock für dich gewesen sein.«

Woher wussten sie davon? Ash stand immer noch neben mir und legte mir eine Hand auf die Schulter, als würde er befürchten, ich würde im nächsten Moment explodieren. Ich warf ihm einen zornigen Blick zu. Wenn Sophia wusste, wie eng meine Freundschaft mit Ezra gewesen war, konnte nur er es ihr verraten haben.

»An Ashs Loyalität musst du nicht zweifeln«, sagte Lawrence. »Wir wissen so ziemlich alles über jede Hexe und jeden Hexer. Es ist schließlich die Aufgabe der Kongregation, für eure Sicherheit zu sorgen.«

»Das klingt eher danach, als hättet ihr uns ausspioniert und überwacht«, kam es scharf von Maëlle.

»Auf Außenstehende wirkt das oft so«, erklärte Yasmine gelassen. Sie nippte an ihrer Tasse. »Aber um euch zu schützen, brauchen wir diese Informationen.«

»Vor wem schützen?«, platzte ich heraus.

Sie lächelte schmal. »Oh. Die Gefahren sind sehr vielfältig, genau wie die Versuchungen.«

Ich hatte keinen Schimmer, was sie damit meinte, aber ich wollte nicht fragen. Sie nahm mich schon jetzt nicht ernst und das gefiel mir nicht.

»Wir sind natürlich gern bereit, die Kongregation in jeder Hinsicht zu unterstützen«, sagte Aimée. »Aber wie sollen wir uns bei den Gesprächen verhalten?«

Michael lächelte deutlich verbindlicher. »Es ist sehr wichtig, diese Angelegenheit endlich in die richtigen Bahnen zu lenken. Unser Zeitfenster ist nur noch sehr klein. Ihr begleitet uns, mischt euch aber nicht ein. Das Gespräch führen ausschließlich wir.«

»Natürlich«, sagte Aimée.

»Gut.« Michael sah wieder zu mir. »Hast du noch irgendwelche Einwände?«

Ich schluckte. Ich hatte Ezra mindestens ein Jahrhundert nicht wiedersehen wollen.

»Da ist noch eine leidige Angelegenheit«, meldete sich Sophia zu Wort.

»Was meinst du?«, fragte Maëlle betont gelassen.

»Wir wurden informiert, dass in dieser Gegend Elemente beschworen wurden. Es gibt in der Bretagne allerdings keine registrierte Elementhexe. Das ist ein Verstoß gegen die Kongregationsregel des Paragrafen 5 Absatz 2«, sagte Sophia. »Seit Beginn der

Krise …« Sie machte eine kunstvolle Pause, »muss jede Hexe ihre Fähigkeit registrieren lassen, sobald sie sich zeigt. Wisst ihr zufällig, wer für das kleine Durcheinander verantwortlich ist?« Ihre Augen richteten sich wie ein Laserstrahl auf mich. »In diesem Gebiet gab es seit Ewigkeiten keine so heftige magische Aktivität. Glücklicherweise gibt es Magiebegabte, die ihre Pflichten ernst nehmen.«

»Du meinst Denunzianten?« Maëlle klang geschockt und angewidert zugleich.

»Der Schutz der Allgemeinheit ist nur durchzusetzen, wenn alle Mitglieder an einem Strang ziehen«, belehrte Sophia sie.

Ich würde die Hand dafür ins Feuer legen, dass sie am liebsten ihre Animagabe eingesetzt hätte, um herauszufinden, was wir darüber wussten, aber sie konnte so öffentlich nicht in unsere Gedanken eindringen.

»Wenn ihr darauf besteht, dann komme ich mit«, gab ich nach, bevor die Situation eskalierte. Sophia versuchte, uns zu erpressen, das stand fest. »Auch wenn ihr euch von meiner Anwesenheit nichts versprechen solltet.«

»Das werden wir sehen.« Lawrence lächelte zufrieden. »Und nun würde ich gern euren Garten sehen. Ich muss mir etwas die Beine vertreten.«

»Natürlich«, sagte Aimée, obwohl es mittlerweile dunkel war. Ein Gartenspaziergang um diese Zeit war etwas unüblich. Der Mann heckte etwas aus. Oder spürte er die Energie meines Annahmerituals? »Es ist noch nicht alles so wie vor unserer Abreise, aber wir sind auf einem guten Weg«, hörte ich Aimée sagen.

»Da bin ich sicher, mein Kind. Ich kannte eure Großmutter, wusstest du das?«

Aimée öffnete die Fliegengittertür und die beiden traten nach draußen. Völlig unerwartet klappte die Tür eines Küchenschrankes auf und ein Glas fiel heraus. Es zerschellte auf dem Boden.

»Geister?«, fragte Sophia und lächelte so interessiert, dass mir ein Schauer über den Rücken lief.

Ich zuckte mit den Achseln. »Sie passen auf uns auf.«

Yasmines Blick wanderte zu Mémés Schaukelstuhl. Milo, der darin lag und bisher alles verfolgt hatte, stand auf, wölbte den Rücken und legte die Ohren an.

Michael schnippte mit den Fingern und die Glasscherben setzten sich wieder zusammen. Dann schwebte das Glas auf den Tisch. »Wir könnten alle etwas frische Luft vertragen«, bestimmte er, stand auf und zog den Stuhl zurück, damit Yasmine aufstehen konnte. Er reichte ihr den Arm und sie folgten Aimée und Lawrence. Im Garten flammten Lichter auf. Einer der vier ließ leuchtende Bälle über die Büsche schweben, die die Schatten der Nacht vertrieben. Es sah wunderschön aus.

»Möchtest du auch?«, fragte Ash vorsichtig. Mit Sicherheit konnte er mir ansehen, dass ich alarmiert war.

»Ich wasche lieber das Geschirr ab. Begleite du doch bitte Sophia.« Ich wollte diese Frau nicht länger als nötig in unseren vier Wänden haben. Schon jetzt spürte ich ihre negative Energie im ganzen Raum. Maëlle würde unzählige Räucherstäbe brauchten, um diese zu vertreiben.

»Natürlich«, gab Ash nach. »Wir können auch später reden.«

Die beiden verließen die Küche und ich setzte mich endlich. Hinter meiner Stirn pochte es und meine Beine fühlten sich wie Pudding an. Caleb machte mir weniger Angst als die vier

Ratsmitglieder, und er war ein Dämon. Darin lag eine gewisse Komik, aber mir war nicht zum Lachen zumute.

Maëlle legte eine Hand auf meine Schulter. »Sie wissen nicht, ob oder wer das Unwetter heraufbeschworen hat, und sie werden uns nicht ohne Beweise bestrafen.«

»Sophia würde das schon gern«, widersprach ich.

»Sie ist ja auch eine intrigante Kuh«, erklärte Maëlle. »Ich bin sicher, sie hecken etwas aus, wovon wir nichts wissen sollen. Das Unwetter kann jeder Bewohner heraufbeschworen haben. Die Leute kommen und gehen. Etwas ist aber doch merkwürdig. Sie hätten die Magie spüren müssen, die von dir ausgeht. Weshalb haben sie nichts gesagt?«

Am nächsten Vormittag fuhren wir mit zwei Autos zum Haus der Loge. Leider hatte Sophia darauf bestanden, bei uns mitzufahren. Sehr wahrscheinlich, damit wir keine geheimen Absprachen treffen konnten. Die vier hatten seit gestern Abend dafür gesorgt, dass wir nie allein miteinander sprechen konnten. Die kurzen Gespräche mit Ash am Kräuterbeet und Maëlle in der Küche, waren die einzigen gewesen, die ich seitdem unter vier Augen geführt hatte. Nach einem kleinen Abendessen hatten Sophia und Yasemin zusätzliche Betten in die Zimmer von Maëlle und Aimée gezaubert und dort geschlafen. Lawrence hatte Ashs Zimmer in Beschlag genommen und Michael und Ash hatten im Wohnzimmer geschlafen. Zuerst war es mir gar nicht aufgefallen, dass sie uns absichtlich trennten, aber je näher die Abfahrt rückte, umso klarer wurde es. Jetzt saß Sophia neben mir auf der Rückbank und trotz der Klimaanlage lief mir der Schweiß in Strömen über den Rücken und mir war so übel, dass ich Angst hatte, mich zu übergeben. Ich kratzte nervös an meinem Hals herum, der schon ganz rot war, was Sophia nicht entging. Streng musterte sie mich aus den Augenwinkeln.

Am Himmel hingen dicke Wolken, als wir vor dem Schloss vorfuhren. Das konnte nicht mein Werk sein, denn ich spürte gar nichts mehr von der Magie, die gestern durch mich hindurchgeflossen war. Obwohl mich keiner der Dämonen am Bach gebissen hatte, hatte ich doch Angst, sie hätten die Magie irgendwie anders wieder vertrieben. Immerhin hatte einer mich mit seinen Krallen verletzt und der Drache hatte mich geheilt. Er war ebenfalls ein Dämon gewesen, nur hatte ich nicht gewusst, dass Dämonen solche Kräfte besaßen. Immer noch wussten Aimée und Maëlle nichts von meinem Besuch bei den Göttinnen. Ich hatte ihnen zwar ganz kurz gesagt, ich würde alle Elemente kontrollieren können, aber die Runen hatten sie nicht gesehen. Langsam folgte ich den anderen über die Zugbrücke zum Torhaus. Im Gegensatz zu meinen Schwestern hatte ich mir mit meinem Aufzug keine besondere Mühe gegeben. Ich brauchte niemandem etwas vorzumachen. Mit Prinzessin Wega könnte ich selbst in einem Kleid von Coco Chanel nicht konkurrieren. Nicht dass ich mir eins hätte leisten können. Also trug ich eine ausgewaschene Jeans und einen langärmeligen Pullover unter meinem Umhang. Ich hatte mein Haar zu einem Zopf gebunden und mich nicht geschminkt. Würde sie auch da sein? Wenn die Göttinnen Erbarmen mit mir hatten, dann nicht. Aber offenbar wohnte Wega längst bei ihm, wo sonst hätte sie herkommen sollen in jener Nacht? Ich holte tief Luft und straffte meine Schultern. Ich würde das auch noch schaffen und ich würde mich nicht kleiner machen, als ich war.

Den Wächter, der uns das Tor öffnete, kannte ich nicht. Er verneigte sich vor den fünf Kongregationsmitgliedern und wich ihren Blicken nicht aus, als sie ihn musterten. Er war ein Hexer. Vermutlich stand er, wie viele von denen, die sich als Wächter bei der Loge verdingt hatten, mit der Kongregation auf Kriegsfuß. Als die Evakuierungen vor zwei Jahren starteten und die Kongregation verfügte, dass keine Hexe und kein Hexer, nicht mal Frauen und Kinder, mehr das Land verlassen durften, hatten viele Hexer ihnen das übel genommen. Die Männer waren bereit gewesen, gegen die Dämonen zu kämpfen, aber sie forderten Sicherheit für ihre Familien. Die Kongregation hatte nicht mit sich handeln lassen. Wenn ich noch Zweifel hegte, weshalb man uns evakuiert hatte, wusste ich spätestens seit heute mit absoluter Sicherheit, dass dies nur mit unserer Verbindung zur Loge und den Tocquevilles zusammenhing.

Wir schritten über den Schlosshof. Misstrauische Blicke folgten uns und Kinder drückten sich an ihre Mütter. Ich konnte es ihnen nicht verdenken. Wir acht mussten in unseren dunklen Umhängen und mit den Kapuzen bedrohlich auf die Kleinen wirken. Jeder im Hof spürte die Magie der fünf Ratsmitglieder.

Jacques öffnete die Tür ins Innere des Schlosses, kaum dass Ash den Klopfer betätigt hatte. Er musterte die Besucher und trat dann zur Seite. Maëlle und Aimée lächelte er zu. Ich sah weg, als sein Blick zu mir glitt.

»Möchtest du mir deinen Umhang geben, Vianne?«, fragte er kurz darauf.

Ich zog den Stoff enger um mich und schüttelte den Kopf. »Ich behalte ihn lieber. Es ist kühl hier drin.«

»Ich habe den Kamin im Salon anzünden lassen. Das Treffen findet dort statt.« Er lächelte aufmunternd und gleichzeitig verständnisvoll.

»Trotzdem.« Der Umhang fühlte sich an wie eine Rüstung, und ich würde ihn nicht ablegen.

»Wie du meinst.« Er reichte die Umhänge der anderen einer Frau, die hinter ihm stand.

»Folgen Sie mir bitte«, wandte er sich dann an Michael Galkin.

Ich biss die Zähne zusammen und ging, ohne nach rechts oder links zu schauen, hinter den anderen her. Wenn ich mich ausschließlich auf den Fußboden konzentrierte, würde ich vielleicht mit der Umgebung verschmelzen und Ezra würde mich nicht groß beachten. Er hatte schließlich andere Sorgen. Trotz meiner Bemühungen entgingen mir die Wächter nicht, die heute im Inneren des Schlosses Stellung bezogen hatten.

Wir betraten den Saal und mein Fußbodenvorhaben löste sich in Luft auf, als ich Ezra entdeckte, der am Fenster stand. Caleb lehnte am Kamin und Wega saß in einem Sessel direkt neben Ezra. Sie sah noch schöner aus als vorgestern Abend und ich konnte mir sehr gut vorstellen, wie sie und Ezra hier im Schloss einen Ball eröffneten. Vor einer halben Ewigkeit hatte er im Ballsaal mit mir Jeu de palets gespielt. Dabei hatten wir fast das Parkett ruiniert. Mein Magen krampfte sich zusammen. Das war alles Vergangenheit.

Alle drei schwiegen, blickten unserer Prozession jedoch aufmerksam entgegen. An einem kleinen Tisch am Rand des Raumes saß ein älterer Mann, der schon bei Ezras Vater angestellt gewesen war. Er fungierte als Sekretär des Großmeisters und würde jedes Wort notieren, das gesprochen wurde. Ich lehnte mich gegen die Wand neben der Tür. Wenn es mir zu viel wurde, konnte ich einfach verschwinden und bei Adelaise in der Küche oder im Torhaus warten. Die Tür ging noch einmal auf und dann marschierten zwölf Männer herein. Laurent ging an ihrer Spitze. Ich bekam Gänsehaut auf den Armen. Das mussten die elf anderen Ritter der Loge sein. Die Nachfolger von Artus' Gralsrittern. Sie verteilten sich im Raum, der für diese Menge an Personen viel zu klein war. Bestimmt verfolgte Ezra damit irgendeine Absicht. Wie er, so trugen auch sie schwarze Uniformen und ihr einziger Schmuck waren die Ketten mit dem Kelch als Anhänger. Obwohl sie unbewaffnet waren, konnte niemandem im Raum die Drohung entgehen, die ihre Anwesenheit demonstrieren sollte.

»Willkommen im Schloss von Merlins Loge«, begrüßte Ezra uns, als die Ritter sich im Raum verteilt hatten.

»Vielen Dank für die Einladung«, entgegnete Michael und stellte dann Sophia, Lawrence und Yasmine vor.

»Es freut mich, dass ihr den beschwerlichen Weg auf euch genommen habt«, sagte Ezra. »Darf ich euch mit meiner Verlobten Wega de Maskun bekannt machen? Ich habe mit ihrem Vater ein Bündnis geschlossen.«

Mein Herz klopfte bei dieser offiziellen Verkündung schneller und am liebsten wäre ich jetzt gegangen, aber ich war kein Kind mehr und würde hier bei meinen Schwestern bleiben, egal wie schwer es mir fiel. Stoisch blickte ich auf einen Punkt an der gegenüberliegenden Wand und presste die Fingerspitzen in meine Handballen.

»Caleb von Coralis ist als Vertreter seines Bruders, dem Fürsten Aarvand von Coralis, hier. Wir haben ebenfalls ein Bündnis geschlossen.« Ich sah nicht zu Ezra, aber ich kannte diesen kühlen Ton, den er immer anschlug, wenn etwas nicht nach seinem Kopf ging. Ich hatte ihn oft genug selbst zu hören bekommen. Das hier passte ihm gar nicht. »Setzt euch«, sagte er, als Adelaise mit dem Dienstmädchen hereinkam und Tee, Kaffee und Gebäck brachte. Keine Beignets dieses Mal.

»Vianne«, hörte ich ihn meinen Namen sagen. Ein Sessel wurde verrückt, und wenn ich mich nicht lächerlich machen wollte, musste ich der Aufforderung nachkommen. Ich ging, immer noch jeden Blickkontakt vermeidend, zum Tisch, setzte mich und verschränkte die zitternden Hände in meinem Schoß. Das hier musste der schlimmste Augenblick meines Lebens sein. Caleb, der es geschafft hatte, sich neben Aimée zu platzieren, lächelte mir von der gegenüberliegenden Seite aufmunternd zu. Adelaise schenkte allen Tee oder Kaffee ein und ließ uns dann allein. Die Stimmung wurde von Sekunde zu Sekunde angespannter, bis Michael Galkin endlich das Schweigen brach.

»Wir haben uns persönlich auf den Weg gemacht, weil wir in allerhöchster Sorge sind«, verkündete er. »Es gibt immer noch keine Nachfolgevereinbarung mit dem Hochkönig.«

Ezra schwieg.

»Die Übergriffe der Dämonen haben in den letzten Wochen weiter zugenommen«, setzte Michael fort. »Auf unserer Fahrt nach Paimpont wurden wir viermal von Dämonen angegriffen. Die Umstände zwingen uns, alle Hexen und Hexer zu evakuieren. Wir brauchen sie an der Mauer. Sie müssen den Schutz von außen verstärken.«

Genauso, wie Maëlle es längst vermutet hatte. Damit bestätigten sich diese ganzen Gerüchte.

»Wenn ihr das für den richtigen Weg haltet«, sagte Ezra ruhig. »Ihr kennt meine Meinung dazu. Regulus wird keinen Pakt unterzeichnen. All die Jahre, die wir mit ihm verhandelt haben, hat er uns nur hingehalten. Er hatte nie vor, eine neue Vereinbarung zu schließen. Wir haben wichtige Zeit vertan, in der wir Bündnisse hätten schließen müssen. Gemeinsame Bündnisse.«

»Wir schließen keine Allianzen mit Dämonen«, kam es schneidend von Sophia. »Das haben wir von Anfang an klargemacht. Reichen wir ihnen die Hand, reißen sie uns den Arm ab.«

Von Caleb kam ein leises Lachen und sie warf ihm einen vernichtenden Blick zu. »Eure Arme wollen wir nicht«, sagte er ungerührt. »Wir wollen genau wie ihr keinen Krieg, sondern Regulus loswerden. Er ist nicht nur für euch eine Gefahr.«

Ich hätte gern gewusst, wie Wega reagierte, aber sie saß mit gesenktem Blick im Sessel am Fenster, flankiert von den Rittern der Loge.

»Und genau deswegen bleibt die Loge bei dem Plan, sich mit Altair de Maskun und Aarvand von Coralis zu verbünden.« Ezra schlenderte durch den Raum. Alle Blicke folgten ihm, als er wieder neben Wega trat und ihr eine Hand auf die schmale Schulter legte. Sie hob das Gesicht und lächelte ihn an. Ich schluckte, aber der Schmerz in meiner Brust wurde unerträglich.

»Die Kongregation täte besser daran, diese Bündnisse zu unterstützen, als auf eine Einigung mit Regulus zu hoffen. Diese wird es nicht geben.«

»Wir denken, wir könnten ihm durchaus etwas anbieten«, sagte Michael und lächelte geringschätzig.

Sophia schlug einen deutlich härteren Ton an. »Wir sind mit unserer Geduld am Ende, Tocqueville. Entweder, ihr vereinbart ein Treffen, oder wir ziehen gleich morgen alle Hexen und Hexer ab. Dazu gehören auch die Wächter der Loge und die Schwestern Grandier. Ihre Loyalität muss der Kongregation gelten, auch wenn es in ihrer Familie offenbar zum Missbrauch von Magie gekommen ist.«

Ich richtete mich auf.

»Der Sache können wir später nachgehen«, unterbrach Lawrence sie verärgert und offenbar um Schlichtung bemüht, obwohl das auch alles ein abgekartetes Spiel sein konnte. Leider hatte die Kongregation tatsächlich die Macht, von uns zu verlangen, dass wir gingen, wenn wir uns nicht vollends mit ihnen überwerfen wollten. Ob alle Wächter der Aufforderung folgen würden, war jedoch fraglich. Aber wenn die Kongregation ihnen zusicherte, deren Familien in Sicherheit zu bringen, würden viele gehen.

»Wir wollen keinen Krieg und deswegen haben wir beschlossen, auf Regulus' Forderungen einzugehen«, sagte Yasmine laut und deutlich und zündete damit offenbar eine Bombe, denn ein empörtes Murmeln der Ritter setzte ein. Laurent brüllte los. Ein anderer schrie Michael Galkin an. Zwei Ältere stürmten kopfschüttelnd auf Lawrence zu, und obwohl ich nicht glaubte, dass sie ihn angreifen wollten, stoppte er sie, indem er eine unsichtbare Wand beschwor, an der die beiden abprallten.

»Ruhe!«, brüllte Ezra und brachte alle Anwesenden zur Besinnung. »Das werde ich nicht zulassen. Wir können ihn immer noch aufhalten. Wenn ihr einen Krieg verhindern wollt, dann kommt mit einer Armee zurück. Einer Armee eurer besten und stärksten Männer und Frauen. Regulus hält nur sein eigener Tod auf. Wisst ihr, wie viel Macht ihr ihm gebt, wenn ihr auf diese Forderung eingeht? Ihr wollt uns erpressen? Aber euer Plan wird nach hinten losgehen. Regulus lacht über uns. Wenn ihr nachgebt, bekommt er die mächtigste Waffe in die Hand, die die Dämonen je hatten. Unsere Magie ist das Einzige, was wir ihm entgegensetzen können.«

»Offenbar müssen wir deutlicher werden«, riss Sophia wieder das Wort an sich. »Die Kongregation bittet nicht mehr um Zugang zu Regulus, sondern wir fordern ihn ein. Es ist nicht länger hinnehmbar, dass die Loge als Vermittlerin dient. Ihr habt versagt.«

»Regulus' Forderung steht nicht zur Debatte«, sagte Ezra. »Sie ist inakzeptabel.«

»Doch, das steht sie. Wir haben keine andere Wahl mehr«, sagte Lawrence sanfter, aber trotzdem mit nicht weniger Nachdruck.

Entsetzen stand in Ezras Gesicht geschrieben und selbst Caleb schaute bestürzt drein. Wega sah nun auf, aber ihre Miene blieb starr.

»Die Kongregation hat es einstimmig beschlossen«, erklärte Yasmine. »Wir sind hier, um Regulus ein offizielles Angebot zu unterbreiten.«

»Das lasse ich nicht zu.«

»Warum nicht? Was er vorhat, ist so oder so nicht umsetzbar. Aber wenn er den Pakt unterzeichnet, dann ist es das Opfer wert.«

»Worum geht es eigentlich?«, mischte sich Aimée ein. »Was ist das denn nun für eine mysteriöse Forderung von Regulus?«

Niemals hätte ich Aimée zugetraut, sich so offen gegen eine Anweisung der Kongregation zu stellen – und die Anweisung war deutlich gewesen. Wir hatten den Mund zu halten.

»Du solltest dich nicht in unser Gespräch einmischen«, sagte Sophia abfällig. Warum hatte sie dann darauf bestanden, dass wir mitkamen? Sie murmelte etwas und eine seltsame Veränderung ging mit Aimée vor. Ihr Blick wurde leer, aber ihre Lippen verzogen sich zu einem Lächeln. Ich keuchte auf. Sophia benutzte ihre Gabe als Anima, um Aimée auszuschalten. Mein Blick huschte zu Caleb. Sein Gesichtsausdruck veränderte sich und bekam eindeutig etwas Dämonisches. Er sah aus, als wäre er kurz davor, sich auf Sophia zu stürzen und ihr die Kehle aufzuschlitzen. Die Gedanken einer anderen Hexe zu manipulieren, war hinterhältig und es war verboten. Trotzdem musste ich ihn aufhalten. »Wir kommen hier ja offenbar zu keiner Einigung. Dann können wir ja gehen«, mischte ich mich ein. Ein Blutbad brachte uns nicht weiter, aber draußen würde ich der Schlange den Hals umdrehen. Was dachte sie, wer sie war? Abrupt stand ich auf. Warum schritten die anderen Vertreter der Kongregation nicht ein? Weshalb sagte Ash nichts? Es gab schließlich Regeln, verdammt noch mal, und Sophia war die Letzte, die sich darauf berufen konnte, ihre Gabe nicht im Griff zu haben. Sie wusste genau, was sie tat.

»Sagt ihnen, was Regulus verlangt!«, forderte Ezra, und als niemand reagierte, setzte er hinzu: »Ich hätte nicht gedacht, dass die Kongregation noch tiefer sinken kann.«

Caleb hatte die kurze Aufregung genutzt und Aimées Hand in seine genommen. Ich sah, wie sie blinzelte und wieder Leben in ihre Augen trat. Erleichtert atmete ich auf. »Bei Cerridwen!«, fuhr ich Ezra an und blickte ihm zum ersten Mal an diesem Tag ins Gesicht. Dunkle Schatten lagen unter seinen Augen. »Lass sie doch einfach mit Regulus reden. Was ist schon dabei? Was können sie ihm anbieten, was du nicht hast?«

Ezra presste die Lippen zusammen und endlich zeigte sich auch in Wegas Gesicht eine Regung. Sie lächelte und schüttelte den Kopf. »Ihr Menschen seid wirklich erstaunlich«, sagte sie leise. »So arglos bis zur letzten Sekunde.«

»Wovon redet sie?« Ich setzte mich wieder, wandte mich mit der Frage nicht an Ezra. Ihn konnte ich nicht eine Sekunde länger ansehen. »Könnte uns endlich mal jemand reinen Wein einschenken? Es ist lächerlich, uns nicht zu sagen, worum es geht.«

»Regulus hat, sagen wir es mal so, sehr spezielle Forderungen gestellt«, erklärte Caleb, ohne sich von Sophias aufgebrachtem Zischen bremsen zu lassen.

Ein glänzendes Band schoss durch den Raum, legte sich auf Sophias Mund und hinderte sie daran, eine Beschwörung zu flüstern.

Ich starrte Laurent an, von dessen Hand sich dieses Band bis zu Sophia spannte. »Gäste zu verhexen, ist in diesem Schloss grundsätzlich verboten«, erklärte er ruhig. »Also lassen wir das mal besser.« Das Band zog sich zurück. Sophia starrte ihn wütend an, nickte aber.

Ich hatte einen Magier noch nie seine Magie ausüben sehen. Nicht mal Ezra. Im Gegensatz zu Hexen und Hexern setzten sie ihre Kräfte im Alltag nicht ein. Dass Laurent es jetzt tat, brachte mich für einen Moment durcheinander. Dann lächelte ich ihn dankbar an. »Also?«, wandte ich mich wieder an Caleb und niemand hielt mich mehr auf. »Wie lautet diese Forderung?«

»Er fordert zehn Hexen«, antwortete er mir und ließ dabei die fünf Mitglieder der Kongregation nicht aus den Augen.

»Wie meinst du das?«, fragte Aimée. »Was will er ausgerechnet mit zehn Hexen?«

Caleb hatte ihre Hand längst losgelassen, drehte sich aber so zu ihr, als wären sie beide allein. »Regulus möchte mithilfe dieser Hexen eine neue Rasse züchten. Gwion war der erste Gestaltwandler und dank des Zaubertrankes von Cerridwen besaß er magische Fähigkeiten. Allerdings waren diese nicht sonderlich stark ausgeprägt und im Laufe der Zeit verloren sie sich ganz. Regulus möchte das ändern. Er möchte Hexen und Dämonen kreuzen und damit Dämonen erschaffen, die magiebegabt sind. Mit ein bisschen Fantasie könnt ihr euch sicherlich vorstellen, was das für Wesen wären. Wir können das nicht zulassen. Niemals. Er würde diese Wesen nicht nur gegen die Menschen, sondern auch gegen die Bewohner von Kerys einsetzen. Sie würden ihm unermessliche Macht verleihen.«

»Das zieht ihr in Erwägung?« Aufgebracht drehte ich mich zu Sophia und Yasmine um. »Seid ihr von allen guten Geistern verlassen?«

Sophia presste die Lippen zu einem schmalen Strich zusammen. »Diese Zeit fordert Opfer von uns allen«, verkündete sie salbungsvoll. »Und außerdem ist es unmöglich, das Hexen sich mit einem Dämon fortpflanzen.«

»Woher willst du das wissen?«, fragte Maëlle. »Du wirst es wohl kaum versucht haben.«

»Es gibt nur sehr wenige Belege dafür, dass aus einer solchen Verbindung jemals lebensfähige Nachkommen entstanden sind, und in allen Aufzeichnungen, die wir dazu gefunden haben, sind die Hexen bei dem Versuch, ein Dämonenkind zur Welt zu bringen, gestorben. Regulus hat also genau zehn Versuche. Für die Welt besteht keine Gefahr, solange er als Gegenleistung den Pakt unterzeichnet. Was in Kerys passiert, geht uns dann nichts mehr an.«

Was redete diese Frau da? Mir wurde schlecht. »Es geht hier nicht um Pferdezucht!«, fuhr ich sie an. »Es geht um Frauen, die ihr beschützen sollt. Oder gibt es Freiwillige?«

Ash legte mir eine Hand auf den Arm, aber ich zog ihn wütend fort. »Du hast auch dafür gestimmt?«

Er antwortete nicht.

»Wie konntest du das tun?«

»Es ist unser letzter Ausweg«, sagte er ruhig. »Wir können jetzt zehn Hexen oder später eine ganze Armee opfern. Was würdest du tun?«

Wenn er es so betrachtete, war die Entscheidung nicht mehr ganz so einfach.

»Wir haben bereits zehn Hexen ausgewählt«, verkündete Yasmine.

»Lass mich raten.« Maëlles Tonfall troff vor Sarkasmus. »Du selbst bist nicht darunter.«

»Ich habe andere Aufgaben zu erfüllen. Wichtige Aufgaben für die Gemeinschaft.«

»Natürlich.« Calebs Blick glitt äußerst unverschämt über ihre Gestalt. »Du würdest dich auch kaum als Zuchtstute eignen. Deine Hüften sind zu schmal. Dämonen bevorzugen Frauen mit mehr Rundungen. Darauf solltet ihr bei eurer Auswahl achten.« Er fuhr sich mit einer Hand durchs Haar. Seine Wut war unverkennbar. Niemandem konnten die Flammen in seinen Augen entgehen, die eine saphirblaue Tönung annahmen. Zudem veränderten sich seine Iriden. Jetzt waren sie nicht mehr rund, sondern eher oval. Drachenaugen!

»Merlin und Uther Pendragon waren die einzigen Kinder einer Hexe und eines Dämons, die je überlebt haben, und wie ihr schon richtig bemerkt habt, starben ihre Mütter bei der Geburt«, mischte Ezra sich ein. »Ihr spielt mit dem Leben der Frauen. Was, wenn nur eins der Kinder überlebt? Es ist, wie Caleb sagt: Wir wissen nicht, welche Macht es haben wird. Merlin und Uther standen auf der Seite der Menschen. Artus, Uthers Sohn, beendete das *Dunkle Zeitalter*. Wollt ihr es wieder auferstehen lassen? Die Welt würde in Feuer und Asche untergehen.«

»Das Risiko gehen wir ein«, wies Lawrence ihn zurecht. »Ash hat bereits darauf hingewiesen, dass wir nicht unzählige Hexen und Hexer opfern können, wenn zehn genügen. Die Entscheidung ist auch uns nicht leichtgefallen. Wenn aber Regulus den Pakt unterschreibt, werden wir die Barrieren fester und undurchdringlicher machen, als sie es je waren. Fester, als es die Loge je zustande brachte. In den nächsten eintausendfünfhundert Jahren wird kein Dämon sie mehr überwinden.«

»O doch. Genau das wird Regulus, wenn eins oder mehrere der Kinder überleben. Er wird sie benutzen, um zurückzukommen.«

»Wissen die Frauen von ihrem Schicksal?« Die Frage war eher rhetorisch, denn die Antwort konnte sich jeder im Raum denken.

»Wir wollten niemanden beunruhigen«, sagte Sophia in einem ekelhaft süßlichen Tonfall.

»Wenn ihr jetzt nachgebt, wird er weitere Forderungen stellen und weitere. Werdet ihr ihm auch mehr Land geben?«

»Für eine entsprechende Gegenleistung ziehen wir das in Betracht. Wenn er sich mit den Frauen nicht zufriedengibt, werden wir ihm das Gebiet von Frankreich anbieten«, sagte Lawrence und rührte gemächlich in seiner Kaffeetasse. »Regulus und seine Meute können sich innerhalb der Mauern bewegen, aber er darf diese Grenze nicht überschreiten. Damit sollte selbst er zufrieden sein. Das ist mehr als fair. Dann werden wir all unsere Kraft in den Schutz der Mauer stecken.«

Ezra lachte und schüttelte gleichzeitig den Kopf. »Lasst mich raten. Und die Kongregation lässt sich für diesen Schutz noch einmal von den Regierungen bezahlen. Dann habt ihr für die nächsten eintausendfünfhundert Jahre ein wunderbares Druckmittel. Die Menschen werden euch anbeten und verehren.«

»Und das wäre auch angebracht. Ohne uns würden die Dämonen sie einfach vernichten!«, fauchte Sophia ihn an. »Die Menschen haben uns verfolgt und getötet und nun brauchen sie uns. Das bezeichnet man wohl als Ironie der Geschichte.«

»Sie sollen uns nicht anbeten«, unterbrach Michael sie kühl. »Wir tun nur unsere Pflicht.«

»Und jeder, der nicht eurer Meinung ist, wird auf die andere Seite der Mauer geworfen, oder was kommt als Nächstes?«, fragte Maëlle.

Sophia zog interessiert die Augen in die Höhe, als hätte sie sie auf eine ganz neue Idee gebracht. Das war alles einfach nur krank.

Wega legte ihre Hand über Ezras, die immer noch auf ihrer Schulter lag. »Du wirst sie nicht überzeugen«, sagte sie. »Es hat keinen Zweck. Lass sie zu Regulus gehen. Sie müssen ihm von Angesicht zu Angesicht gegenüberstehen, um zu begreifen, mit wem sie es zu tun haben. Dann werden sie von ganz allein von diesem Angebot Abstand nehmen.«

»Er wird sie töten«, sagte Ezra dumpf.

»Das wird ihm nicht gelingen.« Michael verbeugte sich leicht in Wegas Richtung, als wolle er ihr danken. »Unsere Magie ist zu stark.«

»Du überschätzt dich, alter Mann«, sagte Caleb warnend. »Regulus ist unberechenbar. Er lässt sich weder betrügen noch manipulieren. Beim geringsten Verdacht wird er dich töten. Langsam und grausam.«

»Wir wollen ihn nicht täuschen«, behauptete Sophia. »Er bekommt genau das, was er verlangt.«

Caleb runzelte ungläubig die Stirn.

»Nun gut.« Zu unser aller Überraschung gab Ezra völlig unvermittelt nach. Das war so ungewöhnlich, dass ich für einen Moment glaubte, Sophia hätte ihn beeinflusst. Aber sein Blick war klar und fest auf Michael gerichtet. »Es ist euer Risiko. Beschwert euch später nicht über die Konsequenzen. Es gibt nur eins, was ich im Gegenzug fordere: Wenn ihr nach dem Gespräch zu der Einsicht kommt, dieses Bündnis mit Regulus nicht schließen zu können, dann lasst ihr jede Hexe und jeden Hexer auf unserer Seite kämpfen.«

Michaels Lippen wurden schmal. Er war in Ezras Falle getappt und konnte nun nicht mehr heraus, ohne sein Gesicht zu verlieren. »So soll es sein. Wir werden eine Armee aufstellen und Seite an Seite mit der Loge kämpfen.« Er öffnete seine Hand und ein purpurfarbenes Band manifestierte sich. Ezra zögerte eine Sekunde, bevor er ebenfalls die Hand öffnete. Ein grünes Band schlängelte sich daraus hervor. Die Bänder trafen sich in der Mitte des Raumes und besiegelten die Absprache. Nur der Tod eines Verhandlungspartners konnte diese nun lösen.

Sophia lächelte wie eine Katze, die eine fette Maus gefangen hatte. »Es ist sehr weise, dass du nachgibst.«

»Anders kommt ihr ja nicht zur Vernunft. Vermutlich müsst ihr Regulus tatsächlich selbst treffen. Wir senden ihm eine Nachricht. Betrachtet euch während eures Aufenthaltes als Gäste der Loge. Wir haben Zimmer herrichten lassen. Ich schicke noch heute eine Botschaft nach Morada, in der ich um ein Treffen bitte. Wir werden warten müssen, bis Regulus sich damit einverstanden erklärt. Möchtet ihr zum Essen bleiben?«, wandte er sich an Aimée und meinte damit vermutlich uns drei.

Auf keinen Fall würde ich mich mit ihm und Wega an einen Tisch setzen. Er stand immer noch hinter ihr, aber er berührte sie nicht mehr.

»Ich muss ein paar Kranke besuchen«, sagte Maëlle. »So gern ich bleiben würde, wir haben noch andere Dinge zu tun. Bestimmt kommt ihr ohne mich zurecht.«

Aimée nickte. »Und ich habe Unterrichtsstunden zu geben. Wir fahren besser alle.«

»Wir hoffen, wir können euch zur Hochzeit begrüßen.« Wegas weiche Stimme klang in meinen Ohren wie ein Donnerschlag. »Du hast sie doch eingeladen?« Sie blickte zu Ezra hoch.

Seine Schultern verkrampften sich, aber er nickte. »Natürlich.«

Wann sollte das denn gewesen sein?

»Ich bin bisher noch nicht dazu gekommen, die Einladung zu beantworten«, sagte Aimée diplomatisch und kratzte sich am Handgelenk. Offensichtlich wusste sie nicht weiter. Ihr Blick huschte zu mir.

»Wir kommen gern«, antwortete Maëlle. »Vielen Dank. Es war sehr aufmerksam, uns einzuladen.«

Wegas Lippen verzogen sich zu einem feinen Lächeln.

»Maëlle und Aimée sind für heute entschuldigt«, verkündete Lawrence. »Vianne wird uns Gesellschaft im Schloss leisten.«

Niemals. Ich würde weder im Schloss bleiben noch jemandem Gesellschaft leisten. Vianne hatte auch etwas immens Wichtiges zu tun. Fragte sich nur, was das war? Hilfe suchend blickte ich zu meinen Schwestern.

»Ihr könnt gehen«, sagte Sophia und trotzdem bewegten die beiden sich nicht von der Stelle.

»Vianne unterstützt Maëlle bei ihrer Arbeit«, kam Ash mir zu Hilfe. Offenbar hatte er den Eindruck, er müsse etwas gutmachen. »Wir haben sehr viele kranke und schwache Magiebegabte hier. Die Aufgabe ist für eine Heilerin allein kaum zu bewältigen.«

»Das ist äußerst löblich. Aber wir haben etwas mit Vianne zu besprechen.« Sophias Stimme wurde schärfer und es war klar, dass sie uns trennen wollte. »Ihr seid entschuldigt«, wiederholte sie Lawrence' Worte.

Ash nickte Maëlle und Aimée zu. »Geht ruhig. Ich bleibe bei Vianne.«

Laurent ging zu Maëlle und endlich gab sie nach. Gemeinsam mit den Rittern der Loge verließ sie den Raum. Aimée blieb noch kurz bei mir stehen. »Ich schaff das schon«, erklärte ich ihr. »Macht euch keine Sorgen.«

»Ich begleite dich«, sagte Caleb leise zu ihr und seltsamerweise erhob meine Schwester keinen Einspruch.

Mit einem Wink schickte Ezra auch den Sekretär nach draußen. Zurück blieben nur die Kongregationsmitglieder, Ezra, Wega und ich. Unruhig huschte mein Blick durch den Raum. Ich war ganz auf mich allein gestellt. Es gab niemanden in diesem Zimmer, dem ich rückhaltlos vertrauen konnte oder durfte. Unauffällig rieb ich meine Handflächen an meiner Hose trocken. Wega lächelte. Spürte sie meine Nervosität? Lawrence griff nach der Teekanne und Yasmine klickerte mit ihren Fingerspitzen auf dem Tisch herum. Ich setzte mich in Bewegung und ging zurück zu meinem Sessel. Was hatten sie mit mir zu besprechen? Da stand so einiges auf der Liste, das mir Magenschmerzen bescherte. Ich war in *Glamorgan* gewesen und hatte die vier großen Göttinnen gesehen und gesprochen. Ich trug Arianes Band um den Fußknöchel und Runen auf den Armen, mit denen ich die Elemente beschwören konnte. Ich hatte einen Schadenzauber ausgeübt, ohne zu wissen, wie mir das gelungen war, und ein schreckliches Unwetter heraufbeschworen. Und ich hatte versucht, schwarzmagische Gegenstände aus dem Raum der Mysterien zu holen. Die Liste meiner Verfehlungen und Geheimnisse war ziemlich lang. Immerhin hatte ich das Athame gestern noch in meinem Zimmer versteckt. Ich wollte nicht, dass die Kongregation davon erfuhr. Vermutlich würden sie es mir wegnehmen.

Yasmine wartete, bis sich die Tür endgültig geschlossen hatte, bevor sie zu sprechen begann. »Uns ist zu Ohren gekommen, dass Vianne vorletzte Nacht im Schloss ein Schadenzauber ausgeübt hat«, begann sie und setzte ihr Glas ab. »Einen Fluch.«

Das konnte ich nicht abstreiten, ohne nachher einer Lüge bezichtigt zu werden.

»Es war ein Verteidigungszauber«, kam es von Ezra. Konnte er mal aufhören, den edlen Ritter zu spielen? Jedenfalls für mich. Es war unangebracht. »Einer Sitri war es gelungen, in den Schlosshof einzudringen«, setzte er fort. »Vianne hat nur sich und mich beschützt.«

Yasmine betrachtete ihre polierten Fingernägel. »Eine Sitri? Das spricht nicht gerade für deine Wächter. Kommt es häufiger vor, dass Dämonen hier eindringen? Sollte uns das zu denken geben?«

»Nein«, erklärte Ezra mit fester Stimme. »Es kommt nicht häufig vor. Ihr braucht euch nicht ängstigen.«

Lawrence wiegte den Kopf hin und her. Sein spärliches Haar wippte dabei komisch. Aber mir war nicht zum Lachen zumute. »Wie kommt es, dass eine Hexe, die nachweislich durch das Dämonenfieber all ihre magischen Kräfte verloren hat, plötzlich in der Lage ist, einen Verteidigungszauber zu beschwören? Oder was immer es war.«

Jetzt mischte sich auch noch Ash ein. »Vermutlich ist nicht alle Magie verschwunden. Ich werde das untersuchen.«

Ich biss mir auf die Innenseiten der Wangen. Wer hatte die Kongregation über die Vorkommnisse jener Nacht informiert?

»Dem Bericht zufolge, hat sich dieser Fluch aber gegen dich gerichtet.« Michael sah Ezra fest in die Augen und tat so, als müsste er überlegen. »Es war doch der Nocerefluch, wenn wir richtig informiert sind. Nicht gerade etwas, das man mit einem Rest Magie zustande bringt.«

Ich musste etwas sagen, aber was konnte ich schon vorbringen? Sie hatten recht. Ich hatte Ezra vor lauter Wut angegriffen. Das ließ sich schlecht leugnen.

»Es war keine Absicht«, ergriff ausgerechnet Wega Partei für mich. »Ich war ebenfalls dort und ich denke, sie war verwirrt. Sie kann diese Magie nicht beherrschen.«

Ezras Augen weiteten sich bei Wegas Worten für eine Sekunde und ich stöhnte leise. Damit hatte sie ihnen ausreichend Munition geliefert, um mich zu bestrafen. Aber woher sollte eine Dämonin das wissen? Ash trat hinter mich.

»Unkontrollierte Magieausbrüche sind eine ernste Sache«, sagte Sophia auch schon.

»Ich werde mich darum kümmern«, warf Ash ein. Seine Stimme klang komisch. Nicht so sicher wie sonst. »Es wird nicht wieder vorkommen.«

»Gerade in diesen schwierigen Zeiten können wir es uns nicht leisten, unsere eigenen Regeln zu missachten.« Sophia schüttelte bedauernd ihre albernen Locken. »Und das Gesetz zum ungesteuerten Einsatz von Magie ist da sehr eindeutig. Solange nicht sichergestellt ist, dass die Magie unter Kontrolle ist, wird die betreffende Person nach *Samthana* gebracht.«

Das zitierte sie fast wortwörtlich aus dem Regelbuch für Hexerei. Das hätte ich mir ja denken können. Bestimmt lag das Ding unter ihrem Kopfkissen, wenn sie schlief.

»Normalerweise wird die gesamte Familie der betreffenden Hexe unter Quarantäne gestellt. Magieausbrüche stellen eine ernst zu nehmende Gefahr dar. So ein Vergehen muss selbst in unsicheren Zeiten geahndet werden. Eigentlich gerade dann.«

»Ihr müsst mir nicht drohen«, sagte ich und verfluchte meine zitternde Stimme. »Meine Schwestern haben damit nichts zu tun. Weder das Dämonenfieber noch die damit einhergehenden Nebenwirkungen sind ansteckend, das wisst ihr so gut wie ich.«

»Aber natürlich wissen wir das«, lenkte Lawrence ein. »Tatsächlich gibt es keine Beweise für eine Übertragung. Aber ihr befindet euch seit Wochen in Frankreich, ihr wurdet mehrfach angegriffen und wir können nicht einschätzen, was das für Auswirkungen hat.«

»Ich gehe nicht nach *Samthana*.« Allein bei der Vorstellung, was in dem angeblichen Sanatorium der Kongregation vor sich ging, wurde mein Mund trocken. Es war ein berüchtigter Ort. Die wildesten Spekulationen rankten sich um diesen Ort.

»Natürlich nicht«, mischte Ezra sich ein. Er stand immer noch bei Wega und ich zwang mich, nicht zu ihm zu schauen.

Yasmine nickte verständnisvoll. »Du kannst der Gemeinschaft natürlich auch anders dienen. Wir haben *dich* als eine der Hexen ausgewählt, die wir Regulus übergeben möchten, und wir hoffen, du gibst deine Zustimmung freiwillig.« Es klang, als sei es eine besondere Ehre.

»Nein!«, knallte ein einziges Wort von Ezra durch den Raum. Nun sah ich doch zu ihm. Sein Körper war so angespannt, als würde er sich jeden Moment auf jemanden stürzen wollen.

Ashs Hände legten sich auf meine Schultern, als wollte er mich daran hindern, nach dieser Eröffnung wegzulaufen.

Jetzt kam ein Knurren von Ezra.

»Hör sie einfach an«, forderte Ash und ignorierte die so offensichtliche Drohung des Großmeisters.

»Lass mich los!« Ich bohrte die Fingernägel so tief in meine Handflächen, dass es wehtat.

»Erst dann, wenn du mir versprichst, ihnen zuzuhören.«

»Das wird sie sich nicht anhören. Es ist indiskutabel.« Wega legte beruhigend ihre Hand auf Ezras. Er biss die Zähne zusammen, aber seine Wut flaute merklich ab.

Ich stieß Ashs Hände von mir und wandte mich an Lawrence. »Was passiert, wenn ich meine Zustimmung nicht gebe? Ihr werdet mich zwingen, oder?« Ich versuchte, sie meine Angst nicht spüren zu lassen. Sie hatten das die ganze Zeit geplant. Selbst Ash. Warum? Regulus oder *Samthana*. Sollten das meine beiden Optionen sein?

»Du bist perfekt geeignet«, erklärte Lawrence. »Ganz offenbar besitzt du noch ausreichend Magie, damit Regulus dich nicht ablehnt. Sie wird durch den unbedachten Schadenzauber gerade wieder verschwunden sein, aber bis zur Übergabe baut sie sich sicher wieder auf.«

Wir blickten gleichzeitig zu Ezra, dessen Nasenflügel bebten. Das Entsetzen stand ihm ins Gesicht geschrieben.

»Das lasse ich nicht zu«, sagte er sehr leise und trotzdem klang es wie ein Brüllen. »Die Loge wird dem Plan nicht zustimmen. Das ist barbarisch.«

»Wir haben nach langem Suchen bereits neun andere Hexen gefunden, die ebenfalls nur über einen schwachen Rest von Magie verfügen. Wie dein Dämonenfreund schon sagte, wir dürfen Regulus nicht täuschen«, sagte Michael.

Hatten sie gegen diese anderen Mädchen auch etwas in der Hand? Weigerte ich mich, würden sie meine Schwestern und mich nach *Samthana* bringen. Stimmte ich zu, würde ich zu Regulus' Experiment werden. Das kleinere Übel war wohl klar.

»Ich bin ganz und gar nicht geeignet«, erklärte ich mit fester Stimme. »Ihr könnt mich nicht zu Regulus schicken, meine Magie ist zurück. Das Unwetter vorletzte Nacht, das war ich.« Langsam begann ich die Ärmel meines Pullovers hochzukrempeln. Ich würde ihnen die Runen der Göttinnen zeigen. »Gestern, bevor ihr kamt, habe ich das Annahmeritual vollzogen. Ich wollte wissen, welches Element ich beherrsche. Deswegen konnten wir es noch nicht melden«, wandte ich mich an Sophia. Es brachte nichts mehr, es zu verheimlichen, und ich opferte mich bestimmt nicht für ihren bescheuerten Plan. »Während des Rituals riefen mich die Göttinnen zu sich.«

Verächtlich sah Sophia mich an. Sie glaubte mir nicht, damit hätte ich rechnen müssen.

»Vi«, versuchte Ezra, mich zu stoppen. »Das bringt doch nichts. Lass mich das klären.«

Ich ignorierte ihn. »Sie waren alle vier dort. Brigid, Morrigan, Cerridwen und Ariane.«

Jetzt lachte Sophia auf und Yasmine schmunzelte.

»Kindchen.« Lawrence schüttelte den Kopf. »Wir werden allen Mädchen ein Gift mitgeben. Ihr könnt es nehmen, bevor es zum Schlimmsten kommt.«

Wie gnädig von ihnen. »Sie haben mich gebeten, bei ihnen zu bleiben. Ariane hat mich in ihr Schloss eingeladen.«

Michael lächelte nachsichtig. »Du wirst geträumt haben. Die Göttinnen zeigen sich schon seit Jahrhunderten nicht mehr. Nicht in unseren Ritualen und nicht in unseren Visionen.«

»Sie haben mich gezeichnet und mir die Kraft der vier Elemente gegeben.« Ich streckte meine Unterarme vor.

Wortlos blickten die vier auf die Runen. Ash nahm einen Arm in seine Hand. Gestern noch waren die Runen so frisch gewesen, dass sie wie Verletzungen ausgesehen hatten. Die Schwellung war nun zurückgegangen, aber man konnte gut erkennen, dass die Zeichen nicht sonderlich alt waren. Die Striche waren mittlerweile deutlich feiner und die Farben leuchtender. Eine Hexenrune war nicht zu vergleichen mit den schlichten keltischen Schriftzeichen, obwohl auch diesen geheimes Wissen innewohnte. Aber Hexenrunen waren viel mächtiger.

»Keine besonders gute Arbeit«, sagte Yasmine abfällig. »Hast du sie gewarnt?« Ihr Blick richtete sich auf Ash. »Es gab dazu eine eindeutige Anweisung.«

Er schüttelte den Kopf und ließ den Arm sinken. »Ich selbst weiß von Regulus' Forderungen erst seit ein paar Tagen«, sagte er zögernd zu mir. »Es tut mir leid, Vianne.«

Sein Verhalten überraschte mich nicht sonderlich. Ich hatte gewusst, wo seine Prioritäten lagen. »Aber die Runen sind echt.

Ich habe sie nicht machen lassen, um jemanden zu täuschen. Sie waren plötzlich da. Direkt nach meinem Besuch bei den Göttinnen.«

»Es lässt sich doch ganz leicht prüfen«, sagte Sophia. »Wenn die Göttinnen dir diese Macht geschenkt haben, dann führ sie uns doch bitte vor.«

»Du behauptest, alle vier Elemente beherrschen zu können?«, fragte Lawrence.

Ich nickte.

»Würdest du dann bitte aus dem Feuer einen Vogel formen?« Auffordernd sah er zum Kamin.

Einen Vogel? Wie sollte ich das denn machen? »Ich weiß nicht, wie das geht. Bisher habe ich diese Magie nur einmal benutzt, und zwar unbeabsichtigt. Ich muss sie erst trainieren und ausbilden. Unkontrolliert ist sie zu gefährlich und in Regulus' Händen …«

»Wir verstehen, dass du dich fürchtest. Das ist völlig normal«, sagte Lawrence. »Aber du musst dich deiner Verantwortung stellen. In dir ist nur sehr wenig Magie. Wir würden sie spüren und er auch.« Mit dem Kinn wies er auf Ezra.

Weder nickte Ezra noch schüttelte er den Kopf. Er blickte einfach durch mich hindurch. Spürten sie die Magie wirklich nicht? Ich horchte in mich hinein. Sie war da. Tief in mir.

»Wenn du ablehnst«, sagte Sophia, »wird ein anderes Mädchen deinen Platz einnehmen. Es gibt hier im Ort eine junge Frau, die du vermutlich kennst. Ich glaube, sie ist eine Freundin deiner Schwester«, setzte sie in süßlichem Tonfall fort. »Auch ihre Magie ist recht schwach ausgebildet. Ihre Vorfahren haben sich zu oft mit nichtmagischen Personen eingelassen. Ihr Name ist …« Sie tat so, als müsse sie überlegen. »Constance Aubry. Ist sie nicht sogar schwanger? Das ist geradezu perfekt, weil es zeigt, dass sie fruchtbar ist.«

Fassungslos saß ich einen Moment nur da. Das würde sie sogar übers Herz bringen, ich spürte es. Diese Schlange würde eine schwangere Frau opfern.

»Also gut«, sagte ich hastig. »Dann mache ich es. Ich werde eins der Mädchen sein.« Laurent musste Constance auf der Stelle fortbringen. Ezra würde beide gehen lassen.

»Das lasse ich nicht zu«, formten seine Lippen lautlos und er schüttelte den Kopf. Seine Augen glühten in dunkelstem Schwarz.

Sophia strahlte übers ganze Gesicht und Yasmine nickte, als hätte sie nichts anderes erwartet.

»Das ist vollkommen indiskutabel«, sagte Ezra laut. Sein Zorn füllte den gesamten Raum.

»Die Loge hat in diesem Fall aber kein Mitspracherecht«, erklärte Michael. »Nicht, wenn es Viannes eigene Entscheidung ist.«

»Das klang für mich nicht nach einer eigenen Entscheidung. Ihr erpresst sie. Und Regulus wird nicht darauf hereinfallen. Wie Caleb schon gesagt hat, er lässt sich nicht austricksen. Für wie dumm haltet ihr ihn eigentlich? Ihr wollt ihm Mädchen ausliefern, die keine ausreichende Magie besitzen? Er wird sie töten und euch ihre Köpfe zurückschicken.«

»Dafür müsste er es erst einmal bemerken.« Sophia lächelte dünn. »Und wir werden dafür sorgen, dass das nicht geschieht. Wir haben alles bedacht. Er muss nur den Pakt unterzeichnen.

Länger muss diese Scharade nicht halten. Die Mädchen werden mit ausreichend Magie ausgestattet sein und danach wird er sie nicht mehr töten. Was hätte er davon? Er wird versuchen, seinen Plan umzusetzen, wenn er sie schon mal hat. Manchmal überspringt Magie eine Generation. Regulus weiß das. Alles ist möglich. Aber wir sind dann sicher.«

»Schlagt euch das aus dem Kopf. Vianne steht unter dem Schutz der Loge und ihre Schwestern auch. Ihr werdet sie nicht benutzen.«

»Es geht dich nichts an, Ezra«, unterbrach ich ihn ruhig. »Ich bin der Kongregation zu Dank verpflichtet. Sie haben mich geheilt und es ist meine Entscheidung«, erklärte ich gefasst. Er sollte lieber an Laurent denken. Wenn sie Constance opferten, würde sein bester Freund sterben.

»Ich habe dich doch vor zwei Jahren nicht zu ihnen gehen lassen, damit sie dich jetzt Regulus zum Fraß vorwerfen!«, sagte er scharf. »Siehst du nicht, was sie vorhaben? Dieses Opfer ist völlig sinnlos. Du wirst das nicht tun, ich verbiete es. Ihr werdet nicht zu Regulus gehen. Ich habe es mir anders überlegt. Das könnt ihr ihm nicht anbieten.«

Verwundert sah ich ihn an und biss mir auf die Unterlippe.

»Du hast bereits zugesagt, uns direkt mit ihm verhandeln zu lassen«, sagte Michael. »Du hast eine bindende Vereinbarung mit uns geschlossen. Sicherlich möchtest du nicht wortbrüchig werden.«

Ezra ballte die Hände zu Fäusten und straffte seine Gestalt. Eine magische Vereinbarung war bindend. Das wussten alle im Raum. Er konnte es ihnen nicht mehr verwehren. »An diese Vereinbarung werde ich mich halten.«

»Dann wäre das ja geklärt.« Sophia nickte zufrieden. »Ich würde mich gern zurückziehen und ein Bad nehmen, wenn das möglich ist.«

»Jacques wird euch eure Zimmer zeigen.« Eiseskälte lag in seiner Stimme. Diesen Kampf hatte er verloren. Sie hatten ihn ausgetrickst.

Alle erhoben sich. Ich war nicht sicher, was ich tun sollte. Durfte ich nach Hause? Ich musste mit Aimée und Maëlle sprechen, ihnen sagen, was passiert war. Sie würden mir glauben, dass ich die Göttinnen gesehen hatte. Sie würden keinen Beweis verlangen. Ich brauchte einen ruhigen Ort, an dem ich die Kraft der Runen ausprobieren und meine Magie trainieren konnte. Ich spürte sie ganz genau. Beim Kampf gegen die Dämonen gestern am Bach hatte ich einen Teil davon eingesetzt. Ich war nicht schutzlos.

»Wir lassen für dich ebenfalls ein Zimmer herrichten.« Ezra trat neben mich, aber sein Blick richtete sich auf Ash. »Dieses Vorhaben ist unverantwortlich«, zischte er. »Wir haben andere Mittel und Wege.«

»Derzeit ist es das einzige Zugeständnis, das wir machen können«, erklärte Ash geduldig. »Für alle anderen Verhandlungen ist es zu spät. Glaubst du, diese Entscheidung sei einfach für uns?«

»Ich dachte, Vianne würde dir etwas bedeuten.«

»Das tut sie auch, aber es geht hier nicht um mich. Was denkst du denn, wie viele Hexen mit wenig oder keiner Magie es gibt? Wir sind froh, dass wir zehn gefunden haben. Du weißt, dass Regulus viel mehr gefordert hat. Wir hoffen, er gibt sich mit diesen zehn zufrieden. Uns ist klar, dass ihr euren Vorteil, den ihr der Kongregation gegenüber habt, nicht gern aufgebt. Aber das schadet uns allen.«

»Hört auf, euch zu streiten«, mischte ich mich ein. »Es geht Ezra doch nicht um seinen Vorteil.«

Ash musterte mich mitleidig. »Nicht? Die Kongregation fragt sich schon lange, ob Aden wirklich auf so mysteriöse Weise verschwunden ist. Mit ihm hätten wir uns viel früher geeinigt und nicht erst jetzt, wo es fast zu spät ist.«

Mir lag die Erwiderung auf der Zunge, dass Ezra seinem Bruder nie etwas angetan hätte. Die Vorstellung war absurd, aber Ezra brauchte meine Unterstützung nicht. Er konnte sich selbst verteidigen.

Ezra starrte Ash so wütend an, dass jeder andere zurückgezuckt wäre. »Ich habe den Gesprächen der Kongregation mit Regulus nur zugestimmt, damit ihr endlich begreift, mit wem ihr es zu tun habt. Ich hoffe inständig, dass danach diese absurde Überlegung, ihm die Mädchen zu überlassen, vom Tisch ist. Die einzige Chance, die wir haben, ist ein Bündnis mit Maskun und Coralis. Ja, wir haben es früher abgelehnt, mit den Dämonen zusammenzuarbeiten, aber manchmal muss man über seinen Schatten springen und seine Meinung ändern.«

Und das hatte er sehr gründlich getan. Für Ezras Vater wäre es undenkbar gewesen und für Aden vermutlich auch. Ezra heiratete sogar eine Dämonin. Früher hatte er kein Großmeister werden wollen. Nun war er es. Ich musste versuchen, die Sache aus allen Blickwinkeln zu beleuchten. Ezra verdiente mein uneingeschränktes Vertrauen nicht. Die Kongregation allerdings auch nicht. Würde die Loge den Pakt unter dieser Bedingung unterschreiben und uns Mädchen einem grausamen Schicksal überlassen? In der Geschichte der Menschheit waren Frauen so oft irgendwelchen Göttern geopfert worden, um diese zu besänftigen. So weit hergeholt war die Vorstellung nicht.

»Ich werde Adelaise in der Küche einen Besuch abstatten und ein wenig spazieren gehen. Das werde ich ja wohl dürfen, oder?«

»Natürlich«, sagte Ezra. »Aber bleib im Küchengarten.«

»Und sei vorsichtig. Man kann nie wissen, was für Gesindel sich hier herumtreibt«, kam es von Ash.

»Du legst es darauf an, dass ich dich verprügele«, zischte Ezra. »Pass bloß auf, was du sagst. Vianne ist hier absolut sicher.«

# 16. KAPITEL

Als ich in die Küche kam, herrschte dort hektische Betriebsamkeit. »Wofür ist das alles?«, fragte ich Adelaise und betrachtete die Pasteten, das Obst und das gepökelte Fleisch.

»In den nächsten Tagen kommen viele Gäste. Ich will vorbereitet sein.«

»Für die …« Ich holte tief Luft. »Für die Hochzeit?« Dumme Frage. Natürlich. In meinem Magen rumorte es. Es musste eine andere Möglichkeit geben. Der Plan der Kongregation war irrsinnig, egal ob sie Regulus Mädchen mit oder ohne Magie überließen. Es nur in Erwägung zu ziehen, war unmenschlich.

Adelaise strich mir über die Wange. »Nimm dir einen Tee«, sagte sie liebevoll. »Und probiere die Madeleines. Sie sind köstlich.«

»Das mache ich.« So einfach würde ich mich nicht zum Opferlamm machen lassen. Zur Not musste ich Regulus eben selbst zur Strecke bringen. Gänsehaut lief mir über den Rücken. Ich ging zu dem langen Tisch, auf dem sich alle möglichen Töpfe und Pfannen stapelten, und lud mir eine Portion des süßen Gebäcks auf den Teller. Auf den Tee verzichtete ich und verzog mich in den Küchengarten. Ich setzte mich im Schneidersitz auf die altersschwache Bank an der Mauer, die von der Sonne gewärmt wurde, und biss in einen Keks. Das Buttergebäck zerbröselte weich auf meiner Zunge. Endlich war ich allein. Seit vorgestern war so viel passiert, dass ich das Gefühl hatte, mein Kopf würde jeden Moment platzen.

Die Kongregation hatte also vor, zehn Frauen opfern. Das war die ganze Zeit ihr geheimer Plan gewesen, und vermutlich hatte Ezra sich genau deswegen geweigert, sie mit Regulus direkt verhandeln zu lassen. Weil es der reinste Irrsinn war. Wenn Maëlle und Aimée davon erfuhren, würden sie es nicht glauben. Hatte ich vorhin eine andere Wahl gehabt, als dem zuzustimmen? Hätten sie Constance geschickt, oder war das nur ein Trick gewesen? Hätte ich mehr kämpfen müssen? Ich lehnte den Kopf gegen die Wand und ließ mir die Sonne ins Gesicht scheinen. Niemals würde ich mich von einem Dämon auch nur anfassen lassen. Mir musste nur etwas einfallen, wie ich das verhindern konnte. Diese anderen neun Frauen wussten vermutlich noch nicht mal, was ihnen bevorstand. Ich fragte mich, wie sie ihre Magie verloren hatten. Allerdings wurden selbst in den mächtigsten Hexenfamilien manchmal Mädchen oder Jungen ohne nennenswerte Magie geboren. Adrien war das beste Beispiel. Rosa war eine Hexe mit einer sehr besonderen Gabe, ihr Enkel besaß nicht das geringste Zipfelchen Magie. Würde Regulus die Mädchen töten, wenn er den Betrug erkannte? Die Logik der Kongregation war mir schon klar. Sie dachten, ab dem Zeitpunkt wäre der Rest der Menschheit sicher vor dem Hochkönig. Eine Meinung, die Ezra ganz offensichtlich nicht vertrat. Ich glaubte keine Sekunde, dass er das zulassen würde. Aber was, wenn doch? Auch er verfolgte seine eigenen Pläne. Ich musste mich schon selbst retten.

Auf dieser Seite besaß das Schloss keine Fenster. Durch den Mauerdurchgang, der auf den Hof führte, konnte man mich von dort aus nicht sehen und die Küchentür war geschlossen. Langsam krempelte ich mir den rechten Ärmel hoch und betrachtete die beiden Runen. Ich strich mit der Fingerspitze darüber. Die Rune für Feuer fühlte sich heiß an und die für Wasser kalt. Meine Fingerspitze kribbelte und in meinem Kopf stupste etwas meinen Geist an. Warum hatte sich dieses Etwas vorhin nicht gerührt? Warum versteckte sich meine Magie vor anderen immer noch? Fragen über Fragen, auf die ich dringend Antworten brauchte. In der Mitte des Kräutergartens stand ein kleiner Brunnen, der vor sich hin plätscherte.

»*Belenos*«, flüsterte ich den Namen der Wasserrune. Zuerst geschah gar nichts. Möglicherweise hatte ich sie falsch betont. Mémé hatte mir das Aussprechen und Zeichnen von Hexenrunen beigebracht. Allerdings war das Jahre her. Trotzdem war ich bei dieser Beschwörung recht sicher. »*Belenos.*« Ich versuchte es ein zweites Mal und schloss die Augen. Dabei horchte ich tief in mich hinein und dann fühlte ich kühles, klares Wasser in mir aufsteigen. Als ich die Augen wieder öffnete, hatte sich etwas verändert. Das Wasser des Brunnens neigte sich mir entgegen. Tropfen spalteten sich davon ab und kamen zu mir gewandert. Ich öffnete meine Hand und fing sie auf. Wie Kugeln rollten sie über meine Handfläche. Mit den Fingern der anderen Hand schnipste ich eine davon zurück zum Brunnen. Wie eine Pistolenkugel schoss sie zur Schlossmauer und perlte von ihr ab. Als Nächstes versuchte ich, einen Faden aus dem Wasser zu ziehen. Ich brauchte mehrere Anläufe und zuerst war es eher ein Seil. Also begann ich, es mit der Kraft meiner Gedanken zu drehen – und tatsächlich wurde es dadurch dünner und dünner. Ich wollte es unbedingt bis zu mir heranziehen, aber es durfte nicht reißen.

»Was treibst du da?«, unterbrach eine Stimme meine Konzentration und das Wasserband klatschte auf die Erde. Caleb lehnte an der Mauer hinter dem Durchgang. Verdammter, neugieriger Dämon. Hatte er nichts Wichtigeres zu tun? Seinem Bruder die Ergebnisse des Gespräches überbringen oder meine Schwestern beschützen? Er hatte hundertprozentig gesehen, was ich gerade getan hatte. Würde mir mit Feuer dasselbe gelingen wie eben mit dem Wasser? Dann sollte ein Vogel beim nächsten Mal kein Problem sein.

Caleb kam näher und linste auf den Teller, der neben mir stand.

»Ich habe alle Madeleines aufgegessen«, informierte ich ihn. »Du wirst dir selbst welche holen müssen.« Übersetzt bedeutete das: verschwinde.

Leider begriff er diesen Subtext nicht, sondern zog nur eine Grimasse. »Adelaise beschwert sich immer, dass ich ihr die Haare vom Kopf esse. Langsam habe ich echt Angst vor ihr.«

Ich grinste. Dass dieser große, wunderschöne Mann Angst vor Ezras Köchin hatte, war einfach lächerlich. »Hat Aimée dich weggeschickt, oder warum bist du schon wieder hier?«

»Hat sie nicht. Wir beide haben Fortschritte gemacht. Sie hat mir sogar ein Glas Wasser angeboten, als ich sie bei euch zu Hause abgesetzt habe. Das werte ich als Friedensangebot.«

»Hast du es etwa getrunken?«, zog ich ihn auf.

»Bist du wahnsinnig? Ich werde nie wieder etwas anrühren, was von diesem Rotschopf kommt.«

Das brachte mich zum Lachen. »Du bist klüger, als du aussiehst, Dämon.«

»Und du bist frecher, als du aussiehst, und vor allem mutiger.« Seine Stimme klang zufrieden, als freute er sich, mich aufgemuntert zu haben. Aber seine Worte verrieten mir auch, dass er wusste, was vorgefallen war, nachdem er gegangen war.

»Ich habe deine Schwestern nur nach Hause gebracht und widme mich nun wieder meinen Pflichten. Mein Bruder ist der Meinung, ich solle den fünf Kongregationsmitgliedern nicht von der Seite weichen. Er traut ihnen nicht.«

»Dann bist du dieser Anweisung ja schon mal nicht sonderlich gut nachgekommen.« Ich sollte ihn fragen, was ich tun konnte, wenn es zum Schlimmsten kam.

»Ungehorsam ist eine Schwäche von mir, das gebe ich zu. Ich habe ein Problem mit Befehlen.«

»Wer hätte das gedacht? Du wirkst immer so unterwürfig.«

Caleb setzte sich neben mich und stupste mich freundschaftlich an. »Also, was war das da gerade?«

»Nichts.«

»Sah nicht nach nichts aus.«

»Also vorletzte Nacht, da ... Ich habe ihn und diese Sitri tatsächlich angegriffen. Meine Magie war plötzlich wieder da. Ich war so wütend und zornig. Und das Unwetter habe ich auch heraufbeschworen.« Ich brach ab. »Du bist doch auch ein

Dämon, spürst du irgendwelche Magie in mir? Die anderen tun das nicht, aber sie ist da. Ich verstehe das nicht.«

Calebs Blick glitt über meinen Pullover, die Jeans und die Sneakers. Sie blieben an meinem Gesicht hängen. »Da ist nichts«, sagte er dann vorsichtig.

»Gar nichts?«

Er schüttelte den Kopf. »Aber das bedeutet nicht, dass sie nicht da ist. Du solltest nicht so viel darauf geben, was andere glauben oder tun, Mäuschen.«

»Das kann ja gern dein Lebensmotto sein, aber sie wollen Regulus zehn Mädchen übergeben, die kaum noch Kräfte haben. Ich habe welche. Und nun weiß ich nicht, was ich machen soll. Ich konnte mich nicht wehren, denn sie haben gedroht, Constance an meiner Stelle zu schicken.«

»Wenn Laurent das mitbekommt, bringt er die fünf um«, sagte Caleb ernst. »Also behalt es lieber für dich.«

Ich nickte. »Was würdest du an meiner Stelle tun?«

»Mich jedenfalls nicht für einen guten Zweck opfern, das steht schon mal fest.«

»Und für einen Freund?«

»Ich weiß es nicht«, sagte er ehrlich. »Wenn du dich auf diesen Deal einlässt und na ja, …« Er räusperte sich. »… und Regulus dich einem seiner Männer gibt … vermutlich stirbst du spätestens bei der Geburt des Kindes. Dämonenkinder wachsen viel schneller im Mutterleib heran. Sie sind größer und kräftiger. Aber das ist alles reine Theorie. Ezra wird das nie zulassen.«

»Aber es gab Kinder, die überlebt haben.«

»Bei Merlin und Uther hat es geklappt. Sehr wahrscheinlich sogar noch öfter. Nur ist darüber nichts überliefert. In der Zeit, in der sich Dämonen und Menschen diese Welt noch teilten, muss es viel mehr Verbindungen zwischen uns gegeben haben.« Er war ungewöhnlich ernst. »Es gibt Legenden, die besagen, dass nur die Mütter und Kinder überleben, deren Eltern sich aufrichtig lieben.«

Ich musste schmunzeln. »Das ist ziemlich romantisch für dämonische Legenden.«

Er lächelte. »Ich wollte nur sagen, es könnte ja immerhin sein, dass du dich in einen von Regulus' Männern verguckst.«

»Wie wahrscheinlich ist das? Sehen sie so gut aus wie du?«

Caleb schnaubte. »Wie soll das denn gehen, Mäuschen? Ich bin einzigartig.«

Ich lachte, doch es klang bitter. »Warum stellt dein Bruder sich nicht offen gegen Regulus?«

»Dafür bekommt der Hochkönig zu viel Unterstützung aus der Bevölkerung. Und so, wie es derzeit in Kerys ist, kann es tatsächlich nicht bleiben. Ihr habt deutlich mehr Lebensraum als wir und es ist schwierig, mit so vielen aggressiven Artgenossen auf engem Raum zu leben. Es gab viele Auseinandersetzungen zwischen den Fürstentümern. Gerade herrscht ein sehr zerbrechlicher Frieden. Unser Volk braucht eine Pause. Wir wollen erst wieder kämpfen, wenn es unausweichlich ist. Regulus' Forderung nach mehr Land wird von vielen von uns geteilt. Er wurde hauptsächlich zum Hochkönig gewählt, weil er versprochen hat, in den Verhandlungen diese Forderung durchzusetzen. Dass er eine neue Spezies züchten will, hängt er allerdings nicht an die große Glocke. Davon wissen nur wenige Eingeweihte. Das ist sein persönliches kleines Projekt und viele würden es nicht verstehen. Mit einem Menschen Kinder zu bekommen, ist unter uns sehr verpönt, und dann noch mit einer Magiebegabten! Wir sind stolz auf unser reines Blut.« Er verzog das Gesicht. »Glaub es oder glaube es nicht, aber die meisten Dämonen sind der Ansicht, sie ständen evolutionstechnisch gesehen mindestens drei Stufen über euch. Ich meine, wir können unsere Gestalt wandeln. Wie cool ist das denn?«

»Du stehst höchstens einbildungstechnisch drei Stufen über mir. Ich kann ein Unwetter erzeugen, das ist viel cooler.«

»Einmal, Kleines. Das gerade waren doch nur Wasserspiele. Wenn du mich beeindrucken willst, musst du schon ein bisschen mehr vorweisen. Trotzdem meinen herzlichsten Glückwunsch.« Mit seinen blauen Augen betrachtete er mich warm und mit dem Daumen und dem Zeigefinger zeigte er einen Abstand von schätzungsweise zwei Zentimetern. »Du bist so kurz davor, so cool zu sein wie ich.«

Ich schüttelte grinsend den Kopf. »Du hast recht«, sagte ich dann ernst. »Ich muss trainieren. Gestern habe ich das Annahmeritual für die Elementmagie vollzogen. Als ich damit fertig war, standen plötzlich drei Dämonen auf der anderen Seite des Baches in unserem Garten.«

Calebs Augen begannen zu glühen. »So nah an eurem Haus?«

Ich nickte. »Mit einem wurde ich fertig. Ich konnte plötzlich Dinge, von denen ich nicht mal zu träumen gewagt hatte. Aber trotzdem hätten die beiden anderen mich vermutlich erledigt, wenn nicht plötzlich ein Drache aufgetaucht und mir geholfen hätte. Das warst nicht zufällig du?«

»Ich war gestern leider anderweitig beschäftigt.« Caleb schüttelte den Kopf. »Wie sahen die Dämonen aus?«, fragte er tonlos.

»Schuppige Haut, Hufe, dicke Beine und einen Kopf, der mich an ein Krokodil erinnert hat.«

»Moraxe«, sagte Caleb. »Mistviecher. Ich werde mit Aarvand noch mal über eine Verstärkung der Grenzkontrollen reden. Ich verstehe ja, dass er Regulus' Spione herüberlassen muss, aber doch nicht jedes Pack.«

»Stehst du deinem Bruder nah?«, fragte ich neugierig.

»So nah man sich eben stehen kann, wenn man total unterschiedlich ist. Aarvand ist ernst und humorlos. Wenn er eine Aufgabe hat, geht er völlig darin auf. Für Coralis und dessen Bewohner würde er vermutlich sogar sterben, was mir nicht im Traum einfallen würde.«

»Warum nicht«, beschloss ich, ihn ein bisschen aus der Reserve zu locken.

»Weil ich an meinem Leben hänge. Ich würde mich für nichts und niemanden opfern. Nicht Mal, um danach als Held gefeiert zu werden.« Er sagte es so entschlossen, dass jemand anderes es vermutlich glauben würde.

»Und trotzdem bist du hier. Weiß Regulus davon?«

»Regulus weiß alles, aber er nimmt mich nicht ernst. Für ihn bin ich nur Coralis' nichtsnutziger Prinz. Gerade mal gut genug, um seine Nachrichten zu übermitteln.«

»Du bist sein Bote? Ziemlich gute Tarnung.« Das schockierte mich nun doch.

»Das ist keine Tarnung«, behauptete er trotzig. »Mein Bruder verfolgt möglicherweise edle Ziele. Ich brauchte ein bisschen

Abwechslung. Und außerdem halte ich Aarvands Pläne nicht gerade für ausgereift. Coralis' Armee ist nicht sonderlich stark. Aarvand bringt uns alle Gefahr und Regulus wird nicht zögern, ganz Coralis zu versklaven, wenn er einen Beweis für Aarvands Verrat findet. Aber mein Bruder würde mich weder nach meiner Meinung fragen noch mir zuhören.«

»Während also die Kongregation Pläne schmiedet, Regulus zu besänftigen, indem sie ihm die Mädchen und zusätzliches Land geben, planen Ezra, dein Bruder und Wegas Vater eine Superarmee auf die Beine zu stellen und ihn zu besiegen?«

»So ungefähr. Eine richtige Superarmee wäre es leider erst mit ein paar mehr Hexen und Hexern, doch und solange die Kongregation gegen einen gemeinsamen Kampf ist, stehen die Chancen für uns, Regulus zu besiegen, bloß fifty-fifty.«

»Ich wusste nicht, dass es Dämonen wie dich gibt«, gab ich zerknirscht zu. Er war wirklich erstaunlich. Weshalb wollte er unbedingt wie ein Junge wirken, der es faustdick hinter den Ohren hatte, und nicht wie ein Mann, der für ein Ziel kämpfte?

»Unsere Großmutter hat mir nicht viel von unserem Vater erzählt«, setzte ich nach einer Weile vorsichtig hinzu. »Er war ein Filou, aber unsere Mutter liebte ihn heiß und innig, bis er sie verließ. Aimée hat Angst, dass ihr dasselbe passiert, deshalb hat sie beschlossen, nie einen Mann so an sich heranzulassen. Also mach dir besser keine Hoffnungen.«

»Die mache ich mir gar nicht. Ich necke sie nur gern. Sie ist so schrecklich steif. Nach außen jedenfalls. Für euch würde sie kämpfen wie eine Löwin.«

»Ich weiß und ich will nicht, dass du ihr wehtust.«

Einen Moment schwiegen wir, aber ich war sicher, er hatte meine Botschaft verstanden.

»Lebt deine Familie schon immer in Brocéliande?«, fragte Caleb dann.

»Seit dem 17. Jahrhundert. Wir sind berühmt-berüchtigt.«

»Sag bloß, deine Vorfahren haben schlimme Dinge getan? Erzähl mir alles.« Sein Magen knurrte.

»Ich könnte uns vorher ein paar Madeleines holen und Tee. Deine Wangen sehen schon ganz eingefallen aus, ich wette, du hast seit mindestens einer Stunde nichts mehr gegessen.«

»Seit exakt dreiundfünfzig Minuten. Ich fühl mich schon ganz schwach.«

»Du bist und bleibst ein Spinner.«

»Man muss seine Rolle konsequent spielen, um damit durchzukommen.«

»Das merke ich mir.« Ich stand auf und lief in die Küche. Dort schwatzte ich Adelaise ein ganzes Tablett mit Pasteten, Wachteleiern und Obst ab.

»Wenn Ezra zu dumm dafür ist, heirate ich dich«, stöhnte Caleb, als ich es vor ihm abstellte. »Es geht nichts über eine Frau, die weiß, wo sie Essen für einen Mann herbekommt.«

»Noch so eine Bemerkung und ich nehme dir das alles wieder weg!«, fuhr ich ihn an.

»Entschuldige. Ich habs nicht so gemeint, wie es sich vielleicht angehört hat. Ezra ist ein Dummkopf.«

»Er scheint Wega gernzuhaben«, presste ich hervor. »Außerdem ist sie sehr schön und dann kann er auch noch eine Heldentat begehen, indem er sie heiratet. Er macht alles richtig.«

»Du bist eine miserable Lügnerin.« Caleb schüttelte den Kopf. »Zum Glück hört niemand anders diesen Unsinn.« Er steckte sich eine Pastete in den Mund und schnurrte beinahe, während er kaute. »Erzählst du mir jetzt eure finstere Familiengeschichte?« Er warf eine Olive in die Luft und fing sie mit den Zähnen auf.

»Die Mitglieder der Familie Grandier sind die Nachkommen des Teufels von Loudun«, begann ich. »Es gibt immer noch Menschen, die sich an die Geschichte erinnern.«

Calebs Augen glänzten vor Aufregung. Er zupfte ein paar Weintrauben ab und schob sie sich in den Mund. »Ein Teufel also. Das erklärt einiges.«

Ich grinste. »Urbain Grandier war Priester in der Kirche Sainte Croix in Loudun und er war gleichzeitig ein Magier der Loge. Aber das wusste natürlich niemand. Angeblich hatte er jede Menge romantischer Beziehungen und vermutlich war er wirklich ein Schwerenöter, bis er sich unsterblich in eine der jungen Novizinnen des Klosters der Ursulinen verliebte. Sie hieß Camille und entstammte dem Geschlecht Rohan. Sie lebte gegen ihren Willen im Kloster und wollte keine Nonne werden. Die beiden begannen eine leidenschaftliche Affäre.«

Calebs Augenbrauen schossen nach oben. »Jetzt trägst du aber etwas dick auf, oder?«

Ich lächelte, obwohl die Geschichte nicht lustig war. »Nein. Es war Liebe auf den ersten Blick. Soll es ja geben. Jede Nacht schlich er sich in das Kloster. Für ihn als Magier war es ein Kinderspiel, die Mauern zu überwinden, um zu Camille zu gelangen. Sie liebten sich in der Bibliothek, im Garten und angeblich sogar in der Kapelle. Aber es kam, wie es kommen musste. Camille wurde schwanger, und damit flog die ganze Sache auf. Urbain bot an, sie zu heiraten, aber für Camilles Familie war diese Affäre völlig inakzeptabel. Sie setzten die Oberin des Klosters unter Druck, um die Sache zu verschleiern. Kurz darauf wurde Urbain von einer ganzen Gruppe Nonnen beschuldigt, sie verhext zu haben. Sie behaupteten, er habe einen Dämon beschworen, der mit den Nonnen ziemlich verbotene Dinge getrieben haben soll.«

»Was für Dinge. Ist das auch überliefert?« Calebs Mundwinkel zuckten belustigt. »Bestimmt. Diese Klosterschwestern haben doch über alles Buch geführt.«

»Darüber nicht, aber ich bin sicher, wenn du deine Fantasie anstrengst, fällt dir etwas dazu ein.«

»Eine ganze Menge.« Er lachte laut auf. »Der Nachmittag wird immer besser. Erst das köstliche Essen und dann noch schlüpfrige Geschichten. Ich muss mich bei Ezra bedanken.«

»Leider hat die Geschichte kein schönes Ende. Es dauerte eine Weile, bis Urbain für schuldig befunden wurde. Die Richter fanden heraus, dass er ein Magier der Loge war und die Loge war Kardinal Richelieu während seiner gesamten Amtszeit ein Dorn im Auge. Hauptsächlich wegen ihrer Reichtümer. Die Loge konnte sich nicht von ihm erpressen lassen und so wurde Urbain 1634 bei lebendigem Leibe verbrannt. Bewiesen werden konnte ihm nichts. Also diese Dämonensache und die Verführung anderer Jungfrauen. Seine einzige Verfehlung war, dass er sich in Camille verliebt hatte. Aber das spielte keine Rolle. Es gab die abstrusesten Anschuldigungen. Camilles Familie nahm sie aus dem Kloster und versuchte, sie noch vor seinem Tode mit einem anderen Mann zu verheiraten, aber sie weigerte sich. Da versteckten sie sie in unserem Haus hier in Paimpont und überließen sie ihrem Schicksal. Camille hoffte lange, Urbain würde freigesprochen werden und zu ihr kommen. Als er hingerichtet wurde, ist sie fast verzweifelt, aber sie trug immer noch sein Kind unter ihrem Herzen und das konnte sie schlecht mit in den Tod nehmen. Also hat sie einfach weitergemacht. Sie bekam eine Tochter und seitdem lebt unsere Familie hier. Camille hat nie wieder geheiratet.«

Jetzt schaute Caleb kein bisschen amüsiert mehr aus. »Wurde er je rehabilitiert?«

»Nein. Natürlich nicht. Unsere Großmutter hat in ihrer Jugend ein bisschen recherchiert und alte Gerichtsakten ausgegraben. Sie hat herausgefunden, dass die Oberin des Klosters, Schwester Jeanne des Anges, von Urbain besessen war. Aber er interessierte sich nicht für sie. Er liebte Camille. Jeanne beschuldigte ihn, Camille mittels schwarzer Magie verführt zu haben, und stiftete die anderen Nonnen an, dasselbe zu behaupten. Camille wurde dazu nie angehört. Ihre Familie ließ das nicht zu. In den Verhandlungen wurde ein Dokument vorgelegt, das von ihm und angeblich von Dämonen unterzeichnet worden war. Die Richter nannten es den Teufelspakt. Deshalb bekam er auch diesen Spitznamen. Das Dokument war in keiner bekannten Sprache verfasst, sondern in absonderlichen Symbolen. Mehrere Dämonen hatten es mit ihren Siegeln versehen, darunter Satan höchstpersönlich. Urbain bestritt, diese Unterlagen je gesehen zu haben. Die Richter ordneten eine außergewöhnliche Befragung an, unterzogen ihn einer Wasserfolter. Aber er gestand immer noch nicht. Richelieu hoffte auf Beweise, dass die Loge mit dem

Teufel im Bunde war, aber Urbain blieb loyal bis zum Schluss. Du weißt es vielleicht nicht, aber der Kardinal war ein Hexer und Mitglied der Kongregation.«

»Denkst du, wenn Urbain gestanden hätte, dann hätten sie ihn nicht hingerichtet?«

»Keine Ahnung. Es war keine Option für ihn, die Loge zu verraten. Also stritt er einfach alles ab. Er hat sich für seine Loyalität und gegen die Liebe entschieden.«

Stille trat ein.

»Findest du, dass er richtig gehandelt hat?« Caleb musterte mich aufmerksam.

»Ich weiß es nicht. Er hat getan, was er für seine Pflicht hielt und damit Camille ihrem Schicksal überlassen. Sie und ihre Tochter. Er konnte nicht wissen, was aus ihnen wird. Das Kind wurde mit magischen Fähigkeiten geboren und zur Hexe ausgebildet, es hätte auch sterben können.«

»Haben die Einwohner von Paimpont Camille und das Kind gut aufgenommen? Oder haben sie sie drangsaliert? Ohne einen Mann an ihrer Seite war sie ziemlich schutzlos.«

»Das hätte die Loge nicht zugelassen. Urbain hatte sich für sie geopfert. Die Menschen in Brocéliande hatten schon immer einen anderen Blick auf die Dinge. Camille war hier in Sicherheit und sie beschloss, in Paimpont zu bleiben. Später heiratete ihre Tochter einen Hexer. Seitdem wurden in unserer Familie nur noch Mädchen geboren.«

»Das war keine sehr unterhaltsame Geschichte.«

»Ich habe dich gewarnt und vergiss die Vorwürfe der Nonnen nicht. Du kannst dir den unterhaltsamen Teil ja ausschmücken.«

Caleb grinste. »Ezra hätte sich für dich entschieden, wenn er gekonnt hätte.«

»Du bist auch kein besonders guter Lügner. Die Geschichte meiner Familie hätte mir eine Warnung sein müssen. Mémé hat immer gesagt: ›Verliebe dich nie in einen Mann der Loge. Das bringt nur Unglück.‹ Es ist sozusagen der Wahlspruch unserer Familie.«

»Ich würde gern sagen, vielleicht geschieht noch ein Wunder. Aber das wird es nicht. Je eher du dich damit abfindest, umso besser.«

»Du hast ein Händchen dafür, mich aufzumuntern. Ich strenge mich hier so an, mir nichts anmerken zu lassen und dann sagst du so etwas.« Tränen traten mir in die Augen, aber ich drängte sie zurück.

»Hey.« Caleb zog mich an seine Brust. »Das wird schon wieder. Du findest jemanden, der viel toller ist als dieser dumme Großmeister.«

Gegen meinen Willen musste ich lachen und lehnte mich gegen ihn.

»Caleb«, ertönte Ezras Stimme. »Was tust du hier draußen mit Vianne?«

»Was schon?« Caleb zog mich noch näher zu sich. »Ich bin dabei, die kleine Hexe zu vernaschen. Du willst sie ja nicht.«

Ich machte mich los und wischte mir verstohlen über das Gesicht. »Du vernaschst höchstens die Weintrauben und die Pasteten, du Vielfraß.«

Ezra kam kopfschüttelnd zu uns. »Wie schön, dass sich wenigstens jemand in diesem alten Gemäuer amüsiert. Geht es dir gut?«, fragte er mich direkt. »Wir finden einen Ausweg.«

»Natürlich tun wir das und Vianne ist hart im Nehmen.« Caleb stand auf und strich sich Krümel von seiner Lederjacke. »Wusstest du, dass ihr Vorfahre der Teufel persönlich war?«

»Urbain war kein Teufel«, wies Ezra ihn verkniffen zurecht. »Du musst mit Aarvand reden. Er sollte dem Treffen an Regulus' Hof beiwohnen. Vielleicht kann er die Wogen glätten, wenn der Hochkönig durchdreht. Die fünf Ratsmitglieder sind viel zu sehr von sich überzeugt. Das wird ihm nicht gefallen. Und diese Idee mit den Frauen ist völlig indiskutabel. Ich hätte mich nicht mal auf das Gespräch einlassen sollen.«

Caleb seufzte »Ich mache mich ja schon auf den Weg. Wo sind die Zeiten hin, als ich einfach in einem Bach abhängen und Nymphen ärgern konnte?«

»Willst du mir mal verraten, welche dämonische Gestalt du annimmst«, fragte ich. »Ich finde, mittlerweile kennen wir uns gut genug. Ein Satyr vielleicht?«

Caleb verzog angewidert das Gesicht. »Ein Satyr, mein Mäuschen, hat keine Manieren. Daran erkennst du ihn sofort, selbst in menschlicher Gestalt. Merk dir das. Ich warte dann auf deine nächste Idee. Denk daran, es ist etwas Cooles.«

Ezra sah uns genervt an. »Verschwinde.«

Caleb vollführte eine alberne Verbeugung. »Bin schon weg. Pass mir auf Vianne auf. Sie ist jetzt von unschätzbarem Wert.«

Ezra knurrte, aber das hörte Caleb schon nicht mehr, weil er mit katzenhafter Geschmeidigkeit durch den Küchengarten davonlief.

Ich blinzelte. »Er war nicht diese Sitri, oder?«

»Lass ihn bloß nicht hören, dass du denkst, er wird zu einer Katze. Er wäre ziemlich beleidigt.«

»Du weißt, in was er sich verwandelt?«

Ezra nickte. »Aber das soll er dir selbst sagen. Dämonen sind mit ihrer zweiten Gestalt etwas eigen.«

»Was soll diese Geheimniskrämerei?« Ich klammerte mich an dieses Thema, weil ich nicht wollte, dass er mit mir über Wega oder Regulus sprach.

Ezra steckte die Hände in die Taschen seiner Reithose. »Sei einfach froh, dass er sich nicht vor dir verwandelt. Es ist etwas beängstigend. Ich bringe dich auf dein Zimmer. Es ist jetzt fertig.«

»Sag mir einfach, in welchem Flur es liegt. Du musst dich nicht bemühen. Sicher hast du wichtigere Dinge zu tun.«

»Vianne.« Ezras Stimme klang jetzt, als würde er gleich brüllen, und dann hielt er mir seine Hand hin. »Bitte. Tu mir den Gefallen. Entweder kommst du freiwillig mit, oder ich werfe dich mir über die Schulter.«

»Lieber Himmel, da hat aber jemand schlechte Laune.« Ich ignorierte seine Hand und bedeutete ihm, voranzugehen. Auf keinen Fall würde ich Hand in Hand mit ihm durchs Schloss schlendern. Zielstrebig führte er mich über die schmalen Dienstbotentreppen in einen der oberen Flure. Er öffnete eine Tür und schob mich in ein Zimmer. Es war nicht sonderlich groß und aufgrund des wenigen Lichtes, das durch das winzige Fenster hereindrang, recht schummrig. Ezra stand dicht hinter mir und ich hörte ihn erleichtert aufatmen. Seine Hände legten sich auf meine Seiten und er drehte sich zu mir herum. »Mir hast du die Geschichte von Urbain auch einmal erzählt«, sagte er leise. »Damals an Beltane. Erinnerst du dich? Du warst traurig, dass du deine Schwestern und deine Großmutter nicht begleiten durftest.«

»Du hast mich abgeholt und ein Picknick am Feenspiegel mit mir gemacht. Natürlich erinnere ich mich daran. Es war die schönste Nacht meines Lebens.« Im selben Moment, in dem ich das aussprach, bereute ich es bereits. So etwas durfte ich nicht mehr sagen. Er war mit einer anderen Frau verlobt.

»Damals hielt ich Urbains Entscheidung für dumm. Ich verstand nicht, wie er die Frau, die er liebte, für die Interessen der Loge opfern konnte.«

Ich schob ihn von mir weg, weil seine Nähe nicht zu ertragen war. »Er hat die Entscheidung getroffen, die er für die beste hielt. Das tun wir schließlich alle. Ich will ihn nicht verurteilen.«

Ezra trat einen Schritt zurück. Seine Miene verschloss sich und er nickte. »Aber mich verurteilst du?«

Ich sah mich in dem Raum um, nur um ihm nicht ins Gesicht sehen zu müssen. Der Plan war gewesen, ihm tage- oder, besser gesagt, noch wochenlang aus dem Weg zu gehen. Nun waren nicht mal vierundzwanzig Stunden vergangen und wir befanden uns allein in einem Raum mit einem Bett. Ich räusperte mich. »Ich verurteile dich nicht. Du hast schließlich nicht allzu viel Möglichkeiten. Ich bin sicher, du hast alles genau durchdacht.«

»Ich habe das Bündnis mit Altair arrangiert, bevor ihr zurückgekommen seid. Wenn ich gewusst hätte …« Er fuhr sich mit einer Hand durchs Haar und machte einen Schritt auf mich zu. Er sah verzweifelt aus, aber ich hob abwehrend die Hand. Er durfte mir nicht zu nahe kommen. »Ich wollte dir davon erzählen, als ich nach eurer Rückkehr in den Laden kam, aber ich war zu feige.«

»Es ist in Ordnung, Ezra«, log ich. »Ich werfe dir nicht vor, dass du versuchst, das Richtige zu tun. Du hättest mich nur nicht küssen dürfen.«

»Ich weiß.« Die beiden Worte klangen so, als wolle er es wieder tun. Direkt hier.

Vorsichtshalber brachte ich noch einen Schritt Abstand zwischen uns.

Er ließ mich nicht aus den Augen. »Deine Magie«, sagte er nach einem überlangen Moment der Stille. »Ist sie zurück?«

Ich nickte. »Aber ich weiß nicht, weshalb niemand sie spürt, und außerdem kann ich sie nicht richtig einteilen, glaube ich.«

»Wir werden sie trainieren«, sagte er, statt auf die Frage zu antworten. »Elementmagie entspricht der Energie der Magier am ehesten, sie ist nicht so subtil wie die sonstigen Fähigkeiten der Hexen.«

»Nein, subtil ist sie ganz und gar nicht.« Ich lächelte gezwungen. »Entschuldige noch mal. Ich wollte dir nicht wehtun.«

»Schon gut. Hätte ich dir vorher von Wega erzählt, wäre das gar nicht passiert.«

Vermutlich nicht. »Also, ich wäre dir für deine Hilfe dankbar. Ich will meine Magie im Kampf benutzen können, wenn es zu einem kommt. Ich will mich zur Wehr setzen und meine Schwestern verteidigen können.«

»Das wirst du.« Ezra blickte ernst auf mich herab. »Laurent oder ich holen dich heute Nacht ab und dann üben wir ein paar Dinge. Ich lasse dich auf keinen Fall nach Morada gehen. Die Kongregation wird einsehen, dass man Regulus nicht trauen kann.« Er machte zwei Schritte auf mich zu. Zärtlich strich er mir eine Haarsträhne aus dem Gesicht und steckte sie hinter meinem Ohr fest. Ich schluckte. Noch mal würde ich ihn nicht wegschieben können.

Hastig drehte er sich um und verließ das Zimmer, als wäre ihm etwas Wichtiges eingefallen. Oder als müsse er gehen, bevor er mehr tat, als mein Haar zu berühren.

Ich legte mich auf das Bett. Abgrundtiefe Erschöpfung erfasste mich. Ezra würde mir helfen. Trotz allem, was zwischen uns stand, war er immer noch mein Freund.

# 17. KAPITEL

Es musste mitten in der Nacht sein, als jemand mich an der Schulter rüttelte. »Wach auf, Vianne. Komm schon.« Ich blinzelte. Laurent hockte auf meiner Bettkante. »Wir konnten uns nicht früher loseisen. Michael Galkin und dieser Lawrence haben uns ewig zugequatscht. Ezra wartet im Ballsaal. Dort haben wir Platz. Constance wird fuchsteufelswild sein. Ich hatte versprochen, heute Nacht nach Hause zu kommen.«

»Dann geh doch zu ihr. Was machst du noch hier?«, fragte ich verschlafen.

»Wenn ich dich mit Ezra alleine lasse, wird sie nicht nur wütend sein, sondern mich vermutlich vierteilen.«

Ich schüttelte den Kopf und rappelte mich auf. »Ich werde schon nicht über ihn herfallen«, murmelte ich.

»Das ist auch nicht meine Befürchtung. Los, komm endlich. Ein oder zwei Stunden sollten wir noch trainieren.«

Aus den ein oder zwei Stunden, wurde der Rest der Nacht. Ezra und Laurent schotteten den Raum mit einer Barriere so ab, dass niemand die Magie spüren konnte, die hier am Werk war. Sie zeigten mir verschiedene Bewegungsabläufe. Ich erinnerte mich an Beschwörungen, die ich vor meiner Krankheit auswendig gelernt hatte. Es war alles noch da. Wir formten Bälle und Fäden aus Feuer, mit denen ich die Holzscheite im Kamin in Brand setzte. Als Ezra damit zufrieden war, ließ ich aus einer Wanne Wasser aufsteigen. Am Anfang nur wenige Tropfen, am Schluss war es fast eine ein Meter breite Wand. Laurent schlief irgendwann ein und auch ich fühlte mich von Minute zu Minute erschöpfter, aber Ezra war unerbittlich. Er ließ mich kaum eine Pause machen.

»Wenn du den Hauch einer Chance im Kampf haben willst, dann musst du diese Techniken im Schlaf beherrschen. Es ist völlig utopisch, dass du das in den wenigen Tagen noch lernst. Du musst jede Minute üben, die du hast.«

Ich nickte, denn so war es. Also übte ich verbissen weiter.

Eine Stunde später war ich so erledigt, dass ich nicht mal mehr ein Wassertröpfchen bewegen konnte.

»Es reicht«, sagte Ezra hinter mir. »Komm, trink etwas und dann legst du dich schlafen. Ich entschuldige dich bei Ash und den anderen.«

Hastig trank ich eine Tasse kalten Tee und wankte dann in mein Zimmer. Ich ließ mich aufs Bett fallen und schlief ein.

Erst am Nachmittag schaffte ich es, mich aufzuraffen und hinunterzugehen. In der Küche aß ich bei Adelaise frische Brioches mit Butter und Marmelade. Erst danach fühlte ich mich in der Lage, in den Salon zu gehen.

Als ich eintrat, fiel mein Blick zuerst auf Wega und Yasmine, die an einem kleinen Tisch am Fenster saßen und sich unterhielten. Lawrence spielte mit Ash eine Partie Schach.

»Ausgeschlafen?«, begrüßte Ash mich schuldbewusst lächelnd.

Ich nickte. Er wusste nicht, was in den letzten paar Tagen alles vorgefallen war, und ich war nicht mehr sicher, was ich ihm alles davon erzählen wollte. »Wo ist Ezra?«

Wega sah auf. »Mit Michael und Sophia in seinem Arbeitszimmer. Sie verfassen die Nachricht an Regulus.«

Ich kratzte mich am Hals. »Die Nachricht, in der sie dem Hochkönig die zehn Mädchen anbieten?«

»Zuerst geht es nur darum, Regulus von einem Treffen mit Michael und Sophia zu überzeugen«, erklärte Ash. »Alles Weitere sehen wir dann.«

»Hat Regulus diese Mädchen von Anfang an gefordert?«, fragte ich niemand Bestimmten.

»Ja«, antwortete Lawrence. »Er hat die Verhandlungen direkt aufgenommen, als er Hochkönig wurde, und diese Forderung Ezras Vater übermittelt.«

»Und der hat sie abgelehnt?«

Lawrence zögerte einen Moment. »Zuerst hat er das«, bestätigte er dann. »Aber nachdem seine Frau verschwunden war, hat er uns zumindest von der Forderung in Kenntnis gesetzt. Sonst hätten wir vermutlich nie davon erfahren. Natürlich war das völlig indiskutabel, aber dann nahm die Kraft der Barrieren ab und die ersten Dämonen kamen zurück auf unsere Seite. Unsere Verhandlungsposition wurde damit immer schwächer. Nur deshalb haben wir in Betracht gezogen, Regulus' Forderung zuzustimmen.«

Ich kaute auf meiner Unterlippe. »Wo muss der Pakt denn unterzeichnet werden?«, fragte ich in die Runde. »Muss Regulus dafür in unsere Welt kommen, oder geht Ezra nach Kerys?«

»Der Großmeister der Loge und der Hochkönig werden den Pakt direkt an der Quelle unterzeichnen«, sagte Lawrence. »Jeder bringt seine Abordnung mit. Es ist ein feierliches Zeremoniell.«

»Regulus wird diese Welt nur aus diesem einen Grund betreten. Er hasst Magie«, kam es zu meiner Verwunderung von Wega. »Und er fürchtet sie, weil er sie nicht kontrollieren kann, und gleichzeitig ersehnt er sich nichts mehr, als sie als Waffe benutzen zu können, um sein eigenes Volk zu unterdrücken. Unsere einzige Chance, ihn zu töten, ist dieser Tag.«

»Eure Vermählung«, fragte ich Wega direkt. »Empfindet Regulus sie nicht als Affront? Oder toleriert er dieses Bündnis mit der Loge?«

»Das tut er, denn dieses Bündnis ist zu Kerys' Nutzen«, beantwortete Wega meine Frage und klang aufrichtig. »Unsere Eheschließung soll Regulus davon überzeugen, dass die Magier der Loge immer noch auf unserer Seite stehen. Schließlich verdanken wir Merlin die Rettung unseres Volkes.«

»Aber von dem Bündnis mit Aarvand von Coralis darf er nichts wissen?«

»Die Beziehungen zwischen Aarvand und Regulus stehen nicht gerade zum Besten. Sie haben häufig Meinungsverschiedenheiten«, sagte sie ausweichend.

Ich wollte noch weitere Fragen stellen, aber Ezra betrat mit Sophia und Michael den Raum. »Caleb ist mit der Nachricht unterwegs«, sagte er. »Möchtest du mit mir einen Spaziergang machen?«, wandte er sich an Wega.

Sie nickte, stand auf und schwebte zu ihm.

»Ich gehe mal zu Laurent ins Torhaus«, verabschiedete ich mich von den anderen. Auf keinen Fall blieb ich mit ihnen allein im Salon.

Zum Glück hatte Laurent tatsächlich Wache. Nervös lief er in dem kleinen Raum auf und ab.

»Was ist los?«, fragte ich ihn. »Sag schon. Geht es Constance gut?«

»Geht es. Und es würde ihr noch besser gehen, wenn sie endlich abreisen würde. Jetzt schiebt sie als Grund ihre Schwangerschaft vor, dabei dauert es noch zwei Wochen, bis das Kind kommt.«

»In zwei Wochen könnte sie locker in Irland sein.«

Er nickte. »Sie möchte nicht gehen, weil sie Angst hat, dass ich das Kind nie sehen werde.« Er machte eine Pause und wischte sich dann über die Augen. »Falls es zum Schlimmsten kommt.«

Ich war nicht so dumm, ihm noch mal vorzuschlagen, Ezra im Stich zu lassen.

»Maëlle hat ihr Himbeerblätter vorbeigebracht und noch irgendwas anderes«, fuhr er fort. »Damit die Wehen früher einsetzen.«

Ich wusste nicht, was ich dazu sagen sollte. »Vielleicht können wir einen Krieg doch noch verhindern«, flüsterte ich und klang kein bisschen überzeugend. Ich bildete mir nicht ein, Regulus mit einem gekonnten Feuerball ins Jenseits befördern zu können.

»Vielleicht«, sagte er und klang wiederum verzweifelt.

Der Rest des Tages verlief schleppend. Zum Abendessen versammelten wir uns alle im Speisesaal. Ein paar der anderen Magier schlossen sich uns an. Wir saßen an der langen Tafel und Adelaise ließ die köstlichsten Speisen auftischen. Ich stocherte nur darin herum und bemühte mich, Michaels ausführlichen Erzählungen über die Verträge zu folgen, die die Kongregation mit den verschiedensten Regierungen abgeschlossen hatte. Das normale Leben hinter der Mauer kam mir Lichtjahre weit weg vor. Als die Tischrunde aufgehoben wurde, entschuldigte ich mich und flüchtete in mein Zimmer. Es dauerte bis kurz nach Mitternacht, bis Jacques mich zum Training abholte. Da Laurent vernünftigerweise diese Nacht bei Constance verbrachte, blieb er bei uns. Ich fragte mich, wer ihn als Aufpasser verpflichtet hatte. Wieder übte Ezra mit mir unerbittlich. Feuer- und Wassermagie beherrschte ich viel besser als Erd- und Luftmagie.

»Wenn Regulus diese Mädchen unbedingt will, können wir sie dann nicht als Köder benutzen?«, fragte ich ihn, als ich nach dem Training erschöpft und müde auf einem Sessel saß und hektisch mein Wasser trank. »Um ihn auf unsere Seite zu locken?«

»Was soll das bringen?«, fragte Ezra so abweisend, wie er schon die ganzen letzten Stunden gewesen war.

»Du darfst nur mit deinen Magiern zu ihm, hier könnten ihn jede Menge Hexen und Magier empfangen. Wenn ich es richtig verstanden habe, schickt er ansonsten doch nur seine Armee und kommt nicht selbst. Wir könnten ihn überrumpeln.«

»Ich glaube nicht, dass er sich überrumpeln lässt.«

»Denkst du, er stimmt dem Gespräch überhaupt zu?«

Ezra nickte und stellte sein Glas ab. »Er wird viel zu neugierig sein, genaustens zu erfahren, was die Kongregation ihm anbietet.«

»Eigentlich haben wir keine Wahl, oder? Wenn er die Mädchen bekommt und den Pakt unterzeichnet, ist das für die Menschen die beste Lösung.«

Gereizt sprang Ezra auf. »Für die Menschen vielleicht. Jedenfalls für eine Weile. Aber ich bin eben auch Verpflichtungen mit Coralis und Maskun eingegangen. Sie verlassen sich auf mich.«

»Du könntest die Hochzeit noch absagen.«

Er starrte mich an, als wären mir plötzlich zwei Köpfe gewachsen. Dann ging er mit langen Schritten zu Jacques, der im Sessel eingeschlafen war. Er schüttelte ihn sanft am Arm. »Bring Vianne bitte in ihr Zimmer«, bat er ihn. Ohne ein weiteres Wort an mich zu richten, verließ er den Saal.

Die Sonne ging bereits auf, als ich mich ins Bett legte und mir vor Scham über meine Worte die Lippen wund biss.

Der Rest des Tages verging ähnlich wie der vorherige. Alle warteten wir nur auf die Antwort von Regulus. Würde er Sophia und Michael empfangen? Ich hoffte inständig, er würde es nicht tun. Aber auch dieser Tag verstrich. In der Nacht traf ich mich wieder mit Ezra. Dieses Mal war er noch einsilbiger und distanzierter als in der Nacht vorher und ich viel unkonzentrierter. Ich machte überhaupt keine Fortschritte. Voller Frust und Verzweiflung ließ ich ihn irgendwann einfach stehen und ging in mein Zimmer. Es war richtig, dass er sich mir gegenüber so verhielt, aber es war trotzdem schwer zu ertragen. Die Nacht zog sich endlos, genau wie der nächste Vormittag.

Als Caleb am Nachmittag mit Regulus' Antwort auftauchte, atmete ich vor Erleichterung auf. Die Anspannung hätte ich nicht länger ertragen. Er nickte mir nur kurz zu und verschwand dann mit den fünf Kongregationsmitgliedern und Ezra in dessen Arbeitszimmer. Ich versuchte, mich nicht ausgeschlossen zu fühlen, und flüchtete mich in den Küchengarten, in dem jedoch Wega saß. Sie hatte mich noch nicht entdeckt, weswegen ich mich entschloss, die Flucht anzutreten, als Adelaise mich aufhielt und mir zwei Gläser mit Limonade hinhielt. »Geh zu ihr raus und unterhalte dich mit ihr. Das Ding ist ganz allein.«

Ich schluckte. »Das kann ich nicht.«

»Doch, das kannst du. Mach schon. Sie kann so wenig für die Situation wie du.«

Seufzend nahm ich ihr die Gläser ab und ging zu der Bank, auf der ich vor ein paar Tagen selbst gesessen hatte.

»Magst du etwas trinken?«

Wega sah auf und nahm mir verhalten lächelnd das Glas ab.

»Caleb ist zurück«, informierte ich sie.

»Das ist gut. Ich bin sicher, er wird dem Besuch zustimmen. Ich wünschte, sie würden das nicht von dir verlangen.« Mit großen grünen Augen sah sie mich an. »Wenn ich dir einen Rat geben darf, nimm das Gift mit, das sie dir angeboten haben.«

Ich nickte und um den aufsteigenden Ekel zu unterdrücken, den dieser Rat in mir verursachte, trank ich einen Schluck Limonade.

»Ich bin froh, dass mein Vater Ezra zu meinem Ehemann ausgewählt hat«, sagte sie dann. »Es gab einige schreckliche Kandidaten.«

Wer hätte gedacht, dass es ein noch unangenehmeres Thema zwischen uns geben konnte als meine potenzielle Rolle als Gebärmaschine eines magischen Dämonenkindes.

»Aarvand von Coralis hätte ich als Einzigen in die engere Wahl gezogen«, sagte Wega jetzt. »Aber er ist längst nicht so einflussreich wie Ezra und längst nicht so freundlich.«

Ich kniff die Augen zusammen. Er war also freundlich zu ihr. Natürlich, was hatte ich denn erwartet? Ich beobachtete es schließlich bei unseren gemeinsamen Abendessen. Ezra erklärte ihr immer genau, was Adelaise für uns kochte. Er war sehr bemüht, sie in die Gespräche am Tisch einzubeziehen, und er ging mit ihr spazieren.

Zu meiner Erleichterung tauchte Laurent in der Küchentür auf. »Regulus hat dem Treffen zugestimmt«, sagte er. »Sophia und Michael brechen gleich auf.«

Gemeinsam gingen wir auf den Hof. Dort standen mehrere gesattelte Pferde. Durch Brocéliande konnte man nicht mit dem Auto fahren. Die Quelle war nur zu Fuß oder zu Pferd erreichbar. Für Sophia war das vermutlich ein Kinderspiel. Michael verzog bei der Aussicht jedoch das Gesicht.

Gerade verabschiedeten die beiden sich von Ash, Lawrence und Yasmine. Dann ritten sie in Begleitung von Ezra, Caleb und mehreren anderen Magiern vom Hof. Ezra drehte sich kurz um und winkte Wega und mir zu. Sie hob zum Abschied die Hand und winkte zurück.

»Sie kommen noch heute Abend zurück«, informierte Laurent mich. »Sie begleiten Michael und Sophia nur bis zur Quelle. Regulus möchte mit den beiden allein verhandeln.«

»Ist das klug von den beiden, darauf einzugehen?«

Laurents Gesichtsausdruck nach zu urteilen, war auch er davon nicht begeistert. »Sie sind der Meinung, sie könnten es mit dem Hochkönig aufnehmen. Dein Training findet trotzdem statt. Das soll ich dir ausrichten.«

»Danke schön.«

Beim Abendessen war unser Kreis beträchtlich zusammengeschmolzen und obwohl Ash mich bat, noch mit den anderen im Salon zu sitzen, zog ich die Abgeschiedenheit meines Zimmers vor. Ashs und mein Verhältnis war in den letzten Tagen deutlich abgekühlt und obwohl ich das bedauerte, wusste ich nicht, ob ich es wieder kitten wollte. Und ehrlich gesagt würde ich auch am liebsten auf das nächtliche Training mit Ezra verzichten. Früher hatte ich mich für mutig gehalten, aber eigentlich waren Mutproben, wie nachts in einem Feensee baden, auf hohe Bäume klettern oder auf den Zinnen des Schlosses zu balancieren, höchstens dämlich. Mutig war es, wie Constance ein Kind auszutragen und früher zur Welt zu bringen, damit der Vater es noch sah. Mutig war es, wie Adrien bei seiner Großmutter zu bleiben, obwohl man keine magischen Kräfte hatte, mutig war es, wie Thérèse in einem Ort zu bleiben und den Einwohnern zu helfen, anstatt weiterzuziehen, und es war sogar mutig, wie Wega in eine völlig andere Welt zu gehen und einen Mann zu heiraten, nur um sein Volk von einem Tyrannen zu befreien.

Als Laurent später an meine Tür klopfte, ging ich also mit ihm in den Ballsaal, wo Ezra zerzaust und mit müdem Blick auf mich wartete. Er trug immer noch dieselben Sachen, mit denen er zur Quelle geritten war. Er gab mir ein paar Anweisungen und dann übte ich verbissen, bis ich mit meiner Luftmagie ein Schwert anheben konnte. Danach formte ich wieder Feuerbälle, ließ sie in der Luft schweben und versuchte, sie mit dem Schwert in der Mitte zu teilen. Bei dem Versuch blieb es allerdings auch. Ich konnte nicht gleichzeitig die Feuerbälle schweben lassen und das Schwert anheben. Die ganze Zeit wich ich Ezras Blicken aus und redete kaum ein Wort mit ihm. Ich musste mich auf meine Aufgabe konzentrieren und er sich auf seine.

Irgendwann klopfte es an der Tür und Laurent ging, um sie zu öffnen. Ich erkannte Jacques, der aufgeregt mit ihm flüsterte.

»Bei Constance haben die Wehen eingesetzt«, sagte Laurent mit Panik in der Stimme. »Ich muss zu ihr.«

Ezra nickte.

»Ich drücke euch die Daumen. Es wird schon gut gehen.«

»Bestimmt. Rosa ist schon bei ihr. Kann ich euch zwei alleine lassen?«

»Geh zu deiner Frau«, sagte Ezra. Er klang unendlich erschöpft. Eigentlich spielte es keine Rolle mehr, aber nun war er für noch eine Person mehr verantwortlich. Für ein kleines hilfloses Baby. Dem Kind seines besten Freundes. Früher hätten wir uns darüber gefreut. Heute war ein schutzloses Kind der blanke Wahnsinn.

Ich übte noch eine Weile, Feuerbälle in unterschiedlichen Größen zu produzieren und in den Kamin zu werfen, aber ich war nicht mehr bei der Sache. Immer wieder verpufften die Bälle zu Asche, bevor sie groß genug waren, als dass ich sie werfen konnte. Ezra schaute mir mit undurchdringlichem Blick zu, sagte aber nichts. Bei meinem fünften missglückten Versuch kam er entschlossen zu mir und stellte sich hinter mich. Er zog mich an sich, sodass mein Rücken an seiner Brust lehnte. Das war nicht gut. Ganz und gar nicht gut.

»Ezra«, setzte ich an.

Seine warme Hand legte sich auf meinen Bauch. Seit Tagen vermied er es, mich zu berühren. Ihn jetzt so nah bei mir zu spüren, brachte meine Nerven zum Vibrieren.

»Still«, sagte er an meinem Ohr. »Du musst sie fühlen. Die Magie kommt aus dir. Sie ist du und du bist sie. Sie ist ein Teil von dir. Bisher behandelst du sie wie einen Stock, der dir beim Laufen helfen soll, aber die Magie ist dein Bein, dein Arm oder dein Kopf. Ihr seid eins. Versuch es noch mal.« Seine Stimme wurde von Wort zu Wort tiefer und seine Lippen streiften über meine Wange.

Ich schluckte. Er war einfach zu nah. Ich roch ihn und ich spürte ihn. Unter meiner Haut prickelte es.

»Komm schon, Vi. Konzentrier dich. Das hier ist zu wichtig.«

Ich schloss die Augen. Die Muskeln seines flachen Bauches bewegten sich unter seinem Hemd. Seine Finger raschelten bei jeder Bewegung auf meinem T-Shirt.

»*Auguri*«, sagte ich leise, streckte die Handfläche aus, und ohne die Augen zu öffnen, spürte ich, wie der Feuerball sich aus feinen Fäden zusammenballte und größer und größer wurde. »*Mittare.*« Er schoss aus meiner Hand zum Kamin. Ein anderer Feuerball, den nicht ich geschaffen hatte, fing ihn auf und beide zerplatzten in der Luft. Bunte Funken rieselten zu Boden. Zum ersten Mal hatte er mich seine Magie sehen lassen.

Er lachte leise und die Vibrationen übertrugen sich auf meinen ganzen Körper. »Ich wollte nicht, dass deiner das ganze Schloss weckt. Das war sehr gut.« Er hatte mich nicht losgelassen. Sein Atem strich wieder über meine Haut. »Noch mal?«

»Ich möchte lieber in mein Zimmer. Ich bin müde.« Seine Nähe war zu viel für mich. Ich war es leid, ständig dagegen anzukämpfen, ihn berühren zu wollen. Aber das musste ich.

»Gut. Dann bringe ich dich.«

»Das brauchst du nicht. Ich kenne den Weg.«

»Vi. Hör auf damit. Ich bringe dich in dein Zimmer. Aber nicht, weil ich denke, du würdest dich hier verlaufen, sondern weil ich es gern möchte.«

Schweigend stiegen wir die schmale Dienstbotentreppe nach oben. Die letzten Nächte waren wir beide sehr vernünftig und erwachsen miteinander umgegangen. Wir hatten während der Übungen weder über Wega oder unseren Kuss noch über die Hochzeit gesprochen. Nun hatte sich etwas verändert. In Gedanken beschuldigte ich Maëlles Himbeerblättertee. Er hatte dafür gesorgt, dass Constance' Wehen früher eingetreten waren. So froh ich für Constance und Laurent war, so sehr verfluchte ich mein Schicksal. Wir kamen an der obersten Stufe an. Vorsichtig schob ich die Tür auf. Der Flur war leer. Ezras Hand legte sich auf meinen Rücken. Von hier aus sah ich meine Zimmertür. Weiter musste er nicht mitkommen, aber ich sagte nichts.

In meinem Zimmer war es dunkel. Ich trat ein und tastete nach den Streichhölzern, die auf der Kommode lagen.

»Ezra«, krächzte ich erschrocken, als er die Tür schloss und mich zu sich herumdrehte. Bartstoppeln kratzten über meine Haut. Dabei atmete er so erleichtert aus, als hätte er sich hier nach schon tagelang gesehnt. Ich sollte mich losmachen. Es war nicht richtig, aber er hielt mich nur fester, damit ich ihm nicht entkommen konnte.

»Es gibt Tage, da wird mir das alles zu viel«, flüsterte er. »Was, wenn ich alles falsch mache? Wenn all meine Entscheidungen schreckliche Fehler waren?«

Beruhigend strich ich mit den Fingern durch sein Haar. »Du tust, was du kannst«, sagte ich. »Mehr kann niemand verlangen. Es gibt in dieser Situation kein richtig oder falsch.« Das stimmte nicht. Er sollte sich für mich entscheiden und nicht für Wega. Welche Gründe auch immer für dieses Bündnis mit Altair de Maskun sprachen, gerade erschienen sie mir alle falsch.

»Ich lasse nicht zu, dass du zu Regulus gehst. Das kann ich einfach nicht.« Seine Lippen strichen hinter meinem Ohr entlang. »Ich heirate Wega, weil ich keine andere Wahl habe, um uns Altairs Loyalität zu sichern. Aber du hast eine Wahl.« Seine Hände glitten unter mein Shirt und sofort verbrannten seine Finger meine Haut.

»Ezra. Bitte nicht.« Ich hörte meine Worte, drängte mich allerdings enger an ihn.

Seine Bewegung stoppte, aber dafür malte er mit dem Daumen kleine Kreise auf meinen Bauch. »Immer, wenn du in meiner Nähe bist, will ich dich anfassen, obwohl ich es nicht darf.«

Was sollte ich dazu sagen? Ich wusste zu genau, was er meinte.

»Versprichst du mir etwas«, raunte er mir ins Ohr.

»Das kommt darauf an, was es ist.« Meine Finger glitten an seinen Armen zögernd nach oben, aber ich schlang sie nicht um seinen Nacken.

Er seufzte leise. »Am Tag der Paktunterzeichnung reiten wir mit einer Abordnung zur Quelle. Wenn du und die anderen Mädchen uns tatsächlich begleiten müsst, seid ihr dort ungeschützt. Wir werden Regulus angreifen und dann möchte ich, dass du von dort verschwindest. Du wirst nicht kämpfen.«

»Was soll ich stattdessen tun? Die Mädchen fortbringen?«

»Du bist die Einzige, die das tun kann.«

»Ich soll einfach verschwinden? Mich verstecken? Weshalb übe ich dann diese ganzen Nächte? Ich könnte dir helfen.«

»Ich möchte nicht, dass du dich in den Kampf einmischst. Ich will dich in Sicherheit wissen, damit ich mich konzentrieren kann. Ich möchte, dass du lebst, Vi.«

Die Worte klangen nach Abschied. Rechnete er etwa damit, dass er den Kampf selbst nicht überlebte? Ich schüttelte den Kopf. »Du wirst nicht sterben. Hörst du? Das erlaube ich nicht.« Allein die Vorstellung war unerträglich. Meine Kehle wurde eng. Ich konnte es ertragen, ihn an Wega zu verlieren. Aber nicht an den Tod.

Er beugte sich zu mir hinunter und legte seine Lippen auf meine. Behutsam legte er eine Hand an meinen Hinterkopf und öffnete mit seiner Zunge meinen Mund. Ich spürte die Berührung in jedem Winkel meines Körpers. Er zitterte mindestens so heftig wie ich. Trotzdem versuchte ich, bei klarem Verstand zu bleiben. Einer von uns musste vernünftig sein. Das hier durften wir nicht mehr tun.

»Ezra«, murmelte ich.

»Ich weiß. Nur ein Kuss. Bitte.« Er packte mich und hielt mich so fest, als wäre ich sein Anker in tobender See. Wenn er mich küsste, würde ich nicht mehr aufhören können.

An der Tür klopfte es laut.

»Ezra!«, hörten wir Jacques' Stimme. »Wir brauchen dich unten. Es gibt ein Problem.«

Ezra fluchte leise und machte sich von mir los. »Ich schaue nach, was es ist, und komme dann wieder.«

»Nein«, sagte ich. »Geh in dein eigenes Bett, Ezra. Wir dürfen das nicht tun.«

Er legte seine Stirn ganz kurz an meine. »Versprichst du es? Bringst du dich und die Mädchen in Sicherheit?«

»Ich werde es versuchen.«

Er küsste mich noch einmal auf die Stirn, bevor er mich losließ und ging. Ich schloss die Tür von innen ab. Wenn er zurückkäme, wäre ich nicht stark genug, ihn fortzuschicken.

Am nächsten Morgen betrat ich das Speisezimmer ungewöhnlich früh, leider nicht früh genug, um Ezra und Wega beim Frühstück aus dem Weg zu gehen. Er musste ihr etwas Lustiges erzählt haben, denn sie lachte. Ein Stich bohrte sich in meine Brust. Obwohl sie sich noch nicht lange kannten, wirkten sie bereits sehr vertraut miteinander. Ich wusste, dass Ezra versuchte, es ihr leichter zu machen, und dafür liebte ich ihn nur noch mehr.

»Während Michael und Sophia bei Regulus sind, würde ich gern meine Schwestern besuchen, wenn du nichts dagegen hast.« Ich musste unbedingt weg von ihm. Da waren all diese Gefühle – und solange ich in seiner Nähe war, würde ich nie darüber hinwegkommen, und Ezra war dabei nicht gerade eine Hilfe.

Wega widmete sich ihrem Toast.

»Möchtest du dich zu uns setzen?«, fragte er. »Du warst gestern schon nicht beim Abendessen dabei. Du musst hungrig sein.«

»Ich habe etwas bei Adelaise in der Küche gegessen«, log ich. Lass mich einfach gehen, flehte ich in Gedanken. Fast alle im Schloss waren mit den Hochzeitsvorbereitungen beschäftigt. Ich hielt das nicht mehr aus. Obwohl die meisten wussten, dass es eine arrangierte Ehe war, die nur dazu diente, Altair als Bündnispartner zu gewinnen, hielt das niemanden auf, ein rauschendes Fest zu planen. Ich konnte niemandem verdenken, dass er hoffte, das Blatt würde sich zu unseren Gunsten wenden. Aber die euphorische Stimmung war für mich nur sehr schwer zu ertragen und die Kraft, mir nicht anmerken zulassen, wie weh mir das tat, raubte mir die Energie, die ich für das Training benötigte.

Ezra nickte. »Wenn du unbedingt willst.«

»Maëlle und Aimée brauchen mich.« Ich hatte in den letzten Tagen nur ab und zu mit ihnen telefoniert, konnte ihnen aber unmöglich am Telefon sagen, dass ich eins der ausgewählten Mädchen war. Ich hatte sie damit vertröstet, dass Michael und Sophia verlangten, dass ich im Schloss blieb. Aber die beiden waren nicht mehr hier und Ash würde ich gar nicht erst fragen und Lawrence und Yasmine auch nicht. Ich drehte mich weg, als Wega eine Hand auf Ezras Arm legte und etwas sagte.

»Vianne!«, rief er mir hinterher.

»Ja?«

»Wega hat vorgeschlagen, dass du und deine Schwestern die Nacht vor der Hochzeit im Schloss verbringen. Ich halte das für eine gute Idee. Es wird ein anstrengender Tag.«

Ich hielt es für eine ausgesprochen miese Idee. Jede einzelne Nacht unter einem Dach mit den beiden war reinste Folter, obwohl ich längst herausgefunden hatte, dass sie in getrennten Schlafzimmern schliefen. »Ich schlage es Maëlle und Aimée vor. Danke für das Angebot.«

»Es werden jede Menge Gäste aus Maskun und Coralis erwartet. Es wäre sicherer für euch«, sagte Wega langsam. Hatte sie Angst, dass ihre Gäste über die Menschen herfielen? Das ging ja gut los.

# 18. KAPITEL

Ich stapelte die fertigen Kerzen auf den Tresen. In einem Anfall von Arbeitswut hatte ich jeden Krümel Wachs, den wir noch im Keller gehabt hatten, verarbeitet und nun standen in den Regalen Dutzende von magisch aufgeladenen Kerzen. Außerdem hatte ich die unzähligen kleinen Fläschchen ausgewaschen, in die Maëlle früher Duftöle, Badesalze und Kräutertränke eingefüllt hatte, und der Boden im Verkaufsraum war gebohnert und unsere Kessel geschrubbt. Die Arbeit hatte mir allerdings nicht geholfen, das Kribbeln auf meiner Haut verschwinden zu lassen, die nicht gewillt war, Ezras Berührungen zu vergessen. Wenigstens waren nach vier Tagen, in denen ich mich unablässig beschäftigt hatte, die flüsternden Stimmen meiner Urahninnen verstummt, die sich über Ezra gestritten hatten. Ich hatte gerade das Bienenwachs auf die zerkratzten Dielen geschmiert, als es still geworden war. Zu still. Geister konnten nervtötend sein, aber diese Ruhe war unheimlich, weil es sich anfühlte, als läge etwas Schreckliches in der Luft.

Ich war fast erleichtert, als das Glöckchen über der Ladentür klingelte und eine hochgewachsene schlanke Gestalt eintrat. Das

Glas, das ich versuchte, von der Theke ins Regal zu teleportieren, fiel auf den Boden und zersprang.

Ein leises Lachen erklang. »Nicht mal das konnte er dir beibringen? Ich habe gehört, Ezra hätte jede Nacht mit dir trainiert. Nun frage ich mich, was genau ihr da so getrieben habt. Schwach, Mäuschen. Wirklich schwach.« Er betrachtete die vielen Glasscherben am Boden, die von gut einem Dutzend Gläsern stammten.

»Caleb?« Verärgert stemmte ich die Hände in die Hüften. »Ezra hat gesagt, du würdest erst zur Hochzeit zurückkommen.« Ich verschluckte mich fast an dem Wort, konnte aber nicht leugnen, mich zu freuen, ihn zu sehen.

Er lächelte entschuldigend und hob den Blumenstrauß etwas höher, den er in der Hand hielt. »Ich dachte, ich statte Aimée einen Besuch ab«, erklärte er. »Mein Bruder ging mir wie immer auf den Geist. Ich brauche dringend die Gesellschaft einer netten Person.«

Ich zog die Augenbrauen in die Höhe. »Und da fällt dir ausgerechnet Aimée ein?«

Er grinste verlegen.

»Sie gibt gerade noch Unterricht.«

»Ich habe Zeit. Nur die Blumen bräuchten Wasser.«

»Ja klar. Warte, ich hole eine Vase.« Kopfschüttelnd verschwand ich hinter dem Vorhang. Es dauerte einen Moment, bis ich sie gefunden hatte. Als ich wieder nach vorn ging, fläzte Caleb auf der roten Samtcouch mit den Deckchen herum. Seine halbgottartige Gestalt wirkte zwischen dem gehäkelten Zeug grotesk und ich konnte mir ein Lachen nicht verkneifen. Lässig grinsend streckte er seine langen Beine so weit aus, wie es ging.

»Ich bezweifle, dass Aimée sich über deinen Besuch freut.«

»Lass das nur meine Sorge sein. Warum versteckst du dich hier und bist nicht mehr im Schloss?«

»Ich könnte dich dasselbe fragen. Warum bist du wirklich hier und nicht bei deinem Bruder? Das war doch schließlich der Plan?« Ich platzierte die Vase auf dem kleinen Tisch vor ihm und begann die Blumen hineinzustecken. Er hatte Anemonen, Lavendel, Margeriten und Verbenen mitgebracht. Eine bezaubernde Mischung. Der Strauß würde Aimée gefallen.

»Mein Bruder ist tatsächlich sehr angespannt. Ständig brüllt er mich und meine Schwester an, und das ganz ohne Grund. Ich überlege, ihm eine von Aimées Marmeladen mitzubringen. Dann fällt er vielleicht für eine Weile ins Koma«, setzte er griesgrämig hinzu. »Allerdings ähnelt er Aimée auf erschreckende Weise. Er mag auch nichts Süßes. Es wundert mich, dass ich mich zu deiner Schwester so hingezogen fühle.«

Offenbar war er nicht gewillt, meine Frage zu beantworten. »Sie glaubt, dass würde nur daran liegen, weil du ein Jäger bist und dir die Beute immer wieder entwischt.«

»Sehr interessante Theorie. Was macht deine Jagd eigentlich?«

»Nichts mehr. Ich habe sie eingestellt, meine Beute ist mir endgültig entwischt. Sie ist jemand anderem in die Falle gegangen.« Ich verzog das Gesicht über den blöden Witz. »Du hast noch eine Schwester? Das wusste ich nicht.«

»Hab ich und sie versucht ständig, zwischen Aarvand und mir zu vermitteln. Meistens jedoch ohne Erfolg.«

»Hast du etwas von Sophia und Michael gehört? Irgendwie dachte ich, sie kämen ziemlich schnell zurück, wenn sie auf

Regulus' Forderungen eingehen.« Ich wischte mir die feuchten Handflächen an der Jeans ab. Lange hielt ich diese Ungewissheit nicht mehr aus, aber das musste ich ja auch nicht. Morgen würde die Hochzeit sein und zwei Tage später war Mittsommer.

»In Coralis haben uns nur verschiedene Gerüchte erreicht. Ich konnte da nicht mehr untätig herumsitzen. Denkst du, Aimée würde mit mir spazieren gehen? Du kannst uns gern begleiten. Adrien macht Eis für das ganze Dorf. Und ich stehe auf sein Vanillceis.«

»Aimée mag auch Vanille am liebsten«, murmelte ich. Irgendwas war heute komisch an ihm, obwohl er sehr gekonnt versuchte, es zu überspielen. »Ich verstehe nicht, wie langweiliges Vanilleeis eine Lieblingssorte sein kann. Ezra und ich mögen beide Blaubeereis mit weißen Schokosplittern.«

»Dann haben Aimée und ich wohl wenigstens eine Sache gemeinsam.«

»Derselbe Eisgeschmack bedeutet gar nichts«, informierte ich ihn.

Er zuckte gespielt lässig mit den Schultern, aber sein Blick blieb unruhig. »In der Welt, aus der ich komme, schon. Ich wette, Aimée macht sich Sorgen. Ich könnte versuchen, sie ein bisschen abzulenken. Was haben deine Schwestern zum Plan der Kongregation gesagt?«

»Sie haben getobt, wie du dir wohl vorstellen kannst.« Ich schielte zu der Tür von Aimées Salon. Sie war immer noch geschlossen. Getobt war völlig untertrieben. Wäre auch nur ein Kongregationsmitglied in der Nähe gewesen, als ich ihnen gesagt hatte, dass ich eins der Mädchen war, das zu Regulus gehen sollte, wären sie ihm an die Kehle gegangen. Ich hatte Maëlle nur mit Müh und Not davon abbringen können, ins Schloss zu fahren und Ash zu erwürgen. Gerade waren beide weder auf die Loge oder die Kongregation noch auf die Dämonen gut zu sprechen. Stattdessen versuchten sie, mich zu überreden, einfach zu fliehen. Als würde ich sie zurücklassen und weglaufen. Aber das konnte und wollte ich nicht. Ich hatte Ezra versprochen, die Mädchen in Sicherheit zu bringen, und dieses Versprechen würde ich halten. »Aimée ist wirklich noch eine Weile beschäftigt.« Sie würde nicht mit ihm spazieren gehen, aber so direkt wollte ich ihm das nicht ins Gesicht sagen. Dafür mochte ich ihn zu sehr. »Gleich kommt noch eine Junghexe zum Training.«

Caleb strich sich einen unsichtbaren Fussel von der dunklen Lederhose. »Kommt sie nicht. Laurent bringt das Mädchen gerade wieder nach Hause, weil Aimée einen anderen sehr wichtigen Termin hat. Manchmal kommt eben etwas dazwischen. Das Mädchen hat das verstanden.« Seine lächerlich langen Wimpern senkten sich und verbargen nur unzulänglich den Triumph in seinen Augen.

»Klar. Du bist natürlich viel wichtiger«, sagte ich tadelnd. »Aimée bringt den Mädchen bei, ihre Fähigkeiten im Kampf einzusetzen. Sie sind alle nicht sonderlich gut ausgebildet. Wenn du den Unterricht boykottierst, setzt du damit ihr Leben aufs Spiel.«

»Daran habe ich nicht gedacht.« Er sagte das mit so viel ehrlicher Überzeugung, dass es fast rührend war. »Ich könnte Aimée anbieten, ihr bei den Unterrichtsstunden zu helfen. Schließlich weiß ich am besten, wie man einen Dämon verwirrt.«

»Ich bin nie sicher, was du ernst meinst und was nicht. Warst du schon im Schloss?«

»Nein, ich bin direkt zu euch gekommen«, sagte er, als wäre es das Selbstverständlichste der Welt. »Laurent hat also eine kleine Tochter?«, lenkte er mich wieder ab. »Hast du sie schon besucht?«

»Natürlich. Sie ist das hübscheste Baby, das ich je gesehen habe. Sie haben sie Claire genannt. Es war eine ganz leichte Geburt.«

Caleb lächelte. »Und hast du Fortschritte mit deiner Magie gemacht? Ich spüre sie immer noch nicht.«

»*Incendare*«, sagte ich leise und schnipste mit dem Finger. Ein winziger Feuerball löste sich aus meinen Fingerspitzen, wanderte zu den Kerzen, die ich erst vorhin hergestellt hatte und von denen noch ein paar auf dem Tresen standen, und zündete sie an.

Caleb strahlte und hob die Hand, damit ich einschlagen konnte. »Nicht übel.«

»Ich muss trotzdem noch viel üben. Im Ernstfall soll aus diesem Bällchen ein Feuersturm werden.«

»Erinnere mich daran, nie zu einem deiner Feinde zu werden.« Er zupfte ein bisschen an den Blütenstängeln herum und arrangierte den Strauß damit neu. »Wie findest du Wega eigentlich?«, fragte er dabei vorsichtig. »War sie nett zu dir?«

»Ja«, antwortete ich einsilbig.

»Es gibt keine schönere Prinzessin in ganz Kerys. Selbst Aarvand hat mal überlegt, um ihre Hand anzuhalten.«

»Weshalb hat er es nicht getan?«, fragte ich. »Dann hätte Ezra sie nicht heiraten können. Das wäre doch perfekt gewesen.«

»Mein Bruder fand sie zu zahm.« Jetzt grinste er breit. »Und außerdem wollte Altair eine lohnendere Verbindung für seine Tochter.«

»Und das ist Ezra? Weil er der Großmeister ist?«

»Altair erhofft sich von diesem Bündnis, selbst Hochkönig zu werden, wenn wir Regulus stürzen.«

»Wird dein Bruder das zulassen? Hast du mir nicht erzählt, Aarvand hätte sich auch mal zur Wahl zum Hochkönig gestellt? Ist bei all diesen Konflikten nicht ein Krieg in Kerys vorprogrammiert, egal, was mit dem Pakt passiert?«

»Wir streiten ständig alle miteinander«, antwortete er. »Die Verbindung von Aarvand und Wega wäre auch nicht gerade eine Liebesheirat gewesen. Manchmal frage ich mich, ob mein Bruder überhaupt ein Herz hat. Was hast du da eigentlich gerade veranstaltet, als ich reingekommen bin?« Er schaute zu den Glasscherben auf dem Boden und ich wusste, dass er von seinem Bruder ablenken wollte.

»Ich teste meine Fähigkeiten. Viele Beschwörungen, die die Elemente betreffen, funktionieren. So einfache Dinge wie das Teleportieren komischerweise nicht.«

»Zeigs mir«, forderte er mich auf.

»Ich will nicht noch ein Glas zerschlagen.«

»Ich bin mir sicher, Aimée wird es später mit Freude reparieren.«

Damit konnte er sogar recht haben.

»Da stehen noch zwei auf dem Tresen. Leg los.«

Ich konzentrierte mich auf das Glas. Es sollte einfach nur gemächlich über den Tresen wandern. Die Hoffnung, dass es in meiner Hand landen würde, hatte ich längst aufgegeben, und solche Tricks würde ich an Regulus' Hof sicher auch nicht brauchen. Der Gedanke verursachte mir Übelkeit und das Glas rutschte über den Rand des Tresens, knallte auf den Boden und zerschellte.

»Mist!«, stieß ich hervor.

Eine Minute später kam Aimée aus ihrem Zimmer gestürmt. »Ich brauche Ruhe. Der Krach stört uns beim Fokussieren.« Sie erstarrte, als sie sah, wer es sich auf unserer Couch bequem gemacht hatte. »Was willst du hier?«, fuhr sie Caleb an.

»Ein bisschen mit Vianne plaudern und Kräuter kaufen«, schlug er gelassen vor.

Aimée ballte die Hände zu Fäusten und ihre Nasenflügel blähten sich. Ein durchaus furchteinflößender Anblick.

»Ich könnte dir allerdings auch bei deinem Unterricht helfen. Es wäre für deine Schülerinnen bestimmt viel einfacher, ihre neu erworbenen Fähigkeiten an einem echten Dämon auszuprobieren.«

»Auf keinen Fall mischst du dich in meine Sitzungen ein. Du bringst die Mädchen nur durcheinander.«

Caleb gähnte gespielt gelangweilt. »War nur ein nett gemeintes Angebot.«

»Gib ihm eine Kräutermischung gegen Größenwahn und dann soll er verschwinden«, wandte Aimée sich an mich und stampfte zurück. Die Tür fiel mit einem lauten Knall ins Schloss.

»Du solltest sie nicht reizen«, schlug ich vor. »Was ist aus der Spaziergangidee geworden? Das wäre nett gewesen.«

»Sie hat mir Angst gemacht. Hast du nicht gesehen, wie wütend sie war. Ich dachte, sie würde sich auf mich stürzen.«

Ich rümpfte die Nase. »Und ich dachte, genau darauf würdest du es anlegen.«

Er grinste von einem Ohr zum anderen. »Das tue ich auch, aber dafür bevorzuge ich einen Raum mit Bett und du solltest besser auch nicht in der Nähe sein.«

»Du bist unmöglich. Nimmst du gar nichts ernst? Bestimmt treibst du damit deinen Bruder in den Wahnsinn.«

»Das ist doch der Sinn und Zweck der ganzen Übung. Es gibt für meinen Geschmack viel zu viel Leute, die das Leben zu ernst nehmen. Kommen wir zu deiner albernen kleinen Teleportationsübung zurück. Die nehme ich sehr wohl ernst. Du musst dich entspannen. Du setzt dich viel zu sehr unter Druck. Ich weiß, dass du Angst hast«, sagte er sanft. »Die hätte ich an deiner Stelle auch. Aber du musst loslassen.« Er stand auf und setzte sich hinter mich, dann spürte ich seine feste Hand an meinem Rücken. Er drückte einen Punkt direkt zwischen meinen Schultern. »Wir werden alles tun, um Regulus' Plan zu vereiteln. Versuch es noch mal.«

»*Volanta.*« Ich sah das Glas an und eine Sekunde später kam es auf mich zugeschossen. Bevor es in meinen Schoß fiel, packte ich es und hielt es fest. »War ich das?«

»Natürlich. Ist ganz leicht«, murmelte er. »Ein Kinderspiel. Du könntest Regulus jetzt ein Glas an den Kopf schleudern.«

»Das werde ich mir merken.«

Caleb legte seine Hände auf meine Schultern. Ich sollte mich mehr vor ihm fürchten. Er könnte mir jetzt ohne Probleme spitze Reißzähne in den Hals rammen. Aber ihm vertraute ich mittlerweile mehr als Ash. Er drückte mit der Spitze seines Daumens auf einen Punkt an meinem Hals. Wärme prickelte an dieser Stelle in meinen Körper und ich wurde ganz ruhig.

»Lass das Glas los«, flüsterte er.

»*Errantus*«, flüsterte ich, löste den Griff und das Glas begann gemächlich durch den Raum zu wandern. Immer dorthin, wohin ich es mit meinem Blick lenkte. Es war tatsächlich kinderleicht. Ich stellte es zurück auf den Tresen, hob es wieder hoch und ließ es zu einem Regal schweben. Es gehorchte meinem Willen, als hinge es an einem Gummiband. Es war faszinierend, beängstigend und wunderbar zugleich. »Bin das ich?«

»Nur du, Kleines. Das bist du ganz allein.«

»Danke«, murmelte ich verblüfft.

»Du musst dich nicht bedanken«, sagte Caleb. »Das ist alles deine Magie. Du brauchst, wie du schon selbst festgestellt hast, nur ein wenig Übung und Vertrauen in deine Fähigkeiten.«

Ich blickte über meine Schulter zu ihm. Er saß immer noch hinter mir, hatte mich aber längst losgelassen. Seine Stirn war gerunzelt, als würde er über etwas nachdenken. »Was ist los?«

»Nichts.«

»Jetzt sag schon. Irgendwas ist doch passiert. Du kommst doch nicht ohne Grund aus Coralis zurück und direkt zu uns.«

»Du hast deine Magie während des Fiebers verloren, hat Ezra mir erzählt, stimmt das?«

Ich schüttelte den Kopf. Irgendetwas bedrückte ihn und ich würde schon noch herausfinden, was es war. »Sie wurde während meiner Krankheit immer schwächer und dann war sie plötzlich ganz verschwunden. Als hätte es sie nie gegeben. Ich will mich ja nicht selbst loben, aber vorher war ich ziemlich talentiert.«

»Lob dich ruhig, das mache ich ständig«, informierte Caleb mich. »Ich kann Leute nicht leiden, die immer darauf warten, dass andere ihnen auf die Schulter klopfen. Zumal das bei mir nur selten jemand tut.«

»Du armer Dämon.« Ich grinste. »Magst du vielleicht etwas trinken, während du wartest?«, fragte ich ihn. So leicht ließ er sich nicht vertreiben.

»Nein. Gerade nicht. Vianne«, sagte er dann ungewöhnlich ernst. »Ist dir schon mal der Gedanke gekommen, dass nicht das Fieber daran schuld war, dass deine Magie verschwunden ist?«

»Nein, ehrlich gesagt nicht.« Verwundert sah ich ihn an. »Wie kommst du darauf?«

Das Glöckchen klingelte wieder und dann betraten Ash und Ezra den Laden. Ezras Blick landete auf mir und es fühlte sich an, als glitten seine warmen Finger über meine Haut. Meine Lippen kribbelten.

»Entspann dich«, flüsterte Caleb, rückte aber von mir ab.

»Sind Michael und Sophia zurück?«, fragte ich alarmiert von Ashs und Ezras ernsten Gesichtern.

»So würde ich das nicht bezeichnen«, antwortete Ezra tonlos. »Du weißt es schon, oder?« Er sah jetzt Caleb an und fuhr sich mit einer Hand durch sein dunkles Haar. »Weshalb bist du nicht ins Schloss gekommen?«

»Ich wollte zuerst hier nach dem Rechten sehen.«

»Sagt mir jetzt endlich jemand, was los ist? Ash?«

»Regulus hat Michael zurückgeschickt«, sagte er langsam. »Jedenfalls die Reste von ihm.«

Ich stand auf und ging zu den beiden. »Er hat den Vorsitzenden der Kongregation getötet?«

Ezra nickte. »Ich habe ihn gewarnt. Ich habe den beiden gesagt, dass sie nicht einfach bei Regulus hereinspazieren können. Er ist kein normaler Verhandlungspartner.«

»Du hast getan, was in deiner Macht stand«, sagte Caleb. »Mach dir keine Vorwürfe. Die Kongregation hat ihr eigenes Spiel gespielt und verloren.«

»Was ist mit Sophia?«

Wir drehten uns zu Aimée um, die in der Tür zu ihrem Raum stand. Ihr blickte eine verängstigte Junghexe über die Schulter.

»Das wissen wir nicht«, sagte Ash. Er war ungewöhnlich blass.

Caleb ging mit vorsichtigen Schritten zu Aimée. Sie trat aus der Tür und ließ zu, dass er sich neben sie stellte.

»Er hat eine Nachricht mit dem Leichnam zurückgeschickt. Er wird den Pakt unterzeichnen und will im Gegenzug die Mädchen und das Land. Michaels Tod soll eine Warnung sein, was mit uns passiert, sollten wir versuchen, ihn zu hintergehen.«

»Also hat Regulus Michael nur getötet, um uns schon mal vorsorglich einzuschüchtern?«, fragte ich schockiert.

»Er hat schon aus viel nichtigeren Gründen gemordet«, kam es von Caleb.

Aimée legte eine Hand an seinen Arm, als müsste sie sich festhalten. »Ihr habt doch nicht ernsthaft vor, diesem Monster die Mädchen zu überlassen, oder? Dass ihr es überhaupt nur in Erwägung zieht.« Von Wort zu Wort klang sie wütender, ihre Wangen röteten sich und ihre Finger krallten sich in Calebs

Jacke. Beruhigend legte er ihr eine Hand darauf und nach einem kurzen Moment entspannte sie sich.

Ash vermied jeden Blickkontakt mit ihr. »Wir müssen das Risiko eingehen und zur Paktunterzeichnung erscheinen.«

»Aber wir überlassen ihm die Mädchen nicht«, sagte Ezra beruhigend. »Wir stellen ihm eine Falle. Die Mädchen werden uns nicht begleiten. Unter den Umhängen werden ausgebildete Kämpfer verborgen sein. Wir müssen Regulus nur solange täuschen, bis er auf unsere Seite kommt. Es werden hunderte Kämpfer rund um die Quelle postiert sein. Und er wird kommen. Er ist viel zu gierig und er glaubt, wir seien endlich verzweifelt und eingeschüchtert genug, auf seine Forderungen einzugehen. Wir werden ihn gebührend empfangen.«

Erleichterung machte sich in mir breit. Ich wusste, dass er nie zugelassen hätte, dass die Kongregation die Mädchen opferte. »Ich kann auch kämpfen.«

Ezra lachte trocken. »Du hast deine Kräfte gerade mal ein paar Tage wieder, du reist ab oder bleibst im Schloss.«

Ashs Blick wanderte von ihm zu mir. Er spürte meine Magie nicht und diese Behauptung musste ihn verwirren. In den Tagen, die ich im Schloss verbracht hatte, hatte er ein paarmal versucht, mit mir zu reden. Darüber, wie es mir gelungen war, einen Fluch auszusprechen, aber ich war ihm jedes Mal ausgewichen.

»Sei nicht so herablassend. Du hast mir nichts zu befehlen«, antwortete ich Ezra.

Er packte mich mit einem festen Griff und zog mich so nah an sich heran, dass sich unsere Nasenspitzen fast berührten. »Du. Wirst. Nicht. kämpfen.« Er betonte jedes Wort. »Schlag dir das aus dem Kopf. Spiel jetzt nicht die Heldin. Was, wenn er dich gefangen nimmt und nach Morada verschleppt?«

»Dann versuche ich, ihn dort zu töten.«

Ezra runzelte die Stirn, als zweifelte er an meiner Zurechnungsfähigkeit.

»Sie könnte es«, mischte Caleb sich ein. »Regulus wird niemals vermuten, dass ein Mädchen sein Untergang sein könnte. Er ist viel zu sehr von sich überzeugt.«

Aimée schnaufte neben ihm wütend und Ezra ließ mich los. »Vianne wird dieses Mädchen nicht sein. Ende der Diskussion. Wir müssen uns vorbereiten. Alle Frauen und Kinder, die nicht kämpfen können, werden evakuiert. Sie reisen zur Küste. Sie sollen augenblicklich packen und sich auf den Weg machen. Und wir brauchen hier alle ausgebildeten Kämpfer, die wir kriegen können«, wandte Ezra sich an Ash. »Du musst sie herschaffen.«

»Ich kümmere mich darum. Ihr packt eure Sachen«, befahl Ash mir und meinen Schwestern. »Ihr brecht heute noch auf.«

Maëlle schnaubte und ich hob eine Augenbraue. »Nein.« Wollten mir heute alle Befehle erteilen? »Vergiss es. Ich bleibe.«

»Es wird ein Gemetzel geben. Regulus kommt schließlich nicht allein. Sobald wir ihn angreifen, wird er kämpfen.«

»Das ist mir bewusst. Deswegen bleibe ich auch. Ihr braucht jede Frau und jeden Mann, der kämpfen kann, und ich kann kämpfen.«

»Das kannst du nicht«, widersprach Ash. »Sei doch vernünftig. Mit einem Nocerefluch kommst du nicht sehr weit.«

Caleb machte ein paar Schritte auf uns zu. Er hatte einen Arm um Aimées Schultern gelegt, sodass sie ihm folgen musste, obwohl ihr das nicht gefiel. Doch er ließ sie nicht los. »Vianne kann schon ein bisschen mehr. Vielleicht verrätst du uns mal, weshalb du mit deiner Medizin ihre Magie blockiert hast, Hexer?«

»Blockiert?«, fragte Aimée leise und jegliche Abwehr, die sie Caleb gegenüber gezeigt hatte, war aus ihrer Stimme verschwunden. Fassungslos sah sie zu ihm auf. Zum ersten Mal wurde mir bewusst, wie zierlich sie gegen den Dämon wirkte.

Ash wand sich sichtlich in seiner Haut. »Das war das Fieber. Ich habe nur dafür gesorgt, dass Vianne überlebt.«

Caleb nickte. All sein jungenhafter Charme war verschwunden. Er wirkte mit einem Mal viel größer und vor allem furchteinflößender. »Bist du dir da ganz sicher? Ich spüre immer noch einige Blockaden. Wer hat eigentlich die Mädchen ausgesucht, die Regulus geschickt werden sollen.«

»Sophia«, antwortete Ash. »Sie ist am ehesten in der Lage, zu beurteilen, wie stark die Magie einer Hexe ist.«

»Hatte sie während ihrer Krankheit Zugang zu Vianne?«, kam es jetzt von Ezra.

»Natürlich«, bestätigte Aimée. »Sie arbeitete und lebte in der Abtei von Glastonbury.«

»Damit wäre dann wohl ein Geheimnis gelüftet. Sie muss dir etwas verabreicht haben und einen Zauber ausgeübt haben, der deine Magie blockierte. Ich verstehe nur nicht, weshalb sie das getan hat. Es kann unmöglich in ihrem Interesse sein, dass Regulus seinen Plan in die Tat umsetzt. Weshalb sollte sie ihm Mädchen mit so starker Magie schicken, wie Vianne sie besitzt?«, fragte Caleb in die Runde.

Ash schüttelte ungläubig den Kopf. »Das Blockieren von Magie ist strengstens untersagt. Es gibt keine Hexe, die unser Regelwerk besser kennt als Sophia.«

»Wir werden sie fragen, wenn sie zurückkommt. Falls sie je zurückkommt.« Ezras Blick ruhte nachdenklich auf mir.

Sophia hatte meine Magie blockiert? Ich hatte mich umsonst mit meinen Ängsten gequält, was ohne meine Magie aus mir werden sollte? Diese Schlange hatte sie mir einfach genommen. Ich würde herausfinden, wieso sie das getan hatte.

»Vi?« Ezras Stimme war jetzt ganz sanft. »Packt eure Sachen und kommt zum Schloss.«

»Zuerst helfen wir den Frauen und Kindern, die abreisen, und dann kommen wir nach«, versprach ich.

* * *

Den Rest des Tages halfen wir den Frauen und Kindern im Dorf beim Packen. Es gab nur wenige, die sich jetzt noch weigerten, Paimpont zu verlassen, nachdem sie von Michaels Schicksal erfahren hatten. Ein paar Männer begleiteten den Tross, der sich am späten Nachmittag in Bewegung setzte, aber viele von ihnen fuhren ins Schloss, um sich Ezras Truppen anzuschließen. Wir beschlossen, trotz Ezras Anweisung noch eine Nacht in unserem Haus zu verbringen. Möglicherweise war es unsere letzte. Hatten wir überhaupt eine Chance, Regulus und seine Dämonen zu besiegen? Sobald er merkte, dass wir ihm eine Falle gestellt hatten, würden wir seine ganze Wut zu spüren bekommen. Er würde uns alle töten. Angst krallte sich in meinem Magen fest.

# 19. KAPITEL

Seit drei Stunden waren wir im Schloss und ich wünschte mir nichts sehnlicher, als in ein Auto steigen und nach Hause fahren zu können. Wir aßen zusammen mit den elf anderen Rittern der Loge, Ash und Yasmine und natürlich mit Ezra und Wega im großen Speisesaal zu Abend. Die lange Tafel war festlich gedeckt worden und Adelaise hatte sich in der Küche selbst übertroffen. Allerdings schmeckte für mich alles nach Pappe. Heute waren nun die restlichen Bewohner abgereist, die nicht kämpfen konnten. Constance war mit dem letzten Auto gefahren. Sie hatte ihre kleine Tochter im Arm gehalten und bitterlich geweint. Laurents Großmutter und Adrien begleiteten sie, obwohl Letzterer sichtlich wütend gewesen war, dass Rosa sich immer noch weigerte, Paimpont zu verlassen. Aber er konnte nicht kämpfen, weder mit Magie noch mit Waffen, und wer sollte ihn schützen? Wir würden alle Kraft brauchen, um gegen Regulus zu bestehen. Ich hoffte, Constance würde es bis nach Irland zu Laurents Eltern schaffen. Ich blickte zu ihm. Der Ärmste sah völlig fertig aus und schob das Fleisch nur auf seinem Teller herum. Seine Frau und sein Kind fortzuschicken, hatte ihm alles abverlangt. Ich betete darum, dass er überlebte. Er sollte seine Tochter aufwachsen sehen. Vielleicht hätten wir einfach alle gehen sollen, dann wäre Regulus in ein verlassenes Land gekommen. Aber wie lange würde er sich mit Frankreich zufriedengeben? Wir durften ihm keinen Meter unserer Welt überlassen. Und genau deswegen würde Ezra morgen Wega heiraten und der Ehemann dieser umwerfenden Frau werden. Er würde die Welt vor Regulus retten und mit einem neuen Hochkönig einen Pakt unterzeichnen. Dann würde die *Weiße Quelle* wieder verschlossen werden und die Menschen hätten für die nächsten Jahrhunderte Ruhe. Aber selbst, wenn er uns rettete, würde er danach immer noch mit Wega verheiratet sein. War es selbstsüchtig von mir, so darüber zu denken? Wegas Vater war unser wichtigster Bündnispartner, ohne ihn waren wir chancenlos. Wenn wir also überlebten, war Ezra danach immer noch für mich verloren. Alles, was uns verband, würde irgendwann nur noch eine Erinnerung sein. Eine Erinnerung, die hoffentlich mit den Jahren verblasste. Ich atmete tief durch und trank einen Schluck Wasser. Möglicherweise würde ich mich wieder verlieben. Aber dieser Mann würde eben nicht Ezra sein. Er durfte mich nie wieder mit seinen dunklen Augen so ansehen, als wäre ich ihm wichtig, und ich durfte ihn nicht mehr anrufen, wenn ich glücklich oder traurig war. So oft hatte ich mich in Gedanken schon von ihm verabschiedet, aber morgen würde dieser Abschied endgültig sein. Brachten Wegas Vater und Calebs Bruder ihre Armeen bereits von Regulus unbemerkt in Stellung? Caleb war weder gestern noch heute von Aimées Seite gewichen, was in Hunderten kleinen Streitereien und Gezanke geendet hatte. Maëlle und ich gaben es auf, zu versuchen zu schlichten. Aber noch vor dem Essen verabschiedete Caleb sich und ging nach Coralis. Morgen wollte er pünktlich zur Hochzeit zurück sein. Und dann lagen noch zwei Tage vor uns. Zwei Tage, an denen ich meine Magie trainieren konnte. Darauf musste ich mich konzentrieren. Das war mein sehnlichster Wunsch gewesen, und der Grund, aus dem ich zurückgekommen war. Es ging nicht nur um Ezra, sondern in erster Linie um mich selbst. Und nun hatten die Göttinnen mir die Macht gegeben, Regulus vielleicht nicht zu besiegen, aber wenigstens zu stoppen. Er würde weder mich noch eins der anderen Mädchen in die Finger bekommen. Was auch immer Sophia da ausgeheckt hatte, dieser Plan war gescheitert. Aber es würde einen blutigen Kampf geben, darüber machte sich niemand am Tisch Illusionen. Ob Sophia noch lebte? Behielt Regulus sie als Geisel, bis er die Mädchen in seiner Gewalt hatte?

Die Beignets, die zum Nachtisch serviert wurden, ließ ich unberührt stehen. Die ganze Zeit über war ich Ezras Blicken ausgewichen, aber als wir alle aufstanden, um uns zurückzuziehen, sah ich, wie er mich besorgt musterte. Er zögerte einen Moment und kam dann zu mir.

»Ich habe noch einiges vorzubereiten, danach erwarte ich dich im Ballsaal. Wir werden noch ein Training absolvieren.«

»Ist das ein Befehl?« Da war wohl jemandem seine Macht zu Kopf gestiegen. Auf keinen Fall würde ich heute Nacht mit ihm meine Magie trainieren. Was beim letzten Mal passiert war, reichte mir als Warnung. Ich hatte keine Ahnung, wie oft ich die Kraft aufbringen würde, ihn abzuweisen.

»Ja, das ist einer. Wir treffen uns um zehn Uhr.« Er wartete meine Antwort nicht ab, sondern wandte sich um und verließ mit den anderen Männern den Saal.

Ash sah ihnen unschlüssig hinterher. Ezra hatte ihn nicht ausdrücklich eingeladen, ihn zu begleiten, aber Lawrence ging neben Laurent, der ihn stützte. Der alte Hexer hätte auch lieber abreisen sollen.

»Ich gehe in mein Zimmer«, sagte ich meinen Schwestern. Aimée strich mir über den Arm und Maëlle musterte mich aus zusammengekniffenen Augen. »Ich trainiere nicht mit ihm«, fühlte ich mich bemüßigt, ihnen noch zu sagen.

»Setzen wir uns doch mit Wega und Ash noch etwas in den kleinen Salon«, schlug Aimée Maëlle vor. »Allzu lange bleiben wir auch nicht auf. Morgen wird ein langer und anstrengender Tag.«

Der anstrengendste meines Lebens.

»Schlaf gut«, sagte Ash und musterte mich aufmerksam. Ich fragte mich, ob wir die Distanz, die zwischen uns entstanden war, je wieder überbrücken konnten.

Ich nickte und verließ den Raum. Gemächlich stieg ich die Treppe hinauf und wartete ab, bis die vier im kleinen Salon verschwunden waren. Dann schlich ich mich durch die Küche und den Küchengarten zum Schlosstor. Es dauerte eine Weile, bis ich einen von den jüngeren Wächtern überreden konnte, mich zu Rosa zu fahren und erst als er mich vor dem *Le Coq* absetzte, atmete ich erleichtert auf.

»Du kannst zurückfahren«, sagte ich. »Ich schlafe hier.« Ich würde weder mit Ezra trainieren, noch mit ihm und Wega unter einem Dach schlafen. Heute Nacht blieb ich einfach bei Thérèse und Rosa und vielleicht konnte ich mich ja vor der Hochzeit morgen drücken.

»Okay«, verabschiedete er sich, blieb aber am Wagen stehen, bis ich im Haus war.

Rosa sah auf, als ich eintrat, und ihr Blick wurde besorgt. Sie kam auf mich zu und umarmte mich. »Ist nicht so leicht, mein Kind, oder?«

Ich schüttelte den Kopf und unterdrückte die Tränen, die in mir aufstiegen. Meine persönlichen Befindlichkeiten spielten in der derzeitigen Situation keine Rolle mehr. Aber es tat so weh, ihn zu verlieren. Gestern und heute hatte es mehrere Momente gegeben, in denen ich befürchtete, an meiner Hoffnungslosigkeit zu ersticken. Aber das ging nicht. Ich konnte meinen Gefühlen erst wieder freien Lauf lassen, wenn wir diesen Kampf gewonnen hatten, und auch dann nur in meinem Zimmer, wo niemand sah, wenn ich weinte. Es war lächerlich, ihn so sehr zu lieben. Jetzt zeigten meine Schwestern noch Verständnis für meinen Schmerz, ewig konnte ich ihnen das nicht zumuten.

»Kann ich heute Nacht hier bei euch schlafen?«

Thérèse winkte mir zu. Sie stand hinter dem Tresen und goss Wein in ein paar Gläser. Ich war nicht die Einzige, die hier Zuflucht suchte. Offensichtlich brauchten einige der in Paimpont gebliebenen Hexer und Hexen einen Ort, um den Abend nicht allein verbringen zu müssen. Ein uralter Hexer saß am Klavier und melancholische Klänge tanzten durch die stickige Luft.

»Natürlich«, sagte Rosa. »Setz dich an den Tresen, ich hole dir etwas zu trinken.«

Ich nickte. »Ich brauche irgendwas Starkes. Einen Pastis vielleicht?«

Rosa lachte im Weggehen auf und stellte kurz darauf ein Glas mit einer weißlichen Flüssigkeit vor mich hin. Sie hielt ebenfalls eins in der Hand und stieß mit mir an.

»Alles wird gut«, verkündete sie optimistisch. »Du wirst sehen. Eines Tages sitzt du hier und wir denken an die großen Herausforderungen zurück, denen wir uns gestellt und die wir bewältigt haben.«

Thérèse, die hinter ihr Gläser abtrocknete, schüttelte den Kopf. »Schön wäre es. Wirklich.«

»Mein Glaube daran, dass das Gute siegt, wird auch ziemlich stark auf die Probe gestellt«, sagte ich. Aber das durfte ich nicht zulassen. Ich musste glauben, dass wir eine Chance hatten, sonst brauchte ich gar nicht erst zu kämpfen.

»Ash und Lawrence haben gestern Boten an die Küste geschickt und jeden kampffähigen Hexer und jede Hexe aufgefordert, nach Paimpont zurückzukommen.«

»Leider beherrschen die meisten keine Angriffszauber, weil sie sie nie gelernt haben«, erklärte ich.

»Du solltest nie unsere subtilen Kräfte vergessen«, erinnerte Rosa mich. »Jede Form von Magie kann hilfreich sein. Wir können sie mit Hexennebel verwirren, Maëlle kann sie mit Pflanzengiften kampfunfähig machen, Sophia könnte mit ihrer Gabe die Dämonen dazu bringen, sich gegenseitig zu töten.«

»Du hast ja recht.« Ich nippte an dem Glas und verzog das Gesicht. Lecker war etwas anderes. Trotzdem trank ich auch noch den Rest und genoss die Wärme, die in meinen Magen strömte.

Rosa stellte ein Glas Wasser vor mich hin und ein Schale mit Nüssen. »Dann hältst du länger durch, bei dem, was du offenbar vorhast.« Ihre dunklen Augen blickten mich ernst an. »Wir haben immer noch unsere Hoffnung und gemeinsam sind wir stark.«

»Du hättest mit Constance und Adrien abreisen sollen. Deine Gabe als Somnia kann uns im Kampf nichts nützen, oder? Es sei denn, wir bringen Regulus dazu, ein Nickerchen zu machen, aber das ist eher unwahrscheinlich.«

Sie schüttelte über meinen Galgenhumor den Kopf. Langsam trank ich das Wasserglas leer. Wer von uns würde nach der Mittsommernacht noch hier sein? Ich sah mich in dem Raum um. Der Hexer am Klavier spielte jetzt ein schnelleres Lied und einige der Gäste begannen zu tanzen. Ich rutschte vom Hocker und schloss mich ihnen an. Vielleicht konnte ich dabei für eine Weile vergessen, was vor uns lag. Also tanzte ich. Aber alles, was ich vergaß, war die Zeit.

So lange, bis sich ein vertrauter Arm um meine Taille legte und mich an eine feste Brust zog. Ich sah auf. Ezra musterte mich besorgt und erleichtert zugleich.

»Du bist nicht zu unserer Verabredung erschienen.«

»Das war keine Verabredung, sondern ein Befehl – und du hast mir nichts zu befehlen.«

»Deine Schwestern haben sich Sorgen gemacht. Wenigstens ihnen hättest du Bescheid geben können, wohin du gehst.«

»Es war eine spontane Idee«, log ich.

»Bist du betrunken?«

»Nein, ich hatte nur einen Pastis, aber der hat nicht ausgereicht, um mich den morgigen Tag vergessen zu lassen.«

»Hilft das Tanzen?« Er lächelte und zum ersten Mal an diesem Tag löste sich der Knoten in meiner Brust.

Er war hier, bei mir.

»Das weiß ich noch nicht genau. Aber wir könnten es gemeinsam herausfinden.« Wankelmut, dein Name war Vianne. Ich bildete mir ein, ihn leise seufzen zu hören, und dann entspannten wir uns gleichzeitig. Unsere Körper schmiegten sich aneinander und begannen damit, sich im Takt zu wiegen. Mit den Händen fuhr er über meinen Rücken und stoppte kurz vor meinem Steißbein, während meine Fingerspitzen über seinen Nacken wanderten. Die oberen Knöpfe seines Hemdes standen offen und ich konnte der Versuchung nicht widerstehen, an seiner glatten, warmen Haut zu riechen. Ezra vergrub sein Gesicht in meinem Haar. Möglicherweise wurde ich bald von Dämonen verschleppt oder starb im Kampf. So oder so waren das hier meine letzten Momente mit ihm. Nur ein paar Minuten, dann würde ich ihn wegschicken, nahm ich mir vor, denn das hier war Wahnsinn. Wir durften das nicht tun, obwohl ich bezweifelte, irgendeiner der Anwesenden würde es Wega berichten. Und selbst wenn, würde es sie stören?

»Du musst etwas wissen«, flüsterte Ezra und die Worte klangen abgehackt. »Bevor ich …« Er unterbrach den Satz und setzte neu an. »Ich wollte dir nie wehtun, Vi. Und egal, was noch passiert, du wirst immer in meinem Herzen sein.«

In seinem Blick lagen das schlechte Gewissen, Angst und vor allem ein Begehren, das mir bis in die Zehenspitzen fuhr.

»Und trotzdem wirst du morgen Wega heiraten?« Ihr Name blieb mir fast im Hals stecken. »Du wirst ihr Ehemann sein. Sie hat mehr verdient, als nur eine Schachfigur zu sein. Jede Frau hat das.«

»Ich weiß. Nenn mir einen Ausweg und ich gehe ihn.«

Ich versuchte, die Verzweiflung und die Bitterkeit in mir niederzukämpfen, denn das konnte ich nicht. »Lass uns einfach noch etwas tanzen.« Ich lehnte mich wieder an ihn, atmete seinen vertrauten Duft ein, während meine Hände sich unter sein Hemd schummelten. Seine Haut war warm und fest und die ganze Zeit konnte ich nur denken, dass er mir gehörte. Aber ich musste mich mit diesen Worten zufriedengeben. In seinem Herzen zu sein, war besser als gar nichts.

»Ich wollte damals zu dir nach Glastonbury kommen«, flüsterte er. »Unbedingt. Ich dachte, wenn ich alles geregelt hätte, könnte ich dir folgen.«

»Ich habe auf dich gewartet.«

»Ich weiß. Aber ich konnte hier nicht weg. Nicht, während alles im Chaos versank.« Seine Hände glitten unter mein Haar und die Haut an meinem Nacken prickelte.

»In meinen Träumen warst du bei mir. Also nicht in den Albträumen, sondern in den schönen. Du hast mich gehalten und mir gesagt, wie tapfer und mutig ich sei.« Ich wusste nicht, weshalb ich ihm das jetzt erzählte. Es spielte keine Rolle mehr. Er hatte seine Wahl damals getroffen und er traf sie morgen wieder.

»Das war das Einzige, was ich für dich tun konnte.«

»Wie meinst du das?« Ich hörte auf zu tanzen und musterte ihn misstrauisch. »Es waren nur Träume, oder?«

Er schüttelte den Kopf und ignorierte die Tanzenden ebenso wie ich. »Ich habe Rosa gebeten, mich in deine Träume zu schicken.« Sein Gesichtsausdruck wurde fast ein wenig trotzig.

Fassungslosigkeit breitete sich in mir aus.

»Irgendwas musste ich tun«, verteidigte er sich. Niemand durfte in die Träume eines anderen Menschen eindringen. »Ich konnte den Gedanken nicht ertragen, dass du dort sterben würdest. Es war nicht richtig, aber das spielte für mich keine Rolle.«

Ich konnte es nicht fassen. Er hatte mich gar nicht vergessen und nicht aus seinem Leben gestrichen und das sagte er mir jetzt. »Bringst du mich nach Hause?«, bat ich leise. Er war in meinen Träumen bei mir gewesen. Er hatte nach einem Weg gesucht, mir zu helfen, und ihn gefunden. Warum war ich nie auf die Idee gekommen, dass diese Träume mehr gewesen waren. Es sah ihm so ähnlich.

Ezra zögerte einen Moment. Dann nahm er meine Hand in seine. »Wo ist deine Jacke?«

»Ich hatte keine an.«

»Gut. Dann gehen wir.« Mein Herz schlug einmal ganz fest in meiner Brust, als wollte es eine Warnung ausstoßen, die ich ignorierte.

Er legte den Arm um meine Schultern und wir verabschiedeten uns von Rosa und Thérèse. Rosa warf mir einen besorgten Blick zu, sagte aber nichts.

Ezra führte mich zu seinem Wagen, aber ich hielt ihn zurück. »Ich möchte nicht im Schloss schlafen. Das kann ich nicht.«

»Das wirst du auch nicht. Du hast gesagt, du möchtest nach Hause, also bringe ich dich dorthin.«

»Gut … ja dann.« Ich setzte mich auf den Beifahrersitz und verschränkte die Hände im Schoß. Die Luft im Wagen füllte sich mit seinem Duft. Ezras Blick war konzentriert in die Dunkelheit gerichtet. Zu beiden Seiten der Straße reckten sich die Bäume drohend in die Höhe.

Nachdem wir eine Weile gefahren waren, musste ich etwas sagen, bevor mich die Spannung zerriss. »Warum hast du mich eigentlich gesucht und nicht den Wächter geschickt, der mich zu Rosa gebracht hat?«

»Um manche Dinge kümmere ich mich lieber selbst.« Der Wagen kam quietschend am Straßenrand zum Stehen und er stellte den Motor ab. Undurchdringliche Finsternis hüllte uns ein. Er beugte sich zu mir und nahm behutsam mein Gesicht in die Hände. Die Härchen an meinem Nacken und meinen Armen stellten sich auf. Die Luft zwischen uns lud sich auf, als stünden wir kurz vor einem Gewitter. Alle meine Vorsätze, nur noch vernünftige und reife Entscheidungen zu treffen, wenn es um Ezra ging, lösten sich in Luft auf, als er mich küsste. Das Geräusch, das er von sich gab, jagte mir einen Schauer über den Rücken. All sein Verlangen und sein Begehren lagen in diesem winzigen Laut. Zärtlich strichen seine Lippen über meine. Seine Arme hielten mich, ich fühlte seine Hitze, während er von meinem Mund Besitz ergriff. Ich gab einfach auf. Stöhnend vergrub ich meine Hände in seinen Haaren und vertiefte den Kuss. Unsere Lippen und Zungen trafen aufeinander. Lust, Zärtlichkeit und etwas Wildes floss durch meine Adern, und bevor er mich davon abhalten konnte, kletterte ich auf seinen Schoß. Seine Hände fuhren über meine Oberschenkel, sein Mund wanderte meinen Hals und mein Dekolleté entlang. Gierige Laute vermischten sich mit der Dunkelheit. Die Luft schien zu flimmern. Ungeduldig nestelte ich an den Knöpfen seines Hemdes, weil ich seine Haut fühlen musste, und wiegte mich auf seinem Schoß langsam hin und her. Ich wollte ihn. Ich wollte ihn so sehr, dass es wehtat. Er presste mich fester an sich, um mich daran zu hindern, mich noch mehr zu bewegen, und legte die Stirn an meine Schulter. Ich schlang die Arme um ihn. Beide versuchten wir, wieder zu Atem zu kommen. Das hier war das Unvernünftigste und gleichzeitig das Klügste, was wir je getan hatten. Als sich mein Herzschlag wieder beruhigt hatte, schob er mich ein Stück von sich fort, strich mir das Haar aus dem Gesicht und fuhr mit dem Finger über meine Lippen.

»Lass uns weiterfahren«, sagte er tonlos und half mir zurück auf den Beifahrersitz.

Den Rest der Fahrt blickte ich auf die dunkle Straße, die sich wie eine Schlange vor uns wand. Ihn konnte ich nicht mehr anschauen. Eines Tages würde Ezra mein Untergang sein. Die Vision stand plötzlich klar und deutlich vor meinen Augen. Ich würde ein Leben ohne ihn führen und mich immer und immer nach ihm sehnen. Meine Hände begannen so stark zu zittern, dass Ezra seine Finger vom Schaltknüppel nahm und mit meinen verschränkte. Aber das reichte mir nicht. Ich wollte mehr.

Vor unserem Haus hielt er an. Ich musste etwas sagen. Mich verabschieden und ihm Glück für morgen wünschen. Aber bevor mir das Richtige einfiel, war er schon ausgestiegen, kam um den Wagen herum, öffnete die Tür und half mir hinaus. Meine Beine drohten beinahe, unter mir nachzugeben. Die Verriegelung klackte zu und ohne ein Wort begleitete er mich zur Haustür.

»Öffne sie«, verlangte er.

Ich schnipste mit den Fingern und die Tür sprang mit einem sanften, freudigen Seufzen auf. Ein Schwall Rosenduft wirbelte uns entgegen.

»Entschuldige«, murmelte ich. »Das Haus hat schon immer zu viel hineininterpretiert, wenn du mich besucht hast.« Es war eindeutig ein Fan von Ezra und viel zu romantisch veranlagt. Dummes Haus.

»Das glaube ich nicht. Es hat nur viel früher gewusst, was ich mir nicht eingestehen wollte«, brummte er, und anstatt sich von mir zu verabschieden, schloss er die Tür hinter uns. Äußerst zielstrebig dirigierte er mich die Treppe hinauf und ging direkt in mein Zimmer. Ich bildete mir ein, das Auf- und Abwippen des Schaukelstuhls zu hören sowie ein leise gemurmeltes: *Wurde auch Zeit.*

Im Zimmer angekommen, ging er zum Fenster und sah nach draußen. Etwas schämte ich mich für das Chaos und das zerwühlte Bett, andererseits hatte ich keinen Besuch erwartet, ihn am allerwenigsten. Entschlossen kam er zu mir zurück und berührte mit den Fingerkuppen meine Wange.

»Hier sind wir also«, sagte er bedächtig, griff nach dem Saum meines T-Shirts und ich hob die Arme, damit er es mir über den Kopf ziehen konnte. Trotz der Wärme fröstelte ich, als ich nur noch in Jeans und BH vor ihm stand. Allerdings bestand kein Zweifel an seinen Absichten. Es gab nur noch ihn und mich. Alles, was ab morgen passieren würde, rückte in weite Ferne. Ich knöpfte sein Hemd ganz auf, streifte es über seine Schultern und legte die Hände auf seine Brust.

»Endlich«, flüsterte ich eine verspätete Antwort. Seine warme bronzefarbene Haut fühlte sich vertraut an, obwohl ich so viele

Stellen noch nie berührt hatte. Heute Nacht würde ich es tun. Ich würde ihn erkunden und für mich beanspruchen. Diese Nacht gehörte uns. Seine Lippen glitten über meine Schultern und meinen Hals. Hinter meinem Ohr stoppten sie für einen Moment und als seine Finger den Verschluss meines BHs öffneten, hielt ich die Luft an. Ezra kniete vor mir nieder, öffnete meine Jeans und schob sie mitsamt meinem Slip hinunter. Ich musste mich an seinen Schultern festhalten, als er meinen Bauch mit Küssen übersäte. Dann spüre ich seine Zunge in meinem Nabel und mir wurde schwindelig.

»Ezra«, hauchte ich und krallte die Finger in seine Haut. Was er da tat, war Folter.

»Alles ist gut, Liebling. Jetzt ist alles gut«, beruhigte er mich und stützte mich, als ich mir die Jeans von den Füßen streifte. Dann war ich vollkommen nackt und entblößt. Sein Blick setzte meine Haut in Flammen.

»Deine Hose.« In Sekundenschnelle zog er sie aus. Es fühlte sich an wie ein Sieg nach unzähligen Niederlagen. »Schlaf mit mir«, bat ich ihn. »Jetzt.«

Langsam nickte er. »Nicht mal Regulus' Armee könnte mich noch aufhalten.« Ehrfurcht und Erleichterung lagen in seinen Augen, als sein Blick über mich glitt. Er hob mich hoch und trug mich zum Bett. Behutsam legte er mich ab und beugte sich über mich. Zärtlich küsste er sich an meinem Schlüsselbein entlang. »Gott, Vianne. Weißt du, wie lange ich dich schon will? Wie lange ich das hier schon tun will? Es ist nur so unglaublich egoistisch. In den letzten Tagen konnte ich an nichts anderes mehr denken. Nur noch an dich.«

Ich zwang ihn, mich anzusehen, und dann brachte ich ihn mit einem Kuss zum Schweigen. »Dann sei einfach bei mir. In mir.«

Seine Brust drückte sich an meine. Unsere Beine verschlangen sich ineinander. Je mehr ich ihn spürte, umso mehr wollte ich von ihm. Ich knabberte an seinem Ohrläppchen. Seine Muskeln bebten, seine Hände gruben sich in mein Haar und er begann meinen Körper zu erforschen. Er streichelte und küsste jede noch so unbedeutende Stelle. Ich brannte, weil ich die Berührungen viel zu intensiv fühlte. Ob es immer so war? Ich konnte es mir nicht vorstellen. Ich trieb in einem Meer voll Lust. Nichts zählte mehr – außer den Wellen, die sich in mir auftürmten. Meine Hände fuhren über die Muskeln auf seinem Rücken, durch sein Haar und über seinen festen Bauch. Ich streichelte ihn überall dort, wo er es mir bisher versagt hatte. Ich küsste seine Wangen, die vor Erregung gerötet waren, die Kuhle an seinem Hals, seine Brust. Aber ich brauchte mehr. Ich wollte ihn in mir spüren und ihm endlich gehören.

»Bitte Ezra«, flüsterte ich, schlang die Beine um seine Taille und dann spürte ich ihn dort, wo sich all meine Empfindungen zusammenballten. Wir sahen uns an, während er in mich eindrang. Meine Liebe spiegelte sich in seinen Augen, mein Begehren und meine Hoffnung ebenso. Und dann stieß er tiefer in mich hinein, durchbrach die zarte Barriere und versenkte sich mit einem Stöhnen in mir. Ich biss in seine Schulter, weil der Schmerz so unvermittelt kam. Ezra bebte, flüsterte beruhigende Worte und küsste mich sanft. Ich konnte nur ein einziges Wort denken: endlich. Wir waren ganz und gar verbunden. Der Schmerz war mir egal. Ihm so nahe zu sein, wog ihn tausendfach auf.

»Du hättest mir sagen müssen, dass du noch unberührt bist.« Sogar seine Stimme zitterte. Er stützte seine Unterarme neben meinem Kopf auf und sah auf mich herunter. Zärtlichkeit lag in seinem Blick. »Ich wäre vorsichtiger gewesen.«

»Denkst du, das hier hätte ich mit jemand anderem tun können? Wie sollte das gehen?«

Sein Daumen strich über meine Unterlippe. »Ich habe es nicht verdient, dass du auf mich gewartet hast.«

Sanft biss ich in die Kuppe seines Daumens. »Ich habe nicht auf dich gewartet, sondern mich für dich entschieden.« Dann hob ich vorsichtig die Hüften. Der Schmerz wich einem leichten Brennen. Ezra lächelte und fing an, sich in mir zu bewegen. Vorsichtig zuerst und dann immer heftiger und konzentrierter. Es fühlte sich erstaunlich an. Er beugte sich herunter, saugte an meiner Brustwarze, was sämtliche Empfindungen noch verstärkte. Ich schob mich ihm entgegen, klammerte mich an seinen Schultern fest und passte mich seinem Rhythmus an, während seine Bewegungen immer intensiver und unkontrollierter wurden. Wenn ich es zuließ, würden meine Gefühle mich verschlingen. Aber ich wollte nicht, dass es vorbei war. Es sollte ewig dauern.

»Vianne«, stöhnte Ezra. Sein Atem ging stoßweise. Es war das erste Mal, dass ich erlebte, wie er völlig die Beherrschung verlor. »Lass es zu. Das hier ... O Gott, Vi.« Mein Name aus seinem Mund klang wie ein Gebet.

Für einen Moment fühlte ich mich mächtig. Meine Muskeln verkrampften sich um ihn und dann explodierte alles. Unsere Körper verbanden sich auf eine magische Weise. Wir waren eins. Ich gehörte ihm und er gehörte mir. Das war die schlichte und einfache Wahrheit. Selbst Ezra könnte sie nach diesem Erlebnis nie wieder leugnen. Ich flog, während er mich umfangen hielt, bis ich sanft wieder landete. Er küsste mich auf die geschlossenen Lider und blieb in mir, als ich völlig erschöpft wegdriftete.

»Ich liebe dich«, flüsterte ich. Tränen der Erleichterung liefen mir aus den Augenwinkeln und er küsste sie zärtlich fort. Seine Antwort verstand ich nicht.

Ich träumte. Zuerst küsste Ezra mich mit unendlicher Zärtlichkeit und dann liebten wir uns wieder. Erst sanft und dann gierig. Immer wieder griff ich nach ihm, strich über seidenweiche und doch feste Haut. Spürte seine Lippen auf meinem Körper. Ich war unersättlich.

Irgendwann löste er sich von mir, stand auf und zog sich an. Erst seine Hose, dann sein Hemd.

»Bleib bei mir«, raunte ich. »Geh nicht.«

»Ich kann nicht.« Verzweiflung lag in seiner Stimme, aber in seinem Gesicht stand grimmige Entschlossenheit, während er einen Körperteil nach dem anderen bedeckte. Er fuhr sich mit den Händen durch sein Haar und formte weitere Worte, die ich nicht verstand, weil er nur die Lippen bewegte.

Ich musste aufwachen oder diesen Traum wenigstens verscheuchen. Angst zerquetschte mein Herz. Ich wollte Ezra festhalten und ihn zu mir herunterziehen, aber seine Konturen verschwammen. Mein Herzschlag dröhnte in meinen Ohren. Er würde nicht gehen. Jetzt nicht mehr. Mein Atem beschleunigte sich, als sein Schemen sich auf die Bettkante setzte und mich auf die Stirn küsste. Er berührte meine wund geküssten Lippen und dann verstand ich endlich, was er sagte.

»Es tut mir leid. Es tut mir so leid.« Er sagte es wieder und wieder, während er mein Gesicht mit Küssen bedeckte. Schuld und Reue schwangen in den Worten mit. »Verzeih mir.« Dann löste er sich endgültig auf und ich wurde ruhiger. Das war nur ein Traum. Wir hatten uns geliebt. Alles würde gut werden.

# 20. KAPITEL

Ich hielt die Augen geschlossen, als ich aufwachte. Wenn es nach mir gegangen wäre, hätte diese Nacht ewig dauern können. Wir hatten uns geliebt. Viele Male. Ich wusste nicht, wann ich je so glücklich gewesen war wie in diesem Moment. Ich roch Ezra auf meiner Haut und spürte immer noch seine Berührungen und seine Küsse. Ich drehte den Kopf, um ihn zu betrachten. Ich wollte ihn streicheln und mit meinen Küssen wecken.

Der Platz neben mir war leer. Eine unbestimmte Angst stieg in mir auf, aber ich versuchte sie zu ignorieren. Ich rührte mich nicht und blieb einfach liegen. Er war irgendwo im Haus. Er konnte nicht einfach gegangen sein. Vielleicht kochte er Kaffee für uns. Meine Hand strich über das erkaltete Laken. Er mochte Maëlles Kaffee so sehr. Der Schmerz zwischen meinen Schenkeln ließ mich zusammenzucken, und als ich die kleinen Blutstropfen auf dem Laken entdeckte, stiegen mir Tränen in die Augen. Wir hatten uns geliebt. Das veränderte alles, oder? Ich musste nur aufstehen und ihn suchen.

Das Telefon in der Küche klingelte Sturm. Hastig zog ich mir ein T-Shirt über und rannte die Treppe hinunter.

Aimées besorgte Stimme erklang. »Wir brechen in einer Stunde auf. Alle sind bereits in hellem Aufruhr. Warum bist du zu Hause?«

Ich musste schlucken. »Weil …«

»Du wirst jetzt nicht kneifen!«, rief Maëlle aus dem Hintergrund. »Wir brauchen dich hier.«

Ein Eispanzer legte sich um mein Herz. Die Hochzeit. Ich lehnte mich gegen die Wand, als meine Beine unter mir nachgaben. Die Hochzeit würde stattfinden?!

»Laurent ist auf dem Weg«, hörte ich Aimée sagen. »Er holt dich ab. Niemand außer uns braucht zu wissen, dass du die Nacht auch nicht im Schloss verbracht hast.«

Eine Viertelstunde später stand ich vor dem Haus, als Laurent ausstieg und mir die Wagentür öffnete. Er stellte keine Fragen und ich schwieg, während wir zum Schloss fuhren. Ich fühlte mich wie betäubt. Was hatte ich denn letzte Nacht genau erwartet, als ich Ezra geküsst hatte und ihm erlaubte, mich zu lieben? Bestimmt nicht, dass ich heute neben seiner strahlenden Braut stehen würde. Er durfte Wega nicht heiraten. Jetzt nicht mehr. Das würde ich nicht zulassen. Ich musste mit ihm reden. Ihn zur Vernunft bringen. Diese Nacht veränderte alles. Jedenfalls für mich. Ich liebte ihn, und das wusste er jetzt. Er wusste es schon immer, doch er hatte dieses Geständnis nicht erwidert. Er war gegangen, während ich allein in meinem Bett aufgewacht war. Ich unterdrückte einen gequälten Laut und umschlang nur meinen Oberkörper mit den Armen. Ich hielt gerade mal so lange durch, bis Laurent mich Aimée und Maëlle übergab. Dann begann ich zu weinen.

Gemächlich bahnte sich der Zug seinen Weg durch Brocéliande. Für das, was vor mir lag, war dieser Tag unwirklich schön. Sonnenlicht flutete durch das dichte grüne Blätterdach. Vögel zwitscherten und begleiteten den gleichmäßigen Rhythmus der Pferdehufe. Wir trabten an Merlins Grab vorbei und durch das *Tal ohne Wiederkehr*, wo Lancelot einst gegen einen Drachen gekämpft hatte. In diesem Tal war es so still, weil hier die Grenze zwischen Traum und Realität lag. Der Feensee glänzte in der Sonne wie ein Spiegel und die silbernen Spitzen von Vivianes Schloss schienen aus dem Wasser zu ragen. Alles war unwirklich friedlich und obwohl ich so lange nicht hier gewesen war, konnte ich mich nicht aufraffen, mich umzusehen. Ich konnte nur an den Mann denken, der vorn an der Spitze ritt, und an die Frau an seiner Seite, in dem schönsten Brautkleid, das ich je gesehen hatte. Wega sah in dem Hauch aus Seide und Luft, ihrem kunstvoll geflochtenen ebenholzschwarzen Haar und mit dem Diadem auf der Stirn wie eine Feenprinzessin aus.

Ich ritt am Ende des Zuges und meine Schwestern flankierten mich. Maëlles Wut war mit den Händen zu greifen. Sie hatte versucht, Ezra zu überreden, noch mal mit mir zu sprechen, aber er hatte sich geweigert. Aimée versuchte indes krampfhaft, sein Verhalten zu erklären. Er könne die Hochzeit jetzt nicht mehr absagen, ohne sich Altair de Maskun zum Feind zu machen. Vermutlich stimmte das auch, aber das hatte er gestern auch schon gewusst.

*Du auch*, flüsterte mein Gewissen und ich musste ihm recht geben. Was hatte ich erwartet, als ich ihn gebeten hatte, *in mir* zu sein? Nicht diese Leere und diese Verzweiflung danach.

Wir gelangten tiefer in den Wald hinein. Die Wege wurden schmaler und wir konnten nur noch hintereinander reiten. Altair de Maskun bestand darauf, dass die Zeremonie an der *Weißen Quelle* abgehalten wurde, weil er bei der Hochzeit seiner einzigen Tochter dabei sein wollte. Misstrauisch beäugte ich das Unterholz. Das Licht war schummrig und man konnte nur ein paar Meter weit sehen. Ab und zu blitzte ein kleiner Schein auf. Feenlicht hatte Mémé es immer genannt und mich davor gewarnt, ihm je zu folgen. Wir überquerten den Bach über eine alte und ziemlich morsche Holzbrücke. Und dann schien sich das Vogelzwitschern zu verändern, bis es schließlich ganz verstummte. Nur noch zaghafte Piepser erklangen hier und da. Selbst die Bäume rauschten nicht mehr und die Pferde wurden unruhig. Vermutlich lag es an der Magie, die der Ort verströmte. Die *Weiße Quelle* der Göttin Cerridwen. Es gab kaum einen heiligeren Ort als diesen.

Wir saßen ab und ließen die Pferde am Rand der Lichtung zurück. Ich bildete mir ein, Brocéliande gut zu kennen, aber hier war ich noch nie gewesen. Vermutlich fand ein Nichteingeweihter diesen Ort gar nicht. Caleb trat neben Aimée, aber sie ignorierte ihn geflissentlich. Maëlle hakte sich bei Laurent unter, der mit seinen Gedanken ganz offensichtlich bei Constance und seiner Tochter war. Zaghaft folgte ich ihnen zur Quelle, die in einer

Höhle verborgen lag. Ganz deutlich hörte ich das Plätschern und spürte die Magie der Barrieren. Der Eingang der Höhle wurde von zwei riesigen uralten Eichen flankiert und rechts und links flackerten Feuer. Davor war ein Tisch aufgestellt, auf dem zwei Weinkelche standen. Wir bildeten einen Halbkreis und nahmen das Brautpaar in unsere Mitte. Ein unwirkliches Gefühl bemächtigte sich meiner, als der Wind sich endgültig legte und Geräusche aus der Höhle zu uns drangen. Ezra und seine Ritter blieben völlig reglos. Wer immer dort kam, er schien keine Gefahr für uns zu sein. Ich holte trotzdem tief Luft und konzentrierte mich auf die Magie in meinem Inneren. Sie brodelte dicht unter meiner Haut und die Verbitterung und Wut trugen nicht gerade dazu bei, sie zu beruhigen.

Ezra musste die Barriere geöffnet haben, denn nun kam ein hochgewachsener weißhaariger Mann aus der Höhle. Aufmerksam sah er sich um. Er trug eine Uniform und über dem linken Auge eine dunkle Klappe, das rechte war von einem durchdringenden hellen Blau. Er wirkte ganz und gar wie ein Fürst. Selbstsicher mit einem Hauch von Arroganz. Das musste Altair de Maskun sein, denn er ließ den Blick anerkennend auf seiner Tochter ruhen und nickte Ezra zu, während er weiter auf die Lichtung trat. Hinter ihm kamen andere Männer zum Vorschein. Caleb räusperte sich leise, als sich einer davon direkt neben Altair stellte.

Dieser Mann war groß, schlank und dunkel und gleichzeitig wunderschön und absolut furchteinflößend. Schwarzes Haar hing ihm über den Rücken, er trug eine Uniform, die mich an Calebs erinnerte, wobei sie an ihm immer etwas nachlässig wirkte, was man bei diesem Mann hier nicht behaupten konnte. Ausdruckslose Gesichtszüge und merkwürdig kalte Augen paarten sich mit roher Männlichkeit. Vor Angst wurden meine Knie weich. Ein Windstoß fuhr über die Lichtung und wirbelte alte Blätter und Staub auf. Sein Blick glitt über uns und kam auf Aimée zum Liegen. Unwillkürlich schob ich mich vor sie. Caleb schnaufte und da wusste ich, wen ich vor mir hatte. Seinen Bruder, den Fürsten Aarvand von Coralis. Jetzt wunderte es mich nicht mehr, dass Caleb seine Zeit lieber mit uns verbrachte. Die Unterschiede konnten kaum größer sein. Niemand würde auch nur vermuten, dass die beiden blutsverwandt waren. Gegen diesen Mann wirkte Wegas Vater beinahe gütig. Ich konnte mir nicht vorstellen, dass Aarvand eine bessere Wahl als Regulus sein sollte. Bei seinem Anblick bekam ich eine Gänsehaut und meine Nackenhaare stellten sich auf. Jetzt kniff er die Augen zusammen und musterte mich. Caleb fauchte leise und die strengen Lippen seines Bruders kräuselten sich kaum merklich. Immerhin verschwand sein Interesse an uns und er richtete seine Aufmerksamkeit auf Ezra, dem er nur ein knappes Nicken schenkte. Thérèse, die hinter mir stand, legte mir eine Hand auf die Schulter. Sie und Rosa waren den Reitern mit einem Wagen gefolgt, der mit lauter Köstlichkeiten beladen war, die nach der Zeremonie gereicht werden sollten. Ich atmete langsam aus. Mittlerweile standen fünfzehn Dämonen auf der Lichtung. Wir waren immer noch in der Mehrheit, aber das beruhigte mich nicht. Ich tastete nach dem Athame, das ich im letzten Augenblick aus der Schublade in meinem Zimmer geholt und mitgenommen hatte.

Lawrence trat vor und begrüßte die beiden Fürsten. Er würde die Trauung vollziehen. Nach Michaels Tod und Sophias Verschwinden war er der ranghöchste Hexer in unserer Runde.

Ezra und Wega nahmen ihre Plätze vor dem kleinen Tisch ein und Lawrence stellte sich dahinter. Aarvand und Altair flankierten Wega. Ash und Laurent Ezra.

Und dann war es so weit. Lawrence begann mit der Zeremonie. Er sprach die Worte, die notwendig waren, um diesen Bund zu schließen. Ezra und Wega wiederholten ihr Gelöbnis, dann steckte er ihr den Ring auf den Finger, der einst seiner Mutter gehört hatte. Sie ließ ihn bei ihrem Weggang zurück und Ezra hatte ihn mir vor langer Zeit einmal gezeigt. Wega sah glücklich aus. Ezra lächelte nicht, aber er wirkte wie ein Mann, der absolut bereit war, diesen Schritt zu gehen. Meine Angst wich einer Betäubung. Er tat es. Er heiratete Wega und zerstörte damit alles, was je zwischen uns gewesen war. Ich versuchte, ihn zu verstehen. Versuchte, zu begreifen, was dort vor sich ging, aber ich konnte nicht, obwohl ich Lawrence' Worte nur zu gut verstand. Sie schmiedeten ein unzerbrechliches Band zwischen Ezra und Wega. Mit aller Macht versuchte ich, die Fassung zu bewahren, und starrte auf einen Punkt hinter den beiden. Meine Fingerspitzen kribbelten und Magie braute sich in meinem Körper zusammen. Bis zur letzten Minute hatte ich gehofft, er würde es nicht tun. Bis zur letzten Sekunde bat ich die Göttinnen, es zu verhindern. Jetzt beugte er sich zu seiner Braut hinunter und küsste sie auf den Mund. Küsste sie mit den Lippen, die in der vergangenen Nacht über meinen Körper gewandert waren. Ich unterdrückte ein Keuchen. Tränen brannten in meinen Augen.

Mein Herz blieb stehen und dann drehten die beiden sich zu uns um. Unsere Blicke trafen sich. Reue und Bedauern blitzten in Ezras Augen auf. *Es tut mir leid*, las ich darin und trotzdem konnte ich gegen den aufbrandenden Zorn nichts ausrichten. Er hätte letzte Nacht stärker sein müssen oder er hätte einen anderen Weg finden müssen. Er hätte nicht mit mir schlafen dürfen. Das hier war falsch.

Dieser Gedanke war selbstsüchtig, denn in zwei Tagen, wenn Regulus kam, um den Pakt zu verlängern, und die Einhaltung der Bedingungen einforderte, würde ich froh um die Unterstützung der beiden Dämonenfürsten sein, die das Zeremoniell aufmerksam und ernst verfolgten und nun auf unserer Seite standen.

Ein Schatten schob sich vor die Sonne und der Himmel verdunkelte sich. Ein Regentropfen klatschte auf die Erde und dann noch einer.

»Bist du das?«, zischte Maëlle. »Wenn ja, dann hör auf damit.«

Ich schüttelte den Kopf. »Das bin ich nicht.«

Feenlichter flatterten vom Waldboden hoch und erloschen sofort wieder. Lawrence taumelte, als hätte ihm jemand einen Stoß versetzt. Einer der Kelche auf dem Tisch kippte um und blutroter Wein sickerte in die weiße Tischdecke. Blauschwarzer Nebel waberte aus der Höhle und breitete sich langsam über dem Waldboden aus. Mein Körper spannte sich an. Drohende Glockenklänge hallten durch die unwirkliche Stille. Die Töne kamen aus Vivianes Schloss und waren seit tausendfünfhundert Jahren nicht mehr erklungen. Die Barrieren, die Merlin errichtet hatte, wurden mit einem Mal sichtbar. Sie schimmerten wie eine

Wand aus durchlässiger Seide und waren dennoch wie fester Stahl, auch wenn man überdeutlich die Löcher darin sah, durch die die Dämonen in den letzten Jahren hindurchgelangt waren. Ein Wunder, dass sie noch standhielten. Ein Blitz zuckte über den Himmel und mit einem Mal zerfiel der klägliche Rest vor unseren Augen zu Staub. Panik brandete durch mich hindurch. Es war zu früh, viel zu früh. Sie mussten noch zwei Tage halten. Das konnte nicht sein. Ich sah mich nach meinem Pferd um. Meine Schwestern blickten mindestens so entsetzt drein wie ich. Ezra hatte nur seine Ritter und uns mitgenommen. Alle anderen Wächter waren im Schloss und auch Altair und Aarvand hatten nur je eine Handvoll Männer dabei.

Schritte hallten aus der Höhle heraus. Unwillkürlich wichen wir zurück. Ezra schob Wega hinter sich und Altair trat dichter an seine Tochter heran.

Auf den Lippen des Mannes, der nun hinaus trat, lag ein strahlendes und gleichzeitig so dämonisches Lächeln, dass mir das Blut in den Adern gefror. Es gab keinen Zweifel daran, wer er war. Regulus von Morada – der Hochkönig von Kerys unser ärgster Feind. Der Mann, der sich angeblich nicht in unsere Welt wagte, weil er die Magie fürchtete. Er war viel jünger, als ich erwartet hatte. Auch er hatte langes Haar, wie der Fürst von Coralis, aber seines war weißblond. Narben zogen sich über sein Gesicht, das von schmalen Augen beherrscht wurde, deren Iriden eigenartig weißblau schimmerten. Er verschränkte die Arme über einer breiten Brust und betrachtete interessiert die Versammelten, bis sein Blick an Wega hängen blieb.

»Wega de Maskun«, sagte er und die dunkelblauen Nebelschwaden wirbelten um seine kräftigen Beine herum, zogen sich dann aber aufgeschreckt zurück. »Meine herzlichsten Glückwünsche zu deiner Vermählung. Ich bin ein bisschen beleidigt, dass du mich nicht zur Zeremonie eingeladen hast, Altair. Deinem Freund Aarvand wurde diese Ehre zuteil, wie ich sehe.«

Die Antwort von Wegas Vater verstand ich nicht. Warum tat niemand etwas? Der Hochkönig war ganz ungeschützt, aber niemand machte Anstalten, ihn zu töten. Wenigstens Lawrence musste einen Todesfluch beherrschen und vermutlich auch Ezra. »Ich habe euch ein Geschenk mitgebracht.« Er machte mit der Hand eine Bewegung und zwei weitere Dämonen betraten die Lichtung. Auf krummen Beinen und mit langen, kräftigen Armen humpelten sie heraus. Ihre Augen traten froschartig aus den Höhlen und unter dünner Haut zeichneten sich ihre Knochen ab. Zwischen ihnen hing eine rothaarige Gestalt. Ich musste schlucken. Regulus packte sie am Genick und entriss sie seinen Lakaien. Sophia war nur noch an den Haaren und ihrer lächerlich bunten Kleidung zu erkennen. Gesicht und Hände waren bis zur Unkenntlichkeit zerschlagen, ihre Augen zugeschwollen. Sie wollte etwas sagen, aber aus ihrem Mund kam nur ein Röcheln. Ein Aufstöhnen ging durch die Anwesenden und ich schlug mir die Hand vor den Mund. Was hatte Regulus von Morada ihr angetan?

»Das passiert«, sagte Regulus mit sanfter Stimme, »wenn man versucht, mich zu betrügen und zu hintergehen.« Seine Finger wurden zu langen, scharfen Krallen. Er hob eine Hand und kratzte gemächlich über eine der Narben im Gesicht. Immer mehr Dämonen schlichen aus der Höhle heraus und positionierten sich neben ihm. Er hatte uns überlistet. Wir hatten keine Chance gegen diese Überzahl. Trotzdem hob ich meine zitternden Finger. »*Nocere*«, raunte ich und dunkle Luft formte sich auf meiner Handfläche. Regulus' Kopf ruckte herum und für eine Sekunde starrte ich in diese leblosen eisblauen Augen. Dann brach die Hölle los.

*Ende Band 1*

# NACHWORT

Wenn ihr hier angekommen seid, dann ist leider der erste Teil meiner HexenSchwesternSaga auch schon wieder vorbei und ich hoffe sehr, dass euch das Buch gefallen hat. Eine neue Idee in die Tat umzusetzen, ist für mich immer mit viel Freunde, Ängsten, Liebe und Frust verbunden. Ihr müsst es euch wie eine Berg-und-Tal-Fahrt vorstellen oder sogar wie in einer Achterbahn und mir wird echt sehr leicht schwindelig. Genauso war es auch dieses Mal wieder und wie immer ist von der Ursprungsidee, die ich mal hatte, am Ende nicht mehr viel übrig geblieben, als dass es um drei sehr liebenswerte Schwestern geht, die ganz verschieden sind und doch zusammenhalten wie Pech und Schwefel. Ich hoffe sehr, dass es auch die nächsten beiden Teile so bleibt, egal was den dreien noch bevorsteht.

An dieser Stelle möchte ich mich bei all denen bedanken, die den ersten Teil gelesen und nicht gewartet haben, bis alle drei Teile erschienen sind. Das ist für uns Autoren immer ein bisschen doof ☺ und ich entschuldige mich auch gleich für den Cliffhanger. Sehr lange müsst ihr aber nicht warten, versprochen.

Die erste Idee zu dieser Geschichte hatte ich übrigens vor wenigen Jahren bei einem USA-Besuch in Salem. Der Ort ist heute sehr touristisch, aber das tut der Faszination keinen Abbruch. Die Hexenläden waren definitiv Vorbild für den Laden meiner drei Schwestern. Bevor ich dann damit anfing, zu dem Hexenthema zu recherchieren, war mir nicht klar, dass das heutige Hexenwissen und die Hexenweisheiten nur wenig mit tatsächlicher Magie zu tun haben. Der Magie, die wir aus Büchern kennen. Keine Ahnung, was ich erwartet habe. Aber deswegen musste ich die Sache ein bisschen aufpeppen, damit Vianne und ihre Schwestern auch wirklich gegen die Dämonen antreten können. Nur mit ein paar Kräutern und Kerzen bewaffnet, wären sie leider nicht weit gekommen. Trotzdem war es sehr spannend, sich mit Wissen und Dingen zu beschäftigen, für die Frauen noch vor ein paar Jahrhunderten verbrannt wurden. Deswegen sind die verwendeten Zaubersprüche und Flüche aber ausschließlich meiner Autoren-Fantasie entsprungen und oft lateinischen und französischen Begriffen entlehnt. Nachmachen lohnt aber nicht, also probiert es gar nicht erst. Was ihr probieren könnt, ist Kerzenmagie, aus der Hand lesen und das Legen von Tarotkarten. Meistens ist das ungefährlich. Kartenlegen ist bei unseren Familienfesten immer der Renner und wie auch schon in FederLeicht, stand in Sister of the Stars meine Schwiegermutter helfend zur Seite, damit ich die Botschaft der Karten auch richtig lese.

Und damit bin ich beim Dankesagen angelangt. Irgendwann werde ich mal sagen, dieses Buch habe ich während der Coronakrise geschrieben und ich hoffe, an diesem Tag sind wir alle gesund und munter und haben diese Zeit gut überstanden.

Glücklicherweise hatte ich in diesen Tagen meinen Mann an meiner Seite, der dafür gesorgt hat, dass zu Hause alles wie am Schnürchen lief, und meine Jüngste hat sich tapfer durchs Homeschooling gekämpft. Ich konnte mich also ganz den Hexen widmen, anstatt Mathe, Biologie und Religion zu lehren. Meine Hochachtung gilt jedoch allen Müttern und Vätern, die noch mehr als ein Kind zu Hause haben. Ihr seid die Tapfersten in dieser Krise gewesen. In dieser Zeit hat sich aber auch mal wieder der Zusammenhalt mit meinen Kollegen bewiesen. Obwohl wir alle eingesperrt und mit anderen wichtigen Themen beschäftigt waren, hat es nie an Zuspruch, Ratschlägen und Aufmunterungen gefehlt. Mein ganz, ganz großes Dankeschön geht dieses Mal zuerst an Mona Kasten, ohne die es die tollen Titel der Saga nicht gäbe – sie sind nämlich ihr eingefallen und passen einfach perfekt. Dann ist da natürlich wieder Nikola Hotel, die mein Wirrwarr sortiert und es so viel besser macht, und Katharina Herzog. Nikola, Katharina und ich sind praktisch auch drei Hexenschwestern, denn gemeinsam zaubern wir Geschichten für euch. Und dann darf ich auf keinen Fall meine Testlesermädels, Jil und Nicole vergessen, ohne die ein Buch mittlerweile undenkbar ist. Ihr seid mein Dreamteam und bleibt es hoffentlich noch lange. Um dem Buch ein so hübsches Aussehen zu geben, haben Carolin Liepins und Laura Newman wieder alles gegeben. Und wenn ihr es als Hardcover in den Händen haltet, dann schnuppert einfach mal an echtem Papier. Es gibt nichts Tolleres als ein richtiges Buch.

Aber all meine Bücher wären sowieso ohne euch nicht denkbar, die ihr mir so tolles Feedback gebt, mir eure Geschichten erzählt, euch für meine Welten bedankt und meine Werke weiterempfehlt. Ich hoffe, ihr haltet mir noch ganz lang die Treue und ich kann euch noch lange in andere Welten entführen. Wenn euch die Geschichte bisher gut gefällt, freue ich mich also wieder sehr über Rezensionen, Postings, Nachrichten und schöne Bilder. Vorab schon mal ein großes Dankeschön dafür.

Und nun wünsche ich uns allen, dass wir die letzten Tage der Krise erreichen und auch diese gut überstehen, damit unser Leben bald wieder in normalen Bahnen verläuft. Vielleicht haben wir alle ein bisschen was aus dieser Zeit gelernt – vielleicht gehen wir jetzt netter und sorgsamer mit unserer Umwelt und unseren Mitmenschen um. Vielleicht lassen wir zukünftig mehrere Meinungen als nur unsere eigene zu. Vielleicht gucken wir mal öfter über den Tellerrand und reichen jemandem die Hand, der Hilfe benötigt. Vielleicht … das letzte Vielleicht überlasse ich eurer Fantasie.

Ich umarme euch und wünsche euch Glück und Gesundheit.
Bleibt tapfer!
*Eure Marah*

# Zaubersprüche und Flüche

*Benutzung auf eigene Gefahr!*

*Apudiamente* – öffnet einen magischen Durchgang
*Fulgato* – erzeugt Blitze/Verteidigungszauber
*Intaricus scripti* – besänftigt das Heim einer Hexe und bittet darum, es betreten zu dürfen
*Miridiem* – zaubert leuchtenden Staub, der als Wegweiser dient
*Ascenda nebularis* – lässt Nebel aufsteigen
*Omnia de finaris* – stapelt Geschirr
*Calor* – erwärmt Wasser
*Protecto Portus* – schützt eine Tür
*Volanta* – man ruft einen Gegenstand zu sich
*Thelema, Thelema Agape* – bricht schwarzmagischen Zauber
*Nocere*– Ball aus dunkler Luft, ein Fluch- und Schadenzauber
*Consiliacus* – vertreibt dunkle Energie
*Alligio dupli* – Bindezauber
Educia – Erde bäumt sich auf
Aeris vertigo – erzeugt Luftwirbel
Emantur ligna – repariert Kleider
*Solvi vinculum* – löst Fesseln
Belenos – Name Wasserrune
Incendare – zündet Kerzen an
*Auguri* – formt einen Feuerball
*Mittare* – schießt einen Feuerball
*Errantus* – lässt Gegenstände hin und her wandern

# Französische Madeleines à la Adelaise

**Zutaten**

125 g Butter
3 Eier, Größe M
125 g Zucker
1 Päckchen Vanillezucker
Etwas abgeriebene Schale von ½ Bio-Zitrone
125 g Mehl
1 gestrichener Teelöffel Backpulver
60 g gemahlene Mandeln
Puderzucker

**Zubereitung**

1. Butter in einem kleinen Topf schmelzen, vom Herd nehmen und abkühlen lassen.
2. Vertiefungen des Madeleine-Blechs gut fetten.
3. Eier, Zucker, Vanillezucker und Zitronenschale in eine Rührschüssel geben und mit dem Schneebesen des Handrührgerätes auf höchster Stufe schaumig rühren.
4. Mehl, Backpulver und Mandeln mischen und esslöffelweise unter die Eimasse heben.
5. Fett einlaufen lassen und unterrühren.
6. Teig in die Mulden füllen – Achtung: nicht zu viel, er geht auf!

7. Im vorgeheizten Backofen (E-Herd: 200 °C / Umluft: 175 °C / Gas: Stufe 3) zehn bis zwölf Minuten backen.
8. Aus dem Ofen nehmen, circa fünf Minuten abkühlen lassen, aus den Mulden lösen – sie fallen ganz leicht heraus.
9. Blech säubern, Mulden erneut fetten und restlichen Teig wie oben beschrieben verarbeiten.
10. Madeleines nach Belieben mit Puderzucker bestäuben.
11. Schmecken frisch am besten – ansonsten mit einem Stück Brot in einer Keksdose aufbewahren, dann werden sie nicht fest, sondern bleiben butterweich.